BIG

KIRA SHELL

KISS ME LIKE YOU LOVE ME

VOLUME 1

Let the game begin

Sperling & Kupfer

www.pickwicklibri.it
www.sperling.it

Kiss me like you love me - volume 1
di Kira Shell

ISBN 978-88-5544-111-7

I edizione trade ottobre 2019
I edizione Pickwick BIG ottobre 2021

Anno 2022-2023-2024 - Edizione 9 10 11 12 13 14 15

Mi chiedono spesso se amo
e rispondo che amo a modo mio
perché l'amore per me non è un concetto univoco,
esso ingloba varie forme e una
di queste, la più potente,
è silente.

KIRA SHELL

A tutti i miei lettori

Prologo

Ogni uomo è un bambino
che cerca la sua Isola che non c'è.
KIRA SHELL

IL mese di novembre era particolarmente freddo.

Di solito odiavo il freddo, ma quella notte scoprii la sua utilità. L'aria gelida congelava i miei pensieri.

«Piccolo, guardami.» Uno sconosciuto in divisa catturò il mio viso tra le mani per accertarsi che fossi cosciente. Me ne stavo seduto sui gradini del portico, nudo, con una coperta che qualcuno mi aveva posato sulle spalle. Stavo tremando ed ero sudato. Non riuscivo a parlare, nonostante capissi tutto quello che stavano dicendo lui e i suoi colleghi.

L'uomo, alto e con la barba, aveva gli occhi lucidi e continuava ad accarezzarmi le guance. Odiavo qualsiasi contatto umano, ma gli permisi di toccarmi perché non ero in me.

«È sotto choc, ma sta bene», aggiunse poi.

Gli agenti continuavano a parlarmi, ma io fissavo le luci blu e rosse delle sirene. Lampeggiavano, abbagliandomi, e io socchiudevo gli occhi a causa della loro intensità.

Ero stato proprio io a chiamare i poliziotti, anche se avevo solo dieci anni. All'inizio avevano pensato che si trattasse di uno scherzo, fino a quando non avevano visto con i loro occhi la situazione orribile nella quale ero capitato.

«Cosa ti hanno fatto?» Il poliziotto mi prese con delicatezza il mento per costringermi a guardarlo, ma il mio viso tornava sempre nella stessa direzione di prima. Fissavo le autopattuglie, senza pronunciare una sola parola. Ce n'erano tre. Accanto a una di esse vi erano altri due agenti, radunati attorno a una chioma nera e un corpicino esile. Si trattava di una bambina, la stessa che era con me poco prima. Stava bevendo dell'acqua, i piedi nudi erano sporchi di terriccio e una coperta le copriva le forme ancora acerbe.

«Abbiamo chiamato i tuoi genitori, saranno qui a momenti», mi avvertì l'agente, ma nessuna emozione scalfì la mia espressione impassibile. Non riuscivo più a sentire il cuore battere, forse non ne avevo più neanche uno. Il mio corpo era vuoto, privo di un'anima.

L'uomo tentava di catturare la mia attenzione, ma io ero altrove. Davvero avevano chiamato i miei genitori? Non provavo niente neanche per loro. Non avevo voglia di correre tra le braccia di mamma, né di dare spiegazioni a papà.

Loro, proprio loro, non si erano accorti mai di nulla.

Mia madre pensava che avessi bisogno di uno psicologo. Spesso origliavo le sue conversazioni telefoniche con un uomo che non era papà.

Ne avevo ascoltata una quello stesso pomeriggio mentre me ne stavo accovacciato sulle scale che conducevano al piano di sopra.

Ricordavo ogni dettaglio.

Mamma camminava nervosamente avanti e indietro sui tacchi alti. Era sempre stata una donna distinta, di gran classe, persino in casa. I capelli biondo platino erano rigorosamente raccolti in uno chignon ordinato, gli orecchini di perla adornavano i lobi simmetrici. La pelle era diafana, gli occhi azzurri, contornati dalle lunghe ciglia, guardavano tutto, ma, in realtà, non osservavano niente.

Aveva tutti i dettagli davanti a sé, facevo di tutto per farglieli vedere, ma lei mi considerava semplicemente disturbato, problematico, diverso.

«Come posso capire se un bambino ha bisogno di uno psicologo infantile? Sei uno psichiatra, giusto? Cosa suggerisci di fare?» aveva chiesto al suo interlocutore. Lo stesso a cui si rivolgeva ogni volta che c'era un problema riguardante me o i miei strani comportamenti, soprattutto dopo che le mie insegnanti si lamentavano della mia condotta. Non avevo alcun problema nell'apprendimento, le maestre mi consideravano molto intelligente e intuitivo, ma sostenevano che qualcosa non andasse nello sviluppo della mia personalità.

«Come mai all'interno dello stesso nucleo famigliare suo figlio si comporta diversamente dal fratello?» chiedeva di continuo la maestra di turno.

«Lui non è come gli altri bambini», rispondeva laconica la mamma.

«C'è qualcosa che non va in lui», la gelava l'altra.

Il peggio era che la risposta a tutti i loro dubbi ce l'avevano davanti al naso.

«Io non so cosa fare», aveva detto poi mamma, distogliendomi di colpo dai ricordi di quanto accadeva a scuola. A quel punto, era scoppiata a piangere. Piangeva spesso in quel periodo. Con una mano si era poi accarezzata la pancia. Era incinta di mia sorella Chloe, e sapevo che tutto quello stress non era positivo per il suo stato di salute. Per questo mi ero sentito in colpa per tutto quello che stavo causando, e con un sospiro, mi ero avvolto le braccia attorno alle ginocchia, posandoci sopra il mento.

La mia famiglia non era più felice a causa mia. Mio padre, amministratore di una grande società, rientrava sempre tardi la sera ed era costantemente arrabbiato. Sapevo che ci aveva resi una delle famiglie più ricche di New York, ma era un uomo il più delle volte freddo, soprattutto con me. I suoi occhi chiari come il ghiaccio infliggevano tagli dolorosi alla mia pelle ogni volta che mi fissava con disprezzo. Mi odiava. Mi odiava perché a causa mia mamma aveva rischiato di perdere Chloe.

Era stato proprio lui a dirmi di smetterla di creare problemi, altrimenti mi avrebbe fatto tanto male.

Mi insultava in tutti i modi.

Diceva che ero malvagio, pazzo, un piccolo pervertito.

Diceva che gli avrei rovinato la vita, che odiava il colore dei miei occhi e che non mi voleva tra i piedi.

Diceva che ero pericoloso e che, prima o poi, l'avrebbe capito anche mia madre…

Tornai a guardare affascinato le auto della polizia.

Senza saperlo, i poliziotti mi avevano provocato un altro problema; mamma e papà, infatti, mi avrebbero sgridato perché avevo reso pubblico uno scandalo, ciò che da troppo tempo custodivo come un segreto.

Un segreto che mi stava uccidendo lentamente.

Era tutta colpa mia.

«Due bambini. Età: dieci anni circa. Erano rinchiusi in una cantina. Nudi e terrorizzati», disse l'agente a qualcuno mentre io fluttuavo nei miei pensieri, fissando il vuoto dinanzi a me.

«Non ci sono segni di percosse.» L'agente seguitava ad analizzarmi, ma io non gli davo retta.

Avevo le gambe e le dita delle mani intorpidite dal freddo, ma neanche una parola uscì dalle mie labbra sigillate. Non avevo la forza di parlare.

Un po' per la vergogna, un po' per l'incredulità che tutto fosse finito o, forse, appena cominciato.

Volevo dimenticare le cose brutte e rifugiarmi sulla mia *Isola che non c'è*.

Volevo viaggiare in mondi lontani e salvarmi.

Quel giorno, però, mi fu impossibile scappare perché dovetti vivere e affrontare la realtà.

Non riuscii a rifugiarmi in nessuna dimensione parallela.

Su nessuna *Isola che non c'è*.

Mi ritrovai dinanzi a un bivio: vivere o morire.

Scelsi di vivere, ma da allora non fui più lo stesso.

1
Selene

Ancor prima che l'uno sapesse dell'altra,
noi ci appartenevamo.
FRIEDRICH HÖLDERLIN

SI dice che nella vita sia necessario compiere le scelte giuste, ma che non sempre si abbia la capacità di riconoscerle. Chi stabilisce cosa è giusto o sbagliato? Davvero ciò che è giusto ci rende felici?

Distesa comodamente sul letto, navigavo sul mio laptop. Quella mattina sarei dovuta partire per New York nonostante non ne fossi entusiasta.

Io e mia madre vivevamo in un appartamento nell'Indian Village, un quartiere residenziale a est di Detroit, ma mia madre aveva avuto la felice idea di ribaltare la situazione da un giorno all'altro.

Accavallai una caviglia sull'altra e continuai a scorrere sul mio portatile le pagine di gossip che riguardavano uno dei più famosi chirurghi di New York, Matt Anderson, e soprattutto la sua compagna, Mia Lindhom, nota direttrice di un'importante azienda di moda.

Osservai attentamente le foto che la ritraevano nei vari momenti della giornata, in tutta la sua sofisticata bellezza: alta, raffinata, corpo longilineo, capelli biondi come l'oro e due occhi luminosi come le genziane blu.

«L'hai scelta proprio bene», commentai a un interlocutore invisibile, mordicchiandomi l'unghia dell'indice. Sì, Matt Anderson, ovvero mio padre, dopo tanti tradimenti aveva deciso infine di lasciare mia madre per una donna più giovane, bella e famosa.

Mi chiesi se lei avesse anche dei figli, ma non vi era nessuna notizia in merito.

«Selene! Non puoi fingere di non sentire la mia voce!» Mia madre entrò in camera, sbuffando rumorosamente dopo aver urlato il mio nome per svariati minuti, ma non distolsi l'attenzione dalle foto che ritraevano Matt e Mia, felici e spensierati.

«Da quando gli piacciono le bionde?» chiesi con un cipiglio serio, mentre lei si aggirava per la stanza raccogliendo i miei vestiti sparsi qua e là; non ero una maniaca dell'ordine, a differenza sua.

«Da quando ha incontrato Mia, forse? Comunque ho preparato la tua valigia di sotto», mi ricordò, anche se non era necessario. Sapevo bene che il mio volo era fissato alle dieci in punto. Mi ero già lavata e vestita, benché controvoglia.

Non volevo ricucire nessun rapporto con Matt, tantomeno entrare a far parte della sua vita, dopo che lui si era completamente disinteressato della mia per lungo tempo. Così, continuai ad aprire pagine web a caso solo per tenere la mente occupata, pur sentendo crescere dentro di me l'angoscia.

Spesso i genitori non comprendono quanto le loro azioni influiscano sugli stati d'animo dei figli. La mia adolescenza segnata dalle discussioni e dai continui tradimenti di mio padre era un ricordo indelebile contro cui cercavo di lottare tutti i giorni, invano.

Andare a vivere da lui per me era una terribile *punizione* che avrebbe probabilmente riportato a galla ferite mai del tutto rimarginate, ferite che erano ancora lì, incise sul cuore.

«Selene…» sospirò mamma, sedendosi sul letto accanto a me. Chiuse delicatamente lo schermo del mio portatile e mi sorrise, ottenendo finalmente la mia attenzione. «Voglio solo che ci provi…» mormorò indulgente.

Certo, voleva che io provassi ad accettare un uomo che aveva smesso da tempo di essere mio padre.

Erano trascorsi quattro anni ormai da quando lui era andato via per vivere con la sua attuale compagna, quattro anni durante i quali aveva cercato di chiamarmi e parlarmi senza riscontro, quattro anni in cui, ogni volta che tentava di vedermi, mi chiudevo a chiave nella mia stanza aspettando che andasse via.

Sospirai a causa di quei pensieri tedianti e abbassai il mento per celare la mia sofferenza all'unica persona che amassi davvero.

«Non posso farcela…» I ricordi di quando lei piangeva e delirava a causa delle mancanze di rispetto dell'uomo che aveva sposato erano ancorati alla mia mente. Matt aveva cominciato con il portarsi a letto un'infermiera di dieci anni più giovane; poi le amanti erano diventate due, tre, quattro… fino a perderne il conto. O meglio, fino a che era arrivata Mia e ce l'aveva portato via per sempre.

«Certo che puoi farcela. Sei una ragazza intelligente…» Mi accarezzò il dorso della mano e mi guardò con amore.

Lei credeva in me e non avrei mai voluto deluderla.

Mai.

«Non voglio avere nulla a che fare con Matt», brontolai come una bambina capricciosa. Dovevo comportarmi da donna, indossare la maschera dell'indulgenza, ostentare una certa maturità, ma era quasi impossibile seguire la razionalità quando dentro di me dilagava la rabbia.

«Selene, so che non sarà facile, non pretendo che andiate subito d'accordo, ma voglio che tu faccia almeno un tentativo… non parlate da troppo tempo.» Mi osservò con quello sguardo rattristato che pilotava fatalmente il mio orgoglio, consapevole che i suoi occhioni azzurri, identici ai miei, avevano il potere di farmi cedere; tuttavia, cercai ancora di far valere le mie ragioni.

«Mamma, quell'uomo non merita la mia considerazione. Lo sai…» ribattei arcigna ed era la verità.

Dopo tutto quello che avevamo affrontato io e lei, *da sole*, mia madre sapeva bene quanto mi costava assecondare la sua richiesta di vivere con un padre che non era tale.

«Ti capisco, tesoro, ma io ho perdonato ciò che ha fatto… dovresti farlo anche tu.»

La fissai negli occhi in silenzio. Mia madre aveva avuto il grande coraggio di perdonare gli errori di quell'uomo, ma io *non* ero come lei, *non* possedevo la sua stessa forza.

L'ora di raggiungere l'aeroporto arrivò troppo in fretta.

Mia madre attese con me fino all'ultimo e nel mentre continuò a rassicurarmi, anche se le sue parole mi risultavano oppressive e faticose da accettare a vent'anni.

Da qualche parte avevo letto che la mia età era la porta d'accesso al mondo degli adulti ma che al contempo non vi era ancora una maturità definita, motivo per cui alternavo comportamenti infantili a momenti di assoluta ponderatezza.

Il viaggio in aereo durò circa due ore.

Mi sembrò il più lungo che avessi mai fatto in tutta la mia vita, anche se mi ero munita di un paio di libri che alleviarono in parte il mio stato di agitazione perenne.

Quando giunsi a New York, l'aria fresca e l'atmosfera caotica mi investirono subito, catapultandomi in una realtà del tutto nuova. Osservai i grandi grattacieli che si ergevano in lontananza e le auto che sfrecciavano sulle strade della Grande Mela, tanto che mi fu chiaro in quel momento il perché Edward S. Martin l'avesse denominata *Big Apple* nel suo *The Wayfarer in New York*.

Poi, cercai di rintracciare Matt nell'affollato parcheggio degli arrivi dell'aeroporto.

Come avrei potuto individuarlo in uno spazio così grande?

Forse avrei dovuto sfoggiare un cartello con su scritto: CERCASI MATT ANDERSON, PADRE STRONZO; oppure: SELENE CERCA MATT ANDERSON, PADRE STRONZO, E LA SUA NUOVA FAMIGLIA. In ogni caso non avrei rinunciato all'appellativo «stronzo».

Sospirai e avvisai mia madre del mio arrivo. Mi aveva chiesto di chiamarla non appena l'aereo fosse atterrato e, conoscendo bene la sua eccessiva apprensione, cercai di rassicurarla.

Non appena riagganciai, ricordai il modello dell'auto di Matt.

Una Range Rover nera.

Sarebbe venuto a prendermi con quella, ma quante ce ne potevano essere in quel parcheggio?

Mi guardai attorno: in quello spazio gravitava così tanta gente da farmi girare la testa.

Tuttavia, qualche buona stella fu dalla mia parte, perché in mezzo a tutto quel caos di persone e auto, notai proprio una Range Rover nera e lucida accostata a qualche metro di distanza. Non ero certa che si trattasse dell'auto che cercavo, ma avevo il presentimento che lo fosse.

Non avevo ancora visto mio padre, ma dentro di me avvertivo la sua presenza.

Infilai il cellulare nella tasca dei jeans e afferrai la mia valigia trascinandola con me verso la vettura lussuosa; nel frattempo, strinsi gli occhi per cercare di captare un dettaglio, una figura all'interno che potessi associare a lui con certezza.

Ogni passo che mi conduceva lentamente verso quell'auto diventava sempre più incerto, come se stessi andando al patibolo e stessi per esalare il mio ultimo respiro.

D'un tratto, la portiera si aprì e ogni mio dubbio venne fugato; apparve mio padre, un uomo dal fascino ricercato, decisamente in forma, fasciato da un completo impeccabile, sicuramente di qualche famoso marchio; nonostante la sua età, sembrava avesse fatto un patto con il diavolo. Era bello e attraente come pochi e questo rappresentava il suo più grande problema. Era sempre stato una calamita per le donne e al contempo incapace di controllare i suoi istinti, non a caso la fedeltà era un impegno morale che difficilmente riusciva a rispettare.

Lo guardai, ma gli occhiali da sole celavano le sue iridi di un caldo nocciola, il che mi concesse il tempo sufficiente a riappropriarmi della mia indifferenza.

Non volevo che si accorgesse dell'effetto che ancora sortiva su di me.

«Ciao, Selene.» Sorrise quasi imbarazzato e si apprestò subito a prendere la mia valigia mostrandosi gentile e premuroso. La sua voce… avevo dimenticato perfino che timbro avesse.

«Ciao, Matt.» Non lo chiamavo più «papà», sapeva come stavano le cose tra noi.

«Come stai? Com'è andato il viaggio? Sono contento che tu abbia accettato di venire a stare da noi…»

Lo interruppi subito, evitando di ascoltare tutti quegli inutili convenevoli. Era bravo con le parole, i discorsi e le frasi a effetto, ma io non ero di certo il tipo di figlia facile da *abbindolare*.

«L'ho fatto solo per mia madre… andiamo?» Aprii la portiera dell'auto e scivolai sul sedile del passeggero. Per tutto il tragitto nessuno dei due proferì parola. Era davvero una situazione imbarazzante, ma non sarebbe potuta andare diversamente.

Quell'uomo ci aveva abbandonate per costruirsi una nuova vita e, durante il matrimonio dei miei, non si era mai comportato da marito né, soprattutto, da *padre*. Ricordavo ancora i miei compleanni ai quali non si era mai presentato, le recite alle quali prometteva che sarebbe venuto salvo poi non farsi vivo, le chiamate alle quali non rispondeva perché troppo impegnato a portarsi a letto qualche collega più giovane; e ancora, la sua disattenzione, la sua assenza. Ricordavo tutto… specialmente le lacrime di mia madre.

Sospirai e rivolsi lo sguardo fuori dal finestrino, cercando di pensare ad altro, per esempio al fatto che avrei frequentato il mio secondo anno di università alla New York University, dove avrei dovuto studiare duramente, cercare di integrarmi e di farmi degli amici, impresa ardua per una persona introversa come me.

«Sono contento di poterti presentare finalmente Mia», affermò Matt a disagio, rompendo il silenzio che incombeva pesantemente su di noi. Quella non era proprio la prima cosa che mi aspettavo di sentire.

«Da quando ti piacciono le bionde?» ribattei aspra. L'avevo vista soltanto in foto, eppure già sentivo, dentro di me, che sarebbe stato impossibile andare d'accordo con Mia.

Matt mi lanciò una fugace occhiata vacua, poi tornò a concentrarsi sulla guida.

«Potresti fare amicizia con i suoi figli…» Deviò in fretta la mia domanda pungente e si schiarì la gola, stringendo di più il volante con entrambe le mani.

«Figli? Ma davvero?» Scossi la testa in modo beffardo. «E pensare che io sono figlia unica perché non volevi altri bambini. Adesso condividi la casa con la prole della tua compagna? Ironia della sorte…» commentai sarcastica e indignata.

Già, credevo nella sorte, in quella forza impersonale che regolava le vicende umane in modo impenetrabile; ero convinta che a ognuno spettasse il proprio destino, nel bene o nel male.

«Selene, capisco il tuo punto di vista, ma io voglio cercare di…»

«Non iniziare con le tue stronzate! Facciamo questa cosa solo perché mamma mi ha convinta a provarci, ma so già che tra me e te non cambierà nulla!» replicai irremovibile sfilando il cellulare dalla tasca dei jeans.

Non volevo parlargli.

Sapevo che il mio atteggiamento non era maturo, ma sapevo anche che quella era una delle conseguenze con le quali avrebbe dovuto fare i conti.

Notai subito un messaggio che lampeggiava insistentemente sul display.

Il mittente era Jared, il mio ragazzo.

Piccola, sei arrivata? Aspetto una tua chiamata.

Risposi subito, infischiandomene di risultare maleducata.

Ora sono con Matt. Ti chiamo dopo. Baci.

«Mi stai ascoltando?» proruppe Matt all'improvviso. Aveva detto qualcosa che non avevo afferrato, perciò decisi di essere sincera.

«No… rispondevo a un messaggio.» Sorrisi con la stessa indifferenza che lui mi aveva riservato per anni. Mi chiesi cosa stesse provando in quel momento, se desiderasse un mio abbraccio, uno di quelli che non riceveva da tempo. Non era una situazione facile per me, perché, malgrado riuscissi a fingere piuttosto bene, mi era sempre mancata la sua figura paterna.

I primi anni non era stato facile accettare di essere la figlia di un uomo potente che pensava solo a se stesso e alla sua carriera. Un uomo che ricercava assiduamente il piacere in altre donne perché insoddisfatto dell'amore puro concessogli da sua moglie. Un uomo che era stato in grado di riservarmi solo un piccolo spazietto nella sua vita, così piena da non dargli il tempo di fare anche il padre. Poi ci avevo fatto l'abitudine.

Quando Matt accostò l'auto davanti a un enorme cancello di ferro, capii che eravamo giunti a destinazione. Estrasse un telecomando dalla tasca, schiacciò un pulsante e il cancello si aprì in automatico.

Percorse un vialetto di breccia e parcheggiò accanto a un'Audi bianca e una Maserati nera.

Mi costrinsi a non fare commenti inappropriati, così mi limitai ad aprire la portiera e a scendere dall'auto per prendere la mia valigia dal bagagliaio.

Rivolsi lo sguardo alla reggia imperiale che avevo davanti e rimasi esterrefatta: era una casa lussuosa a tre piani, con un giardino ben curato, una piscina illuminata e vetrate ovunque per concedere una bella visuale sullo sfarzo degli interni.

Era una proprietà prestigiosa situata in uno dei migliori sobborghi di New York e tutto quel lusso non faceva altro che ricordarmi la personalità vuota e superficiale di Matt; ostentava ricchezza e soldi senza comprendere che nessuna villa, nessun'auto avrebbe mai colmato la mancanza dell'amore paterno.

«Siamo arrivati.» Si schiarì la gola a disagio, interrompendo il silenzio con una frase banale.

«Sì, grazie… l'avevo intuito», ribattei sarcastica con una smorfia impertinente.

Trascinai la valigia con me ed evitai la sua mano che cercava continuamente di afferrarla. Avevo il cuore agitato. Mi sentivo come Alice nel Paese delle Meraviglie, solo che questa situazione non aveva *nulla* di meraviglioso.

Ero appena arrivata e già volevo scappare via.

Poco dopo, una donna dai capelli color oro, due occhi fiordaliso e un abitino succinto rosa cipria, ricoperto da una pelliccia che speravo fosse ecologica, mi apparve davanti agli occhi, come una sconvolgente scena dell'orrore.

«Vi aspettavo! Siete arrivati finalmente!» affermò euforica battendo le mani come una bambina felice; poi mi osservò con un sorriso gioioso, mentre io la squadravo attentamente.

Mi ero decisamente fatta un'idea diversa della Mia Lindhom che avevo visto sui giornali. L'avevo immaginata come una persona saccente e superba, invece si palesò cordiale e desiderosa di conoscermi.

«Tu devi essere Selene! Sei bellissima, cara! Wow, sono così emozionata, i-io sono Mia.» Sorrise ancora, sistemandosi l'abito; sembrava seriamente imbarazzata e nervosa, forse per via dell'impressione che avrebbe suscitato in me.

«Sì, sono Selene e spero che la mia permanenza qui sia breve», le dissi istintivamente, notando il suo sorriso affievolirsi lentamente, mentre con frenesia si toccava i capelli chiari. Io, invece, me ne stavo ferma sull'ingresso della sontuosa villa dal design sofisticato e moderno, sentendomi assolutamente inadeguata, come un pesciolino fuor d'acqua che cercava di sopravvivere a quel momento.

«I ragazzi ci sono?» intervenne mio padre, turbato dalla mia eccessiva schiettezza.

«Oh sì, caro. Sono dentro, entrate forza.» Mia cercò di togliermi di mano la valigia, ma mi allontanai per impedirglielo.

«La porto io, grazie.» Abbozzai un sorriso di circostanza e ripresi a trascinare il bagaglio, seguendo la donna e mio padre in casa.

L'interno dell'enorme villa era esattamente come lo avevo immaginato. Una scalinata di marmo, che conduceva al piano superiore, comprendeva preziose lavorazioni dorate che la rendevano unica e affascinante al tempo stesso; i lampadari, rigorosamente di cristallo, adornavano il soffitto e l'opulenza dei colori sfumati, tra l'oro e l'argento, irradiava l'intero ambiente sorprendendo lo sguardo. Ogni dettaglio di quel posto era un'affermazione di stile, elegante e ricercato: perfino le pareti erano di marmo pregiato, con venature che viravano al dorato.

«Ragazzi, venite qui!» urlò Mia, mentre continuavo ad ammirare i colori vivi che mi circondavano, in attesa di conoscere i suoi figli.

«Che vuoi, mamma?» borbottò acidula una ragazzina bionda che masticava una gomma e pigiava velocemente sul display del suo cellulare. Non doveva avere più di sedici anni, lo intuii dal fisico non ancora del tutto sbocciato e dal viso delicato e infantile.

«Tesoro, vorrei presentarti Selene», disse Mia entusiasta. La sua euforia mi imbarazzava più del dovuto.

La ragazza sollevò lo sguardo dal display dell'iPhone e inarcò un sopracciglio, incuriosita. Gli occhi grigi erano troppo truccati, un maglioncino corto le fasciava il busto esile e dei jeans attillati le coprivano le gambe snelle.

«Chloe», ribatté con sufficienza.

«Il mio nome lo sai già», puntualizzai poco cordiale, forse fin troppo sulla difensiva, ma ero soltanto molto agitata e l'inquietudine mi rendeva scontrosa.

«Mamma, cosa volevi?» disse una voce maschile.

Poco dopo, ad attenuare l'atmosfera eccessivamente tesa, sopraggiunse un ragazzo dal piano superiore.

I suoi occhi inchiodarono subito i miei e potei notarne le iridi di un marrone caldo come la terra; i capelli castani e ordinati contornavano il viso pulito, mentre dei pantaloni scuri e una camicia chiara mettevano in luce il fisico atletico.

Si avvicinò lentamente e mi osservò con meticolosa attenzione.

«Piacere, Logan. Tu devi essere la figlia di Matt.» Allungò la mano verso di me mentre sua sorella continuava a guardarmi diffidente.

«Sì, sono Selene.» Ricambiai il suo gesto e sorrisi.

«Bel nome», commentò lui. Sollevò un angolo delle labbra in modo sensuale, sfoggiando un'espressione che prima di allora ero certa avesse steso al suolo numerose ragazze.

«Grazie», risposi in evidente imbarazzo, fissando i suoi occhi dalla splendida forma allungata.

Era un gran bel ragazzo, dovevo ammetterlo.

«Perfetto, cari. Adesso credo che Selene abbia bisogno di vedere la sua stanza. Chi di voi si offre volontario per mostrargliela?» intervenne Mia, civettuola, e trattenni uno sbuffo infastidito. Aveva un timbro di voce particolarmente stridulo, al quale, seppure controvoglia, avrei dovuto presto abituarmi.

«Ci penso io. Seguimi, Selene.» Logan mi mostrò subito la sua disponibilità con un cenno del mento e per un attimo rimasi lì, ferma, assorta nei miei pensieri. Era tutto così surreale e paradossale.

Io, la nuova famiglia di Matt, Matt e il nostro rapporto ormai sgretolato…

Che diavolo ci facevo *io* lì?

«Andiamo?» Logan richiamò la mia attenzione e annuii, evitando di confessare a un perfetto sconosciuto i miei tormenti interiori.

Cercai di afferrare la valigia, ma lui cordialmente mi precedette, perciò lo seguii su per le scale, fissando le sue ampie spalle e cercando di tenere a bada l'angoscia del momento.

«Allora, Selene, ti piace qui?» Scoccò un'occhiata al mio corpo e d'istinto mi irrigidii come se mi stesse analizzando o meglio, come se stesse analizzando il mio look decisamente informale e casual.

«Mi stai chiedendo se mi piacciono il lusso, le auto costose, la piscina e tutta questa roba?» Non potei fare a meno di essere sincera, ma Logan sorrise divertito, per niente offeso dalle mie parole.

Era quel tipo di ragazzo che sprigionava un fascino tutto suo, dal portamento elegante e dal sorriso radioso e puro.

«Sì... tutta questa *roba*, ti piace?» D'un tratto, alla fine di un lungo corridoio luminoso, aprì la porta di una camera e posò la mia valigia sul pavimento. In quella casa c'erano almeno venti stanze e chissà quanti bagni; ero convinta che potessero addirittura abitarci più famiglie.

«Non direi. Sono qui per fare un favore a mia madre, che ha insistito tanto per cercare di farmi riavvicinare a Matt, sebbene credo sia difficile che accada», dissi e poi osservai quella che sarebbe stata la mia nuova stanza.

Approvai i colori chiari e la sobrietà dell'arredamento, lussuoso ma non ostentato.

Al centro dello spazio si ergeva un letto a baldacchino con la testiera imbottita, arricchito da una cascata di cuscini di ogni forma e dimensione; una specchiera con delle finiture in foglia d'oro adornava l'angolo beauty ricolmo di profumi, trucchi e creme di ogni genere, e un'intera parete era dedicata a una libreria, con una catena di lucine decorative e luminose su ogni ripiano, che rendevano particolarmente *chic* l'ambiente.

«Ci vuole tempo, Selene, ogni cosa andrà al posto giusto», disse Logan e io mi voltai verso di lui. Osservai i suoi occhi e ci lessi dentro una certa comprensione, malgrado non ci conoscessimo affatto.

«La tua stanza è una delle più belle», dichiarò, poi si schiarì la gola e spostò lo sguardo altrove. «Per due motivi», aggiunse lanciandomi un'occhiata furba.

«Quali?» Adocchiai la scrivania, poi le poltroncine di velluto bianco sulle quali probabilmente avrei posato i vestiti o le borse. Quella camera era davvero il sogno di qualsiasi ragazza.

«Motivo numero uno.» Sollevò un indice dirigendosi verso la porta-finestra che si apriva su un balcone enorme. «Hai la vista sulla piscina.» La aprì e mi avvicinai a lui lentamente, osservando lo splendido panorama all'esterno. La piscina rettangolare era posizionata sul lato sinistro della villa, nei pressi di un giardino mediterraneo con un'ampia varietà di piante colorate, tutte diverse fra loro.

«E il secondo motivo quale sarebbe?» Inarcai un sopracciglio nascondendo un sorriso timido.

«La tua stanza è di fronte alla mia.» Mi strizzò un occhio malizioso e poi sorrise.

Anche se per qualche ragione non mi sentivo minacciata da lui, decisi lo stesso di mettere le cose in chiaro. Incrociai le braccia al petto e affilai lo sguardo.

«Non farti strane idee... non sono quel tipo di ragazza», ribattei lapidaria, anche se abbozzai un'espressione allegra per non risultare eccessivamente severa.

«Mmh... allora questa stanza potrebbe crearti qualche problema.» Sorrise ironico con uno strano lampo negli occhi.

«Perché?» chiesi incuriosita.

«Perché qui accanto c'è la camera di Neil», rispose divertito, ma continuavo a non capire cosa volesse dire.

«Chi è Neil?»

«Mio fratello maggiore», disse in fretta e solo in quel momento ricordai che Matt mi aveva parlato di tre figli; quindi ne mancava uno all'appello.

«E perché dovrei preoccuparmi?» continuai imperterrita con le mie domande mentre lui scuoteva la testa prendendosi gioco di me.

«Procurati dei tappi per le orecchie», rispose Logan, sibillino. Poi, ammiccò e se ne andò, lasciandomi in un vortice di confusione totale.

Una volta sola, cercai di ambientarmi concedendomi del tempo per una doccia calda e per indossare dei vestiti puliti, anche se, dentro di me, sentivo aumentare la solita fastidiosa sensazione di angoscia che sapevo non mi avrebbe abbandonata molto presto.

Dopo circa un'ora, raggiunsi puntuale Matt e Mia per pranzare. Tutti si erano accomodati ai loro posti e io mi sedetti di fretta accanto a Chloe, che continuava a inviare sms con il suo cellulare senza degnare nessuno di alcuna attenzione.

«Allora, Selene, so che domani comincerai alla NYU. Hai già frequentato il primo anno, vero?» Mia cercò subito di fare conversazione, senza alcun risultato ovviamente, poiché non ero dell'umore adatto per chiacchierare con la compagna di mio padre.

«Già», ribattei indifferente, troncando subito quel discorso.

Logan era seduto di fronte a me e mi lanciava continue occhiate con un sorriso che non riuscivo a decifrare. Gli piaceva forse il mio essere eccessivamente schietta?

«Dov'è Neil?» domandò mio padre, attirando i nostri sguardi su di sé.

«Sarà fuori con i suoi amici», borbottò Logan con una scrollata di spalle. Anna, la governante che avevo avuto il piacere di conoscere mentre cercavo di raggiungere il salotto, smarrita nell'immensità di quei nuovi spazi, girovagava attorno al tavolo accertandosi che fosse tutto come il padrone di casa aveva richiesto.

«O a letto con qualcuna», aggiunse Chloe con un sorriso insolente sul viso.

«Chloe!» l'ammonì sua madre mentre mio padre scuoteva il capo a disagio. Spostai l'attenzione da Anna a Matt e ricaddi nel vortice dei miei pensieri, riflettendo su quanto fosse ridicola quella situazione. Lui seduto a capotavola con la sua famiglia e io, una perfetta estranea, che piombava lì per accontentare la propria madre e tentava di recuperare un rapporto che riteneva ormai irrecuperabile. Non ci poteva essere una situazione peggiore. Tuttavia il pranzo continuò, con Mia che cercava ripetutamente di chiacchierare con me mentre Matt sembrava particolarmente teso.

«Io devo uscire con Carter», disse Chloe all'improvviso balzando in piedi.

«Ma non hai ancora finito di pranzare.» Il tono autoritario di Matt mi stupì: con me non l'aveva mai assunto.

«Lo so, Matt, ma è già qui fuori. Andremo al centro commerciale, poi al cinema. Gliel'avevo promesso», si giustificò Chloe dolcemente, come se lui fosse davvero suo padre e gli dovesse un particolare rispetto.

Aria.

All'improvviso, avevo bisogno di aria, perché quel senso di angoscia si stava trasformando in una corda invisibile pronta a soffocarmi.

«Ancora quel coglione?!» brontolò Logan, mostrando tutto il suo disappunto verso Carter, che probabilmente non era un tipo raccomandabile per la sorella.

«Logan, pensa agli affari tuoi», si difese la piccola di casa, per niente turbata dall'intervento del fratello.

«Ragazzi!» li rimproverò Mia.

«Quando poi ti mollerà come fa con tutte, non venire a piangere da me!» insisté Logan sbattendo un pugno sul tavolo.

«Ragazzi!» Mia li ammonì ancora, ma sembrava che nessuno sentisse la sua voce.

«Non mi mollerà… Carter ci tiene a me!»

«Fai quello che vuoi.» Logan si arrese anche se la sua espressione irritata era ancora evidente. Sua sorella era un'adolescente e contrastare le ragazzine di quell'età non era affatto semplice.

Ormoni-ragazzi, ragazzi-ormoni. Ecco cosa le governava.

Chloe corse via lasciandoci precipitare in un silenzio imbarazzante.

Il pranzo proseguì, seppur con un disagio difficile da celare.

«C'è una buona libreria qui vicino?» La mia voce sferzò l'aria tesa, attirando gli occhi di tutti su di me. Ero lì da poche ore e già avvertivo la necessità di starmene da sola. Mi sentivo inadatta, una macchia di inchiostro su un foglio bianco, uno scarabocchio su un muro immacolato, e dovevo fare qualcosa di rassicurante.

«Be', la libreria più vicina è la *Magic Books*, dista circa quattro chilometri da qui. È in un altro quartiere. Perché?» rispose Matt, poi mi guardò come se mi fosse spuntato un corno al centro della fronte. Avevo chiesto soltanto se ci fosse una libreria nei dintorni. Cosa c'era di strano?

«Posso accompagnarti, se vuoi», intervenne Logan sorridente, dando forse per scontato che avrei accettato il suo invito. Fu gentile da parte sua offrirsi di venire con me, ma avevo bisogno di attuare in solitudine il mio consueto rituale: a ogni nuovo viaggio, dovevo comprare un nuovo libro che mi avrebbe accompagnata durante tutto il tempo. Era un mio piccolo segreto, una specie di portafortuna.

«No. Memorizzerò la posizione della villa sul GPS. State tranquilli.» Mi alzai da tavola e tirai fuori il cellulare dalla tasca dei jeans per mostrarlo e rafforzare il concetto. I presenti si guardarono straniti, ma non me ne curai. Li salutai e mi diressi verso la porta.

Non avevo un grande senso dell'orientamento, tendevo a perdermi facilmente, anche nei luoghi che conoscevo benissimo. New York era grande e dinamica, quindi avrei fatto fatica a non perdermi, ma non avevo paura di niente. In fondo esistevano le persone a cui poter chiedere informazioni, il cellulare con cui poter consultare Internet e Google Maps.

Insomma… avevo *tutto* sotto controllo.

Inserii sul navigatore l'indirizzo della libreria che mi aveva consigliato Logan e procedetti a piedi per la strada indicata.

Mi guardavo attorno proprio come una turista in vacanza. In lontananza vidi lo skyline più famoso del mondo, dominato dall'Empire State Building. Mi sentii all'istante euforica al pensiero che avrei frequentato l'università a New York.

Camminai per circa mezz'ora in estasi, ma mancava ancora molto alla meta.

Di tanto in tanto mi fermavo a osservare le vetrine dei negozi, i grattacieli imponenti, alcuni artisti di strada e, quando la fame venne a bussare al mio stomaco, comprai un hot dog a un chiosco.

Mi sentivo leggera, allegra e incuriosita da quella nuova realtà. Il clima era frizzante, e passeggiare per le strade del mio nuovo quartiere si rivelò molto più piacevole di quanto pensassi.

Avevo perso la cognizione del tempo e mi fermai soltanto quando adocchiai una vetrina in cui erano esposti libri di ogni genere. Mi avvicinai con lo sguardo sognante e mi appiccicai al vetro con entrambe le mani, realizzando poi che quella era proprio la libreria che cercavo.

Entrai subito dalle porte automatiche e fui accolta da un'atmosfera magica.

C'erano tre piani di soli libri, un vero paradiso per gli amanti della lettura. Il profumo che si respirava – di legno, di sogni, di vite immaginarie – mi trasportò in una dimensione unica. Avrei potuto trascorrere la giornata intera lì dentro dimenticando tutto il resto.

Mi incamminai, cercando di tenere a freno il mio eccessivo entusiasmo, e mi rivolsi a una commessa per chiederle dove avrei trovato la sezione dei classici. I grandi classici erano i miei preferiti e sentivo il bisogno di iniziare questa nuova vita con uno di essi. La ragazza mi indirizzò al terzo piano. Salii le scale per raggiungerlo e nel mentre ammirai l'immensità di quel posto magnifico.

«Permesso…» Superai una coppietta concentrata a sfogliare due libri proprio nella sezione dei grandi classici. Sorrisi. Non ero l'unica amante del genere, a quanto pareva. Con le dita accarezzai le copertine disposte in fila, assorbii l'odore delle pagine e chiusi gli occhi. Una sensazione di torpore e tranquillità mi invase tutta, come accadeva sempre quando mi rifugiavo in ambienti simili. Il tonfo di qualcosa che cadeva sul pavimento mi indusse, però, a tornare vigile. Un libro giaceva aperto poco distante dalle punte delle mie scarpe. Mi guardai attorno per capire chi l'avesse fatto cadere, ma la coppietta era sparita, perciò pensai che fosse stata colpa mia. Mi piegai e afferrai il volume, osservandone il titolo: *Peter e Wendy*. Ci fu qualcosa in quelle lettere che catturò la mia attenzione fino a convincermi a comprarlo.

Quello sarebbe stato il libro che avrebbe segnato l'inizio del mio nuovo viaggio.

Lo pagai e lo infilai nella borsa, salutando educatamente la cassiera. Ormai era l'ora del tramonto e mi aspettavano di nuovo quattro chilometri prima di rientrare.

Sospirai e avviai nuovamente il navigatore, digitando l'indirizzo della villa. Mi incamminai e cercai di non far caso ai vicoli bui che ero costretta ad attraversare per seguire la strada che mi avrebbe condotta a destinazione.

Il cellulare mi segnalò che la batteria si stava scaricando, e imprecai sommessamente sperando che non si spegnesse prima del mio rientro.

«No, cavolo, no… resisti.» Abbassai la luminosità e pregai affinché la fortuna fosse dalla mia parte, almeno per altri tre chilometri. Procedetti, seguendo la strada indicata, fino a quando il display non si spense, dichiarando ufficialmente *morto* il mio cellulare.

«Bene. Fantastico», brontolai, toccandomi il viso. Agitai il telefono come per rianimarlo a suon di scossoni, ma purtroppo avevo bisogno di un caricabatteria, e a niente sarebbero servite le mie suppliche o le mie imprecazioni. Non conoscevo nemmeno il numero di Matt a memoria. «Merda. Merda. Merda», sbottai. Volevo prendere a calci qualcosa. Lanciai il cellulare nella borsa e continuai a camminare seguendo il mio istinto. Mi strinsi nelle spalle quando il sole iniziò a calare e i lampioni cominciarono a illuminare le strade; quella era l'ora in cui la lucentezza dei colori iniziava a svanire per perdersi nella consistenza d'ombra del buio. Chissà se mio padre si sarebbe preoccupato se non fossi rientrata per cena; forse mi avrebbe data per dispersa, o per morta, nel peggiore dei casi.

«Quante volte te lo devo dire che la manutenzione dell'auto è importante? Sei proprio un coglione!» Mi fermai sul bordo del marciapiede, sotto un lampione, e notai sulla strada una vecchia Cadillac nera, ferma, con una ruota sgonfia o forata, non seppi dirlo. Un ragazzo, la cui sagoma mi apparve deforme perché troppo distante, stava sbraitando furioso, scuotendo le braccia in aria. Corrugai la fronte e lo guardai incuriosita.

«Sta' calmo, Luke. Risolveremo», rispose un altro, un tipo alto e slanciato, con i capelli neri. Non riuscivo a distinguere i suoi tratti, ma potei notare un piercing luminoso sul labbro inferiore.

«Non credo. Come torneremo a casa se non hai neanche una ruota di scorta?» Una ragazza dai bizzarri capelli azzurri posò le mani sui fianchi stretti, avvolti da un paio di shorts neri con delle calze a rete del medesimo colore. Guardò l'amico sbuffando e incrociò le braccia al petto, evidenziando i seni piccoli. Non sapevo chi erano quei tipi, tuttavia, chiunque fossero, non mi ispiravano fiducia.

Mi guardai attorno pensando di cambiare strada, ma mi accorsi che in quel modo avrei solo peggiorato la mia situazione, perché avrei perso anche i pochi punti di riferimento che mi restavano.

Sospirai e cercai di passare accanto a quei tizi senza farmi notare. Mantenni la testa bassa e la postura rigida mentre li superavo. Ce l'avrei fatta, mi ripetevo, ma quando sentii le loro voci spegnersi e il silenzio calare attorno a me, capii di essere stata notata.

Accelerai il passo, ma qualcuno alle mie spalle mi urlò: «Ehi, bambolina. Hai fretta?»

Non sapevo chi dei due ragazzi avesse parlato, ma mi immobilizzai. Il timbro era deciso e minaccioso, tutto dentro di me vibrò per la paura. Non sapevo se scappare o affrontare la situazione. In ogni caso, non avevo ancora riflettuto a fondo quando quella voce richiamò ancora una volta la mia attenzione. Mi voltai e guardai il ragazzo del quale adesso ebbi una visione più nitida. Aveva gli occhi neri, dal particolare taglio orientale, il naso era piccolo e le labbra sottili. I lineamenti erano delicati, ma lo sguardo era a dir poco inquietante.

«Noi siamo con il culo per terra e tu pensi a flirtare?» L'altro, il biondino, sbuffò rumorosamente passandosi la mano tra i capelli corti. Sobbalzai per le sue parole e mi schiarii la gola a disagio.

Dovevo uscire da quella situazione, inventare qualcosa, qualsiasi cosa.

«Mi servirebbe un'informazione», azzardai, con un sorriso tirato. Il moro inarcò un sopracciglio e la ragazza dai capelli azzurri lo affiancò squadrandomi dall'alto in basso, come se fossi una meretrice. Quest'ultima aveva il viso eccessivamente truccato e due occhi nocciola contornati da ciglia lunghissime; sembrava una pallida imitazione di Harley Quinn di *Suicide Squad*.

«Dipende da cosa saresti disposta a darmi in cambio…» Il ragazzo si avvicinò lentamente, analizzando con insistenza il mio corpo, e io indietreggiai spaventata.

Stava davvero cercando un compromesso così squallido? Ma che persone erano quelle?

«Xavier!» lo riprese il biondo, infastidito. Forse era lui l'unico sano di mente tra i due, ma il ragazzo di nome Xavier non desistette e continuò a fissarmi come una bestia in calore.

«Sta' zitto, idiota. Ma l'hai vista?»

«Sì, l'ho vista, qui però abbiamo un altro problema.» Il biondo indicò l'auto e, proprio in quel momento, uscì dalla macchina un altro ragazzo, seguito da una Barbie bionda tutta curve. Sbatté la portiera anteriore con forza e fece voltare tutti nella sua direzione. Si appoggiò sul cofano con strafottenza e fissò gli altri due, arcigno. Dimenticai per un istante la situazione in cui ero e mi persi ad ammirare la virilità del suo corpo muscoloso.

Era alto, molto alto.

Il giubbotto di pelle monocromo tirava sulle braccia conserte, con i bicipiti gonfi e carichi di una forza tutta maschile. I jeans non eccessivamente attillati avvolgevano un paio di gambe sode e atletiche, i polpacci definiti erano tipici di uno sportivo; un maglione bianco, per niente appariscente e molto sobrio, aderiva perfettamente al torace definito, le cui linee erano ben evidenti. A stupirmi più del suo magnifico corpo però fu il suo viso, i cui tratti delicati stonavano con la fisicità dirompente. Sulla mascella regolare vi era un accenno di barba curata, il naso era dritto, la punta leggermente all'insù; le labbra carnose e dalla forma perfetta sembravano disegnate, gli occhi erano di uno strano giallo dorato, che ricordava il colore del miele al sole; poi c'erano i capelli scombinati, una massa folta di ciocche castane e ribelli.

Guardò i suoi amici e sorrise, divertito dalla strana circostanza in cui ci trovavamo.

«Allora… avete intenzione di fare gli idioti ancora per molto o volete mettere in moto il cervello per cercare una soluzione?» La sua voce era rauca e baritonale, da uomo adulto e smaliziato. Non era molto più grande di me, dal suo aspetto non dimostrava più di ventisei anni, ma l'esperienza che trasmettevano i suoi atteggiamenti sembrava di gran lunga superiore a quella dei suoi coetanei.

«Sei eccitante quando fai così…» La bionda posò una mano sul petto del ragazzo e si spalmò su quel corpo da adone, posandogli un bacio sulla mascella. Lui, tuttavia, rimase impassibile. Se ne stava fermo, imponente come una divinità, a fissare i due tizi che ancora non avevano replicato.

«La ragazzina, qui, vorrebbe un'informazione...» Xavier mi indicò, spostando l'attenzione del bello e tenebroso su di me. Inaspettatamente arrossii quando percepii le sue gemme dorate addosso. Lo guardai e lui ricambiò lo sguardo per secondi che apparvero eterni.

I suoi occhi erano davvero particolari, non ne avevo mai visti di simili in tutta la mia vita.

«Quale informazione ti serve?» mi chiese, ed ebbi l'impressione che la sua voce accendesse parti del mio corpo ancora inesplorate. Era intensa e decisa.

Inoltre, quel ragazzo aveva la capacità di incutere soggezione, la sua figura incombeva nonostante non stesse facendo nulla per intimorirmi.

«Credo di essermi persa. Il mio cellulare è completamente morto e dovrei tornare a casa», spiegai con un sospiro affranto. Non mi sarei mai avvicinata a loro con l'intento di chiedere aiuto, ma ormai ero lì e dovevo sfruttare l'occasione a mio favore.

«Abbiamo già i nostri maledetti problemi, ci mancava lei», brontolò il biondo, esasperato.

«La bambolina si è persa, stronzo, sii gentile», disse Xavier, facendogli l'occhiolino con fare lascivo. «Ricordi almeno dove abiti, principessa?» aggiunse poi, allungando un braccio verso di me, ma indietreggiai terrorizzata. Le due ragazze scoppiarono a ridere, divertite dalla mia reazione; Xavier invece si toccò il cavallo dei pantaloni in un gesto esplicito e osceno. Era eccitato. Non fu difficile intuire che volesse toccarmi e farmi chissà cos'altro, perciò non potevo mostrarmi remissiva o spaventata. Avrei reagito se avesse tentato ancora qualcosa.

«Okay, basta così.» L'adone, di cui ancora non conoscevo il nome, si sollevò dall'auto e fu sufficiente quel gesto a far impallidire i suoi amici. Era un gigante, sicuramente arrivava al metro e novanta, e le spalle larghe manifestavano una forza potente che avrebbe intimidito chiunque.

«Dove abiti?» Si rivolse ancora una volta a me e io deglutii. Non avrei saputo dire con precisione di quanto mi sovrastasse, ma fui costretta a inclinare il collo all'indietro per guardarlo negli occhi. A quel punto, riuscii a notare delle piccole striature ambrate in quelle iridi chiare come la sabbia e continuai a osservarlo imbambolata.

Avevo perso la capacità di parlare, mi sentivo spaesata e confusa. I suoi occhi mi scorsero addosso mentre i miei saettarono sulla bionda che non smetteva di fissarmi, come se fossi un fastidioso insetto da schiacciare. Era gelosa di me? Volevo solo una semplice informazione, non rubarle il fidanzato.

«Vivo poco lontano da qui», risposi. E poi riuscii a ricordarmi il mio indirizzo.

Il ragazzo aggrottò la fronte, mentre la bionda accanto a lui lo guardò come se avesse avuto un'intuizione. Attesi per qualche secondo, fissando le labbra carnose del ragazzo chiuse in un'espressione seria e riflessiva. Lui dovette accorgersi della direzione del mio sguardo perché mi rivolse un lieve sorriso compiaciuto che mi fece arrossire.

«Ti accompagno, allora», mi propose e per un attimo pensai di aver sentito male.

«Cosa? Ci molli qui e te ne vai?» disse Xavier, sorpreso tanto quanto me. Rimasi ferma a riflettere. Non gli avevo chiesto di accompagnarmi, volevo solo che…

«Dici sul serio?» La bionda lo guardò indignata, in preda alla gelosia. Poi batté un tacco per terra e i miei occhi scivolarono sulla gonna di pelle che le fasciava le gambe lunghe e sode. I capelli biondi le arrivavano quasi al sedere, le sue curve erano generose e floride. Oggettivamente era bellissima, dubitavo però che avesse altre qualità oltre a quelle meramente fisiche.

«Sì, Jennifer. Torna a casa per conto tuo.» Poi, dopo quelle parole dure, lui le accarezzò la guancia e le parlò come se fosse sul punto di spogliarla, proprio lì, di fronte a me. Le fissò i seni alti mostrando un desiderio a stento represso e lei si morse il labbro.

«Stasera staremo da me», le sussurrò in modo così erotico da farmi correre i brividi lungo la spina dorsale. Le toccò un fianco e a me parve che quelle dita stessero toccando il mio corpo. Fu una sensazione assurda. Lui la lasciò andare e si incamminò sul marciapiede, senza degnare di altre attenzioni nessuno dei suoi amici; io invece rimasi ferma a riflettere su quale sarebbe stata la decisione migliore da prendere.

«Allora?» Si voltò verso di me e sussultai. Voleva che lo seguissi, ma per me quel ragazzo era un perfetto sconosciuto, non sapevo neanche il suo nome, per quale motivo avrei dovuto andare con lui?

«Non ti conosco», ammisi come una bambina spaventata a cui era stato vietato di parlare con gli estranei. Il ragazzo inclinò di lato il capo e studiò il mio abbigliamento, dai jeans scuri al cappotto chiaro aperto sul mio maglioncino con la stampa di Trilli. Ci ero particolarmente affezionata perché era un regalo di Natale di nonna Marie, che ormai non c'era più e, nonostante avessi ormai ventun anni, avrei sempre indossato tutto ciò che mi legava a lei.

«Ascolta, *Trilli*, non sono uno che ha molta pazienza. Quindi scegli: o resti qui con Xavier e Luke – e, fidati, conoscendoli non ti converrebbe – o segui me e torni a casa. Abito da quelle parti anch'io...» ribatté, spazientito.

Arrossii e raddrizzai la schiena, mostrando una certa fierezza.

«Perché dovrei seguirti? Potresti essere un maniaco, uno psicopatico, un serial killer...» Mi intestardii, incrociando le braccia al petto. Sentii alle mie spalle i suoi amici brontolare qualcosa sulla loro auto, ma non mi voltai a guardarli. Il ragazzo mi fissò e un velo d'ombra calò sul suo viso perfetto. Mi sforzai di trovargli dei difetti estetici, ma ne era privo, anche quando le sue iridi dorate manifestavano un'oscurità inspiegabile.

«O magari qualcuno che ti condurrà sulla retta via...»

Mi fece un occhiolino furbo e riprese a camminare, ma rimasi ancora una volta immobile ad analizzare la sua risposta.

Certo, figurarsi se un tipo del genere poteva condurmi sulla retta via.

Quel ragazzo incarnava un diavolo dal fascino enigmatico e proibito, ma non aveva l'aspetto di un maniaco o di un serial killer, anche se l'apparenza poteva ingannare; a ogni modo, dovevo sicuramente diffidare di lui.

«Vuoi muoverti, cazzo? Non ti sto facendo un favore, sappilo, ragazzina!» Si voltò con impeto e sussultai. Che modi, perché doveva essere così burbero e scontroso? Non ci conoscevamo neanche. Tuttavia non avevo molte possibilità. Restare con i suoi amici era completamente escluso, procedere da sola mi avrebbe indotta a perdermi del tutto, quindi riflettei sull'unica opzione plausibile: seguirlo.

«Vengo con te solo perché hai detto che abiti da quelle parti anche tu, sempre che sia la verità...» gli feci presente, guadagnandomi una sua occhiata poco gentile. «E cerca di essere meno arrogante», lo rimbeccai. Lo stavo infastidendo e me lo comunicò con uno sguardo minaccioso, poi si voltò ancora una volta e riprese a camminare disinvolto.

Mi concessi del tempo per studiare indisturbata il suo fisico. Tutto in lui sprigionava una forza particolarmente virile, soprattutto i suoi glutei sodi, che osservai con ammirazione.

La sua postura era fiera e decisa, sembrava un'anima oscura che passeggiava beatamente nel suo inferno, distaccato da tutto il resto.

«E comunque, se tentassi di farmi qualcosa contro la mia volontà, saprei difendermi. Divento molto pericolosa con gli uomini irrispettosi», dichiarai. Stavo mentendo, non sapevo neanche tirare un calcio, ma era necessario fingere e cercare di sortire un certo timore sul tipo affascinante al mio fianco.

Lui mi guardò e inarcò un sopracciglio.

«Qualsiasi cosa io abbia mai fatto alle donne, non è mai stata contro la loro volontà, credimi.» Mi lanciò un'occhiata languida e per un istante sospettai che mi stesse guardando il seno, ma non ne ero sicura, pertanto non potevo avanzare alcuna accusa. Decisi di ignorare il suo commento, d'altronde gli uomini erano inclini a vantarsi sempre delle loro capacità amatorie, quindi la sua poteva anche essere una stronzata; magari ce l'aveva anche piccolo o magari non era per niente bravo a letto, come invece voleva far credere.

«Come ti chiami?» mi chiese d'un tratto, riportando la mia mente al nostro dialogo stentato. Tirò fuori un pacchetto di sigarette dalla tasca posteriore dei jeans e ne sfilò una. Me lo porse gentilmente e declinai l'offerta scuotendo la testa.

«Non fumo, grazie.» Lo affiancai cercando di tenere il ritmo delle sue falcate e, rispetto alla sua stazza, mi sentii più piccola del dovuto.

«Comunque, mi chiamo Selene», aggiunsi, cercando di non fissarlo troppo anche se era difficile non essere attratta da lui. Nessun altro mi aveva fatto quell'effetto. Ero così intimorita che non riuscii nemmeno a chiedergli a mia volta il suo nome.

«Da dove vieni?» chiese poi. Accese la sigaretta, contraendo i bicipiti allenati, e arrotondò le labbra piene per soffiare una nube grigiastra. Tossicchiai e feci qualche passo indietro per evitare che l'ondata di fumo mi investisse, ne odiavo la puzza.

«Da Detroit. Sono qui da mio padre, in vacanza… diciamo.» Feci una smorfia dubbiosa. Non ero certa di dover definire quel periodo come una «vacanza», ma non avevo voglia di dire a uno sconosciuto i reali motivi del mio arrivo a New York. Lo guardai e mi soffermai sul suo profilo definito e lineare. Fronte, naso e labbra sembravano essere stati realizzati ad arte.

Trascorsero vari attimi di silenzio, durante i quali non osai aprire bocca, nemmeno per chiedere come si chiamava. Il ragazzo terminò la sua sigaretta e gettò via il mozzicone, pestandolo con la suola delle scarpe sportive. Nonostante avesse fumato, emanava un buon profumo di muschio fresco.

«Lo sai che è stato da incoscienti girare da sola per le strade di una città che ancora non conosci, vero, Trilli?» Mi irrigidii e d'istinto chiusi i bottoni del mio cappotto per coprire il maglioncino.

«Smettila di chiamarmi Trilli», sbottai infastidita, ignorando il suo rimprovero. Il ragazzo sorrise senza guardarmi; notai ancora una volta quanto fosse attraente, nonostante l'insolenza.

«Ti chiamo come voglio.» Fece una pausa a effetto. «*Trilli*», ripeté divertito per irritarmi. Sospirai e gli lanciai un'occhiataccia.

«Io come dovrei chiamarti, invece?» brontolai, trovando finalmente il coraggio di domandargli il suo nome. Il ragazzo mi guardò con i suoi bellissimi occhi color miele e i miei si posarono sulle sue labbra, che si mossero per pronunciare finalmente il suo nome.

«Neil», disse. Poi camminammo a lungo in silenzio, fermandoci solo dinanzi all'enorme cancello che avevo varcato ore prima con Matt. Mi voltai a guardare la targhetta dorata con inciso VILLA ANDERSON-LINDHOM e poi tornai su Neil. Stavo per ringraziarlo quando infilò le mani nelle tasche dei jeans scuri e tirò fuori un mazzo di chiavi con un telecomando automatico.

«Siamo giunti a destinazione, Trilli.» Aprì il cancello e con finta galanteria mi invitò a varcarlo. Lo guardai incredula e lui ostentò un sorrisetto. Capii che aveva sempre saputo chi fossi e che si era semplicemente divertito a prendermi in giro.

Quell'adone dal fascino indiscusso e il sorriso enigmatico era il Neil che mi aveva nominato Logan, ovvero il primogenito di Mia.

Davanti a me avevo… *Neil Miller*.

Mia e Matt furono contenti quando ci videro varcare la porta d'ingresso insieme.

Mio padre diede una pacca sulla spalla a Neil come se fosse stato l'eroe che aveva salvato la principessa dalla torre d'avorio; io, invece, cercavo di evitare le continue occhiate divertite di Neil rivolte al maglione con la mia adorata Trilli.

Quando Matt mi chiese se mi fossi persa, lo rassicurai e risposi di no, anche se non era del tutto vero. Mi trattenni poco a conversare, perché sentivo il bisogno di rinchiudermi nella mia stanza, fare un bagno caldo e dormire, così mi congedai in fretta, senza badare più a Neil, che invece decise di uscire, probabilmente con quei suoi amici dei quali avevo dimenticato i nomi.

Ore dopo, a notte fonda, mi ritrovai sveglia a letto; il mio cervello continuava a proiettare le immagini di tutto ciò che era accaduto in quella giornata. Mi voltai su un fianco e cercai di nuovo di dormire. Mi girai e rigirai continuamente, chiusi e aprii gli occhi, sospirai, sbuffai, insomma feci di tutto, eccetto che abbandonarmi a un sonno ristoratore.

«Dannazione!» imprecai sollevando il busto. Mi guardai attorno nervosamente, balzai giù dal letto e decisi di scendere in cucina per bere dell'acqua. Forse camminare mi avrebbe calmata e indotta di conseguenza a un sonno profondo. Rivolsi lo sguardo al cellulare e notai che erano già le tre del mattino. Scesi lentamente le scale attenta a non svegliare nessuno. Il silenzio e il buio regnavano sovrani nella villa, ed erano qualcosa di beatamente rilassante. Arrivata in cucina, seppur con qualche difficoltà, aprii il frigo, afferrai una bottiglia d'acqua e ne bevvi un lungo sorso.

«Ah, finalmente», dissi appagata. Sentii l'acqua fresca scorrere lungo la gola secca e arrivare dritta nel mio stomaco affamato, dato che non avevo cenato. D'un tratto sentii la porta d'ingresso aprirsi e dei versi strambi riecheggiare nel salotto. Ogni mio senso si mise in allerta e le gambe iniziarono a tremare per l'agitazione.

«Shh... Troietta, cerca di controllarti», sussurrò la voce roca e profonda di Neil. L'avrei riconosciuta tra mille. Un momento... come aveva chiamato la sua accompagnatrice?

«Mi ecciti quando mi chiami così... Ti voglio *ora*», mormorò ansante la ragazza che lui aveva definito in quel modo volgare.

Sentii la porta chiudersi con un tonfo e lo schiocco di alcuni baci, passionali e avidi.

Sgranai gli occhi quando capii cosa stava accadendo a pochi metri da me, il mio respiro accelerò e mi morsi il labbro nervosamente. Non sapevo cosa fare, entrai in panico mentre si avvertivano ansimi e gemiti strozzati dalla stanza accanto. Ricordai le parole di Neil – «Stasera staremo da me» – e mi fu tutto più chiaro.

Quella ragazza era Jennifer, la Barbie bionda di quel pomeriggio.

«Allora ti scoperò qui. Adesso», affermò lui con decisione e, malgrado io non li stessi neanche vedendo, mi sentii come se fossi nel bel mezzo di un set sul quale si stava per girare un film a luci rosse.

«Sì...» farfugliò lei mentre io stavo per morire dall'imbarazzo. Cercai di uscire subito in punta di piedi dalla cucina. La luce tenue della luna che filtrava dalle numerose vetrate mi permetteva di avere una visuale fioca della casa, ma sufficiente a tornare nella mia stanza. Per sbaglio, però, urtai contro qualcosa, provocando un rumore abbastanza forte da catturare l'attenzione dei due.

«Oh, cielo», mormorai, conscia della grande figuraccia che avrei fatto a breve. Sentivo il cuore battere talmente forte che temevo che potessero percepirlo anche loro.

«Cosa è stato?» chiese preoccupata la ragazza.

«Di che parli?» ribatté lui, troppo eccitato per accorgersi di qualcos'altro che non fosse la libidine in fermento nel suo corpo.

«C'è qualcuno, Neil», bisbigliò lei e da come le tremava la voce dedussi fosse preoccupata e spaventata, forse più di me.

«Aspetta...» rispose deciso lui; poi seguirono dei passi affrettati, diretti sicuramente verso l'interruttore della luce. Strinsi le labbra e contai mentalmente i secondi che mi dividevano dall'attimo in cui sarei stata colta in flagrante lì, imbarazzata e intimidita.

All'improvviso, la luce si accese e Neil e Jennifer sobbalzarono non appena notarono la mia figura.

«Che diavolo stai facendo tu qui?» tuonò Neil.

2
Selene

Spesso s'incontra il proprio destino nella via che s'era presa per evitarlo.
JEAN DE LA FONTAINE

DEGLUTII a disagio mentre Neil continuava a fissarmi.

I suoi occhi lambivano piano i miei tratti, le sue labbra erano rosse, probabilmente a causa dell'assalto a cui erano state sottoposte fino a qualche secondo prima, e il suo corpo imponente mi sovrastava.

«Allora?» mi incalzò e per la prima volta nella mia vita mi sentii incapace di parlare e reagire, perciò me ne stetti in silenzio a osservare i suoi pettorali coperti da un dolcevita chiaro, pensando a quanto fossero ben definiti.

«Ero scesa per bere dell'acqua», fu tutto ciò che riuscii a dire dopo qualche istante; poi, mi schiarii la gola e cercai di assumere il pieno controllo di me stessa.

Ero a New York da quanto? Neanche da un giorno. E la collezione delle mie figuracce era già iniziata.

Neil, nel frattempo, corrugò le sopracciglia squadrandomi da capo a piedi. Indossavo un semplice pigiama largo con delle tigri stampate, per niente sensuale. Jennifer, della cui presenza mi ero invece momentaneamente dimenticata, incrociò le braccia al petto visibilmente scocciata perché li avevo interrotti.

«Sarebbe lei la famosa Selene? La ragazza di cui mi hai parlato oggi?» disse e non mi sfuggì il tono derisorio con cui pronunciò quelle parole.

«Sì, è lei...» confermò Neil e io cercai ancora di non guardare il suo torace ampio, altrimenti mi avrebbe distratta da quello che era il mio atteggiamento *apparentemente* immune a quel metro e novanta di muscoli.

«Cosa facevi qui al buio, Selene? Volevi unirti a noi per caso?» chiese Neil, che poi lanciò un'occhiata allusiva al mio pigiama infantile; Jennifer scoppiò a ridere come se non aspettasse altro che prendersi gioco di me, ma ero intenzionata a dimostrare che la sua era stata una mossa sbagliata.

Mi irrigidii seduta stante e subito fulminai la ragazza, che smise di ridere; poi rivolsi il mio sguardo a Neil.

«Figuriamoci.» Sorrisi con sufficienza, ostentando una fierezza distinta. «Se il tuo pene ha le stesse dimensioni del tuo cervello, credo sia troppo piccolo per soddisfare due donne in contemporanea», ribattei.

Neil sollevò le sopracciglia sorpreso dal mio affronto e notai con soddisfazione il suo sorriso affievolirsi, mentre la Barbie non ebbe il coraggio di emettere una sola sillaba. Sapevo bene quanto gli uomini si sentissero feriti se colpiti nel loro orgoglio maschile, ma quell'attimo vittorioso durò troppo poco, perché Neil scosse la testa ed esibì il tipico sorriso di un uomo così navigato da non essere toccato dall'assurdità appena detta.

«Attenta a quello che dici, Trilli...» Si avvicinò così tanto che potei sentire il suo respiro sfiorarmi il viso e stranamente... rabbrividii. «Ti smentirei anche adesso, se tu fossi così coraggiosa da accettare...» Inchiodò i suoi occhi ai miei in attesa di una risposta e il lampo di malizia che attraversò il suo sguardo mi fece irrigidire. Restai a fissare le sue iridi sfavillanti come due stelle dietro le quali si celava un diavolo pericoloso, e mi resi conto con assoluta certezza di non aver mai visto un colore tanto particolare.

«Scordatelo.» Mi riscossi. «Ti risparmio la figuraccia.» Lo derisi ancora ostentando una finta sicurezza. Eravamo così vicini da poter percepire la guerra in atto tra i nostri corpi.

«Sei soltanto una ragazzina...» mi sussurrò all'orecchio, inspirando il mio odore. «E, tra parentesi, dovrai cambiare il tuo look se un giorno vorrai provocare un'erezione a un uomo.» Sondò la mia espressione perplessa e sorrise vittorioso.

Poi, afferrò la mano di Jennifer e la trascinò con sé su per le scale. Sprofondai nell'imbarazzo quando capii che non solo aveva appena insultato il mio pigiama, ma non mi aveva neanche concesso il tempo di controbattere.

Tuttavia, se pensavo che fosse finita qui, mi sbagliavo di grosso.

Quel ragazzo sfacciato, maleducato e terribilmente sexy mi fece trascorrere una notte insonne. Avvertii tutti i gemiti di Jennifer e mi parve proprio che le stesse piacendo quel modo alternativo di utilizzare un materasso. I due, tra l'altro, potevano contare sul fatto che Mia e Matt non li sentissero, dato che dormivano dall'altro capo di quella reggia sontuosa.

Io, però, sentii tutto.

Ma proprio tutto.

E fu davvero un incubo.

Alla fine, alle cinque del mattino, dopo essermi girata e rigirata nel letto tutta la notte con il cuscino sulla testa, cedetti al sonno per un tempo così breve da non poterne godere abbastanza.

Alle sette, fui costretta a precipitarmi di sotto, con l'aspetto di un panda e di umore pessimo.

Avevo un forte mal di testa e l'idea di dover affrontare il primo giorno alla NYU in quello stato non faceva altro che aumentarlo. Per fortuna mio padre si era già occupato dell'iscrizione e dei vari documenti utili per essere ammessa, grazie alle sue conoscenze e ovviamente ai soldi con i quali avrebbe potuto pilotare anche il Presidente in persona.

Quando entrai in cucina, Matt sollevò lo sguardo dal suo giornale e osservò la mia figura stanca arrancare verso il tavolo.

«Buongiorno, Selene.» Sorrise e mi guardò sospettoso; non ero uno splendore, ne ero ben consapevole.

«Buongiorno», brontolai atona.

Accanto a lui c'era Logan che mi sorrise gentilmente, i capelli in ordine e gli occhi ancora assonnati lo rendevano buffo e attraente al tempo stesso; Chloe invece aveva sempre l'espressione di chi ignorava il mondo vivendo nella propria bolla di sapone. Mi sedetti su una sedia e sospirai, reggendo la testa sui palmi delle mani.

«Dormito bene?» chiese Logan, che avevo stabilito essere il fratellastro migliore.

«Per niente». Era inutile negarlo e il mio tono attirò su di me perfino lo sguardo incuriosito di Chloe.

«Neil, vero?» ridacchiò divertito lui.

«Credo che mi serviranno davvero dei tappi.» Sospirai frustrata, appoggiandomi allo schienale della sedia. Matt intanto ci osservava confuso, ignaro del vero significato del nostro discorso.

A peggiorare la situazione si aggiunse Mia, che con la sua voce civettuola urlò un «buongiorno» così acuto da farmi sobbalzare. Massaggiai le tempie e maledissi silenziosamente l'idea di mia madre di farmi trasferire nella casa degli orrori.

Ringraziai poi la governante Anna quando mi porse la mia tazza di latte fumante e mi sforzai di farle un sorriso di circostanza. Dopotutto, sembrava essere l'unica persona normale lì dentro.

«Che fantastica giornata oggi, vero?» cinguettò Mia, che, nonostante l'ora mattutina, era allegra e raggiante; per giunta era perfettamente truccata, aveva i capelli chiari raccolti in una lunga coda e indossava un tailleur nero che mostrava fin troppo il suo seno sodo e prosperoso. Smisi di osservarla e organizzai mentalmente gli impegni delle prossime ore.

Ero perfettamente concentrata su me stessa, quando qualcuno improvvisamente sbadigliò, stropicciandosi gli occhi. La mia attenzione venne subito catturata dal gigante che stava varcando la porta della cucina e che il mio corpo aveva stranamente imparato a riconoscere.

Ogni mio sensore si mise in guardia.

Neil era a petto nudo e portava soltanto un paio di pantaloni grigi e sportivi; quella vista avrebbe messo a dura prova gli ormoni di qualsiasi donna, e io non feci eccezione. Notai anche un maori stravagante adornare il bicipite destro sino alla spalla e un altro strano tatuaggio che simboleggiava un intreccio di linee sul fianco sinistro. I capelli castani erano arruffati e le labbra particolarmente rosa e gonfie. Odiavo ammetterlo, ma possedeva una bellezza indescrivibile, era virile e aitante come pochi. Si accorse della mia presenza e sorrise malizioso voltandosi verso la dispensa per prendere una barretta proteica al gusto di pistacchio e cacao, una di quelle indispensabili nelle diete degli sportivi. Ogni muscolo della sua schiena si tese, inducendomi a osservare la perfezione di quel fisico curato. Neil poteva essere un giocatore di basket, di football, di hockey, insomma un atleta professionista per il corpo che sfoggiava. Si voltò ancora verso di me e aprì la barretta, l'avvicinò alle labbra e la morse lentamente mentre se ne stava appoggiato con disinvoltura al bancone alle sue spalle.

Seguii ogni suo gesto come se ne fossi incantata.

Era attraente, sicuro di sé, sensuale, trasudava sesso da ogni centimetro di pelle, con ogni respiro, con ogni sguardo famelico, con ogni movimento delle labbra.

Era selvaggio, carnale, avido e le urla della ragazza di quella notte non potevano che confermare le mie impressioni.

Fatti e non parole.

Ecco cos'era Neil.

«Buongiorno», sussurrò volutamente lascivo, fissandomi.

Non mi sfuggì l'ironia del suo saluto. Sapeva che non avevo chiuso occhio a causa sua e ne era orgoglioso.

«Neil, potresti indossare una maglietta?» borbottò Chloe sbuffando; non capii se fosse gelosa di suo fratello o semplicemente infastidita dal suo essere così disinibito.

Lui non le rispose e seguitò a guardarmi per un tempo che parve infinito.

Involontariamente i miei occhi scesero dal suo ventre asciutto all'elastico dei pantaloni, a vita così bassa da scoprire il triangolo che conduceva alla zona pelvica. Il rigonfiamento nelle mutande, benché rilassato, era abbastanza visibile.

Anzi… *molto* visibile.

Probabilmente avevo sbagliato sulle sue misure ieri notte, ma al tempo stesso ero contenta di averlo deriso.

Neil si accorse del mio sguardo indecente e continuò a fissarmi, questa volta compiaciuto.

«Sta' zitta, Chloe. Le donne apprezzano.»

Ripresi freneticamente a sorseggiare il mio latte, assolutamente consapevole di essere stata colta in flagrante a fissarlo proprio… *lì*.

Inutile negare che quei solchi naturali e le vene gonfie, coperte da una pelle color ambra, reclamavano con prepotenza di essere ammirati, ma sfoderando tutto l'autocontrollo che possedevo, cercai di non cadere in trappola. Non ancora perlomeno.

«Pronti per l'inizio delle lezioni?» chiese Mia all'improvviso, salvandomi da quel momento di assoluto imbarazzo.

«Sì, mamma. Carter è qui fuori, mi accompagna lui.» Chloe andò via euforica e notai l'occhiataccia dei suoi fratelli sentendo quel nome sgradito.

«Io devo andare in clinica… Oggi ho l'agenda piena», intervenne mio padre, il famoso chirurgo; si sollevò dalla sedia e, con la sua solita eleganza, salutò tutti per poi rivolgere lo sguardo a me.

«Selene, ti andrebbe, ehm… di stare un po' insieme più tardi?» biascicò, intimorito da un mio possibile rifiuto.

«No, ho da fare, Matt», risposi brusca. Non lessi stupore sul suo viso, solo afflizione. Non era vero: ero lì da così poco tempo che per me era impossibile avere impegni insormontabili. Avevo solo scelto di rifilargli la risposta che lui stesso aveva sempre dato a me quando lo esortavo a trascorrere del tempo insieme.

Matt andò via senza aggiungere altro, seguito da Logan, che corse al piano superiore per prepararsi perché la prima lezione sarebbe cominciata tra circa quaranta minuti. Una volta sparite anche Mia e Anna, io e Neil rimanemmo soli.

I miei occhi lo cercarono, guardinghi.

Sapevo che avrei dovuto darmi un contegno, ma quel corpo armonico era stato creato per essere ammirato, così lo fissai come se lui fosse una statua esposta in un museo e io fossi una turista intenzionata a memorizzarne ogni singolo angolo sensuale.

Mi consolai nel notare, però, che anche lui non aveva smesso un solo istante di osservarmi, segno che ci stavamo analizzando a vicenda.

«Perché mi stai fissando?» borbottai, sentendo inspiegabilmente le pareti della stanza restringersi attorno a noi.

«Non è quello che hai fatto tu finora, Trilli?» Ancora quel nomignolo.

La voce rauca e profonda, unita alla sua sfrontata sicurezza, fece vacillare ogni mia intenzione di fronteggiarlo. D'un tratto, si avvicinò e io mi alzai di colpo in piedi per indietreggiare.

Ero visibilmente in imbarazzo, ma non dovevo permettergli di avere il controllo su di me.

«Non rispondere alla mia domanda con un'altra domanda. Ci siamo squadrati a vicenda…» replicai e urtai con il sedere il bancone circolare alle mie spalle, fermandomi.

Quali erano le sue intenzioni?

Non lo sapevo, ma avevo intuito che quel ragazzo fosse pericoloso e che ogni volta che lo guardavo avvertivo sensazioni destabilizzanti.

Ecco la verità.

Neil avanzò ancora e, con un gesto molto scaltro, appoggiò i palmi sul bancone ai lati del mio corpo, incombendo su di me con la sua figura, troppo alta, troppo possente, troppo intimidatoria.

«Che stai facendo?» balbettai con voce flebile, tanto che stentavo a riconoscermi. Ero sempre stata immune ai tipi come lui; tra l'altro, non mi ero mai soffermata così tanto sugli uomini, nemmeno su Jared. Nella mia mente c'erano sempre state *altre* priorità, per cui vacillare in quel modo fu una novità per me.

«Intuisco i tuoi desideri…» I suoi occhi color miele scivolarono lungo tutta la mia figura soffermandosi sul petto, precisamente sul solco dei miei seni, senza alcun pudore. «E non mi dispiace sapere che anche tu intuisci i miei…» sussurrò soave, ma deciso.

«Sei un pervertito.» Cercai di non mostrarmi sopraffatta dal forte profumo di bagnoschiuma che emanava il suo corpo, e dalle sue labbra che, da quella breve distanza, parvero più carnose della sera precedente.

«Oh, non sai quanto, ragazzina...» Annegai nei suoi occhi per un tempo indefinito, mi stava drogando con il suo sguardo velenoso, uno sguardo che mi penetrava con veemenza spogliandomi di ogni difesa e toccandomi senza che le carni si sfiorassero. Assurdo. Mi sembrò lo spettacolo di un arcobaleno o di un'alba dai colori pittoreschi.

«Stammi lontano!» Feci appello a tutte le mie forze e aumentai la distanza tra noi. «Sono la figlia del tuo patrigno... Non dovresti parlarmi in questo modo.»

«Rilassati, stiamo solo giocando», disse lui, fissando spudoratamente le mie curve coperte da una maglietta lunga e un paio di jeans. Voleva che capissi che mi desiderava e voleva che capissi anche *quanto* fosse determinato a ottenere ciò che bramava, ma non avrei ceduto tanto facilmente. Non ci conoscevamo neanche e dare per certo che io fossi come la bionda della notte precedente, era un'offesa alla mia dignità.

«Stiamo giocando? E in cosa consisterebbe il tuo gioco? Sentiamo...» Incrociai le braccia al petto sfidandolo senza timore. Ero piccola, forse un po' ingenua, ma abbastanza combattiva per difendermi dai cattivi ragazzi come lui.

«Se te lo dicessi che gusto ci sarebbe?» ribatté lui. Poi, mi guardò avido un'ultima volta, si voltò e se ne andò con una risata sardonica che prometteva soltanto guai...

Quella mattina decisi di cancellare Neil, e i suoi muscoli, dalla mia mente e raggiunsi l'università con Logan, che si mostrò cordiale e socievole proprio come mi aspettavo.

Durante il tragitto parlammo della sua costosa Audi R8 nuova di zecca e del rapporto splendido che lo univa ai suoi fratelli, ma malgrado i suoi tentativi di impegnare la mia mente in allettanti conversazioni, ero comunque particolarmente in ansia per il nuovo percorso di studi che mi attendeva.

Nuova città, nuova casa, nuova famiglia, nuova università... tutto mi faceva paura, dato che non ero molto avvezza ai cambiamenti e la dinamicità mi spaventava.

Logan, con i suoi modi comprensivi e pacati, cercava di mettermi a mio agio e in parte ci riuscì. Tra l'altro, quel giorno la fortuna fu dalla mia, poiché scoprimmo di avere alcuni corsi in comune e che quindi avrei condiviso molto tempo con lui, cosa che stranamente mi rassicurava.

Mi presentò anche il suo gruppo di amici e conobbi Alyssa, una ragazza energica e piena di vita, Cory, un ragazzo moro, dal fisico asciutto e il sorriso sempre stampato sulle labbra che aveva la strana abitudine di chiamare «pupa» ogni essere vivente di sesso femminile, Jake, un ragazzo biondo, super tatuato e dal fascino ribelle, Adam, dai ricci folti e la pelle olivastra, e infine Julie, la secchiona del gruppo.

Strinsi la mano a ciascuno di loro e, quando fu il turno di Cory, dissi: «Piacere, Selene. Non chiamarmi 'pupa' e tieni il tuo amico nelle mutande, grazie», ponendogli delle chiare regole che gli strapparono una risata.

«È un osso duro», commentò Logan ridacchiando.

«Ho notato», ribatté Cory, ironico.

Mentre passeggiavamo all'interno dell'atrio principale del nostro ateneo, cercai di conoscerli e di memorizzare i loro nomi. Tutte le ragazze furono accoglienti e gentili, e scoprii di avere una grande affinità soprattutto con Alyssa. Apprezzai anche la loro infinita pazienza nel mostrarmi tutte le aree principali del campus.

L'università era enorme.

Visitai il teatro, la biblioteca, i padiglioni principali e cercai di ricordare i corridoi e le aule che avrei dovuto raggiungere per seguire i miei corsi. Non era facile ambientarsi, ma ero circondata da persone disponibili e pronte ad aiutarmi in caso di bisogno.

Qualche ora dopo, mentre stavo passeggiando con Alyssa e gli altri sul grande prato dell'università, all'improvviso la nostra conversazione venne interrotta dal rombo potente di un'auto, che attirò l'attenzione di tutti, compresa la mia.

Una splendida Maserati nera accostò davanti al campus e un ragazzo con un giubbino di pelle nera e una sigaretta penzolante tra le labbra, scese in tutta la sua avvenenza, guardando dritto dinanzi a sé, quasi assorto. Forse proprio per via di quell'atteggiamento cinico e misterioso, sprigionava una bellezza violenta e peccaminosa. Lo fissai e furono sufficienti pochi secondi per riconoscerlo.

Era *Neil*, non poteva essere nessun altro.

I riflessi luminosi dei suoi capelli scombinati sfavillavano al sole e le labbra carnose si distesero in un sorriso sfrontato.

«Tuo fratello è un vero pezzo di manzo», commentò Alyssa rivolta a

Logan, e poi si lasciò andare ad apprezzamenti di ogni genere su Neil; il suo pensiero era condiviso da gran parte delle ragazze presenti, ma tra tutte, ero io l'unica infelice della scoperta sconvolgente di ritrovarmelo perfino all'università. L'attrazione per quel corpo irraggiungibile cedette, infatti, subito il posto alla sensazione opprimente di dover affrontare quel ragazzo pericoloso anche lì.

«Che diavolo ci fa lui qui?» Quasi urlai in preda ai nervi. Non avrei tollerato di sopportarlo anche in un ambiente ristretto come il campus. Non ero mai stata una debole eppure inspiegabilmente avevo intuito che quel ragazzo poteva avere il potere di annientarmi.

«Neil è all'ultimo anno e dovrà laurearsi nei prossimi mesi», spiegò Logan sorpreso dalla mia reazione.

Non me ne importava nulla che fosse all'ultimo anno, non lo volevo attorno a me. Punto e basta.

Continuammo a fissarlo tutti. Io, in particolare, ero infuriata, anche se quell'ira era rivolta più verso me stessa perché avevo paura dell'effetto che Neil aveva su di me.

«Ti prego, fa' che non lo incontri troppo spesso», brontolai, pregando un Dio invisibile affinché accogliesse le mie suppliche.

«Be', condividi la casa con lui, quindi l'università sarebbe l'ultimo dei tuoi problemi», ridacchiò Logan, ma era proprio quella la cosa peggiore.

Almeno mentre mi aggiravo spensierata tra i corridoi dell'università, avrei voluto evitare la sua presenza insidiosa.

Mi stavo ancora disperando, quando, un istante dopo, apparve Jennifer, con una minigonna nera, gli stivali alti che slanciavano la sua figura, la chioma cascante in fili dorati e le curve esplosive. Si avvinghiò al collo di Neil e lo baciò con passione, senza riguardo per gli studenti che c'erano attorno.

«Santo cielo... sono in un luogo pubblico», commentò Julie con un atteggiamento pudico e discreto.

«Stai parlando di Neil Miller, conosci la sua *fama*...» aggiunse Adam.

Così era noto per essere un dongiovanni? Chissà come mai, ci avrei scommesso.

«Jennifer ha davvero un corpo da urlo...» intervenne Cory, squadrandole il fondoschiena. Anche se non ne capii il motivo, la situazione per me divenne insostenibile. Salutai tutti e mi diressi verso l'ingresso, pronta per seguire altre lezioni; non avevo più voglia di sentir parlare di quello sbruffone, il nostro rapporto era cominciato con il piede sbagliato e sapevo già che sarebbe proseguito nella stessa maniera.

Tanto valeva allontanarsi da lì. E di corsa anche.

Le ore di lezione trascorsero in fretta. Al corso di letteratura conobbi lo strano professor Smith, il quale aveva un debole per Shakespeare. In circa mezz'ora lo citò almeno un miliardo di volte.

Poi conobbi la professoressa di arte, Amanda Cooper, meno fanatica ma altrettanto discutibile. Sicuramente era giovane e affascinante, tanto che i commenti di Logan, Adam, Jake e Cory sulla gonna attillata che indossava e sulla sua ipotetica età si sprecarono.

«Ti dico che quella avrà circa quarant'anni...» insisté ancora Adam mentre ci dirigevamo fuori dal campus. Non vedevo l'ora di tornare a casa, avevo un martello pneumatico che batteva nella testa e una bella dormita era tutto ciò che desideravo.

«Ti dico di no», ribatté Jake.

«Ragazzi, quella è una milf. Si dice che siano le migliori», dichiarò Cory.

Sorrisi per quei discorsi. Era proprio vero che spesso le donne mature erano considerate più appetibili dai ragazzi giovani.

«Volete smetterla?» brontolò infastidita Julie, ma nessuno le diede ascolto.

«Comunque, è una donna indubbiamente attraente», continuò Adam; gli ormoni ormai erano del tutto impazziti dopo aver visto il bel sedere della professoressa.

«Non ti si può dare torto», aggiunse Logan e per un attimo lo guardai incredula.

Sul serio? Non pensavo che l'avrei mai sentito dire una cosa del genere.

«Allora hai anche tu il famoso gene della perversione come tutti gli uomini.» Inarcai un sopracciglio con sarcasmo e trattenni un sorrisetto divertito.

«Be', faccio le mie considerazioni tipicamente maschili», si giustificò con una scrollata di spalle.

Scossi la testa e, in quell'istante, due grandi mani mi si posarono sui fianchi, spaventandomi.

«Ma che diav...» Mi voltai subito e con mio grande stupore incontrai un paio di occhi verde smeraldo.

«Jared!» urlai euforica, avvolgendogli le braccia attorno al collo.

«Ciao, piccola», mi sussurrò all'orecchio il mio ragazzo. Non riuscivo a credere ai miei occhi. Aveva affrontato quel lungo viaggio solo per raggiungermi?

«Che ci fai qui?» Lo guardai da capo a piedi, dal cappotto elegante ai pantaloni scuri che fasciavano le gambe atletiche, e lo trovai particolarmente bello e sensuale.

Mi spostò una ciocca di capelli dietro l'orecchio e gli sorrisi. Era sempre stato dolce e premuroso.

«Volevo farti una sorpresa e temevo di non riuscirci visto quanto è grande il campus», confessò, ma venni distratta dagli sguardi indiscreti che bruciavano su di noi.

Mi voltai e vidi che Logan e gli altri ragazzi erano abbastanza incuriositi dalla situazione.

«Ehm... Lui è Jared. Il mio...» Mi schiarii la gola imbarazzata, perché provavo sempre un profondo disagio a rivelare dettagli personali. Lui mi circondò le spalle con un braccio e tentai di tranquillizzarmi.

«Il suo ragazzo.» Jared mi salvò, sfoggiando un sorriso luminoso.

Logan fu il primo a tendergli la mano e tutti gli altri imitarono il suo gesto.

Il mio ragazzo, però, non era lì per visitare il campus o conoscere i miei nuovi amici, ma per trascorrere del tempo con me, così mi propose di accompagnarmi a casa. Prendemmo un taxi e, una volta arrivati alla villa, trascorremmo qualche minuto insieme.

Jared mi spiegò che era venuto a New York per motivi legati all'azienda di suo padre e che sarebbe dovuto tornare a Detroit quello stesso giorno. Era incredibilmente propositivo e dinamico, la sua vita era piena di impegni; divideva le sue giornate tra studio e lavoro perché era determinato a costruirsi un futuro solido. Era un ragazzo d'oro e lo ammiravo tanto per la sua maturità. Jared non commetteva mai errori, sapeva sempre quale fosse la cosa giusta da fare e per me era un grande punto di riferimento. Ci eravamo infatti conosciuti qualche mese prima, proprio in un momento in cui mi sentivo sola e avevo bisogno della presenza di qualcuno che potesse capirmi, qualcuno con cui condividere la mia quotidianità.

All'inizio, eravamo solo amici, poi lui mi aveva confessato i suoi sentimenti e, da tre mesi ormai, avevamo cominciato a uscire insieme.

Anche se Jared sosteneva che la nostra fosse una relazione seria, non sapevo bene quali ripercussioni avrebbe avuto quel periodo di distanza sulla nostra storia.

Sicuramente sarebbe stata la prova necessaria a capire cosa ci unisse davvero.

«Voglio tornare a casa», mormorai afflitta dopo avergli parlato di Mia e dei suoi figli, evitando di soffermarmi troppo su Neil. A Jared non sarebbe andato a genio un tipo come lui.

«Lo so, piccola, ma è necessario che tu stia un po' con tuo padre. Sai, per sistemare le cose tra voi...» Mi accarezzò una guancia e mi godetti la sua dolcezza, un lato di lui che mi aveva folgorata quando l'avevo conosciuto.

«Non c'è nulla da sistemare», brontolai. «Quando tornerai a trovarmi?» Inchiodai gli occhi nei suoi, sperando di sentire ciò che volevo.

«Presto, piccola. Dovrò organizzarmi con gli studi, mio padre rompe le palle per il lavoro...» Si guardò attorno e sospirò frustrato. Sapevo che suo padre era un uomo dispotico e arrogante. L'avevo incontrato in una sola circostanza e mi era stato sufficiente notare il modo tremendo in cui trattava suo figlio per capire che non avrei mai stimato un uomo simile.

«Lo so», ribattei rattristata; non era quella la risposta che mi aspettavo ma decisi di non infierire. Mi accorsi che i suoi occhi osservavano insistentemente le mie labbra e capii al volo cosa volesse. Gli sorrisi maliziosa e decisi di ringraziarlo per la sua splendida sorpresa.

A quel punto lo baciai.

Lo baciai come una scolaretta bacia il ragazzo che le piace dietro il muretto della scuola, lo baciai come una ragazzina bacia il ragazzo più carino del gruppo dopo aver perso a obbligo o verità a una festa del liceo, lo baciai come si bacia il ragazzo di cui si scrive sui diari segreti e di cui poi si ride quando le pagine sbiadiscono e si diventa adulti.

Sentii la sua mano premermi sulla nuca per approfondire l'intreccio delle nostre lingue, poi si appoggiò lentamente sul muretto accanto al cancello e fece aderire i nostri corpi febbricitanti. Percepii un piccolo gemito sensuale provenire incontrollato dal fondo della sua gola mentre continuavo ad assaggiare il suo sapore fresco. Come sempre, però, qualcosa mi *turbava*.

Non volevo ammetterlo, ma con Jared mancavano i brividi di cui avevo tanto sentito parlare e che non avevo mai provato sulla mia pelle. Mancavano la passione bruciante, il desiderio irrefrenabile, il batticuore nel petto.

Mancava la magia che rendeva tutto perfetto.

Mancava l'incendio, l'uragano, l'esplosione di un sentimento incontenibile.

Mancava il sapore dell'amore.

Mi trasmetteva affetto, protezione, ma con lui *non* avevo mai avvertito le famose farfalle nello stomaco, tanto che avevo perfino smesso di crederci; quando mi baciava o sfiorava, mi rendevo conto di non amarlo.

Gli posai le mani sull'addome per contenere l'impazienza con la quale mi stava reclamando, ma lui non rallentò. Con l'altra mano mi sfiorò una natica e il cuore balzò in gola. Il momento di apparente benessere lasciò il posto alla tensione che puntualmente iniziò a scorrermi nelle vene, facendomi irrigidire. Il mio corpo sembrava reagire diversamente alle carezze che probabilmente ad altre donne piacevano molto. Il suo bacio iniziò a disturbarmi e mi innervosì.

Il rombo di un'auto interruppe bruscamente il contatto tra noi, che solo all'apparenza sembravamo una coppietta felice.

Allontanai le labbra da quelle di Jared e mi voltai verso quel rumore, notando *Neil*… il mio incubo.

Abbassò il finestrino della sua auto e osservò sia me sia Jared, sollevando gli occhiali da sole sulla fronte. Gettò fuori una nube di fumo mentre con la mano sul volante reggeva la sigaretta accesa. Stupidamente mi chiesi cosa stesse pensando di me e cercai di capire il perché di quella mia insolita curiosità; non stavo facendo nulla di male eppure mi sentivo sporca ai suoi occhi.

«Selene, un po' di pudore, dai. Il paparino potrebbe vederti», mi redarguì con un sorriso sfacciato che avrei voluto cancellare seduta stante a suon di schiaffi.

Non lo sopportavo, mai nessuno mi aveva suscitato un'antipatia tanto istintiva.

Mi guardò dall'alto verso il basso come se non contassi nulla, poi si soffermò sulle mie labbra che toccai con un indice. Le sentii bagnate e gonfie. Avvertii un certo disagio, pur sapendo che non ce n'era motivo.

«Grazie per la tua apprensione, ma so quello che faccio», risposi impertinente.

Invece non lo sapevo affatto.

Neil scosse la testa e mandò su di giri il motore con un rumore assordante.

Aprì il cancello automatico per entrare nella villa, non prima però di aver sfoggiato un ultimo sorrisetto.

«E lui sarebbe?» chiese Jared, corrugando la fronte con evidente confusione e preoccupazione, e fissando l'auto costosa che varcava l'ingresso sontuoso. Cosa avrei dovuto rispondergli? Niente l'avrebbe rassicurato.

«Neil», risposi in un sussurro affranto perché, ahimè, avrei dovuto trascorrere molto tempo con lui e ciò avrebbe comportato non pochi problemi. Ne ero certa.

«Cioè il fratello di Logan?» chiese ancora.

«Esatto.»

«E vive con te?» Notai la sua gelosia assolutamente giustificabile. Neil suscitava competizione negli uomini e desiderio nelle donne. Su di me invece sortiva un effetto ulteriore: mi intimidiva e al contempo mi attirava.

«Sì, Jared», risposi afflitta.

Già, io e Neil vivevamo insieme e tra i nostri corpi scorreva una forte elettricità, ma questo sarebbe stato un segreto che avrei seppellito dentro di me e contro il quale avrei lottato a ogni costo.

3
Selene

Al desiderio niente piace di più
di ciò che non è lecito.
PUBLILIO SIRO

SPESSO mi capitava di trovarmi tra la gente e di sentirmi comunque sola, rinchiusa nel mio mondo. Un mondo nel quale mi sentivo protetta e davvero me stessa, un mondo nel quale non dovevo dimostrare niente a nessuno. Ero fermamente convinta che la solitudine servisse a conoscersi e ritrovarsi.

«Siamo sempre, tragicamente soli, come spuma delle onde che si illude di essere sposa del mare e invece non ne è che concubina», lessi ad alta voce la frase tratta da *I fiori del male* di Charles Baudelaire, uno dei libri che in quel periodo accompagnava le mie giornate, per permettermi di aggrapparmi a una realtà parallela alla mia. Amavo leggere, avrei divorato libri ogni giorno se avessi avuto più tempo.

«Cosa?» Logan inarcò un sopracciglio e mi osservò alquanto perplesso.

«Ehm… niente, leggevo ad alta voce.» Gli mostrai il libro che aveva catturato la mia attenzione, tanto da consentirmi perfino di dimenticare con chi fossi o dove mi trovassi.

«Selene, non ci hai ascoltato finora, vero?» chiese Alyssa sospettosa.

«No.» Scrollai le spalle e ripresi la lettura, posando il libro sulle gambe. Eravamo tutti fuori il campus durante una pausa dalle lezioni e, nel mio caso, anche dal mondo.

«Ci vieni alla festa di Bryan Nelson?» domandò Adam.

«No, Adam, non ne ho voglia», ribattei senza guardarlo.

Non mi andava di trascorrere del tempo tra corpi sudati, musica assordante e fiumi di alcol.

«Sarà divertente. Le feste organizzate da Bryan sono una bomba», aggiunse Cory, cercando di essere persuasivo. Lo guardai, socchiudendo un occhio per via del sole, e scossi la testa. Lui sbuffò e io sorrisi.

«Devi esserci!» Julie sbatté i suoi occhioni dolci e mi supplicò con il suo viso angelico, ma io alzai gli occhi al cielo ed evitai di rispondere.

«Sì, sorella, verrai con noi, che ti piaccia o no», ridacchiò Logan.

«Ci sarò solo se smetti di chiamarmi in quel modo», lo rimbeccai.

«Okay, affare fatto, *sorella*», mi sfidò lui e lo ammonii con un'occhiataccia.

«A partire da ora», specificai; lui si limitò a sorridere, ma senza aggiungere altro.

Era una settimana che vivevo a New York, perciò Logan stava imparando a conoscermi.

Con Neil, invece, la situazione era ben diversa: non avevamo ancora avuto una conversazione normale, mi riservava solo qualche battuta allusiva e dei sorrisi maliziosi quando camminava seminudo per casa.

Di notte dormivo davvero con i tappi, dato il numero di ragazze che si portava a casa; Jennifer a quanto pareva non aveva l'esclusiva.

Non dovevo pensare a Neil, ma farmi i fatti miei.

Dopo qualche altra chiacchiera con gli amici, io e Logan salimmo in auto, diretti alla villa. «Così Jared studia a Detroit, giusto?» mi domandò, lungo il tragitto.

«Giusto...» ribattei mentre osservavo oltre il finestrino i grattacieli scorrermi veloci davanti agli occhi.

«E da quanto state insieme?» chiese ancora.

«Mi stai facendo il terzo grado, papà?» lo canzonai anche se non avevo alcun problema a rispondere alle sue domande.

«Sono solo curioso...» Scrollò le spalle con le mani salde sul volante.

«Da circa tre mesi», spiegai; stranamente con Logan non provavo alcun imbarazzo nel parlare di me o della mia vita a Detroit.

«E tu, hai una ragazza?» aggiunsi, sperando di non risultare indiscreta. «Intendi una ragazza fissa o...» Logan mi lanciò un'occhiata furba e sorrisi.

«Non penso tu sia come tuo fratello», dissi di getto.

«Cosa intendi? Ho anch'io una vita sessuale abbastanza attiva», mi prese in giro e gli tirai una gomitata leggera.

«Eddai, scemo.» Scossi la testa e notai quanto ridere e scherzare con Logan fosse bello e spontaneo, come se ci conoscessimo da anni.

«Per ora sono felicemente single. Ho avuto una sola relazione importante, molto tempo fa.» Tornò serio. «Si chiamava Amber. La conobbi durante gli allenamenti di basket, lei giocava nella squadra femminile», spiegò con un tono malinconico.

«E come mai è finita tra voi?» domandai, senza riflettere bene su ciò che dicevo. Mi imbarazzai, non ne facevo una giusta.

«Mi ha tradito con un tipo a una festa», rispose disinvolto, scrollando una spalla come se niente fosse. Mi morsi il labbro e cercai lo stesso di rimediare.

«Allora non ti meritava. Sei un bravo ragazzo, Logan, troverai di meglio», gli dissi con convinzione.

«L'ho sempre pensato anch'io», affermò con una sicurezza ammirevole. Logan era davvero in gamba, consapevole del suo valore e, malgrado la sofferenza che probabilmente la ex gli aveva provocato, sembrava che l'avesse superata e che si fosse rialzato più forte di prima.

«Giochi ancora a basket?» chiesi poi per cambiare discorso. In effetti, considerata la sua altezza avrebbe avuto tutte le carte in regola per essere un giocatore professionista.

«Ho smesso, ora mi dedico esclusivamente all'università.» Sorrise e continuò a guidare, toccandosi di tanto in tanto il ciuffo. Alcuni suoi atteggiamenti erano identici a quelli di Neil e mi irritavano. Però cercai di non badarci.

Continuammo a chiacchierare ma evitai accuratamente di fargli ulteriori domande su Amber, parlammo piuttosto delle sue partite, di come fosse nata la sua passione per il basket e per quanti anni avesse giocato. Oltre allo sport, scoprii che Logan aveva anche altri hobby: suonava la chitarra e collezionava monete antiche. Mi promise che un giorno me le avrebbe anche mostrate.

Giunti alla villa, entrai in casa. Andai in cucina e presi una bottiglietta d'acqua dal frigo; feci per bere, ma qualcuno me la strappò via malamente. Aggrottai la fronte, con il braccio ancora sospeso a mezz'aria e notai Neil in tuta, sudato, attaccato al collo di quella che era, qualche secondo prima, la mia bottiglia.

Osservai i muscoli del suo braccio contrarsi, la canotta che aderiva al petto muscoloso e lucido, i pantaloni neri che fasciavano le lunghe gambe toniche e i capelli più scombinati del solito. A lui stavano benissimo anche così.

Iniziai a pensare che Neil fosse davvero l'unico ragazzo che riusciva a essere sempre bello, anche dopo un allenamento.

«Ehi», sbottai per palesare il mio disappunto mentre lui continuava a bere guardandomi da sotto le lunghe ciglia.

«Avevo sete», ribatté. Scrollò le spalle e passò il dorso della mano sulle labbra carnose, che non potei fare a meno di guardare incantata.

«Quella bottiglietta era mia», lo rimbeccai infastidita, nonostante i suoi occhi puntassero i miei come pericolose lame. Non era facile fronteggiarlo, la sua sicurezza era un'arma che non conosceva rivali.

«Sì, ma io volevo… *la tua*», sussurrò malizioso.

I nostri corpi erano vicinissimi, sentii il mio respiro accelerare e il cuore palpitare forte; non capivo perché lui mi facesse quell'effetto, la sua presenza mi destabilizzava.

«Come mai non eri in facoltà oggi?» cercai di cambiare discorso e ritrovare un minimo di equilibrio. Aumentai la distanza tra noi e spostai una ciocca di capelli dietro l'orecchio.

«Non avevo voglia di andarci.» Il suo tono mutò d'improvviso, non sembrava più malizioso né divertito, ma semplicemente assente e infastidito. Indietreggiai di un passo per schermarmi dalla sua freddezza, e lo guardai a disagio.

«Perché?» Mi resi conto che quella forse era la prima vera conversazione normale tra noi, da quando ero arrivata. Neil era davvero molto riservato e iniziai a sospettare che la strafottenza fosse solo una maschera che utilizzava per nascondersi dal mondo.

«Non credo ti riguardi», replicò, rigido. Sospirò e si passò una mano prima sul viso, poi tra i capelli, come se stesse scacciando via una sensazione di turbamento che lo logorava nel profondo.

Dato che non sapevo cosa ribattere alla sua affermazione e che lui non sembrava voler aggiungere niente, feci per andarmene, quando una sua affermazione mi bloccò.

«Martin Luther King sosteneva che le tenebre non potessero scacciare le tenebre: solo la luce poteva farlo; che l'odio non poteva scacciare l'odio solo l'amore poteva farlo; che l'odio moltiplicava l'odio e che tutto si trovasse in una spirale discendente di distruzione.»

Mi voltai e lo sorpresi a fissare il vuoto, le sue iridi dorate erano state risucchiate da oscuri pensieri e sembrava che dei ragni velenosi gli stessero camminando sulla pelle. Rimasi lì, ferma, a fissarlo nel disperato tentativo di capire cosa stesse cercando di dirmi, ma la voce di Logan interruppe il momento.

«Ehi ragazzi, che fate?»

Logan entrò in cucina e guardò confuso me e suo fratello, immobili come statue di cera.

«Nulla», risposi sbrigativa; Neil, invece, rimase impalato con l'espressione seria e la mascella serrata, poi spostò lentamente gli occhi su Logan il quale, a differenza mia, sembrò intuire la direzione dei pensieri di suo fratello. Dopo un lungo istante di tensione, Logan si schiarì la gola e deviò l'attenzione sulla festa di quella sera, di cui mi ero persino dimenticata, per informarmi che avrei dovuto essere pronta per le nove.

Lanciai un'ultima occhiata sconcertata a Neil e, dopo aver accettato mio malgrado di partecipare alla festa, salutai i due fratelli e mi rifugiai in camera mia.

Trascorsi il tempo a studiare e a rimuginare sugli strani atteggiamenti di Neil; forse non avrei dovuto neanche preoccuparmene, d'altronde la mia permanenza a New York sarebbe stata momentanea e avrei presto salutato tutti per tornare a Detroit da mia madre. Neil sarebbe stato un capitolo breve della mia vita e non doveva importarmene nulla dei suoi stupidi sbalzi d'umore.

Mentre mi guardavo attorno pensierosa, lo sguardo mi cadde sulla sveglia. Balzai giù dal letto quando mi resi conto che avrei fatto tardi alla festa se non mi fossi data subito una mossa. Feci una doccia veloce e indossai un abito bianco al ginocchio che aderiva perfettamente alle mie forme delicate. La scollatura a cuore era sensuale ma non esagerata, esattamente come piaceva a me. Non amavo gli abiti appariscenti, ero un'esteta alla ricerca del bello sofisticato e mai troppo ostentato.

Asciugai i capelli e decisi di lasciarli sciolti oltre le spalle; truccai gli occhi con un filo di eyeliner, applicai un rossetto rosso ciliegia, infine infilai un cappotto lungo con delle décolleté nere, che abbinai a una piccola pochette del medesimo colore.

Dopodiché, raggiunsi insieme a Logan la villa del famoso Bryan Nelson, un tipo per il quale tutte le studentesse dell'università andavano matte, ma che personalmente non avevo mai visto.

«Chi è questo Bryan?» chiesi a Logan scendendo dall'auto.

«Oh, lo vedrai presto. Aspetta che ti incontri.» Senza darmi ulteriori spiegazioni, mi invitò a seguirlo fino al suo gruppo di amici, che ci attendevano in giardino. Il primo a salutarci fu Cory, seguito da Adam, Jake, Alyssa e Julie.

Dopo un istante, ci addentrammo nella festa; l'odore di alcol e fumo mi investì subito facendomi tossire. Mi guardai attorno e notai alcuni ragazzi seduti sui divani intenti a bere, mentre altri ballavano già mezzi ubriachi o fatti.

«Tutto okay?» Logan si accorse del mio apparente stato di smarrimento e lo rassicurai con un sorriso. Non era esattamente il tipo di situazione nella quale amavo trovarmi, ma per una sera avrei fatto un'eccezione.

Ci accostammo a un tavolo a cui servivano alcolici di ogni genere e un ragazzo alto e palestrato, con due profondi occhi azzurri, si avvicinò a noi.

«Ehi, Miller.» Si rivolse a Logan e gli strinse la mano; io, invece, rimasi in disparte a osservarlo.

«Ciao, Bryan», rispose Logan e capii subito che quello era il proprietario di quell'immensa villa a tre piani; dal modo in cui iniziò a fissarmi mi resi anche conto che era un idiota dal quale stare alla larga. Lo squadrai con diffidenza. Indossava una canotta con il logo di una squadra di basket a me ignoto, e dei jeans stretti che evidenziavano le gambe sode, frutto di un allenamento maniacale che aveva ridotto il suo corpo a un cumulo di muscoli e ormoni.

«Wow, e quest'angelo chi è?» Mi guardò dritto negli occhi e mi sorrise maliardo, come se bastasse così poco per farmi cadere ai suoi piedi.

«Ti presento Selene Anderson, la figlia di Matt, il compagno di mia madre», disse Logan, senza accorgersi che il suo amico mi stava letteralmente spogliando con gli occhi, mentre io volevo sparire per sottrarmi al suo sguardo insistente.

«Mmh... incantato. Sono Bryan Nelson, il padrone di casa.» Mi fissò malizioso e mi fece l'occhiolino, poi afferrò la mia mano e si esibì in un baciamano galante. «Se hai voglia, dopo facciamo un giro, angelo. Che ne pensi?» propose fin troppo sicuro di sé, dando per scontato che fossi una delle tante galline del suo pollaio. Non mi colpivano i tipi come lui, intuivo subito cosa avessero per la testa e di solito riuscivo sempre a evitarli.

«Mi dispiace, ma non sono interessata», replicai decisa e mi allontanai da quel viscido, poi presi da bere soltanto per attenuare la tensione che sentivo scorrere nelle vene.

Svuotai il bicchiere d'un fiato e lo posai su un tavolo; dopodiché, iniziai a camminare per la casa, cercando l'uscita per prendere una boccata d'aria fresca. Tuttavia, la folla di ragazzi scatenati mi sballottava e spesso incespicavo sui miei stessi passi, a causa delle scarpe troppo alte.

«Sarei disposto a indicarti una via di fuga se solo mi concedessi un breve ballo.»

Ebbi l'impressione di sentire la voce di Neil, bassa, profonda, baritonale, l'unica che provocava strani brividi sulle mie braccia. Mi voltai a cercarlo ma non vidi nessuno, se non corpi sconosciuti e chiome fluttuanti.

Avevo anche le allucinazioni?

Scossi la testa e ripresi a camminare, frastornata dalla musica troppo alta, ma qualcuno mi afferrò il polso e, prima che potessi reagire, incontrai gli occhi dorati di Neil, luminosi come due fari. La sensazione di eccitazione che avvertii nel petto fu così forte da farmi sussultare, eppure non sapevo spiegare il perché mi sentissi fortemente attratta da un ragazzo conosciuto da così poco tempo. Neil era magnifico: indossava un giubbino monocromo blu e una felpa nera abbinata a un paio di jeans del medesimo colore. I suoi capelli erano scombinati come sempre e il suo corpo predominava in quello spazio ampio. Nonostante fossimo circondati da altri studenti, i miei occhi rimasero inchiodati solo su di lui, perché Neil aveva la capacità di splendere, rendendo noioso tutto il resto.

«Ah sei tu, colui che ama Martin Luther King», lo sbeffeggiai, ma non mi opposi quando mi circondò i fianchi con un braccio per avvicinare i nostri corpi.

Emanava un forte profumo di muschio e tabacco, un'essenza capace di incenerirmi il cervello e stordire la mia ragione.

«Fossi in te non girerei da sola a una festa come questa, potrebbe essere pericoloso.» Sfoggiò un lieve sorriso che potei definire sincero e rimasi scioccata dal suo interessamento. Neil non era un tipo che concedeva quel tipo di attenzioni.

D'un tratto, mi si avvicinò di un passo e mi resi conto di quanto fossimo vicini. Temetti di poter annegare nei suoi occhi e sentii dei brividi passare dalla pelle al cuore.

«Non ti sembra di esagerare? C'è qualcos'altro che consideri pericoloso per i tuoi standard, signor Luther King?» Mi morsi il labbro per non ridergli in faccia e lui dovette notarlo, perché inarcò un sopracciglio.

«L'amore», disse con così tanta fermezza da spegnere il mio sorriso. L'amore poteva essere pericoloso?

«Hai *paura* dell'amore?» domandai incredula e mi accorsi che eravamo chiusi in una sorta di bolla di sapone in cui crepitava l'attrazione e che a nessuno dei due sembrava importare di chi avessimo attorno.

«No, ho paura della dipendenza che l'amore crea.» Spostò lo sguardo sulle mie labbra e arrossii. Mi intimidiva il modo in cui mi fissava, ma al tempo stesso volevo conoscerlo fino in fondo e raggiungere la sua anima per capire cosa lo aveva indotto a considerare l'amore qualcosa di così negativo.

«E in che modo riesci a proteggerti da una dipendenza simile?» gli chiesi, curiosa. Anziché rispondermi subito, però, Neil mi fece voltare bruscamente, facendo scontrare la mia schiena contro il suo torace. Smisi di respirare e sentii il cuore in gola. Queste erano sensazioni del tutto nuove per me e ne ero terrorizzata.

Il mio corpo sembrava essere stato ideato per modellarsi al suo. La mente cancellò la vita precedente, cancellò Jared e cancellò i sensi di colpa che cercavano di riemergere dal fondo della coscienza.

Girai appena il viso e incrociai il suo sguardo ardente.

«Semplice. Non amo», mi rispose con convinzione.

Dopodiché, le sue labbra mi si posarono sul collo e lo marchiarono con un lieve bacio. Le sue mani vagarono dai fianchi fino alle cosce, che strinse premendomi contro di sé. Mi girò la testa e mi mancò il respiro.

«Impara a proteggere anche te stessa, Tigre», mi mormorò poi all'orecchio. Chiusi gli occhi, sentii le gambe deboli e temetti di cadere da un momento all'altro. Feci per abbandonarmi contro Neil, ma all'improvviso percepii il vuoto dietro di me e una sensazione di freddo lungo la schiena. Mi voltai e mi accorsi che era sparito, come un'illusione.

Mi toccai la curva del collo come se avessi vissuto un sogno, poi mi ridestai e presi a cercarlo. Era stupido da parte mia corrergli dietro; del resto, ero fidanzata e non avrei neanche dovuto avvicinarmi a un ragazzo che non fosse Jared, ma l'istinto cercava di sconfiggere la ragione a ogni costo.

Spintonai chiunque intralciasse il mio cammino e lo cercai come una disperata.

Tuttavia mi fermai di colpo, quando notai la sua chioma scombinata e le sue mani sul corpo di un'altra.

La riconobbi subito: era Jennifer. I due stavano ballando vicini, lei gli sussurrava qualcosa all'orecchio e lui sorrideva, toccandole lentamente la schiena, poi i fianchi e il sedere.

Rimasi immobile a fissarli. Avrei dovuto aspettarmelo, eppure dentro di me si fece strada un'angoscia sconvolgente. Era del tutto immotivata e irrazionale, soprattutto perché Neil lo conoscevo a malapena.

Era *impossibile*.

Quando incrociò il mio sguardo, Neil smise di sorriderle, ma non smise di toccarla né la allontanò.

Perché mai avrebbe dovuto farlo?

E perché mai pretendevo che lo facesse?

Ero irragionevole.

Mi passai una mano tra i capelli per cercare di riappropriarmi dell'autocontrollo e fu in quell'attimo che lui corrugò la fronte confuso, come se si stesse domandando le ragioni del mio sconcerto.

Lo guardai per un attimo eterno, poi scossi la testa e scappai via.

«Non amo», aveva detto.

Se non si ama, non si cade in tentazione.

Se non si ama, si evita di cedere all'errore.

Se non si ama, non si diventa dipendenti da qualcuno.

Avrei dovuto rammentarlo a me stessa ogniqualvolta Neil mi fosse stato vicino.

4
Neil

La testa si deve perdere in due, altrimenti
è un'esecuzione.
CHARLES BUKOWSKI

NON sapevo neanche che ora fosse.

Me ne stavo seduto sul bordo del letto a fissare il vuoto, a pensare che la vita avesse ormai distrutto la mia energia essenziale. Cercavo di sopravvivere, di restare aggrappato al mondo, ma presto ci avrei rinunciato.

Sbattei più volte le palpebre, i raggi del sole filtravano dalla finestra illuminando le pareti scure della mia stanza, ma la voglia di alzarmi e affrontare un'altra giornata era pari a zero. Accadeva sempre più spesso nell'ultimo periodo.

Perché proprio io?

Era quella la domanda che mi facevo ogni mattina.

Massaggiai le tempie pulsanti perché avevo bevuto troppo la sera precedente poi guardai il letto e, sulle coperte sgualcite accanto a me, vidi l'impronta lasciata dalla ragazza con la quale avevo trascorso la notte e di cui non ricordavo neanche il nome. Per fortuna se n'era già andata.

Molti si sarebbero vantati di collezionare donne come se fossero figurine, io invece provavo ribrezzo verso me stesso, però non trovavo nessun altro modo per liberare la frustrazione che avevo dentro. Non era una giustificazione, la mia, ma solo la conseguenza di ciò che mi era stato insegnato.

Sopravvivevo piegando l'umanità per non essere risucchiato dalla cattiveria; solo così non impazzivo.

Mi alzai dal letto e raccolsi dal pavimento l'involucro del preservativo per gettarlo via. Entrai in bagno, ancora completamente nudo, e mi soffermai sul mio riflesso nello specchio. I ricordi riaffiorarono e accesero il fuoco della mia rabbia, che divampava dentro di me per poi rendermi solo un cumulo di cenere e dolore. *Perché proprio io?*

Mi toccai le labbra con l'indice e ne leccai il sapore amaro. Poi fissai il collo marchiato dai segni dei baci avidi, il petto striato di graffi.

Non era difficile intuire come me li fossi procurati. Il sesso era importante per me: non solo mi piaceva, ma ne avevo un bisogno estremo e malato. Tuttavia, odiavo la sensazione di sporco che provavo dopo averlo fatto.

Odiavo sentire il residuo di altre mani o labbra su di me, ma soprattutto odiavo il mio corpo e il mio viso, tanto desiderabili agli occhi delle donne.

Era per il mio aspetto che ero stato scelto?

Non ne ero sicuro, ma ero deciso a sfruttarlo a mio piacimento.

Lo avrei usato come arma contro chiunque avesse tentato ancora di farmi del male.

Nessuno mi avrebbe più annientato.

Lavai i denti sfregandoli con forza, tanto da farli sanguinare. Poi, mi precipitai nel box doccia e consumai un flacone intero di bagnoschiuma per lavare via i ricordi dalla mia pelle. L'acqua bollente bruciava e leniva la sofferenza, rendendomi più tranquillo.

Il dolore mi rendeva vivo.

Uscii dalla doccia, mi avvolsi un asciugamano attorno ai fianchi e inaspettatamente un pensiero diverso prese il posto dei miei tormenti.

Pensai a lei. A Selene.

Ricordai il buon profumo che emanavano i suoi capelli setosi; sapevano di purezza, di donna e al contempo di bimba.

Magari era tutto frutto della mia immaginazione, ma non avevo mai avvertito un profumo simile.

Nessuna donna mi aveva attirato come lei. Avevo voglia di scoprirmi, di provocarla, di giocare, di parlarle… e di portarmela a letto.

Selene era diventata un altro dei trofei a cui ambivo, ma stranamente non volevo semplicemente scoparla. Avrei voluto baciarla e lambire piano quel corpo esile e delicato, avrei voluto toccarle i capelli, succhiarle i seni, schiuderle le cosce, avrei voluto donarle piacere e non solo riceverlo.

Non solo pretenderlo.

I miei ragionamenti assurdi mi strapparono un sorriso. In un attimo, mi riscossi e decisi di limitarmi a giocare. L'avrei considerata una delle tante, nonostante fosse la figlia di Matt.

Mi sarei divertito e basta, senza provare sentimenti nei quali non credevo.

In cui *non* potevo credere.

Avevo vissuto un tipo di amore *diverso* che non avrei mai voluto proiettare su nessun altro. Tuttavia, non sapevo gestire gli impulsi e il proibito mi attirava come la luce attira una falena.

Posi fine a tutte quelle elucubrazioni mentali e tornai in camera. Delle voci provenienti dal giardino attirarono la mia attenzione.

Chloe e Logan stavano chiacchierando e scherzando tra loro. Li osservai dal balcone e provai una sensazione di calore nel petto; senza di loro avrei abbandonato questo mondo molto tempo prima.

I miei fratelli erano il senso della mia vita.

Decisi di raggiungerli, così indossai dei boxer puliti e un paio di pantaloni scuri.

Prima di uscire in giardino, passai davanti alla cucina e vidi mia madre che leggeva una rivista di moda. Tentennai qualche istante sulla soglia, non avevo voglia di parlarle, ma sapevo di non poterla evitare per sempre. Sospirai ed entrai, pregando qualcuno lassù affinché non iniziasse a rompermi le palle con le sue solite domande.

«Buongiorno, tesoro.» Mi sorrise e ricambiai il gesto, notando il suo tailleur rigorosamente rosa chiaro, e i capelli biondi raccolti in un'acconciatura elegante.

«Buongiorno», risposi freddo. Mi versai del caffè nel tentativo di attenuare il mal di testa e sperai che mia madre non si accorgesse che la sera prima mi ero sbronzato.

«Dormito bene?» chiese sospettosa e notai subito il tono indagatore che mi mise in allerta.

«Più o meno», replicai. Sorseggiai il caffè e ostentai un'indifferenza calcolata, tuttavia sapevo che la guerra era in procinto di iniziare.

«Questa mattina ho visto una cosa strana...» Ed eccolo il nemico all'attacco, pronto a farmi fuori a colpi di mitra.

«Del tipo?» Finsi ancora di non capire, ma indossavo solo i pantaloni del pigiama, perciò gli occhi attenti di mia madre poterono ispezionare i segni inconfondibili che avevo sul petto.

«Del tipo che ho visto una ragazza uscire da camera tua, Neil!» mi rimproverò e la sua voce mi rimbombò nelle tempie a tal punto da farmi socchiudere gli occhi. «Quante volte devo ancora dirti che...» proseguì, ma si interruppe quando Matt entrò in cucina, giungendo inconsapevolmente in mio soccorso.

«Dio, ho la schiena a pezzi e oggi devo necessariamente lavorare», si lamentò e mia madre si voltò verso di lui per consolarlo un attimo. Approfittai della sua disattenzione per sgattaiolare via ed evitare di sorbirmi la noiosa ramanzina. Ormai sospettava da tempo cosa succedeva nella mia stanza, ma non le davo mai alcuna conferma.

Vivere in una villa come la nostra mi consentiva di dedicarmi liberamente alla vita sessuale, ma senza tutta la privacy che pretendevo. Vero, potevo far uscire le ragazze dalle scale di servizio o dai cancelli secondari, ma ciò non bastava a nascondere l'assiduità con cui, come la peggiore delle bestie, mi cibavo delle mie prede, le quali, tuttavia, mi lasciavano costantemente affamato e paradossalmente *sempre* insoddisfatto.

Una condizione psicologicamente distruttiva, questa, che man mano mi avrebbe indotto a consumarmi come persona e come uomo.

La ricerca del piacere, a volte in modo estremo, era nata come una soluzione apparentemente sensata ai problemi per poi trasformarsi in una dipendenza velenosa.

Il sesso per me rappresentava molto di più di ciò che era per qualsiasi altro essere umano.

Era una vendetta personale *contro* la vita.

Scrollandomi i miei pensieri cupi di dosso, mi incamminai verso i miei fratelli seduti a un tavolo sotto il nostro gazebo, mentre i raggi caldi del sole mi accarezzavano le spalle nude.

«Oh, quale onore», mi derise mia sorella con una smorfia impertinente.

«Ti voglio bene anch'io», ribattei. Le strizzai un occhio e mi guardai attorno in cerca di Selene. Non seppi dire il perché, ma quella mattina sperai di incontrarla o di vederla in giro per casa mentre sculettava nei jeans stretti e riempiva i miei spazi con la sua insolenza.

«È quasi ora di pranzo, hai fatto le ore piccole, eh?» chiese Logan, che mi lanciò un'occhiata allusiva. Mio fratello conosceva il mio stile di vita e con lui non avevo mai negato le mie abitudini.

«Be' il romantico del cazzo sei tu, io mi diverto *a modo mio*», gli risposi conciso perché troppo concentrato a capire che fine avesse fatto la bella Tigre che aveva invaso casa nostra ormai da giorni. Anche se non volevo chiedere a Logan dove fosse per non insospettirlo, non seppi tenere la lingua a freno.

«Selene è uscita?» Mi grattai un sopracciglio con il pollice e finsi disinteresse, nonostante fossi curioso di sapere dove si fosse cacciata, ma mio fratello non era così stupido.

«No, è nella piscina coperta al terzo piano», rispose lui.

Il fatto che avessimo due piscine, una all'esterno e una all'interno, non mi era mai apparso così utile come quel giorno. Selene era lì da sola? L'idea mi eccitò e mi provocò una strana scarica di adrenalina lungo la schiena.

Non era opportuno, eppure la mia mente deviata aveva voglia di vederla.

Contro ogni buon senso, finsi di aver dimenticato il mio pacchetto di Winston in camera e mi congedai in fretta dai miei fratelli. Superai la cucina e mi diressi verso l'ascensore interno, al primo piano, perché avevo un'insolita fretta di raggiungere Selene, anche se non ne capivo il motivo. Quando le porte si aprirono in automatico sul terzo piano, mi diressi a passo felpato lungo il corridoio che mi avrebbe condotto alla nostra piscina. Contai mentalmente i secondi che mi dividevano da lei e poi… poi la vidi.

I miei occhi si incatenarono alla visione divina di Selene. Mi fermai e la osservai per minuti interminabili. Era distesa su una chaise longue con addosso solo un bikini nero che le stava divinamente.

La pelle chiara brillava e i capelli bagnati sembravano lucenti come l'ambra. Le labbra, tonde, erano schiuse e, di tanto in tanto, le leccava, accrescendo pensieri indecenti nella mia mente deviata. Non sbattei neanche le palpebre, forse per paura che lei sarebbe scomparsa da un momento all'altro o che magari sarebbe stata solo un sogno, un'illusione, esattamente come i miei peggiori incubi.

Mi avvicinai come il più letale dei predatori e mi sedetti su una chaise longue libera accanto a lei.

«Buongiorno, Trilli», dissi cordiale picchiettandole un fianco. Selene sobbalzò e tolse le cuffiette con le quali stava ascoltando della musica.

«Mi hai spaventata!» esclamò irritata e si voltò verso di me. L'oceano nei suoi occhi mi abbagliò e lei mi parve più bella della sera precedente.

«Hai paura di me?» domandai, poi presi un barattolo di crema posato sul tavolino al suo fianco, e l'avvicinai al naso. «Mmh… è al cocco», mormorai, annusandone la fragranza piacevole. A quanto pareva, però, la Tigre odiava quando qualcuno toccava le sue cose, perché mi strappò via il barattolo e mi guardò infervorata. Decisi allora di invadere i suoi spazi, oltrepassando il limite per metterla alla prova.

«Non ho paura di te», dichiarò e poi si ridistese, fingendo di ignorarmi, ma ne percepivo l'agitazione, ne fiutavo i desideri proprio come un animale fiutava le sue prede.

«Dovresti averne invece», replicai. Mi sdraiai, puntellai un gomito sul lettino e sostenni il mento sul palmo della mano, percependo il suo sguardo bruciarmi addosso.

«La paura può diventare un'alleata, se sai come gestirla», ribatté decisa e mi rivolse un'occhiata scaltra. Non c'era nient'altro di più eccitante in una donna di un corpo da urlo e di una mente attraente che creavano un concentrato esplosivo e pericoloso.

«E tu sai come gestirla, Selene?» Mi rimisi a sedere e appoggiai i gomiti sulle ginocchia flesse. La osservai tutta, dalle labbra lucide alle gambe lunghe e snelle, quelle che desideravo sentire attorno al mio bacino.

Era così piccola che l'avrei dominata senza sforzo e l'idea… mi eccitava.

E lei parve capire le mie intenzioni perché arrossì.

«Smettila di guardarmi così!» mi ammonì.

Quasi ebbi un orgasmo quando udii la sua voce bassa e intimidita, il suo respiro ansante come se avesse corso in un labirinto per ore. Si mise a sedere e si strinse nelle spalle esili come in cerca di protezione.

Voleva proteggersi da me? Non aveva appena fatto intendere di saper gestire le sue paure?

«Devi… devi starmi lontano, Neil.» Si alzò di fretta e per sfuggirmi saltò in piscina. Dove pensava di andare? Quello era il *mio* territorio, era la tana del lupo e il lupo *non* l'avrebbe di certo risparmiata.

Con un sorrisetto sfrontato, mi sollevai dalla sdraio e mi spogliai. Sfilai i pantaloni e rimasi con i boxer neri di Calvin Klein. Avrei voluto togliere anche quelli e raggiungerla nudo, ma non volevo esagerare. Che fossi un pervertito per ora lo dubitava soltanto.

La seguii e mi immersi lentamente nell'acqua cristallina e calda, le sue gemme azzurre seguivano ogni mio movimento felino, era un pesciolino timoroso di essere mangiato dallo squalo cattivo. Le abbozzai un sorriso che presagiva le mie cattive intenzioni e mi avvicinai, nuotando con eleganza. Mi fermai a poca distanza da lei, ormai schiacciata contro il bordo della piscina e *mi* concessi del tempo per ammirarla; se mi fossi avvicinato ulteriormente non sarei stato più capace di tirarmi indietro.

«Affronta la tua paura, Selene.» Le fissai gli occhi e poi le labbra, infine, quando non si ritrasse, accorciai ancora la distanza tra noi. Le toccai un fianco e lei sussultò. Sorrisi per la sua reazione, ma non mi fermai. La mia mano le sfiorò appena gli slip e tentai di accarezzarla tra le cosce, ma Selene le serrò per impedirmi di andare oltre.

«Non dovresti…»

La voce le tremò, delle lacrime di rassegnazione le si aggrapparono agli angoli degli occhi; avrei potuto smetterla e chiederle scusa per il mio comportamento, ma la volevo.

La bramavo. La pretendevo.

Ero profondamente egoista, lo ero sempre stato e dovevo ottenerla.

«Respingimi», la sfidai e lei sollevò le piccole mani per posarmele sul petto; esercitò una lieve pressione, ma non mi sfuggì il modo in cui le si dilatarono le pupille a quel minuscolo contatto. «Tutto qui?» la sbeffeggiai, ma la Tigre iniziò a tremare, forse per l'eccitazione, il timore di cedermi o la consapevolezza di desiderarmi che stava prendendo vita dentro di lei. Le sorrisi compiaciuto perché avevo capito che non sarebbe stata capace di seguire la ragione.

Sapevo che aveva un ragazzo a Detroit, ma non mi importava. Dal canto mio, la volevo e basta.

Senza ma né perché.

Era così che sopravvivevo, del resto.

Aggredivo la mente femminile, fiutavo le voglie, mi cibavo dei corpi e così restavo aggrappato a quel sottile filo che mi legava alla vita.

Mi avvicinai ancora e inclinai di poco il capo per far sfiorare le nostre labbra; le sue si schiusero, dimostrandomi la volontà di assaporarmi.

Le accarezzai il labbro inferiore con il mio, il suo era liscio e morbido. Selene strinse gli occhi, come in preda a una battaglia interiore tra ciò che era giusto e ciò che era sbagliato. Io propendevo per ciò che era sbagliato, come sempre, ma ero certo che lei non fosse del tutto d'accordo.

Le afferrai i fianchi e giocai con i laccetti del costume, ignorando il suo disagio. Pretendevo di più, il mio corpo fremeva dalla voglia di un contatto maggiore, così unii i miei fianchi ai suoi e chiusi gli occhi per godere del contatto tra noi.

Le premetti il naso sotto l'orecchio ed ebbi l'impressione di percepire i battiti del suo cuore e l'odore della sua eccitazione mista al cloro. Le sue mani mi si posarono sulle spalle e i seni aderirono al petto. I capezzoli turgidi mi punteggiarono il torace e dovetti trattenere l'impulso di piegarmi e prenderli tra i denti.

Ci fissammo negli occhi.

Era il mio momento preferito: l'attimo prima di un bacio. Quello in cui i cuori erano in fibrillazione, le menti sconnesse, l'attesa trepidante.

Le sfiorai la guancia morbida con la punta del naso e arrivai alla bocca, la porta del paradiso.

Avrebbe lasciato entrare un diavolo peccatore come me?

Le leccai il contorno della bocca e provai a baciarla. All'inizio incontrai i denti serrati a farmi da barriera e faticai a ottenere una risposta immediata, ma la cercai con coercizione, muovendo la lingua piano solo per farla cedere a quell'attimo di perdizione.

Dopo qualche secondo, schiuse le labbra come i petali di un fiore, permettendomi l'accesso. Ricambiò il bacio e, dal modo incerto in cui iniziò a seguire i miei movimenti, capii quanto fosse inesperta.

Fin dove si era spinta con altri uomini?

Ero abituato a donne capaci di provocare, sedurre e compiacere un uomo, donne sicure di sé, ammaliatrici e brave a letto, esperte a baciare, a scopare e a soddisfare qualsiasi fantasia maschile, anche la più indecente.

Mi piaceva il nostro contrasto.

Adoravo il modo timido e delicato in cui la bimba muoveva la lingua, il modo pudico in cui tratteneva i suoi gemiti e il modo discreto in cui cercava di allontanare i nostri corpi nel punto di unione più peccaminoso, quanto naturale, che ci potesse essere tra un uomo e una donna.

Non provai imbarazzo né timore nel farle sentire quanto fossi eccitato e come il mio corpo stesse reagendo alla sua bocca. Le premetti la mia erezione tra le cosce e la sentii boccheggiare per poi tentare di scostarsi da me, senza alcun risultato.

La tenni ferma stringendole i fianchi e continuai a baciarla come se la stessi fottendo.

Volevo farmela proprio lì, nel bel mezzo della piscina, in pieno giorno, e non andava assolutamente bene.

Dovevo fermarmi o avrei combinato uno dei miei soliti casini. Mi allontanai per permetterle di incamerare aria e appoggiai la fronte sulla sua.

«Adesso potrai dire di aver affrontato la tua paura», sussurrai.

Selene respirava a fatica e sembrava frastornata, forse incredula. Mi guardò profondamente mortificata per la sua reazione al mio assalto. Si toccò le labbra con l'indice e deglutì a vuoto, come se stesse cercando di capire cosa fosse accaduto. Fu in quell'attimo che mi accorsi di essere davvero un bastardo egoista della peggior specie per essermi preso un pezzo di lei. Desiderai che mi insultasse o che mi desse uno schiaffo.

Desiderai che facesse qualsiasi cosa, ma non che rimproverasse se stessa per aver seguito l'istinto anziché la ragione.

«Adesso potrò dire di essere una poco di buono e di aver mancato di rispetto a Jared», disse in tono profondamente severo, i suoi occhi però brillarono di una luce nuova. Selene era finalmente consapevole dell'attrazione che ci univa e questo la destabilizzava.

Uscì in fretta dalla piscina e si passò le mani tra i capelli, confusa.

«Sono fidanzata! Ho un ragazzo!» urlò furiosa un istante dopo, in lacrime; poi afferrò un telo per coprirsi dai miei occhi che scorrevano bramosi lungo le sue curve.

Erano quelli gli effetti che sortivo: confusione, smarrimento, senso di colpa, desiderio, rabbia e delusione.

Ero sempre stato *il male* per chiunque e Selene sarebbe stata solo un'ulteriore mia vittima.

«Faremo in modo che non sappia nulla, allora», replicai cinico, ma peggiorai soltanto la situazione.

Selene capì che non mi importava del suo fidanzatino, ma solo di averla ottenuta, anche se per pochi minuti. Mi guardò disgustata e corse via.

La reazione della bimba la capivo. Baciavo tutte soltanto per spedirle all'inferno; volevo che conoscessero i miei diavoli e che bruciassero nelle fiamme.

Un bacio era per me l'anteprima dei peccati carnali. Era il creatore dei desideri, era ardore e vizio.

Uscii dalla piscina, mi asciugai frettolosamente con uno dei tanti asciugamani che avevamo a disposizione, mi tolsi i boxer bagnati e mi rivestii. Feci le scale, poi passai in camera mia per prendere una felpa e il pacchetto di sigarette con il quale avrei giustificato la mia assenza a Logan.

Poi, scesi di sotto e venni a sapere che mia madre aveva ordinato ad Anna di apparecchiare il tavolo sotto il gazebo in giardino, cogliendo l'occasione di quella giornata di sole autunnale per pranzare fuori.

Raggiunsi la mia famiglia in giardino, beandomi del venticello frizzante che scuoteva i miei capelli umidi, e mi sedetti proprio accanto a Selene nell'unico posto disponibile.

Il destino le remava proprio contro.

La guardai e mi soffermai ad analizzare ogni parte di lei. Aveva raccolto i capelli in una coda morbida e aveva indossato i soliti jeans con una camicia chiara che le stringeva i seni piccoli.

All'improvviso, nonostante lo stomaco vuoto, avevo fame soltanto di lei.

Sospirai e cercai di darmi un contegno; se avessi avuto un'erezione sarebbe stato difficile nasconderla, dato che non indossavo i boxer.

Selene, dal canto suo, cercò invano di ignorarmi. Si passò nervosamente le dita sulle cosce e, d'istinto, le presi una mano e la strinsi sotto il tavolo.

«Cosa vuoi?» bisbigliò furente, cercando di sottrarsi al mio tocco.

«Non essere arrabbiata», risposi atono.

Non aveva commesso alcun omicidio, aveva solo avuto la prova che nessuno poteva vincere contro l'attrazione fisica.

«Per te è facile parlare.» Si liberò dalla mia stretta e dedicò le sue attenzioni a mia madre e ai miei fratelli per tutta la durata del pranzo.

Avrei dovuto pentirmi per ciò che avevo appena fatto, ma non accadde. Ero semplicemente accecato dalla voglia di lei. Per me tutto questo ormai era un gioco, una partita a scacchi che volevo vincere a tutti i costi. Era una scommessa con me stesso, tra me e la mia vita. Selene non sapeva quanto fossi profondamente diverso dal normale e non avrebbe mai compreso ciò che a lei risultava illogico e inaccettabile.

D'un tratto, la voce di mia sorella Chloe, che pronunciava il nome di quell'idiota di Carter, mi riscosse dai miei pensieri contorti.

«Ti ho già detto che detesto quel tipo?» sibilò a denti stretti Logan, trovandomi perfettamente d'accordo con lui. Carter Nelson, il fratello minore di Bryan, non era un ragazzo affidabile tantomeno rispettoso, come Chloe credeva. Lo conoscevo e la sua fama non era delle migliori. Usava le donne come gingilli e non capivo come facesse Chloe a descriverlo come un principe azzurro uscito da chissà quale cazzo di favoletta.

«La nostra sorellina è troppo accecata dall'illusione dell'amore per capire che è un imbecille», sbottai senza alcuna considerazione nei suoi confronti. Ero abituato a dire quello che pensavo e non mi sarei di certo risparmiato in quell'occasione.

«Pensi che lui sia come te?» mi sfidò lei. Sì, lo pensavo. Carter era come me; tuttavia, anche se non mi permettevo di giudicare il suo atteggiamento con le altre, avevo il diritto di proteggere mia sorella dai tipi come lui e come me.

«Siamo i tuoi fratelli, vogliamo solo che tu stia attenta», intervenne Logan, ma Chloe aveva ereditato da me la stessa testardaggine e ostinazione, non a caso discutevamo sempre.

«Sei soltanto un'illusa che non capisce un cazzo della vita», aggiunsi scontroso. Perdere facilmente il controllo era uno dei miei peggiori difetti. Ero istintivo, spesso insensibile, perciò mi resi conto troppo tardi di quanto potessero pesare le mie parole se rivolte a una ragazzina ancora poco capace di riconoscere i pericoli che aveva attorno.

Chloe lanciò la posata nel piatto, furiosa.

«Perché tu capisci qualcosa della vita? Dovresti riflettere su te stesso. Non sai cosa significhi amare qualcuno. Pensi sia corretto andare a letto con tante donne e illuderle come hai fatto con Scarlett?» sbraitò fuori di sé. La mia reazione fu istantanea: mi sentii soffocare. Scarlett era un capitolo ostico del mio passato. Odiavo parlarne, odiavo ricordarla e odiavo sentirla anche soltanto nominare.

Scattai in piedi con così tanta rabbia da scaraventare la sedia al suolo. Mia madre mi guardò con sguardo supplice per impedirmi di fare una delle solite scenate, alle quali ormai la mia famiglia era abituata.

Sì, la mia famiglia, ma non Selene.

Incrociai il suo sguardo cristallino e ci lessi dentro paura e sconcerto, esattamente ciò che suscitavo in chiunque entrasse a contatto con il mio mondo sporco.

Chiunque mi stava accanto, infatti, doveva fare i conti con ciò che ero, con ciò che avevo vissuto e con ciò che mi aveva trasformato in quello che mai avrei voluto essere.

Per un secondo fugace, rimpiansi di averla baciata.

Non avrei mai dovuto coinvolgerla nei miei casini, anche se mi era piaciuto avvertire sulla lingua il suo sapore dolce. Iniziò così dentro di me una lotta senza fine che mi rese maggiormente turbato.

Mi innervosii. Mi venne voglia di spaccare qualcosa, come sempre quando la ragione volava via, cedendo il posto a un altro lato di me: quello irascibile e ingestibile.

Mi allontanai dalla tavola e feci quello che mi riusciva meglio.

Mi nascosi dal mondo.

Parlai con i *mostri* che vivevano nella mia testa, a volte pensavo che fossero gli unici a capirmi.

Rivissi il passato e ritrovai il bambino di un tempo che tanto cercavo.

Lottavo contro di lui, lo detestavo, lo contrastavo, ma ne uscivo sempre sconfitto.

Quel bambino c'era ancora, conviveva con me, se ne stava nel salotto della mia anima e da lì non sarebbe mai andato via.

5
Selene

La ragione è un'isola piccolissima nell'oceano dell'irrazionale.
IMMANUEL KANT

CONTINUAVO a fissare la mia immagine riflessa nello specchio mentre sistemavo i capelli in una crocchia disordinata. Non avevo fatto altro che ripensare al bacio del giorno precedente, le labbra di Neil sulle mie, i nostri corpi fusi tra loro in quella piscina. Non avevo mai provato delle sensazioni simili… così totalizzanti, devastanti, coinvolgenti, uniche.

Avevo tradito Jared e avevo tradito me stessa, la Selene che non avrebbe mai pensato a un ragazzo mentre stava con un altro, che non avrebbe mai deluso il proprio fidanzato, che non avrebbe mai ceduto a nessuna tentazione.

La consapevolezza di quello che avevo fatto si fece spazio dentro di me in modo doloroso e opprimente.

Cosa mi stava succedendo?

Sapevo che Neil aveva un potere incontrollabile su di me, ma continuavo a non capire il motivo della mia totale incapacità di resistergli.

Con un sospiro, indossai un paio di jeans chiari e una felpa grigia, afferrai la mia tracolla e all'improvviso sentii il cellulare vibrare.

Guardai lo schermo: era Jared.

Il cuore mi sussultò nel petto e quasi mi impedì di respirare.

Cosa avrei dovuto dirgli?

Cercai di gestire il panico e feci dei lunghi respiri.

«Ehi», risposi dopo alcuni squilli.

«Piccola, come stai?»

Malissimo, ma non potevo dirglielo. Sentire la sua voce non faceva altro che aumentare i sensi di colpa.

«Bene, sto per andare all'università con Logan, tu che fai?» domandai mentre infilavo le scarpe saltellando qua e là.

«Ho appena finito la prima lezione della giornata e ne ho approfittato per sentirti. Mi mancavi», mi disse in tono amorevole e decisi in quell'istante che avrei dovuto fare chiarezza dentro di me. Non era da me comportarmi in modo irrispettoso, non vivevo serena, mi sentivo sporca, contaminata da qualcosa di negativo.

«Sono contenta di sentirti, ma devo scappare perché sono già in ritardo», dissi d'un fiato, scegliendo di interrompere la conversazione perché mi veniva da piangere. Non potevo allarmare Jared, era necessario che gli parlassi di persona.

«Va bene, piccola, ti chiamo dopo. Ti amo.» Potei immaginare il suo sorriso e i suoi occhi dolci mentre pronunciava quelle due semplici parole, difficili per me da ricambiare. Non avevo mai detto ti amo, ero fermamente convinta che l'amore fosse un sentimento unico, qualcosa di prezioso da poter donare soltanto all'uomo giusto, colui che sarebbe stato capace di strapparmi il cuore.

«A dopo.» Riagganciai e mi misi a cercare Logan per l'intera villa.

Lanciai un'occhiata in cucina e vidi Mia intenta a fare colazione con Chloe e mio padre.

«Buongiorno, Selene», disse lei e sollevò una mano per salutarmi.

«Buongiorno a tutti», ribattei con un sorriso tirato sistemando la tracolla sulla spalla.

«Non fai colazione con noi?» mi invitò mio padre, ma non ne avevo voglia. Il mio stomaco era chiuso, tormentato da quanto successo il giorno prima.

«Sono in ritardo e sto cercando Logan per andare a lezione», replicai rigida, sperando di non incontrare suo fratello durante l'attesa.

Di Neil per ora non vi era alcuna traccia, ma vivevamo sotto lo stesso tetto, e le probabilità di scontrarmi con lui erano abbastanza alte. Dato che mi sentivo irrazionale e vulnerabile quando mi parlava o semplicemente mi fissava con quelle iridi dorate, per il momento avevo stabilito di stargli alla larga per evitare ulteriori guai mentre riflettevo su come affrontare Jared.

Per fortuna Logan apparve qualche istante dopo pronto per uscire. Senza neanche salutarlo, lo afferrai per un polso e lo trascinai via con me, per scongiurare eventuali incontri sconvenienti.

«Giornata no?» mi chiese Logan, una volta che fummo in auto, notando il mio sguardo torvo e pensieroso.

«Le mie sono sempre giornate no», ammisi.

«Sai, Selene, penso che dovresti guardare le cose da un altro punto di vista», disse, poi pigiò l'acceleratore e sorpassò un veicolo di intralcio.

«Cosa intendi?» Mi voltai verso di lui che fissava la strada di fronte a sé, concentrato e riflessivo.

«Be', questa è la tua occasione... l'occasione di cambiare le cose, di farle andare come vorresti. Non vedere tutto nero, considera la vita come una tela bianca da riempire di colori», mormorò serio.

«Questa dove l'hai letta?» Sorrisi e gli fui mentalmente grata per aver dissipato il mio pessimo umore.

«Da qualche parte, ma è comunque la verità», aggiunse poi, divertito. Tra noi calò il silenzio per il resto del viaggio; ero tanto assorta che non mi accorsi neanche che aveva parcheggiato accanto a una Maserati nera inconfondibile. Iniziai ad agitarmi.

Neil era lì.

Calma, mi dissi. L'avrei evitato. Punto e basta.

Forte della mia decisione e con un pizzico di timore, mi incamminai per gli immensi corridoi dell'università. Trascorsero sei estenuanti ore di lezione, ma di Neil neanche l'ombra, il che mi tranquillizzò a tal punto da prestare attenzione al discorso dei ragazzi sull'ennesima serata alla quale avevano intenzione di andare.

«Oh, andiamo! Suoniamo io e Jake! Non potete mancare!» disse Adam, che mise il broncio come un bambino facendo indispettire Julie, fermamente convinta a non partecipare.

«Domani abbiamo lezione», ribatté Julie, che non aveva in mente altro se non lo studio, almeno in settimana.

«Magari andate via presto, ma dovete venire», intervenne Jake a supporto dell'amico cercando di convincere Julie e Alyssa ad andare ad ascoltare la loro band che si sarebbe esibita in un locale del posto.

«D'accordo verremo, così la smetti di frignare», disse Logan. Io non avevo alcuna voglia di unirmi a loro e cercai di schermarmi dietro le spalle di Logan per evitare che iniziassero a tediarmi con le loro suppliche.

«Selene non nasconderti, vieni anche tu», mi intimò Jake, afferrandomi per un braccio, e tutti scoppiarono a ridere divertiti.

«Be' ovvio, la pupa verrà con noi», disse Cory posandomi un braccio sulle spalle; quando gli rifilai un'occhiata minacciosa, ristabilì la dovuta distanza tra noi. Con un sospiro, accettai di partecipare. Almeno avrei evitato una serata in totale solitudine o, ancor peggio, in compagnia di Neil. Dopo quello che era successo avrei dovuto fare attenzione. I suoi occhi dorati riuscivano sempre ad ammaliarmi, pertanto se il prezzo da pagare per evitare altri guai fosse stato andare a una stupida serata, l'avrei pagato.

Dopo aver salutato tutti, io e Logan tornammo a casa e pranzammo insieme, da soli. Mia stava lavorando, Chloe stava studiando da una sua amica e mio padre sarebbe tornato tardi dalla clinica.

«È strano che Neil non sia rientrato per pranzo», mormorò Logan. Se io ero profondamente sollevata dall'assenza di suo fratello, Logan sembrava essere irrequieto e preoccupato. Perché si agitava tanto? Suo fratello era abbastanza grande da badare a se stesso, giusto?

«Si sarà intrattenuto con qualche sua amica», replicai. Avrei utilizzato il termine «amante», ma non volevo risultare offensiva.

Ringraziai la governante Anna quando portò via i piatti sporchi e tornai a guardare Logan, che era sempre più agitato.

«Vieni, andiamo in salotto», dissi, cercando di parlargli dei corsi, dei professori, perfino dei perizoma utilizzati dalla professoressa Cooper, ma niente sembrava distrarlo dai suoi pensieri logoranti. Ci sedemmo sul divano, ma Logan si muoveva come se avesse degli spilli sotto le natiche, segno di quanto fosse nervoso.

«Smettila di parlare per un secondo, Selene, sono preoccupato!» Mi rimbeccò come non era mai accaduto prima e prese a camminare in lungo e in largo per il salotto. Tacqui subito, imbarazzata per la mia scarsa delicatezza nei suoi confronti, ma lui si risedette accanto a me e mi strinse la mano tra le sue scusandosi per i modi usati.

Non ne aveva motivo. Forse non capivo la sua preoccupazione perché non conoscevo abbastanza bene suo fratello.

Era incline a mettersi nei guai?

O ancor peggio aveva qualche dipendenza?

Non avevo la dovuta confidenza per porgli tali domande, così mi limitai a rassicurarlo.

Fu in quel momento che capii davvero quanto ci tenesse a suo fratello e l'indissolubilità del legame che li univa, invidiandolo quasi perché non avevo avuto la fortuna di avere fratelli o sorelle.

«Vedrai che tra poco entrerà da quella porta con la sua solita aria strafottente», sdrammatizzai per stemperare l'atmosfera tesa. D'un tratto, la serratura della porta d'ingresso scattò.

«Neil! Grazie al cielo!» esclamò Logan con un sospiro sollevato e si avventò su di lui. «Dove sei stato?»

La preoccupazione di Logan mi fu più comprensibile, quando vidi sullo zigomo di Neil un livido violaceo. Sembrava il segno inequivocabile di un pugno assestato in pieno viso.

«Cosa hai fatto all'occhio?» chiese ancora Logan, scosso. Mi alzai dal divano e mi avvicinai a loro.

«Niente di importante.» Neil lanciò le chiavi dell'auto sul mobile d'ingresso e si sfilò il giubbino di pelle con totale indifferenza.

«Dimmi cosa diavolo è successo!» urlò Logan facendomi sobbalzare, ma suo fratello non sembrò affatto turbato dalla sua manifestazione di rabbia. Si limitò a guardarlo con un cipiglio serio, quasi infastidito.

«Un coglione mi ha fatto incazzare… tutto qui», ammise sbrigativo, era chiaro che non volesse soffermarsi troppo sulla vicenda.

«Tutto qui?» Logan posò le mani sui fianchi e sbarrò la strada a Neil per impedirgli di sottrarsi alle sue domande.

«Sì. Mi ha provocato e l'ho lasciato a marcire per terra, come merita un sacco di merda come lui.»

Ah, bene. Se ne faceva anche un vanto? E pensare che per un attimo mi ero sentita persino sollevata all'idea che non avesse niente di rotto.

«C-cosa?» balbettò Logan. «Cazzo, Neil! Vuoi beccarti un'altra denuncia per caso?» Puntò un dito contro Neil, ma lui lo fissò senza alcuna emozione in volto. La sua freddezza era disumana, sembrava un ragazzo disilluso e sconfitto dalla vita, incapace di provare dolore; o forse ne provava così tanto da schermarsi dietro un muro di acciaio per difendersi da tutti.

Per me Neil era ancora un mistero. Non sapevo praticamente nulla di lui o del suo passato, mi aveva mostrato solo il suo lato superficiale, sfacciato e in parte perverso.

Se ne stava lì, in piedi di fronte a suo fratello, con i suoi abiti scuri che sembravano un'estensione delle tenebre delle quali era prigioniero, e non forniva alcun indizio per risolvere l'enigma che era la sua persona.

«Se la caverà», disse in tono cinico e impassibile. Poi, superò entrambi e salì al piano di sopra, lasciandoci vorticare in un turbinio di domande e dubbi.

«Non cambierà mai», dichiarò Logan, estremamente provato. Scosse la testa e sospirò guardando un punto indefinito del pavimento.

Non sapevo cosa dire, perciò gli posai una mano sulla spalla per cercare di tirarlo su di morale.

«Credevo stesse cambiando e invece mi sbagliavo...» aggiunse e scomparve anche lui al piano di sopra, sfinito.

A quel punto, mi rintanai nella mia stanza e studiai fino alle otto di sera.

Avrei dovuto prepararmi per la serata, ma i dubbi mi attanagliavano la mente.

Mi chiedevo perché Neil si comportasse in quel modo, perché cercasse se stesso nella ribellione e perché sembrasse così arrabbiato con il mondo intero.

Non avrei mai trovato una risposta alle mie domande se non lo avessi conosciuto meglio, cosa che temevo di fare perché l'attrazione che mi calamitava verso di lui era troppo pericolosa.

Era palpabile... e quel bacio non aveva fatto altro che confermarlo.

Inoltre, quando era apparso sulla porta, bello e tenebroso, nonostante il livido violaceo a marchiare il suo viso virile, il mio cuore aveva sussultato quasi dolorosamente.

Era incredibile il modo in cui il mio corpo reagiva alla sua vicinanza e non solo perché desideroso di essere lambito da quelle labbra.

Desideravo molto di più e la vergogna di ammetterlo mi fece serrare gli occhi e maledire me stessa.

Quando mi resi conto di essere in ritardo perché persa nei miei pensieri, mi preparai di fretta per la serata e optai per un top nero con dei semplici jeans skinny e un cappotto lungo.

Raggiunsi il locale con Logan e mi costrinsi a non fargli domande, pertanto il tragitto fu silenzioso e nessuno dei due parlò di quanto accaduto nel pomeriggio con Neil.

«Eccovi qua, finalmente! Vi aspettavamo», disse Alyssa all'ingresso del *Runway*, il locale dove ci eravamo dati appuntamento.

Indossava uno splendido vestito bianco a fiori e non mi sfuggì l'occhiata languida che Logan lanciò alle sue gambe. Avevo intuito che quei due si piacessero, ma forse non avevano il coraggio di confessarsi il proprio interesse.

«Forza, entriamo! Tra poco inizieranno a suonare», propose Cory. Afferrai Julie che si guardava attorno spaesata, ed entrammo tutti nel locale in cui si sarebbero presto esibiti i nostri amici.

Andammo al bar e, mentre gli altri erano intenti a bere dei cocktail, io, annoiata come sempre, mi guardavo attorno per cercare qualcosa di più interessante da fare che ingurgitare alcol; del tutto inaspettatamente, riconobbi nella folla di gente che acclamava la band sul palco, una chioma castana e ribelle. Il corpo vigoroso e possente di Neil stringeva a sé quello minuto di una mora che ballava sensuale, strusciando il sedere sul cavallo dei suoi pantaloni.

Ogni mia cellula fu attirata da quel ragazzo con una forza incontrastabile e oscura; era spaventoso il modo in cui captavo la sua presenza.

Quando gli occhi mi si posarono lentamente sulle labbra che stavano lambendo il collo esposto della ragazza e poi incrociarono lo sguardo lussurioso di Neil, avvertii un colpo dritto nello stomaco. Sussultai come se fossi stata sorpresa da un poliziotto a rubare in un supermercato.

Non smisi di fissarlo e lui non smise di concedere le sue attenzioni alla sconosciuta.

La baciava, la sfiorava, la stringeva a sé e leggevo nei suoi occhi la malizia celata dietro ogni gesto.

Ballava con lei, ma guardava me, facendo aumentare la strana sensazione che avvertivo alla bocca dello stomaco. Di nuovo, pensai a quanto fossero irragionevoli e incontrollabili le mie reazioni.

La ragazza voltò la testa e cercò le labbra di Neil. Lui non si negò, tutt'altro. La baciò con ardore, mostrandomi un'anteprima di quello che di lì a poco sarebbe accaduto, magari in uno dei bagni del locale.

All'improvviso, mi resi conto che lui era esattamente come mio padre.

Venni catapultata indietro nel tempo, a quando avevo sorpreso Matt nel suo studio, posizionato dietro una donna piegata sulla sua scrivania. Quell'immagine sembrava essere ancora nitida nella mente, nonostante il trascorrere degli anni. All'epoca avevo solo quindici anni, e mio padre non si aspettava che rientrassi così presto; avevo trascorso il pomeriggio fuori con Sadie, la mia migliore amica ai tempi del liceo, ma un brutto temporale mi aveva costretta a tornare a casa prima del dovuto. Quando ero salita al piano superiore, diretta nel suo studio per chiedergli di guardare un film insieme, mi ero fermata, sentendo alcuni gemiti femminili. Non ero così ingenua da non capire cosa stesse accadendo, ma avevo sperato fortemente che la donna in sua compagnia fosse mia madre e non una sconosciuta.

Con il respiro affannato, mi ero accostata alla porta semiaperta, scorgendo mio padre con la sua collega, Leslie Hellen.

La conoscevo bene, era perfino venuta a pranzo da noi qualche domenica prima; mi ero sentita disgustata, soprattutto dal modo osceno in cui lei lo implorava di spingere più forte, mentre Matt la accontentava, stringendole i fianchi con veemenza.

La forza di quel ricordo mi fece barcollare, e indietreggiai fino a urtare contro uno dei tavoli al quale mi aggrappai per non cadere.

«Selene, stai bene?» Mi parve di sentire la voce di Julie accanto a me. Mi toccò la spalla e mi fissò particolarmente preoccupata. Io ero frastornata, stordita e sofferente.

«Beviamo un po', Julie», proposi stupidamente e bevvi più di quanto fosse consentito a un'astemia come me. Non sapevo spiegare come mi sentissi in quel momento, cercavo solo una via di fuga dalla realtà. Pensai al mio trasferimento, pensai al bacio sconvolgente con Neil, pensai a Jared, pensai al mio improvviso cambiamento, pensai a quanto fosse distruttiva la situazione attuale e al desiderio di imboccare una strada del tutto sbagliata, come se il corpo avesse ormai vita propria e la ragione non contasse più nulla.

Mi ubriacai come una sciocca, sebbene così facendo avrei fatto del male solamente a *me stessa*.

Dopo aver perso il conto dei drink ingurgitati, mi accorsi che faticavo a pronunciare parole connesse, che a stento ricordavo come mi chiamassi.

«Dovr… dovremmo smettere», disse Julie, che non era messa tanto meglio: biascicava discorsi illogici, mentre io ridevo, ridevo come un'isterica, forse per liberarmi dall'angoscia che avvertivo dentro.

«Frose… fiorse, forse hai ragione…» Mi appoggiai al bancone del bar e sbattei le palpebre più volte; la vista non era più nitida, la mente ancor meno.

«Ragazze…» disse qualcuno. Doveva essere la voce di Logan. Mi voltai per controllare. Sì, era lui. Ma un attimo, quanti Logan c'erano?

«Ciao a tutti i Logan presenti.» Sventolai una mano per salutare tutti i Logan che avevo davanti, anche se il loro sguardo carico di rimprovero non preannunciava nulla di buono.

«Selene, sei ubriaca?» Percepivo le sue parole come un'eco distante, mi sentivo sconnessa dalla realtà, così mi limitai ad annuire e ad avvolgergli un braccio attorno alle spalle. Non riuscivo a reggermi in piedi e, se camminavo, incespicavo nei miei stessi passi.

Meno di un'ora dopo, mi ritrovai a casa con Logan, che aveva riaccompagnato anche Alyssa e Julie.

«Sai perché le coccinelle sono rosse, Logan?» straparlai sul portico della villa e mi soffermai a osservare il muro.

«No, Selene», sospirò lui, aprendo la porta d'ingresso.

«Perché il rosso nell'antichità era segno di fortuna», continuai, come se fossi una grande esperta in materia. Logan, invece, era stanco del mio ciarlare a vanvera.

«Ma questo non spiega il perché siano rosse», brontolò esausto, reggendomi.

Dopodiché, entrammo in casa e mi accompagnò a fatica fino alle scale. Per fortuna erano tutti già a letto e Logan si mosse abilmente nel buio per evitare che qualcuno si accorgesse di noi.

«Spiega il perché portino fortuna però», mi difesi dopo qualche istante, non poteva distruggere i miei importanti ragionamenti deduttivi.

«Sì, sì, certo. Adesso, però, penso che tu abbia parlato troppo e che sia ora che vada a dormire», sbuffò lui e mi fece salire le scale piano piano; ogni tanto le gambe cedevano e cadevo in ginocchio come un sacco di patate, ma Logan era lì, pronto a rimettermi in piedi. Mi portò in camera e mi fece distendere sul letto, sfilandomi le scarpe. Bofonchiai un grazie sommesso e seguii la sua figura sparire oltre la porta della stanza.

Sentivo le tempie pulsare e lo stomaco restringersi.

Avevo già vomitato durante il viaggio di ritorno, ma il senso di nausea era ancora persistente.

Cercai di chiudere gli occhi, dormire sarebbe stato utile per sentirmi meglio, ma dei rumori provenienti dalla camera accanto disturbarono il mio sonno. Ero certa che si trattasse di Neil che si stava divertendo con qualcuna e decisi che quella sera non gli avrei permesso di infastidirmi.

Scesi dal letto barcollando e mi diressi verso la porta; lanciai un'occhiata furtiva al corridoio vuoto e raggiunsi la sua stanza reggendomi con una mano al muro accanto. Le pareti ruotavano e il pavimento sembrava un mare di marmo solcato da onde invisibili. Sbattei le palpebre e mi concentrai sul mio intento.

Bussai alla sua porta con insistenza fino a quando non mi apparve Neil in carne e ossa, con addosso un semplice pantalone sportivo e il torace nudo. Guardai le linee ben definite dei muscoli sodi, compresi i pettorali scolpiti che avrei accarezzato volentieri, e mi costrinsi a risalire sugli occhi lucenti come l'oro. Mi osservò con un'espressione confusa sul viso, ma cercai di non lasciarmi distrarre ancora dal suo corpo perfetto.

Mi schiarii la gola e mi scagliai contro di lui: «Cosa stai facendo?

Vuoi smetterla di fare tutto questo rumore? Non dirmi che stasera starai con qualcuna perché io devo dormire!» Lo spintonai ed entrai con prepotenza nella sua stanza. Guardai il letto king-size e notai con sorpresa che non c'era nessuno.

C'erano solo un sacco da boxe oscillante appeso a un gancio del soffitto e il suo profumo di muschio e tabacco nell'aria.

«Sei impazzita? Che vuoi? Non sto scopando con nessuna. Mi stavo solo allenando.» Mi superò infastidito e guardai prima la linea marcata della schiena sudata e poi i muscoli possenti delle sue braccia, infine mi accorsi delle bende bianche che avvolgevano i palmi delle mani.

Tutto in lui sprigionava sempre una forza peccaminosa.

Rimasi in silenzio, conscia della mia figuraccia, e Neil si piegò per afferrare una bottiglia di quello che sembrava essere liquore.

Non me ne intendevo molto, ma l'odore forte e pungente sembrava proprio quello del whisky.

Inclinai la testa e lo fissai attentamente. Aveva gli occhi lucidi e le guance arrossate. D'un tratto, sul volto di entrambi ci fu un lampo di comprensione.

«Sei ubriaco?»

«Sei ubriaca?» ci chiedemmo all'unisono. Improvvisamente avvertii una sensazione di pericolo, perché in assenza di lucidità, nessuno dei due sarebbe stato capace di gestire la situazione.

«È… è… meglio che io torni in camera mia.» Raggiunsi a fatica la porta, ma mi fermai sulla soglia e mi voltai. «Scusami pensavo che tu… cioè sono venuta qui perché…» Non sapevo cosa dire, avevo sbagliato e avrei fatto meglio a scusarmi e allontanarmi immediatamente da lui. Tuttavia il mio corpo rimase fermo lì, ad aspettare non sapevo neanch'io cosa.

Neil posò la bottiglia ormai vuota sul pavimento e si avvicinò. Il suo corpo era madido di sudore, la pelle ambrata lucente e le linee armoniose del suo fisico. Per un attimo, guardai il maori sul bicipite destro e mi chiesi il perché avesse scelto di tatuarsi un disegno del genere.

Tuttavia, mi riscossi subito dalle mie stupide considerazioni quando sentii la sua mano calda e grande accarezzarmi la guancia. Avrei voluto sottrarmi a quel gesto, avrei voluto provare disgusto, avrei voluto considerarlo indesiderato e invece riaccese in me le stesse sensazioni che avevo imparato a riconoscere: lussuria, timore e confusione.

«Sei molto bella, sai?» Sembrava lo stesse sussurrando più a se stesso che a me. Gli guardai le labbra e mi chiesi cosa avrei provato se le avessi assaporate ancora. Non avevo dimenticato la loro morbidezza e il modo esperto in cui si erano mosse con le mie. Quelle labbra erano capaci di stordire la mente di una donna e di donare il piacere che promettevano.

«Anche tu», risposi. D'un tratto, essere lì, insieme, a esprimere i nostri pensieri mi apparve la cosa più giusta del mondo.

Perché dovevo essere attratta da una persona così distante da me?

In quel momento, non mi importò. Io e Neil eravamo solo due giovani che stavano imparando a scoprirsi, contro ogni regola e ragione plausibile.

«Perché hai bevuto?» Mi accarezzò con il pollice il labbro inferiore e io lo schiusi a corto di fiato, assorbendo la ruvidezza del suo polpastrello.

«E tu perché hai bevuto?» Gli feci la stessa domanda e lui sorrise, con aria *quasi*… dolce.

«Sai cosa diceva Bukowski?» disse all'improvviso, senza smettere di accarezzarmi.

Scossi la testa e lui proseguì: «Se succede qualcosa di brutto si beve per dimenticare; se succede qualcosa di bello si beve per festeggiare; e se non succede niente si beve per far succedere qualcosa». Mi circondò il busto con un braccio e unì i nostri corpi. Imbarazzata, abbassai lo sguardo sul suo petto nudo, che non mi aiutò affatto a scacciare via quell'eccitazione strana che avvertivo dentro. Le sue nocche continuarono a toccarmi la guancia, perciò lentamente sollevai gli occhi per allacciarli ai suoi e vidi tutto il desiderio che stava provando.

Mi chiedevo cosa invece stesse leggendo lui nel mio sguardo, ma la realtà scomparve quando le sue labbra sfiorarono le mie per la seconda volta.

Non riuscii a ragionare, il mio cervello si spense del tutto. Sentii solo il calore del suo corpo contro il mio, la mia pelle esposta ai suoi baci, il cuore che palpitava, le nostre lingue che si inseguivano con fervore.

Neil sapeva di alcol, tabacco, peccato, errore, ma anche di sogni, sicurezza, esperienza, conoscenza. I suoi occhi annegarono nei miei. Ci liberammo dei vestiti, un mix di dolore e piacere pervase il mio corpo trasportandomi in un'altra dimensione. Sentii gli occhi pizzicare e gli zigomi umidi… stavo piangendo forse? Non me ne resi conto appieno; subito dopo le mie unghie gli graffiarono la schiena mentre il mio corpo si riempiva di brividi e sensazioni mai provate prima di allora.

Mi sentii un tutt'uno con lui, completa, incatenata a un ragazzo problematico di cui ancora sapevo poco.

Eravamo solo occhi dentro occhi, corpi bollenti e attorcigliati tra loro, menti spente e annebbiate, irrazionalità e istinto.

Passione ed errore.

Realtà e sogno.

6
Selene

La verità sta da qualche parte
tra i nostri errori.
BILLY

STRANA.

Era così che mi sentivo.

Me ne stavo al caldo, su un letto morbido, avvolta dalle coperte soffici. Ero sveglia, ma i miei occhi non accennavano ad aprirsi.

Non sapevo neanche che ora fosse e sicuramente avevo saltato le lezioni del giorno.

Aprii lentamente le palpebre e stiracchiai i muscoli intorpiditi sentendoli stranamente dolenti. Mi guardai attorno e notai subito una parete scura davanti a me con un poster di una squadra di… basket?

Da quando la mia stanza aveva un arredamento così… maschile? Tutti i mobili alternavano un gioco di colore tra il nero e il blu cobalto. Forse ero ancora assonnata oppure si trattava di qualche strana allucinazione.

Mi misi seduta, la testa mi girava ed ero completamente nuda.

Restai a fissarmi il seno per un tempo indefinito, cercando di ricostruire quanto accaduto. Cercai dentro di me una spiegazione sensata, una motivazione che giustificasse l'assenza di vestiti addosso, ma quella non arrivava.

Iniziai a sentirmi confusa e smarrita.

Quando sentii un corpo muoversi accanto a me, mi parve di morire.

Mi voltai velocemente e vidi le spalle possenti di un ragazzo con il viso affondato nel cuscino.

Mi tremarono le mani e lo stomaco si chiuse in una morsa dolorosa. Balzai giù dal letto e trascinai con me le lenzuola tiepide, scoprendo le nudità del ragazzo che continuava a dormire beato.

Vidi le gambe sode, i glutei marmorei, e i muscoli rilassati completamente esposti. In circostanze normali, avrei potuto apprezzare un adone simile, ma non mentre mi trovavo nuda nella sua stanza.

«Oh mio Dio!» urlai sconcertata, stringendo al petto il lungo lenzuolo bianco. Trattenni un conato di vomito per il disgusto che stavo provando verso me stessa. Era una vera tragedia, avevo fatto un danno irreparabile! Chi era quel tizio? Ero andata a letto con uno sconosciuto incontrato al locale?

«Mmh...» Il ragazzo mugolò qualcosa, affondando ancora di più la testa nel cuscino; sembrava non essersi accorto di nulla.

Mi guardai attorno e con la coda dell'occhio, su una mensola, vidi una foto che ritraeva Logan e Neil al mare, da bambini.

Passai una mano tra i capelli arruffati e puntai lo sguardo sul braccio flesso del ragazzo: il maori... quel maori...

Finalmente capii e dovetti reggermi alla scrivania accanto a me per non cadere nel vuoto, piombando nella disperazione.

Tutto iniziò a girare e la realtà cominciò a farsi strada dentro di me.

«N-Neil», balbettai sotto choc. A quel punto il ragazzo, ormai non più sconosciuto, sollevò il viso e mi salutò con fare annoiato, senza guardarmi.

«Ascolta chiunque tu sia... stanotte mi è piaciuto, ma ora puoi andartene.» Chiaramente non aveva ancora capito la gravità della situazione, ma... un momento, era quello il modo in cui si liberava delle sue prede il giorno dopo?

«Bukowski aveva ragione...» Strinsi il lenzuolo e notai il suo collo tendersi al suono della mia voce. Si sollevò sui gomiti e girò il capo verso di me. Le iridi dorate ancora assonnate non celarono lo stupore che probabilmente traspariva anche dai miei occhi.

«Selene?» chiese turbato, e un lampo di sorpresa attraversò il suo sguardo inchiodato su di me. Aveva le labbra gonfie e i capelli arruffati. Ero stata io a ridurlo in quello stato? E io? In che stato ero io?

Iniziai a camminare per tutta la stanza come una pazza, non volevo credere a quello che era successo. Mi sentivo profondamente sporca e sbagliata, avrei voluto possedere dei poteri magici per tornare indietro nel tempo e trasformare la realtà in un brutto sogno.

«Che ci fai nella mia stanza?!» Tentò di alzarsi, ma sollevai immediatamente una mano per fermarlo.

Era forse impazzito? L'ultimo dei miei desideri era vedere le sue nudità scoperte.

«Non alzarti!» ordinai categorica. Neil si accorse del lenzuolo avvolto attorno al mio corpo, poi di essere completamente nudo, disteso a pancia in giù sul materasso. Sospirò.

«Selene, calmati.» Rimase immobile sui gomiti. Era bello, sfacciato e terribilmente attraente mentre mi guardava come un diavolo colpevole, ma ciò non cambiava la situazione: non avrei dovuto commettere un errore simile.

«Calmarmi? Calmarmi?» urlai furiosa; la colpa, però, era mia non sua. Era con me stessa che dovevo arrabbiarmi, lo sapevo bene.

«Passami dei boxer puliti. Non posso rimanere così per tutto il tempo.» Sospirò ancora e si sistemò con una mano una ciocca castana scivolata sull'occhio sinistro. Era provocante in ogni gesto. Scossi la testa, non era il momento di farmi ammaliare dalla sua carica erotica più di quanto non ne fossi già stata vittima.

«Davvero stai pensando ai tuoi boxer e non a ciò che è accaduto tra noi?» Ero allibita dalla sua tranquillità.

«Vuoi che esamini la questione mentre sono nudo e non mi posso alzare? Guarda nella cassettiera.»

Aveva ragione. Mi misi subito alla ricerca di un paio di boxer e, una volta che li ebbi trovati, glieli lanciai e mi voltai aspettando che si rivestisse. Intanto fissai prima la parete priva di quadri e poi la scrivania sulla quale vi erano un portatile, alcuni libri e due foto che lo ritraevano con Logan. In entrambe Neil non doveva avere più di otto o nove anni; notai che invece non vi era nessuna traccia di ricordi che lo ritraessero in età adulta.

«Puoi girarti», ordinò dopo qualche secondo e io obbedii, trovandomi davanti un'immagine spettacolare: Neil era seduto sul letto, con il corpo muscoloso ben esposto e coperto solo da un paio di boxer. Aveva l'espressione stanca, ma appagata, di chi si era divertito parecchio la notte precedente.

«È proprio un fottuto casino», commentò e si morse il labbro nervosamente, guardando i nostri vestiti sparsi per il pavimento.

«Ma cosa ci è saltato in mente? Neil, io ero ubriaca.» Cominciai a camminare in preda al panico totale, non c'era niente che potessi fare per riparare allo sbaglio commesso; dovevo soltanto accettarlo e imparare a conviverci.

«Non mi perdonerò mai.» Inavvertitamente calpestai qualcosa e mi immobilizzai quando vidi che si trattava dell'involucro aperto di un preservativo. Neil seguì il mio sguardo e rimase in silenzio per qualche istante. Continuavamo a raccogliere prove schiaccianti di ciò che c'era stato tra noi la notte prima.

«Selene, è stato un incidente. Non eravamo lucidi», cercò di rassicurarmi lui, ma una risata amara mi sfuggì dalle labbra. Sì, si era trattato di un incidente che avrei benissimo potuto evitare se solo fossi stata meno stupida e più matura nelle mie scelte.

«Per te è facile parlare Neil, quante ne porti a letto in una settimana? Quante ne seduci senza ricordare neanche i loro nomi? Be', per me non è così, non è mai stato così!» Il senso di colpa mi travolse e avvertii un profondo sconforto. Non mi riconoscevo più, la vecchia me non sarebbe mai andata a letto con un ragazzo qualsiasi, nemmeno da ubriaca.

Mi venne da piangere, ma non volevo mostrarmi così debole in presenza di Neil.

Tra l'altro, non solo mi girava la testa, ma mi resi conto di sentire distintamente un fastidioso bruciore tra le gambe a ogni passo.

Il basso ventre mi doleva, così come i fianchi e dei muscoli che non credevo neanche di avere prima di allora.

Il peggio, però, fu vedere sul materasso il segno della mia purezza, della mia innocenza, che avevo custodito tanto gelosamente per poi buttarla via senza il minimo riguardo.

Fu un colpo al cuore che mi strappò il respiro al punto tale da stare male.

Rimasi ferma con lo sguardo perso e Neil non ebbe il coraggio di dirmi nulla.

«Sono delusa da me stessa, non volevo che accadesse in questo modo.» Continuai a fissare la macchia rossa e Neil si accigliò, non capendo a cosa mi stessi riferendo. Seguì ancora una volta la direzione del mio sguardo e dalla sua espressione sorpresa intuii che non si fosse accorto della *questione* di cui non gli avevo parlato, anzi, di cui non avevo mai parlato con nessuno. Sentii il miele ardente dei suoi occhi spostarsi su di me, ma ero troppo imbarazzata per ricambiare il suo sguardo. Abbassai la testa per non vedere la sua pietà, il sentimento peggiore che potesse riservarmi.

«Non avrei mai immaginato che tu fossi…» Lasciò sospesa nell'aria la sua frase carica di mortificazione e si alzò dal letto passandosi una mano sul viso, con aria incredula.

«Già…» Ci capimmo, non fu necessario aggiungere altro. Era stato lui il primo uomo con cui fossi mai stata. Mi sentii morire al pensiero che mi avrebbe derisa, che si sarebbe vantato con i suoi amici di essere andato a letto con la povera verginella Selene, giunta da Detroit per ricucire i rapporti con il suo paparino.

«Non dirò niente. Rimarrà un nostro segreto. Hai la mia parola.» Si posizionò di fronte a me e il suo buon odore quasi mi stordì. Sollevai il viso e la sua espressione estremamente sincera mi stupì. Tuttavia, ciò che più mi preoccupava non era soltanto il mio segreto che ormai non era più tale, bensì…

«Jared.» Ebbi un capogiro e Neil mi sostenne.

Appoggiai la fronte sul suo petto caldo e chiusi gli occhi. Lui mi mise le mani sui fianchi e in un gesto del tutto spontaneo mi strinse a sé in un abbraccio consolatorio che non fece altro che peggiorare la situazione. Ero un concentrato di sensazioni indecifrabili che urlavano e pretendevano di emergere, ma io volevo solo cancellarle, dimenticarle e smetterla di pensare a Neil in un modo del tutto sbagliato e deleterio.

«Selene, ascolta…» Rimasi ferma, con gli occhi chiusi e la mente affollata dai sensi di colpa. Neil mi afferrò per le spalle e mi scosse. «Guardami», mi intimò e allora sollevai il mento, affranta. «Mi dispiace tanto, dico sul serio. Non volevo che perdessi la verginità in questo modo, ma non possiamo farci niente. Se uno dei due fosse stato lucido avrebbe gestito la situazione, però…» Sondò il mio viso in cerca di una reazione, ma tornai a guardare altrove per non vedere la sua pietà.

Per lui sarebbe stato facile andare avanti, sarei stata una delle tante da gettare nel dimenticatoio.

Per me invece… lui sarebbe stato…

Lo allontanai e mi aggrappai al lenzuolo, voltandomi di spalle.

«Ho bisogno di una doccia», dissi semplicemente. «Laverò il tuo lenzuolo e te lo restituirò pulito.» Continuai a parlare come un automa: «Magari tu sbarazzati di quella macchia». Aprii la porta e uscii in corridoio, accertandomi che non ci fosse nessuno nei dintorni.

A passo svelto, corsi nella mia stanza e mi fiondai dentro, chiudendo la porta a chiave. Mi sedetti sul pavimento e iniziai a singhiozzare, stringendo le ginocchia al petto. In quel momento di totale solitudine, diedi sfogo alla frustrazione.

Sentivo la scia bagnata delle lacrime lungo il mento e le spalle mi fremevano a causa dei singulti.

Il mio errore era irreparabile, dovevo accettarlo, ma non riuscivo a perdonarmi. Trascorsi chissà quanto tempo rannicchiata a terra a crogiolarmi nel fiume della disperazione, ma non era l'atteggiamento giusto. Dovevo reagire, in qualche modo.

Asciugai le guance umide con il dorso della mano e mi alzai in piedi. Mi sentivo spossata come se avessi corso per chilometri. Il cuore batteva forte e la testa pulsava.

Una parte di me sperava ancora che si trattasse solo di un sogno, o meglio di un incubo.

Ma sapevo che non era così.

Mi diressi in bagno arrancando e lasciai scivolare via il lenzuolo. Mi sentivo debole, le gambe dolenti. Avevo un odore diverso sulla pelle, un odore non mio.

Osservai attentamente me stessa. Dicevano che, dopo la prima volta, si diventava donne e qualcosa cambiava.

Ma io vedevo la stessa ragazza di sempre, solo con un grande senso di colpa addosso.

Scrutai ogni centimetro della pelle e mi incupii quando notai dei segni violacei sul seno destro e alla base del collo, accanto alla clavicola.

Malgrado anche Neil fosse ubriaco ieri notte, mi chiesi se fosse stato delicato, dominante o passionale.

Dai segni sul mio corpo era chiaro che non avesse controllato molto il suo impeto, ma non ricordavo nulla e non potevo sostenerlo con certezza. Mi toccai lentamente, percorrendo il tragitto di quelle tracce, e mi fermai sul pube.

Istintivamente, con il cuore che batteva furioso, mi accarezzai e notai sui polpastrelli delle macchie rosse come la porpora.

Emisi un piccolo sibilo di dolore quando contrassi i muscoli pelvici; probabilmente avrei sentito la sua presenza dentro di me ancora per giorni.

Entrai nel box doccia e insaponai per bene il corpo e i capelli, sperando che il getto d'acqua calda lavasse via anche i miei sensi di colpa.

Mi rivestii velocemente e indossai la biancheria pulita, un paio di jeans e una maglietta scura. Asciugai i capelli, acconciandoli in una lunga treccia, e con del correttore coprii i segni visibili sul collo per non destare sospetti o domande sconvenienti.

Misi in lavatrice il lenzuolo sporco e poi ricordai di aver lasciato i vestiti della sera precedente nella sua stanza.

Non avevo intenzione di andare di nuovo da lui.

Avevo già combinato fin troppi guai per il momento.

Tornai in camera e qualcuno bussò alla mia porta. Sperai che non si trattasse di Mia o di Matt, non avrei saputo affrontare una conversazione con loro nello stato in cui versavo.

Mi feci forza e aprii la porta.

Mi trovai davanti Neil con addosso una tuta. Aveva i capelli umidi ed emanava un forte profumo, come sempre. Sospettavo che consumasse interi flaconi di bagnoschiuma perché avevo notato che faceva molte docce al giorno, come se la pulizia e l'igiene personale fossero la sua ossessione.

«I tuoi vestiti», mi disse, come se mi avesse letto nel pensiero.

«Sì, grazie.» Li afferrai e cercai di evitare il suo sguardo sotto il quale mi sentivo nuda, soprattutto psicologicamente. Mi spogliava e toccava l'anima, non c'era nulla di più intimo.

«Selene...» sussurrò mortificato; era chiaro che mi volesse parlare, ma non ero dell'umore adatto. Mi sentivo un fiore appassito. Il suo profumo di muschio non faceva che aumentare il mio malessere. Era lo stesso profumo che avevo avvertito sulla mia pelle prima di lavarmi e che ancora avvertivo addosso.

«Neil, va tutto bene. Tra poco scendo a fare colazione.» Ero in imbarazzo, ma riuscii ad abbozzare un sorriso tirato. Per fortuna Neil si accorse del mio disagio e non insistette. Se ne andò, lasciandomi tutto il tempo di prepararmi mentalmente alla giornata che mi attendeva.

Scesi in cucina e feci colazione in silenzio. Mio padre mi lanciava continue occhiate sospettose, ma non fece domande.

Gliene fui grata.

«Come ti senti?» bofonchiò Logan, che interruppe la mia apparente quiete mentre masticava i cereali.

«Mmh?» Finsi di non aver capito.

«Dopo ieri sera», sussurrò e per un attimo immaginai Logan intento a spiarci nella camera del fratello durante l'atto incriminato.

Deglutii a fatica e lo guardai preoccupata.

Logan sapeva cos'era successo quella notte?

Finsi di non capire per scoprirlo.

«Di cosa parli?» indagai cercando di non farmi sentire da mio padre e da Mia, appena entrata in cucina.

«Della tua sbronza», ridacchiò lui e io tornai a respirare. Che stupida!

«Oh, sì... diciamo che sto meglio.» Mi riscossi e tirai un sospiro di sollievo. Ero sicura di essere impallidita in quel momento di smarrimento.

Certo, Logan mi aveva riaccompagnata in camera e messa a letto, era naturale che mi chiedesse come stavo. Non poteva riferirsi a nient'altro. Gli sorrisi e in quell'istante il mio cuore fece una bizzarra capriola, perché vidi Neil entrare in cucina con un'espressione pensierosa in volto.

Si versò del caffè e si mostrò freddo e indifferente, nonostante ciò che era successo con me, nel suo letto.

«Da quanto sei sveglio?» gli chiese sua madre, sfogliando una rivista di moda posata sul tavolo.

«Da un bel po', ero fuori a fumare una sigaretta.» Neil non incrociò neanche per sbaglio il mio sguardo. Sembrava volesse evitarmi e ci stava riuscendo benissimo.

In fondo non era ciò che volevo?

Perché allora la sua indifferenza mi infastidiva? Sbuffai. Ero la contraddizione in persona, non mi sopportavo neanch'io da quando mi ero trasferita a New York.

«Ah, è passata Jennifer», disse Logan a suo fratello e la mia attenzione corse su Neil e sui lineamenti del suo viso, che non ebbero alcuna reazione a quel nome.

«Cosa voleva?» Tirò fuori l'iPhone dalla tasca della sua tuta e iniziò a scorrere il pollice sul display. Non capivo il perché stessi studiando ogni suo gesto con attenzione. Cosa stavo cercando di capire? Se Jennifer gli piacesse davvero?

Era probabile che le stesse per mandare un messaggio o addirittura che stesse per chiamarla, quindi cosa avrei dovuto fare? Impedirglielo?

Neil non era il mio ragazzo, io un ragazzo ce l'avevo già; o meglio, forse avrei dovuto dire «ex» ragazzo, se avesse scoperto tutto. Risi di me stessa, provavo pietà per la persona che ero diventata nel giro di poche settimane.

«Non so… le ho detto che dormivi ancora. Voleva salire nella tua stanza.» Logan abbozzò una smorfia di disappunto, evidentemente la bionda dalle minigonne attillate non gli stava simpatica.

«Capisco, me ne occuperò io.» Infilò il cellulare in tasca e scrollò le spalle.

In che modo se ne sarebbe occupato? Scossi la testa, non capivo perché mi sentissi così possessiva nei confronti di un ragazzo per il quale non contavo nulla; tra noi, in fin dei conti, c'era stata solo una notte di sesso come ne aveva avute tante.

Decisi di allontanarmi da Neil e da tutte le emozioni che mi suscitava, così mi alzai e mi diressi in salotto, ma una mano mi afferrò saldamente per il polso e mi tirò in un angolo appartato. Sentii il suo profumo di muschio e tremai.

«Ma che fai?» sussurrai furiosa.

«Shh. Vorrei solo che chiarissimo un'ultima cosa.» Il suo respiro caldo mi colpì il viso e dovetti chiudere gli occhi per evitare di pensare a cosa avevo provato mentre…

«Sentiamo.» Mi schiarii la gola e cercai di celare l'effetto che aveva su di me, anche se era un'impresa davvero ardua.

«Non voglio che tu sia in imbarazzo con me. Dovremo condividere la stessa casa ancora per molto. Quello che è successo è stato un errore. Capisco che ci stai male e…»

Ma scossi la testa bloccando il flusso delle sue parole.

«Non credo che tu possa capire come mi sento.»

Per lui era facile donare se stesso a un mucchio di estranee conosciute per caso. Considerava il sesso un passatempo, un gioco. Io no. Avevo sempre associato il sesso all'amore e non avrei mai messo in discussione i valori in cui credevo fermamente.

«Non pensavo fossi vergine.» Non sapeva cos'altro dire, forse stava tentando di giustificarsi o forse di scusarsi, ma non ci stava riuscendo affatto.

«Per me non è facile, ho bisogno di tempo per metabolizzare l'accaduto.» Abbassai lo sguardo e osservai la sua mano chiusa attorno al mio polso; la pelle scottava proprio in quel punto. Provavo emozioni incontrastabili. Cercavo di combatterle, ma mi schiacciavano come se fossi una minuscola farfalla impotente.

Mi resi conto che avrei dovuto parlare presto con Jared.

«Non accadrà più, è stato solo un terribile sbaglio», disse, poi il suo sguardo mi si posò sulle labbra e fui certa che a quelle parole non ci avrebbe mai creduto nessuno, tantomeno… noi.

7
Selene

Il desiderio è ancora più forte
quando è appeso ad un filo.
MIGUEL ÁNGEL ARCAS

ERA un pomeriggio particolarmente soleggiato, quando decisi di passeggiare nel parco con Matt.

In realtà, avevo accettato di andare con lui soltanto per evitare Neil, lo tsunami che mi aveva stravolto la vita.

Così, mi ritrovai a camminare in silenzio in compagnia di mio padre, finché si sedette su una panchina e mi invitò a fare lo stesso. Mi accomodai vicino a lui e appoggiai le mani sulle ginocchia, strofinando i palmi sui jeans.

«Sai, Selene», esordì, guardando dei bambini che si spingevano su un'altalena, «rimpiango ogni giorno di non essere stato un padre migliore per te.» Lo rimpiangevo anch'io, ma non glielo dissi. Decisi di tacere e di ascoltarlo. «So che tu e tua madre avete sofferto, ma credo di meritare…» si interruppe, titubante.

«Un'altra possibilità?» finii per lui e sorrisi amaramente. Se pensava che fossi così stupida da concedergliela, si sbagliava di grosso. «Ricordo ancora come ti divertivi con la tua collega, sai?» aggiunsi disgustata.

Matt assunse un'aria imbarazzata. Il suo imbarazzo però non era nulla in confronto alla delusione che provavo io.

«Mi dispiace tanto…» mormorò senza guardarmi.

«Dovevi pensarci prima.» La nostra non era una guerra ad armi pari, Matt era nel torto e sapeva che era spregevole per un padre essere sorpreso con un'altra donna dalla propria figlia.

Rimase in silenzio e la rabbia, repressa per troppo tempo, aumentò e poi esplose.

«Non hai idea di quante volte io abbia visto mamma piangere quando sentiva il profumo di un'altra sulle tue camicie o quando le rifilavi una scusa per fare tardi.» Mi tremò la voce e non potei nascondere il turbamento. Era ancora troppo doloroso per me parlare dell'argomento e ritenevo le sue azioni imperdonabili.

«Selene, io...»

«Non hai idea di quante volte ti abbiamo aspettato invano per cenare, per festeggiare un compleanno o per partecipare a una recita scolastica.»

Matt abbassò lo sguardo e io mi voltai per evitare di vedere la sua espressione contrita. Ironia della sorte, vidi una coppia di genitori che teneva per mano la figlia.

«Un tempo ti volevo bene», mormorai e osservai la famigliola felice a un passo da noi.

«Mi dispiace», sussurrò più a se stesso che a me; mi alzai in piedi e lo guardai dall'alto.

«Meglio rientrare ora», dissi, decisa. Matt si alzò a sua volta e mi seguì.

Tornati alla villa, mio padre raggiunse Mia al piano di sopra. Io rimasi da sola. Mi sedetti in salotto, provata e delusa dalla conversazione con Matt, e vidi Logan prendere le chiavi dell'Audi.

«Dove vai?» chiesi incuriosita. Era vestito di tutto punto, come se stesse andando a un appuntamento, ma evitai di chiederglielo direttamente per non risultare invadente.

«Vado a vedere la partita a casa di Adam con gli altri», rispose sbrigativo, ma non gli credetti. Non sfoggiava il look adatto per una serata tra soli uomini.

Tuttavia gli sorrisi e scrollai le spalle.

La vita sentimentale di Logan non era affare mio, anche se mi sarebbe piaciuto se avesse finalmente deciso di frequentare Alyssa.

«Divertiti allora», lo salutai. Lui ricambiò il saluto e uscì di fretta.

Un attimo dopo, apparve Chloe.

Indossava uno splendido abito rosso e i capelli biondi le cadevano morbidi sulle spalle; vestita così era l'esatta fotocopia di sua madre.

Raggiunse la porta senza degnarmi di alcuna considerazione e io non le dissi nulla.

Di nuovo sola, accesi la tv e iniziai a fare zapping con il telecomando.

«Selene!»

Sobbalzai non appena la voce civettuola di Mia riecheggiò nella stanza.

«Io e tuo padre andiamo a un convegno. Anna se ne andrà tra poco.» Infilò un lungo cappotto elegante e mi fece un sorriso che non ricambiai.

«Va bene.»

«Sicura di voler restare da sola? Chiamami per qualsiasi cosa», aggiunse mio padre preoccupato, entrando in salotto. La sua preoccupazione mi irritava.

«Okay.» Non lo guardai neanche e mi concentrai sulla televisione, fino a quando non sentii la porta sbattere e calare il silenzio.

Finalmente mi ero liberata della loro presenza.

A quel punto, mi alzai dal divano e andai in cucina per prendere una ciotola di popcorn preparati da Anna. La governante aveva proprio un dono: era una maga ai fornelli e i suoi piatti mi facevano sempre venire l'acquolina in bocca.

«Signorina, io sto andando via. I miei figli mi aspettano», disse Anna, che mi comparve alle spalle e mi colse di sorpresa. Le sorrisi con la ciotola tra le mani e la guardai raccogliere la sua borsa.

«Quanti figli ha?» mi permisi di chiedere, sperando di non risultare indiscreta.

«Due, cara. Due maschi.» Mi parlò dei suoi figli mentre l'accompagnavo alla porta. Il più grande, Ethan, aveva diciotto anni e sognava di diventare un grande giocatore di baseball. Il più piccolo, Jace, aveva quindici anni e suonava il pianoforte. Non chiesi nulla del padre dei suoi figli, tuttavia capii che non si era preso le sue responsabilità. Anna lavorava per Mia da tanti anni proprio perché lo stipendio che percepiva le permetteva il giusto sostentamento economico per sé e i suoi figli senza l'aiuto di nessuno.

Badava a Neil, Logan e Chloe da quando erano piccoli.

Neil aveva dieci anni quando Anna era stata assunta. La donna mi raccontò che era un bambino molto intelligente ma diffidente, curioso ma schivo.

La guardai pensierosa e in quell'istante capii che lei poteva essermi d'aiuto.

Conosceva Neil da molto tempo e forse avrebbe potuto far luce sui punti bui che riguardavano lui e i suoi sbalzi d'umore. Tuttavia, Anna era di fretta e non era quello il momento di fare domande. La salutai educatamente e la vidi correre verso il taxi che l'aspettava all'ingresso.

Tornai in salotto e mi sedetti sul divano.

Avrei approfittato della solitudine per mangiare i miei amati popcorn e guardare un film. Avevo davvero bisogno di una pausa da tutto quello che stava succedendo e soprattutto da Neil. Stavo ancora scegliendo cosa vedere, quando sentii dei passi sulle scale.

Un secondo dopo, in salotto apparve proprio la sua figura imponente. Avevo dimenticato che Neil fosse in casa, in realtà credevo fosse con Jennifer o con gli amici.

«Che ci fai tu qui?» chiesi e poi tossii strozzandomi con un popcorn.

«Ti ricordo che questa è casa mia.» Sorrise e mi guardò in un modo così sensuale da farmi rabbrividire.

«Credevo fossi uscito anche tu.» Mi schiarii la gola e ripresi a pigiare i tasti a caso sul telecomando. Il mio cervello era già in blackout; più si avvicinava, più mi sentivo insicura.

«No, Jennifer è andata via mezz'ora fa e ho bisogno di rilassarmi.» Aveva i capelli umidi e profumava di bagnoschiuma, segno che si fosse appena fatto l'ennesima doccia della giornata. Ne dedussi che lui e Jennifer non si erano visti solo per fare due chiacchiere. Sicuramente era stato a letto anche con lei.

Incurante della mia inquietudine, Neil si sedette poco distante da me e distese le gambe incrociandole con disinvoltura. Mi irrigidii e d'istinto mi spostai un po' per aumentare la distanza tra noi.

«Lascia qui», disse quando girai su un canale in cui veniva trasmesso un incontro di pugilato. Era un appassionato di quello sport? D'un tratto, ricordai vagamente di aver visto un sacco da boxe oscillare nella sua stanza, perciò supposi che fosse così. Peccato che a me non piacesse per nulla vedere dei tizi che si prendevano a pugni.

«Sono contro la violenza, non mi piace guardare certi programmi», mi opposi e lui sorrise mantenendo lo sguardo inchiodato sullo schermo.

Alzai gli occhi al cielo e continuai a sgranocchiare i popcorn, fulminandolo con lo sguardo. Nonostante fossi visibilmente infastidita dalla sua intrusione e prepotenza, non potei fare a meno di restare abbagliata dal suo profilo disegnato e dalle labbra piene che riuscivano a suscitare fantasie di ogni tipo nella mente femminile, la mia inclusa.

Sospirai e, costretta a dire addio alla serata di pace, mi concentrai sui popcorn. All'improvviso, la mano di Neil invase il mio campo visivo e si tuffò nella ciotola.

«Ehi!» esclamai infastidita come una bambina capricciosa, quando ne afferrò una manciata.

«Sì?» chiese masticando con il suo solito atteggiamento indifferente.

«Questi popcorn sono miei. Ce ne sono altri in cucina, se vuoi.» Allontanai la ciotola dalle sue grinfie, anche se ero certa che, se avesse voluto, l'avrebbe rubata. Dopotutto, riusciva sempre a ottenere ciò che voleva.

«Non fare l'egoista, Selene. Sii generosa come ieri notte.» Mi guardò malizioso e le sue iridi luminose mi parvero più brillanti del solito. La sua insinuazione mi turbò l'anima, facendomi piombare nella disperazione contro la quale cercavo di lottare da tutto il giorno.

«Piantala», gli intimai e cercai di guardare lo schermo della tv, ma senza vederlo.

«I dettagli…» mormorò assorto, come se la sua mente stesse viaggiando altrove.

«Cosa?» chiesi e mi voltai verso di lui confusa.

«La verità si nasconde nei dettagli.» Il suo timbro di voce basso mi bloccò l'aria nei polmoni. Com'era possibile che esercitasse un potere così forte su di me? Mi sentivo soggiogata dai suoi occhi e ammaliata dalle sue parole.

«Che stai dicendo?» sussurrai e, malgrado non fossimo poi così vicini, lo spazio che divideva i nostri corpi sembrò ridursi.

«L'intelligenza di una persona sta proprio nel saperli cogliere, Selene, e quando accade nulla ha più un senso.» Mi tolse di mano la ciotola di popcorn e la posò sul tavolino di cristallo di fronte a noi, poi si avvicinò e mi accarezzò la guancia. Le dita fredde mi scivolarono sulla pelle liscia e io non mi ritrassi.

Tuttavia, chiusi gli occhi, perché cedergli era doloroso come avere un pugnale conficcato nel petto.

«Tutto ha senso, invece, e noi non possiamo stravolgere la nostra situazione», risposi titubante. Avrei voluto avere la forza di respingerlo, ma per quanto mi sforzassi di combatterlo, mi sentivo sopraffatta dalle emozioni che mi suscitava.

«Il mio letto profumava di cocco questa mattina», sussurrò, seducente.

Avvertii il suo respiro sulle labbra, sapeva di tabacco e popcorn. Dovetti ammettere che ci sapeva fare e che era bravo a manipolare la mente delle donne, ma questo non giustificava la mia debolezza. Aprii gli occhi, appoggiai la mano sulla sua e mi morsi il labbro inferiore.

«Smettila», lo pregai e cercai di non cedere alla follia che mi era già costata tanto la notte precedente.

Ciò che provavo era bellissimo, ma inspiegabile, deleterio, sbagliato.

Stavo correndo un rischio fatale.

Probabilmente per Neil ero solo una delle tante e non provava le mie stesse emozioni. Per giunta, stava ignorando del tutto le mie suppliche, troppo preso dal suo obiettivo di dominarmi.

«Voglio baciarti...» Mi tracciò con il pollice la linea del labbro inferiore, ipnotizzato dal suo stesso gesto.

Notai la scintilla di desiderio che gli attraversò gli occhi e arrossii.

«No», dissi con una decisione che in realtà non provavo. Cercai di ergere un muro che potesse proteggermi in qualche modo, ma i nostri respiri che si incalzavano a vicenda, lo abbatterono.

«Non ti ho chiesto il permesso.» Con uno slancio impetuoso, unì le nostre labbra.

Mi irrigidii e gli posai le mani sul petto per respingerlo, ma il mio desiderio era evidente a un uomo come Neil, capace di farmi sentire nuda senza neanche spogliarmi e di leggermi nel pensiero.

Le mie labbra si mossero lentamente con le sue in una danza silenziosa ma provocante. Mi mancava il respiro, il cuore batteva all'impazzata, mi sentivo viva.

Nell'istante in cui le lingue si intrecciarono, il bacio divenne divino, potente, magico.

Neil sapeva di proibito, di mistero, di un sentimento incompreso e forse inesistente.

Mi salì sopra e mi schiacciò contro il divano, posizionandosi tra le mie gambe. Nel frattempo, la sua bocca, calda e affamata, continuava a stuzzicarmi con prepotenza.

Sentivo la reazione del suo corpo al mio. Boccheggiai quando avvertii la sua erezione che mi strofinava tra le cosce, procurandomi un piacere inimmaginabile e fui segretamente soddisfatta di essere riuscita a farlo eccitare.

Gemetti di piacere e lui sorrise orgoglioso.

Gli infilai una mano tra i capelli e lo baciai con passione, poi arrossii quando un piccolo ansito gli sfuggì dalle labbra carnose.

Ero consapevole che stavo commettendo un altro errore, ma dentro di me ormai avevo già deciso: avrei lasciato Jared e mi sarei ripresa la mia libertà. Ormai avevo capito che alla nostra relazione era sempre mancato l'elemento più importante: l'amore.

Allacciai le gambe attorno ai fianchi di Neil e mugolammo entrambi; dopodiché Neil iniziò a far ondeggiare piano il bacino su di me e il respiro mi divenne affannoso. Pur in balia delle sensazioni, non potei fare a meno di sorprendermi di quanto mi sentissi a mio agio con lui.

Tanto che gli affondai le unghie nella schiena possente e mi ci aggrappai con veemenza.

I miei muscoli si tesero e le ginocchia tremarono. Il piacere si fuse però ai sensi di colpa. Anche se volevo lasciare Jared, di fatto lo stavo tradendo, perciò cercai dentro di me la forza per fermarmi.

«Ti prego, smettila», dissi a corto di fiato e misi fine al nostro bacio. Neil tenne il viso a qualche centimetro di distanza dal mio, il suo sguardo era eccitato e al contempo turbato. Per un attimo, mi guardò come un bambino al quale era stato appena negato il gelato, poi assunse l'espressione dell'abile seduttore capace di far commettere i peccati peggiori anche all'angelo più celestiale. Si leccò lentamente il labbro tumido e rosso, e assaporò la mia saliva.

«Perché ti ostini a respingermi?» Si alzò in piedi e finalmente tornai a ragionare. Mi sentivo accaldata e disorientata, ma soprattutto… insoddisfatta.

Lo volevo dentro di me, ma stavolta volevo ricordare ogni singolo attimo del mio peccato.

Quando realizzai a fondo il mio pensiero, arrossii e mi vergognai di me stessa.

«Per Jared!» gridai, la voce carica di frustrazione.

Neil scosse la testa e si passò una mano sul viso.

«Cazzo!» Si voltò di spalle, furibondo. Era arrabbiato perché lo avevo respinto o perché avevo nominato Jared?

«Sono diversa dalle ragazze a cui sei abituato…» dichiarai, anche se in effetti il mio comportamento diceva tutt'altro.

Che razza di persona ero diventata? Un tempo avevo dei valori. Ora, invece, non riuscivo più a riconoscermi.

«Non ti permettere. Non osare giudicarmi. Non sai un cazzo di me!» sbottò minaccioso Neil, che si voltò di scatto e mi si avvicinò. Indietreggiai. Il suo sguardo divenne pericoloso, la sua ira sembrava provenire da un mondo lontano. Vidi qualcosa che abitava nella profondità della sua anima: un mostro incatenato che era meglio non disturbare.

Rimasi in silenzio, altrimenti avrei soltanto peggiorato la situazione.

Lo guardai, lo guardai tutto. I capelli disordinati, il naso dritto, le labbra carnose, la mascella definita e poi c'erano loro. I suoi occhi.

A volte dorati come il miele, altre volte più scuri come l'ambra. Era tutta colpa loro. Che incantesimo mi avevano fatto?

«Neil!» gridò qualcuno in corridoio. Un attimo dopo, con le gambe slanciate, il fisico sinuoso e la chioma bionda fluttuante, Jennifer entrò in salotto ancheggiando.

Cosa ci faceva lì? Possibile che fosse sempre tra i piedi?

«Tesoro, ho dimenticato il mio cellulare in camera tua», disse senza degnarmi di uno sguardo. Poi avvolse le braccia esili attorno al collo di Neil, che rimase immobile, con il suo atteggiamento sfrontato da diavolo peccatore.

«Come hai fatto a entrare?» le chiese, senza scostarsi da lei.

«La porta sul retro non era chiusa a chiave. Mi dispiace di essere entrata di soppiatto, ma dato che ho lasciato qui il telefono, non potevo chiamarti», disse civettuola. «Mi accompagni di sopra a recuperarlo?» sussurrò allusiva. Si mosse sensuale contro di lui, fece le fusa come una gattina desiderosa di attenzioni.

Il sorriso sornione di Neil mi suggerì che lui fosse decisamente pronto a concederle tutta la sua attenzione. Avrebbero fatto di sicuro il sesso fenomenale che io, con la mia ostinazione, poco fa mi ero preclusa.

«Andiamo…» le disse e la condusse con sé al piano superiore. Non erano ancora arrivati al pianerottolo che il mio cellulare squillò e il nome di Jared lampeggiò sul display. Avvertii un'angoscia improvvisa.

Avrei dovuto rispondere, invece mi limitai a guardare il vuoto.

Mi sentivo come una nave sperduta nell'oceano.

Avvistavo la tempesta in lontananza, ma non riuscivo a invertire la rotta.

Cosa ne sarebbe stato di me?

Sarei sopravvissuta?

O sarei affondata per sempre?

8
Neil

La vita è più divertente se si gioca.
ROALD DAHL

STAVO sbagliando.

Stavo sbagliando tutto a causa di una ragazzina dagli occhi oceano e il viso angelico che mi aveva invaso la casa, i desideri, la mente.

Dovevo togliermela dalla testa.

Selene non sapeva chi fossi davvero e che peso portassi sulle spalle.

Non conosceva la mia vita, i miei problemi, il mio passato.

Era innocente e avrei dovuto considerarla una sorella minore, invece riuscivo solo a immaginarla sotto di me mentre urlava il mio nome.

Non la meritavo. Ero un deviato, la perversione era un demone che sedeva nel salotto dell'anima, sulla poltrona del cuore, e mi soffocava con l'intenzione di uccidermi lentamente.

Per questo, non facevo altro che distruggere tutto ciò che toccavo.

Mi appoggiai a braccia conserte sulla porta della mia camera e osservai Jennifer, con la minigonna attillata che risaliva lungo i fianchi e i capelli biondi fluenti, la parte di lei che più mi eccitava. Sapevo che aveva usato il cellulare dimenticato come una scusa per ritagliarsi altro tempo con me, ma avevo deciso di stare al gioco perché avevo ancora – come sempre – voglia di scopare.

«Vieni a prenderti quello che vuoi», le ordinai e le feci segno di avvicinarsi, come se fossi un padrone che porgeva i croccantini al suo cagnolino. Provavo una soddisfazione malsana nell'usarla, nell'umiliarla, nel considerarla un oggetto su cui sfogare i miei più biechi istinti, e non solo in camera da letto.

In cambio, le concedevo il mio corpo perché non avevo nient'altro da offrirle. La mia anima mi era stata strappata via da troppo tempo. Ero un angelo caduto, circondato da rondini di carta. Cercavo di scrollarmi la polvere di dosso, di aprire le ali rotte e di curarmi i tagli che avevo dentro. Cercavo di sopravvivere, di domare le fiamme dell'inferno, ma riuscivo solo a camminare sulle macerie.

Mi faceva star male agire in quel modo, avevo schifo di me stesso, ma al tempo stesso non avevo altro mezzo per comunicare con la gente, nella speranza che qualcuno potesse capirmi; però, nessuno ci era ancora riuscito.

Tantomeno Jennifer, che mi fece un sorriso da seduttrice e mi obbedì.

L'afferrai subito per un braccio sbattendola di faccia contro la porta. La delicatezza non era il mio forte, ma a lei piaceva quel lato di me.

Adorava quando mi comportavo come una bestia.

Ero stato sputato via dalla società, schiacciato come un verme. E allora perché avrei dovuto trattare gli esseri umani con rispetto?

Scossi la testa e smisi di pensare, deciso a trovare nel sesso un sollievo ai miei tormenti interiori. Annusai la sua eccitazione e me ne compiacqui.

Jennifer mi desiderava.

Le baciai il collo e le arrotolai la gonna sui fianchi. Non ero tipo da smancerie o preliminari – il sesso orale era una concessione fatta raramente –, ma del resto bastavano pochi baci e qualche carezza per sentire le mie prede già bagnate per me.

La toccai tutta, dal seno sodo, alle cosce snelle fino al culo alto.

Impazzivo per le donne, ma le veneravo a modo mio.

Le scivolai con la mano tra le gambe semiaperte e le scostai il perizoma di lato per infilarle dentro due dita.

Era già calda e cedevole, pronta ad accogliere il mio membro, che le donne di solito definivano «impressionante».

Jennifer ansimò e si girò per leccarmi il collo, la zona erogena che più stimolava il mio istinto animalesco.

Socchiusi gli occhi.

Sentii il mio corpo tendersi e i muscoli contrarsi; avevo bisogno di esplodere e di trovare l'oblio in un orgasmo travolgente che speravo non tardasse ad arrivare, come invece accadeva sempre più spesso.

Abbassai i pantaloni e recuperai dalla tasca un preservativo; lo indossai, la feci piegare davanti a me e la penetrai tra le natiche. Il suo sedere stretto fu un bel diversivo.

Le strinsi i capelli nel mio pugno e iniziai a muovermi, mentre le succhiavo e mordevo il collo inclinato. Con la mano le stuzzicai il sesso fradicio, in attesa di accogliermi.

Nella stanza intanto riecheggiava il rumore del corpo di Jennifer che sbatteva contro la porta. Le appoggiai la fronte sulla nuca, ma non smisi di spingere. Affondai in lei a ripetizione, senza riguardo, senza delicatezza, senza rispetto. I fianchi si muovevano disperati, assestando colpi forti e decisi. Jennifer sobbalzava e mugolava, un paio di volte mi chiese di rallentare, ma non le diedi retta. A ogni supplica, la schiaffeggiavo e spingevo più a fondo.

Nonostante cercassi di concentrarmi su di lei e sul nostro amplesso, la mente non voleva saperne di abbandonarsi al piacere. Non ero un tipo che veniva subito, i miei rapporti duravano sempre troppo, ma in quel momento percepivo una strana confusione sconosciuta.

I miei affondi erano troppo controllati, meccanici; qualcosa non andava.

Mi fermai e mi allontanai da Jennifer, guardandole le natiche arrossate a causa degli schiaffi che le avevo assestato senza ritegno. Stavo per riprendere a penetrarla, quando avvertii dentro di me un'improvvisa sensazione di rabbia.

Non capivo cosa mi stesse succedendo.

Sbattei più volte le palpebre e rimasi immobile. Jennifer si mise in ginocchio davanti a me e mi sfilò il preservativo. Poi, mi guardò dritto negli occhi e me lo prese in bocca.

La mia bionda mi conosceva bene. Sapeva che, quando ero nervoso, desideravo ricevere il piacere piuttosto che darlo; in quel frangente, però, il mio non era un semplice capriccio maschile.

Chiusi gli occhi e mi apparve Selene. Non ricordavo esattamente cosa fosse successo tra noi la notte prima, ma immaginai di penetrarne lentamente il corpo morbido, di perdermi nei suoi occhi oceano carichi di desiderio, di sentirne gli ansiti sensuali ma timidi, di avvertirne le unghie rosa che affondavano nella carne della mia schiena a ogni spinta, mentre le ginocchia flesse mi stringevano i fianchi. E ancora, le guance che si dipingevano di un rosso tenue a ogni mia parola sconcia, il modo in cui si mordeva il labbro carnoso, i capelli setosi che mi scivolavano tra le dita, il profumo di cocco che mi inebriava.

Riaprii gli occhi e guardai la chioma bionda di Jen tra le mie gambe. Mi chiesi se Selene avesse mai fatto preliminari simili, se fosse capace di usare la lingua in modo peccaminoso; mi domandai cosa avrei provato se avessi avuto la sua bocca inesperta attorno a me. Ebbi un fremito al basso ventre.

All'improvviso, la mia eccitazione svanì. Allontanai Jennifer con uno strattone e mi rialzai i boxer e i pantaloni.

Fine dei giochi.

«Vattene.» Mi avvicinai alla scrivania e presi il pacchetto di Winston. Avevo bisogno di fumare e riordinare i pensieri.

«Ma che ti prende? Sei impazzito per caso?» mi chiese, ancora in ginocchio, con il trucco colato, le labbra lucide, lo sguardo deluso e al contempo furioso. Aveva una guancia arrossata nel punto in cui le avevo fatto urtare il viso contro la porta. La sua vista mi disgustò e nello stesso tempo mi fece sentire un animale senza controllo. Ebbi ribrezzo di me stesso e della mia follia, che non capivo come le donne riuscissero a tollerare.

«Non ho voglia stasera...» ribattei e mi accesi una sigaretta. Mi tremavano le mani, soprattutto la destra. Avrei dovuto rimanere solo e riassumere il controllo di me stesso, come facevo sempre.

«Sei un fottuto stronzo», sbraitò Jennifer e mi strappò un sorriso maliardo. Aveva ragione e non sapeva ancora quanto.

«Mai negato di esserlo.» Presi una boccata di fumo e fissai l'estremità incandescente della sigaretta che pian piano si consumava. A volte mi sentivo come una vivida fiamma, altre volte solo un misero cumulo di cenere.

Jennifer andò via sbattendo la porta, conscia che non avrebbe più ricevuto la mia attenzione.

Nella stanza calò il silenzio e cercai di mettere ordine nella mia testa.

Dovevo ammettere che ero sconvolto: non mi era mai successo di pensare a una donna mentre mi intrattenevo con un'altra. Non ricordavo neanche cosa fosse successo esattamente con Selene e questo mi tormentava. Sapevo di essere stato il primo e di averle strappato la verginità, ma ero all'oscuro di altri dettagli. Sentivo il bisogno irrefrenabile di rivivere da sobrio quel momento unico tra noi per imprimerlo nella memoria. Per marchiare il suo corpo esile e renderlo davvero mio.

Per amore? No.

Per puro egoismo.

Il mattino seguente, mi svegliai all'alba. Sin da piccolo credevo che, così facendo, avrei anticipato il destino e sarei riuscito a cambiarlo.

Ovviamente la mia era solo un'illusione, ma così cercavo di tenere a bada il pessimo umore, come la rabbia, che era sempre più ingestibile da quando avevo sospeso la terapia, tre anni prima.

Feci una doccia, la prima di una lunga serie, poi scesi in cucina per bere un caffè. Dopodiché uscii in giardino e mi accesi una sigaretta.

«Buongiorno, Neil», disse la governante Anna, quando mi apparve dinanzi con le mani in grembo e l'aria già stanca. Non doveva essere facile occuparsi di una villa come la nostra senza l'aiuto di nessuno, eppure Anna era sempre cordiale; forse per questo riuscivo ad andarci d'accordo.

«Buongiorno, signora Anna.» Schiacciai il mozzicone della sigaretta nel posacenere e mi alzai dalla sdraio. Anna inclinò il capo per potermi guardare in viso e mi sorrise.

«Ti ho preparato la colazione», mi informò con dolcezza e con l'atteggiamento materno che mi aveva sempre riservato sin da bambino. «Si gela qui fuori», aggiunse premurosa, dato che indossavo solo una felpa e un paio di jeans. In effetti, faceva freddo, ma non mi importava.

«Non ho fame, ma non si preoccupi.» Le posai una mano sulla spalla ed entrammo insieme in cucina, dove trovammo mia madre e Matt intenti a parlare tra loro.

Borbottai un buongiorno fugace e andai in camera a prendere le chiavi dell'auto per andare al campus.

Da qualche tempo, avevo ripreso a seguire i corsi all'università e sognavo di diventare un architetto, nonostante pensassi che la laurea fosse un traguardo impossibile per un uomo come me, disilluso dalla vita.

La speranza, tuttavia, era una piccola lampada luminosa nei recessi dell'anima, che però funzionava a intermittenza. Quando si spegneva, la mia instabilità aumentava e tornavano gli incubi di un tempo, incubi dei quali negavo l'esistenza e di cui non parlavo a nessuno.

Mi incamminai verso la mia stanza, assorto in queste cupe riflessioni e la mia attenzione venne catturata subito dalla porta semiaperta di Selene.

Mi avvicinai e la vidi seduta sul bordo del letto mentre con una mano tentava di infilarsi le scarpe, con l'altra era impegnata a reggere il cellulare.

«Non potrò mai perdonarlo, mamma», disse con decisione. Una ciocca ramata le scivolò sul viso e lei di fretta la sistemò dietro l'orecchio. «Sì, lo so. Ci sto provando a instaurare un rapporto con Matt.»

Che bugiarda.

Non stava affatto tentando di chiarire con suo padre, non faceva altro che ignorarlo quando condividevano gli stessi spazi; sapevo che Matt soffriva molto per la situazione.

Selene si alzò dal letto e si piegò a raccogliere la borsa dal pavimento, così ne approfittai per guardarle il sedere. I jeans stretti lo accentuavano divinamente. Era alto, sodo, piccolo, perfetto per le mie mani e per tutte le fantasie che avrei voluto presto realizzare su di lei.

Nonostante fossi stato con molte donne nella mia vita, in quel momento sembravo un ragazzino che stava letteralmente sbavando su un culo, come se non ne avesse mai visto uno prima di allora.

Sorrisi, dandomi mentalmente dell'imbecille, e mi appoggiai allo stipite della porta, che aprii lentamente con un piede.

Selene riagganciò, si voltò e sobbalzò.

«Da quanto sei lì?» chiese infastidita, squadrandomi.

Il modo in cui arrossì mi fece capire che la bimba mi apprezzava, e molto anche.

«Da abbastanza per capire che menti alla mammina», la presi in giro, strizzandole un occhio con il mio solito atteggiamento da strafottente.

«Stavi origliando?»

Mi guardò come se fossi un serial killer. Era davvero adorabile.

«In realtà stavo guardando il bel culetto che ti ritrovi, Trilli», ammisi con nonchalance. I suoi occhi oceano si sgranarono e arrossì di nuovo. Doveva ancora abituarsi alla mia schiettezza. Rimasi fermo lì, spavaldo e a braccia conserte.

«Tu hai qualche rotella fuori posto», affermò insolente. Poi venne verso di me e cercò di oltrepassarmi, ma allungai un braccio per sbarrarle la strada.

«Dove credi di andare, Tigre?» la provocai a bassa voce. Selene si irrigidì e notò il mio sguardo puntato sui suoi seni, piccoli e alti, lasciati scoperti dalla semplice camicetta. Mi venne voglia di strapparle tutto di dosso e succhiarglieli fino a lasciarle dei lividi addosso.

Sì, volevo proprio farmela. Di nuovo.

«Ma che diavolo di problema hai?» mi fronteggiò. Si fingeva arrabbiata, ma sapevo bene che le mie attenzioni non le dispiacevano affatto.

Non dispiacevano mai a nessuna.

«Ne ho uno in particolare...» L'afferrai per un polso e le feci aderire la schiena contro lo stipite della porta. «Tra le gambe.» Mi spalmai su di lei come burro d'arachidi e la sentii emettere un sospiro di sorpresa quando premetti il bacino contro il suo.

Ne adoravo l'innocenza, era una bimba ignara dei pericoli del mondo.

«Non c'è nessuna disposta a risolvere il tuo… *problema*?» mi sfidò, ma non si mosse. Restammo l'uno contro l'altra, separati solo da strati e strati di vestiti che dividevano le pelli.

«Ne conosco molte disponibili, ma l'abitudine mi annoia. Le sfide più difficili invece mi eccitano», rimarcai l'ultima parola e, per rendere ben chiaro il concetto, spinsi i fianchi in avanti e le feci percepire tutta la voglia che avevo di lei.

Dal suo viso in fiamme intuii di essere stato molto esaustivo.

«Smettila, qualcuno potrebbe vederci.» Mi spintonò malamente e scoppiai a ridere per quella reazione tardiva. Il contatto tra noi le provocava le stesse sensazioni che avvertivo anch'io.

Ne ero certo.

Mi scostai e Selene corse via, portandosi dietro tutto il suo imbarazzo e la sua innocenza. Sperai che non smettesse mai di essere se stessa: spontanea in ogni gesto.

Era ciò che la distingueva dalle altre.

Quando la Tigre fu sparita giù dalle scale, lanciai un'occhiata al mio orologio e mi resi conto dell'orario.

Mi precipitai nella mia stanza, presi le chiavi dell'auto e poi scesi al piano inferiore. Prima di raggiungere la porta d'ingresso, vidi Selene chiedere ad Anna di Logan. Probabilmente aveva bisogno di un passaggio per andare all'università, ma mio fratello aveva trascorso la notte fuori e non era ancora rientrato.

La fortuna era proprio dalla mia parte.

«Perfetto, sono a piedi. Dovrò prendere l'autobus», brontolò, prima di salutare la governante. Si voltò, mi vide e fece il possibile per evitarmi, ma i suoi occhi argento vennero attratti come una calamita dal mio sorrisetto.

«Cos'hai da sogghignare?» mi aggredì e la trovai assolutamente buffa.

«Vuoi un passaggio?» proposi gentile; Selene mi guardò sospettosa. Forse aveva capito che la gentilezza non mi apparteneva affatto? Tutto per me aveva un secondo fine.

«Grazie, ma no.» Il suo rifiuto fu deciso e corredato da una smorfia insolente. Arrendersi però non rientrava nelle mie prerogative.

«Non mordo, Trilli. Andiamo», mormorai, malizioso, e uscii dalla porta, diretto alla macchina. Selene non mi rispose, ma sentii i suoi passi seguirmi fino all'auto. Il cielo adesso era plumbeo e preannunciava pioggia, pertanto alla Tigre conveniva accettare la mia proposta, anziché inzupparsi.

Mi misi al volante e la osservai accomodarsi sul sedile del passeggero, senza dire una parola. L'abitacolo fu subito invaso dal profumo di cocco. Cercai di concentrarmi sulla guida, ma i miei occhi erano spesso calamitati nella sua direzione. La guardai di sottecchi per l'ennesima volta e la colsi a sbadigliare assonnata.

«Dormito poco?» Tamburellai le dita sul volante, fermo a un semaforo.

«In realtà sono rimasta in salotto, quindi ho dormito male», brontolò infastidita, guardando le vetrine fuori dal finestrino.

«Perché?» chiesi, incuriosito. Conoscevo già il motivo, ma mi piaceva stuzzicarla.

«Perché Jennifer era nella tua stanza e non volevo sentirla miagolare», spiegò, con una punta di irritazione nella voce; a quel punto, scoppiai a ridere.

La bimba era davvero adorabile.

«Cosa c'è da ridere?» Inarcò un sopracciglio e mi guardò storto.

«Niente, penso che tu sia davvero buffa.» Scattò il verde. Accelerai e mi concentrai sulla strada.

«E io penso che tu sia uno stronzo. Non ti importa affatto che le nostre camere siano vicine e che io possa sentire tutto.» Aveva ragione, ma il menefreghismo era un altro dei miei difetti. Se avevo bisogno di scopare, scopavo.

Se volevo fare rumore, facevo rumore.

Era semplice.

Non mi importava delle rimostranze altrui, tantomeno delle sue.

«Il sesso rilassa, dovresti provarlo anche tu, magari da sobria», la provocai. Era un vero peccato non poter vedere il suo rossore.

«Io mi rilasso dedicandomi ad altre attività come la lettura o le passeggiate al parco. Dovresti considerarle, sai?» mi rimbeccò e, ancora una volta, mi resi conto di quanto fosse diversa dalle altre ragazze che frequentavo. Eravamo davvero incompatibili, per questo avrebbe dovuto starmi alla larga.

«Sei proprio una bimba», commentai, solo per irritarla. Le scoccai un'occhiata fugace per vederne la reazione.

«Come scusa?» chiese sorpresa e indispettita.

«Sei una bimba», ripetei parcheggiando l'auto fuori dal campus; eravamo giunti a destinazione.

«Solo perché non sono andata a letto con nessuno prima di…» Si interruppe e guardò oltre il parabrezza i primi studenti che entravano in università. Mi parve pensierosa.

«Non fraintendermi. Sono onorato di essere stato il primo», ammisi in tono sommesso; Selene abbassò la testa e si torturò le mani, evitando il mio sguardo. Forse si sentiva ancora in colpa per essersi concessa a qualcuno che, di fatto, era un perfetto sconosciuto. Io ero abituato ad andare a letto con ragazze di cui non sempre ricordavo il nome o di cui non mi importava nulla. Il *mio* corpo non aveva nessun valore, il *suo* sì.

«Non volevo essere indelicato.» Mi schiarii la gola e cercai di porre rimedio all'imbarazzo che avevo creato.

«Non importa», sussurrò, ma sapevo che invece le importava. Avevo capito benissimo che Selene non era una ragazza facile.

«Tu e Jennifer state…» disse d'un tratto, forse per cambiare discorso.

«Insieme?» finii per lei. «No.» Sorrisi, scuotendo la testa. «Non sono il tipo da relazioni.»

«Non mi aspettavo niente di diverso. Dopotutto, il sesso per te è solo un passatempo, giusto?» mi prese in giro.

«E l'amore è una tortura», aggiunsi inflessibile. Dai suoi occhi capii che non era d'accordo con me, ma non era una novità.

«Ho l'impressione che tu in passato abbia sofferto molto…» dichiarò con una sicurezza che mi mise a tacere. Mi grattai un sopracciglio con il pollice e sospirai. Non avevo mai parlato con nessuno del mio passato. Era una parte di me che non potevo condividere con nessun altro, se non con me stesso. Non potevo mostrarle il mostro che ero.

«Io invece ho l'impressione che tu non abbia ancora perdonato te stessa per quello che è successo tra noi», replicai per spostare il discorso su di lei. Mentre parlavamo, alcune ragazze mi salutavano nel passare accanto alla mia auto, e io ricambiavo con un cenno del mento, ma senza spostare l'attenzione da Selene.

La bimba si leccò il labbro inferiore, poi lo morse, scuotendo la testa.

«Non avresti dovuto dirlo.» Cercò di uscire dalla macchina, ma l'afferrai prontamente per un polso.

«Aspetta», sussurrai puntando i miei occhi nei suoi. «Penso che dovremmo rivivere quel momento…» le dissi. Sapevo che mi avrebbe preso per pazzo, ma non mi importava.

Ne avevo bisogno. Se l'avessi scopata ancora una volta, forse avrei smesso di immaginare le sue espressioni di piacere mentre godeva sotto di me.

«Cosa?» chiese incredula, non si aspettava che le facessi una proposta del genere.

«Ti desidero, Selene. Ti sembrerò un folle, ma sono fatto così. Dico sempre quello che penso, soprattutto alle donne e sì... te lo ripeto: ti desidero», le dissi senza distogliere lo sguardo dal suo. In quel momento, sembrava più piccola, spaventata e confusa che mai, ed ebbi l'impressione che fossimo due universi distanti anni luce. Tuttavia, non ritrattai la mia proposta.

«Santo cielo, Neil», sospirò, passandosi una mano tra i capelli; si abbandonò contro il sedile e le lasciai andare il polso per non farle male. «Devo chiarire la situazione con il mio ragazzo. Inoltre sono la figlia di Matt... io... io...» balbettò, disorientata e in bilico tra i sensi di colpa e i desideri. La immaginai camminare su un filo sottile, in equilibrio precario tra il mondo della perdizione, *il mio*, e il mondo della perfezione illusoria, *il suo*.

«Hai perso la verginità con me e neanche te lo ricordi. Voglio solo darti la possibilità di rimediare, perché ho capito che per te la tua prima volta era importante», mormorai, cercando di essere convincente; lei, però, continuava a opporsi e a scuotere la testa.

«Vorresti farmi un favore?» Emise un risolino isterico, come se per lei la situazione fosse totalmente surreale.

«No, vorrei solo darti una seconda opportunità», ammisi, guardandola negli occhi.

Volevo smetterla di pensare a lei in quel modo malato, la immaginavo perfino quando ero con Jennifer perciò ero certo che farci sesso di nuovo avrebbe posto fine ai miei tormenti e ai suoi sensi di colpa.

Saremmo andati a letto insieme un'altra volta e avremmo sistemato tutto. Avremmo vissuto le nostre vite senza più pensare a quello che era accaduto tra noi.

«Tu sei pazzo! Un vero pazzo! Vado a lezione.» Selene aprì la portiera, ma mi sporsi in avanti e allungai il braccio per richiuderla. Non avevamo ancora finito. Io, e soltanto *io*, decidevo quando iniziavano e quando finivano i miei giochi.

«Ci siamo già baciati, sei già stata a letto con me. Che senso ha ribellarsi a qualcosa che desideri anche tu?» Il mio viso era vicinissimo al suo. Il profumo di cocco mi inebriò e mi stordì.

Avevo voglia di baciarla come mai mi era successo prima.

Le donne di solito le baciavo solo per renderle docili e scoparle, non perché ne avessi davvero voglia.

«Non ti sto promettendo né una storia da film né una favola d'amore. Ti sto solo concedendo la possibilità di usarmi per ricordare.»

Selene mi guardò come se fossi impazzito, non era abituata ai miei modi. Ne ero consapevole.

«Usarti?» ripeté inorridita. «Io non uso le persone, Neil.»

Non mi capiva.

Nessuno ci riusciva, tantomeno lei.

Sospirai esasperato, ma non persi la pazienza, cosa insolita per me.

«Almeno pensaci.» Mi allontanai e tastai le tasche dei jeans in cerca del mio pacchetto di Winston.

«A farmi scopare da te?» Sorrise sarcastica, farfugliando qualcosa di incomprensibile sottovoce.

«Faremo l'amore, se vuoi…» proposi allora.

Selene scoppiò in una fragorosa risata e parve non credere alle sue orecchie.

«Come puoi fare l'amore con una persona senza amarla?» replicò riflessiva. Il suo atteggiamento mi stava provocando un forte mal di testa, ero stufo di escogitare continui tentativi di persuasione. Selene non era facile da raggirare come le altre: riusciva a captare le mie manovre e a fiutare le mie manipolazioni.

«Sei intelligente», le dissi. Portai la sigaretta tra le labbra e l'accesi, guadagnando tempo.

«Mi stai prendendo in giro, vero?» chiese, indignata. Si pizzicò la base del naso con due dita, come se le stessi provocando un esaurimento nervoso. Ed era solo l'inizio.

«E sei anche perspicace.» Le sbuffai il fumo in faccia e lei socchiuse gli occhi, con un colpo di tosse.

«Me ne vado, non perdo tempo con gli stronzi», sbottò scocciata. Uscì dall'auto furiosa e sbatté la portiera con forza.

«Buona giornata, Trilli», la salutai dal finestrino semiaperto.

Non mi rispose, ma mi sollevò il dito medio. Le guardai quel bel culetto sodo e mi ritrovai a pensare che era proprio una fata.

Era semplicemente *adorabile*.

Ma la bimba mi aveva fatto perdere fin troppo tempo.

Me ne resi conto quando il cellulare segnalò l'arrivo dell'ennesimo messaggio. Lo tirai fuori dalla tasca dei jeans e vidi che era di Xavier. I Krew mi stavano aspettando ormai da mezz'ora. Scesi dall'auto e mi diressi verso di loro. Li avevo già adocchiati al nostro solito punto d'incontro.

Io, Xavier, Luke, Alexia e Jennifer eravamo il gruppo più temuto dell'intero campus. I miei amici si facevano chiamare i Krew ancor prima che io ne entrassi a far parte, e bastava una scintilla per farli esplodere come una bomba. Li avevo conosciuti il primo anno di università e da allora non avevamo fatto altro che combinare casini. Avevamo in comune solo il fatto di essere teste di cazzo, per questo andavamo così d'accordo. Eravamo il frutto di radici marce e di una società tossica dalla quale assorbivamo il veleno che ci scorreva nelle vene.

Eravamo una macchina da guerra, polvere da sparo, tempesta e distruzione. Eravamo lame che facevano male, parole volgari, intimidazione e botte. Eravamo liberi da catene ma schiavi della nostra follia.

Mi sistemai i capelli con una mano e mi incamminai verso di loro, cercando di non far caso alle occhiate furtive delle studentesse. Qualcuna era attratta da me, qualcun'altra mi temeva perché mi considerava un tipo dal quale stare alla larga.

Conoscevano tutti la mia fama.

«Guarda chi si vede», mi accolse Jennifer, con un tono indispettito e uno sguardo gelido. Mi ero accorto che mi stava fissando da tempo, precisamente da quando ero arrivato in macchina con Selene.

«Ciao, bionda.» Mi avvicinai a lei, sotto gli occhi incuriositi dei miei amici. La sovrastai e le accarezzai una guancia, sfoggiando uno dei miei migliori sorrisi. Sapevo come sedurre una donna e come indurla a perdonarmi facilmente. Anche se non ero pentito di come l'avevo trattata nella mia stanza e non le avrei mai chiesto scusa, era necessario fingere di essere dispiaciuto per mantenere un equilibrio nel nostro gruppo. Tra l'altro, odiavo discutere con Jennifer o con Alexia perché, come tutte le donne, tendevano a portare rancore e a trascinare le liti nel tempo, cosa che non sopportavo.

«Finalmente ti degni di darmi la dovuta considerazione», rispose, impettita. Non sapevo se fosse davvero ancora arrabbiata, tuttavia ero certo che Jennifer amasse le mie attenzioni: pendeva dalle mie labbra e bramava il mio corpo in ogni istante della giornata.

«Cos'ha fatto?» si intromise Xavier, poi fece un tiro dalla sigaretta e riprese a ignorare l'esistenza di Alexia che gli stava avvinghiata.

«Jen, il mondo non gira intorno a te. Ficcatelo in testa», mi difese Luke; non sapeva cosa fosse successo, ma era abbastanza intelligente da averlo intuito. Aveva notato gli atteggiamenti oppressivi di Jennifer, la sua gelosia e spesso la sua invadenza. Voleva sapere con chi mi intrattenevo, con chi avevo rapporti, con chi uscivo. Spesso il suo comportamento mi ricordava quello di Scarlett e mi chiedevo se fossi io a indurre le donne a quel livello di follia.

Scarlett…

Ogni volta che pensavo a lei, l'angoscia mi invadeva come un veleno.

«Adesso accompagni la tua sorellastra anche all'università? Ma che carino.» La voce beffarda di Jennifer al mio orecchio, mi riscosse. Mi accorsi in quell'istante che gli altri si erano allontanati per entrare all'università; la prima lezione sarebbe iniziata in meno di dieci minuti.

«Smettila di assillarmi», sbottai, infastidito. «Faccio quello che voglio, con chi voglio.»

La superai e mi toccai le tasche del giubbino in cerca del mio pacchetto di Winston. Non avrei mai parlato di Selene a Jennifer, altrimenti la bimba sarebbe diventata un bersaglio, come tutte quelle con cui andavo a letto. Le avevo già rivelato troppo, quando le avevo spiegato che Selene era la figlia di Matt.

«Non mi hai mai respinta», replicò Jennifer mentre mi seguiva con l'intenzione di litigare. Aveva ragione. Non l'avevo mai respinta e soprattutto non avevo mai rifiutato le sue grandi abilità orali.

La bionda ci sapeva proprio fare con la lingua.

«C'è sempre una prima volta.» Mi accesi una sigaretta e continuai a camminare spedito, sentendo i suoi passi affrettati dietro di me. Sorrisi soddisfatto al pensiero che fosse costretta a rincorrermi. Mi compiacqui all'idea di sapere sempre che tasti premere con lei.

«Non dire stronzate. Tu…»

Non le permisi di aggiungere altro. Mi voltai bruscamente e l'afferrai per una delle trecce laterali che si era fatta con cura. Le tirai il viso a un palmo dal mio e la guardai negli occhi.

Jennifer trattenne il respiro e deglutì, spaventata dalla mia irruenza.

«Non farmi incazzare, Jen», sibilai, furioso.

Sentii gli sguardi degli studenti circostanti addosso, ma nessuno apparve sorpreso da quella scenetta pietosa né tantomeno intervenne. Mi conoscevano. Avevo fatto cose ben peggiori e tutti sapevano che non dovevano sfidarmi.

Jennifer fece una smorfia di dolore ma non disse nulla, conscia di rischiare grosso.

«Piantala di rompermi i coglioni e tappati la bocca.» La lasciai andare, facendola barcollare, poi mi allontanai.

Con me c'erano dei limiti da non superare.

Limiti pericolosi, oltre i quali, tiravo fuori la bestia che era in me.

9
Selene

Ognuno di noi ha i suoi inferni, si sa.
Ma io ero in testa, di tre lunghezze sugli inseguitori.
CHARLES BUKOWSKI

NEIL era completamente folle.

Pensava davvero che ripetere il nostro errore fosse la soluzione?

No, affatto.

Eppure, una parte di me avrebbe voluto accettare la sua proposta e si crogiolava nel tormento per non mancare di rispetto a Jared.

Rotolai sul letto e chiusi il romanzo che stavo leggendo. Cercavo in tutti i modi di distrarmi e di non pensare, ma niente riusciva a cancellare dalla mia mente la malefica tentazione di cedergli ancora.

Neil stava diventando quasi un'ossessione.

Continuavo a chiedermi perché avesse il potere di ridurmi il cervello a una poltiglia di neuroni malfunzionanti, ma invano.

L'attrazione che provavo per lui era tanto potente quanto spaventosa.

Era solo un ragazzo come tanti, ma non riuscivo a resistergli. Forse perché era affascinante nei modi, bello da togliere il fiato e con le donne ci sapeva fare.

Quando si trattava di Neil, sembrava che la ragione perdesse contro il desiderio di scoprirlo, di comprendere il suo carattere problematico e gli atteggiamenti sfrontati che erano solo una delle tante maschere che lui sfoggiava.

Non riuscivo a spiegarmene il motivo, ma volevo conoscere tutti i suoi lati.

Presi il cellulare e provai a chiamare Jared.

Gli avevo chiesto svariate volte di raggiungermi a New York per parlargli, ma i suoi impegni purtroppo non gli permettevano di spostarsi.

«Maledizione!» sbottai quando all'ennesimo messaggio mi rispose che non sarebbe potuto venire a New York neanche quel fine settimana.

Ero stanca di convivere con il peso di quello che avevo fatto.

Era giusto raccontargli la verità e lasciarlo libero, ma non avrei potuto farlo con un semplice sms o una banale chiamata.

Alle otto in punto scesi per la cena e mi sedetti a tavola insieme a Matt, Mia e Logan – Chloe era uscita di nuovo con Carter, mentre Neil era chissà dove –, e mi ripromisi di mettere qualcosa nello stomaco. Mangiavo poco in quel periodo e mi sentivo sempre più confusa e nervosa.

In più, non avevo amici di cui potessi fidarmi e mi sentivo terribilmente sola. Avevo pensato di confidare tutto a mia madre, ma l'idea che si arrabbiasse mi terrorizzava. Non era la persona adatta a cui chiedere un consiglio. Non mi restava che affrontare tutto da sola, come sempre.

Giocherellai con il cibo nel piatto e sorrisi ad Anna, quando mi chiese se fosse tutto buono, ma in realtà avevo assaggiato con poco entusiasmo le prelibatezze che aveva preparato.

Ero angosciata, preoccupata e malinconica.

«Ehi… tutto okay?» chiese Logan, seduto accanto a me. Mi limitai ad annuire sperando di risultare convincente.

«Allora, ragazzi.» Matt tamponò le labbra con un tovagliolo e guardò me e Logan.

«Come procede all'università? Raccontatemi.» Si posò il mento sui pugni e attese una risposta.

«Bene, io sto preparando un esame per la fine del mese», disse Logan per concedermi il tempo di elaborare una frase di senso compiuto.

«Sono contento, non ci deludi mai, Logan», commentò mio padre, fiero.

«Che bravo il mio cucciolotto», si complimentò Mia, orgogliosa, con una mano sul petto.

«Mamma», la redarguì severo e arrossì imbarazzato. A stento riuscii a trattenere una risata.

«E tu, Selene? Che ci racconti?» mi incalzò Matt.

«Mi sto adattando», risposi in tono brusco, sbocconcellando un pezzo di pane solo per tenermi occupata.

Matt non insistette e abbassò gli occhi sul piatto, deluso dal mio atteggiamento.

Mia gli accarezzò la spalla per rassicurarlo, ma non mi impietosii.

Dopodiché, la cena proseguì in religioso silenzio. Di tanto in tanto rispondevo a qualche messaggio di Jared, ma in realtà era Neil a occupare i miei pensieri. Sussultavo a ogni rumore proveniente dall'esterno e mi aspettavo di sentire il rombo della sua auto a minuti. Come avrei fatto a ignorare quel sorriso peccaminoso e quel corpo prestante una volta che fosse entrato dalla porta? O meglio, ne sarei stata capace?

Malgrado fossi tesa, rimasi educatamente seduta a tavola fino a quando tutti ebbero terminato di cenare. Per un secondo pensai di averla scampata, poi, però, sentii la serratura scattare e la porta d'ingresso aprirsi.

Mi irrigidii subito e mi versai dell'acqua nel bicchiere soltanto per celare l'agitazione evidente.

«Neil, tesoro, sei tu? Vieni qui con noi un momento. È avanzato un po' di dolce.» Mia si voltò verso la porta della cucina, ma suo figlio non la degnò di alcuna risposta. Salì le scale a passo svelto e si rintanò nella sua stanza.

Logan lanciò un'occhiata preoccupata a sua madre e tra i due ci fu una strana intesa.

Un istante dopo, Mia fece un cenno quasi impercettibile con il capo a Logan, che si alzò in piedi e si schiarì la gola.

«Ehm, scusate. Vado un attimo di sopra», annunciò lui, prima di aggirare il tavolo e salire in fretta al piano superiore. Cosa stava succedendo? Perché d'un tratto erano tutti così tesi e ombrosi? Cercai di mostrarmi indifferente, ma mi era chiaro che qualcosa non andava.

Incapace di tollerare oltre la tensione a tavola, mi alzai con una scusa e salii in camera mia; avevo voglia di farmi un bagno caldo e di guardarmi un film a letto.

Ero quasi arrivata a destinazione, quando mi bloccai nel corridoio, sentendo delle urla provenire dalla stanza di Neil.

«Non sono affari tuoi!» sbraitò la voce di Neil profonda e baritonale.

«Voglio solo aiutarti, lo capisci?» replicò Logan allarmato.

Mi morsi nervosamente l'interno della guancia; volevo ascoltare la loro lite, ma quella sembrava una questione tra fratelli e non avevo nessun diritto di origliare.

Sarebbe stato irrispettoso.

Nonostante la curiosità, aprii la porta della mia stanza, decisa a non impicciarmi. Tuttavia, all'improvviso, avvertii un forte tonfo e d'istinto mi precipitai da Logan per accertarmi che stesse bene e non fosse stato travolto dall'ira di Neil.

Spalancai la porta della camera accanto e vidi prima Neil in piedi dinanzi al fratello, poi l'ambiente circostante, che pareva essere stato devastato da un tornado: la lampada era stata scaraventata contro il muro, piccoli cocci giacevano sul pavimento insieme ad alcuni libri. Neil aveva liberato la sua anima oscura dalla prigione e l'aveva scagliata contro qualsiasi cosa.

«Selene, è tutto okay. Esci di qui», disse Logan, pacato. Sapevo che avrei dovuto dargli ascolto, ma le mie gambe non vollero collaborare.

«Sparisci anche tu e non farmi incazzare!» tuonò Neil contro il fratello. Quelle iridi dorate erano spente e assenti. Le pupille nere avevano risucchiato il miele lucente che tanto ammiravo. Neil era madido di sudore, le mani chiuse a pugno tremavano e il respiro era irregolare, sembrava che avesse corso per chilometri.

«Selene, va' via, per favore...» mi implorò Logan, lanciandomi delle occhiate preoccupate. Avevo sbagliato a intromettermi, ma...

«I-io pensavo che ti fosse successo qualcosa, ho sentito un forte rumore e...» Mi si spense la voce.

«Non è successo nulla. È meglio se torni nella tua stanza», mi incalzò ancora Logan e decisi di ascoltarlo. Annuii e mi scusai. Stavo per andarmene, ma Neil fece una risata malvagia che mi inchiodò sul posto e mi provocò i brividi.

Mi voltai all'improvviso, terrorizzata.

«Sì, Selene, torna nella tua stanza. Nella mia vieni a fare un giro più tardi, magari ubriaca.» Mi strizzò un occhio, malizioso, e avvampai per la vergogna.

Era impazzito? Voleva che Logan intuisse cos'era successo?

Ammutolii e impallidii.

«Che cazzo dici, Neil?» intervenne Logan, ignaro. «Selene, non starlo a sentire, non è in sé», lo giustificò. Tentai di andar via, ero agitata e spaventata, ma Neil si avvicinò a me.

Sentii subito il suo forte profumo e lo guardai.

Vestito di nero, con l'espressione crudele e i pugni serrati, sembrava il diavolo incarnato. Il segno violaceo sul collo e i capelli sfatti mi fecero intuire che fosse stato con qualcuna, il che mi provocò un soffio doloroso al petto.

«Tigre...» sussurrò, fissandomi la bocca.

Deglutii a vuoto e lo aspettai come una vittima sacrificale si offre al carnefice.

«Vuoi sapere cos'è successo con Jennifer qualche giorno fa?» chiese, alitandomi sul viso.

Provai a mostrarmi fredda, ma le gambe iniziarono a tremare senza alcun controllo.

Spostai lentamente lo sguardo su Logan che stava fissando il fratello, ed espirai piano, conscia che qualsiasi passo avrebbe potuto mettermi in pericolo.

«Ho pensato a te mentre lei tentava di farmi un pompino.» Mi girò attorno e mi si fermò alle spalle. Logan socchiuse gli occhi, guardingo, io invece rimasi immobile ad assecondare il volere di quel folle.

Neil si fermò dietro di me per qualche secondo, mi annusò i capelli e mi accarezzò il braccio che si tese sotto il suo tocco seducente.

«Sai cos'è l'Inferno?» Mi spostò una ciocca di lato e mi soffiò sull'orecchio. Rabbrividii e cercai di respirare per non perdere la lucidità. «Mmh?» Mugolò e mi spinse lentamente il bacino contro il sedere; tentai di scostarmi, ma Neil mi posò una mano sullo stomaco per tenermi ferma contro di lui.

«Credo di no», balbettai timorosa.

Mi sentivo in trappola contro il suo corpo marmoreo, che, se solo avesse voluto, avrebbe potuto sgretolarmi.

«L'Inferno è un mondo a parte. Un mondo nel quale cessano la speranza, l'amore, la fiducia, la ragione. È uno spazio vuoto nel quale tu sopravvivi e lotti contro la malvagità dei tuoi simili.» D'un tratto, mi impugnò i capelli e mi inclinò la testa con forza. Emisi un urlo di sorpresa e Logan fece un passo in avanti, ma si fermò quando Neil gli lanciò un'occhiata d'avvertimento.

Serrai gli occhi per il dolore al capo. Non ci stavo capendo nulla. Perché si stava comportando così? Chi era davvero Neil?

Mi resi conto di non conoscerlo affatto. Era troppo imprevedibile.

Quando mi voltai appena, incontrai i suoi occhi lontani e sconnessi dalla realtà.

«Se non ci fosse stato mio fratello...» mi bisbigliò all'orecchio, «ti avrei già sbattuta sul letto», concluse, posandomi un bacio fugace sul collo.

Un attimo dopo, mi lasciò andare malamente e non caddi solo perché Logan mi acciuffò in tempo.

Mi lasciai abbracciare e gli posai la testa sul petto, cercando di tornare in me.

«Uscite», intimò Neil, categorico, e ci indicò la porta. Io e Logan gli ubbidimmo.

Mi voltai un'ultima volta prima di uscire dalla stanza e vidi Neil sedersi sul pavimento in un angolo buio. Le ginocchia strette al petto e lo sguardo smarrito.

Iniziò a dondolarsi, battendo lentamente la testa contro il muro, le mani sulle tempie. Fu sconcertante vederlo così fragile e vulnerabile.

Non vi era più traccia del giovane sicuro e minaccioso di qualche istante prima.

Sembrava un bambino solo e distante, emarginato e sofferente.

Logan chiuse la porta impedendomi di continuare a fissarlo e mi riscossi.

«Andiamo a letto.» Sospirò frustrato. Sembrava abituato a vivere quelle situazioni.

Io invece ero scioccata, incapace perfino di muovermi.

«Ma...» Non volevo andare via e lasciare Neil solo in quello stato. Dovevamo chiamare qualcuno, magari un medico, un'ambulanza. Avrebbe potuto compiere gesti avventati. Ero terrorizzata, ma Logan apparve decisamente più tranquillo di me. Cercò i miei occhi e mi posò le mani sulle spalle che non smettevano di tremare.

«Si riprenderà. Oggi è soltanto una brutta giornata.»

Mi rassicurò con un tono di voce pacato anche se era evidente che anche lui soffriva molto per il fratello.

Cosa gli era successo?

Era chiaro che l'Inferno esisteva. L'avevo visto negli occhi dorati di Neil, ora spenti e nefasti.

Per lui l'Inferno era un dilemma interiore.

Era un posto abitato solo da anime dannate.

Era il buio dei ricordi.

Era il freddo e l'assenza di calore.

Era illimitato, mai circoscritto.

Era punizione eterna che si incideva nella mente dell'uomo mortale impotente.

Si palesava all'occhio esterno in maniera sottile, spesso indecifrabile, per i meno attenti.

Avrei mai potuto domare quelle fiamme ardenti?

10
Selene

L'amore è prosa, il sesso è poesia.
ARNALDO JABOR

QUELLA notte fu una delle peggiori. Ero irrequieta e non facevo altro che girarmi e rigirarmi nel letto.

Il minimo rumore aumentava la mia agitazione e la pioggia che picchiettava sui vetri della finestra accresceva la mia angoscia.

Sussultavo a causa dei tuoni, la luce dei fulmini illuminava a intermittenza le pareti circostanti, mentre io tiravo le lenzuola fino al naso, tentando di acquietarmi.

Sospirai. Non avevo smesso un solo istante di pensare a Neil e a quello che era successo nella sua stanza qualche ora prima.

Quella che sarebbe dovuta essere una semplice «vacanza» di riavvicinamento tra me e mio padre, si stava trasformando, invece, in qualcosa di completamente diverso.

I miei piani erano stati tutti stravolti. Neil aveva distrutto come un uragano il prato fiorito sul quale avevo camminato fino ad allora.

Non sapevo più chi fossi, quali fossero le scelte giuste da fare e nemmeno cosa ne sarebbe stato di me se avessi continuato a vivere in quel caos totale.

L'adrenalina che sentivo scorrere dentro di me era insolita. Avevo sempre vissuto una quotidianità piatta, caratterizzata da gesti metodici e scelte premeditate, adesso invece navigavo in balia delle onde, senza sapere dove volessero condurmi.

Non sapevo cosa mi avrebbe atteso il giorno dopo; l'incertezza, però, mi rendeva stranamente *viva*.

Ancora agitata, allungai il braccio verso il pulsante dell'abat-jour e accesi la luce. Mi sollevai dal letto e mi guardai attorno pensierosa.

Se i tuoni lì fuori non si fossero placati, non avrei chiuso occhio.

Stavo pensando di provare a rimettermi a dormire, quando due colpi alla porta mi fecero trasalire.

Spostai le lenzuola e scesi dal letto scalza. Aprii lentamente e mi ritrovai gli occhi color miele di Neil puntati su di me. Mi resi conto in quell'istante di indossare solo un paio di pantaloncini e una t-shirt bianca senza reggiseno, quindi arrossii.

Neil se ne stava con una mano appoggiata allo stipite, a poca distanza da me.

«Posso entrare?» chiese sottovoce e il suo timbro mi parve ancora più maschile e profondo. Ebbi un attimo di insicurezza. Dopo quello che era successo, non ero certa di potermi fidare di lui. Sembrava tranquillo, ma ormai avevo scorto distintamente il suo lato lunatico e scostante.

«Non avere paura di me, voglio solo parlarti», mormorò, come se mi avesse letto nel pensiero.

Dopo qualche altro secondo di esitazione, mi spostai di lato per farlo entrare. Mi superò in tutto il suo metro e novanta, e mi chiusi la porta alle spalle.

Voleva parlare? Bene, lo avrei ascoltato.

Mi voltai e lo guardai: la schiena faceva trasparire una forza valorosa, le spalle larghe erano accentuate dalla canotta sportiva nera, il maori adornava il bicipite gonfio, i pantaloni grigi invece avvolgevano le gambe lunghe e definite.

Aveva un corpo creato per ammaliare qualsiasi donna e per farla capitolare ai suoi piedi.

Mi vergognai ancora una volta della mia debolezza.

«Dimmi pure», lo esortai e lui si girò verso di me. La luce fioca dell'abat-jour gli illuminava solo metà volto, ma mi fu sufficiente per notare i suoi tratti particolari e delicati, che sembravano disegnati a regola d'arte.

Neil era una combinazione assurda di bellezza e potenza, un uomo raro.

«Non indossi il reggiseno?» esordì pensieroso, fissandomi il petto. I suoi occhi erano luminosi e intensi, non più minacciosi. Seguii la direzione del suo sguardo e incrociai le braccia al petto per schermarmi da lui.

«Ti sembra carino farmelo notare?» La mia voce tremò e arrossii. Nessuno prima di lui aveva mai visto le mie nudità.

«No, scusami. Non volevo metterti in imbarazzo.» Si toccò la nuca e sospirò, sedendosi sul bordo del letto. Congiunse le mani e posò i gomiti sulle ginocchia flesse, guadagnando tempo prima di iniziare il suo discorso. Io, invece, rimasi ferma lì dov'ero.

Meglio mantenere la giusta distanza tra noi, pensai.

«Alcune volte…» iniziò. «Vivo dei momenti in cui mi è difficile gestirmi.»

Stava facendo uno sforzo enorme per parlarmi: aveva lo sguardo puntato sul pavimento, i muscoli contratti e tesi. «Non voglio giustificarmi, ma vorrei che sapessi che non ti farei mai del male», fece una pausa. «Non volontariamente», aggiunse mortificato. Sembrava diverso dal ragazzo contro cui mi ero scontrata soltanto qualche ora prima.

Era riflessivo e *presente a se stesso*.

«Non capisco chi sei, Neil», sussurrai, attirando su di me i suoi bellissimi occhi.

«Mi chiamo Neil Miller, ho venticinque anni, sono nato il 3 maggio a New York. Ho un fratello e una…» replicò ironico, ma scossi la testa e lui si fermò.

«Intendo dire che non so chi sei *davvero*. Non ti lasci scoprire.» Rimasi distante, a braccia conserte, ma quando il suo sguardo scese sulle mie gambe nude e poi sui piedi scalzi, tremai.

Perché mi guardava con quel desiderio?

«Non voglio che tu scopra niente. Preferisco lasciarti la libertà di immaginarmi come vuoi.» Si alzò dal letto e si incamminò verso di me.

No, no, no.

Stava decisamente superando il confine che gli avevo interiormente imposto per mantenere la mia sanità mentale.

Indietreggiai fino a urtare contro la parete e lui dovette accorgersene perché si fermò e mi guardò rattristato.

«Non vuoi che mi avvicini.» La sua non era una domanda, aveva capito quanto fossi intimorita.

Deglutii e mi strinsi nelle spalle.

«Preferirei di no», ammisi e lui sussultò come se gli avessi dato uno schiaffo. Tornò indietro e si risedette sul letto. Non capivo come facesse a passare dall'essere burbero e volgare, all'essere docile e arrendevole.

Quell'incostanza mi spaventava.

«A volte la diversità non è accettata perché non viene compresa. Il mondo in cui viviamo è così.» Sollevò gli occhi su di me e il suo sguardo mutò ancora: nelle iridi notai delle fiamme indomabili, e intravidi ancora la rabbia, rinchiusa in una gabbia, e la parte di sé che cercava di tenere a bada.

Non volevo che mi fraintendesse e pensasse che ero come tutti gli altri. La gente, spesso, non tentava neanche di sondare il suo universo così misterioso.

Io, però, non ero mai stata una persona così superficiale.

Feci qualche passo in avanti. Insicuro, debole, leggero, ma pur sempre in avanti. Lui rimase immobile a osservarmi attentamente. Arrivai a pochi centimetri dal suo corpo, la mia pancia all'altezza del suo viso. Sentii il profumo di muschio e tabacco; d'istinto gli accarezzai i capelli e lui mi lasciò fare.

Al tocco erano morbidi e scombinati, puliti e profumati, come sempre.

«A volte per capire la diversità abbiamo bisogno di un piccolo aiuto. Le persone speciali sono più complesse di noi comuni mortali», gli dissi, poi abbozzai un sorriso e Neil mi guardò con un calore bruciante. Allungò una mano verso il mio ginocchio destro, senza smettere di fissarmi. Mi stava chiedendo tacitamente il permesso di toccarmi.

Dal canto mio, in quel momento non avevo la forza di respingerlo, perciò annuii.

Ottenuto il mio consenso, mi mise entrambe le mani, calde e forti, sulle ginocchia; lentamente risalì lungo le cosce fino a sfiorare il bordo dei pantaloncini.

Rabbrividii al suo tocco sensuale, gelido e al contempo infuocato.

Lui accarezzò il tessuto e risalì ancora, questa volta fino all'elastico. Sentivo il cuore battere in gola e i brividi percorrermi la schiena, ma mi lasciai esplorare e non lo fermai quando lo agganciò con due dita. Mi fece scivolare i pantaloncini lungo le gambe e io me ne liberai. Rimasi con addosso solo le mutandine e la maglietta.

Ci guardammo negli occhi, consapevoli di quello che sarebbe accaduto. Proprio io, che fino a un minuto prima temevo la sua presenza, non desideravo altro che le sue dita continuassero a tracciare sentieri sconosciuti sulla mappa del mio corpo.

«Piano...» dissi soltanto. Non aveva fatto nulla per spingermi a sussurrare quella piccola richiesta, ma lui capì che avrebbe dovuto essere delicato, e mi sorrise. Poi, mi sollevò delicatamente il bordo della t-shirt e si avvicinò per posarmi un bacio sul basso ventre. Sussultai al contatto con la mascella ispida di barba, al che Neil mi guardò divertito.

Con un altro sorriso, continuò a baciarmi l'addome, sollevando man mano il tessuto. Mi baciò la pancia e lo stomaco; poi sollevai le braccia in alto per aiutarlo a sfilarmi del tutto l'indumento.

Quando la maglietta finì per terra da qualche parte e vidi i suoi occhi puntati sul mio seno nudo, mi resi davvero conto di essere totalmente esposta.

Arrossii e lui scosse la testa, per farmi capire che non dovevo imbarazzarmi del mio corpo.

Mi posò le mani sui fianchi e seguì le linee delle forme, come un artista avrebbe fatto con una scultura. Mi stava contemplando, adorando con tutti i miei difetti.

Mi circondò entrambi i seni con i palmi grandi, poi si avvicinò a un capezzolo e lo prese tra le labbra. Con gentilezza, per rispettare la mia richiesta di prima. Sentii la lingua umida muoversi in cerchio e chiusi gli occhi. Fluttuai sulle note silenziose dei nostri desideri e infilai una mano tra i suoi capelli per attirarlo contro il mio petto.

Non avevo mai vissuto niente del genere, ma capii subito perché alle donne piacesse tanto ricevere tali attenzioni.

Persa nel momento, sentii il respiro accelerare e le guance diventare bollenti. Uno strano calore si propagò dal punto in cui erano posate le sue labbra fino al centro delle cosce.

Ero ancora in tempo per fermarmi, per *fermarlo*, ma lo volevo.

Certo, era contraddittorio temere e desiderare al tempo stesso una persona, ma non potevo farne a meno.

D'un tratto, Neil smise di stuzzicarmi il seno e si alzò in piedi. Mi ritrovai contro di lui, ancora vestito, e rabbrividii per il freddo.

Lui mi fissò profondamente negli occhi, forse indeciso se smettere o continuare.

Avrei voluto dirgli tante cose, ma le emozioni erano così forti da impedirmi di parlare.

Mi accarezzò una guancia con le nocche e osservò le linee del mio viso: la fronte, gli occhi, il naso, le labbra.

Temetti di non piacergli e l'insicurezza mi fece abbassare il mento per fuggire al suo sguardo; Neil, tuttavia, dissipò il mio timore e mi prese le mani per portarle sull'orlo della sua canotta. Voleva che lo spogliassi, era chiaro, e a quel punto mi sentii in imbarazzo perché ero inesperta.

C'erano regole precise da seguire per spogliare un uomo? Non lo sapevo e la tensione non mi permetteva di ragionare lucidamente.

«Sono agitata», sussurrai, ma lui mi rivolse uno sguardo comprensivo e indulgente. Si mosse senza alcuna fretta, in modo rassicurante, dato che ero terribilmente impacciata e rigida, come una corda di violino.

«Seguimi.» Posò le mani sulle mie e lentamente le guidò verso l'alto, poi mi lasciò proseguire da sola. Gli sollevai la canotta fino alle spalle; era troppo alto, così mi aiutò nell'ultimo tratto e se la sfilò, gettandola in un punto imprecisato del pavimento.

Allora, osservai le mezzelune dei pettorali, le linee degli addominali e il triangolo della zona pelvica, coperta ancora dai pantaloni. Notai ancora una volta il tatuaggio sul fianco sinistro, le cui linee si intersecavano per creare un simbolo, ma ero troppo imbarazzata per soffermarmi su quel dettaglio.

Non sapevo come agire.

Avrei dovuto toccarlo? Baciarlo? Sedurlo in qualche modo?

Iniziai a entrare nel panico. Feci un passo indietro e tutta la mia inesperienza fece capolino per ricordarmi quanto fossi inadatta, impreparata per un uomo navigato come lui.

Avrebbe riso di me, quando avrebbe capito che ero una nullità, incapace di dargli piacere in confronto alle altre.

«Scusa… io… io…» balbettai; volevo scappare, fuggire ovunque, pur di essere lontana da quel corpo possente e intimidatorio. «Non so cosa fare… non so da dove iniziare…» blaterai, tremante. Dimenticai perfino di essere nuda. Le gambe iniziarono a essere instabili e quasi caddi, ma Neil mi afferrò con un braccio. Il mio seno aderì al suo petto e sussultai.

Per la prima volta, assaporai un contatto pelle contro pelle e fu magnifico.

«Va tutto bene. Stai tranquilla. Seguimi», ripeté sottovoce e annuii. Si avvicinò e mi baciò il collo mentre le mie mani, fredde, se ne stavano immobili sul suo addome sodo. Chiusi gli occhi e cercai di concentrarmi sulle sue labbra che si muovevano lente ed esperte sulla pelle. Ero certa che sentisse i battiti del mio cuore, ormai irregolari.

Mi baciò sotto l'orecchio e sorrisi, perché la barba creava la giusta frizione, piacevole e al contempo eccitante. Seguitò a riempirmi di baci la mascella e la guancia, poi arrivò alle labbra. Si fermò e io aprii gli occhi, cogliendolo a guardarmi.

Voleva ancora una mia conferma? Era ormai evidente che non volevo che si fermasse.

«Ti seguo», sussurrai e i nostri sguardi si intrecciarono come fili dorati. Piovvero su di noi sensazioni incredibili. Ci scivolarono addosso e ci avvolsero in un calore tutto nuovo e inesplorato.

Fu allora che Neil mi sfiorò le labbra un paio di volte, con baci brevi e fugaci, aumentando in me la voglia di approfondire il nostro contatto.

Inconsciamente mossi le mani verso il basso e disegnai con le dita le linee dei suoi addominali scolpiti. Non avevo mai toccato nessuno in quel modo.

Un istante dopo, la sua bocca si avventò sulla mia. Chiusi gli occhi e accolsi la sua lingua calda che iniziò a ruotare lenta, in sincronia con la mia. Gli toccai i fianchi, poi passai sul retro. Accarezzai la linea della schiena e scesi giù, fino ai glutei sodi. Mi resi conto che, sotto la sua guida, stavo acquisendo spontaneità. Lui continuò a baciarmi e nel frattempo mi fece distendere sul letto. Posai le spalle contro le lenzuola fresche.

«Tutto okay?» chiese, reggendosi sui gomiti. Annuii, divaricai le gambe e gli permisi di posizionarsi nel mezzo. Cercò di non pesarmi addosso per non schiacciarmi e percepii qualcosa di duro premermi sull'inguine. Arrossii e in quel momento mi resi davvero conto che l'uomo e la donna erano proprio un incastro perfetto.

«A che pensi?» sussurrò, baciandomi il collo dolcemente. Stava cercando di concedermi del tempo per abituarmi all'idea di quello che sarebbe successo, e lo apprezzai.

«A una sciocchezza», risposi, mentre la bocca di Neil mi vagava libera sul corpo. Tuttavia, dopo la mia risposta, lui smise di baciarmi e mi guardò incuriosito.

«Voglio saperla ugualmente», insisté e io sospirai. Era proprio testardo.

«L'uomo e la donna...» Mi schiarii la gola imbarazzata. «I loro corpi si incastrano alla perfezione. Non avevo mai notato una cosa così banale ma incantevole prima d'ora», mormorai sperando che non scoppiasse a ridermi in faccia. Lui rimase serio, poi mi si avvicinò all'orecchio, premendo il torace contro di me.

«Devo ancora mostrarti qual è davvero l'incastro perfetto tra l'uomo e la donna», sussurrò lascivo, baciandomi la guancia. Lo fissai inebetita, le cosce tremarono come se avesse comunicato direttamente con loro. Provavo freddo e al tempo stesso caldo, il cuore batteva così forte che mi doleva il petto.

Neil riprese a baciarmi il collo, muovendo lentamente il bacino su di me. Inizialmente non capii che intenzioni avesse, ma quando sentii la sua erezione colpirmi il clitoride, ancora coperto dalla stoffa delle mutandine, lo intuii. Mi eccitai tanto da non capirci nulla.

Tuttavia, rimasi ferma e lasciai che lui mi guidasse.

«Rilassati...» Si era accorto che ero ancora tesa e prese a temporeggiare. Chiusi gli occhi e mi concentrai sulle sensazioni suscitate dal suo corpo. Senza rendermene conto, gli afferrai l'elastico dei pantaloni e iniziai a muovermi sotto di lui.

Nel frattempo, Neil continuava a baciarmi ovunque.

Lì dove passavano le sue mani c'erano anche le labbra.

D'un tratto, scese a stuzzicarmi i seni.

Li succhiò dolcemente e inarcai la schiena. Mi venne quasi da piangere per le sensazioni che mi inondarono completamente.

Dopodiché, scese ancora e trascinò le sue labbra oltre lo stomaco. Mi leccò l'addome e giocò con l'ombelico. Ci ruotò attorno con la lingua, poi sollevò lo sguardo, sfiorando con le dita il bordo delle mutandine.

Puntai gli occhi nei suoi confusa, poi ne intuii le intenzioni.

«No! Quello no!» Allungai un braccio per fermarlo. Strinsi le gambe e tornai a irrigidirmi. Concedergli un preliminare simile sarebbe stato troppo imbarazzante per me. Non ero disinibita e conservavo ancora il mio pudore.

«No? Sei sicura? Di solito piace molto alle donne.» Avrei preferito che non mi avesse ricordato quante ce n'erano state prima di me. Mi incupii e guardai il soffitto, rendendomi conto che stavo proiettando su di lui aspettative sbagliate. Neil non era un principe azzurro. Era stato chiaro: niente storia da copione o favola d'amore. E allora perché avvertivo un fastidio strano alla bocca dello stomaco?

Dovevo stare attenta ai miei sentimenti. Ero molto più sensibile di lui, quindi rischiavo di bruciarmi e farmi seriamente male.

«Stai pensando troppo.» Risalì su di me e mi accarezzò i capelli. Stavo riflettendo ancora sulle conseguenze delle mie emozioni.

«Lo so...» Sospirai e cercai di guardare ovunque eccetto che i suoi occhi. Ormai nella mia testa era scattato un campanello d'allarme, ma non volevo ascoltarlo.

«Procediamo per gradi, okay? Voglio che tu ti senta a tuo agio», sussurrò cercando di riportare la mia attenzione su di lui.

«Io...»

Mi baciò, interrompendo qualsiasi mia riflessione.

La sua lingua trovò la mia e mi lasciai trasportare dal bacio perché

Neil pretendeva tutte le mie attenzioni. Era delicato, ma deciso. Sapeva il fatto suo, l'esperienza era ben evidente, e mi sentii inferiore quando realizzai di non essere affatto partecipe. Me ne stavo immobile sotto di lui, apatica e frigida. Così, presi coraggio e iniziai a baciarlo più intensamente, muovendomi contro il suo corpo. Lo sentii emettere un sospiro di piacere, che esaltò il mio orgoglio femminile. Dopodiché, Neil scese a palparmi un seno e poi più giù, fino ad arrivare al pube. Si insinuò nelle mutandine, già umide, e iniziò a toccarmi. Arrossii violentemente al pensiero di essere bagnata per lui, tuttavia, scacciai via l'imbarazzo e continuai a baciarlo mentre le sue dita mi accarezzavano tra le gambe.

Respirai a fatica e cercai di incamerare aria mentre Neil mi stuzzicava ovunque. Era molto sicuro di sé e riusciva a concedermi piacere in più punti del corpo con la stessa intensità; io invece non riuscivo a stargli dietro, temevo di morire d'infarto ancor prima di arrivare al sodo.

«Piano...» sussurrai ancora, quando sentii le sue dita toccarmi con più fervore. Non mi stava facendo del male, ma la mia mente era in cortocircuito e temeva di provare dolore, benché il corpo si stesse abituando a quelle sensazioni, nuove e sconosciute.

«Non ti farò male. Te lo prometto», mi sussurrò sulle labbra e un dito scivolò dentro di me, seguito subito dopo da un altro. Accolsi il suo tocco come se fosse stato creato solo per me.

Non fu doloroso.

Mi fece sentire accaldata, liquefatta e sovreccitata.

Neil mosse le dita seguendo un ritmo calcolato per provocare il giusto piacere.

A quel punto, gli morsi il labbro e lo baciai con tutta me stessa. Un istante dopo, Neil si fermò e si tolse i pantaloni.

Ero troppo imbarazzata per osare guardare in basso, ma Neil non mi concesse il tempo di pensare: si distese nuovamente su di me e tutta la sua eccitazione mi premette tra le cosce. Era dura e poderosa. Molto poderosa nonostante fosse ricoperta dall'esile tessuto dei boxer.

«L'hai mai sentito così?» Si sfregò nel punto congeniale al piacere di una donna e la reazione del mio corpo fu immediata: desiderio allo stato puro.

«No», ammisi timidamente e lui riprese a baciarmi. La mia inesperienza non sembrava scoraggiarlo, tutt'altro: una luce nuova si accese nelle sue iridi brillanti.

«Selene...» Si fermò all'improvviso e posò la fronte sulla mia. Ansimavamo entrambi, pronti a possederci; a dividerci c'erano solo gli ultimi strati di stoffa. «Devi dirmi adesso se vuoi che smettiamo. Dopo... non sarà più possibile.» Ci guardammo ed ebbi un lampo di incertezza, subito spazzato via dai nostri respiri affannati che si inseguivano a vicenda e dai cuori che battevano all'unisono.

«Non voglio che ti fermi», risposi.

Neil mi posò un bacio casto sulle labbra, poi si mise in ginocchio mostrandomi il suo magnifico corpo.

Era troppo perfetto e vigoroso. Ero certa che sarebbe stato mio soltanto per una notte, perché sapevo quanto fosse irraggiungibile.

Mi accarezzò le cosce, afferrandomi le mutandine. Le fece scivolare via e mi baciò una caviglia, senza smettere di guardarmi. Era lì, nei suoi occhi, che cercavo la sicurezza per seguirlo, e Neil l'aveva capito. Arrossii quando il suo sguardo dorato mi accarezzò tutto il corpo, soffermandosi sulla mia intimità, adesso esposta. Avrei voluto serrare le gambe, ma ero incapace di muovermi.

Neil mi sorrise per rassicurarmi, poi si tolse i boxer. Sollevai d'istinto lo sguardo sul suo viso, poiché non avevo il coraggio di guardare in basso; ero certa di essere arrossita ancora.

«Ti imbarazza guardarmi?» Si distese su di me e sentirlo completamente nudo e caldo a contatto con me fu più bello di quanto potessi immaginare. La sua erezione mi premette turgida contro il basso ventre.

Intuii di essermi sbagliata a definirlo piccolo nel nostro primo incontro, ma si era trattata solo di una sciocchezza detta a caso, per via del mio stupido desiderio di rivalsa su di lui.

«Sì», ammisi, cercando ancora di tenere a freno la curiosità e di non sbirciare in basso. Mi bastava sentirlo contro di me per capire che ero spacciata e che probabilmente avrei provato dolore.

«Non c'è passione, senza nudità», dichiarò. Si spostò leggermente e si allineò al mio ingresso, proprio dove l'avrei accolto. Schiusi le labbra ed espirai di colpo. Mi aggrappai ai suoi bicipiti e lui mi guardò per rassicurarmi, lanciandomi un'occhiata, calda e intensa.

Nei suoi occhi vidi il sole e la polvere delle stelle che si cospargeva man mano sulla luna.

D'un tratto, mi sentii pronta.

Lo volevo.

A quel punto, il suo membro prese a scivolarmi lento sull'intimità preannunciando il piacere che mi avrebbe concesso una volta dentro di me.

Provai una sensazione nuova e incontenibile, così bella da far male.

«Pronta?» mi sussurrò all'orecchio; gli appoggiai le mani sulla schiena possente, strinsi tra le ginocchia il suo bacino e lo guardai.

«Sì...» Gli sfiorai il naso con il mio e Neil mi baciò. Fu in quel momento che sentii il suo membro spingere contro il mio punto più sensibile. Esercitò un po' di pressione perché i miei muscoli si stavano opponendo poi, con una sola spinta, cominciò a entrare lentamente dentro di me.

Emisi un sibilo di dolore e gli espirai sulle labbra, sentendolo in tutta la sua imponenza.

«Rilassati.» Spinse ancora e mi modellai attorno a lui un millimetro alla volta, accogliendolo. Era ingombrante e un fastidio acuto mi fece mugolare sofferente. Mi morsi il labbro inferiore e lui si fermò, preoccupato.

«Stai bene?» chiese sottovoce; le ginocchia iniziarono a tremarmi e il cuore a palpitare più forte. Stavo sudando freddo, altro che star *bene*. Provavo una sensazione strana, dolorosa e piacevole al tempo stesso. Il mio corpo sembrava troppo piccolo per adattarsi al suo. Per questo, inconsciamente guardai in basso, nel punto di unione tra noi. Neil era dentro di me per metà. Il suo sesso era grosso, massiccio.

La mia agitazione aumentò.

Non ce l'avrei fatta. Era troppo.

Io... io... volevo scappare via.

«Il tuo corpo è in grado di accogliermi. Non spaventarti.» Mi baciò l'angolo delle labbra e mi accarezzò la guancia con il pollice. Era incredibile il modo in cui riusciva a intuire i miei pensieri. Si era già trovato in una situazione simile? Magari alcune sue ex erano vergini come me? Quelle riflessioni mi fecero incupire. Volevo l'esclusiva, volevo essere l'unica per lui, ma con Neil probabilmente sarebbe stato impossibile.

«Smettila di pensare», aggiunse prima di spingersi ulteriormente dentro di me. Emisi un gemito di dolore e piacere, poi, però, me ne vergognai e serrai le labbra.

Lui sorrise per quella reazione spontanea, si fermò di nuovo e ci guardammo per un tempo indefinito. Neil era pensieroso mentre io sembravo una bambina incapace di fare qualsiasi cosa.

«Dovrei indossare il preservativo, ma non ho voglia di alzarmi, uscire nudo in corridoio, raggiungere la mia stanza e recuperarlo...» Neil stava riflettendo su un dettaglio importante che a me era completamente sfuggito e mi diedi della stupida. Le precauzioni erano fondamentali. Come avevo fatto a dimenticarmene? Ero stata troppo su di giri per rendermi davvero conto di quello che stava accadendo.

«Quindi?» lo esortai.

«Prendi la pillola? Così non sarebbe necessario usarlo», suggerì lui e sgranai gli occhi. Il sesso tra noi sarebbe stato intimo, anche troppo. Annuii alla sua domanda e lui sorrise in modo sensuale. Comunicammo in silenzio, ci respirammo e assorbimmo i secondi in cui i nostri corpi si stavano adattando l'uno all'altra.

Neil mi leccò il labbro inferiore; gli piaceva assaggiarmi e ricambiai. D'un tratto, tirò fuori la lingua e in totale naturalezza, sollevai appena le spalle, e gliela succhiai.

Qualcosa gli avvampò nelle iridi luminose e lui iniziò a penetrarmi lentamente, facendomi perdere la capacità di respirare.

Affondò dentro di me e si ritrasse con un ritmo moderato e calcolato. Dalla rigidità dei muscoli della sua schiena, capii quanto si stesse controllando per non farmi male.

Si tirava indietro piano piano e rientrava deciso, dosando la forza.

Chiuse gli occhi e appoggiò la fronte alla mia, i gomiti puntellati ai lati del mio viso, gli avambracci che reggevano il suo peso e il torace che premeva su di me.

Continuò a muoversi delicato, equilibrato, ma qualcosa nel suo viso mi fece intuire che per lui era una sofferenza.

Forse dovevo fare qualcosa anch'io? Partecipare, creare la chimica e la complicità giuste?

Ormai il dolore era svanito e aveva lasciato il posto al piacere. Ero cedevole e lo stavo accogliendo senza più alcuna barriera psicologica né fisica, perciò volevo che si lasciasse andare anche lui. Così iniziai a toccarlo e ad assecondarne i movimenti languidi e misurati. Il suo respiro divenne ansante e mi resi conto con gioia che la mia iniziativa gli stava piacendo.

«Selene…» disse a corto di fiato. Stavamo sudando ed eravamo affannati, eppure nessuno dei due era ancora arrivato al culmine della propria passione.

«Dimmi.» Gli scostai delle ciocche bagnate dalla fronte e lo guardai; era ancora più bello con il viso contratto dall'eccitazione.

«Se continui a muoverti in questo modo, potrei perdere il controllo. Sto cercando di essere delicato e…»

Gli accarezzai il labbro con il pollice e lui lo sfiorò con la lingua, impudico e libidinoso.

«Sii te stesso», suggerii; Neil sorrise divertito e mi mordicchiò il dito.

«A me piace scopare, Selene. Baci, carezze, buone maniere non fanno parte di me. Goditi il momento, ti ho promesso che ci sarei andato piano.»

Allora stava fingendo?

Cercò di baciarmi e girai il viso per impedirglielo. Mi sentii di nuovo piccola e troppo ingenua anche solo per capire determinati suoi atteggiamenti. Decisi in cuor mio che avrei dovuto reagire in qualche modo e smetterla di fare la vittima.

Perciò tornai a guardarlo negli occhi e lo sorpresi a fissarmi, riflessivo.

«Fallo, allora. Avanti. Fatti conoscere, Neil», lo sfidai e lui aggrottò la fronte, sorpreso dalla mia richiesta improvvisa; tuttavia, preferivo che mostrasse il vero se stesso rispetto alla maschera che invece aveva deciso di indossare.

«Non sai quello che dici.» Scosse la testa e mi parlò in tono derisorio. No, non lo sapevo, ma avrei sempre potuto scoprirlo.

«Avanti!» Lo colpii sul braccio e lui sollevò di poco il busto, inarcando la schiena. Quel movimento mosse il membro dentro di me e lo spinse più a fondo, cosa che mi provocò una fitta di dolore e piacere che mi fece serrare i denti. Lo sentii nella pancia, tra i seni, ovunque. Fu così sconvolgente che gememmo entrambi.

«Usami e basta. Stanotte sono tuo. Voglio che nei tuoi ricordi questa sia la prima volta che hai sempre desiderato.» Si avvicinò e mi baciò con passione, riprendendo da dove ci eravamo interrotti prima della mia richiesta. A quel punto, smisi di insistere e di preoccuparmi. Per una volta, avrei pensato solo a me stessa.

Mi sarei presa la responsabilità delle mie azioni, certo, ma non in quel momento.

Smisi anche di pensare alla maschera da finto principe azzurro che Neil aveva indossato. Stavolta sarei stata egoista, anche se sapevo che me ne sarei presto pentita.

Lo strinsi a me e mi lasciai andare.

Ci baciammo, ci toccammo, ci unimmo. Neil iniziò a muoversi con più vigore. Mi penetrava con forza e si ritraeva piano, facendomi sentire tutta la sua dominanza, anche se sapevo che stava ancora trattenendo il suo impeto.

Gli morsi il collo ed emise inaspettatamente un sospiro di puro godimento. Neil era silenzioso durante il sesso e sentire i suoi gemiti era come cogliere una stella cadente in un cielo pieno di nuvole.

Era sorprendente e magnifico.

Mi eccitava anche il suo respiro che di tanto in tanto accelerava, così come mi estasiava il suo corpo che mi si tendeva sotto le dita.

Spesso gli chiedevo di darmi tregua e di farmi respirare. Era troppo possente e il mio fisico minuto veniva sopraffatto da quella montagna di muscoli e testosterone.

«Sei così stretta», mi commentò all'orecchio dopo un tempo infinito. Quel timbro baritonale e indecente mi fece arrossire.

«E tu sei troppo ingombrante», mi lasciai sfuggire e lui mi guardò malizioso. Nonostante stessimo respirando a fatica, flirtavamo spudoratamente.

«Dovresti esserne contenta.» Mi posò un bacio casto sulle labbra e riprese a muoversi. Deciso ma misurato. Capii che non si sarebbe più fermato perché entrambi ormai eravamo del tutto trasportati dal momento.

Eravamo un incastro inspiegabile ma perfetto.

Anche se mi dolevano le ossa del bacino e i muscoli delle gambe, e la mia intimità bruciava, Neil fu passionale e delicato per tutto il tempo.

«Credo di stare per...» Non sapevo riconoscere un orgasmo, ma supposi che per me la magia stesse per avverarsi. I colpi dei suoi fianchi aumentarono e il mio corpo iniziò a tendersi e a volerne sempre di più. Incurvai le dita dei piedi sul materasso e reclinai il capo sul cuscino. Affondai le unghie nella schiena liscia di Neil, che scese a succhiarmi il seno, amplificando le sensazioni incontrastabili al momento giusto. Sentii la sua lingua stuzzicarmi, i denti mordermi e le labbra avvolgermi.

Mi agitai sotto di lui, la spalliera del letto urtò a ritmo con i suoi affondi contro la parete, eppure nessuno dei due si preoccupò che qualcuno potesse sentirci.

Ero al limite, sull'orlo di un precipizio.

Mi girava la testa e il cuore batteva come impazzito.

Era questo che provavano le altre?

Strinsi le ginocchia attorno ai fianchi di Neil e lui dovette apprezzarlo perché si mosse con più enfasi e contrasse i glutei. Lo toccai tutto e mi beai di quel corpo da adone, virile sotto ogni punto di vista.

Mi concentrai sulle sue reazioni.

Era silenzioso, ma il suo respiro non ingannava.

Era al limite anche lui.

«Vieni adesso», mi ordinò in un sussurro. Fu assurdo il modo in cui i muscoli reagirono al suo tono maschile e categorico.

E fu allora che scoprii il divino in forma umana: l'estasi dell'orgasmo.

Neil mi baciò per attutire il mio urlo e gli graffiai la schiena. Il desiderio dipinto sul suo viso perfetto fu l'ultima splendida visione che ebbi prima di chiudere le palpebre. Il piacere mi invase completamente, ogni mio senso venne catapultato in una dimensione che potevo definire quasi surreale. Non ebbi la forza di ricambiare a dovere il suo bacio, non avevo più ossigeno nei polmoni e il cuore mi batteva forte nelle tempie.

Il mio corpo era sudato e bollente, percosso da brividi e contrazioni inarrestabili.

Non potei controllare gli spasmi, potenti e travolgenti, che mi resero schiava di una condizione del tutto nuova. Soltanto quando diminuirono, a poco a poco, fui invasa da una sensazione di torpore e da un'improvvisa sonnolenza che mi fecero tornare alla realtà.

Aprii gli occhi e vidi Neil, sospeso su di me, fermo, con un sorriso compiaciuto, carico di orgoglio maschile. Ci guardammo a vicenda e riuscii a vedere il mio riflesso nelle sue iridi brillanti. Era sudato e affannato, ma aveva ancora il pieno controllo di sé, a differenza mia che avevo perfino dimenticato dove mi trovassi. Non mi concesse il tempo di familiarizzare con la beatitudine post-orgasmo, ma riprese a muoversi con forza e mi fece temere di poter rivivere un secondo momento di estasi come il precedente.

Sarebbe stato imbarazzante venire due volte.

Tuttavia, ero così bagnata che provai nuovamente piacere quando lo sentii scivolare facilmente dentro di me.

Lo assecondai perché volevo che stesse bene anche lui e che si prendesse ciò che mi aveva appena donato.

Trascorsero altri dieci minuti di colpi interminabili, Neil sembrava davvero instancabile, ma io ero esausta. Appagata ma sfinita.

Tutti gli uomini avevano una tale resistenza?

«Neil...» supplicai e, dopo qualche minuto di spinte decise e liberatorie, lo sentii irrigidirsi contro di me. Sollevò il busto e guardò il punto di unione dei nostri corpi, ondeggiando più veloce, libidinoso e privo di pudore com'era stato per tutto il tempo. La schiena si tese, i muscoli si flessero, poi spostò i suoi occhi su di me e in quell'istante serrò la mascella. Si tirò fuori di fretta da dentro di me e impugnò l'erezione lucida delle mie secrezioni.

Fu la prima volta in cui potei vederla davvero bene. Era lunga, spessa e venosa. Era così gonfia da fare paura. Quella visione mi eccitò e l'imbarazzo che avevo provato prima sparì del tutto.

Mosse velocemente la mano dalla base fino alla punta, e mi fissò proprio nel centro delle gambe, lì dove ero ancora eccitata e bagnata. Il bicipite si gonfiò e il suo addome subì degli spasmi brevi ma intensi. Con un lungo sospiro silenzioso, riversò il suo seme sul mio pube e sulle lenzuola, delle piccole gocce perlacee iniziarono a scivolare lungo l'asta come fili argentati.

In quel momento compresi appieno una verità assoluta: Neil mi suscitava i pensieri più peccaminosi.

Lo venerai come se avessi davanti un Dio sfacciato, poi, quando mi resi conto di essermi soffermata troppo a fissarlo durante quell'atto impudico, sollevai gli occhi sul suo viso, arrossendo.

Neil, però, se ne stava in ginocchio, e non si era accorto di nulla; sembrava perso, confuso.

Smise di toccarsi e cercò di riprendere fiato. Le vene in rilievo sul collo e sulle braccia, evidenziavano il picco erotico ancora in circolo nel suo corpo.

Sbatté le palpebre un paio di volte e mi guardò come se non mi stesse riconoscendo, poi si sdraiò al mio fianco, di schiena, fissando il soffitto.

Lo ammirai. Lo ammirai da cima a fondo. I muscoli coperti da una patina di sudore rendevano brillante la sua pelle ambrata, il petto muscoloso si sollevava a ritmo con il suo respiro, i capelli erano umidi e scombinati, le labbra tumide per via dei nostri baci.

Era bellissimo e pensai per un attimo di aver sognato tutto. Come poteva uno come lui, quasi irraggiungibile, desiderare una ragazza semplice come me?

Avrei voluto chiedergli tante cose, ma il suo silenzio divenne assordante. Non sapevo cosa fare.

L'imbarazzo tornò prepotente a opprimermi il petto e mi limitai ad aspettare un suo cenno.

Quando non arrivò, mi mossi e sentii i muscoli intorpiditi. Una fitta mi colpì all'inguine e i capezzoli formicolarono. Abbassai il mento e li notai tesi e arrossati.

Neil si era controllato dall'inizio alla fine, ma nonostante questo, sentivo ancora le sue labbra sulla pelle e il suo corpo dentro il mio. Cosa sarebbe accaduto se invece mi avesse mostrato il suo modo reale di comportarsi con le donne? Il vero se stesso? Quel lato di lui che spesso aveva cercato di emergere, ma che era stato bravo a gestire?

Mi voltai verso di lui e lo colsi inaspettatamente a fissarmi. La luce tenue della lampada lo illuminava quanto bastava a evidenziarne i lineamenti del viso.

Perfetti, non potevo descriverli in altro modo.

«Stai bene?» La voce bassa e rauca mi fece rabbrividire. Era attraente da morire. Sembrava quella di un diavolo ingannevole ed enigmatico.

«Sì, grazie», risposi fredda, come se stessi parlando a un estraneo piuttosto che al ragazzo con cui ero andata a letto, tuttavia era così che mi comportavo quando ero a disagio.

Lo provavano tutti dopo aver condiviso un momento simile?

«Devi cambiare le lenzuola», ordinò serio. Senza alcun imbarazzo, indicò il suo seme; io mi guardai il pube marchiato dalle gocce dense. Ci passai sopra un dito lentamente e ne osservai la consistenza, sfregando l'indice e il pollice tra loro.

Era tutto nuovo per me.

Neil sollevò il busto e si passò una mano tra i capelli mentre io rimasi lì ferma, sporca di lui, e mi ritrovai all'improvviso a fissare il maori del suo bicipite esteso fino alla spalla.

Il nero era intenso, privo di sbavature e le linee erano precise e ben distanziate, come se l'artista le avesse realizzate con un righello. Sapevo che il maori simboleggiava uno spirito guerriero e combattivo, ma non sapevo perché l'avesse scelto. Strinsi le palpebre e mi concentrai sul motivo rappresentato.

Non era semplice individuarlo in mezzo a tutte quelle linee.

«È un *Toki*...» mormorò, guardandosi il braccio. «L'ho scelto perché indica la forza, il controllo, la determinazione e il coraggio», spiegò, come se mi avesse letto nella mente. Scrutai il corpo di Neil per vedere se avesse altri tatuaggi e lui sporse il fianco sinistro, mostrandomi involontariamente anche il suo membro.

Mi schiarii la gola e mi concentrai sul piccolo tatuaggio che prima non avevo notato.

«Questo è un *Pikorua*», spiegò. Allungai il collo per vederlo meglio e con l'indice mi permisi di seguirne le linee. Neil sussultò a quel contatto lieve. Le mie dita erano fredde, la sua pelle invece era bollente, perciò mi scusai con lo sguardo.

«Un *Pikorua*...» ripetei riflessiva, percependo il suo respiro a poca distanza da me. Eravamo seduti l'una accanto all'altro come se ci conoscessimo da una vita; quell'intimità fu strana, intensa quasi quanto l'atto che avevamo condiviso.

«Esatto. Simboleggia la forza del legame, la fusione spirituale di due persone per l'eternità. L'ho dedicato ai miei fratelli.»

Pensai che un gesto simile fosse dolce da parte sua. Denotava un sentimento profondo nei confronti di Chloe e Logan. Gli sorrisi e proseguii il viaggio sul suo corpo.

Mi misi in ginocchio accanto a lui, incurante del mio seno esposto alla sua vista, e con le dita risalii dal fianco all'addome, fino ai pettorali. Sentivo addosso i suoi occhi, intenti a studiare ogni gesto. Forse non si fidava pienamente di me o forse era soltanto sorpreso dalla mia curiosità. Il suo respiro, tuttavia, rimase controllato e quasi mi sentii offesa perché non gli avevo provocato nessuna eccitazione.

D'un tratto, notai delle cicatrici simili a piccole ustioni sull'avambraccio sinistro; prima ancora che potessi toccarle, però, Neil mi afferrò il polso. Trattenni il respiro per la forza di quel gesto.

«Questi non ti riguardano», mi redarguì improvvisamente serio, lapidario. Lo guardai dritto negli occhi e lui mi lasciò andare, alzandosi di fretta dal letto.

Cos'erano quei segni? Avrei voluto tanto chiederglielo.

Tuttavia, anche se eravamo stati a letto insieme, tra noi non c'era ancora la dovuta confidenza per parlare di lui o del suo passato.

Neil mi diede le spalle e si rivestì, indossando solo i boxer e i pantaloni.

«Devi aprire la finestra, c'è odore di sesso nell'aria», mi avvertì, poi si piegò per afferrare anche la canotta nera che però decise di non indossare.

«Come?» Ero confusa e leggermente stordita. Dove stava andando?

«Non vorrai mica che ci scoprano, vero?» mi derise con uno sguardo di sufficienza. «Quando due persone scopano, la prova inconfutabile, oltre le lenzuola, è l'odore nell'aria, ma tu questo non lo sai. Come non sai ancora molte cose...» Mi guardò dapprima il viso, poi il corpo nudo, che profumava ancora di lui. Non sapevo di cosa stesse parlando, però su una cosa aveva assolutamente ragione: *non* ne sapevo abbastanza. A ogni modo, il suo tono superbo mi fece sentire inutile e insignificante, così mi limitai solo ad annuire per riflesso condizionato.

D'istinto mi coprii il seno con un braccio e l'intimità con l'altra mano. Il pudore, però, seppure inconscio e spontaneo, non servì a nulla; avevo già permesso a Neil di prendersi quello che voleva.

Si morse il labbro per non ridere, poi mi sorrise, compassionevole.

«Buonanotte.» Si incamminò verso la porta della stanza. Tutto qui? Stava andando via come se avessimo fatto due chiacchiere davanti a un caffè? Raggiunsi a gattoni il bordo del mio letto e lo chiamai, facendolo voltare ancora verso di me.

«Dove… dove vai?» Che domanda sciocca! Mi morsi la lingua. Troppo tardi.

Era chiaro che stesse scappando via… *da me*.

Non eravamo una coppietta alle prese con le sue confessioni, ma due che si erano divertiti un'ora insieme, per poi tornare a essere dei perfetti estranei.

«Torno in camera mia», ribatté sicuro. Posò la mano sulla maniglia e mi guardò.

Rifletté su qualcosa per qualche istante, poi sospirò, forse scocciato o forse colpevole.

«Te l'ho detto, Selene. Niente storie da copione o favole d'amore.» Aprì la porta e, con un'ultima occhiata fugace, uscì e se la richiuse alle spalle. Sentii un vuoto improvviso nel petto e una strana angoscia nello stomaco.

Non avrei dovuto sentirmi così male; in fondo sapevo che Neil voleva solo permettermi di ricordare la mia prima volta, ma non riuscivo a controllare le emozioni in subbuglio dentro di me.

Razionalmente avevo accettato il compromesso tra noi, emotivamente, però, non sarebbe stato facile affrontarne le conseguenze. Non eravamo niente o forse eravamo qualcosa di impossibile da identificare con chiarezza.

La vita, del resto, non era un foglio di carta, gli errori non erano simboli tracciati a matita; nessuno poteva cancellarli.

Mi passai una mano sul viso e mi toccai le labbra. Erano tumide e doloranti a causa dei nostri baci; il suo sapore si era mescolato al mio a tal punto da avvertirlo sulla lingua.

Avrei dovuto fare una doccia e lavare i denti per liberarmi di lui, tuttavia probabilmente nulla sarebbe stato utile a dimenticare. Chiusi gli occhi e assorbii tutta la mia solitudine.

Rimasi sola e legata alla mia inquietudine come una schiava.

11
Selene

Molti uomini, come i bambini, vogliono una cosa
ma non le sue conseguenze.
José Ortega y Gasset

Se ricordare la mia prima volta era davvero la soluzione ai sensi di colpa, allora perché non mangiavo e non dormivo da giorni?

Avevo evitato Neil nei giorni seguenti al nostro… be' qualsiasi cosa fosse stata quella che avevamo fatto. E avevo finto che andasse tutto bene.

In quel momento, ero in una delle tante aree verdi del campus con Logan e gli altri ragazzi a cercare di comportarmi come una studentessa normale, una fidanzata modello e una ragazza equilibrata nelle sue scelte, ma non ero nessuna delle tre cose.

Mi sentivo folle in quel periodo e incline a scelte spropositate e irrazionali.

Una di esse era stata appunto cedere alla proposta di Neil, che si era prefigurata come l'inizio dei miei problemi.

Temevo una mia reazione quando lo avrei visto con altre donne. Avevamo condiviso qualcosa di importante e, sapere che anche le sue amanti godevano di lui, non era facile da accettare. Neil era stato mio, anche se per poco tempo, e sentivo che in qualche modo mi apparteneva.

«La tua felpa è davvero bella», disse Julie ad Adam. La guardai. A dire il vero era una semplice felpa bianca con il logo viola della nostra università sul petto. Sorrisi perché quella di Julie mi parve più una timida tattica di seduzione che non un reale complimento.

«Grazie, tesoro.» Adam le fece l'occhiolino e lei arrossì. Cercai di non farmi sorprendere a osservarli e mi guardai attorno.

«Ehi, tutto okay?» Logan si accostò a me, infilando le mani nel cappotto.

Ormai l'autunno era arrivato e le temperature stavano calando.

«Sì, tutto okay. Sono solo pensierosa», mentii per rassicurarlo. In realtà, ero distrutta. Non sapevo spiegare il modo in cui mi sentivo, ma la confusione che regnava nella mia mente mi stava consumando lentamente.

Non avevo mai agito d'impulso, avevo sempre calcolato e pianificato tutto nella vita, perciò vivere su quelle montagne russe senza sapere cosa sarebbe successo il giorno dopo, mi destabilizzava.

Neil mi destabilizzava.

Dopo un po', Alyssa propose di andare a bere un caffè, così entrammo in uno dei tanti bar del campus e ci accomodammo a un tavolo libero. Il posto era carino, l'arredamento eclettico gli conferiva un'atmosfera accogliente ed era pieno di studenti del nostro ateneo.

Riconobbi subito qualcuno. Bryan Nelson se ne stava seduto a un tavolo poco distante dal nostro, con altri giocatori della squadra maschile di basket. Evitai di guardarlo per non attirare la sua attenzione indesiderata e ordinai un caffè doppio alla cameriera.

Ne avevo estremamente bisogno.

«Sicura di stare bene?» Stavolta fu Alyssa a preoccuparsi per me; probabilmente il lungo silenzio, impostomi dai pensieri logoranti, aveva diminuito la mia capacità di conversare, insospettendo tutti.

«Sì, sono solo un po' stanca», mi giustificai. Ormai stavo diventando brava a mentire, dato che mi era chiarissimo che non potevo parlare con nessuno di Neil e di ciò che mi affliggeva.

Gli amici, infatti, sapevano che avevo un ragazzo e non volevo che mi giudicassero; ero già abbastanza consapevole di aver sbagliato, per questo chiedevo costantemente a Jared di concedermi un po' del suo tempo per parlare, ma per lui sembrava che qualsiasi cosa venisse prima di me.

«Quindi mi stai dicendo che vorresti scoparti Jennifer Madsen? Quella è intoccabile», disse Jake a Cory per prenderlo in giro, poi lanciò delle occhiate al tavolo situato accanto alla vetrata opposta del bar. Captai quel nome ma non mi voltai, qualcosa mi diceva che stessero parlando proprio della bionda che conoscevo anch'io.

«Lo sanno tutti che ormai è il fedele cagnolino di Neil», aggiunse Adam allungando il braccio sullo schienale della sedia di Julie, che sussultò imbarazzata.

«Come se per Neil contasse. Non l'ho mai visto con una ragazza fissa», disse Cory con nonchalance e con lo sguardo puntato su Logan. «Avanti, Logan, di' qualcosa. Importerebbe a tuo fratello se me la facessi?»

proseguì poi incuriosito; se quella per Cory era una domanda banale, per Logan fu scomoda e fastidiosa tanto che divenne particolarmente serio.

«Non mi piace parlare della vita privata di mio fratello. Ne so quanto voi», rispose schietto, cercando di mettere a tacere subito i pettegolezzi su Neil.

«Ma dai, Logan. Conosciamo tutti la fama che ha. Insomma, ne ha viste più lui del ginecologo di mia madre», insisté Jake e fece ridacchiare gli altri ragazzi. Logan, però, continuava a fissarli imperscrutabile e profondamente contrariato. Dal canto mio, non sapevo cosa dire, qualsiasi parola avrebbe potuto compromettere il segreto che avrei portato con me fino alla tomba.

«Ho sentito dire che condivide le ragazze con gli amici o che spesso partecipa a dei festini nei quali...»

Logan sbatté i pugni sul tavolo interrompendo Cory, che ammutolì e lo guardò sorpreso. «Basta!» lo avvertì con l'espressione di chi era stufo di ascoltare dicerie su Neil. Alyssa e Julie si lanciarono un'occhiata fugace e Jake e Adam smisero di ridere.

«Ragazzi, i vostri caffè.» La cameriera sopraggiunse con addosso una divisa nera e bianca particolarmente chic. Ci servì gentilmente le nostre ordinazioni e attenuò la tensione che si era creata tra i ragazzi.

Jake cambiò discorso e per fortuna tutti ripresero a parlare deviando l'argomento su altro. Io guardai Logan, seduto accanto a me, e mi permisi di accarezzargli il braccio.

«Hai fatto bene a difendere tuo fratello, avrei fatto lo stesso se ne avessi avuto uno.» Gli sorrisi e lui sembrò apprezzare perché i lineamenti gli si distesero.

A mio parere, Logan aveva fatto bene a reagire in modo deciso. Non sapevo quali voci girassero su Neil, non ero mai stata una ragazza che si affidava ai pettegolezzi perché preferivo conoscere e valutare la gente di persona. Tuttavia, avevo capito che non era un santo e che la sua fama non era delle migliori, pertanto la curiosità di scoprire fin dove si fosse spinto per far sì che la gente parlasse di lui era tanta.

C'erano ancora molti aspetti di Neil che non conoscevo.

«Ehi, bambolina. Stiamo aspettando le nostre birre da mezz'ora!» gridò all'improvviso un ragazzo. Con la coda dell'occhio, lo vidi sollevare il braccio in modo maleducato verso la giovane cameriera, esibendo un ghigno malefico che mi fece rabbrividire. Mi voltai e guardai bene lui e i ragazzi seduti al suo tavolo, notando subito la chioma bionda di Jennifer che sorrideva divertita, con addosso una camicetta scollata.

«Se Xavier perderà la pazienza, assisteremo a una delle sue solite sceneggiate», commentò Jake.

Mi resi conto allora che era proprio il viscido in cui mi ero imbattuta il mio primo giorno qui. Dire che quei ragazzi fossero molto diversi da noi era davvero riduttivo. Appartenevano proprio a un altro mondo. Avevo già avuto quell'impressione la prima volta che li avevo incontrati, ma adesso ne stavo avendo l'assoluta conferma soprattutto considerando il loro look estroso, l'atteggiamento minaccioso e la sfrontatezza con cui guardavano chiunque osava passare loro accanto.

«Chi sono quelli di preciso?»

Finsi di non conoscerli per recepire ulteriori informazioni e tutti mi guardarono come se mi fosse spuntata una seconda testa sul collo. Cosa avevo detto di male?

«Davvero non li conosci?» Cory inclinò il capo di lato e io mi schiarii la gola. Logan invece sospirò e giocò con una vecchia cannuccia abbandonata sul nostro tavolo.

«Si fanno chiamare *Krew*», intervenne Jake, mentre si passava una mano nel suo ciuffo alto e biondo.

«I Krew?» ripetei accigliata.

«Sì, il loro nome significa 'sangue', in polacco.» Questa volta fu Adam a parlare. «Ovunque vanno, provocano risse. Hanno spedito in ospedale diversi ragazzi», spiegò atono e li guardò come se fossero dei mostri.

«Anche le ragazze sono due svitate.» Alyssa fece roteare un indice all'altezza della tempia per rafforzare il concetto. Rimasi scossa da quelle rivelazioni.

«Questo non è un posto adatto a loro, come fanno a frequentare la nostra università?» domandai e Logan lanciò la cannuccia con cui stava giocando sul tavolo.

«Provengono quasi tutti da famiglie benestanti», mi rispose con un certo nervosismo Logan, puntando gli occhi nocciola su di loro. «La bionda, che hai già incontrato a casa nostra, è Jennifer Madsen. È stata adottata da una famiglia americana, anche se dicono che lei in realtà abbia origini irlandesi. Gira voce che il suo patrigno sia violento.»

La guardai e la vidi sorridere, perfettamente a suo agio e sicura di sé. Sfoggiava lo stesso sorriso che rivolgeva a Neil quando lo desiderava. La odiavo.

«La ragazza con i capelli azzurri accanto a lei, è Alexia Vogel. Ha perso i genitori in un incidente stradale e adesso vive con i nonni. È una pazza. L'anno scorso ha rotto la mascella a una studentessa dopo averla presa a bastonate durante una festa.» Mi voltai incredula verso Logan. Il suo sembrava un racconto da film horror. Osservai i nostri amici, i quali, con i loro sguardi attoniti, mi confermarono la verità delle parole di Logan.

«È... è.... assurdo», mormorai scossa.

«Già...» borbottò Jake.

«Poi ci sono i due ragazzi», seguitò Logan quando notò il mio sguardo nuovamente puntato sui Krew. «Luke Parker, il biondo, è figlio di un avvocato e di una giornalista. Apparentemente sembra il più normale del gruppo, ma in realtà è matto come gli altri.» Scosse la testa e li fissò disgustato; sembrava che li conoscesse bene e mi chiesi come potesse uno come lui sapere dettagli così personali di gente come quella.

«Infine...» Deglutì a vuoto e abbassò la voce, guardingo. «Il moro, con i piercing al labbro e al sopracciglio, è Xavier Hudson.» Me lo indicò e lo osservai. Era un bel ragazzo. Il taglio orientale degli occhi neri era stato il primo dettaglio che avevo notato quando lo avevo visto sul ciglio di quella strada.

Continuai a studiarlo. Il chiodo di pelle rosso gli copriva le spalle ampie, la pelle chiara contrastava con i capelli neri, i tratti del viso erano mascolini e il sorriso a dir poco inquietante.

«Lui proviene dal Bronx. Vive con suo zio che è un alcolizzato. Si dice che da piccolo abbia assistito all'omicidio di sua madre. È stata uccisa dal padre con ventiquattro coltellate.» Rabbrividii a quel racconto sconvolgente e guardai Logan, senza dire nulla. Che cosa avrei potuto dire? Era tutto così assurdo da avermi fatto perdere la capacità di parlare.

«Si è iscritto alla nostra università con un anno di ritardo e come riesca a guadagnare un mucchio di soldi resta un mistero, anche se...» Si fermò e inspirò lentamente. «È facile intuirlo...» concluse, alludendo probabilmente ad attività illecite che consentivano a Xavier di vivere in modo agiato, esattamente come i suoi amici.

In quel momento, Xavier stava fissando con malvagità la cameriera giunta al loro tavolo. La ragazza stava tremando e stringendo al petto il bloc-notes sul quale appuntava le ordinazioni.

«Allora, bambolina. Ti avevo chiesto una birra fresca. Questa è calda. Fa schifo. Sembra che qualcuno ci abbia pisciato dentro», sbottò lui. Poi, prese tra le dita il collo della bottiglia, allungò il braccio oltre il tavolo e la lasciò schiantare al suolo, mandandola in frantumi. «Mettiti a quattro zampe e pulisci.»

Trasalii per i suoi modi incivili, sembrava stesse trovando un pretesto per discutere.

«Fa sempre così...» commentò Cory mentre si sistemava una ciocca nera scivolata sulla fronte.

«Individua le sue vittime e le provoca. Soprattutto donne», aggiunse Jake.

«Andatevene! Fuori di qui!» La cameriera indicò l'uscita, spaventata e tremolante, ma Xavier le scoppiò a ridere in faccia; le guardò prima il petto e poi le gambe, lasciate scoperte dalla gonna della divisa. Si alzò in piedi e potei notare la sua altezza. Era slanciato e alto, anche se meno di Neil.

«È così che si tratta la clientela? Eh, puttanella?» L'afferrò per la nuca e la piegò sul tavolo.

Sobbalzai per quel gesto violento; la ragazza invece iniziò a piangere e a dimenarsi.

Mi guardai intorno e ciò che vidi fu sconcertante. Tutti assistevano in silenzio alla scena ignobile senza fare nulla. Non era omertà, ma solo viltà. Non si poteva permettere che accadessero cose simili, in un luogo pubblico per giunta. Qualcuno doveva pur intervenire. Non sapevo cosa fare, ma d'istinto provai ad alzarmi per cercare di salvare quella ragazza dalle grinfie dei Krew. Logan però mi afferrò per un braccio e mi trattenne seduta.

«No, aspetta», sussurrò, sicuro e cauto.

«Ma...»

«Aspetta», ripeté più deciso, così gli diedi retta, ma restai in guardia.

«Lasciami andare!» La cameriera iniziò a battere i pugni sul tavolo, mentre Luke e le due ragazze esultarono come se fossero sul palchetto di un teatro in procinto di assistere a un'opera famosa.

«Devo insegnarti a trattare la clientela con gentilezza, bambolina.» Xavier le guardò il sedere e con una mano le toccò l'esterno coscia, per poi risalire sotto la gonna e palparle una natica.

«Ehi, non esagerare, coglione», intervenne la ragazza dai capelli azzurri, Alexia, con una punta di gelosia nella voce. Luke e Jennifer scoppiarono a ridere, e Xavier lasciò andare malamente la cameriera che cadde in ginocchio sul pavimento.

«Vuoi arrivare subito al sodo?» la derise lui quando notò il viso sofferente della ragazza all'altezza del suo bacino. «Ti darei volentieri quello che desideri.» Le tirò due schiaffetti sulla guancia e la giovane scoppiò a piangere per l'umiliazione pubblica alla quale veniva sottoposta.

Basta!

Decisi che sarei intervenuta. Non mi importava delle conseguenze, non potevo tollerare un comportamento simile. Prima che potessi alzarmi, un uomo avanzò deciso verso il gruppo e aiutò la ragazza a sollevarsi.

«Xavier! Fuori di qui!» urlò il nuovo arrivato, che Logan mi informò essere il proprietario del bar, il quale conosceva bene quei ragazzi. Non era la prima volta che assumevano atteggiamenti simili.

Xavier si sistemò il chiodo di pelle sulle spalle e sorrise con insolenza, facendo un cenno del capo ai suoi amici.

«Andiamo via, prima che distrugga il locale a questo poveraccio», affermò e superò il proprietario con una spallata. Alexia e gli altri lo seguirono. Dato che sarebbero passati accanto al nostro tavolo, fingemmo di sorseggiare i nostri caffè, indifferenti a quanto successo. D'un tratto, però, mi irrigidii, quando notai che Xavier stava rallentando e guardando proprio nella mia direzione.

Percepii addosso i suoi occhi, ma non reagii. Rimasi a testa bassa a girare il cucchiaino nella tazzina, fino a quando uno strano odore di tabacco invase il mio spazio. Era forte e pungente.

«Ma guarda chi c'è. Biancaneve e i sette nani.» Xavier scoppiò a ridere e di colpo sollevai il viso, provando un certo sollievo quando mi accorsi che stava guardando Logan e non me.

Il sollievo cedette presto il posto alla preoccupazione, perché ormai Logan era entrato a far parte della mia vita.

«Come stai, principessa?» Il bullo gli posò la mano dietro la nuca e Logan divenne teso. Serrò la mascella e lo guardò con profondo odio. Lo stesso che stavo provando anch'io, pur non conoscendolo.

«Va' via, per favore», mormorò Logan con i suoi soliti modi educati, anche se fu chiaro l'astio che accompagnava quelle parole.

Xavier lanciò un'occhiata di sbieco ai suoi amici e sorrise divertito.

«Cazzo… sei proprio una femminuccia, Miller.»

Gli diede due colpetti dietro il collo e lo lasciò andare, poi osservò il nostro tavolo.

L'aria poteva tagliarsi per quanto era tesa. Nessuno osò fiatare, neanche Cory che di solito era quello più loquace del gruppo.

Xavier afferrò la tazzina di caffè di Logan e se la portò al naso. L'annusò, fece un mugolio di apprezzamento e ne bevve un sorso. Dopodiché, ciò che accade mi lasciò basita. Sputò dentro la tazzina e la rimise al suo posto, di fronte a Logan.

«Bevilo», ordinò, posando i palmi delle mani sul tavolo. Smisi di respirare. Stava palesemente ridicolizzando Logan e, in una società nella quale il bullismo era diventato un comportamento nocivo sempre più condannato, ciò era inammissibile.

«Mai. Preferirei staccarmi le gambe a morsi piuttosto che ingurgitare la tua merda», lo sfidò Logan, guardandolo da sotto le ciglia con disprezzo. Dal canto mio, ero stanca di quell'atteggiamento di onnipotenza da parte dei Krew. Eravamo esseri umani, non marionette. Inoltre, non fare nulla e rimanere inerti, significava essere *complici* di quei bastardi.

Mi alzai in piedi di scatto e fissai l'idiota dinanzi a me.

«Basta!» sbottai e solo in quel momento gli occhi neri di Xavier corsero a me. Sperai che non mi riconoscesse. Per un istante, mi guardò tutta come se non avesse idea di chi fossi, poi ostentò un sorriso minaccioso.

«E tu chi saresti? La Bella che salva gli amichetti dalla Bestia?» mi prese in giro. Dovevo aspettarmelo: i tipi come lui si atteggiavano da impavidi combattenti per riversare sugli altri le frustrazioni che avevano dentro; in realtà, però, erano soltanto dei deboli.

«Sembra che tu abbia una certa ossessione per le favole», lo schernii e i miei amici risero. Xavier si guardò attorno con l'aria di uno convinto che nessuno dovesse osare deriderlo in quel modo.

«Sì…» sussurrò, con perfidia. «Soprattutto per le principesse che smarriscono la loro strada e aprono le gambe al principe azzurro con uno schiocco di dita.»

Fece un gesto osceno e mi strizzò un occhio. Per un istante pensai che quella frase potesse avere un doppio senso perché sapeva qualcosa su di me. Poi mi riscossi: lui non sapeva niente della mia vita e si stava rivolgendo a me nel modo in cui si sarebbe rivolto a chiunque altro.

«Xavier!»

Tuonò una voce, roca, baritonale e irosa. Il bullo spostò gli occhi oltre le mie spalle e raddrizzò la schiena, come un soldatino sull'attenti dopo aver ricevuto un ordine da un superiore.

«Neil…» mormorò, cambiando completamente atteggiamento. Non mi voltai, anche se ero sicura che lui fosse alle mie spalle. Rimasi ferma a osservare Xavier e fu sufficiente accorgermi che Neil era così vicino per provare quelle sensazioni sconvolgenti alla bocca dello stomaco.

«Stavamo chiedendo al tuo fratellino dov'eri finito», intervenne Luke, che per tutto il tempo era rimasto in silenzio a godersi la scenetta.

Sentii Neil avvicinarsi per fronteggiare Xavier, lo fissò arcigno per qualche secondo.

Tutt'intorno c'era un silenzio assurdo, nell'aria fluttuavano la paura e il timore che accadesse il peggio.

Neil spostò gli occhi dorati sulla tazzina di caffè e su Logan, che nel mentre era rimasto immobile con il viso contratto dalla rabbia. Mi degnò di un'occhiata rapida, così fugace da non avere neanche il tempo di decifrarla, poi tornò su Xavier.

«Bevilo», ordinò e afferrò il caffè di suo fratello per porgerlo all'altro. Jennifer e Alexia si guardarono sorprese, mentre Luke esibì una smorfia di delusione che non riuscii a capire. Xavier, invece, alternò lo sguardo dalla tazzina al viso di Neil, poi scosse la testa con un sorriso impertinente sulle labbra.

«Siamo tuoi amici, non toccheremmo mai la principessa», rispose infastidito.

Oh, bene. Tutti i suoi amici erano come i presenti? Non mi capacitavo del perché Neil non si allontanasse da gente simile.

Xavier guardò Logan con superbia. Stava mentendo soltanto per non provocare Neil; lo temeva, e parecchio anche. «Sappiamo che è protetto», aggiunse con ostilità.

Neil, tuttavia, non parlò. Continuò a sostenere la tazzina di fronte al viso di Xavier, incitandolo a bere.

«Bevilo», ripeté sottovoce. La sua sembrò una minaccia vera e propria, una minaccia tagliente come una lama. Xavier inspirò nervosamente dal naso, ci pensò per qualche secondo, poi con un ringhio rabbioso afferrò il caffè e lo bevve. Posò la tazzina sul tavolo con un tonfo potente che ci fece sobbalzare, e fissò Neil con sdegno.

«Andiamocene», ordinò ai suoi amici che se ne stavano inerti alle sue spalle. Poi, avanzò di qualche passo verso Neil e gli intimò lentamente e a muso duro: «Raggiungici solo quando ricorderai a te stesso chi è la tua vera famiglia. Questa me la pagherai, stronzo». Infine sondò il viso di Neil in cerca di una traccia di pentimento, che non arrivò.

Quest'ultimo, del resto, era bravo a non farsi scrutare dentro. Bastava fissarlo negli occhi per scontrarsi con un muro d'acciaio. Dopo un ultimo attimo di tensione, Xavier lo superò con un colpo di spalla e andò via furioso. La tregua tra loro era solo temporanea.

Il moro aveva perso la battaglia, ma non la guerra.

Neil sospirò e io espirai di colpo l'aria che avevo trattenuto inconsciamente per tutto quel tempo. Misi una mano sul petto e tentai di far rallentare i battiti del cuore che sembrava non volersi placare. Poi, mi risedetti e strinsi il dorso della mano di Logan, chiusa in un pugno di rabbia. Neil si voltò e guardò il fratello con quell'atteggiamento silenzioso e misterioso che lo caratterizzava.

«Non dire niente», gli ordinò Logan profondamente deluso, perché le azioni di Neil fungevano da specchio sulla vita dei suoi famigliari e li esponevano, purtroppo, a costanti aggressioni da parte dei Krew.

Neil lo fissò mortificato. L'oro dei suoi occhi si sciolse e colò nel baratro dei sensi di colpa, segno che, seppur a modo suo, amava suo fratello.

«Non dire niente…» ripeté ancora Logan, come se non avesse bisogno di ulteriori spiegazioni.

Secondo me, invece, molte cose sfuggivano ancora alla logica di qualsiasi mio ragionamento.

Sapevo, però, che presto avrei ottenuto le risposte che cercavo.

12
Selene

Da qualche parte, qualcosa di incredibile
attende di essere conosciuto.
CARL SAGAN

LA professoressa Cooper si aggirava per l'immensa aula, piena di studenti, seguitando con le sue spiegazioni.

Amavo studiare e appuntare tutto, ma quel giorno ero pensierosa e disattenta.

Tamburellavo le dita sul mio tavolo e sfogliavo a caso le pagine del mio libro, annoiata.

«Ho una fame da lupi», sbuffò Alyssa accanto a me, tirando fuori il cellulare per rispondere a qualche messaggio. La mia amica non mi aiutava affatto nell'impresa di cogliere anche solo una parola della lezione, perché ogni cinque minuti emetteva un nuovo lamento. Guardai l'orologio sul polso: ancora pochi minuti e saremmo uscite di lì.

Prerogativa di quella giornata era chiamare Jared per chiedergli di vederci e non avrei accettato un *no* come risposta.

Quando Miss Cooper interruppe il suo monologo dandoci appuntamento al giorno seguente, capii di essere finalmente libera.

Mi alzai dalla sedia e lanciai un'occhiata al programma di studi. Storsi il naso in una smorfia dubbiosa; avevo bisogno di alcune delucidazioni sul materiale del corso e le avrei chieste non appena l'aula fosse stata vuota.

«Non vieni?» Alyssa mi guardò accigliata e scossi la testa.

«Ti raggiungo dopo, ho bisogno di un'informazione.» Indicai Miss Cooper intenta a riordinare dei fogli sulla sua scrivania e salutai Alyssa con la promessa che ci saremmo riviste dopo.

Sistemai la mia tracolla su una spalla e scesi le scale, superando le file di posti poc'anzi occupate dai miei colleghi. Tuttavia, la professoressa uscì dall'aula con una certa fretta, perciò la inseguii chiamandola per nome, ma parve non sentirmi. Le stetti alle calcagna per un bel po' e mi fermai solo quando si rifugiò in un'altra aula nella quale forse non mi era consentito accedere.

«Cavolo», borbottai, sbuffando. Avevo bisogno di chiederle alcuni chiarimenti, per cui sarebbero stati sufficienti pochi minuti, così decisi di non darmi per vinta.

Mi avvicinai alla porta socchiusa della stanza e sentii delle voci. Allora mi accostai all'uscio, spiando all'interno per accertarmi di non disturbarla. A quel punto notai le caviglie incrociate di un uomo, appoggiate probabilmente su una scrivania, e Miss Cooper imbarazzata che si spostava una ciocca di capelli dietro l'orecchio; capii quindi che non era da sola e che in quel momento non potevo parlarle. Mi voltai per andare via, ma una voce, prepotente e virile, bloccò ogni mio muscolo.

«In ritardo, come sempre», le disse l'uomo con un timbro seduttivo e ipnotico, che mi parve famigliare.

Trattenni il respiro e sperai di aver soltanto immaginato la voce di Neil. Mi voltai di nuovo, spinta dalla curiosità, e mi accostai ancora alla porta. Posai la mano tremolante sullo stipite e mi avvicinai per guardare meglio.

Neil adesso era in piedi dinanzi a lei, in tutta la sua imponenza. La felpa bianca fasciava il torace muscoloso e contrastava con la pelle ambrata. Gli occhi dorati scrutavano lascivi la Cooper e le labbra erano incurvate in un ghigno intimidatorio. Un soffio doloroso mi attraversò il petto. Ebbi paura di assistere a qualcosa di sconveniente.

«Ho appena concluso la lezione.» Miss Cooper sembrava titubante e sopraffatta dalla sua presenza. Lo guardava come se lo temesse e desiderasse al tempo stesso. Era lo stesso effetto che sortiva anche su di me.

«Se non fai quello che ti dico, Amanda...» Si avvicinò e le accarezzò una ciocca di capelli biondi, attorcigliandola all'indice. «Renderò pubblico quello che è successo, rovinando per sempre la tua reputazione», la minacciò con una calma agghiacciante. Miss Cooper non batté ciglio, sembrava imbambolata davanti a lui, incapace perfino di ribattere. Non riuscivo a vederne il viso poiché era di spalle, tuttavia potei scorgere quello di Neil, bello ed enigmatico come sempre.

«Neil, per favore...» supplicò la professoressa con una mano sulle labbra. Stava per piangere e cercò di trattenersi. Lui invece era freddo e impassibile, incurante di quello che stava provando la donna.

«Immagina cosa penserebbero i tuoi colleghi e gli studenti. Rovineresti il buon nome dell'università e appariresti per quella che sei. Una puttana che si è scopata uno studente.» Le accostò la bocca all'orecchio e tirò fuori la lingua, leccandole prima il lobo, poi la guancia.

Lo stomaco si strinse in una morsa; Neil non era poi tanto diverso da Xavier e dai suoi amici.

Erano tutti degli individui manipolatori e perversi. Non sapevo neanche chi fosse peggiore tra lui e i Krew.

«D'altronde ricordo ancora quanto ti è piaciuto…» disse lui, divertito.

Sentii Miss Cooper singhiozzare e Neil assorbire tutta la sua debolezza. Le annusò il collo, ma non la baciò. Si limitò a palparle un seno e a sorridere, soddisfatto del timore che riusciva a incutere a quella donna.

«Non ti conviene deludermi, Amanda. Non ti conviene per niente…» disse torvo.

Mi appoggiai con le spalle al muro e decisi di smettere di guardarli. Iniziai a pensare di essermi legata con delle catene invisibili a qualcuno di estremamente pericoloso e privo di coscienza.

Avevo addirittura pensato di potermi fidare di lui? Come avevo fatto a lasciarmi toccare da uno come Neil senza accorgermi di quanto fosse sporca la sua anima?

E perché, nonostante questa consapevolezza, il mio corpo desiderava ancora il suo?

Ero matta, matta quanto lui e i suoi amici.

No! Mi riscossi. Non ero come loro, non lo sarei mai stata.

Mi rifugiai nel bagno delle donne e lavai il viso con dell'acqua fredda. Tanto non mi truccavo quasi mai e non avrei avuto il problema di rovinarmi il trucco.

Mi guardai allo specchio, le ciglia lunghe, nere e bagnate incorniciavano i miei occhi azzurri, gli stessi nei quali cercai di riconoscermi. Di riconoscere la vecchia me. Quella che non avrebbe mai ceduto a nessuna tentazione.

Quella che non mentiva, che rispettava gli altri, che credeva nei valori e nella bontà d'animo.

Dopodiché, asciugai le mani con un pezzo di carta e tirai fuori dalla tasca dei jeans il mio cellulare, chiamando l'ultimo numero nel registro delle chiamate.

«Piccola», rispose Jared al secondo squillo. Mi appoggiai al muro e portai il cellulare al petto, incamerando l'aria che sentivo mancare; poi raccolsi il coraggio necessario per affrontare un'altra delle nostre conversazioni e lo avvicinai all'orecchio.

«Jared», sussurrai.

«Selene, stai bene?» Capiva subito quando qualcosa non andava, solo sentendo la mia voce. Mi venne da piangere perché all'improvviso avevo compreso di essermi messa nei guai. Troppo tardi, però.

«Jared, non faccio che ripeterti da settimane di aver bisogno di parlarti di persona», lo rimproverai, troppo brusca. Stavo sbagliando, non dovevo riversare su di lui le mie sofferenze.

«Lo so...» sospirò affranto. «Tra le lezioni e mio padre che ha bisogno di me nella sua azienda, non ho mai tempo da dedicare ad altro», si lamentò.

Io ero «altro»? Ero la sua ragazza, e probabilmente presto *ex*, ma avevo pur sempre ancora un ruolo nella sua vita, seppure impegnatissima.

«Sappi che è urgente... non posso aspettare ancora. Per favore...» Deglutii a vuoto, sentivo la gola stretta e le labbra secche. Non stavo per niente bene. Non mangiavo, non dormivo da giorni ed ero pallida come un cadavere.

«Parlerò con mio padre. Cercherò di raggiungerti questo weekend.»

«L'hai detto anche la settimana scorsa.» Guardai fuori dalla finestra aperta: il cielo era grigio e nuvoloso, spento e ombroso, così come mi sentivo io quella mattina. Alcune ragazze entrarono nel bagno schiamazzando, perciò cercai di appartarmi in un angolo per mantenere la privacy.

«Selene, lo sai che mi stai spaventando, vero?» mormorò, preoccupato.

Non era mia intenzione, anzi, proprio per questo avevo deciso di non parlargli di Neil per telefono, ma di aspettare.

«Fammi sapere se riesci a raggiungermi questo weekend, okay?» Addolcii il tono di voce e mi voltai verso le ragazze che erano concentrate a mettersi il rossetto sulle labbra.

«Sì, farò il possibile», promise, poi lo salutai e riagganciai.

Avevo bisogno di andare a casa, mi girava la testa.

Uscii dal bagno di fretta e urtai distrattamente la fronte contro quella che sembrava una montagna rocciosa. Per fortuna non rovinai al suolo perché due mani forti mi afferrarono in tempo.

Mi toccai la fronte dolente e un profumo di muschio e tabacco mi avvolse tutta. Sollevai lo sguardo e incontrai quello di Neil, dorato e intenso come sempre.

«Sto bene.» Mi riscossi, scansandomi dal suo tocco. Cercai di superarlo, ma Neil mi afferrò per un polso e mi trattenne.

«Perché mi stai evitando da giorni?» Mi venne la pelle d'oca al suono della sua voce austera e odiai me stessa per le sensazioni che provavo per lui.

Erano deleterie. Soltanto deleterie.

«Neil, ti prego. Non oggi. Non mi sento bene. Voglio solo andarmene a casa.» Cercai di liberare il polso dalla sua presa salda, ma lui mi trattenne e la pelle iniziò a bruciare. Mi avrebbe disintegrato l'osso se avessi continuato a oppormi. La mia forza era nulla rispetto alla sua.

«Sto tornando a casa anch'io. Posso darti un passaggio», propose atono; tuttavia, non volevo rimanere da sola con lui. Neil annullava la mia ragione, mi sentivo incapace di intendere e di volere quando eravamo insieme. Innescava desideri assurdi nel mio corpo e confondeva la persona che ero; non era raccomandabile stargli accanto.

«Non preoccuparti. Posso prendere l'autobus.» Tirai il braccio, ma lui non sembrava avere nessuna intenzione di lasciarmi andare.

Con un sospiro, smisi di agitarmi.

Avevo già capito quanto fosse testardo, sarebbe stato inutile contraddirlo.

«Ti ricordo che viviamo sotto lo stesso tetto. Evitarmi ora non ti impedirà di incontrarmi a casa dopo», commentò. Aveva ragione: aggirare l'ostacolo non sarebbe servito. Smisi di lottare quando mi liberò il polso, e mi incamminai con lui per il corridoio.

Mi accorsi che tutti ci stavano osservando.

Stavo suscitando le invidie delle ragazze e le curiosità dei ragazzi.

Cosa pensavano di me?

O meglio, cosa pensavano delle accompagnatrici di Neil?

Cercai di non darmi delle risposte, perché sarei morta dall'imbarazzo.

«Mi stanno guardando tutti.» Rallentai i passi che poi divennero impacciati poiché avvertii una sensazione improvvisa di inadeguatezza.

«Ignorali», disse, impassibile alle continue occhiate degli studenti che ci passavano accanto.

Forse lui ci era abituato? Be', io per niente.

«Sono sempre stata anonima in questa università e voglio continuare a esserlo», mormorai stringendo la borsa sul fianco, solo per attenuare il mio disagio. Non ero per niente capace di gestire il nervosismo.

«Sarà così, tranquilla», ribatté spazientito. Mi stavano guardando perché avevo lui accanto, era chiaro. Lo conoscevano tutti e forse non solo per il suo aspetto attraente. Quello poteva giustificare le occhiate delle ragazze, ma perché invece i ragazzi erano così intimiditi al suo passaggio?

D'un tratto, mi fermai.

Nel bel mezzo del corridoio.

Non seppi neanch'io il perché. Mi sentivo semplicemente soffocare.

Neil si bloccò accanto a me e sospirò profondamente, stringendosi la base del naso come se stesse seriamente per perdere la pazienza.

«Okay, okay», sussurrò a se stesso, voltandosi poi verso gli studenti presenti. «Vediamo un po'…» Inspirò dal naso e guardò tutti i malcapitati a poca distanza da noi. Puntò un ragazzo moro, con degli occhiali da vista scuri, e lo afferrò per il colletto della camicia, attirandolo a sé. Sussultai spaventata quando vidi il ragazzo tremare tra le sue mani.

Cosa diavolo voleva fare?

«Tu, per esempio, che cazzo hai da fissare?» gli chiese a poca distanza dal viso e lo sfidò a dire qualsiasi cosa. Attorno a noi, tutti rimasero sospesi, in silenzio e immobili. Neanche un respiro sferzava l'aria.

«I-io… niente. Lo giuro», balbettò il poveretto, che pregò con gli occhi Neil di lasciarlo andare. Lui sorrise minaccioso, poi lo sbatté di schiena contro il muro, facendolo rovinare al suolo.

D'istinto mi precipitai dal ragazzo e mi accertai che stesse bene.

Per caso Neil era impazzito?

«La signorina qui è alquanto timida. Il prossimo, o la prossima, che oserà guardarla, farà la fine di quel coglione.» Neil indicò il ragazzo seduto sul pavimento e io fui certa di aver perso per sempre il mio diritto all'oblio nell'esatto momento in cui tutti presero a lanciarmi delle occhiate turbate. Il ragazzo colpito si sollevò di fretta e scappò via, io invece mi rimisi in piedi e fissai Neil, furiosa.

«Ora cammina e non rompere il cazzo», mi sibilò minaccioso. Tutti tornarono a parlottare tra loro, fingendo indifferenza. Neil proseguì verso l'uscita e io rimasi ferma, sconcertata per quella sfuriata insensata.

Mi guardai attorno e notai Jennifer e Alexia, poco distanti da me, intente a fissarmi.

I lampi di gelosia che illuminavano di scintille malefiche le iridi chiare di Jennifer erano spaventosi. Forse aveva pensato che l'oggetto dei suoi desideri avesse marcato il territorio; invece mi aveva semplicemente messa in ridicolo. Voltai le spalle a entrambe, e mi avviai verso l'uscita.

«Tu sei davvero folle!» insultai Neil, una volta fuori. Lui si appoggiò alla Maserati e si accese una sigaretta; mi guardò infastidito ma inflessibile, prendendo un paio di boccate di fumo.

«Sali», ordinò categorico, lanciando distante la cartina quasi intera. Cos'erano quei modi? Credeva di parlare con Jennifer?

«Non sono il tuo cagnolino. Andrò a piedi.» Cambiai direzione e mi diressi verso il marciapiede che mi avrebbe condotta alla prima fermata dell'autobus disponibile, ma lui non era d'accordo con me.

Ovviamente.

«Smettila di fare la bambina del cazzo e sali in macchina!» Mi sbarrò la strada afferrandomi per un braccio. Lo strinse, imponendosi su di me, come aveva fatto in precedenza. Mi guardai attorno sbigottita e notai che ancora una volta avevamo attirato l'attenzione di altri studenti su di noi.

Era chiaro che Neil non avrebbe avuto problemi a ridicolizzarmi di nuovo. Io, invece, ci tenevo alla mia reputazione, o meglio all'educazione, soprattutto in luoghi pubblici, così mi sottrassi al suo tocco e lo seguii in macchina.

Nell'abitacolo non fiatai. Ero arrabbiata e delusa dal suo atteggiamento dispotico e arrogante. Mi imposi addirittura di non guardarlo e di soffermarmi, per distrarmi, sugli interni dell'auto.

Lo stile della Maserati era sportivo ma lussuoso, prettamente maschile. La retroilluminazione, rosso fuoco, illuminava i sedili posteriori, come se fossimo avvolti dalle fiamme dell'inferno. Sembrava un'innovativa navicella spaziale guidata dal diavolo in persona.

Vi erano ovunque sensori e pulsanti di comando di alta tecnologia. Il tridente cromato, simbolo di regalità e potenza, svettava fiero al centro del volante stretto tra le sue mani salde, solcate da vene sui dorsi; fu allora che le ricordai muoversi sul mio corpo, decise, avide, libidinose ed esperte.

Mi persi in fantasticherie indecenti su Neil e non mi accorsi nemmeno che eravamo arrivati alla villa.

Sganciai la cintura di sicurezza e mi precipitai fuori, mettendo subito della distanza tra noi. Mi sentivo di nuovo l'odore di muschio addosso, anche se sapevo bene che fosse solo una percezione illusoria, uno scherzo del mio cervello.

Mi incamminai verso il portico principale e scivolai erroneamente sul primo gradino, urtando il ginocchio. Il destino sembrava proprio non essere dalla mia: la fitta di dolore fu immediata e mi costrinse a rimanere immobile per qualche secondo. Mi sedetti per terra, incurante di sporcarmi i jeans, e cercai di toccarmi, ma sussultai per il dolore.

«Ho proprio ragione quando dico che sei una bimba, vero?» Neil mi aveva raggiunto. Si piegò sulle ginocchia e scosse la testa divertito.

Mi guardò con tenerezza e io lo trovai terribilmente affascinante, anche se una parte di me non riusciva a dimenticare cosa fosse successo poco prima.

Odiavo i suoi sbalzi d'umore.

«Sei aggressivo e prepotente. Non ti sopporto. Sono caduta per allontanarmi il più possibile da te!» sbraitai e mi indicai la gamba, ma lui non si curò del mio insulto e mi prese in braccio, per aiutarmi.

Tacqui quando la testa colpì il suo torace. Emanava un buon odore di fresco, di pulito, e lo assorbii come fosse una droga.

Mi chiesi allora come facesse il cattivo ragazzo che avevo visto minacciare Miss Cooper poco prima a essere anche così dolce e premuroso.

Entrammo in casa e mi posò delicatamente sul bancone della cucina, come se fossi davvero una bambina.

«Leva i jeans.» Arrivò un altro ordine e questa volta alquanto anomalo. Lo guardai sospettosa e indietreggiai, per difendermi da lui.

«Non è necessario, è tutto okay. Provvedo da sola», balbettai, nel tentativo di mantenere un certo autocontrollo. Era fuori discussione che mi spogliassi lì, in cucina, davanti a lui.

«Selene», mi ammonì posandomi le mani ai lati delle gambe. Si avvicinò fissandomi intensamente negli occhi e io mi irrigidii. «Ti ho baciata, toccata e scopata. Un paio di gambe nude non farà alcuna differenza, non credi?»

Perché quelle parole accendevano la lussuria dentro di me? Immaginai degli atti indecenti tra noi e lui sorrise malizioso, come se avesse capito a cosa stessi pensando.

Mi schiarii la gola e cercai di spostare lo sguardo altrove.

Quei maledetti occhi mi ottenebravano il cervello.

«Aspetta qui», disse poi e sparì nel bagno del piano inferiore e, dopo pochi minuti, tornò con un kit di pronto soccorso. Lo posò sul bancone e lo aprì, tirando fuori una bomboletta di ghiaccio spray. La agitò e mi guardò, con un sopracciglio inarcato.

«Leva quei fottuti jeans», ordinò ancora, questa volta più severo. Sbuffai e decisi di collaborare. Sbottonai i pantaloni e cercai di toglierli; Neil mi aiutò a sfilarli e si concentrò sul mio ginocchio arrossato e dolente. Non c'erano segni di ferite, tuttavia il giorno dopo sarebbe spuntato di sicuro un grande ematoma. Quando Neil sfiorò la pelle, sussultai per il dolore.

«Dobbiamo mettere del ghiaccio, è già gonfio», commentò con un sospiro.

Dopodiché, ne spruzzò una quantità considerevole.

Strinsi i denti per il bruciore provocato dalla sensazione di freddo, ma in compenso sentii il dolore lenirsi.

Neil attese qualche secondo e ne approfittò per guardarmi le cosce nude, che serrai d'istinto. Le mutandine bianche, di cotone, per niente attraenti, erano esposte ai suoi occhi voraci e, malgrado avessimo già condiviso molto, mi sentivo in imbarazzo.

Restammo in silenzio e, quando tentai di scendere dal ripiano, Neil non si mostrò d'accordo. Mi guardai attorno e mi resi conto del silenzio che regnava nella villa. Dov'era la signora Anna?

«Anna sarà andata a fare la spesa. Tornerà a momenti», mi lesse nel pensiero in modo inquietante. Mi sentii violata nella mia privacy.

«A volte mi fai paura», brontolai con sincerità e lui abbozzò un sorriso lieve. Era particolarmente attraente quando sorrideva.

«I tuoi occhi non hanno segreti per me...» rispose fissandomi intensamente.

In quei momenti il suo effetto diventava devastante: non potevo resistergli quando mi guardava in quel modo e lui, da gran bastardo, lo sapeva; per questo si permise di avvicinarsi e di posarmi le mani sulle cosce. Abbassai lo sguardo sulle dita lunghe che mi affondavano nella carne, e notai le gambe schiudersi seguendo i suoi taciti comandi, come se il mio corpo non mi appartenesse. Neil si posizionò tra le mie cosce e fece aderire la mia intimità al cavallo dei suoi pantaloni.

Non fiatai, solo perché il respiro venne meno, a causa di quel contatto preteso e deciso.

«Allora, vuoi dirmi il motivo per cui mi hai evitato in questi giorni?» sussurrò mentre con le dita mi accarezzava i fianchi. Ero mentalmente distratta, sovraccarica di sensazioni ingestibili. Gli guardai le labbra carnose e poi gli occhi dorati che attendevano una mia risposta. Sarebbe stato difficile spiegare a parole il mio punto di vista.

«Perché so che mi stai prendendo in giro», ammisi e il suo sguardo si incupì; non gli piacque la sicurezza del mio tono, ma era ciò che pensavo.

«E cos'altro sai?» Non smentì quello che avevo detto. Mi avvicinò il naso al collo e inspirò il mio profumo con fare seduttivo. Non mi opposi, ma mi aggrappai al bordo del bancone; non avevo il coraggio di toccarlo o di essere così disinibita come lui, nonostante fossi in camicetta e mutande, spalmata quasi sul suo corpo.

«So che per te la nostra notte insieme non ha avuto alcun significato, che lotti contro l'amore e che...» feci per proseguire, ma mi posò un indice sulle labbra e mi zittì. Lo guardai negli occhi e sentii uno strano calore propagarsi al centro del petto, un calore che sarebbe stato più intenso se avessi potuto condividerlo con lui.

«Sei una ragazza intelligente, Selene, ma non addentrarti troppo nel mistero.» Mi sorrise e mi confuse; forse la sua era una tattica: provocava apposta disordine nella mia testa.

«È uno spazio immenso e la tua sete di verità potrebbe solo farti soffrire. Ognuno di noi è un *enigma* o una domanda senza risposta, ed è giusto che resti tale.»

Mosse il pollice sul mio labbro inferiore e lo guardò come se fosse qualcosa che non aveva mai visto prima.

«Questo è solo un modo velato per dirmi che ho ragione, vero? Non sono stupida, Neil.»

Invece lo ero perché stranamente mi veniva da piangere. Stavo accumulando emozioni e stati d'animo che non avevo mai provato in una vita intera ed era tutta colpa del ragazzo incasinato che avevo di fronte.

Non sapevo gestire né capire ciò che provavo.

«Puoi fare quello che vuoi con me. Puoi parlarmi, puoi ascoltarmi, puoi usarmi...» Prese la mia mano nella sua e se la portò sul cavallo dei pantaloni; sussultai quando, celata sotto la stoffa, avvertii la durezza spessa e poderosa che si era mossa dentro di me, provocandomi un piacere indescrivibile. Lo guardai negli occhi, turbata. «Ma non potrai capirmi né associarmi a niente che abbia a che fare con l'amore.» La freddezza delle sue parole fu più dolorosa della rassegnazione che aveva negli occhi.

Mi chiedevo come potesse un ragazzo di soli venticinque anni, avere tutto quel buio dentro.

«Io non uso le persone.» Tirai indietro la mano, come se mi fossi appena scottata, e lui inclinò la testa di lato, accigliato.

Era la seconda volta che affermava una cosa del genere, dandola per scontata o considerandola addirittura normale.

«Le persone non si usano mai», ripetei con più convinzione e fu allora che lo vidi indietreggiare. Sembrava confuso, smarrito. Si guardò attorno, poi mi fissò come se non fossi umana.

La sua mente non era più lì, con me.

Sconvolta, scesi dal bancone, rischiando di cadere, e zoppicai per qualche passo. Il ginocchio faceva male e non potevo sostenere il mio peso su entrambe le gambe.

«Per questo non mi capisci.» Mi lanciò un'occhiata disillusa e si allontanò inspiegabilmente da me. Non avevo fatto nulla per indurlo a porre quella distanza tra noi, una distanza soprattutto psicologica.

«Perché?» C'era qualcosa che mi sfuggiva; Neil era troppo scostante.

«Perché non saresti mai in grado di accettare ciò che non puoi comprendere.»

Non sapevo dire se fossi io troppo frastornata per comprenderlo o se fosse Neil quello davvero contorto da inquadrare.

Lo guardai pensierosa e in quell'istante la porta d'ingresso si aprì; un secondo dopo, apparve Anna con delle buste tra le mani. Le posò sul pavimento e mi osservò accigliata.

Si stava sicuramente chiedendo cosa ci facessi in mutande in cucina ma, quando abbassò lo sguardo sul mio ginocchio arrossato e leggermente flesso, lo intuì.

«Selene, cara, cos'è successo?» Si precipitò da me come una mamma preoccupata per la propria figlia, mentre i miei occhi rimasero inchiodati sul ragazzo tenebroso che se ne stava immobile a poca distanza da me, avvolto nella sua aura di mistero.

Lo venerai con lo sguardo come se fosse un angelo nero e dannato. Il suo sguardo era torbido e ammaliante, distante da quel luogo e rivolto altrove.

«Anna, si occupi di lei», ordinò alla governante, poi si voltò di spalle, per salire al piano superiore. La vibrazione di un cellulare mi riscosse dalla confusione in cui stavo annegando. Mi guardai attorno e capii che si trattava del mio; così mi piegai lentamente e lo tirai fuori dalla tasca dei jeans aggrovigliati sul pavimento.

Sbloccai lo schermo con il pollice e lessi il messaggio appena arrivato:

Questo weekend sarò da te.

Il mittente era Jared.

13
Selene

Il vero infedele è colui che ti ama solo con una frazione di sé e ti nega tutto il resto.
FABRIZIO CARAMAGNA

IL weekend giunse troppo presto.

La lotta interiore che stavo ormai vivendo da giorni non mi dava tregua. Ero spossata e stanca di rimuginare su tutto quello che era accaduto negli ultimi tempi.

Capire Neil diventava sempre più difficile e preparare il discorso che avrei fatto a Jared mi stava conducendo sull'orlo di un esaurimento nervoso.

Mi sentivo terribilmente confusa.

Mancava un'ora all'arrivo di Jared e io ero incapace di formulare un discorso di senso compiuto. Non facevo altro che pensare a cosa dirgli o a come comportarmi, ma nessuno schema mentale sarebbe servito a prepararmi al nostro incontro.

Ero nella mia stanza, avvolta da un silenzio che non faceva altro che aumentare la mia agitazione. Guardai il mio riflesso nello specchio e nell'azzurro dei miei occhi lessi tutta la delusione che ancora avvertivo a causa delle mie azioni irrazionali.

Imperdonabili, soprattutto.

Abbassai lo sguardo sul vestito nero che indossavo, abbastanza elegante ma semplice, lungo fino a metà gamba; lasciava scoperto il ginocchio, che ormai era guarito.

Fu inevitabile per la mente ripercorrere i ricordi dei momenti in cui Neil si era preso cura di me e mi aveva parlato in modo tanto enigmatico.

Sospirai affranta. Mancava poco all'arrivo del mio ragazzo eppure la mente pensava a tutt'altro.

Neil si era ormai insinuato nel mio corpo e nel mio cervello; era diventato un'ossessione, e più era schivo e sfuggente, più cercavo di catturarlo per capire come mai fosse così diverso da tutti i ragazzi della sua età.

Aveva l'esperienza di un uomo, la disillusione di chi aveva sopportato troppo nella vita e la freddezza di chi non era più capace di donare se stesso a nessuno.

Probabilmente avevo quasi tutti i pezzi del puzzle sotto gli occhi, ma non riuscivo ancora a incastrarli in modo corretto.

Raccolsi i capelli in una coda alta, lasciando qualche ciocca ribelle a contornare il mio viso, e scesi in salotto, dove sapevo che avrei trovato mio padre intento a leggere uno dei suoi libri. Avanzai lentamente verso di lui, seduto su una poltrona, e mi schiarii la gola per distoglierlo dalla sua lettura.

«Ciao, Selene. Dimmi tutto.» Matt sollevò gli occhi scuri dalle pagine e chiuse il libro sulle gambe, in attesa che parlassi. Mi avvicinai e mi sedetti sul bracciolo della poltrona adiacente alla sua, stringendo nervosamente l'orlo del mio abito.

«Volevo informarti che tra poco sarà qui Jared, il mio… ragazzo.» Non potei nascondere l'impaccio; era la prima volta in cui confessavo una cosa simile a mio padre.

«Oh, rimarrà qui da noi?» chiese incuriosito, ma sorvolò sul fatto che non sapesse assolutamente nulla della mia vita sentimentale.

«Sì, per il fine settimana.» Cercai di evitare i suoi occhi e guardai le mie mani che giocherellavano con la stoffa. Sentii un suo sospiro e fissai Matt in volto. A quel punto, vidi che si accarezzava il pizzetto sul mento. Lo faceva sempre quando era pensieroso.

«Va bene, non è un problema. Sarò felice di conoscerlo», ribatté, inaspettatamente disponibile ad accogliere in casa il ragazzo della propria figlia. Per un istante, mi guardò profondamente e, dopo aver temporeggiato un secondo, proseguì: «Vorrei soltanto che, be', non so a che punto sia il vostro rapporto, ma…»

Sgranai gli occhi a disagio e sentii le guance accendersi, quando intuii dove stava andando a parare. Non diceva sul serio, vero? Non avevamo mai affrontato discorsi simili e l'imbarazzo gravitava attorno a noi in modo opprimente.

«Sì, insomma, vorrei che lui dormisse nella stanza degli ospiti. Se per te va bene.» Si mise una mano tra i capelli scuri, visibilmente a disagio anche lui, e io annuii di fretta, per troncare subito quel discorso, prima che arrivasse il peggio. Per fortuna mio padre non sospettava neanche cosa fosse successo tra me e Neil.

Mi vergognai di me stessa, ma dovetti ammettere anche quanto in realtà mi fosse piaciuto cedere al peccato insieme a lui.

«Sì, sono d'accordo», ribattei e mi alzai dalla poltrona. Me ne andai, abbozzando un sorriso di circostanza, e per sbaglio urtai contro la figura esile di Chloe. In realtà ebbi quasi l'impressione che si fosse scontrata con me di proposito e poco dopo ne ebbi la certezza.

«Scusa...» mormorai nonostante sapessi di non essere nel torto.

Lei si fermò e mi rivolse un'espressione carica di astio. «Adesso porti qui anche il tuo ragazzo? Stai approfittando troppo della nostra accoglienza, non credi?» chiese velenosa, guardandomi con sufficienza.

«Sono in casa di mio padre. Non capisco quale sia il tuo problema.» Sostenni il suo sguardo glaciale per niente intimorita dal suo affronto. Non capivo perché il nostro rapporto fosse naufragato ancora prima di cominciare.

«Non ti voglio in casa *mia*, semplice», rincarò la dose, infastidita.

«Ascolta, Chloe.» Cercai di non perdere la pazienza e di capire perché fosse così scontrosa con me. «Non so perché ti comporti in questo modo, ma...»

«Non sopporto la tua presenza, Selene. Punto e basta. I miei fratelli si sono perfino dimenticati di me da quando ci sei tu», mi accusò e io rimasi a bocca aperta.

Capii che Chloe era gelosa; mi percepiva come una minaccia e forse le attenzioni dei suoi fratelli nei miei confronti l'avevano turbata e l'avevano convinta che a causa mia avrebbe potuto perderli.

Prima che potessi reagire, Chloe andò via senza replicare, mentre io mi diressi in giardino.

Avevo bisogno di starmene un po' da sola, come al solito. Del resto, la solitudine era l'unica amica che veniva a trovarmi ogni giorno, bussando alla porta della mia esistenza.

Mi sedetti su una panchina di legno e ammirai il giardino mediterraneo che avevo attorno. Fiori e piante di ogni tipo adornavano quell'ambiente naturale, rendendolo magico.

L'uggia creata dall'ombra di un albero mi permise di ripararmi dal sole mentre un venticello frizzante mi solleticava la pelle.

«Ehi, sorella», mi salutò Logan, che venne a sedersi accanto a me.

«Quante volte devo dirti che odio essere chiamata così?» brontolai ironica e lui sorrise. Voltai il capo nella sua direzione e la sua espressione ilare cambiò, quando incrociò i miei occhi.

«Perché sei triste?» chiese preoccupato.

«Chi è profondamente sensibile, di solito è sempre triste.» Spostai una ciocca di capelli dietro l'orecchio e sospirai.

«Ma non dovresti essere felice all'idea di rivedere Jared?» La sua era una domanda lecita, peccato però che le emozioni che provavo per suo fratello fossero così illogiche da cancellare tutto il resto.

«Stiamo insieme da tre mesi. Gli voglio bene, ma penso di aver commesso l'errore di essermi legata a lui solo perché siamo molto simili. Credevo che questo bastasse in una relazione», confessai con la solita naturalezza con cui parlavo con Logan.

«Hai solo vent'anni. È assolutamente normale alla nostra età valutare le situazioni in modo sbagliato.»

Lo guardai e mi soffermai sui lineamenti del suo viso, più delicati di quelli di Neil, ma ugualmente raffinati e privi di imperfezioni. La bellezza era proprio una delle grandi qualità dei Miller.

«Ma non dovremmo sbagliare ferendo gli altri…» commentai più a me stessa che a lui.

Logan mi sorrise, comprensivo.

«Giusto, ma è anche vero che proprio gli errori ci consentono di imparare.» Sollevò un indice con fare saccente, poi mi accarezzò una spalla per confortarmi.

Mi sentii subito meglio e curvai le labbra all'insù. Spesso le persone avevano davvero solo bisogno di qualcuno che le ascoltasse, qualcuno che fosse presente, qualcuno su cui poter contare.

«Aspetta, aspetta… è un sorriso quello?» Mi tirò un buffetto sul naso e sorrisi apertamente. Mi sentii leggera nonostante l'imminente incontro con Jared.

«Sai cosa penso?» aggiunse Logan interrompendo il silenzio confortante calato tra noi. Lo fissai curiosa e lui proseguì: «Penso che Jared non sia la persona giusta per te. Spesso capita di essere legati a qualcuno per tanti motivi diversi e non è detto che, tra questi, ci sia necessariamente l'amore. Forse avrai anche commesso degli errori, ma da quelli potrai di certo trarre un insegnamento. Anche dal caos potrebbe nascere qualcosa di stupendo»

In quel momento un soffio tenue di vento mi accarezzò i capelli, scompigliò le foglie degli alberi, mescolò l'odore dei fiori e confuse le mie certezze.

«Qualcosa di stupendo...» ripetei riflessiva.

«Già...» Si sollevò in piedi e mi tese la mano, incitandomi a seguirlo.

Rientrammo in casa e trascorremmo un'altra ora a chiacchierare del più e del meno.

Eravamo seduti sul divano in salotto, quando sentimmo suonare il campanello.

«Anna, può aprire lei per favore?» urlò Mia che apparve qualche istante dopo. Si sporse dalla balaustra del piano superiore, con una penna penzolante in una mano, e io e Logan sollevammo il viso per guardarla. Indossava gli occhiali da vista e aveva i capelli in disordine. Probabilmente, pur essendo sabato, aveva deciso di lavorare nel suo studio.

Anna ubbidì e, quando aprì la porta d'ingresso, apparve Jared con un pacco di cioccolatini tra le mani.

Il mio cuore ebbe un sussulto e la mia agitazione aumentò.

Lui se ne stava fermo sulla soglia, in tutta la sua bellezza. Gli occhi verde giada erano più luminosi del solito, i capelli biondi sistemati con il gel; indossava un pantalone blu e un maglioncino bianco che mettevano in risalto il suo fisico.

Alla sua vista, Mia scese le scale e Logan si alzò per andare incontro al nuovo ospite. Matt, invece, sopraggiunse dalla cucina con un'espressione confusa sul viso.

Io rimasi immobile, paralizzata sul divano, come se avessi appena visto un fantasma.

«Prego, si accomodi», disse Anna, che aiutò Jared a sfilarsi il cappotto nero e se lo posò sul braccio; dopodiché, se ne andò via con un ultimo sorriso rivolto alla padrona di casa.

Il mio ragazzo si mordicchiò il labbro e si guardò attorno imbarazzato.

«Tu devi essere Jared. Piacere di conoscerti. Sono Mia Lindhom.» La compagna di Matt si avvicinò a lui e gli tese la mano. Jared ricambiò e, sfoggiando le sue consuete buone maniere, le porse la scatola di cioccolatini.

Quel gesto sciolse Mia come la neve al sole e mio padre sorrise.

«Ti prego non restare lì sulla porta. Vieni avanti. Sono Matt Anderson», si presentò gioviale.

«Jared Brown. Sono onorato di conoscerla, signore, ho tanto sentito parlare di lei.» Lo guardò come se avesse davanti una superstar mondiale e io mi resi conto dell'importanza, e della fama, che mio padre aveva raggiunto negli ultimi anni grazie al suo lavoro.

Finalmente, mi riscossi. Mi alzai dal divano e raggiunsi gli altri con le gambe tremanti, cercando di celare la mia preoccupazione. Jared, che stava parlando e salutando Logan, mi parve adattarsi in poco tempo a quella situazione del tutto nuova.

Quando gli fui abbastanza vicina, mi puntò gli occhi addosso e il petto mi si strinse in una morsa.

«Selene», disse in un sussurro carico di emozione, poi guardò mio padre, forse per chiedergli il tacito permesso di venire da me. Matt si spostò di lato e lo lasciò passare.

«Sono trascorse settimane dal nostro ultimo incontro. Che bello rivederti.» Mi abbracciò fino a farmi perdere il fiato, poi si allontanò e mi osservò con ammirazione. «Sembri diversa. Sei... sei bellissima.» Jared era entusiasta, io invece lo guardavo con un sorriso sofferente che speravo potesse risultare sincero.

Non mi era mai capitato di mentire a qualcuno su qualcosa di tanto grave come un tradimento e in cuor mio desiderai trovarmi nei suoi panni: avrei sicuramente preferito ricevere una bugia piuttosto che dirla.

«Anche io sono felice di vederti», riuscii a dire, ma la voce tremò. Jared mi accarezzò una guancia e capii che avrebbe voluto baciarmi, ma non era opportuno.

Una volta conclusi i saluti, ci dirigemmo in sala da pranzo. Durante la cena, Jared parlò a lungo con Mia, mio padre e Logan. Mi stupii molto dell'accoglienza che gli riservò Matt: pensavo che mi avrebbe messa a disagio, invece, si dimostrò socievole e cortese a tal punto che Jared abbassò la guardia.

Io osservai in silenzio la situazione. Forse per la prima volta, mi resi conto che potevamo essere davvero una bella famiglia e capii di aver commesso molti errori in quelle poche settimane con loro. Avevo espresso giudizi avventati e decisi che, d'ora in avanti, avrei provato ad accantonare il rancore.

«Selene, da quanto state insieme?» Mia mi riscosse dalle mie riflessioni.

«Tre mesi», rispose Jared al posto mio, stringendomi una mano sulla coscia. Mi irrigidii per quel contatto così intimo, ma per fortuna lui non si accorse di nulla.

«Siete così carini insieme. Alla vostra età ero anch'io spensierata e innamorata...» Sospirò persa nei ricordi.

«Di papà?» chiese Logan, con un sopracciglio inarcato. Vidi Mia incupirsi, un velo di malinconia coprì i suoi occhi azzurri, lievemente truccati. Matt la guardò in attesa di una risposta, Logan invece sorrise, dando forse per scontato di averci azzeccato. Quella era la prima volta che qualcuno accennava direttamente a William Miller. Di lui sapevo solo che era l'amministratore delegato di un'importante società, che era stato sposato con Mia ed era il padre dei suoi tre figli.

«No...» Mia si schiarì la gola e toccò nervosamente le posate posizionate accanto al piatto. «Si trattava di un altro uomo, del mio primo amore. Sono trascorsi troppi anni. Non ha più importanza ormai...» commentò nostalgica, fissando un punto imprecisato dinanzi a sé. Nessuno osò fare altre domande e sulla tavola calò il silenzio, rotto dallo scatto della serratura della porta principale. Nonostante fossi sicura che quella notte avrebbe dormito da un'amica, sperai fosse arrivata Chloe. Invece...

«Oh, è arrivato Neil.» Mia si tamponò le labbra con il tovagliolo e rivolse lo sguardo verso l'ingresso della sala da pranzo. Un secondo dopo, Neil entrò nella stanza, si sfilò il giubbino di pelle e lo porse ad Anna, ringraziandola sommessamente. A quel punto, ammirai il suo corpo possente ricoperto da una camicia di jeans, le cui maniche erano arrotolate sui gomiti, e dai pantaloni neri che abbracciavano le gambe lunghe e forti.

Sembrava un cavaliere oscuro al quale era stato fatto un incantesimo magico affinché possedesse una bellezza dannata.

«Buonasera. Cosa mi sono perso?» esordì quando notò Jared seduto accanto a me.

Si sedette di fronte a me, accanto al fratello, e mi guardò, con un cipiglio serio.

«Oh, tesoro, sono contenta che tu ci abbia raggiunto. Resti per tutta la sera?» chiese Mia, allegra.

«No, più tardi andrò a una festa con Jennifer», rispose lui, appoggiando i gomiti sul tavolo. Immaginai subito Neil e Jennifer avvinghiati nel bagno di qualche locale e mi si chiuse lo stomaco.

Era stato con lei dopo la nostra notte insieme? Ero certa di non volerlo sapere, benché la curiosità ci fosse.

«Ci saranno anche i Krew, vero?» chiese Logan, sottovoce. Neil gli lanciò un'occhiata severa, ma suo fratello lo fissò intensamente, con rimprovero.

«Logan, piantala», lo redarguì, versandosi del vino nel calice.

«Merda, Neil», sussurrò Logan, facendo attenzione a non farsi sentire da sua madre, che nel frattempo aveva ripreso a parlare di lavoro con Matt e Jared. «Non voglio che frequenti quei coglioni. Te lo ripeterò all'infinito», aggiunse nervoso.

Neil continuò a bere il vino, totalmente disinteressato, poi guardò prima Jared, poi me. Il suo sguardo mi scaldò e, come sempre, ne rimasi vittima. Le emozioni che nutrivo verso di lui tornarono a bussare alla porta del mio cuore. Mi toccai con le dita il labbro inferiore, ed ebbi la sensazione di avvertire il suo sapore sulla mia lingua. Neil si accorse del mio gesto e socchiuse le palpebre per osservarmi con una lussuria a malapena celata.

«Oh, che maleducata», proruppe Mia. «Jared, lui è mio figlio maggiore, Neil.»

Sbattei le palpebre e mi accorsi che, tutta presa dal nuovo arrivato, mi ero dimenticata di Jared. Deglutii a vuoto e mi mossi nervosamente sulla sedia. Neil e Jared, che fino a quel momento si erano ignorati, si fissarono truci, squadrandosi a vicenda.

Avevo notato come Jared aveva fissato Neil non appena si era seduto dinanzi a me, e avevo anche notato come il ragazzo incasinato dagli occhi dorati avesse più volte lanciato occhiate fugaci all'ospite della serata, senza però mai rivolgergli la parola.

«Piacere di conoscerti, Neil.» Jared gli porse la mano, ma l'altro non mosse un muscolo. Lo guardò intimidatorio e Jared fu costretto a ritirare la mano, rimasta sospesa invano per diversi secondi. Logan sospirò e si grattò il mento con il pollice, osservando l'atteggiamento del fratello.

«Allora, Jared, cosa fai nella vita? Non ne abbiamo ancora parlato», intervenne Matt per dissipare l'imbarazzo. L'aria era diventata eccessivamente tesa e per fortuna mio padre stava cercando di salvare la situazione.

«Studio giornalismo a Detroit», rispose e mi strinse di più la coscia. Non mi sottrassi a quel contatto anche se avrei voluto.

«Interessante», commentò Logan, con un sorriso.

«Già», replicò Jared, senza staccare gli occhi dal diavolo tentatore nella stanza. «E tu invece cosa fai nella vita, Neil?» domandò, poi si pulì le labbra con il tovagliolo e lo fissò attentamente.

Non capii perché si fosse rivolto a lui, forse stava tentando di ammansirlo; a ogni modo, Neil sembrò infastidito.

«Sopravvivo», fu tutto ciò che disse e un silenzio agghiacciante ci precipitò addosso. Mia parve a disagio, Matt aggrottò la fronte e Logan serrò le palpebre un istante, afflitto.

Gli occhi di Neil erano carichi di tristezza, ma anche di una straordinaria forza, quella di combattere contro qualcosa di oscuro e maligno, qualcosa di potente e radicato nei meandri della sua anima.

«Qualcuno vuole del dolce?» intervenne Anna, una voce fuori dal coro che spezzò la tensione, riportando la giusta serenità.

La cena si era conclusa in fretta.

Dopo il dolce, Neil era sparito in giardino per dondolarsi sull'amaca e fumare una sigaretta. Avrei voluto seguirlo per accertarmi che stesse bene dopo la sua risposta evasiva a Jared, ma non potevo.

«Jared, sei davvero un bravo ragazzo», disse Matt, costringendomi a riportare l'attenzione su di lui.

«La ringrazio, signor Anderson. Sappia che ci tengo a sua figlia e che può fidarsi di me», rispose Jared.

Cercai di scacciare via la sensazione dolorosa che avvertivo al petto, ma invano. Sentivo tanti piccoli spilli punteggiarmi il cuore perché sapevo che avrei dovuto mettere fine a quella farsa, prima o poi.

«Non ho alcun dubbio. Adesso, scusatemi, ma vado di sopra. Sono davvero stanco. Non fate troppo tardi, ragazzi.» Matt ci salutò, poi salì al piano superiore, insieme a Mia e Logan, che sarebbe uscito a breve, così io e Jared rimanemmo da soli, in salotto.

«Ti va di vedere un film?» gli domandai, alquanto agitata. In realtà avrei dovuto parlargli di molte cose, ma il coraggio andava e veniva a intermittenza, come se si stesse prendendo gioco di me.

Jared ignorò la mia proposta e mi avvolse un braccio attorno ai fianchi per attirarmi a sé con forza.

«Credo sia giunto il momento che tu mi dia un bacio», sussurrò a poca distanza dalle mie labbra. Il respiro accelerò e non per l'eccitazione, ma per il malessere di non poter sostenere a lungo quella situazione.

«Abbi pazienza. Prima ti mostro la stanza degli ospiti, poi ci guardiamo un bel film.» Guadagnai tempo e gli mostrai la stanza nella quale avrebbe trascorso la notte. Già che c'ero, gli feci fare anche un tour veloce della villa. Jared era sconvolto dalla maestosità di quella grande abitazione e capì anche lui che Matt non aveva nessun problema a ostentare la sua ricchezza.

Per tutto il tempo fui tesa e rigida, ma parlare di altro mi aiutava a raccogliere il coraggio necessario per affrontare quello che sarebbe stato il momento peggiore della serata.

Quando tornammo in salotto, tentai di mostrarmi rilassata e mi sedetti sul divano.

«Allora, che genere preferisci? Horror? Giallo? Thriller?» gli chiesi indugiando ancora, ma Jared non voleva perdere tempo in chiacchiere. Mi raggiunse e si sedette accanto a me, poi mi prese per un polso e si avvicinò alle mie labbra cercando ancora una volta un contatto.

«Non mi importa del film, voglio solo stare con te», sussurrò e mi rubò un bacio che avrebbe voluto approfondire, se non mi fossi ritratta di scatto. Mi guardò vacuo e inclinò la testa per capirne il motivo.

«Devo parlarti, Jared», dissi, cercando di ricompormi. Mi passai il dorso della mano sulle labbra, infastidita dalla sua saliva perché non volevo che cancellasse il sapore di Neil.

Nella mia testa c'era sempre lui.

«Selene», sospirò Jared, stanco. «È un periodo di merda e tu sei l'unica cosa bella che ho. A Detroit è cambiato tutto da quando sei partita. Mio padre non mi dà tregua con il lavoro, lo studio è impegnativo, mia madre sta lottando contro il cancro, io...» Un velo d'ombra calò sui suoi tratti delicati, le iridi verdi divennero lucide e la mascella si tese. Sentii subito il bisogno di rassicurarlo, così gli presi il viso tra le mani.

«Ehi, ehi. Va tutto bene», sussurrai dolcemente.

Ero già a conoscenza dei suoi problemi; il nostro legame si era consolidato anche perché ci eravamo sempre supportati nei momenti più difficili.

Jared era davvero un ragazzo dal cuore immenso, amorevole e molto altruista. Adorava i suoi genitori e spesso il peso di tutto gravava su di lui, poiché era l'unico figlio che avessero.

Sua madre si era ammalata di cancro ancor prima che noi ci conoscessimo e quando Jared me lo aveva confessato, avevo capito perché, molte volte, fosse stato costretto a rinunciare a me per prendersi cura di lei.

«Voglio solo stare con te.» Mi posò un bacio sul collo, poi mi abbracciò, cercando in me il conforto che gli avevo sempre concesso nei mesi precedenti. Non era facile confessargli un tradimento quando mentalmente era così fragile e vulnerabile.

In quello stato, Jared non sarebbe stato capace di sopportare la mia verità.

«Ti preparo della cioccolata calda», replicai, poi mi diressi in cucina e frugai in cerca di un pentolino. Quando lo trovai, presi il preparato per la cioccolata, del latte dal frigo e versai il tutto all'interno per scaldarlo. Avevo bisogno di capire quando sarebbe stato il momento opportuno per parlare con Jared e…

«Gliel'hai detto?» chiese una voce baritonale e inconfondibile. Mi voltai spaventata e vidi Neil appoggiato con una spalla sullo stipite della porta, in tutta la sua avvenenza.

Era bello da togliere il fiato.

«Sono affari miei», sbottai seccata.

Cosa gliene importava? In fondo per lui quello che era successo tra noi non aveva alcun valore e io ne ero assolutamente consapevole.

Lui mi osservò attentamente e mi sentii morire sotto il suo sguardo dorato, a volte luminoso, a volte tenebroso.

«Non farti abbindolare dai piagnistei del tuo ragazzo, potrebbe essere una tattica per tenerti in pugno. Vuoi la tua libertà? Allora vai a riprendertela.» Si avvicinò e lo guardai sconvolta. Evidentemente ci aveva ascoltati.

Ma allora come faceva a essere così cinico?

«Non dirmi cosa devo fare, cazzo!» Alzai la voce e Neil chiuse gli occhi con un mugolio.

Aggrottai la fronte senza capire il perché della sua reazione; ero sgomenta.

Lui riaprì gli occhi un istante dopo e lo vidi avvicinarsi lentamente, come un pericoloso felino; indietreggiai, conscia del fatto che fossi in trappola.

«Dillo ancora», sussurrò, sovrastandomi con il suo corpo da adone. Lo fissai e assorbii il suo buon profumo di muschio; aveva i capelli leggermente umidi probabilmente per una delle sue innumerevoli docce.

«C-cosa?» balbettai, urtando le natiche contro il bancone alle mie spalle.

«Cazzo», ripeté sottovoce, alitandomi sul viso. «Mi piace tanto il modo in cui quella parola ti scivola sulle labbra», disse malizioso, incatenando gli occhi ai miei. «Sai a cosa sto pensando?» Azzerò la distanza tra noi, posò le mani ai lati del mio corpo e mi schiacciò il torace contro il seno, bloccandomi l'ossigeno nei polmoni. Sentii la durezza di ogni suo muscolo fondersi con la mia pelle, i vestiti che ci separavano impedivano un contatto diretto, ma rievocò ugualmente in me i ricordi di quando ci eravamo uniti, nudi e in preda alla libidine, sul mio letto.

«No», mormorai, stordita. Non sapevo dire se fosse la sua voce, il suo corpo, o il suo sguardo a rendermi così impotente.

Mi sfiorò la guancia con la punta del naso e mi annusò, apprezzando il mio profumo.

«Sto pensando a quanto mi piacerebbe fotterti qui, in cucina, con il tuo ragazzo a pochi metri da noi, mentre dimeni i fianchi sotto di me e godi con il mio...» Si fermò accanto al mio orecchio e sorrise. «Cazzo», ripeté lentamente, per imprimermelo bene nella testa.

Trattenni il fiato, perché la sua voce – Dio, quella voce – ebbe su di me un effetto sconvolgente.

Sussultai e tremai.

Chiusi gli occhi e immaginai il mio corpo delirante di lussuria sotto le mani di Neil, nonostante non mi avesse neanche toccata. Tentai subito di scacciare via quei pensieri dissoluti.

Neil, però, mi afferrò per la nuca e mi accarezzò il labbro inferiore con il pollice. La sua mano era grande e forte, il polpastrello mi parve freddo sulla mia pelle troppo bollente.

Riaprii gli occhi, lentamente, e colsi le sue iridi infuocate sulla mia bocca.

Dovevo tornare da Jared, e alla svelta.

«Neil», mormorai supplichevole, cercando di porre una certa distanza tra noi.

Feci un passo di lato e mi voltai di spalle, per terminare di preparare la cioccolata calda.

Cercai di respirare e calmare il cuore che batteva furioso.

Mi misi in punta di piedi per raggiungere le tazze disposte su una mensola in alto e Neil, senza alcuna fatica, allungò il braccio e le prese per me, posandole sul bancone. Lo ringraziai sommessamente e mi guardai le mani tremanti.

Lo stato di inquietudine che avevo raggiunto era tale da destabilizzarmi.

«Selene, va tutto bene?» chiese Jared.

Ci aveva raggiunti in cucina, o meglio aveva raggiunto *me* in cucina, pensando di trovarmi lì da sola e non in compagnia del pericolo in persona. Neil indietreggiò, anche se di poco, restando serio e indifferente come sempre; Jared si fece guardingo, poi mi osservò preoccupato.

«Sì, chiedevo a Neil dove fossero le tazze.» Le indicai e gli sorrisi, versando la cioccolata calda in ognuna, attenta a non combinare guai a causa del mio tremito incontrollabile.

«Hai bisogno di qualcosa?» chiese poi lui, ma scossi subito la testa nella speranza che le cose non si complicassero.

«No, ti raggiungo tra un istante.» Gli sorrisi in modo rassicurante e Jared annuì, uscendo dalla cucina, non prima però di aver lanciato un'occhiata diffidente a Neil.

Come biasimarlo, Neil non ispirava fiducia né alle donne né agli uomini.

Mi toccai la fronte: stavo sudando freddo; poi Neil si avvicinò cautamente e mi posò una mano sul collo, nell'esatto punto in cui Jared mi aveva baciata poco prima sul divano. Mi accarezzò lentamente, forse con l'intenzione di tranquillizzarmi, ma riuscì solo a provocarmi un forte calore al centro del petto.

La sua mano ebbe l'effetto di una frusta infuocata sulla mia carne troppo debole.

«Stanotte aspettami nella tua stanza...» sussurrò lascivo, posandomi un bacio lieve al di sotto del lobo dell'orecchio. La reazione del mio corpo fu immediata e totalmente *differente* rispetto al contatto con Jared. Rabbrividii e un fiotto umido di umori mi colò sulle mutandine, costringendomi a stringere le gambe.

Cosa voleva dire? Cosa sarebbe venuto a fare nella mia stanza?

Domanda stupida.

Avrei dovuto immaginare cosa volesse da me, ma la mia mente non voleva razionalizzarlo e preferiva aggrapparsi alla falsa illusione che desiderasse solo parlarmi, magari di qualcosa di importante.

Dopo avermi sconvolta, se ne andò, lasciandomi finalmente sola, e potei di nuovo respirare. Afferrai le due tazze fumanti e tornai in salotto da Jared, scusandomi per la lunga attesa.

«Sicura di stare bene?» chiese, quando mi sedetti accanto a lui e strinsi la tazza calda tra le mani. Sentivo ancora una fastidiosa sensazione di umido tra le cosce e il corpo teso e illanguidito. Maledetto! Perché Neil doveva avere un tale potere su di me?

Dopo la cioccolata, io e Jared guardammo un film del quale non capii nulla.

La mia mente era altrove, tuttavia, di tanto in tanto, annuivo o fingevo di ascoltare i commenti di Jared ad alcune scene, che mi scorrevano davanti agli occhi senza che il mio cervello le stesse registrando davvero.

Nonostante il mio stato di confusione, però, quando lui mi mise un braccio sulle spalle, mi adagiai sul suo petto, lasciandomi cullare in preda alla sonnolenza.

Jared mi accarezzò i capelli, ora sciolti lungo la schiena, e io rimasi ferma a bearmi delle sue carezze, nonostante sapessi, dentro di me, che stavo sbagliando a rimanere in silenzio. Chiusi gli occhi e cercai di trattenere le lacrime che minacciavano di scendere a causa dei sensi di colpa. Jared mi baciò una tempia, poi, inaspettatamente, mi sollevò il mento con l'indice, posando le labbra sulle mie. Il nostro fu un bacio gentile, dolce, diverso da quelli a cui Neil mi stava abituando. Era un bacio che sapeva di lacrime nascoste, di addii celati, di sbagli imperdonabili e anche di un profondo affetto che capii non sarebbe mai stato amore. Lo ricambiai solo per non destare sospetti in lui.

«Ti amo», sussurrò e io, come attratta da una forza oscura, spostai lentamente gli occhi verso le scale dove una figura ombrosa ci stava spiando dal piano superiore.

Neil se ne stava con i gomiti posati sulla balaustra, le gambe lunghe tese, e le spalle larghe contratte, capaci di reggere il peso del mondo intero.

Non potei scorgere i suoi occhi brillanti, ma sapevo che ci stava guardando.

«*Stanotte aspettami nella tua stanza*», mi parve di risentire quelle parole nell'aria. O forse si trattava soltanto dell'eco del mio stesso desiderio che bramava di baciarlo, toccarlo e possederlo.

Ancora.

14
Selene

Noi ci sediamo in cerchio e supponiamo,
ma il Segreto si siede in mezzo e sa.
ROBERT LEE FROST

ACCOMPAGNAI Jared nella stanza degli ospiti. La serata per lui era stata piacevole, ma il viaggio stancante.

Al termine del film avevamo trascorso circa un'ora a parlare, finché il sonno non era giunto a farci visita. Dopo aver augurato la buonanotte al mio ragazzo, attraversai l'enorme corridoio del piano superiore, fissando il pavimento di marmo lussuoso sul quale sembravano essere incise tutte le mie colpe. Non ero riuscita a raccontare a Jared la verità, non avrei potuto, non nello stato d'animo in cui si trovava.

Tuttavia, non ero tranquilla. Il peso che avvertivo addosso cresceva minuto dopo minuto; inoltre, avevo scoperto di essere davvero brava a mentire, capacità, questa, che non avrei mai pensato mi appartenesse.

Persa nei miei pensieri, non mi resi conto di essermi fermata dinanzi a una delle tante stanze della casa che, solitamente, era sempre chiusa a chiave. Quella sera, però, la porta era socchiusa. Mi avvicinai con l'intenzione di chiuderla, ma un istinto incontrollato mi indusse a fermarmi. Mi accostai allo spiraglio aperto e vidi che dentro non c'era nessuno, così appoggiai il palmo della mano sulla superficie fredda del legno e la spinsi per entrare. Mi parve di intrufolarmi in un tempio sacro, un luogo inaccessibile.

Mi ero accorta, sin dai primi giorni della mia permanenza nella villa, che tra le tante stanze ce n'era una, in fondo al corridoio, di fronte alla biblioteca privata di Matt, velata da un inspiegabile mistero. Era stata la stessa Anna a informarmi che vigeva il divieto assoluto di entrarvi. Divieto che in quel momento ignorai.

Cercai sul muro l'interruttore della luce e, quando lo trovai, mi si palesò davanti una stanza semplice, apparentemente non molto diversa da uno studio. Avanzai incerta, guardandomi attorno. Un divanetto di pelle color avorio era situato sotto un'ampia finestra, e una scrivania di mogano imperava maestosamente al centro dello spazio, con sopra solo un portapenne vuoto.

Ciò che invece risultava strano erano i numerosi scatoloni posati sul pavimento alla rinfusa.

Tossii a causa della polvere che aleggiava nell'aria e mi inginocchiai di fronte a una scatola a caso, grattandomi la punta del naso. La aprii lentamente senza incontrare alcun tipo di intralcio poiché i lembi non erano sigillati. Dopodiché, afferrai per prima cosa quello che sembrava essere un album dei ricordi. Passai la mano sulla copertina ruvida e lo sfogliai notando delle vecchie foto di famiglia.

Sorrisi quando ne scorsi una che ritraeva Logan e Neil in giardino, da bambini; il primo rincorreva il secondo fingendosi un aeroplano o un'aquila, non seppi dirlo. Sullo sfondo, Mia sorrideva mostrando la pancia rotonda perché era in attesa di Chloe. Sfogliai ancora e vidi un'altra foto che invece raffigurava un uomo alto, con i capelli corvini e due profondi occhi azzurri, che sorrideva all'obbiettivo. Indossava una camicia chiara che evidenziava un corpo slanciato e tonico, e pensai subito che fosse William Miller. Con il braccio destro cingeva le spalle esili di Logan, la sua mano sinistra, invece, era affondata nella tasca dei pantaloni; accanto a lui, Neil, a testa bassa, fissava il giardino, come se si sentisse escluso e non fosse così entusiasta di essere fotografato.

Una canotta blu con scritto OKLAHOMA CITY gli copriva il busto esile, i pantaloncini coordinati nascondevano a stento le ginocchia sbucciate e sporche di terriccio, gli occhi dorati, dalla splendida forma allungata, erano smarriti sul verde acceso del prato. Suo padre sembrava incurante dell'espressione malinconica del figlio, la stessa che ero sicura di aver assunto anch'io. Accarezzai la foto con l'indice, toccai le iridi brillanti e in quel bambino rividi il ragazzo che avevo visto dondolarsi nella sua stanza, in un angolo, dopo aver discusso con Logan. Il petto si chiuse in una morsa di dolore. Non sapevo nulla di Neil, eppure mi sentivo così vicina, così legata a lui, da percepire una sofferenza struggente dentro di me.

Prima di riporre l'album nello scatolone, però, qualcos'altro attirò la mia attenzione. Qualcosa di gran lunga più interessante. Alcuni giornali erano disposti in fila l'uno sull'altro, sul fondo di cartone.

Ne afferrai uno e lessi il titolo in prima pagina *The children of the dark side*. Mi accigliai e, con la fretta di un ladro che rischiava di essere colto in flagrante, spostai i fogli per leggere velocemente anche i titoli dei giornali sottostanti.

Who is the black man?

Scandal in New York.

Children of darkness.

Posai una mano sulle labbra per non emettere alcun suono di sorpresa; volevo leggere quegli articoli e capirci di più, ma un rumore proveniente dal corridoio mi indusse a chiudere tutto e alzarmi.

Corsi fino all'interruttore della luce e la spensi, cercando di trattenere perfino il respiro.

Mi accostai alla porta semiaperta e sbirciai il corridoio. Anna stava passeggiando per la casa e controllando probabilmente di aver fatto tutto ciò che le era stato ordinato. Non si era ancora accorta che la stanza misteriosa non era stata chiusa a chiave, ma rimanere lì non era sicuro. Così, dopo essermi accertata di avere finalmente il via libera, attraversai il corridoio di fretta e mi rifugiai in camera mia, chiudendomi la porta alle spalle.

A che cosa si riferivano quei titoli di giornale?

Potevano essere la risposta agli strani atteggiamenti di Neil?

Ero giunta alla conclusione che a lui e alla sua famiglia fosse accaduto qualcosa, ma non sapevo ancora cosa. Non era semplice intuirlo dai pochi elementi ambigui che avevo scorto.

Tuttavia, ero certa che avrei svelato il mistero, ma avevo bisogno di più tempo. Ormai ero determinata: sin da quando avevo incontrato quegli occhi lucenti e tenebrosi, avevo perfettamente capito che Neil nascondeva una storia da scoprire.

Sospirai e mi sfilai le scarpe. Poi allungai una mano dietro la schiena e cercai di tirare giù la zip del vestito mentre mi dirigevo verso la specchiera.

Ero turbata e pensierosa, come non lo ero mai stata in tutta la mia vita. Sembrava che il destino avesse in serbo qualcosa per me e che l'incontro con Neil fosse stato studiato a tavolino da chissà quali beffarde divinità.

«Ti ho aspettata per ben dieci minuti, bimba.»

Cacciai un urlo di terrore quando sorpresi Neil alle mie spalle, riflesso nello specchio. Mi voltai e lo ammirai, come sempre. Se ne stava fermo accanto al mio letto a baldacchino, circondato dai veli leggeri che conferivano riservatezza alle lenzuola candide, intrise del mio odore.

La camicia di jeans aderiva alla sua muscolatura senza lasciare nulla all'immaginazione, la pelle abbronzata e liscia sembrava simile all'oro colato, i capelli scombinati si sposavano con la personalità ribelle ma carismatica, le labbra piene mi invitavano a morderle e leccarle senza alcuna gentilezza. E poi c'erano loro: gli occhi densi e brillanti come il miele al sole.

Mi sorrise e io persi la capacità di parlare. Deglutii a vuoto e aspettai una sua mossa. Ero certa di non essere capace di compiere nemmeno un passo verso quel corpo tentatore. Neil tuttavia non perse tempo. Mi guardò languido e si avvicinò a passo felino ostentando la solita aria di dominanza e sicurezza.

A poco a poco, il suo profumo di muschio e tabacco mi avvolse sempre più, preannunciandone l'arrivo. I miei occhi rimasero in ogni istante incatenati ai suoi, libidinosi ma soprattutto *pericolosi*.

«Voltati», ordinò e io eseguii, come una marionetta. Avevo timore di lui, non volevo contraddirlo, ma al tempo stesso ne ero affascinata.

Da un lato, dargli le spalle mi permetteva di mantenere la lucidità, seppur con qualche difficoltà.

Dall'altro, non sapevo cosa avesse intenzione di fare e l'ignoto accresceva le sensazioni travolgenti che avvertivo dentro, rendendole ancora più totalizzanti.

«Perché sei qui?» chiesi con un filo di voce, immobile.

«Per scoparti», rispose con schiettezza, a poca distanza dal mio orecchio. Mi aveva raggiunta, sentivo il suo petto premermi contro la schiena e le dita della mano accarezzarmi il braccio teso. Il suo respiro era caldo e controllato come se niente potesse indurlo a perdere il controllo di se stesso.

«L'hai già fatto l'ultima volta.» Tremai nel dirlo, non volevo provocarlo anche se mi resi conto che lui avrebbe potuto pensarlo.

Mi irrigidii quando la sua mano raggiunse la cerniera posteriore del mio abito.

«Non come avrei voluto», sussurrò, tirando lentamente verso il basso il gancino della zip, come se fossi una bambola da maneggiare con cura. Restai ferma in balia delle sue voglie; mi vergognavo della mia sottomissione a ogni suo comando, ma al tempo stesso non riuscivo a contrastarne la volontà. Avrei voluto voltarmi e guardarlo negli occhi, magari cacciarlo via e dirgli di smetterla di toccarmi, ma temevo che sul mio viso avrebbe potuto leggere tutti i miei reali desideri, e io volevo nasconderli.

«Le donne non ti mancano, perché vuoi proprio me?» Sentii la sua mano fermarsi alla base della mia schiena; Neil non si aspettava una domanda così spudorata. Girai appena il viso, posando il mento sulla spalla, e attesi una risposta che non arrivò. Lui inspirò dal naso, infastidito, e continuò a spogliarmi. Mi lasciò scivolare il vestito lungo il corpo, fino a quando non si ridusse a un ammasso di stoffa attorno alle mie caviglie.

Indossavo solo l'intimo adesso e le autoreggenti color carne. Scalza ero molto più bassa di lui.

Perché gli stavo permettendo tutto questo? Non lo sapevo. Sapevo solo che ero un vaso di creta nelle sue mani e lui era l'artista, ero una tela bianca e lui il pittore, ero un foglio di carta e lui la penna.

«Dovresti stare attento ai sentimenti, potrebbero colpire anche i cuori più gelidi come il tuo», continuai a provocarlo, nonostante il mio corpo fosse scosso da tremori incontrollati. Ormai mi era chiaro che non gli ero indifferente, che ci univa qualcosa di indefinibile, che la mia presenza risvegliava in lui sensazioni simili alle mie. Diceva sempre che era solo sesso, ma in fin dei conti poteva ottenerlo da chiunque.

Perché invece voleva *me*?

«Pensi che io sia un tipo sentimentale solo perché ho avuto rispetto del tuo corpo la prima volta, verginella?» sussurrò al mio orecchio e non mi piacque il tono derisorio che utilizzò.

Non doveva permettersi di parlarmi in quel modo. Ero intenzionata a fargliela pagare, dargli uno schiaffo o un calcio nei testicoli, ma quando tentai di voltarmi e mettere in pratica le mie idee, Neil mi afferrò per i capelli con violenza.

«Cosa diavolo stai facendo?» sbraitai fuori di me, cercando di liberarmi dalla sua presa. Il modo in cui le dita mi stringevano le ciocche, era doloroso. Imprecai urlando, ma nulla lo fece desistere. Neil scaraventò al suolo i libri posati sulla mia scrivania e mi piegò su di essa con forza. Il petto, coperto ancora dal reggiseno, mi sbatté contro la superficie fredda, le costole e i fianchi urtarono contro il legno a tal punto da farmi serrare i denti per il dolore.

«Sto per mostrarti quanto sono *romantico* e sentimentale in realtà.» Mi sbeffeggiò e lo sentii armeggiare con la cintura dei jeans. Con una mano mi teneva ferma dalla nuca, con l'altra abbassò i pantaloni sulle natiche e a seguire anche i boxer. Non riuscivo a scorgere molto dalla mia posizione, ma riuscivo a capire cosa stesse per fare.

«Brutto stronzo, lasciami andare!» Speravo che qualcuno potesse sentirmi e irrompere nella mia stanza. Era colpa mia se mi ero cacciata in quella situazione, mi veniva da piangere e da prendermi a schiaffi.

Stupida.

Ero stata una stupida, ma me ne stavo rendendo conto troppo tardi. Quel ragazzo era un animale, possedeva una personalità problematica ed era profondamente indifferente ai sentimenti umani. Neil era completamente diverso da…

Oddio. Jared.

Il mio ragazzo mi avrebbe sentita urlare? Avrebbe scoperto tutto in quel modo orripilante? Lo immaginai irrompere nella mia stanza, mentre io me ne stavo lì, piegata sulla scrivania come la peggiore delle prostitute, con Neil dietro di me.

Cercai di respingerlo, ma in realtà lo volevo. Ero troppo debole, non riuscivo a reprimere il desiderio che sentivo scorrermi dentro.

Mi fermai e smisi di oppormi. Fingere di resistergli sarebbe stato inutile. Neil aveva già capito cosa provavo, sapeva leggere il linguaggio del mio corpo.

«Lo vuoi anche tu, lo percepisco.» Si piegò su di me, il busto premette contro la mia schiena nuda e il bacino contro il sedere. Lo sentii strusciarsi tra le mie natiche, sopra le mutandine. La sua erezione era dura, lunga e spessa, come la ricordavo.

«È tutto sbagliato», dissi, riferendomi alla nostra situazione. La mia voce, però, non risultò convincente come avrei voluto e inconsciamente divaricai le gambe in un chiaro segnale di invito. Neil intanto continuava a sfregarsi piano contro di me, a respirarmi sulla nuca, a stringermi i capelli in un pugno.

Posò il palmo dell'altra mano sulla superficie di legno, a poca distanza dal mio viso, e mi incantai a osservare le dita aperte e forti, le unghie regolari e le vene in rilievo sul dorso.

Mi arresi al nostro reciproco desiderio e sospirai profondamente.

«Lo so quanto ti è piaciuto *usarmi*», mi sussurrò all'orecchio prima di leccarmi come solo un animale avrebbe fatto. Sentii la sua lingua calda scorrere dalla curva del collo alla spalla, fino a raggiungere la nuca. Scese, seguendo la linea della schiena, e io mi inarcai, approvando quella manifestazione di possesso, tutta maschile. «Tanto quanto a me è piaciuto usare te», concluse, sfrontato.

Spalancai gli occhi, razionalizzando ancora una volta il significato che aveva dato a quello che avevamo condiviso.

Era convinto che ci fossimo usati a vicenda. Nient'altro.

Così, io avevo rivissuto la prima volta che non ricordavo, mentre lui mi aveva inserita tra i trofei delle sue conquiste.

«Io non ti ho usato.» Avevo la guancia premuta contro la scrivania e mi era difficile articolare in modo corretto le parole. Mi morsi il labbro per non urlare, quando mi assestò uno schiaffo sulla natica destra fino a farmi bruciare la pelle. Mi girava la testa e, d'un tratto, una sensazione di freddo e caldo mi investì tutta, dalle punte dei piedi fino al petto.

«Io sì e ho intenzione di farlo ancora», ammise con un sorriso sadico che presagiva le sue cattive intenzioni. Lo guardai con la coda dell'occhio e lui mi scostò di lato gli slip per toccarmi. Ero bagnata e mi vergognai della reazione del mio corpo traditore.

Lo desideravo nonostante tutto, e non c'era giustificazione a questo, solo una profonda vergogna.

Mi penetrò con due dita e io gemetti, contraendo ogni muscolo, anche il più impercettibile. Le mosse in modo esperto e accarezzò le mie pareti ancora strette, ma cedevoli. Arrivò subito nel mio punto più sensibile, con una facilità che manifestava tutta la sua esperienza. Strinsi le labbra per non gemere, per non dargliela vinta, per non cedere, per non mostrargli il potere che aveva su di me, ma lui lo intuì.

«Sei un bastardo», mormorai infastidita, aggrappandomi al bordo della scrivania con entrambe le mani. Sentivo le ginocchia tremare, le piante dei piedi formicolare, segno che probabilmente ero vicina all'orgasmo, ma Neil ritrasse le dita e rimase in piedi dietro di me. Lo guardai, voltando appena il viso. Ero illanguidita ed eccitata, arrabbiata ma bramosa di averlo.

Si portò alla bocca le dita con le quali mi aveva toccata e le succhiò, mugolando con lascivia. Leccò via il mio sapore e inchiodò le sue gemme dorate nei miei occhi. Mi sorrise malizioso, mentre io arrossii violentemente, perché non ero per niente abituata ai suoi gesti sfacciati. Mi accarezzò le natiche con una mano e con l'altra iniziò a toccarsi dalla base alla punta della sua invidiabile lunghezza.

Rimasi estasiata: il suo corpo era stato creato per dare piacere, per accrescere la libido nelle donne e per risvegliare desideri inesplorati.

Anche se prima avevo finto di oppormi, adesso ero lì, piegata e impaziente di accoglierlo.

D'un tratto, la consapevolezza che Jared fosse a poca distanza da noi, nella stanza degli ospiti, mi fece precipitare nella realtà; un moto di dolore spazzò via l'eccitazione del momento.

Sollevai il busto, intenzionata a porre fine a tutto, a rivestirmi e scappare via da quel ragazzo che rappresentava il male per me. Quando ci provai, però, Neil mi afferrò ancora una volta per la nuca e mi rimise nella stessa posizione di prima, premendo con più forza per impedirmi qualsiasi movimento.

«Non posso, Jared è qui. Io... io... non posso.» Stavo piagnucolando come una bambina, sentivo le lacrime agli angoli degli occhi, il cuore battere forte e il petto dolere.

Neil fece una risata: era divertito dal mio stato d'animo vulnerabile.

Io, invece, mi sentivo confusa: un attimo prima ero eccitata, quello dopo addolorata.

«E allora? Jedi, o come cazzo si chiama quell'idiota, sentirà la sua ragazza godere mentre un altro la fotte.» E con la soddisfazione nella voce baritonale, mi penetrò con un colpo secco e deciso. Sussultai contro la scrivania ed emisi un urlo che Neil soffocò, tappandomi la bocca con il palmo della mano.

«Shh...» Il suo corpo possente e muscoloso sovrastava il mio; mi premette il torace sulla schiena, fino a schiacciarmi del tutto contro il legno, e iniziò a muoversi con forza senza consentirmi di adattarmi alla sua grossa intrusione.

«Neil! Per favore», mormorai contro la sua mano calda, ma la mia parve più una supplica che lo incitava a continuare. Stavo ansimando e l'autocontrollo ormai vacillava per il modo in cui lui mi toccava e reclamava.

Il cuore batteva forte nel petto, il respiro aumentava sempre più mentre la mia intimità pulsava e lo accoglieva in tutto il suo spessore; sentivo una forte pressione contro i muscoli pelvici. Ogni volta che usciva lentamente da me spalancavo gli occhi, per poi serrarli di nuovo quando rientrava con impeto, assestandomi stoccate decise.

Era consapevole delle sue dimensioni fuori dal comune e, se durante la mia prima volta ne aveva tenuto conto, adesso mi stava letteralmente dominando, per farmi sentire tutta la sua potenza. Sembrava una macchina inarrestabile, nata solo per colpire, colpire, colpire e ancora colpire. Voleva assorbirmi l'anima, corrompermi e cibarsi dei desideri più intimi.

«Piano, per favore...» riuscii a dire mentre continuava a muoversi come se esistessero solo lui e il suo piacere. Mi premette una mano sul fianco, mentre l'altra era ancora stretta sulla mia nuca, e si mosse implacabile, sbattendo i fianchi contro i miei glutei.

«Mi hai chiesto tu di mostrarti il vero me stesso, la tua prima volta», rispose in tono torbido e sensuale, dopo qualche minuto di silenzio, tanto che avevo creduto che si fosse del tutto dimenticato di me.

Sembrava pensieroso, perso in chissà quale mondo oscuro. D'un tratto, mi resi conto che il mio corpo per lui era solo un mezzo che gli consentiva di accedere a un universo parallelo fatto solo di perdizione e godimento, niente di più. A differenza della volta precedente, mi stava dimostrando quanto fosse incapace di provare sentimenti o di associare il sesso a qualcos'altro che non fosse un semplice orgasmo. Mi stava rispondendo con i fatti: lui non aveva paura dei sentimenti, perché stava già bruciando all'Inferno.

In lui non c'era niente del ragazzo delicato che mi aveva spogliata e toccata la prima volta; non c'erano sguardi complici, sorrisi rassicuranti o contatti umani. Lo sguardo ardente fissava solo la sua erezione turgida che pompava incessante, brutale e carnale, dentro di me. Guardava solo i miei glutei arrossati a causa degli schiaffi e le mie anche dolenti che urtavano contro la misera scrivania di legno.

«N-Neil», balbettai in preda al panico, perché lui mi sembrava troppo distante e la sua foga rude e incontrollata. Mi resi anche conto che non aveva indossato il preservativo, di nuovo, motivo per cui il mio panico aumentò.

«Lo fai con tutte senza?» riuscii a dire tra una stoccata e l'altra. Neil mi toccò tra le gambe con una mano, concentrandosi sul clitoride. Poi lo sentii emettere un piccolo gemito al mio orecchio, uno dei pochi che solitamente si lasciava sfuggire.

«No, solo con te», ammise, anche se non sapevo se fosse la verità o meno. Con la mano seguitò ad accarezzarmi, mentre continuava a scivolare tra le pieghe calde e morbide del mio sesso che, malgrado il piccolo fastidio, non faceva altro che cedergli.

«Spero che non sia una bugia», mormorai, chiudendo gli occhi. Mi sentivo stanca e dolorante, nonostante il piacere suscitato dalla sua forza inaudita.

Più spingeva e più mi bagnavo, anche se i miei muscoli stremati mi urlavano di farlo smettere.

Con la mano ancora stretta tra i miei capelli, mi fece sollevare la schiena e voltare il viso nella sua direzione; io riaprii gli occhi mentre Neil mi respirava sulle labbra. Incrociai il suo sguardo e notai l'assenza di qualsiasi emozione.

Inaspettatamente, però, un lampo di preoccupazione gli attraversò le iridi rare. Fu il primo contatto umano tra noi da quando aveva deciso di prendermi nella mia stanza. Mi sfiorò la punta del naso con la sua, poi mi baciò con urgenza e passione. Mugolai contro le sue labbra avide e carnose, e Neil mi dimostrò di poter essere persino più implacabile: i colpi della sua lingua cominciarono ad andare in sincrono con gli affondi del bacino. La sua mano smise di stuzzicarmi e risalì sul seno, stringendolo e palpandolo con forza. Avrei voluto sentire la sua pelle, avrei voluto tracciarne i tatuaggi e capirne la storia. Avrei voluto assorbire il suo calore come la prima volta sul mio letto, ma non fu possibile. Neil era rimasto vestito, emotivamente distante, preso solo dalla foga di possedermi.

Smise di baciarmi e mi piegò ancora, schiacciando il torace sulla mia schiena.

Poi continuò a muoversi in modo deciso e concitato; ne voleva sempre di più, era insaziabile come una belva.

Venni all'improvviso, stringendolo dentro di me e trattenendolo in quel posto intimo che avevo concesso solo a lui. Strinsi il labbro tra i denti, avvertii delle scariche elettriche attraversarmi il corpo e un arcobaleno di colori mi apparve davanti agli occhi. Mi resi anche conto del rumore provocato dalla scrivania che urtava contro il muro e la paura che ci scoprissero si mescolò alle sensazioni devastanti che stavo provando.

In fondo, Neil era questo: un uomo lussurioso che mi conduceva all'inferno, incurante delle conseguenze. Mi sentivo trascinata da un vento al quale non riuscivo a sottrarmi e il vizio stava diventando la mia peggior abitudine.

Il piacere misto al dolore dei suoi affondi si irradiò in ogni cellula. Inarcai la schiena e assecondai le sue spinte, sperando che venisse presto anche lui.

«Cazzo», sussurrò mentre mi strizzava i seni coperti, continuando a spingere come un forsennato. Pregai mentalmente che raggiungesse l'orgasmo e si fermasse, perché non sapevo quanto ancora avrei retto tutta quella potenza. Ora che il picco del piacere era svanito, il suo membro mi procurava un certo fastidio.

«Guarda, Selene. Guarda lì…» Indirizzò il mio viso verso lo specchio e soltanto in quel momento mi accorsi che stava proiettando l'immagine di noi due persi nel nostro attimo di eccesso e sfrenatezza. Vidi Neil piegato su di me, i glutei marmorei contrarsi a ogni spinta, i jeans calati alle ginocchia, gli avambracci gonfi sul punto di strappare la camicia, il viso bello e indemoniato, un sorriso spietato sulle labbra rosse e gonfie. Poi vidi me stessa: le gambe semi flesse, la schiena inarcata e il sedere arcuato. Vidi i seni schiacciati contro il legno, le guance arrossate, le labbra schiuse, gli occhi lucidi e i capelli arruffati.

Sembravo una donna selvaggia, priva di inibizioni.

Non sembravo *io*.

«Ti piace guardare? A me da impazzire», disse e sentii subito qualcosa di umido colare sulle guance. Mi accorsi che stavo piangendo.

Fu in quell'attimo che capii davvero quanto fossimo profondamente diversi, quanto mi fossi spinta oltre il limite per colmare quella nostra diversità.

Avevo perso me stessa per seguire lui.

Ma continuai a fissarci; Neil appoggiò la guancia sulla mia e strofinò la mascella ricoperta da un accenno di barba, sulla mia pelle liscia e umida.

Nonostante avesse notato le lacrime, non ci fu pentimento nei suoi occhi né comprensione, solo una profonda consapevolezza di essere stato la causa del mio smarrimento.

«Guarda.» Si tirò fuori lentamente da me e mi mostrò allo specchio il suo membro. La mia reazione fu immediata: avvampai.

«Ricordi? Ti avevo detto che ti avrei mostrato quale fosse l'incastro perfetto tra un uomo e una donna. Non lo trovi *romantico*?» sussurrò beffardo, poi divenne improvvisamente torbido.

Era fermo, sopra di me, concentrato a fissare allo specchio il suo riflesso blasfemo.

«Tu sei un folle», commentai aspra, percependo il suo profumo fresco fuso con l'odore del sesso. Stavamo sudando ed eravamo senza fiato.

«Non sai quanto.» Si spinse di nuovo dentro di me e io sussultai. Non sarei stata in grado di sopportare altri interminabili minuti di spinte incessanti, ma quando il suo respiro divenne incalzante capii che era al limite. L'ultima spinta fu così potente e vibrante da scuotere entrambi i nostri corpi. Si tirò fuori da me e mi marchiò lì, proprio dove ancora fremevo per la sua presenza. Sgranai gli occhi quando, poco dopo, sentii colare il suo seme dalle mie gambe fino a gocciolare sul pavimento di marmo. Dopodiché, Neil mi afferrò i fianchi come se avesse bisogno di un appiglio per non cadere; un gemito sommesso accompagnò quell'attimo di cedimento, i bicipiti si contrassero. Dopo quell'istante di debolezza, si morse il labbro inferiore e né un grugnito né un verso animalesco di alcun tipo abbandonò la sua splendida bocca.

Neil era sconcio, volgare, perverso ma non teatrale. Non aveva bisogno di impressionare le donne con versi finti ed eccessivi.

Era coinvolgente *a modo suo*.

«Cazzo», disse più a se stesso che a me, guardando la prova del suo totale abbandono sul mio corpo. Mi sollevai dalla scrivania. Avevo i gomiti arrossati e la schiena dolente. Mi rimisi in piedi, ma barcollai a causa di un forte capogiro. Neil prontamente mi afferrò e io gli appoggiai la testa sul petto. Non mi importava di sembrare debole, ero spossata e fisicamente incapace di reggermi sulle gambe.

Lui mi avvolse un braccio attorno alla vita e con l'altra mano mi scostò i capelli dalla fronte sudata.

Nessuno dei due parlò.

Neil mi aiutò a raggiungere il letto e io mi adagiai sulle lenzuola, rannicchiandomi in posizione fetale. Avevo il suo odore addosso e mi sentivo uno straccio, mentre lui profumava ancora e aveva un aspetto impeccabile; era bello come una divinità anche dopo il sesso. Si allontanò da me, poi spinse l'erezione ancora turgida nei boxer e si risistemò i pantaloni senza togliermi gli occhi di dosso. Era agghiacciante il modo in cui mi guardava dopo un orgasmo così potente, bramoso ed esplosivo. Sentii il gelo insinuarsi nelle ossa e il cuore pulsare nelle tempie e nei polsi.

Cominciai a tremare. Era una situazione surreale: mi sentivo immersa in un sogno che assomigliava sempre di più a un incubo. Il nostro atto intimo non ci aveva uniti, tutt'altro. Sembravamo due perfetti estranei. Neil continuava a fissarmi distaccato, quasi irritato, e io perdevo sempre più il controllo di me. Aveva lui il pieno possesso della mia anima, io non sapevo più chi ero.

Era una follia.

«Non metterai più piede in quella stanza. La mia cazzo di vita non ti riguarda», affermò irritato e sussultai per il tono severo. D'un tratto, capii il motivo della sua rabbia: la mia invadenza. Neil non voleva che cercassi in qualche modo di indagare su di lui e sul suo passato.

Cercai di alzarmi e una fitta dolorosa mi colpì l'inguine, ma ero determinata a reagire alla sua furia.

«Perché?» Mi sedetti sul bordo del letto, cercando di non far caso al fastidio che avvertivo tra le gambe, e posai i piedi sul pavimento freddo. Seminuda, con indosso solo il reggiseno bianco, gli slip umidi e le autoreggenti, sembravo una vera prostituta o forse era lui bravo a farmi sentire così. Sospirai e mi alzai in piedi, barcollando. Non potevo lasciarmi sopraffare ancora, dovevo dimostrargli di essere più forte di quanto pensasse.

«Perché non sono qui per farmi amare o per essere compreso da te», rispose arcigno, poi mi guardò con la sicurezza disarmante che lo distingueva da chiunque altro e io lo fronteggiai, puntando gli occhi nei suoi. Volevo scoprirne tutti i punti deboli.

«Sei qui perché mi desideri più di quanto tu possa desiderare le altre, e questo ti fa paura.» Tutto si aspettava da me tranne quella risposta.

Sussultò sorpreso, poi scoppiò a ridere per minimizzare le mie parole. Si avvicinò con passi sicuri e lambì piano il mio corpo nudo con il solo sguardo.

«Sei così ingenua, Selene...» Mi accarezzò una ciocca di capelli e io serrai le labbra. Il suo profumo mi avvolse tutta e rabbrividii. In quel momento, odiai me stessa per le sensazioni che mi suscitava. «Ogni volta che parli mi viene voglia di scopare persino la tua innocenza», mi sussurrò all'orecchio, sfiorandomi prima la guancia e poi la curva del collo. I suoi occhi seguivano il sentiero che stava tracciando con la mano mentre lui mi respirava, mi assorbiva piano, intenzionato ad annientarmi.

«Vuoi farmi credere che non ho ragione?» mormorai con un filo di voce; non sapevo neanch'io da dove stessi tirando fuori quell'insolito coraggio.

«Mi dispiace per te, Trilli, ma questa non è una favola.» Si avvicinò alla mia bocca e mi sorrise, beffardo. Poi mi leccò il contorno del labbro inferiore e si allontanò, lasciandomi lì, nella scia della sua aura di mistero e oscurità.

Tuttavia tentai di reagire, così lo superai e mi inginocchiai per raccogliere i libri che aveva scaraventato al suolo quando mi aveva piegata sulla scrivania. Mi toccai il viso e chiusi gli occhi.

No. Non dovevo piangere anche se ne avevo bisogno perché mi aveva ferita. A farmi del male, però, non erano state le sue parole indifferenti, ma il modo in cui riusciva a farmi sentire.

Sporca, sbagliata, debole.

Neil era una tentazione alla quale non riuscivo a resistere, ma, quando vi cedevo, non mi accettavo. Mi ripudiavo, mi odiavo. Con il suo seme tra le gambe, il suo odore addosso, la sua saliva sulla pelle, mi vergognai di avergli permesso di appropriarsi di me, del mio essere, della mia mente. Mi sentivo soggiogata, vittima di un incantesimo mortale.

Lui aveva dissipato il mio pudore, compromesso la mia dignità, azzerato la mia ragione e annullato la mia forza.

Lo guardai dal basso, inginocchiata come una penitente che cerca di espiare i suoi peccati, e gli trasmisi il mio disprezzo mentre lui, dall'alto della sua imperscrutabilità, mi fissava con insistenza ma impassibile.

«Tu sei un male per me», dissi a denti stretti, confessando quella verità a entrambi. A me stessa per prima.

Neil deglutì e mantenne il controllo come se non fosse affatto sorpreso per la mia affermazione.

«Lo sono per tutti.» Guardò i miei libri, poi la scrivania. Rifletté qualche istante su qualcosa poi si diresse alla porta. Uscì dalla stanza, eppure io avvertii ancora la sua presenza attorno a me, ma soprattutto dentro di me. Quel ragazzo era un demone dal corpo divino.

La perversione e il vizio erano le sue corna, la sicurezza la coda, la personalità dannata il forcone.

Malgrado questo, però, Neil era colui che rendeva *vivo* il mondo sul quale camminavo.

Colui che rendeva viva… *me*.

15
Neil

Se inizierò a parlare di amore e stelle, vi prego: abbattetemi.
CHARLES BUKOWSKI

«*TU sei un male per me.*»

Selene l'aveva capito solo adesso, mentre io l'avevo sempre saputo.

L'avevo scopata, come avevo fatto milioni di volte con tutte quelle con cui mi ero concesso incontri ad alto tasso erotico.

Il sesso per me era una priorità, un'esigenza malata che spesso mi faceva perfino dimenticare di mangiare.

Lo utilizzavo per ricordare al mondo chi ero e qual era il mio ruolo.

Adesso ero *io* dall'altra parte, ero *io* il vittorioso, ero *io* ad avere il pieno controllo della mia vita e nessun altro.

Ero chiuso in bagno da più di un'ora. Mi ero lavato e rilavato; avevo strofinato a lungo la pelle fino ad arrossarla e avevo cercato di scacciare via gli incubi che mi avevano impedito di dormire. Le occhiaie manifestavano il malessere fisico che mi attanagliava in quel periodo. Avevo ricominciato a soffrire d'ansia, mi sentivo disorientato, mi doleva spesso il petto e faticavo a respirare. Insomma, i segnali del mio corpo mi mettevano in allarme sulla mia preoccupante instabilità. Non avrei parlato con nessuno, come sempre.

Avrei finto di stare bene, di poter gestire quello che mi stava accadendo, ma la verità era che avevo bisogno *d'aiuto*, un aiuto che continuavo a negare a me stesso.

Posai le mani sul bordo del lavabo e lo strinsi. Ero completamente nudo e, come al solito, mi ripugnavo. Mi guardavo e cercavo di unire il mio *io* a quella parte di *me* che non avrei mai accettato. Ma la realtà era che non potevamo vivere *entrambi* nello stesso corpo. Altrimenti, non avrei mai smesso di provare vergogna, non avrei mai smesso di sentirmi sbagliato. Non mi sarei mai liberato dalle sensazioni di disgusto, dalla voglia di fuggire e di morire che spesso veniva a bussare alla mia testa.

Non mi sarei mai liberato della paura di vivere.

L'accettazione di me stesso sarebbe stata sempre il mio più grande problema. Non sarei mai guarito, non esisteva nessuna remissione dei peccati per me.

Me ne stavo sospeso tra vizi e piaceri, sbeffeggiando la redenzione.

Ognuno di noi è connesso direttamente a qualcosa che mai potrà cancellare dai suoi ricordi. Nonostante mi fossi costretto a vivere nel «presente», rimanevo ancorato sempre al «passato». Il mio corpo cresceva, cambiava, sviluppava nuovi stimoli, ma la mente restava distante, lontana, inglobata in un mondo parallelo. D'un tratto, mi chiesi cosa ci trovassero le mie amanti – compresa la bimba – di attraente in uno come me e dopo un istante di riflessione, la risposta mi sembrò evidente: risvegliavo i desideri occulti delle donne; il fascino dannato e la muscolatura possente mi rendevano appetibile agli occhi di tutte.

Sapevo di piacere e ciò mi creava un profondo disagio.

Mi odiavo.

Mi odiavo perché la bellezza per me era una *punizione*.

Selene era caduta nella mia rete, era stata sopraffatta dalla mia stregoneria, soggiogata dai miei occhi e dal mio corpo. Non era diversa dalle altre in fondo. Le piaceva sentire la mia lingua nella bocca, il mio cazzo, le mie mani addosso. Voleva da me quello che volevano tutte. Non dovevo illudermi del contrario.

La verità era che nessuna avrebbe accettato uno come me se avesse scoperto lo sporco che avevo dentro, e Selene non faceva eccezione.

Era una delle tante e, in più, era anche una bugiarda.

Quella mattina, prima di rintanarmi in camera mia come una bestia solitaria, avevo origliato una conversazione tra lei e Jared.

Lui si era recato nella stanza di Selene con urgenza. Parlava di una chiamata, di Detroit, di sua madre e della sua salute. Tuttavia, non mi ero limitato solo a origliare, mi ero anche accostato alla porta semiaperta come uno stalker, per sbirciare. Selene aveva abbracciato Jared, scoppiandogli a piangere sul petto, e io avevo sorriso a quella scenetta pietosa.

La bimba non gli aveva parlato di noi, di quello che era successo, ma nei suoi occhi oceano avevo letto la volontà di confessargli tutto, insieme all'impossibilità di farlo in quel momento inopportuno.

Poi, aveva accompagnato Jared alla porta. Il suo ragazzo sarebbe dovuto restare da noi per più tempo, ma era stato costretto ad andare via prima del dovuto.

In quel momento avevo provato un insano senso di sollievo.

Sospirai soddisfatto e fissai il mio riflesso, con un'espressione perversa sul viso.

Ero un vero egoista: volevo la bella fidanzata di Jared tutta per me.

La volevo nel mio letto, sotto di me, nel modo più sporco, impudico e perverso in cui un uomo potesse volere una donna.

Per realizzare le mie voglie malsane però, il caro *Jedi* doveva sparire, doveva tornarsene da dove era venuto e non rompermi il cazzo.

Il destino, per una volta, era stato dalla mia parte.

«Neil, che stai facendo?» La voce di mio fratello mi raggiunse ovattata e non mi stupii della sua presenza. Rimasi fermo, nudo, con le mani strette al lavabo a osservarmi.

Chissà da quanto tempo me ne stavo lì, imprigionato nel mio stesso riflesso e Logan l'aveva intuito. Mio fratello era la persona che mi conosceva meglio di chiunque altro; eravamo uniti da un legame unico e indissolubile. Avevamo entrambi condiviso un passato che ci aveva sconvolti, risucchiati e risputati nella società, annientando però *solo me*.

Raddrizzai la schiena e lo superai, tornando in stanza. Dovevo coprirmi, nonostante amassi starmene nudo ad assorbire il freddo circostante, che aveva il potere di congelare la mia memoria.

«Cosa vuoi?» Infilai i boxer senza guardarlo, poi tirai fuori dall'armadio un paio di jeans e una felpa scura. Mi vestii e mi voltai verso Logan, incrociando il suo sguardo preoccupato. Mio fratello non era lì per caso. Doveva parlarmi o informarmi di qualcosa; lo conoscevo abbastanza da fiutarne i pensieri e le angosce.

«Riguarda…» Inspirò e si passò una mano sul viso, segno che era nervoso per la mia reazione a ciò che stava per rivelarmi. «Chloe», disse in un sussurro.

Nostra sorella.

Fu sufficiente udire il suo nome per far scattare ogni mio sensore sull'attenti.

Mi avvicinai a lui, con la tensione che mi aggrovigliava lo stomaco, e lo fronteggiai. Eravamo alti uguale, ma Logan aveva un corpo atletico e smilzo, a differenza mia.

«Cos'è successo?» gli chiesi, allarmato. Mio fratello sembrava agitato. Tentennò qualche istante, poi raccolse il coraggio necessario a parlarmi.

«Credo che...» balbettò timoroso. «Qualcuno abbia fatto del male a Chloe», disse vago.

Non attesi altro tempo e lo superai con uno spintone. Mi precipitai fuori dalla stanza per raggiungere quella di nostra sorella, e Logan mi seguì a passo svelto. Nel mentre, mi disse che dovevo mantenere la calma, che dovevo capire la situazione e indurre Chloe a confessarci la verità. Mi suggerì di controllare l'istinto perché sapeva com'ero fatto. Perdevo facilmente il senno e quando accadeva nessuno riusciva a gestirmi.

Il breve tragitto fino alla stanza di mia sorella mi parve eterno. Nella testa scorrevano immagini terribili, ipotesi spaventose e supposizioni orrende. Irruppi letteralmente nella stanza di Chloe e la vidi.

Era rannicchiata sul letto candido. Le ginocchia strette al petto e il viso nascosto. I capelli biondi sfioravano, come fili dorati, le cosce magre. Mi avvicinai cauto, il cuore batteva forte nella gabbia toracica, poi mi sedetti sul letto e le accarezzai la testa dolcemente. Lei tremò e un singhiozzo le sfuggì dalle labbra.

«Piccolo Koala...» la chiamai con il soprannome che le riservavo da sempre. Chloe era il mio *piccolo Koala* e lo sarebbe stata anche quando fosse diventata una donna. Non c'era alcun rimedio per fermare il tempo, ma sapevo che nel mio cuore, quello che provavo per i miei fratelli, non sarebbe mai svanito, neanche con il passare degli anni. Il nostro legame sarebbe stato indissolubile.

Lo avevo perfino inciso sul mio fianco sinistro.

Il *Pikorua* era dedicato solo a loro.

«Guardami», insistei sottovoce e lei sollevò il capo lentamente.

Trattenni il respiro quando notai i suoi occhi grigi gonfi e pieni di lacrime, oltre a un segno violaceo che le marchiava lo zigomo destro. Le spostai il mento con due dita per guardarla meglio: altri segni le punteggiavano il collo per terminare chissà dove, sotto la maglietta.

Rimasi senza parole, sconvolto, incredulo.

La pelle di Chloe era un misto di innocenza e violenza.

Fu come se mi si fosse abbattuta addosso una nuvola di pioggia gelida, che mi impediva perfino di muovermi. Logan, invece, osservava il tutto con gli occhi lucidi e la mascella serrata dal dolore.

«Cosa ti hanno fatto? Chi è stato?» mormorai a bassa voce, con un tono calmo, nonostante sentissi una forza impetuosa e incontrollabile scorrere dentro di me. Chiusi una mano a pugno mentre l'altra cominciò a tremare. Ero io quello che li aveva sempre difesi da tutto e tutti, ma in quel momento mi sentivo sconfitto. Come avevo potuto permettere che accadesse una cosa del genere?

Le accarezzai la guancia per rassicurarla, ma Chloe abbassò gli occhi, spaventata e profondamente sofferente. Conoscevo bene le sensazioni che stava provando: paura, smarrimento e dolore.

Le avevo provate anch'io.

«Dimmi chi è stato, piccola. Devi dirmelo…» Cercai di mantenere la calma anche se immaginavo già la fine che avrei fatto fare ai bastardi, o al bastardo, che avevano commesso l'errore di ridurla così.

Nessuno, *nessuno* doveva toccare i miei fratelli o impazzivo.

«Parlaci, Chloe, avanti…» la incitò Logan, accarezzandole i capelli biondi, ma nostra sorella sembrava sotto choc. I suoi occhi non erano qui. Le gambe presero a tremarle, così come il labbro inferiore. L'avrei fatta pagare a chiunque fosse stato l'artefice di uno scempio simile.

«Carter», disse lei in un sussurro quasi impercettibile. Sussultai al suono di quel nome.

Carter Nelson, il fratello minore di Bryan. Era lui il colpevole.

Digrignai i denti come un animale e inspirai rumorosamente dal naso. L'avrei ammazzato. La mia mente deviata non suggeriva nessun'altra soluzione.

Mi alzai in piedi bruscamente e passai le mani tra i capelli, scompigliandoli. Sentivo la ragione scivolare lentamente via da me fino a lasciarmi del tutto privo di qualsiasi razionalità. Una sensazione di oppressione mi colpì il petto e il cuore mi parve sul punto di essere sputato fuori dal torace.

«Neil…» Logan aveva capito cosa stava per succedere. La follia stava incedendo dentro di me a passo lento, come la regina peggiore che potesse governarmi. Strinsi il viso tra le mani e scossi la testa. Ero furioso, rabbioso, fuori controllo.

Mio fratello cercò di afferrarmi per un braccio, ma fui più agile di lui.

Corsi via dalla stanza.

Non sentivo più nulla, non vedevo più nulla.

La rabbia iniziò a dondolarsi su di me, come una puttana.

Si fece beffa della mia debolezza e mi incendiò ogni fibra.

Uscii fuori, mi misi al volante dell'auto e pigiai l'acceleratore superando ogni limite di velocità. Sorpassai tutti i veicoli che mi intralciavano la strada e non mi sarei sorpreso se avessi preso una multa.

C'era qualcosa di più importante per me in quel momento: il desiderio di vedere il sangue di quel maledetto scivolarmi sulle nocche.

«Cazzo!» Tirai un pugno sul volante e poi passai la mano tra i capelli.

Quel bastardo aveva tentato di abusare di lei o ci era riuscito?

L'aveva solo toccata in modo brusco o costretta a un rapporto completo?

Chloe era vergine e il pensiero che lui fosse riuscito a violarla, mi uccideva. Non sapevo fin dove si fosse spinto, perché non avevo indagato abbastanza. Era stato sufficiente sentire il suo nome per perdere la capacità di ragionare.

Lo avrei ammazzato.

Non avevo paura di niente.

Non temevo la legge, la galera e altre stronzate.

L'amore per la mia famiglia era l'unica forma di sentimento in cui credevo e non avrei permesso a nessuno di distruggerlo.

Mi fermai, frenando bruscamente dinanzi all'insegna luminosa del *Blanco*. Sapevo che avrei trovato lì Bryan e che probabilmente con lui ci sarebbe stato anche suo fratello. Il *Blanco* era sinonimo di cocaina ed era un locale famosissimo a New York per lo spaccio e l'abuso di droga, e attirava i miei coetanei più dei soliti night club o delle banali discoteche.

Non mi curai di parcheggiare l'auto a dovere e scesi. Notai subito una Lamborghini nera, la macchina di Nelson, perciò ebbi la conferma che lo avrei trovato all'interno. Come ogni sera, il locale strabordava di clienti, donne e uomini seduti ai loro divanetti intenti a sniffare o a concedersi languide carezze che anticipavano quello che sarebbe accaduto subito dopo. Camminai tra la folla cercando di non far caso alle occhiate delle donne strafatte che avrebbero voluto essere sbattute in uno dei bagni e seguitai a individuare la testa di cazzo di Nelson.

«Ehi, stronzo, finalmente ti fai vivo.» Xavier mi si parò davanti con un sorriso malefico sulle labbra. Mi guardò come se avesse voglia di prendermi a pugni, probabilmente a causa del modo in cui lo avevo affrontato in caffetteria.

Lo urtai con un colpo di spalla e lo superai. Non avevo tempo da perdere.

«Dove cazzo è…?» mormorai a me stesso, spintonando malamente gli idioti che mi venivano addosso. Ero furioso e impaziente di dar sfogo alla mia rabbia.

«Chi cerchi?» chiese Xavier, che non mi ero neanche accorto che fosse dietro di me. Mi voltai e lo guardai. Lui mi fissava curioso ma guardingo. Aveva notato che ero furioso e tutti sapevano che, quando la rabbia prendeva il sopravvento su di me, combinavo casini su casini.

«Bryan Nelson. Dov'è?» domandai, senza smettere di guardarmi attorno. D'un tratto, però, intercettai una chioma bionda e un sorriso tentatore rivolto a due tipe.

Bingo.

Mi diressi a passo deciso verso Bryan, che adesso flirtava e palpava il culo di una delle ragazze. Lo afferrai per una spalla e gli assestai un gancio in pieno viso, spegnendogli subito il sorriso da cazzone. Cadde al suolo e le sue amiche urlarono, sgattaiolando via spaventate.

Alcuni ragazzi attorno a noi ci concessero tutta la loro attenzione, altri continuarono a ballare sulle note di una fastidiosa musica elettronica emessa dal mixer del dj.

«Ma che cazzo di problema hai, Miller?» Bryan si passò il dorso della mano sull'angolo delle labbra, dal quale colò un rivolo di sangue, e mi guardò con odio.

Avevo sferrato solo un pugno, ma lui sembrava incapace perfino di sollevarsi.

Del resto, praticavo la boxe da anni e conoscevo bene lo stordimento che provocava un colpo come quello. Tuttavia, non era quel coglione il mio reale bersaglio.

«Dov'è tuo fratello?» domandai, quando lo vidi alzarsi in piedi a fatica.

«Cosa vuoi da lui?» Bryan barcollò e mi sputò del sangue accanto alle scarpe in un chiaro gesto di sfida.

Credeva che lo avrei risparmiato se si fosse mostrato spavaldo?

No. Lo avrei massacrato.

«Dimmi dov'è!» urlai, afferrandolo per la maglietta. Strinsi il tessuto in due pugni e incastrai gli occhi nei suoi.

Bryan mi osservava sconvolto.

Forse riusciva a vedere il diavolo che avevo dentro?

Probabilmente sì.

«Lascialo andare, se è me che vuoi.» Alle mie spalle percepii una voce minacciosa e sarcastica.

Lasciai Bryan con uno strattone e mi voltai.

Ed eccolo, Carter Nelson. Vent'anni, chiodo di pelle sulle spalle, capelli neri come le tenebre, un anellino alla narice sinistra del naso e atteggiamento cinico e strafottente.

Lo fissai con profondo astio e serrai la mascella per controllare l'impeto di saltargli al collo.

«Ti conosco, Neil. Non mi fai paura», mi sfidò, per niente intimorito.

Coraggioso, il ragazzino.

Gli sorrisi con crudeltà e avanzai cauto verso di lui.

«Non mi conosci per niente, altrimenti non avresti fatto una cosa del genere a mia sorella.» Tenni le braccia distese lungo i fianchi e iniziai a muovere piano le dita, come se mi stessi scaldando durante uno dei miei allenamenti.

Lo sguardo gli scivolò proprio sulle mie mani.

Forse Carter aveva intuito che il mio *sacco da boxe* sarebbe stato proprio lui.

«Ho soltanto provato a scoparla, ma sta' tranquillo… è ancora vergine», disse, beffardo.

Fu un attimo. Un attimo soltanto, simile all'esplosione del Big Bang, lo scoppio che si diceva avesse condotto alla nascita dell'universo.

In quel momento ebbi l'impressione di rivivere dentro di me proprio lo stesso grande *scoppio*.

La temperatura corporea aumentò, la rabbia si espanse e la ragione si raffreddò.

I miei mostri mi parvero delle galassie che ruotavano attorno al mio spazio.

Li vedevo, li ascoltavo e li seguivo.

Una forza potente mi scorse nelle vene; non percepii più alcuna voce, alcun volto. Sentivo solo delle scariche elettriche irradiarsi in ogni pugno.

Accadde tutto all'improvviso, mi ritrovai a cavalcioni sul corpo inerte di Carter, il suo viso si deturpava a ogni colpo, l'odore del sangue mi avvolgeva, le nocche si riempivano di squarci dolorosi, il cuore pompava inarrestabile.

Ormai mi era chiaro che quell'essere aveva tentato di violentare mia sorella, ma quando Chloe aveva cercato di difendersi, lui l'aveva picchiata.

Era imperdonabile.

Io stesso avevo commesso molti errori nella mia vita, ma questo era troppo.

«Mio Dio… Lo ucciderai!» gridò una voce familiare in un coro di urla di terrore, ma non me ne curai.

Afferrai la testa di Carter con entrambe le mani e la sbattei contro il pavimento, con forza. Urlai di rabbia per quello che aveva fatto e urlai ancora per quello che invece stavo facendo *io*.

«Basta! Basta!»

Qualcuno mi afferrò per il torace e mi allontanò dal corpo malconcio di Carter. Avevo la vista e il cervello annebbiati. Non riuscivo a respirare e stavo sudando. La gola era secca, le labbra socchiuse e la testa vorticava in un mondo parallelo.

«Neil, calmati! Calmati, per favore…»

Continuai a dimenarmi incurante di chi cercava di tranquillizzarmi. Intorno a me non c'era più nulla. Solo il buio, sagome senza anime, volti indistinti, spazi vuoti.

Con il gomito colpii qualcuno, forse una ragazza, non seppi dirlo.

Ero stato risucchiato dalla rabbia, una forza distruttrice contro cui non riuscivo a lottare.

Sbattei più volte le palpebre, una figura slanciata si stagliò di fronte a me, ma le sue linee erano ancora deformate e offuscate.

«Neil, è tutto okay. Sono qui con te.»

Il mio respiro non accennava a regolarizzarsi, goccioline salate mi imperlavano la fronte, il mio cervello era inglobato in una realtà oscura dalla quale non voleva uscire. Non ricordavo neanche dove fossi e con chi. Mi sentivo confuso e smarrito, come sempre dopo le mie esplosioni incontrollate di rabbia.

Piano piano, però, il volto assunse dei tratti più precisi e dei colori armoniosi.

Riconobbi mio fratello. Logan era qui.

«Neil.» Mi accarezzò il viso con entrambe le mani, spaventato a morte. Mi sentii in colpa, chiusi gli occhi ed espirai piano, anche se il cuore galoppava e nelle vene scorreva ancora una furia malata. Dovevo calmarmi, lo dovevo a Logan.

Quante volte mi era stato accanto in quei momenti? Quante volte mi aveva visto ridotto in quello stato? Quante volte lo avevo terrorizzato?

Eppure lui c'era sempre stato.

Sempre.

Ecco cos'era per me *l'amore*.

«Logan…» sussurrai disorientato e lui sorrise, sollevato.

Voltai appena il viso per vedere chi mi teneva fermo per le braccia e riconobbi Xavier. Mi divincolai e lui mi lasciò andare. Ero stanco, svuotato di qualsiasi forza ed energia fisica. Fu solo allora che mi guardai attorno e notai che eravamo soli, in un angolo buio e tetro del locale.

Com'eravamo finiti lì?

Probabilmente mi avevano condotto lontano da Carter o altrimenti avrei finito quello che avevo iniziato.

Già, Carter.

Non sapevo neanche se il ragazzino fosse sopravvissuto alla mia furia. Avevo voluto fargliela pagare per quello che aveva fatto a Chloe, ma forse avevo esagerato. Cercai dentro di me un po' di pentimento, ma non lo trovai.

Non ero pentito, ero solo deluso dalla mia incapacità di controllarmi. Avrei potuto uccidere chiunque senza neanche ricordarlo, come sempre quando perdevo il senno.

«Eri fuori di te...» Logan curvò le spalle come se ammettere quella verità fosse un peso enorme per lui. «Dobbiamo andare via da qui. Hanno chiamato la polizia. L'ambulanza ha portato via Carter. Era disteso a terra, privo di sensi», aggiunse poi velocemente, però ero troppo frastornato per capirci qualcosa.

Logan cercò di afferrarmi il braccio, ma mi sottrassi al suo tocco. Odiavo essere toccato contro la mia volontà, stavo per dirglielo, quando qualcuno si intromise, catturando la mia attenzione.

«Logan!»

Mi voltai e vidi Selene. La sua voce mi parve l'unica nota intonata in una melodia stonata.

La bimba corse verso mio fratello con le lacrime agli occhi. Per un momento pensai di aver avuto un'allucinazione e che l'immaginazione mi stesse giocando sicuramente brutti scherzi ma, quando sentii il suo profumo di cocco che ormai avrei riconosciuto ovunque, mi resi conto che era tutto reale.

Che *lei* era reale.

«Selene, va tutto bene.» Logan l'abbracciò e la rassicurò come meglio poteva. Intanto, la testa riprese a girarmi e d'istinto sentii la necessità di appoggiarmi al muro scorticato alle mie spalle. La polizia sarebbe arrivata da un momento all'altro, tuttavia non avevo neanche le forze di scappare via. Stordito, puntai lo sguardo sul viso spaventato di Selene e incontrai l'oceano cristallino dei suoi occhi. Mi stava fissando come se fossi un pazzo, un serial killer, un malato di mente; forse non aveva del tutto torto.

Per caso aveva assistito a quella scena terribile?

«Che ci fa lei qui?» domandai. Volevo capire perché mio fratello avesse avuto la *felice* idea di portarla con sé e di farle vedere quello che ero. Non ero solo un uomo strafottente, che manipolava le donne per scoparsele, e nemmeno solo egoista, cinico e calcolatore.

Ero molto peggio di così e dal modo in cui Selene mi stava guardando, l'aveva capito.

«Mi ha accompagnato contro la mia volontà. Era preoccupata per te», si giustificò Logan e sorrisi nell'udire quella risposta.

La bimba era preoccupata per me?

Solo perché non sapeva chi ero davvero.

La osservai da capo a piedi: le gambe lunghe erano coperte da un paio di jeans chiari e il busto magro da un maglione rosa.

Era bella da togliere il fiato.

Non indossava mai nulla di sconveniente; anche se non voleva far capitolare gli uomini, qualsiasi uomo sano di mente perdeva la testa per lei.

Mi allontanai dal muro e mi avvicinai a Trilli, come se fosse una sorgente d'acqua fresca e io fossi un assetato che non beveva da mesi.

Selene sostenne il mio sguardo mentre Logan mi fece segno di seguirlo verso la sua auto al più presto perché la polizia stava arrivando.

Io, però, ero incantato.

«Cosa hai visto?» La raggiunsi e sussultò quando le parlai piano. Selene sembrava ancora spaventata e scossa.

Deglutì a vuoto, i capelli ramati e lunghi le cadevano morbidi oltre le spalle. Avevo voglia di accarezzarli, ma mi costrinsi a stare fermo e ad aspettare. Sapevo che mi avrebbe aggredito, che mi avrebbe detto che ero un folle o un uomo pericoloso e indegno di integrarsi nella società, ma lei si limitò a sondare con discrezione il mio viso.

«Un fratello che ha cercato, a modo suo, di punire l'aggressore di sua sorella, perché la famiglia è tutto per lui.»

Quelle parole, così vere e profonde, mi stupirono. Non ci eravamo visti né avevamo parlato dopo la notte trascorsa insieme. L'avevo scopata brutalmente sulla scrivania eppure non c'era odio nei suoi occhi, né rancore.

Solo comprensione e un pizzico di compassione.

Era piccola, ma sprigionava una forza inaudita.

Era una tigre, ne ero certo.

Ma quanto avrebbe tollerato la mia pazzia prima di impazzire a sua volta?

«Perché cerchi di giustificarmi?» le chiesi infastidito; volevo che mi vedesse per quello che ero.

Tutti mi temevano, tutti mantenevano le dovute distanze da me.

Sapevano che ero scostante. Sapevano che spesso sconfinavo nell'anormalità e che ero un totale disastro. Avevo goduto nel picchiare Carter. Eppure agli occhi della bimba sembravo un eroe, uno di quelli che avrebbero salvato il mondo dai mostri.

Ma io non ero un eroe.

Lei pensava che fossi Batman, invece ero il Joker.

La mia vita, però, non era un fumetto.

«Cerco solo di capirti», sussurrò.

Le guardai le labbra, schiuse, rosse, a forma di cuore. Avrei voluto baciarle, leccarle e assaporarle come avevo fatto poche ore prima.

D'un tratto, mi chiesi cosa ci facesse una come lei sulla strada caotica del mio destino.

Sapevo che le cose belle avevano sempre una fine e, purtroppo, quasi mai lieta.

Perciò dovevo stare attento o Selene sarebbe stata la mia fine.

Dio era stato crudele con me sin dalla nascita ed ero fermamente convinto che lei fosse stata mandata dall'Onnipotente solo per farmi altro male.

Dio, però, credeva ancora di ingannarmi?

Si sbagliava.

Non mi avrebbe fottuto ancora, sarei stato io a fottermi il suo angelo dagli occhi oceano tutte le volte che avrei voluto, anche se *non* era bionda né impudica come le mie solite amanti.

«Dobbiamo andare via subito», ci incalzò Logan, guardandosi attorno allarmato; io, però, non smisi di osservare Selene. I suoi occhi scivolarono in basso, sulle mie mani. Seguii il suo sguardo e notai il sangue sulle nocche, degli schizzi color porpora sui jeans e la felpa sgualcita.

Avevo un aspetto pietoso e sfatto.

Scossi la testa e sorrisi sbeffeggiando me stesso.

Io vivevo la vita così.

Mi drogavo di rabbia.

Mi armavo di odio.

Mi cibavo di ricordi.

Mi illudevo di un futuro migliore e…

Odiavo l’amore.

Perché io ne ero stato già vittima. Avevo provato sulla pelle un amore diverso, anormale, malato. Un amore che richiudeva in un «Ti amo» tutto ciò che avrebbe potuto distruggere, ancora una volta, la mia anima.

Per questo non avrei mai potuto amare.

Per questo i mostri restavano aggrappati alle mie spalle.

Per questo mi parlavano.

Per questo io li ascoltavo.

Ero consumato, non avevo più niente da dare e niente da prendere.

Non potevo appartenere a qualcuno e Selene prima o poi l’avrebbe capito.

Vivevo una forma di esistenza disinteressata.

Vivevo a modo mio.

Ero semplicemente quello che ero e *non sarei mai cambiato*.

16
Selene

Nessuno è più superbo di colui che si crede immune dai pericoli del mondo.
DAN BROWN

SORSEGGIAVO il mio caffè, cercando di mettere qualcosa nello stomaco.

La mia mente vagava ancora sui ricordi del giorno precedente. Avevo deciso di accompagnare Logan al *Blanco* e mi ero offerta di guidare al posto suo. L'avevo, infatti, sorpreso a tremare in salotto mentre cercava le chiavi dell'auto. Non faceva altro che ripetere il nome di Neil, che avrebbe dovuto fermarlo perché in quello stato sarebbe stato pericoloso.

Non sapevo di cosa stesse parlando, fino a quando non l'avevo costretto a dirmi tutta la verità su Chloe e Carter.

Quel bastardo aveva cercato di abusare di lei e perciò Neil era uscito fuori di testa non appena l'aveva scoperto.

Sospirai e posai la tazza sul bancone. Mi sfuggivano ancora troppe cose di quel ragazzo; l'avevo visto picchiare a sangue Carter, avevo assistito alla sua forza inaudita, avevo notato il modo in cui aveva smarrito il controllo. Preso dalla rabbia, mi aveva anche colpita con una gomitata e non si era accorto di nulla, come se in quel momento non fosse in grado di riconoscere nessuno, neanche se stesso.

Decisi che avevo bisogno di distrarmi. Dato che quella mattina non avevo alcun corso da seguire, ne volevo approfittare per proporre ad Alyssa di uscire a fare un po' di shopping. Non ero il tipo di ragazza che amava girare per un centro commerciale, ma sentivo la necessità di azzerare i pensieri.

Neil era un rebus e molti dei suoi atteggiamenti restavano privi di una spiegazione logica. Forse avrei dovuto smettere di cercare qualcosa di logico in lui.

Quel ragazzo era tutto fuorché normale.

I miei ragionamenti taciti furono interrotti dal suono del campanello.

Guardai Anna lisciarsi la divisa e dirigersi di fretta in salotto. Chi poteva essere a quell'ora del mattino?

Chloe era uscita con Mia, mio padre era in clinica e Logan e Neil probabilmente dormivano ancora.

Mi incamminai al seguito della governante, e mi fermai accanto allo stipite della porta della cucina, mentre lei andava ad aprire. Trattenni il respiro quando vidi due poliziotti sull'uscio intenti ad analizzare l'abitazione come segugi, mentre Anna cercava di chiedere loro cosa volessero.

«Cerchiamo Neil Miller. È in casa?» disse uno dei due. Gli agenti erano uomini di mezza età, alti e imponenti, che indossavano la loro divisa con una certa sicurezza.

Anna sobbalzò e si guardò attorno forse per temporeggiare alla ricerca di una scusa qualsiasi. Un moto di paura e preoccupazione mi attraversò da capo a piedi; probabilmente erano lì per quello che era accaduto a Carter la sera precedente. Avrei voluto intervenire e salvare Anna da quella situazione sconveniente, ma dei passi impetuosi spazzarono via le mie intenzioni. Voltai il capo e vidi Neil scendere l'enorme scalinata di marmo in tutta la sua avvenenza. Indossava dei jeans blu che si tendevano sui quadricipiti atletici e un dolcevita bianco che si modellava perfettamente alle linee dei muscoli, evidenziandole.

I capelli castani erano scombinati come sempre, gli occhi dorati vivi e lucenti, e le labbra serrate in un'espressione severa e accattivante. Mi superò, senza neanche accorgersi della mia presenza, e una ventata di muschio fresco mi colpì facendomi rabbrividire.

Di sicuro si era appena fatto una doccia, una delle tante.

Ormai conoscevo le sue abitudini e la sua ossessione per l'igiene del corpo. Sembrava che non potesse vivere senza lavarsi più volte al giorno e stranamente quello era un altro aspetto di lui che trovavo attraente. Mi venne voglia di saltargli addosso e di leccargli ogni centimetro della pelle come non avevo mai fatto fino ad allora.

Non avevo dimenticato il modo in cui mi aveva trattata, il modo rude e insensibile in cui mi aveva presa nella mia stanza, quando era stato ostinato a raggiungere il proprio piacere, ma al tempo stesso non potevo negare quanto mi fosse piaciuto sentirlo muoversi dentro di me. Ero contraddittoria, alternavo momenti di profonda eccitazione a momenti di rammarico. Infatti, non ero ancora riuscita a parlare con Jared, ma lo avrei fatto presto. Non appena avesse risolto la sua situazione a Detroit e fosse tornato qui da me, come promesso.

Del resto, sua madre stava male e non potevo provocargli ulteriori sofferenze.

Ero in una posizione decisamente scomoda.

Bloccata tra l'incudine e il martello, senza sapere bene cosa fare.

«Agente Scott, quale onore.»

Tornai con la mente al presente quando sentii la voce baritonale di Neil salutare uno dei due uomini sulla porta. Riuscivo a vedere solo le sue spalle ampie e la linea della schiena dalla quale traspariva tutta la sua forza dirompente.

«Anna, vada pure, ci penso io qui.» Congedò la governante con un sorriso di circostanza e tornò a guardare i due agenti. Nel frattempo mi nascosi dietro lo stipite della porta e decisi di sbirciare la scena.

Avrei fatto una bella figuraccia se mi avesse scoperto, ma era opportuno capire cosa stesse succedendo; in fondo ero stata testimone del massacro di Carter.

«Possiamo entrare?» domandò l'agente Scott con un tono sarcastico. Posò le mani sulla cintura dei pantaloni, poco distante dalla fondina della pistola, e fissò Neil circospetto.

Lui non si scompose e si spostò di lato per farli entrare.

«Sei a conoscenza di quanto accaduto in un locale chiamato *Blanco*?» chiese l'agente Scott, che era anche il più arcigno dei due. Neil se ne stava fermo a fissarlo e dava l'impressione che non gli importasse di niente.

Nessuna emozione attraversò il suo viso tanto perfetto quanto enigmatico.

«Al *Blanco*?» ripeté fingendosi pensieroso. Stava giocando d'astuzia. Avrebbe negato, negato e ancora negato di aver colpito brutalmente Carter.

«Sì, il locale sulla 187th Street. La tua Maserati si vede sempre parcheggiata proprio lì davanti.»

«E allora? Il fatto che io lo frequenti non vuol dire nulla», si difese, mantenendo un certo autocontrollo anche se notai le sue spalle irrigidirsi e i tratti del viso incupirsi.

L'agente Scott iniziò a camminare per il salotto mentre il collega scostava le tende per guardare oltre la finestra. Cosa stavano cercando?

«La scorsa notte c'è stata una rissa. Un ventenne, Carter Nelson, è stato picchiato all'interno del locale, poi è stato trascinato sul marciapiede fuori dall'ingresso e pestato a sangue.»

Neil schiuse appena le labbra, aveva lo stesso sguardo smarrito di quella notte come se non ricordasse più nulla.

«Adesso si trova in ospedale con un grave trauma cranico ed è in coma», seguitò l'agente Scott, ma Neil si limitò a fissarlo, impassibile. «La famiglia Nelson vuole sporgere denuncia contro l'aggressore.» Il poliziotto si avvicinò a lui e strinse gli occhi, analizzandolo. «Quindi, Neil, ci sono soltanto due alternative. Quel povero ragazzo potrebbe guarire o morire», sottolineò l'ultima parola per far sì che recepisse il messaggio. «Dipenderà dalla posizione, dalla gravità e dall'estensione del danno cerebrale che ha causato il coma stesso. Dovresti saperlo, vivi con un medico giusto?» Scott ostentò un mezzo sorriso sarcastico, ma Neil rimase serio e sostenne il suo sguardo freddo. L'agente stava cercando di farlo cedere, di rompere le barriere difensive dietro le quali si stava proteggendo, di frantumare il muro psicologico con il quale si mostrava indifferente.

«Perché dovrebbe importarmi, Roger?» Neil chiamò l'uomo per nome e per la prima volta vidi un odio represso negli occhi dell'agente.

«Ho lo strano presentimento che tu c'entri qualcosa. Alcuni dei testimoni mi hanno descritto minuziosamente l'aspetto dell'aggressore, anche se nessuno ha fatto il tuo nome. Prega che quel ragazzo si risvegli senza riportare danni irreparabili. Se muore, Miller, giuro sulla mia vita che ti sbatto in galera», mormorò sottovoce, ma con una cattiveria tale da farmi venire la pelle d'oca sulle braccia.

«Con quali prove? Io non c'entro nulla.»

Neil abbozzò un sorriso vittorioso; non sapevo come facesse a essere così sicuro di non essere incastrato. Qualcuno poteva aver filmato quanto successo, qualcun altro poteva aver scattato una foto o semplicemente deciso di fare il suo nome, eppure Neil sembrava assolutamente certo che non sarebbero mai saltate fuori prove contro di lui.

«Tu e quella banda di teppisti con cui esci...» L'agente scosse la testa e lo guardò con sdegno. «Comprate l'omertà della gente con le minacce e con la cattiveria. Non pensare che io mi dimentichi di te, Neil. Sei una spina nel fianco che prima o poi toglierò. Questa volta nessun avvocato ben pagato né tantomeno il tuo ricco paparino riusciranno a fermarmi», promise e io sussultai. Era chiaro che Neil e quell'uomo si conoscevano già, e tra loro c'era una questione personale in sospeso di cui non sapevo nulla.

Come avrei potuto? Di quel ragazzo conoscevo solo la prestanza fisica e la potenza sessuale perché era tutto ciò che mostrava di sé.

«Credo che abbiamo finito, agente.» Neil gli sorrise minaccioso e l'uomo passò la lingua sui denti, pensando a chissà cosa. Poi, fece un cenno del capo al suo collega e insieme andarono via.

Rimasi immobile, nascosta dietro lo stipite della porta come una ladra. I miei occhi non smisero un solo istante di osservare Neil, ora seduto sul divano del salotto, le gambe aperte, i gomiti posati sulle ginocchia e le mani sul viso. Era preoccupato, nervoso e io avrei voluto correre da lui per rassicurarlo. Il mondo per lui sembrava essere nero. Non c'era niente che gli andasse per il verso giusto, cosa di cui mi resi conto proprio in quel momento.

«Neil… è tutta colpa mia.» Sussultai quando sentii inaspettatamente la voce di Chloe levarsi nel salotto. Si precipitò da suo fratello e Neil le consentì di sedersi sulle sue gambe. La cullò, stringendola a sé, e le accarezzò i capelli biondi. Non lo avevo mai visto in atteggiamenti dolci e amorevoli con i suoi fratelli, quindi fu una sorpresa scoprire un lato simile di lui.

«Non è colpa tua, ma di Carter. Se non avesse cercato di violentarti, io non gli avrei fatto del male.» La dondolò e Chloe scoppiò a piangere nell'incavo del suo collo. Il petto mi si strinse in una morsa di dolore e mi toccai con una mano per attenuarla.

Non avevo fratelli o sorelle, ma intuii cosa volesse dire condividere un legame così forte. Neil avrebbe dato la sua vita per salvare i suoi cari, il che gli faceva onore.

«Non piangere, piccolo Koala.» Le baciò la fronte e le sorrise.

In fin dei conti, Neil era sensibile. Era umano anche lui, aveva un cuore, ma, a differenza degli altri, lo concedeva a pochi, ai più meritevoli. Trattava Chloe come se fosse ancora una bambina, una farfalla delicata, e desideravo che trattasse anche me nello stesso modo.

Proprio in quel momento capii che avrei dovuto conquistare la sua fiducia per arrivargli al cuore. Neil era un cavaliere oscuro che viveva in un castello di cristallo, nel quale non lasciava entrare nessuno, eccetto i suoi cari.

Mi resi conto di volere un posto in quel castello e di voler essere annoverata tra i suoi cari.

Mi sentii stupida a pensare una cosa del genere, o soltanto a sperare che accadesse, ma potevo pur sempre sognare.

Non lo avrei usato come credeva lui; tra noi non sarebbe stato solo sesso, ma attraverso la sessualità, che per lui era l'unico mezzo con cui comunicare, io sarei arrivata alla sua anima e avrei distrutto il filo spinato con il quale si difendeva dal mondo.

Dopo l'episodio di Carter e la visita degli agenti a casa, ripresi regolarmente in mano la mia vita.

Cercavo di non assentarmi mai dalle lezioni e di essere socievole con gli amici di Logan. Stavo ancora cercando il mio posto nel loro gruppo e mi stavo impegnando a integrarmi.

I ragazzi, d'altronde, mi avevano accolta ed erano sempre gentili con me, motivo per cui, nonostante fossi molto introversa, non era stato difficile instaurare un bel rapporto con loro.

«Dovresti smetterla di guardare il sedere di tutte», disse Julie ad Adam. Era in atto una discussione tra loro mentre ci godevamo una pausa dalle lezioni. Il sole sfavillava nel cielo azzurro ed eravamo seduti sulla panchina di una delle tante zone verdi dell'università.

«Ragazze, siamo uomini, guardare è lecito», intervenne Jake in difesa dell'amico. Adam e Julie avevano iniziato a frequentarsi da poco, ma lei si era già calata nei panni della fidanzatina gelosa.

«Lui guarda le donne? Be', allora tu flirta con gli uomini, così capirà cosa si prova», suggerì Alyssa, rivolgendo un sorriso insolente ad Adam, che, per tutta risposta, le alzò il dito medio.

«Cazzo. Nessuno ha notato Miss Cooper laggiù?» Cory spostò l'attenzione di tutti sulla professoressa che stava percorrendo il viale principale reggendo dei libri con un braccio.

Indossava un elegante tailleur color panna che scivolava morbido sulle curve prorompenti. I capelli dorati raccolti in una coda alta brillavano come gli occhi di un azzurro cielo.

Era davvero una bella donna e non potei fare a meno di pensare a quando era stata minacciata da Neil, in cambio di chissà quale favore. In quel momento mi resi conto di un altro dettaglio: la professoressa, Jennifer, le ragazze che spesso portava a casa, erano tutte bionde, attraenti, accattivanti e completamente diverse da me. Continuavo, quindi, a non capire perché mi avesse presa in quel modo nella mia stanza o perché provasse una certa attrazione nei miei confronti. Tra l'altro, non sembrava in grado di gestire il nostro rapporto: quando lo evitavo, infatti, manifestava il suo fastidio; quando invece cercavo di leggergli dentro, mi respingeva.

Quel ragazzo mi avrebbe spedita al manicomio.

Era incomprensibile e scostante.

Solo pensare a lui mi provocava un grande mal di testa.

«Il suo culo... Dio, che culo, ragazzi...» commentò Jake, guadagnandosi una gomitata da Logan.

«Cugino, non fai altro che pensare alle donne tu, eh?» Una voce bassa dal timbro sconosciuto, mi indusse a spostare lo sguardo su un paio di occhi blu e magnetici.

Sollevai una mano sulla fronte per ripararmi dal sole e vidi meglio il nuovo arrivato.

Era un ragazzo della nostra età, forse uno studente, che non avevo mai visto prima.

Indossava un cappotto lungo ed elegante, dei pantaloni chiari e un maglioncino scuro.

Non potei scorgere molto del suo corpo, ma notai che era alto e longilineo. I capelli neri ricadevano lunghi oltre le orecchie ed erano legati in una piccola coda. Un orecchino brillava su uno dei due lobi; la pelle olivastra invece contrastava con le iridi blu e abbaglianti.

«Kyle. Brutto stronzo! Non mi hai detto che saresti arrivato oggi!» Cory gli scompigliò i capelli, ma il ragazzo non sembrò affatto infastidito, tutt'altro. Lo abbracciò e gli diede alcune pacche sulla spalla. A seguire ognuno dei ragazzi lo salutò con entusiasmo. Logan mi informò che conoscevano Kyle da tre anni e che erano molto amici. Tuttavia, lui non era di New York e lo vedevano soltanto due volte all'anno, quando raggiungeva i suoi zii per restarci circa un mese.

Mentre tutti lo salutavano e parlavano di persone che non conoscevo, restai seduta sulla panchina e abbassai gli occhi sul libro che stavo leggendo nei ritagli di tempo.

Sistemai una ciocca di capelli dietro l'orecchio e ripresi la lettura fino a quando qualcuno non posò una foglia proprio tra le pagine su cui era puntato il mio sguardo.

Aggrottai la fronte e sollevai il viso incontrando il sorriso di Kyle, di cui non avevo ancora fatto ufficialmente conoscenza.

«Si dice che inserire una foglia tra le pagine di un libro porti fortuna», disse e io arrossii come una sciocca. Feci per abbassare gli occhi imbarazzata, ma lui mi tese la mano, tentando ancora di comunicare con me.

«Sei la nuova arrivata nel gruppo? Dovrai avere molta pazienza con questi matti. Io sono Kyle.»

«Piacere, Selene.» Gli strinsi la mano e lui si esibì in un baciamano galante che fece sghignazzare tutti. Ero certa di essere arrossita ancora, ma tentai di mascherare la timidezza con un sorriso.

«Posso?» Indicò lo spazio sulla panchina accanto a me, e io feci un cenno affermativo.

«Eccolo lì, il lupo all'attacco», lo prese in giro Cory, ma suo cugino lo scacciò via con una mano e tornò a concedermi le sue attenzioni.

«Allora, Selene, a quanto pare ti piace leggere.» Guardò il mio libro e io lo chiusi, mostrandogli la copertina.

«Adoro i grandi classici, i romanzi, i saggi critici...» Non parlavo molto dei miei gusti letterari o delle mie passioni, ma con Kyle compresi all'istante di poterlo fare.

«Autore preferito?» chiese, incuriosito.

«Vladimir Nabokov.» Sapevo che non tutti conoscevano Nabokov e che molti si sarebbero aspettati nomi più noti di autori contemporanei, ma Kyle sorrise entusiasta della mia risposta.

«*L'incantatore*», disse subito, puntandomi l'indice contro per rafforzare il concetto.

«*Un mondo sinistro*.»

«*Il dono*.»

Dopo aver elencato le opere dell'autore, scoppiammo a ridere mentre tutti ci guardavano come se fossimo due alieni. Non avevo mai trovato qualcuno che condividesse i miei stessi gusti e Kyle in questo fu una grande sorpresa. Si sistemò i lunghi capelli in una crocchia morbida e mi guardò con un sopracciglio inarcato. Io scrollai le spalle, sorridendo.

Aveva fascino.

Poteva essere un musicista rock o forse un artista; somigliava vagamente a Brandon Lee, il che mi fece venire in mente tutta la sua filmografia.

A ogni modo, quel ragazzo dava l'impressione di non aver paura di essere semplicemente se stesso.

Per questo risultava diverso dagli altri.

17
Player 2511

Nessuno esce vivo dalla vita.
JOKER

«ECCOLA lì, la bella Selene in compagnia di Logan e i suoi amichetti.» Sorrisi, osservando il gruppetto in questione conversare e ridere su una panchina, fuori dall'università. Non mi era stato difficile risalire a lei, alla Bella che in qualche modo aveva attirato su di sé le attenzioni della Bestia. Dovevo solo capire quanto contasse nella vita di Neil e se fosse solo una puttanella delle tante con cui scopava.

«Logan è sempre con lei, come faremo?» chiese il mio braccio destro, accomodato sul sedile del passeggero.

Faceva domande scomode su domande scomode, ma la calma era la virtù dei forti.

Mantenere la lucidità mi avrebbe concesso di pianificare tutto come volevo.

«Logan non sarà un problema. Ci giocheremo bene le nostre carte.» Soffiai nell'aria il fumo della sigaretta. Il finestrino semiaperto mi consentiva di guardarla meglio.

Selene Anderson, ventun anni, originaria di Detroit.

Se ne stava seduta a chiacchierare con gli amici, un libro sulle gambe e lo sguardo innocente. Aveva il viso di una bambina, trasmetteva purezza e ingenuità; chissà se erano state proprio quelle caratteristiche ad attirare Neil al punto tale da portarsela a letto.

In fin dei conti, era solo una ragazzina, non sapeva ancora nulla della vita.

Non sapeva che trascorrere troppo tempo soffrendo per il male ricevuto cambiava le persone.

Le rendeva diverse, spietate, meschine, affamate.

Sì… *affamate*.

La vendetta per me era diventata un bisogno vitale, il bisogno il più intenso e profondo che esisteva.

Non potevo soffocarla, non potevo reprimere il mio vero istinto.

Si dice che lo squilibrio scaturisce da una vendetta che, troppo a lungo, l'essere umano ha represso.

E io volevo esplodere.

Era giunto il momento di servire all'inferno il boccone più amaro…

18
Selene

Esistono due tipi di tragedie nella vita.
Una è perdere ciò che più si desidera, l'altra è ottenerlo.
Quest'ultima è la peggiore, la vera tragedia.
George Bernard Shaw

«Come sta tua madre?»

Ero stata una sciocca a pensare che Jared non avesse tempo per me; semplicemente cercava di stare accanto a sua madre e per questo aveva sempre declinato i miei continui inviti a raggiungermi qui a New York.

«La chemio è un vero inferno per lei...» Sembrava stanco e io potevo solo immaginare quanto fosse difficile sopportare una situazione del genere. Mi sentivo un'ipocrita in quel momento: volevo stargli accanto, ma *non* come lui avrebbe voluto; non mi reputavo più la sua ragazza, ma non potevo dirglielo, non mentre sua madre stava lottando tra la vita e la morte.

«Mi dispiace tanto. Sono certa che la tua presenza sia fondamentale per lei. Sei tu la sua forza.» Non riuscivo neanche a pensare come avrei reagito al suo posto. Mia madre era tutto per me, pertanto ero convinta che fosse davvero tremendo affrontare un ostacolo quasi insormontabile come il cancro. A volte mi chiedevo perché Dio stabilisse un destino così crudele per gli uomini. La madre di Jared era ancora giovanissima e non meritava di lottare contro un male così distruttivo. Il cancro era insidioso, velenoso, doloroso e non era facile combattere contro un nemico così potente.

«Essere forte è l'unica scelta che ho», commentò affranto e io mi bloccai nel corridoio che conduceva in camera mia. Avevo appena terminato le lezioni all'università ed ero stanchissima; ascoltare Jared però mi rendeva anche angosciata e malinconica.

«Ce la farai.» Ogni mia possibile rassicurazione sembrava inutile, ogni parola o frase erano banali. Non c'era nulla da dire dinanzi a una realtà così sconvolgente come la malattia, bisognava solo aspettare, resistere e sperare di uscirne vittoriosi.

A quel punto, Jared cambiò discorso e mi chiese se mi fossi ambientata, se avessi instaurato un bel rapporto con gli amici di Logan e altre informazioni futili, soltanto per cercare di distrarsi e non pensare al periodo difficile che stava affrontando con la sua famiglia.

Riagganciai dopo altri dieci minuti di conversazione ed entrai in camera, lanciando la borsa sul letto. Mi sfilai il cappotto e allungai le braccia verso l'alto, stiracchiando i muscoli che sentivo tesi e intorpiditi. D'un tratto, degli strani rumori, seguiti da alcuni ansiti affannosi e rabbiosi, mi indussero a tornare sui miei passi. Uscii dalla mia stanza e li seguii, come se fossi Hansel e quei rumori fossero i miei sassolini bianchi. Mi fermai in fondo al corridoio, dinanzi alla porta semiaperta della palestra privata, e sporsi il viso per guardarvi dentro.

Con la mano posata sullo stipite e il respiro silenzioso, vidi Neil intento ad allenarsi.

Un sacco da boxe rosso fuoco oscillava sotto i colpi violenti dei suoi pugni. Incantata, osservai ogni centimetro del suo corpo in tensione. I pantaloni sportivi avvolgevano i quadricipiti contratti, il torace nudo, grondante di goccioline di sudore, esibiva i pettorali gonfi e un addome così scolpito da fare invidia a qualsiasi altro uomo; le linee nere del maori sembrava stessero danzando attorno al suo bicipite destro, la punta finale del *Pikorua* sul fianco sinistro, invece, era coperta dall'elastico dei pantaloni a vita bassa.

Era una visione.

Era bello da ammirare come un quadro in un museo.

Il suo fisico era un insieme di sporgenze e rilievi naturali, un complesso di parti armoniche che formavano una vera scultura.

Era arte, bellezza e perfezione assoluta.

Mi riscossi e guardai Neil che continuava a sferrare ganci precisi e calcolati.

Non ne sapevo molto di boxe, ma ero a conoscenza della forza, della velocità e della resistenza richieste per praticare un tale sport.

I guantoni che indossava riparavano le nocche da possibili fratture tanta era la potenza che scorreva nelle sue braccia virili. I muscoli si contraevano a ogni colpo e il respiro era ansante.

Lo sguardo, invece, era cupo e concentrato.

C'era di tutto nei suoi occhi: la stanchezza di chi aveva sperato in qualcosa che non era mai arrivato, la rabbia di chi aveva trasformato la disperazione in tremendi silenzi, la tempesta che ogni giorno si abbatteva sulla sua anima.

Neil era stato deluso dalla vita ed era prigioniero del suo stesso odio.

Ma cosa lo aveva reso così?

All'improvviso, si fermò e voltò il capo verso di me. Sussultai e le sue iridi dorate furono le uniche a predominare nell'immensità della stanza, offuscando tutto il resto.

Avevo due possibilità: scappare come la peggiore delle vigliacche o affrontare le conseguenze dell'essere stata colta in flagrante a spiarlo.

«Hai intenzione di rimanere impalata lì ancora per molto?» La sua voce baritonale mi fece oscillare esattamente come il sacco da boxe al quale aveva smesso di dedicare le sue attenzioni. I nostri occhi rimasero agganciati per un'infinità di tempo fino a quando non decisi di entrare.

La differenza tra me e Neil era evidente: io ero insicura come una gazzella esposta alle fauci di un leone pericoloso, lui era strafottente e indifferente al pensiero degli altri esseri umani.

Avanzai a passi incerti verso la sua figura imponente e raccolsi tutto il coraggio di cui necessitavo in quel momento.

«Non saprei dire se la sicurezza che ostenti faccia parte del tuo essere stronzo o se sia uno strano modo per risultare simpatico agli occhi delle donne», dissi, al che Neil sollevò un angolo delle labbra e abbozzò un'espressione dilettata.

Cosa ci trovasse di divertente nel mio intervento non lo sapevo proprio, tuttavia mantenni la guardia alta.

Neil, nel frattempo, sfilò con un fascino innato i guantoni dalle mani, poi li lanciò in un punto imprecisato; dopodiché, puntò ancora lo sguardo su di me, e smisi di respirare quando si mosse nella mia direzione, un passo dopo l'altro, calmo e misurato. Si piegò accanto alla panca per gli addominali, raccolse da terra una bottiglietta d'acqua e ne svitò il tappo lentamente.

Mi tranquillizzai per un istante, perché la distanza tra noi mi permetteva di mantenere ancora la dovuta lucidità.

«Perché sei qui?» Avvicinò l'acqua alle labbra e bevve un lungo sorso, senza smettere di guardarmi. I miei occhi scesero a fissare le goccioline lucide che gli accarezzavano il torace e sentii il battito cardiaco accelerare.

Dovevo reagire, controllare l'attrazione *malsana* che mi calamitava verso di lui e dimostrargli che non ero così debole come pensava.

«La risposta corretta sarebbe che non sono qui né per cercare di amarti né di comprenderti», mormorai, ripetendogli lentamente ciò che lui aveva detto a me dopo avermi sbattuta senza alcun riguardo.

Neil smise di bere e richiuse la bottiglietta, posandola di nuovo sul pavimento.

«E invece quale sarebbe il reale motivo?» Dal tono derisorio sembrava divertito da tutta quella strana situazione.

Raccolse un asciugamano piegato e si tamponò il petto, con in viso l'espressione arrogante di chi sapeva di possedere un corpo ammaliante.

«Sono qui per proporti un compromesso...» Che bugiarda. Ero arrivata lì per caso e non sapevo neanch'io quando mi era venuta quell'idea; si trattava solo di un'intuizione giunta in mio soccorso al momento opportuno.

«Quale compromesso? Non sono uno che si piega facilmente alla volontà degli altri», disse in tono perentorio.

Neil era il genere di uomo che amava manipolare, senza essere manipolato, che amava usare le donne come bamboline di pezza, evitando di esporsi più del dovuto.

Voleva possedere, predominare, incombere e schiacciare gli altri.

«Non sono il tipo di donna a cui piace imporsi.» Non volevo sottometterlo alla mia volontà, non volevo cambiarlo né giudicarlo, ma solo capirlo.

In parte, dunque, gli avevo mentito: desideravo comprenderlo, sebbene fosse vero che non lo amavo.

L'amore era un sentimento che non associavo per nulla a lui. Anche se in fondo ero una donna romantica, sapevo che l'amore aveva bisogno non solo dell'attrazione fisica e dell'appagamento sessuale, ma anche di tanti altri elementi che mancavano sia alla relazione con Jared, sia al rapporto insolito con Neil.

«Io, invece, sono esattamente il tipo di uomo a cui piace», rispose schietto, poi lanciò l'asciugamano altrove e inspirò profondamente. Dopodiché si mise ad analizzarmi come se fossi un composto chimico pericoloso.

«Avrai tutto quello che vorrai... a patto che io possa conoscere qualcosa in più di te.» Quella era la mia condizione e, spinta da un coraggio che non credevo di possedere, feci qualcosa che potesse convincerlo ad accettare la mia proposta. Con una mano mi accarezzai il solco del seno, facendo scorrere le dita lentamente verso il basso. Indossavo una semplice camicia blu con un fiocco al lato del colletto, che non era né sexy né indecente, ma cercai lo stesso di mostrarmi audace e sicura di me. Neil seguì il mio gesto con le iridi dorate fino al bordo dei miei pantaloni, lì dove la mia mano si era appena fermata. Sentii le guance ardere e sperai di non essere arrossita, o il mio piano sarebbe fallito miseramente.

Neil si avvicinò e il suo odore invase con prepotenza l'aria circostante. Era sudato eppure il profumo di muschio aleggiava lo stesso attorno al suo corpo.

Avrei voluto chiedergli perché si lavasse così spesso da profumare sempre, ma aspettavo il momento giusto per farlo.

Quando fu così vicino da indurmi a reclinare il collo all'indietro per guardarlo, mi agguantò per i fianchi come una bestia e mi attirò a sé con forza.

Emisi un verso di sorpresa e una scossa di puro piacere mi attraversò tutta.

Lui mi sorrise e mi percorse con le dita il bordo anteriore dei pantaloni, giungendo fino ai bottoni.

Mi fu subito chiaro il suo intento: voleva *qualcosa* da me, senza darmi *nulla* in cambio. Pretendeva, infatti, un altro contatto fisico senza sentimento ma non voleva parlarmi di sé.

«Ti concedo già il mio corpo», confermò con lascivia, come se ciò dovesse bastare a soddisfarmi. Io, però, non ero come le altre, desideravo anche scoprirgli l'anima, toccargli il cuore e conoscere le sue paure.

«Quello lo concedi a tutte.» Lo spintonai malamente dal petto, l'unico punto in cui le mie mani riuscissero a toccarlo. Non lo spostai neanche di un centimetro, ma fu lui stesso a compiere qualche passo indietro, probabilmente irritato dalla mia reazione. Il suo sguardo si incupì e l'espressione del viso mutò improvvisamente.

«Che cazzo vuoi allora?» urlò infastidito e confuso. Mi chiedevo perché cadesse tanto facilmente in un vortice di totale smarrimento; bastava pigiare i tasti sbagliati per far sì che la sua parte negativa uscisse fuori. «Rispondi!» mi aggredì ancora e io sussultai, indietreggiando. Sebbene non volessi dimostrarmi debole, temevo pur sempre che potesse farmi del male.

«Parlarti, Neil. Non esiste solo il sesso. Le persone dialogano, si confrontano, si conoscono, si capiscono. Qualcuno arriva anche ad amarsi!» sbottai furiosa e lui mi guardò, stupito. Respirava affannato e sembrava spaesato, come se non sapesse più chi fosse. Si passò una mano sul viso e scosse la testa, poi mi superò per uscire dalla palestra. Tuttavia, non ero intenzionata ad arrendermi tanto facilmente, così lo seguii fino alla sua stanza.

Stava per chiudermi la porta in faccia, ma io fui più veloce e la bloccai con entrambe le mani, riuscendo a entrare.

Neil mi osservò ancora, stavolta spaventato. Sembrava un animale selvaggio che pensava di stare per essere catturato e chiuso in gabbia, ma non era quello il mio intento.

Io avrei voluto liberarlo dalla gabbia in cui *lui stesso* si era rinchiuso.

«Vattene!» Mi cacciò via, ma non gli diedi ascolto e chiusi la porta alle mie spalle.

In casa non c'era nessun altro oltre noi due e la governante Anna, che probabilmente ci stava perfino sentendo urlare.

«Calmati.» Cambiai atteggiamento e cercai di essere più indulgente e pacata. Neil allora si diresse verso il comò accanto al letto e sfilò una sigaretta dal pacchetto di Winston posato lì sopra.

L'accese di fretta come se fosse morto se non avesse aspirato quello schifo e fece un tiro profondo, liberando il fumo nell'aria; io, invece, rimasi immobile a studiare ogni suo movimento.

Un attimo dopo, si avvicinò alla finestra e l'aprì, appoggiandosi alla parete con una spalla.

Lì, illuminato appena dai colori del tramonto, sembrava un vero diavolo peccatore pronto a cibarsi di me e risputarmi fuori priva di energie.

Il suo respiro tornò a essere regolare man mano che le boccate di sigaretta aumentavano, la nicotina sortiva proprio l'effetto di un tranquillante su di lui. Mi guardai attorno e osservai la stanza dai contrasti neri e blu cobalto, solo per non sottoporlo a ulteriori pressioni. Con i suoi occhi guardinghi addosso, mi permisi di avanzare a passo incerto e di sedermi sul bordo del letto con le mani sulle cosce.

«So che hai sentito tutto…» disse d'un tratto, guardandomi con un'intensità tale da mettermi in soggezione.

Non capii subito di cosa stesse parlando, ma poi intuii che si stava riferendo al suo incontro con gli agenti.

«Sì», confermai allora. «L'agente Scott ti conosce…» mormorai; avrei dato qualsiasi cosa purché mi parlasse e si aprisse con me.

Neil sospirò e fece un altro tiro dalla sua sigaretta. Nonostante l'aspetto sfatto era bello, così bello da farmi sentire inadatta, non abbastanza seducente per uno come lui.

Era perfetto anche se incasinato.

«Parlami…» insistei, in tono dolce. Neil era introverso e diffidente, ormai mi era chiaro. Era anche molto riservato, soprattutto quando doveva parlare di se stesso e del suo passato.

Paradossalmente aveva la capacità di mettere a nudo il suo corpo ma *non* la sua anima, forse per paura, forse per proteggere le sue debolezze, forse per schermarsi dal mondo.

Decisi che sarei entrata dentro il suo *caos* in punta di piedi, con rispetto, e gli avrei mostrato che l'essere umano sapeva essere anche buono e amorevole.

«Avevo quattordici anni quando sono finito in un brutto giro. Amici poco raccomandabili, feste, eccessi e roba del genere…» Gettò fuori dalla finestra il mozzicone e puntò gli occhi color miele su di me. Deglutii quando strinse le palpebre fissandomi attraverso le ciglia lunghe. Era concentrato e una piccola ruga solcò il centro della fronte, conferendogli un'espressione tenebrosa e attraente. «Le risse mi hanno fottuto. Ho sempre avuto problemi a gestire la rabbia e per questo sono stato denunciato svariate volte. Ho un sacco di nemici e non sono un tipo affidabile. Non lo sono neanche per te…» disse gelido, forse con l'intenzione di allontanarmi. Ma che senso aveva spaventarmi quando in fin dei conti era sempre lui a cercarmi? Era sempre stato lui, infatti, a presentarsi nella mia stanza.

«Perché quell'agente era così furioso con te?»

«Perché ho commesso degli errori, molti errori. Non voglio parlare di questo, Selene. Non farmi altre domande.» Venne verso di me a passo deciso e mi afferrò per un braccio. Sussultai quando si piegò per allineare i nostri sguardi.

«Mi hai detto poco», sussurrai delusa e, in quell'istante, notai delle piccole striature ambrate nella sabbia luminosa delle sue iridi. Avrei potuto affogare in quegli occhi, erano da perdercisi dentro. Erano vivi, profondi e portavano i segni di chi ne aveva passate tante.

«Ti ho detto abbastanza.» Cercò di baciarmi, ma voltai il viso.

Il suo respiro caldo mi sfiorò la guancia. Avevo voglia di baciarlo anch'io, ma prima volevo che accettasse davvero le mie condizioni, anche se ero riuscita a ottenere comunque qualcosa. Cercai di non darmi per vinta, ma il braccio bloccato nella sua presa iniziò a tremare, così come tutto il mio corpo. Non sapevo se il tremare fosse causato dall'eccitazione per la nostra eccessiva vicinanza o dal timore della sua imprevedibilità.

Il suo torace nudo mi faceva venire voglia di toccarlo, di passare le dita e la lingua negli spazi tra i muscoli. Ma strattonai il braccio per liberarlo e mi allontanai da lui; volevo fuggire da ciò che diventavo quando mi toccava.

In fondo, forse, avevo solo paura di me stessa e di quello che provavo.

Neil però mi riacciuffò prima ancora che raggiungessi la porta. Mi afferrò per i fianchi e mi tirò indietro con forza, con un possesso tale da farmi intendere che ero in trappola e che non mi avrebbe liberata senza prima prendersi ciò che voleva.

«Adesso tocca a me prendermi qualcosa di te», mi sussurrò all'orecchio.

«Ti sei già preso la cosa più importante...» ammisi, riferendomi alla mia verginità. Quella consapevolezza mi fece arrendere: rilassai le spalle e lasciai che facesse tutto quello che voleva.

«Voglio tutto.» Con una mano mi spostò i capelli di lato, parlandomi in modo lento e sensuale. «Tutto, Selene.» Si piegò appena e sentii l'erezione premere tra i glutei.

Sussultai, ma le sue mani mi scivolarono sui fianchi per tenermi ferma.

«Tutto», ripetei come un automa. La mia voce iniziò a incrinarsi e l'autocontrollo a svanire.

«Ti piace sentirmi... vero?» Mi accarezzò lo stomaco con le dita e, da sopra la camicia, sentii una scia di fuoco bollente scorrere proprio lì dove la sua mano mi toccava.

Scese lentamente verso il basso e io socchiusi gli occhi, cercando di respirare.

«Non so di cosa parli», mentii e lui emise un suono gutturale, simile a una risata silenziosa. La sua mano scivolò ancora più giù, fino a raggiungere la chiusura dei pantaloni.

«Ora te lo mostro, bimba.» Liberò i bottoni e infilò la mano sotto la stoffa, sfregando delicatamente la mia intimità protetta dal cotone delle mutandine. Trattenni il respiro e sentii piano piano il tessuto inumidirsi fino ad aderire completamente alle grandi labbra allietate dal suo tocco esperto.

A quante concedeva un piacere simile?

«Neil...» Gli afferrai il polso con l'intenzione di fermarlo, ma quando trovò il giusto ritmo con cui darmi piacere, fui incapace di oppormi ancora.

Ero bagnata e lui, da gran bastardo, muoveva l'indice dal basso verso l'alto proprio per rendermi ancora più pronta ad accoglierlo.

«Ricorda una cosa, Selene. Non sono le donne a fottere me, sono *io* a fottere loro.» Continuò il suo gioco di seduzione, questa volta sotto le mutandine.

Sussultai quando avvertii i polpastrelli freddi sulla mia intimità che stava letteralmente andando a fuoco; smisi perfino di respirare quando Neil ne raccolse gli umori per bagnare il clitoride e stuzzicarlo in modo lento e delicato, come se le sue mani fossero nate per farlo.

«Lasciati andare.» Mi mordicchiò il lobo dell'orecchio e io gli posai la testa sulla spalla; stranamente, in quel momento mi sentivo protetta, le sue braccia forti erano l'unico posto in cui volevo essere. Inarcai la schiena ed emisi un gemito mentre il mio bacino cominciava a seguire i suoi movimenti.

Neil, però, smise di muovere le dita troppo presto, facendomi mugolare infastidita, poi sorrise e riprese a toccarmi dal basso verso l'alto, creando un gioco di lussuria e tortura infinita. Mi morsi il labbro e lo desiderai dentro di me, ma lui continuava a stuzzicarmi spudoratamente, senza mai soddisfarmi sul serio. Dopo un po', i suoi tocchi, alternati in senso verticale e circolare, mi provocarono una vera ondata di sensazioni sconvolgenti. Sentii le ginocchia flettersi, perciò mi appoggiai a lui, e allungai un braccio sulla sua nuca, per afferrargli i capelli ribelli.

Eravamo in piedi, uniti e libidinosi, incapaci di gestire i nostri impulsi. Lui, però, così rimase spalmato dietro di me, con la mano destra tra le mie gambe e la sinistra chiusa a coppa sul seno.

Avrei voluto vendicarmi e torturarlo allo stesso modo, ma purtroppo non stavamo lottando ad armi pari. Decisi, allora, di strusciare i glutei contro la sua erezione sentendolo irrigidirsi dietro di me.

«Mi stai provocando, bimba?» Mi sorrise nell'incavo del collo e io seguitai a far ondeggiare piano il bacino contro di lui.

«Esattamente come stai facendo tu», riuscii a dire a corto di fiato.

Sarei morta se avesse continuato a stimolarmi in quel modo. Sapeva bene quali punti toccare, aveva trovato il ritmo da cui il mio corpo traeva maggior godimento, come se lo conoscesse da una vita intera.

«Non ho ancora iniziato, in verità», sussurrò con un tono volutamente flautato.

La nostra, d'un tratto, parve una guerra, un vero scontro all'ultimo sangue.

Neil mi baciò il collo, lo succhiò, poi lo leccò. Strinsi gli occhi e cercai di controllare i gemiti che mi stavano squassando il petto. Continuai a muovere il sedere su di lui, per farlo cedere, per convincerlo a proclamare la sconfitta, ma Neil era determinato a vincere, a dominare, a sopraffarmi.

«Se continui così, ti scoperò contro la porta», mormorò minaccioso, con il respiro ansante, poi infilò anche le dita dell'altra mano dentro di me, trovandomi cedevole, liquefatta e stordita.

Mi toccava con controllo studiato e meticolosa attenzione.

Mi abbandonai contro il suo fisico marmoreo e assorbii il piacere che soltanto lui mi aveva concesso in vita mia. La consapevolezza che fosse stato il primo accresceva la sensazione, che avvertivo da tempo, di appartenergli totalmente.

Con il suo respiro che mi solleticava il collo, voltai il viso verso di lui e incrociai il suo sguardo. Era troppo alto, da sola non gli avrei mai raggiunto le labbra, così lo guardai tanto intensamente da permettergli di leggere tutti i miei desideri.

Poi mi misi in punta di piedi e Neil intuì subito le mie intenzioni.

Mi baciò e fu *magnifico*.

Piegò la testa per approfondire il bacio e, quando la sua lingua toccò la mia, un calore ardente divampò fino ai capezzoli. Lo assaporai con passione e lui ricambiò con la stessa intensità.

Eravamo entrambi affamati.

Bramosi di quel contatto tra noi.

Un uragano di sensazioni e un tornado di emozioni mi indussero a premere la schiena contro di lui con più forza e a spingergli i fianchi contro la mano.

Nel frattempo, i colpi caldi della sua lingua presero a seguire il ritmo delle dita.

Iniziai a respirare ansante sulla sua bocca, i nostri odori si fusero, gli concessi di varcare qualsiasi limite, di prendersi tutto di me. Tremai e le guance avvamparono. Neil non smise di baciarmi; era chiaro che non potesse più farne a meno, esattamente come me.

In quell'istante, decisi che non avrei permesso a nessun altro uomo di toccarmi in quel modo.

Mi sentivo *sua*.

Più lo baciavo e più le sue dita mi possedevano come se volessero raggiungere il cuore. Gemetti e lui sorrise inorgoglito, poi mi succhiò le labbra fino a farmi male.

A quel punto, venni.

Venni sulla sua mano.

Venni in un lungo orgasmo.

Venni forse una, due o tre volte.

Lentamente e in modo devastante.

La spossatezza fisica che ne seguì fu così forte da indurmi a barcollare per qualche secondo, poi, come se mi fossi appena svegliata da un sogno, mi voltai verso di lui e mi allontanai di fretta. Avevo bisogno di ritrovare la lucidità, così appoggiai la schiena alla porta e cercai di riprendere fiato.

Mi sentivo sfinita ma appagata.

«Sai, sto pensando a qualcosa di romantico...» sussurrò divertito mentre lo fissavo negli occhi, incantata.

«A cosa?» gli chiesi incuriosita e scostai due ciocche di capelli dalla fronte. Neil avvicinò le dita alla bocca e le succhiò, senza smettere di fissarmi. Quando sentii l'odore del mio piacere, dolce e pungente, arrossii, ma, al tempo stesso, il fatto che lui stesse apprezzando il mio sapore, mi lusingò.

«A quanto sarebbe bello assaggiarti direttamente dalla fica...» Appoggiò una mano sulla porta, a lato della mia testa, e mi sovrastò in tutto il suo metro e novanta. Mi sondò il viso con una scintilla di divertimento mista a lussuria e arrossii persino di più.

Perché doveva essere sempre così diretto?

«Sei romantico come pochi, a quanto pare», commentai, sarcastica. Ed era anche bellissimo come pochi, o meglio come *nessuno*.

«Eh già, sono un *vero* romantico», mi corresse con un tono ironico e mi strappò un sorriso, poi mi posò un bacio casto sulle labbra e finalmente trovammo una complicità tutta nuova, o perlomeno così credevo...

19
Selene

Il sesso è la consolazione che si ha quando l'amore non basta.
GABRIEL GARCÍA MÁRQUEZ

MI ero illusa di aver raggiunto con Neil un nuovo livello di complicità, per quanto fosse possibile nella nostra folle situazione, ma lui era tornato a essere distante e scostante nei giorni seguenti al nostro momento di intimità, come se nulla fosse successo.

Quel ragazzo aveva un forte potere su di me, mi rendeva vulnerabile, vittima del piacere carnale, cedevole ai suoi modi di fare. Spesso precipitavo in uno stato di angoscia totale, perché quando pensavo di essere riuscita ad afferrarlo, prontamente Neil mi allontanava, ricordando a me stessa che valevo zero nella sua vita e che non ero degna di sapere qualcosa in più su di lui.

Il desiderio di non darmi per vinta con quel ragazzo incasinato e problematico mi aveva spinta a tornare di nuovo nella stanza che custodiva le «scatole dei ricordi» – così avevo denominato gli scatoloni con le informazioni su Neil –, ma l'avevo trovata chiusa a chiave e di conseguenza mi era stato impossibile frugare nuovamente all'interno.

«Vediamo un po'…» Quella sera ero seduta sul letto, con le gambe incrociate e lo schermo del MacBook aperto sulla pagina di Google.

Scrocchiai le nocche a causa del nervosismo, poi posai le dita sulla tastiera pronta a digitare tutto quello che mi stava passando per la testa.

Iniziai con la parola «borderline» e subito mi apparve un lungo elenco dei sintomi di quel disturbo della personalità: impulsività, instabilità, frequenti scoppi d'ira, tentati suicidi, abuso di sostanze, autolesionismo…

«Sintomi dissociativi, sentirsi distaccati dai propri stati emotivi e dal proprio corpo…» lessi ad alta voce. «Relazioni instabili ma intense, comportamenti rischiosi come rapporti sessuali non protetti...» Deglutii e tornai con la mente indietro nel tempo.

«Lo fai con tutte senza?»

«No, solo con te.»

Continuai a leggere e mi informai sulle cause del disturbo. Non sapevo neanch'io perché avessi pensato proprio a quella condizione ma, dopo aver ragionato a lungo su molti atteggiamenti di Neil, ero arrivata a pensare che ci fosse qualcosa di anomalo in lui.

«Le ricerche condotte fino a oggi sul disturbo borderline di personalità, non hanno stabilito cause esatte di tale problematica», ripresi a leggere attentamente. «Vi è tuttavia un'opinione prevalente, secondo cui a concorrere al suo sviluppo, intervengono fattori genetici e anomalie nelle fasi di crescita del soggetto, responsabili soprattutto dell'aspetto emotivo, come la tendenza a reagire in modo intenso e rapido di fronte a stimoli anche minimi. Un ruolo chiave potrebbe essere associato a esperienze precoci nell'ambiente famigliare, come maltrattamenti fisici, psicologici, violenza, abusi...»

Due colpi contro la porta mi distrassero dalla lettura. Sbuffai e mormorai un «avanti» sbrigativo. Poco dopo vidi Logan entrare in camera. Di fretta cercai di cancellare l'espressione sconvolta che ero certa di avere sul viso e mi stampai un sorriso di circostanza per non destare alcun sospetto.

«Ehi, posso entrare?» chiese cordiale, avanzando cauto verso di me.

«Sì, certo.» Mi schiarii la gola e ridussi a icona la pagina di internet che stavo consultando.

«Cosa fai? Studi?» Lanciò un'occhiata al MacBook aperto e annuii, cercando di non lasciare trapelare la mia agitazione.

«Sì, facevo qualche ricerca.» Non stavo mentendo del tutto; infatti, stavo cercando una spiegazione reale agli strani comportamenti di suo fratello e, benché non fossi né uno psichiatra né uno psicologo, forse... l'avevo trovata.

«Alle nove di sera?» Scosse la testa con disappunto. «C'è una festa a cui sto per andare con gli altri e Kyle mi ha chiesto se volessi venire anche tu.» Si morse un labbro divertito.

Credeva che mi interessasse il cugino di Cory?

Mi accigliai e lo guardai sospettosa.

«Be', puoi dire a Kyle che Selene resterà a casa a studiare.» Gli sorrisi beffarda e lui aggrottò la fronte.

«Resti davvero a casa? Non puoi dire sul serio.»

«Resto a casa», confermai. Preferivo trascorrere il tempo con un buon libro o una tazza di cioccolata calda.

«Okay, come vuoi. Mamma e Matt sono usciti a cena con degli amici. Chloe è andata con loro.»

Logan infilò le mani nelle tasche dei jeans e si dondolò sulle gambe guardandosi attorno, poi puntò lo sguardo sulle lucine decorative della mia libreria, pensando a chissà cosa.

«Tua sorella come sta?» Ero davvero preoccupata per lei. Sapevo che evitava la scuola e che aveva smesso di sentire alcuni dei suoi amici.

Non doveva essere facile sopportare le conseguenze di un trauma come quello che aveva subito.

«Non bene. È ancora spaventata, ma mia madre pensa semplicemente che stia avendo problemi a scuola. Non sa la verità.» Si morse l'interno della guancia e mi guardò.

«E non avete intenzione di dirle nulla?»

«Per ora no.» Sospirò afflitto.

Non potevo entrare nel merito della faccenda, poiché in fondo quelle erano questioni riguardanti la sua famiglia, una famiglia della quale ancora non ero del tutto parte integrante; tuttavia, Mia non sarebbe stata felice di sapere che Chloe era stata quasi violentata e che Neil aveva picchiato a sangue l'aggressore. Pertanto Logan e suo fratello stavano solo temporeggiando, ma prima o poi avrebbero dovuto confessarle tutto. Era una situazione complessa e delicata, ed era necessario ponderare bene qualsiasi decisione.

Quando Logan se ne andò per raggiungere i suoi amici in un locale di New York, scesi in cucina per bere un succo all'arancia. Avevo saltato la cena, ma non avevo fame. Volevo solo qualcosa di fresco.

Mi sedetti su uno sgabello e sorseggiai la mia bevanda ripensando a quello che avevo letto circa il disturbo borderline di personalità. Non ero certa che potesse essere il caso di Neil, ma il mio sesto senso mi induceva a pensare che fossi sulla strada giusta.

«Siamo pensierose…» commentò Anna, passando uno strofinaccio sui vetri della portafinestra che conduceva in giardino.

Quella casa brillava da cima a fondo grazie al suo lavoro inappuntabile.

Era diligente, professionale, seria e cordiale, i Miller non potevano sperare in una governante migliore di lei.

Mentre la guardavo, decisi di ricavare delle informazioni utili a capire cosa frullasse nella testa di Neil. Dopo tutto, lo conosceva sin da quando era bambino.

Ormai mi era chiaro che non mi bastava il suo corpo; volevo di più e l'avrei ottenuto con ogni mezzo.

«Lei è qui da molto tempo, signora Anna», esordii mentre la governante continuava a lucidare quei vetri già pulitissimi. «Mi chiedevo se fosse vero che molto spesso lavorare per una famiglia induca anche ad amarla come se fosse la propria.» Portai il bicchiere di vetro alle labbra e Anna si voltò a guardarmi riflessiva. I capelli corti, di un biondo miele, si intonavano alle iridi nocciola, incorniciate da un paio di occhiali da vista eleganti.

«Assolutamente, signorina. Mia è diventata una sorella per me e i suoi figli come se fossero i miei.» Annuì per rafforzare il concetto e io capii di aver fatto centro.

«Mi parli di loro. Sembra che lei li conosca molto bene mentre io sono qui solo da poche settimane.» Bevvi un lungo sorso di succo e mi leccai le labbra, beandomi del retrogusto dell'arancia.

Stavo fingendo di essere semplicemente curiosa di conoscere meglio la famiglia di mio padre, la stessa che mi aveva accolta e ospitata nella sua sontuosa villa, tentando di celare le mie intenzioni inquisitorie.

«Mia è completamente diversa da quello che i giornalisti scrivono sui tabloid.» Sventolò lo strofinaccio in aria e sorrisi per quel gesto buffo e inconscio. «È una donna amorevole, ama la sua famiglia e il suo lavoro, esattamente come il signor Anderson.» Su questo punto avrei avuto molto da ridire, ma lasciai correre e continuai ad ascoltare, annuendo e sorridendo ogni volta che tirava fuori qualità e apprezzamenti su ogni componente della famiglia.

«Chloe è una ragazzina sensibile, malgrado sembri ribelle e trasgressiva. Adora i suoi fratelli ed è molto gelosa di loro.» Mi lanciò un'occhiata che confermò i miei dubbi: la piccola di casa era gelosa anche di me.

«E Logan? Con lui ho trascorso molto tempo da quando sono qui e tra noi è nata una sintonia che non credevo possibile.» Mi alzai dallo sgabello e lavai il bicchiere sporco. Non mi piaceva trattare Anna come una sottoposta, per me non lo era affatto, perciò cercavo di aiutarla come potevo.

Era un membro della famiglia e, nonostante sapessi che non le dispiacesse fare il suo lavoro, io cercavo sempre di trattarla con rispetto.

«Logan è un ragazzo d'oro. Credo ce ne siano pochi di così giudiziosi e intelligenti», disse con profonda ammirazione, la stessa che nutrivo anch'io nei confronti di quel ragazzo sempre gentile con tutti, disponibile e pieno di parole confortanti nei momenti di bisogno, ma il mio obiettivo era conoscere qualcosa in più di…

«Neil invece?» Mi schiarii la gola e mi avvicinai a lei cauta. «Con lui ci parlo poco.» La guardai negli occhi e Anna dovette leggere nei miei la confusione che mi aleggiava nella mente, ma al tempo stesso dovette vedere la determinazione che mi avrebbe indotta a fare qualsiasi cosa pur di capire quel casino umano.

«Neil è un ragazzo particolare.» Sospirò e abbassò il viso sullo strofinaccio che iniziò a rigirare tra le mani; la malinconia le velò i tratti segnati dal tempo. «Ha bisogno di tempo per fidarsi delle persone. Non è cattivo. Ama profondamente la sua famiglia, soprattutto i suoi fratelli, per loro farebbe qualsiasi cosa, ma…» Si sistemò una ciocca di capelli dietro l'orecchio come se stesse dosando bene le parole da utilizzare. «Deve ascoltare la sua distanza affettiva, ascolti il linguaggio del suo corpo, colga il significato velato delle parole che usa… da Neil potrà ricevere solo dei segnali muti, ma se imparerà a capirli, allora riuscirete a comunicare», concluse in tono fermo ma benevolo.

Mi sorrise e si congedò per proseguire le sue faccende domestiche prima di raggiungere i suoi figli a casa.

Non mi aveva detto nulla di più di quanto già non sapessi, tuttavia mi aveva confermato che la diffidenza di Neil e la difficoltà di parlare di se stesso erano delle caratteristiche comportamentali, non dei difetti. Dovevo solo pazientare e guadagnare la sua fiducia.

Non riuscivo a spiegarmelo, ma sentivo un legame con quel ragazzo. Non avevo mai creduto all'empatia, alla chimica tra due persone, ma l'attrazione irragionevole che c'era tra noi, mi induceva a rivalutare le mie considerazioni. Non sapevo dire se fosse solo merito del destino o meno, ma temevo di essere pericolosamente vicina a provare sentimenti del tutto nuovi.

Scossi la testa e mi avvicinai alla portafinestra per osservare il cielo ormai scuro, le stelle luminose, i colori indistinti, la pace e il silenzio del mondo.

D'un tratto, notai una luce fioca che illuminava una stanza della dépendance adiacente alla piscina esterna.

Aprii la portafinestra e uscii in giardino, avvolgendo le braccia attorno al busto a causa dell'aria frizzante che mi colpì la pelle. Indossavo un semplice maglione, insufficiente a ripararmi dal freddo.

Credevo che non ci fosse nessuno in casa oltre me e Anna, ma mi sbagliavo.

L'istinto prevalse sul buon senso, così mi incamminai verso il piccolo appartamento ancora sconosciuto e superai la piscina, poi mi accostai a una delle finestre.

Oltre il vetro potei vedere la cucina semplice ma funzionale e moderna.

Sul bancone c'erano una bottiglia di Jack Daniel's aperta e dei bicchieri sporchi. Mi accigliai e mi avviai alla seconda finestra, che invece mi consentiva di sbirciare dentro una delle stanze da letto. Le tende drappeggiate erano aperte, perciò potei notare sul parquet l'ombra di alcune sagome. Mi appiattii di lato, cercando di non farmi scoprire, e appoggiai una mano sulle mattonelle lisce.

Vidi una ragazza salire sul letto king-size posizionato al centro della stanza, sostenendosi sulle ginocchia. Era completamente nuda. I lunghi capelli biondi le ricadevano fino alla base della schiena; la pelle chiara e le forme sinuose e floride erano completamente esposte.

Lei le esibiva con fierezza e malizia.

Quando si voltò verso qualcuno alle sue spalle, strinsi gli occhi per osservarne meglio il viso e lì, nel silenzio, potei percepire il frastuono del mio cuore che precipitò al suolo, spaccandosi in mille pezzi.

Era *Jennifer*.

Potevo ancora andare via, indietreggiare e non sottopormi a quel dolore, tuttavia sapevo che avrei vissuto con il rimpianto di sapere cosa fosse successo lì dentro, se non fossi rimasta a guardare. Così, con una mano sul petto, tornai a osservare la stanza.

Poco dopo, un uomo le si avvicinò e salì sul letto.

Il busto nudo e le spalle ampie sprigionavano una virilità marcata, il maori sul bicipite destro contrastava con la pelle ambrata.

Trattenni il respiro quando intuii che si trattava di Neil.

Indossava dei semplici boxer neri che, a breve, avrebbero raggiunto il resto dei suoi vestiti sparsi chissà dove ed era bellissimo con quel viso peccatore e il sorriso da bastardo.

Non potei ammirare i suoi occhi dorati perché era girato, ma in compenso notai la chioma ribelle e la muscolatura possente. Fu allora che al frastuono del cuore, si aggiunse il ticchettio dell'ansia e il brusio della rabbia.

Lui sussurrò qualcosa all'orecchio di Jennifer, poi le baciò il collo, inducendola a inclinare la testa, soggiogata dal piacere.

Erano in ginocchio l'una di fronte all'altro.

Belli come due divinità.

Incarnavano una sessualità e una fascinazione suadente.

Il desiderio aleggiava attorno a loro, preludio della lussuria che presto avrebbero condiviso. Volevo allontanarmi da quella scena deleteria per la mia emotività, ma qualcosa mi suggeriva di restare ancora un altro po'. A quanto pareva, desideravo proprio farmi del male e così accadde quando, poco dopo, una terza figura femminile li raggiunse sul letto, posizionandosi alle spalle di Neil, che adesso era tra le due donne.

Anche se potevo vederla solo di profilo, notai i capelli azzurri che le arrivavano al seno e capii subito si trattava di Alexia dei Krew. Era nuda anche lei, il corpo scarno e morbido, completamente alla mercé di un diavolo che presto avrebbe goduto di entrambe.

Sentii l'aria mancare e una pressione dolorosa al centro del petto, come se *qualcuno* – e quel qualcuno si trovava proprio a pochi metri da me – mi stesse schiacciando.

Neil iniziò a baciare Jennifer e la toccò con una lentezza devastante ma erotica, mentre Alexia gli accarezzava le spalle scendendo sui bicipiti gonfi. Lo lambiva piano, passando dalla schiena virile al torace marmoreo, fino a scendere sugli addominali contratti e sui fianchi stretti.

Agganciò l'elastico dei boxer e li abbassò; Neil l'aiutò a sfilarli senza smettere di baciare l'altra. Sembrava che quella *non* fosse la prima volta in cui si trovava a dover gestire non una, bensì due donne insieme.

Era dominante e sicuro di sé, come sempre.

Alexia sorrise con tutta l'intenzione di partecipare attivamente all'azione, così iniziò a baciargli la schiena e a leccargli la pelle, bramando di possederlo con foga.

I muscoli di Neil si contraevano a ogni suo tocco e l'erezione massiccia svettava lunga fino all'ombelico. Jennifer puntò lo sguardo proprio lì e si morse le labbra soddisfatta.

Le piaceva quello che stava vedendo.

Neil possedeva un fascino carnale e lussurioso che, insieme all'aura tenebrosa, sortiva un effetto *devastante* su di lei e su qualsiasi altra donna.

Lui non perse altro tempo: afferrò Jennifer per la nuca e la costrinse a piegarsi contro il suo pube, poi si voltò verso Alexia per sussurrarle qualcosa; lei annuì e scese dal letto, incamminandosi verso un cassetto del comò.

D'istinto mi irrigidii e cercai di nascondermi meglio, per impedirle di vedermi. Quando tornò da lui, reggendo tra le mani una bustina argentata, mi sporsi di nuovo per guardare meglio. Neil strappò la bustina e sfilò il preservativo, mentre Jennifer continuava a succhiargli il pene con enfasi.

Poco dopo, come due serve devote al loro Dio, iniziarono a leccarlo insieme; Jennifer si concentrava sulla punta gonfia e Alexia si dedicava ai testicoli. Entrambe, poi, puntarono gli occhi viziosi in quelle iridi color miele che, invece, stentavo a riconoscere.

Neil le guardava *senza* alcuna emozione sul viso.

Era freddo, lontano, calcolatore e inflessibile.

Sembrava che per lui il sesso fosse perturbante, un impulso caotico nel quale non vi era spazio per la rettitudine, l'onestà, i sentimenti o il vero trasporto emotivo.

Era lì, ma in realtà sembrava che fosse *altrove*, irraggiungibile esattamente come lo era stato con me quando mi aveva presa sulla scrivania.

Di lì a breve avrebbe sicuramente concesso loro un piacere sublime e intenso, ma disturbante.

Avrei voluto rimanere a fissarlo per capire se su quel viso bellissimo e spietato potesse mai apparire una smorfia di vero godimento, ma sapevo che, con lo stomaco così in subbuglio, non avrei resistito a lungo.

D'un tratto, Neil afferrò Alexia per i fianchi e la posizionò di fronte a sé, a carponi.

Le palpò il sedere e le tirò uno schiaffo su una natica, facendola sobbalzare in avanti, mentre Jennifer sorrideva e lo accarezzava, sussurrandogli chissà cosa all'orecchio.

Neil abbassò le mani sulla punta dell'erezione e srotolò il preservativo per tutta la sua maestosa lunghezza. Con i muscoli tesi, i pettorali contratti e l'addome rigido, si avvicinò ad Alexia e si strusciò tra i suoi glutei, facendole emettere un gemito che riuscii a udire persino io. Jennifer sorrise maliarda e guardò il punto di frizione tra Neil e Alexia; intuii, quindi, quale accesso lui stesse per violare.

Ero inesperta ma non così stupida da non saperlo.

Basta.

Decisi che non sarei rimasta ancora impalata lì a osservarli. Avevo raggiunto il mio limite massimo.

Mi allontanai di fretta dal teatrino scandaloso ed entrai in cucina scontrandomi bruscamente con la signora Anna che afferrai per le braccia prima che rovinasse al suolo.

«Signorina Selene.» Mi guardò come se sapesse quello che avevo appena visto. Ero sconvolta e tremavo nonostante cercassi di controllarmi.

«Mi perdoni, io non…»

Non riuscivo neanche a parlare, mi sentivo confusa e stordita come se avessi battuto la testa; forse era stato solo un brutto incubo.

Anna mi accarezzò il volto con tenerezza e pensai a mia madre. Pensai di voler tornare a Detroit, pensai di supplicare Jared di perdonarmi, pensai di mollare tutto e di fare le valigie al più presto.

Pensai… pensai…

«La prego cerchi di essere comprensiva», sussurrò, mortificata. Non era necessario che io parlassi, lei sapeva.

«Cosa?» chiesi, turbata.

«Non lo giudichi, lo comprenda.» Curvò le spalle e guardò oltre la portafinestra, afflitta.

«Lei non può capirmi.» Non potevo dirle quello che era successo tra me e Neil, non potevo spiegarle quanto fossi delusa, non potevo esprimere i miei pensieri, né rivelarle il motivo per cui mi sentissi tradita. In fin dei conti, io e Neil non avevamo nessuna relazione; lui non mi apparteneva e io non appartenevo a lui, eppure vederlo con altre era stata una pugnalata dolorosa nello stomaco.

«Oh, sì che posso capirla, non si innamori di lui, non commetta lo stesso errore di…» Ma prima ancora che potesse finire, ebbi un'intuizione.

«Scarlett?» mormorai d'istinto.

Anna sobbalzò come se avessi nominato Satana in persona. Indietreggiò e scosse la testa. Non voleva esporsi, lo intuii dal suo silenzio improvviso.

«Cos'è successo con quella ragazza?» insistei, avvicinandomi di un passo, ma la governante abbassò lo sguardo e si toccò il viso. Sembrava turbata e intimorita.

«Non spetta a me raccontarle certe cose, signorina.» Giunse le mani in grembo e si allontanò di fretta senza consentirmi di farle altre domande.

Ero confusa, circondata da indizi da decifrare e quesiti privi di risposte.

Gli strani comportamenti di Neil, quella stanza segreta, la ragazza di nome Scarlett che, a quanto pareva, faceva parte del suo passato… era tutto un mistero.

Nessuno era disposto a dirmi qualcosa e questo accresceva i miei dubbi…

Il giorno seguente, terminate le lezioni, mi trovavo seduta nel solito bar dell'università accanto a Logan e gli altri, ma la mia mente non era lì con loro. Facevo ruotare la cannuccia nel frappè alla ricerca di una soluzione alle domande che mi attanagliavano il cervello. Avevo un gran mal di testa e facevo fatica a seguire i discorsi dei ragazzi.

La notte precedente non avevo chiuso occhio e le immagini di Neil con Alexia e Jennifer mi avevano perseguitata per ore e ore. All'improvviso, sollevai lo sguardo dal mio bicchiere e fissai il tavolo attorno al quale sedevano i Krew giorni prima, mentre Xavier importunava Cindy, la cameriera che ormai conoscevamo bene, dato che eravamo clienti abituali del locale.

«Ecco i caffè, ragazzi», disse lei e posò le ultime ordinazioni sotto i nasi di Cory e Jake.

«Grazie, pupa.» Cory ammiccò e la ragazza alzò gli occhi al cielo, seppure con un sorriso lusingato.

«Smettila di fare il coglione con tutte», lo redarguì Adam, ma Cindy non sembrava affatto infastidita, tutt'altro. Si era resa conto che Cory scherzava così con tutte.

«Ce l'ha sempre in tiro…» aggiunse Jake e a quel punto Cindy arrossì e lanciò a quest'ultimo uno sguardo ammaliante. Non era la prima volta che succedeva e sospettai che avesse una specie di cotta per lui.

«Selene, come mai oggi non hai detto una parola?» Logan si voltò verso di me e mi guardò preoccupato. In effetti, non ero stata molto loquace e non avevo partecipato attivamente ai loro discorsi perché il mio umore era sottoterra.

«Sono solo un po' pensierosa…» Avevo bisogno di parlare con qualcuno, ma Logan sarebbe stata l'ultima persona a cui avrei potuto confessare la verità. Mi vergognavo di ciò che avevo condiviso con suo fratello, tuttavia, se avessi potuto tornare indietro nel tempo, avrei probabilmente ricommesso gli stessi errori.

«Credo l'abbiano notato tutti…» rispose lui. Aveva ragione. Tutta colpa di Neil e della mia vita assurda.

Non diedi spiegazioni e Logan lasciò perdere, rimettendosi a parlare con gli amici.

Tornammo a casa un'ora dopo.

Durante il tragitto Logan mi confessò finalmente il suo interesse per Alyssa. Si frequentavano e avevano già fatto sesso svariate volte. Anche lui, come il fratello, sosteneva che nella sua vita per l'amore non ci fosse spazio e che per Alyssa nutrisse solo un profondo affetto.

«Ci sono trattati, libri ed enciclopedie intere in cui leggiamo che l'amore è come un'energia, una forza che avverti una sola volta nella vita, ma è raro provarlo. Io credo di non essermi mai innamorato. E tu?» chiese, mentre guidava. Doveva essere proprio una caratteristica di famiglia diffidare dei sentimenti umani.

«No, mai…» Guardai fuori dal finestrino e pensai a Jared. Ero certa di non esserne innamorata altrimenti non avrei provato delle sensazioni travolgenti per un'altra persona; al tempo stesso, però, non ero innamorata neanche di Neil, non ancora perlomeno…

Il nostro era solo un legame ineluttabile, segnato da un'attrazione fisica inesorabile.

Tuttavia, non avevo il coraggio di guardarmi dentro, perché temevo di scoprire quello che stavo iniziando a provare per lui. Anche se sapevo che pensare costantemente a una persona fosse uno degli effetti collaterali dell'amore.

«Selene, mi stai ascoltando?» Logan mi ridestò dalle mie elucubrazioni e lo guardai.

Eravamo arrivati a casa.

«No, scusami.» Recuperai la borsa e aprii la portiera, mentre Logan non smetteva di sondare il mio viso; chissà a cosa stava pensando.

«Sei preoccupante quando sei così distratta.» Uscimmo dall'auto e io lo seguii verso il portico. Mi chiedevo come facesse a sopportarmi, ultimamente ero perennemente assorta nei pensieri. Aveva una pazienza invidiabile.

«Hai ragione, stavo solo…» Urtai contro la sua schiena quando si fermò di colpo dinanzi ai primi gradini. Non capivo perché si fosse bloccato e avesse rischiato di farci cadere. «Logan?» Mi sporsi di lato per vedere cosa avesse intralciato il nostro passaggio e notai una scatola nera posata proprio dinanzi ai suoi piedi.

«Aspettavi un pacco da qualcuno?» mi chiese e parve accigliato. Scossi la testa in segno di diniego e Logan si guardò attorno, ma non c'era nessun altro oltre noi.

Si piegò e raccolse la scatola, poi mi fece segno di seguirlo in casa.

«Secondo te, chi lo manda? Forse sarà per tua madre o per Matt», riflettei.

Raggiungemmo il salotto e ci sedemmo sul divano. A quel punto, studiammo la scatola: era anomala, nera, priva di mittente e destinatario.

«Dovremmo chiedere ad Anna», commentò, pensieroso.

«Oggi ha la giornata libera», gli ricordai. Se ci fosse stata lei, avremmo potuto chiederle chi aveva lasciato quel pacco, se un fattorino o qualcun altro.

«Secondo te, dovremmo aprirlo?» Lo rigirò tra le mani, in cerca forse di un indizio, di un nome, di qualsiasi cosa che potesse aiutarci a capire.

Ci guardammo per qualche istante, poi Logan accarezzò la scatola, la posò sul tavolino di cristallo di fronte a noi, e la aprì.

Qualsiasi cosa ci fosse all'interno lasciò Logan del tutto pietrificato. Sbiancò e le labbra si schiusero.

«Cosa c'è, Logan?» chiesi preoccupata, sporgendo il viso per guardare.

«Ma che cazzo è? Uno scherzo?» eruppe, spaventandomi.

Iniziai a sentire un odore sgradevole nell'aria, simile a quello di un cadavere putrefatto. Guardai all'interno della scatola e capii perché Logan fosse così sconvolto.

«Oh Dio.» Posai le mani sulle labbra e balzai in piedi, allontanandomi dal pacco.

«Sarà stato uno scherzo di cattivo gusto.»

Logan richiuse la scatola, passandosi una mano sul viso, e in quel momento la porta d'ingresso si aprì all'improvviso.

Entrambi ci voltammo verso Neil che, bello come sempre, varcava la soglia, ignaro di tutto.

Ci fissò con un cipiglio serio, come se stesse cercando di capire il motivo delle nostre facce sconvolte, poi chiuse la porta e si avvicinò a passo lento ma deciso.

Sprigionava una virilità distinta e per un attimo la mia mente entrò nel varco che mi conduceva in una realtà parallela, nella quale gravitavo attorno a lui come se non esistesse nient'altro.

«Perché avete quelle facce? Che succede?» Aggrottò la fronte puntandomi addosso i suoi bellissimi occhi color miele e io deglutii.

«Neil...» esordì Logan per primo. «Credo che dovresti guardare qui dentro.» Indicò la scatola al fratello, che si avvicinò. Mentre il suo profumo di fresco e pulito mi inondava, lui si piegò e aprì il pacco.

«Cazzo!» sbottò, indietreggiando con una smorfia inorridita.

«Pensi anche tu che sia un fottuto scherzo di pessimo gusto?» gli domandò Logan, ma lo sguardo cupo di Neil fece presagire che pensava tutto all'infuori che fosse uno scherzo.

Un corvo morto, putrido e maleodorante con dei vermi ancora vivi che lo circondavano per cibarsi delle sue budella, non poteva essere un banale scherzo.

Doveva essere una minaccia, tanto macabra quanto disgustosa.

«Chi potrebbe mai mandare una cosa del genere?» Mi strinsi nelle spalle e mi toccai le braccia come se sentissi quei vermi camminarmi addosso.

«Qualcuno a cui presto spaccherò il naso.» Neil non smise di fissare il contenuto della scatola, impassibile e controllato.

«Ragazzi, c'è qualcosa lì nell'angolo.» Logan indicò un punto della confezione nel quale sembrava ci fosse un pezzo di carta.

«Sembra un biglietto o qualcosa del genere», commentai sospettosa, poi guardai Logan. Mi chiesi chi avrebbe avuto il coraggio di calare la mano lì dentro per prenderlo, ma prontamente Neil si avvicinò alla scatola e allungò il braccio. Con due dita afferrò il biglietto, lo agitò per liberarlo dai vermicelli attaccati sopra, e lo tirò fuori. Infine lesse: «*Let the game begin*».

«Che il gioco abbia inizio», gli fece eco Logan.

Rabbrividii e un silenzio agghiacciante calò nell'intero salotto, il ticchettio dell'orologio era l'unico suono a farci compagnia.

Ora più che mai avevamo la certezza che non si trattasse di uno scherzo, ma di un gesto intenzionale.

Neil rimase immobile con gli occhi su quel pezzo di carta per un tempo infinito, l'espressione era torva e incupita.

«Il biglietto è stato scritto al computer.» Lo accartocciò in una mano con rabbia. Percepivo la collera che gli circolava nel corpo, ma la calma era l'unica arma con cui affrontare quella situazione.

Dovevamo rimanere lucidi ed evitare il delirio.

«La grafia sarebbe stata riconosciuta. Chiunque sia stato a fare questo, non vuole essere scoperto e sa come giocare…» Non mi resi conto di aver parlato ad alta voce finché i suoi occhi dorati non si posarono su di me. Mi parvero trascorsi anni dall'ultima volta che li avevo guardati. Lo evitavo da quando avevo assistito alla scena assurda nella dépendance, ma nonostante questo, il suo sguardo mi bruciava addosso come fuoco ardente.

Neil tornò a guardare il biglietto, ormai stropicciato. Logan gli si avvicinò e aggrottò la fronte, io invece rimasi ferma dov'ero.

«*Player 2511*... ma che cosa vuol dire? Chi è?» sbottò Logan. Neil serrò la mascella e guardò il fratello in cerca forse di una soluzione che non c'era. Probabilmente, Player 2511 era il nome, o meglio il soprannome, con il quale si identificava il nostro mittente.

«Non ne ho idea», sussurrò Neil e gettò il biglietto sul tavolino accanto alla scatola. Iniziò a camminare per il salotto in preda al nervosismo. Come biasimarlo, era una situazione assurda e insensata. Avrei voluto consolarlo, avrei voluto avvicinarmi per dirgli che sarebbe andato tutto bene, ma l'orgoglio femminile unito allo choc suscitato dal corvo mi fece desistere. Eppure, vederlo in preda alla confusione mi faceva male. Sentivo quello che provava lui, come se fossimo connessi da un filo invisibile.

«Dobbiamo sbarazzarci di quella merda.» Si fermò e indicò per prima cosa la scatola, poi afferrò il biglietto e lo infilò nella tasca posteriore dei jeans. Mi balenò in testa l'idea di avvertire la polizia, ma cosa avremmo potuto dire? Che avevamo ricevuto un pacco anonimo contenente un corvo morto? Lo avrebbero sicuramente considerato uno scherzo tra ragazzi; Neil, per giunta, era già noto agli agenti del posto e questo avrebbe potuto compromettere la sua posizione.

«Ho un'idea», esordì Logan, guardando entrambi. «Seguitemi in camera mia.» Si avviò al piano di sopra, lasciando per un istante me e Neil in salotto, da soli. Mi voltai verso di lui e lo guardai: era bello, tenebroso e vulnerabile in quel momento. Mi sentivo fortemente attratta da lui come il primo giorno, ma dentro di me la delusione era tanta, così tanta da non avere nessuna voglia di parlargli. Dopo un secondo, mi riscossi e seguii Logan su per le scale. Poco dopo avvertii i passi di Neil dietro di me; sapere che fosse alle mie spalle mi rendeva inquieta.

Sentivo i suoi occhi bruciarmi sulla schiena come due spade infuocate che mi perforavano la carne, e non riuscivo a togliermi dalla testa l'immagine di lui, Jennifer e Alexia insieme.

Merda... Dovevo smetterla di pensarci.

Non avevo voce in capitolo, in fondo non contavo nulla per lui, non facevo parte della sua vita.

Mi fermai dinanzi alla porta della stanza di Logan e, d'un tratto, un braccio si allungò sulla maniglia e un petto sodo mi sfiorò la schiena. Girai appena il viso e lo sollevai per incontrare lo sguardo di Neil. Mi fissò negli occhi, poi scese sulle mie labbra come se ne stesse studiando la forma, fu allora che mi venne in mente un verso letto poco tempo prima.

«'Siamo sempre, tragicamente soli, come spuma delle onde che si illude di essere sposa del mare e invece non ne è che concubina.' Non sono mai stata d'accordo con Charles Baudelaire quanto adesso», mormorai con la gola stretta e Neil mi guardò intensamente.

«Meglio essere una concubina che una sposa illusa», sussurrò e aprì la porta. Mi fece segno di entrare, ma rimasi ferma a contemplare le iridi macchiate d'oro. In ognuno di quei granelli luminosi vi era una parte di lui difficile da decifrare; Neil poteva essere tutto e l'opposto di tutto. Mi resi conto che avrei dovuto imparare a cogliere i suoi segnali muti e al contempo avrei iniziato a usarli anch'io per tentare di comunicare con lui.

Con un sospiro, entrai nella stanza di Logan e mi schiarii la gola, cercando di riprendere il pieno controllo di me stessa. Neil si appoggiò alla scrivania del fratello e incrociò le braccia al petto in segno di attesa.

«Allora, dobbiamo capire che cosa simboleggia il corvo e perché è stato scelto.» Logan indossò gli occhiali da vista e si sedette sul letto, aprendo il MacBook sulle ginocchia.

«Pensi che io abbia tempo da perdere?» disse Neil, utilizzando un tono derisorio che tuttavia non demotivò suo fratello.

«Dobbiamo capire questa cosa, Neil», lo rimproverò Logan senza perdere la concentrazione. Mi sedetti sul letto accanto a lui e sbirciai le sue ricerche su internet.

«Certo, fa' pure, Sherlock Holmes.» Mr. Incasinato tastò le tasche del suo chiodo nero e tirò fuori il pacchetto di Winston, sfilando una sigaretta con i denti. L'accese e sbuffò il fumo nell'aria.

«Apri la finestra almeno.» Logan scosse la testa e continuò a digitare sulla tastiera; Neil, invece, eseguì l'ordine e borbottò qualcosa di incomprensibile sottovoce.

«Mmh… non ho trovato cose positive», disse Logan, dopo qualche istante.

«Sul serio? Ma va'», brontolò Neil, che stava fumando vicino alla finestra con l'atteggiamento strafottente che lo distingueva da chiunque altro. Avrei voluto dirgli di fare silenzio e di smetterla di comportarsi così, ma sapevo che in quel modo avrei riversato su di lui soltanto la rabbia che reprimevo per quello che avevo visto la sera precedente; così lo ignorai.

«Ecco qui qualcosa di interessante.» Logan si sistemò gli occhiali e si concentrò nella lettura. «Il corvo ha suscitato varie credenze e leggende negli uomini. Si ciba di cadaveri di animali o di essere umani, per questo spesso è stato associato al male e alla morte...» Guardò entrambi e Neil gli fece segno di continuare, perciò suo fratello proseguì, lugubre: «Viene utilizzato nella magia nera o nelle sedute spiritiche per l'invocazione di spiriti maligni». Rabbrividii e Neil dovette accorgersene perché mi guardò e sorrise compassionevole.

«Sherlock, non siamo in un film dell'orrore. Arriva al dunque.» Si appoggiò al davanzale della finestra e fece un lungo tiro dalla sua sigaretta; poi mi fissò di nuovo, come se fosse preoccupato per me; o forse *a me piaceva* credere che lo fosse.

«Spesso il corvo, soprattutto nella mitologia e nell'esoterismo, era associato a messaggi macabri o al preludio di catastrofi che si sarebbero verificate in futuro... però, sentite qui cos'altro dice.» Logan si fermò ancora, poi sospirò e riprese. «La leggenda narra che vedere un corvo *morto* preannuncia *vendetta*», concluse, sfilandosi lentamente gli occhiali da vista.

Neil gettò la sigaretta fuori dalla finestra e si avvicinò senza smettere di fissare il fratello, che sembrava davvero preoccupato.

«Dobbiamo stare attenti, ragazzi. Fidarci il meno possibile di chiunque, studiare i movimenti di tutti: amici, parenti, conoscenti, amici di amici. Chi ha spedito quel pacco sa dove abitiamo, sa chi siamo. Ci conosce e forse noi conosciamo lui.» Logan alternò lo sguardo da me a Neil, poi si alzò in piedi e si pizzicò il labbro inferiore tra l'indice e il pollice.

Ci trovavamo davvero in una situazione surreale.

Osservai Neil e Logan, poi sfregai nervosamente le mani sui jeans. Per la prima volta, temetti di essere in pericolo. Chiunque ci fosse dietro quel gesto macabro cercava vendetta; per quale motivo ancora non era chiaro.

Qualche ora dopo, ancora scossa, decisi di prepararmi una camomilla calda. Dovevo tranquillizzarmi. Avevo persino chiamato mia madre con l'intento di migliorare il mio umore, ma sentirla non aveva fatto altro che aumentare l'angoscia.

Mi mancava, come mi mancava la mia vecchia vita, eppure non ero così sicura di voler tornare a Detroit.

Dio, ero diventata decisamente *contraddittoria*.

Avvicinai la tazza fumante alle labbra e soffiai lentamente, poi mi fermai dinanzi alla portafinestra del salotto, a fissare un cielo immerso nell'oscurità totale. Ero giunta a New York con l'intento di ricucire il rapporto con Matt e invece mi ero ritrovata catapultata in problemi nei quali *non* avrei dovuto interferire per niente. Sospirai e strinsi di più la tazza bollente tra le mani, beandomi del calore che irradiava nei palmi freddi.

«Tu non c'entri nulla...» disse Neil e la sua voce sferzò il silenzio che mi avvolgeva. Rimasi di spalle, nonostante ne avvertissi la presenza dietro di me. All'inizio non capii di cosa stesse parlando poi compresi che si stava riferendo a quello che era accaduto durante il pomeriggio.

«Non è vero. Vivo con voi. In qualche modo c'entro anch'io.» In effetti, non avevo nemici a Detroit e non credevo di averne a New York, ma ormai non potevo essere certa più di nulla.

Avvicinai la tazza alle labbra e ne bevvi un piccolo sorso, poi sentii i suoi passi avanzare e il cuore rotolò nello stomaco, alla stessa velocità della mia camomilla.

«Hai mai fatto del male a qualcuno, Trilli?» Il respiro caldo di Neil mi colpì l'orecchio e con una mano iniziò ad accarezzarmi la schiena seguendo la linea della spina dorsale. Cercai di non tremare, malgrado non potessi controllare i brividi che mi scorrevano sulla pelle.

«No, mai», sussurrai stringendo la tazza come se fosse un'àncora alla quale aggrapparmi. Neil mugolò pensieroso e si avvicinò ulteriormente, fino ad appoggiarmi il petto contro la schiena tesa.

«E qualcuno ne ha mai fatto a te?» proseguì, utilizzando sempre lo stesso timbro basso e seducente. Temporeggiai prima di rispondere. Ripensai a Matt, alle lacrime di mia madre, al giorno in cui avevo sorpreso mio padre con un'altra donna, al loro divorzio, alla sua assenza... poi...

Spostai lo sguardo sulla dépendance. Neil mi strofinò delicatamente il mento sulla testa e inspirò il mio profumo.

«Lo so che hai visto *tutto*», mi bisbigliò all'orecchio, come se fosse un segreto inconfessabile. Smisi anche di respirare. Avrei voluto allontanarmi, porre la dovuta distanza tra noi, ma le gambe divennero di cemento, le braccia di piombo e il corpo pietrificato.

«Sei come mio padre.» Continuai a fissare la dépendance fino a quando sul vetro dinanzi a me non apparve il riflesso di noi.

C'ero io, nella mia stanza, piegata sulla scrivania, Neil dietro di me. I corpi fusi, gli ansiti intrecciati, i baci, le lingue, le mani...

«Ti sbagli, Trilli. Tu sei come lui.» Mi accarezzò una ciocca di capelli e sussultai.

Io ero come Matt?

Fissai il vuoto.

Aveva ragione.

C'era Jared a Detroit che mi amava e si fidava di me, e io lo stavo tradendo come mio padre aveva tradito mia madre.

Le mani tremarono e due lacrime mi solcarono le guance, sfiorarono l'arco di Cupido e si tuffarono tra le labbra peccatrici.

«Non è vero. Io non ho ancora parlato con Jared perché sua madre è malata, forse sta morendo, e non posso dargli una notizia simile ora… io non…» La voce si incrinò e Neil mi afferrò per le spalle. Mi fece voltare lentamente verso di lui e puntò gli occhi nei miei. Mi sfilò la tazza dalle mani e la posò sul mobile accanto a me, poi tornò a guardarmi.

«Io non sono come mio padre», sussurrai incerta. Le mani di Neil corsero sulle mie guance e, con i pollici, raccolse le lacrime, poi sorrise debolmente.

«E invece lo sei. Lo sei *anche* tu, bimba. Siamo *tutti* come tuo padre. Imperfetti, peccatori, inclini a sbagliare. Un errore ci dà l'opportunità di diventare più intelligenti, il che implica, però, il fatto di *non* giudicare gli altri.» Continuò ad accarezzarmi le guance. Non riuscivo a capire se stesse cercando di distruggermi o di salvarmi. Si avvicinò e mi sfiorò la guancia con le labbra, poi tirò fuori la lingua, seguì la linea tracciata poco prima dalle mie lacrime e le leccò via.

«Odori di purezza e sai di innocenza, ma sei una peccatrice anche tu», sussurrò ancora.

«Per colpa tua.» Gli afferrai i polsi e cercai di liberarmi dalla sua presa mortale, ma Neil non si spostò neanche di un centimetro.

«Altro errore, bimba. Mai attribuire agli altri la colpa dei propri peccati.» Sorrise divertito, come un diavolo sfacciato. Iniziai ad allontanarmi da lui, ma mi afferrò per i fianchi e mi bloccò contro il vetro, sovrastandomi.

«Sei un bastardo.» Cercai di scrollarmelo di dosso, ma lui era più forte di me; con una mano mi prese per la gola, ma senza stringere.

Mi immobilizzai non appena sentii le sue dita sulla giugulare. «Sono un bastardo perché ti desidero in ogni momento o perché ti sei creata l'*illusione* di una relazione che non esiste?» Appoggiò la fronte sulla mia. «Rispondimi, Selene. A quale dei due motivi ti riferisci?» Il timbro basso risultò deciso e austero.

Non seppi cosa rispondere, mi sentii sola, in trappola, smarrita.

Forse aveva ragione, la colpa era solo mia. Mia e di nessun altro.

«Non deve esserci per forza una spiegazione a tutto. Noi non abbiamo una relazione, non condividiamo un sentimento. Io sono attratto da te come tu lo sei da me. Questa è l'unica verità che ci accomuna», concluse lui di fronte al mio silenzio, poi attenuò la presa sulla gola e spostò la mano dal collo fino al seno. Lo strinse e sussultai per la forza con cui lo fece.

Dopo chiuse gli occhi, un desiderio insano sembrava stesse prendendo il sopravvento su di lui.

«Io sono quello che sono e non posso cambiare. Non pretendo che tu mi capisca, ma non giudicarmi.» Li riaprì e mi guardò con la stessa freddezza che mi riservava ogni volta che mi toccava, ogni volta che mi baciava, ogni volta che mi possedeva.

«Non posso continuare così. Non ce la faccio. Non posso farmi usare da te quando vuoi. Mi sento sporca.» Abbassai gli occhi sulla sua mano che mi stringeva il seno sinistro, poi lo guardai pregandolo con lo sguardo di lasciarmi andare.

Neil sbatté le palpebre e si fissò la mano come se non si fosse reso conto del suo gesto istintivo e possessivo. Rilassò le dita e fece qualche passo indietro. Per un istante mi parve anche turbato poi tornò di nuovo imperscrutabile e apatico.

Neil viveva sempre più spesso attimi di smarrimento come questo, in cui pronunciava verità taglienti ed esigeva solo di possedermi.

Lui era un mondo troppo lontano.

Nella vita si poteva affrontare tutto: l'odio, la rabbia, il dolore, la disperazione, ma non l'assenza dell'amore.

Potevo affrontare chi sentiva qualcosa.

Non potevo affrontare, però, chi non sentiva niente.

20
Neil

Ospedali, galere e puttane:
sono queste le università della vita.
Io ho preso parecchie lauree. Chiamatemi dottore.
CHARLES BUKOWSKI

FISSAVO la sigaretta e rigettavo la nube di fumo denso nell'aria.

Ero dipendente dalla nicotina sin da quando ero un adolescente.

Amavo fumare, perché mi rilassava, mi rendeva quieto, anche se la calma non era una delle mie virtù.

Quel giorno l'aria era fredda e pungente, la gente passeggiava per New York avvolta da cappotti e indumenti di lana e io me ne stavo indifferente a guardarmi attorno.

«Vuoi muoverti? Cazzo! Si gela qui fuori.» I Krew stavano aspettando me per entrare in uno dei bar dell'università. Non capivo perché Xavier volesse sempre andare in quel posto di merda dopo le lezioni, ma sospettavo che si fosse fissato con una delle cameriere, come suo solito.

«Entra, arrivo tra un momento.» Dovevo prima terminare la mia sacrosanta sigaretta.

«Fanculo!» Xavier entrò nel bar seguito da Luke, Jennifer e Alexia mentre io rimasi assorto nei miei pensieri.

Non avevo chiuso occhio quella notte.

Avevo pensato costantemente al biglietto e al mittente ipotetico. La lista dei miei nemici era lunga. Avevo commesso molti errori negli anni e questo rendeva tutto più complicato.

Credevo di aver chiuso con il passato, ma evidentemente stava tornando da me come un demone oscuro impossibile da contrastare. La cosa che più temevo era che, chiunque fosse, il folle in questione avrebbe potuto far del male alla mia famiglia, ai miei fratelli.

Erano loro il mio tallone d'Achille, avrei ucciso a mani nude chiunque avesse osato toccarli.

Quella notte erano tornati anche i miei incubi. Avevo rivisto *Kimberly* e mi era sembrata così reale da indurmi a vomitare tutta la cena.

La mattina seguente, la mia unica consolazione era stata che lei fosse ancora in prigione a scontare la pena per ciò che aveva fatto e che quindi non l'avrei più incontrata per il resto della mia fottuta vita.

Gettai a terra il mozzicone e lo schiacciai, infilando le mani nelle tasche del mio giubbino. Poi, raggiunsi gli altri dentro, seduti al solito tavolo accanto alla vetrata.

«Finalmente, stronzo. Quanto ci impieghi a fumare una sigaretta?» Ignorai Xavier e mi sedetti accanto a Jennifer, non perché la volessi vicina, ma perché era l'unico posto disponibile. Lei mi sorrise, forse pensando che avrei accettato la proposta che mi aveva fatto mezz'ora prima, di chiuderci insieme nel bagno di quel bar.

Illusa.

Non dissi nulla, non avevo voglia di parlare con nessuno, come al solito d'altronde. Mi misi comodo e allungai un braccio sullo schienale della sedia di Jennifer; poi, mi concentrai su un uomo che stava rimproverando suo figlio al bancone. Lo scuoteva per il braccio perché il ragazzino si era imbrattato i pantaloni con del succo di frutta. All'improvviso, gli tirò uno schiaffo in pieno viso così forte da farmi attorcigliare lo stomaco. Sentivo dentro di me esattamente ciò che stava provando quel bambino.

Il bruciore sulla guancia, la testa che pulsava, le lacrime di umiliazione… e tutto per mano di mio padre.

Odiavo con ogni fibra del mio essere quel bastardo di William Miller, mi vergognavo perfino di avere il suo stesso sangue. Sognavo di vederlo morto, perché quella era la fine che meritava.

«Ehi.» Jen tentò di accarezzarmi il viso, ma le afferrai bruscamente il polso, bloccandola. Fu sufficiente il mio sguardo lapidario per farla tremare.

«Non toccarmi», sussurrai categorico e mi sentirono anche gli altri. Lei annuì da bravo cagnolino e la lasciai andare, non prima di aver notato lo sguardo di Xavier fisso su di me.

«Sei nervoso, a quanto pare.» Sollevò un angolo delle labbra e schiaffeggiò il culo della cameriera che gli stava passando accanto, facendola trasalire. «Ehi, bambolina, ti abbiamo ordinato quattro birre circa dieci minuti fa.» La ragazza sbiancò e si allontanò senza ribattere. Mai nessuno osava contraddirci.

«Per una volta cerca di non fare il coglione», lo redarguii perché odiavo quando si atteggiava a bulletto del cazzo. Non approvavo molti dei suoi comportamenti anche se, alcuni di essi, erano simili ai miei.

«Sì, capo.» Ostentò un sorrisetto finto e si guardò attorno annoiato. Alexia era seduta accanto a lui, in attesa di essere degnata di un po' di considerazione.

Nonostante la scopassi anch'io, Alexia aveva una specie di relazione con Xavier, a cui andava bene che io me la spassassi con lei.

Lui-lei-io; lei-io-lui… insomma le cose stavano così.

Eravamo abituati a *condividere*, soprattutto le donne.

Lui scopava Jennifer, io mi scopavo Alexia, oppure Jennifer e Alexia insieme.

Quella era la nostra favoletta perversa ed eravamo tutti felici e contenti. L'unica morale che conoscevamo non aveva alcuna rettitudine.

«Ma guarda un po' chi c'è lì. Carina la bambolina.» Xavier fischiò con lo sguardo puntato verso l'ingresso del bar e io seguii la direzione dei suoi occhi.

La bambolina a cui si stava riferendo era *Selene*.

In quel momento entrò al seguito di Logan, avvolta in un cappotto chiaro e una sciarpa azzurra che richiamava il colore dei suoi occhi oceano. I capelli ramati le cadevano morbidi oltre le spalle, gli zigomi alti incorniciavano un viso perfetto. La punta del naso era arrossata a causa del freddo e le labbra carnose erano gonfie e rosse. A dir poco magnifiche.

«Wow, niente male la sorellastra», aggiunse Luke con un sorriso malizioso. Selene non era mai volgare né appariscente, ma la sua bellezza difficilmente passava inosservata.

Era rara, fresca, luminosa e quel visetto angelico avrebbe attirato le attenzioni di chiunque, soprattutto dei coglioni accanto a me.

«Con quel culetto saprei cosa farci.» Xavier guardò il sedere di Selene quando lei tolse il cappotto per sedersi di fronte a Logan. Erano soli, ma avevano occupato un tavolo con più posti, segno che a breve sarebbero stati raggiunti dai loro amici.

«Non è niente di speciale, solo una puttanella come tante», si intromise Jennifer, fissandola con astio. Conoscevo bene il suo sguardo, celava un'invidia e una gelosia malate che in passato l'avevano indotta a picchiare qualsiasi donna avesse suscitato il mio interesse, anche se solo per una notte.

Inaspettatamente, mi infastidì il modo in cui aveva definito Selene perché la bimba non era affatto una delle tante. Tuttavia, non dissi nulla, perché indurre i Krew a pensare che lei potesse piacermi, l'avrebbe compromessa, mentre io non volevo che le accadesse qualcosa.

Quegli stronzi non dovevano neanche pensare di contaminarla con il loro veleno.

Quindi rimasi calmo e impassibile, anche se avevo capito che stavano cercando di mettermi alla prova, di provocare una mia reazione; io, però, ero più figlio di puttana di loro.

«E se le chiedessimo una cosetta a tre?» propose Luke proprio quando la cameriera portò le nostre birre e si affrettò a lasciarle sul tavolo, prima di sgattaiolare via approfittando della distrazione di Xavier, ancora concentrato a fissare Selene.

Una cosetta a tre? Cazzo!

Non immaginavano neanche che tipo di ragazza fosse Selene. Non sapevano che aveva perso la verginità con me, che non aveva mai toccato o visto un uomo nudo prima di me, e che l'avevo scopata molte volte, solo perché ne ero fortemente attratto.

Selene era una ragazza pura da ogni punto di vista, una rosa bianca in un campo di rose nere e io la stavo contaminando.

Io e nessun altro.

Dovevo essere soltanto io a berne l'innocenza, a succhiarne la linfa, ad aspirarne il profumo di cocco e a lambirne le curve delicate.

Il mio era un pensiero folle dato che, soltanto la sera prima, le avevo fatto capire che per me non contava nulla.

Era vero, ma ero un egoista.

Un bastardo egoista.

La fissai e notai il modo in cui le sue labbra si incurvavano in un sorriso gentile. Era sempre elegante in ogni sua movenza; spesso abbassava lo sguardo quando un ragazzo la guardava con insistenza, e si toccava continuamente i capelli in modo goffo, solo per camuffare la timidezza.

Anche in quel momento, contemplai ogni suo gesto perché non volevo conoscere di lei solo l'essenziale, ma anche i dettagli. Soprattutto quei dettagli che avrei colto solo io, come il piccolo neo sul seno destro proprio accanto all'areola.

Poco dopo, Alyssa, Adam e gli altri raggiunsero lei e Logan. Selene salutò tutti cordialmente e cedette il posto a Julie per consentirle di sedersi accanto ad Adam; lei invece si accomodò vicino a mio fratello e a Lucky Kyle, o come cazzo si chiamava. Sapevo soltanto che era un lontano cugino di Cory.

Era un idiota alto, dal fisico smilzo e il look di un musicista fallito.

Il tizio sorrise a Selene e la guardò come la guardava chiunque: con adorazione.

Era una *fata*, impossibile da ignorare.

Xavier e Luke seguirono il mio sguardo e si scambiarono un'occhiata complice.

«Te la sei già scopata?» chiese il biondo, sorseggiando la birra. Spostai gli occhi su di lui e indossai la mia solita maschera di indifferenza. Non avrei mai gettato la mia Trilli in pasto ai lupi.

«No, non è il mio tipo.» Guardai Jennifer, o meglio, le guardai in modo eloquente il seno prosperoso avvolto in un maglioncino striminzito.

Ormai avevo imparato a manipolare le persone e i Krew erano sempre stati le mie migliori prede.

Far credere a Jennifer e agli altri che desiderassi solo lei, avrebbe tutelato Selene da possibili ripercussioni pericolose.

«Vivete insieme. È impossibile che uno stronzo come te non abbia messo le mani su un culo come quello.» Xavier era il più sveglio di tutti, ma non abbastanza.

Gli sorrisi e bevvi un sorso di birra, guardando di nuovo nella direzione di Selene che invece chiacchierava piacevolmente con il moro dai capelli lunghi.

«Non dire stronzate. È soltanto una ragazzina e per giunta è la figlia di Matt. Non voglio problemi.» Scrollai le spalle e continuai a bere, anche se la birra assumeva un gusto peggiore a ogni sorso. Selene continuava a sorridere a quel tipo e sembrava a suo agio perché forse avevano già parlato altre volte.

Iniziai a pensare che fosse del tutto normale che lei provasse interesse per qualcun altro che non ero io. Avrei potuto impedire a Luke e Xavier di avvicinarsi a lei, ma non avrei avuto lo stesso potere su tutti gli altri studenti della nostra università. D'altronde, era pur sempre vero che le donne tendevano a innamorarsi degli uomini con la stessa frequenza con la quale io spegnevo e accendevo le mie sigarette.

Lei *non* era diversa dalle altre.

Sognava la favola, cercava il principe azzurro, desiderava «fare l'amore» e sentire frasi struggenti dal suo uomo mentre la toccava.

Tutte cose che io non le avrei mai *potuto* né *voluto* dare.

Il bar divenne improvvisamente troppo piccolo e l'aria eccessivamente calda. Avevo di nuovo bisogno di fumare e poi di tornarmene a casa. Mi alzai e mi congedai con una scusa banale. Xavier mi guardò sospettoso, ma non mi importò.

Mi allontanai dai Krew e mi diressi a passo spedito verso il tavolo di mio fratello. Selene non si era ancora accorta della mia presenza anche se attendevo proprio quel momento: l'attimo in cui i suoi occhioni azzurri si sarebbero schiantati su di me.

«Mmh... Buono, succo all'ananas.» Presi il bicchiere di Logan e assaggiai il suo succo. Logan sobbalzò poi si imbronciò come un bambino, quando si accorse di me.

«Stronzo, dammi qua.» Mi strappò la bibita di mano e i suoi amici mi guardarono senza fiatare. Io non ero lì per intimorirli, ma perché cercavo un paio di occhi cristallini che trovai con soddisfazione un istante dopo, puntati su di me. La bimba aveva finalmente smesso di parlare con quel tipo per concedermi il suo sguardo oceano che brillava sotto le ciglia nere e lunghe. La fissai con insistenza finché le guance le si tinsero di un rosa chiaro.

Era imbarazzata e forse ancora arrabbiata per il discorso della sera precedente.

«Ciao, Trilli», mimai con le labbra e Selene sussultò schiudendo appena la bocca. Cazzo, avrei voluto baciarla e lenirla dopo i miei morsi.

Avrei voluto sentirla addosso, attorno, ovunque.

«Ci vediamo a casa.» Diedi una pacca sulla spalla di Logan e costrinsi le mie gambe ad allontanarsi subito da lì, non prima, però, di aver rivolto un ultimo sorrisetto alla bimba.

Bene, almeno adesso avrebbe continuato il suo interessante discorso con la mente infettata da me. In quell'istante, desiderai proprio traviarla più di quanto non avessi già fatto. Avrei continuato a usarla, come facevo con tutte, l'avrei toccata ancora, l'avrei baciata ancora, l'avrei scopata ancora e poi le avrei ripetuto che tra noi ci sarebbe stato solo sesso.

Avrebbe ricevuto solo il mio corpo e nient'altro.

Rientrai a casa prima del solito, dovevo studiare perché quello era il mio ultimo anno di università e, malgrado tutti i miei problemi, speravo ancora di laurearmi e di diventare un architetto.

Varcai il grande salone principale e mi fermai quando notai mia madre seduta in poltrona di fronte all'elegante camino acceso. Fissava le fiamme che ardevano la legna mentre fuori il vento fletteva gli alberi e una lieve pioggia iniziava a picchiettare contro le immense vetrate di casa. La osservai meglio e vidi che i capelli biondi erano raccolti in un'acconciatura disordinata e che le guance erano macchiate dal mascara che le colava fino al mento.

Stava piangendo, era completamente distrutta.

Avanzai di un passo e la osservai sconvolto.

«Quando avevate intenzione di dirmelo?»

Mi fermai. Di cosa stava parlando?

C'erano tante cose che non confidavo a mia madre. Avevo smesso di essere un figlio affettuoso all'età di dieci anni e non ricordavo neanche l'ultima volta che ci eravamo abbracciati.

«Di che parli?» risposi atono, cercando di non mostrare alcun timore o preoccupazione; però, quando mia madre voltò il capo verso di me e puntò i suoi occhi azzurri nei miei, capii quanto fosse profondamente addolorata.

«Di tante cose, Neil.» Si alzò in piedi e per un attimo pensai che si stesse riferendo a me e a Selene.

No. Era impossibile che avesse scoperto quello che era successo tra me e la figlia del suo compagno, tra me e la ragazzina che dovevo trattare come una sorella minore, che non dovevo neanche lontanamente considerare come una delle tante con cui divertirmi per puro egoismo maschile.

Mia madre mi fronteggiò e mi guardò dal basso; i tacchi alti non furono sufficienti a farle raggiungere la mia altezza, ma il suo sguardo deluso mi inchiodò sul posto.

«Parlo della quasi violenza subita da tua sorella e di Carter che giace su un letto di ospedale. In coma», disse con voce tremante, la rabbia le lampeggiava nelle iridi chiare. «Perché tu e tuo fratello non mi avete detto nulla? Perché come al solito hai agito d'impulso senza informarmi dell'accaduto?» Si passò le mani sul viso e iniziò a camminare per il salotto.

La luce delle fiamme calamitò la mia attenzione.

Ero io, adesso, quello immobile a fissare il camino, in cerca di una risposta che *non* ero capace di darle.

«Perché? Perché devi sempre sbagliare?» mi urlò contro e tra le fiamme rividi il Neil bambino che subiva costantemente rimproveri da sua madre perché non voleva andare a scuola, che i compagni di classe evitavano perché era violento.

Lo stesso che le insegnanti odiavano, perché troppo ribelle e indisciplinato, che disegnava su dei fogli il suo dolore, usando sempre gli stessi colori: il rosso, il nero e il giallo, nella speranza che qualcuno potesse capirlo.

Lo stesso che si nascondeva nell'angolino della sua stanza, accanto alla finestra, perché scappava dal mondo e soltanto lì si sentiva al sicuro.

Lo stesso che veniva rifiutato da suo padre, l'orco cattivo che amava spegnere le sigarette sul suo piccolo braccio per «educarlo» e punirlo.

Rividi il bambino che scalciava i sassolini per strada e che, piano piano, aveva iniziato ad avere una sola migliore amica: *la sua malattia*.

La stessa che mi trascinavo dietro da venticinque anni.

«No, sei tu che commetti gli stessi errori», mormorai, prima di tornare a guardarla. Mia madre sussultò come se l'avessi schiaffeggiata, il mio sguardo gelido manifestava tutta la rabbia che stava riemergendo dal fondo della mia anima oscura. Mi avvicinai a passo deciso, notando i suoi occhi sgranarsi per il terrore.

«Sei tu che non ti accorgi di nulla e pensi solo alla tua vita, al tuo lavoro, al tuo compagno. Sei tu che non vedi e non senti un cazzo!» le sbraitai a poca distanza dal viso. Strinsi i pugni lungo i fianchi e sentii la collera scorrere veloce nelle vene e il cuore battere nelle tempie. Non ero in grado di gestire la rabbia, la mia peggiore nemica. Dinanzi a me c'era mia madre, ma io ero in grado di farle del male come se fosse un'estranea; avrei potuto distruggerla, disintegrarla, annientarla, tuttavia un briciolo di buon senso mi indusse a controllarmi.

«Tua sorella sta male.» Scoppiò a piangere e un soffio al petto mi intensificò il battito cardiaco, non perché mi importasse di mia madre, ma perché amavo mia sorella.

Il suo dolore era anche il mio.

«Cos'ha?» mormorai sottovoce, come se stessi per perdere la capacità di parlare. Mia madre singhiozzò e con il dorso della mano raccolse una lacrima dal mento tremolante.

«Soffre di insonnia, non vuole andare a scuola, non riesce a studiare, non vuole uscire con le amiche, perché immagina continuamente il momento dell'aggressione.» Si coprì il viso con le mani e si sedette sul divano, piangendo come una bambina. Non sembrava la donna in carriera e famosa immortalata su tutti i tabloid di New York, ma una donna distrutta dalla brutalità della vita, dalla crudeltà degli esseri umani, dai quali io stesso cercavo di proteggermi ogni giorno.

La guardai, senza emettere una sola sillaba. Sapevo che Chloe non stava bene, ma non credevo fino a quel punto.

«Cosa?» Ero incredulo e incapace di pensare al piccolo Koala chiusa nella sua stanza ad affrontare un mostro così grande da sola.

La capivo… la capivo come nessun altro avrebbe mai potuto fare.

«Sta vivendo un periodo terribile.» Mia madre si alzò dal divano, tirò fuori un biglietto dalla tasca dei suoi pantaloni eleganti e me lo porse. «Vorrei che chiamassi il dottor Lively, Neil. Vorrei che Chloe lo incontrasse.» Voleva che mia sorella percorresse la mia stessa strada? Non potevo permetterle di farle una cosa del genere, non potevo.

«Stai scherzando?» Mia madre non si rendeva conto di cosa significasse entrare nello studio di uno psichiatra, di cosa volesse dire prendere consapevolezza di avere dei problemi, di come ci si sentisse nell'assumere degli psicofarmaci.

Non lo immaginava nemmeno.

«Voglio solo aiutarla e voglio che sia tu a portarla da lui.» Si avvicinò e cercò di toccarmi, ma indietreggiai; odiavo il contatto con chiunque quando non ne davo il consenso.

«Vuoi solo gettarla in pasto a uno strizzacervelli come hai fatto anche con me!» sbottai rabbioso.

Era questa la verità. Ero un ragazzo problematico, certo, ma mia madre non aveva esitato un solo istante a spedirmi dritto nello studio di uno psichiatra del cazzo, per farmi psicoanalizzare e imbottire di farmaci, che mi stordivano e mi rendevano docile come una bestia sedata.

«Non è vero e lo sai anche tu. Avevi bisogno di aiuto, hai *ancora* bisogno di aiuto.» Avvicinò la mano tremante alle labbra e represse un singhiozzo, mentre io invece rimasi immobile a fissarla. Stava dicendo solo una marea di stronzate.

«Smettila», l'avvertii lapidario; doveva chiudere la bocca, tacere.

«Chiama il dottor Lively, per favore. Fallo per te stesso e per Chloe.» Mi afferrò il polso e mi posò il biglietto nel palmo aperto della mano. «Fallo», sussurrò, chiudendomi lentamente le dita con le sue.

Quasi non sentii le sue ultime parole, la frase di poco prima mi si ripeteva come un mantra nel cervello.

«Hai ancora bisogno di aiuto.»

Una strana sensazione di angoscia si propagò fino alla gola e la serrò; percepii addosso un odore che non mi apparteneva, la pelle cominciò a formicolare, a lanciarmi segnali di aiuto. Fu una sensazione incontrollabile. Sentii l'urgenza di lavarmi, di avvertire l'acqua calda scivolarmi addosso. Iniziai a respirare in maniera affannata come se avessi corso per chilometri, mi girò la testa e mi affrettai a salire le scale. Nel mentre sfilai il chiodo di pelle e spalancai la porta della mia stanza. Tolsi le scarpe e sganciai il bottone dei jeans. Le mani tremavano come se fossi un drogato in crisi d'astinenza.

Avevo già fatto diverse docce quel giorno, ma dovevo farne un'altra immediatamente. Mi sfilai la felpa, la gettai sul pavimento e mi diressi di fretta in bagno.

Immagini terribili iniziarono a scorrermi davanti agli occhi, facendomi precipitare l'anima ancora una volta nel baratro. Lo stomaco si attorcigliò e un conato di vomito mi fece cadere in ginocchio davanti alla tazza del water.

Perché proprio io?

I muscoli dell'addome si contrassero involontariamente e riversai all'esterno tutto l'odio, la rabbia, la frustrazione che, come un enorme velo oscuro, mi avvolgevano al ricordo di quegli anni maledetti, i quali facevano parte di me e ne avrebbero sempre fatto parte. Pulii le labbra con il dorso della mano e le arricciai disgustato. Tirai lo sciacquone e mi rimisi in piedi a fatica. Non riuscivo a respirare, sentivo l'esofago bruciare e l'acidità sulla lingua. Sbattei le palpebre più volte, cercando di tornare lucido. Mi appoggiai sul lavandino e lavai i denti, strofinandoli fino ad avvertire il sangue colare dalle gengive.

Guardai il mio riflesso nello specchio: ero pallido, gli occhi lucidi e le labbra secche denotavano il mio malessere. I bicipiti contratti reggevano il mio peso mentre il petto si sollevava a un ritmo accelerato.

«Fanculo», sussurrai. «Fanculo! Fanculo!» Alzai la voce, ero fuori di me e odiavo me stesso, il mio corpo, i miei occhi, il mio fottuto aspetto. Detestavo i miei sbalzi d'umore, i miei momenti di debolezza, i momenti in cui il Neil bambino riemergeva per ricordarmi quanto fosse arrabbiato.

Mi liberai dei jeans e dei boxer e li lanciai via con rabbia, poi mi precipitai nella doccia e aprii il getto d'acqua bollente. Mi scottai, punendomi per ciò che avevo fatto, per ciò che non ero riuscito a evitare, per ciò che ero, per ciò che ero diventato e per ciò che sarei sempre stato.

Perché proprio io?

«Perché io? Eh? Perché?» Sollevai il viso, socchiudendo gli occhi a causa dell'acqua che mi investiva, e mi rivolsi a un Dio che probabilmente ce l'aveva con me, tanto quanto io adesso ce l'avevo con lui. Sentii la furia crescere dentro di me, correre rapida fino alla ragione per poi spegnerla del tutto. Cercai di sfogarmi a modo mio.

Iniziai a sferrare pugni violenti contro le piastrelle. Uno dietro l'altro. Non mi importava del dolore, non mi importava di farmi male, non mi importava di niente. Potevo anche morire, anzi forse sarebbe stata la soluzione migliore.

«Neil! Che stai facendo?» Logan aprì il vetro scorrevole della doccia e mi tirò indietro per le spalle. Caddi in ginocchio e fissai le mie nocche gonfie e arrossate e poi… poi scoppiai in una fragorosa risata.

Cazzo, stavo proprio ridendo di gusto.

Sembravo un vero pazzo, o forse lo ero sul serio.

Logan afferrò un asciugamano e me lo posò sulle spalle per coprirmi, poi mi guardò spaventato e la mia risata si spense piano piano.

«Scusami, è colpa sua…» Del *Neil bambino*, di quel fottuto bambino.

Era sempre colpa *sua*.

Il mio corpo iniziò a tremare, squassato da un moto di sofferenza e da convulsioni che non riuscivo a controllare.

Il cervello pulsava e i muscoli dolevano a causa dell'eccessiva tensione.

Le mani bruciavano, faticavo a muoverle. Cercai di chiuderle, ma feci una smorfia di dolore, bloccando il mio movimento.

Ero abituato a farmi del male, non era la prima volta che accadeva.

Mio fratello sospirò e mi aiutò a sollevarmi.

«Vado a prenderti del ghiaccio.» Logan si precipitò di corsa fuori dal bagno e io mi incamminai lentamente verso la mia stanza. Mi sedetti sul letto e mi guardai. Ero completamente nudo, con solo un asciugamano sulle spalle che mi faceva da mantello. Le vene e i muscoli in rilievo manifestavano quanto la mia fisicità fosse cambiata, da quando ero piccolo.

Ero cresciuto eppure il bambino viveva ancora dentro di me, incazzato più che mai.

Mi alzai con un profondo sospiro e tirai fuori dal cassetto un paio di boxer puliti; li infilai e gettai sul pavimento l'asciugamano umido. La pelle gocciolava ancora così come i miei capelli, ma non avevo intenzione né voglia di asciugarli.

«Logan… tutto bene lì dentro?»

Sentii la voce dolce e femminile di Selene riecheggiare nel corridoio, oltre la porta semiaperta della mia stanza. Era tornata a casa anche lei.

Fissai il vuoto dinanzi a me e prestai tutta l'attenzione alle sue parole. Era assurdo il modo in cui il mio corpo si scaldasse al suono della sua voce ed era incredibile come l'eccitazione scorresse rapida in basso, tra le gambe, anche in momenti di merda come questo.

Cosa avrebbe pensato Selene di me se mi avesse conosciuto per quello che ero davvero? Un casino, uno psicopatico, un problematico del cazzo.

Sorrisi e sbeffeggiai me stesso e la mia personalità anomala.

«Tranquilla, è tutto okay.» Logan usò un tono rassicurante, ma sapevo quanto fosse preoccupato. Lo era sempre quando perdevo la ragione. Un attimo dopo, entrò in camera con un sacchetto di ghiaccio in mano e chiuse la porta con un colpo di tallone.

«Siediti.» Mi indicò il letto, ma rimasi in piedi a fissarlo.

«Non darmi ordini», ribattei severo. Odiavo quando qualcuno mi diceva cosa fare. Rievocava in me la necessità di stabilire il mio *ruolo* nel mondo.

Mio fratello mi guardò e io sostenni il suo sguardo facendogli capire di non contraddirmi.

«Hai le mani già gonfie. Voglio solo aiutarti.» Sbuffò e si avvicinò. Non mi mossi di un passo, ma al contempo non smisi di fissarlo guardingo, senza sapere il perché.

Era la mia mente che agiva per conto suo.

«Stai tranquillo, okay? Sono io, tuo fratello.» Lo disse con un'intensità tale da scacciare via le nuvole nere che mi offuscavano il cervello.

Era lui, mio fratello.

Lo stesso con il quale giocavo da bambino, l'unico che non aveva mai avuto paura di me.

L'unico che mi conosceva e mi accettava per quello che ero.

Mi sedetti sul bordo del letto e appoggiai le mani sulle ginocchia flesse. Ero alto e imponente, ma in quel momento mi sentivo vulnerabile e stanco.

Sfinito dalla lotta *contro* me stesso.

«Come può un gigante come te ridursi a farsi del male come un ragazzino?» mi prese in giro mentre mi schiacciava il sacchetto del ghiaccio sul dorso della mano destra. Sussultai per il bruciore e serrai la mascella senza fiatare. Mi sentivo sempre così dopo i miei attimi di smarrimento: confuso e instabile. Non ricordavo mai nulla di quello che avevo detto o fatto; se avessi commesso un omicidio, probabilmente la mia mente lo avrebbe rimosso, perché le mie esplosioni di rabbia erano potenti, viscerali, incontrollabili e folli.

Logan si sedette accanto a me e lasciò che reggessi io il sacchetto di ghiaccio con l'altra mano.

«Ricordi quando da piccoli facevamo il nostro 'giurin giurello'?» mormorò mentre io continuavo a fissarmi i dorsi delle mani, segnati da alcuni piccoli squarci rossi che solcavano le nocche, in contrasto con la mia pelle ambrata.

Certo che ricordavo il nostro «giurin giurello». La mente viaggiò nel tempo e corse indietro a quegli anni lontani, ma ancora vivi dentro di me…

«Logan.» Gli appoggiai le mani sulle piccole spalle. Eravamo nascosti sotto il tavolo della cucina. «Ripetiamo ancora una volta quello che devi fare, okay?» chiesi sottovoce mentre lui mi guardava con gli occhi terrorizzati.

«Sì», sussurrò incerto.

«Esci dalla cucina e corri in camera. Quando attraversi il salotto, chiudi gli occhi e non guardare.» Presi fiato e seguitai: «Entra in camera e chiudi a chiave, accendi la tv e alza il volume».

«Neil.» La voce di una donna, femminile e matura, riecheggiò tra le pareti della casa. Aveva una strana perversione: le piaceva farmi nascondere per poi cercarmi. Il cuore iniziò a martellare nel petto e tornai a guardare mio fratello in attesa che ripetesse quello che volevo.

«Ripetilo, avanti.» Aveva solo sette anni ed era già sottoposto a delle prove che non riusciva a comprendere pienamente.

«Esco dalla cucina, corro in camera e poi…» Si grattò la nuca e guardò in alto cercando di ricordare come proseguire.

«Quando attraversi il…» suggerii per aiutarlo e lui continuò.

«Sì, quando attraverso il salotto, chiudo gli occhi e non guardo. Entro in camera, chiudo a chiave, accendo la tv e alzo il volume», concluse con la sua vocina flebile. Gli sorrisi e lo abbracciai.

«Bravo cucciolone», sussurrai e gli posai un bacio sulla fronte. Ero il fratello maggiore e lo avrei protetto a qualsiasi costo.

Cercai di uscire fuori dal nostro nascondiglio. Dovevo farmi trovare prima che lei ci sorprendesse qui e magari facesse del male anche a Logan; lui, però, mi trattenne dal braccio, tirandomi la maglietta.

«Poi torni da me, vero?» bisbigliò, sapendo che non potevamo farci sentire.

Era piccolo, ma intelligente.

«Certo che torno. Tu fai quello che ti ho detto. Okay?» Gli afferrai il viso tra le mani e lui annuì, anche se non capiva il perché dei miei ordini. A dire il vero, non volevo che lo capisse.

«Facciamo il nostro giurin giurello?» Allungò il mignolo verso di me, in attesa.

«Giurin giurello.» Sorrisi e incrociai il mio mignolo al suo.
Poi lui corse via e io andai incontro al mio destino.

«Non potrei mai dimenticarlo», mormorai, premendo il ghiaccio sulle nocche gonfie.

«Abbiamo sempre affrontato tutto insieme», sussurrò, pensando esattamente ciò a cui stavo pensando anch'io.

«Sei sempre stato il mio cucciolone preferito.» Allungai una mano e gli scompigliai i capelli castani, abbozzando un sorriso spontaneo.

«Dai, sta' fermo! Odio quando mi spettini.» Cercò di scansarsi e brontolò come un bambino capriccioso.

«Quando eri piccolo, lo facevo sempre», constatai.

«Quando ero piccolo, mi rendevi la vita un inferno.» Mi lanciò un'occhiataccia e trattenni una risata.

«Non è vero», mi difesi, fingendo di non ricordare quanti disastri gli avevo combinato da ragazzino.

«Ah, sì? Un giorno hai pisciato nel mio letto di proposito», replicò, assottigliando gli occhi.

«Be', tu mi hai tagliato i capelli mentre dormivo, ne vogliamo parlare?» replicai, inarcando un sopracciglio e sentendo già l'odore della vittoria. Logan sorrise e scosse la testa; poi guardò un punto imprecisato del muro, perso nei suoi pensieri.

«So che accompagnerai Chloe dal dottor Lively, perché non...» Deglutì e mi inchiodò con i suoi occhi nocciola. «Perché non riprendi anche tu la terapia?» propose cauto e un brivido freddo mi percorse la schiena, facendomi irrigidire. Anche lui, come mia madre, cercava di persuadermi a rivivere quel periodo di merda?

«Cazzo.» Mi alzai dal letto e lo fissai, furioso. «Credevo che almeno tu stessi dalla mia parte! Porca puttana!» imprecai e lanciai il sacchetto di ghiaccio sul pavimento. Avevo di nuovo voglia di spaccare qualcosa, il bambino dentro di me mi premeva contro il petto per uscire e urlare.

Si sentiva di nuovo *incompreso*.

«Io sono sempre dalla tua parte, ma non stai bene Neil. Lo sai anche tu.» Si alzò a sua volta dal letto e mi venne incontro. Indietreggiai di un passo perché non volevo che si avvicinasse a me, non quando ero in quello stato.

«Non stai per niente bene. Guardati.» Accennò col capo alle mani, ma probabilmente si riferiva anche a ciò che avevo nell'anima, qualcosa di invisibile all'occhio umano, ma che mio fratello conosceva bene.

«Vattene.» Gli indicai la porta. Volevo rimanere da solo. Avevo di nuovo bisogno di lavarmi, lavarmi, lavarmi e ancora lavarmi. L'acqua bollente avrebbe attenuato il mio malessere, placato la mia rabbia. Anzi... conoscevo un altro modo per cancellare via i pensieri, che stavano avvolgendo come filo spinato il mio fottuto cervello.

«Neil, per favore... ascolt...» Indicai nuovamente la porta a mio fratello, sfidandolo a contraddirmi. Logan conosceva il mio temperamento instabile, il mio carattere istintivo. Sapeva quando parlarmi e quando evitarmi.

Perciò sospirò e uscì dalla camera a testa bassa, vinto da me e da tutto ciò che mi portavo dietro.

Mi recai di nuovo sotto la doccia e stavolta ci restai per un'ora intera. L'odore di bagnoschiuma al muschio era così forte da nausearmi, ma al tempo stesso era l'unico che volessi sentire addosso. Poi, mi rivestii con una semplice felpa nera e un paio di jeans, e mi sedetti alla scrivania, aprendo il laptop. Avrei dovuto studiare e continuare il mio progetto per il professor Robinson, perché il tempo concessomi per la consegna stava per scadere, invece gli occhi vagarono sul desktop e si posarono sulla cartella nella quale custodivo le notizie apparse sui giornali molti anni prima, quando ero diventato uno dei protagonisti dello *scandalo* che aveva incuriosito la città intera.

Si trattava di una rete.

Un universo oscuro e complesso.

Qualcosa che andava oltre le semplificazioni giornalistiche che parlavano di web, senza conoscerne il lato nascosto.

Il più pericoloso e meschino.

Le mani iniziarono a tremare e mi rifiutai di aprire quella cartella non appena la tachicardia riprese a farsi beffa di me. Del resto, la conservavo soltanto per ricordare a me stesso chi ero stato, che era rimasto inerme di fronte a quella donna, quando invece avrei dovuto fermarla. Sentii di nuovo il suo odore nell'aria, il suo sudore addosso, la sua lingua sul collo. Le labbra mi si arricciarono in una smorfia di disgusto. Mi ritrovai, di nuovo, a lottare contro il *me stesso* bambino che mi imponeva di ricordare, che mi offuscava la vista con immagini del passato e mi confondeva i sensi con odori e sapori che non volevo avvertire.

Richiusi il monitor del portatile e sospirai frustrato.

I ricordi mi stavano inondando pronti ad affogarmi e a uccidermi.

Avevo bisogno di distrarmi, di salvarmi.

Di rassicurare il bambino.

Mi alzai di scatto e uscii dalla stanza con le peggiori intenzioni.

Non mi importava di fare del male agli altri purché trovassi il mio momento di pace.

Mi osservai attorno attentamente. Non c'era nessun ostacolo a impedirmi di fare una cazzata.

Percorsi il breve tratto di corridoio che mi separava dalla stanza di Selene e, senza bussare, aprii la porta, entrai e la richiusi, facendo scattare la serratura. Poi, mi guardai attorno.

Sembrava la camera di una principessa.

Tutto era in ordine; le pareti chiare e l'arredamento elegante le conferivano un tocco sofisticato e distinto. L'aria profumava di Selene, di quell'odore di cocco che era stranamente diventato il mio preferito.

Avanzai lentamente in cerca della mia preda, che a quell'ora della sera ero certo di trovare lì, ma non ce n'era neanche l'ombra.

All'improvviso, un rumore attirò la mia attenzione.

Proveniva dal bagno in camera, così mi diressi verso la porta aperta, dove sapevo che l'avrei trovata.

La raggiunsi e finalmente la vidi. Era davanti allo specchio, concentrata a sollevare i capelli in una coda alta, con addosso solo un asciugamano rosso che le fasciava il corpo esile e scolpito.

Selene aveva proprio la bellezza di una dea, di una Venere.

Le gambe lunghe e definite erano scoperte e il culo quasi esposto. Mi toccai la patta dei jeans a causa di una fitta che mi colpì al basso ventre e che accese un fuoco che non avrei domato ancora a lungo.

Mi appoggiai allo stipite della porta, con le braccia conserte, in attesa che lei si accorgesse della mia presenza.

Selene prese un barattolo di crema profumata e ne versò un po' sul palmo della mano per poi spalmarla lentamente sulla pelle ancora umida. La mangiai con gli occhi come un predatore affamato, mentre lei continuava a coccolarsi, ignara del fatto che fossi lì, immobile, a fissarla come un pervertito.

Decisi di mettere fine alla mia lenta tortura e mi schiarii la gola.

Doveva accorgersi di me.

La bimba sollevò lo sguardo e mi vide nello specchio, notando finalmente la presenza del lupo a poca distanza dal suo bocconcino prelibato.

«Oh, Dio.» Sussultò spaventata e si voltò verso di me, poi strinse con una mano il nodo dell'asciugamano, come se fosse sufficiente a difendersi da me. Sorrisi.

«Ciao, Trilli.» La guardai spudoratamente e mi soffermai sulle cosce che avrei presto voluto sentire strette attorno a me.

Volevo proprio farmela e glielo stavo facendo intuire senza alcun imbarazzo.

«Come ti permetti di entrare nella mia stanza senza bussare?» mi rimproverò, con un atteggiamento all'improvviso severo e rigido. La mano serrata attorno all'asciugamano, però, mi fece intuire quanto fosse agitata e sopraffatta dalla mia presenza.

«Che ci fai qui?» Arrossì quando notò i miei occhi puntati sulle sue gambe; la stavo proprio fissando come un depravato del cazzo e dovevo darmi un contegno.

Senza risponderle, avanzai.

Alle parole avevo sempre preferito i fatti.

«C-cosa vuoi?» balbettò, tremando.

Altra domanda alla quale non avrei dato alcuna risposta. Mi avvicinai ancora, fino a sentire il suo profumo fresco e innocente a poca distanza da me.

Selene dovette inclinare il collo per guardarmi; mi arrivava a stento al petto e la sovrastavo, il che aumentava il mio senso di dominanza. Le sorrisi, sapendo bene l'effetto che sortivo sulle donne, poi posai le mani sul ripiano di marmo dietro di lei, bloccandola. La sua esile figura fu imprigionata dalla mia, come una farfalla in una gabbia di cristallo.

«Ti voglio nuda», le sussurrai all'orecchio, notando i brividi apparirle sulle braccia. «E bagnata. Per me», seguitai, respirandole sul collo teso.

Le sfiorai il lobo dell'orecchio con le labbra e lei deglutì.

Ero un egoista, ne ero consapevole.

Mi aveva detto che si sentiva sporca ogni volta che la scopavo, ma io avevo bisogno di *questo*.

Avevo bisogno di aprire un varco tra i ricordi e la realtà.

Avevo bisogno di far sparire le visioni, di cancellare le sensazioni tremende che avvertivo addosso e l'unico stramaledetto modo era questo.

Il sesso non era una cura, certo, e tantomeno una soluzione; anzi, era solo un'illusione temporanea utile a ricordare al bambino dentro di me che ero io a predominare, ad avere il pieno controllo.

«No...» sussurrò Selene, fissandomi un punto del petto per non guardarmi negli occhi; sapeva che nel suo sguardo avrei letto tutti i desideri nascosti. Le sollevai il mento con l'indice e la indussi a guardarmi. Si morse il labbro inferiore e il mio pollice corse ad accarezzarlo. Percepii il suo respiro lieve ma irregolare, e rimasi fermo, ipnotizzato dall'azzurro cielo e dall'acquamarina che si intrecciavano nelle sue iridi luminose.

«Il sesso per me è come volare. Dispiega le mie ali e mi permette di fuggire lontano da tutto», confessai, senza sapere neanch'io il perché. Le fissai le labbra e poi gli occhi, contornati dalle ciglia nere e folte.

Mi stavo giustificando? O stavo invece cercando di persuaderla, di manipolare la sua mente come facevo con tutte?

«Puoi volare con Alexia o Jennifer», ribatté aspra. Ero sicuro che ci avesse spiato dalla finestra nella dépendance. Ne avevo scorto la chioma ramata e l'espressione incredula mentre le due ragazze me lo stavano lavorando per bene.

«Ma io voglio volare con te, nel tuo cielo», sussurrai, avvicinandomi ancora al suo orecchio. La sentii sussultare per la sorpresa che le suscitarono le mie parole.

«E poi mi dirai che tra noi c'è solo una forte attrazione, vero? Che mi usi e basta?» mormorò, stringendo le labbra in una linea dura.

Non era facile convincerla a cedere. Le mie parole l'avevano ferita più di qualsiasi gesto. Tuttavia, non potevo rimangiarmi quello che le avevo detto perché era la verità.

Riprovai.

«Esiste un'Isola che non c'è per ogni bambino che vive in ciascun uomo. Tu sei un po' la mia *Isola che non c'è…*» Lei era la mia utopia, il mio ideale, la mia Trilli, il mio asintoto, ma non mi illudevo di poterla raggiungere nella realtà. Selene mi guardò confusa e come biasimarla; ero un tipo complesso, difficile da comprendere.

Le sorrisi e le accarezzai il collo, scendendo piano piano sulla linea della clavicola.

Basta parlare, dovevo agire e me ne fottevo altamente della sua moralità.

«Usami come se fossi la tua Isola che non c'è», sussurrai ancora, continuando a percorrerle la pelle che era come velluto sotto i polpastrelli. Selene mi fissò le labbra e il respiro le divenne più veloce; potevo percepire i battiti del suo cuore aumentare a ogni secondo che passava.

«Non esiste.» Tremò e gli occhi sembrarono riempirsi di lacrime, esattamente come quando l'avevo piegata sulla sua scrivania, incitandola a guardarci dallo specchio.

A quel punto, raggiunsi con la mano il nodo del suo asciugamano e la guardai.

«Adesso ti mostrerò che esiste invece.» Liberai i due lembi e feci scivolare l'asciugamano sul pavimento, rivelando il suo corpo nudo. Ne ammirai piano le forme sinuose, il seno piccolo e sodo, il ventre piatto e definito, le gambe lunghe e strette tra loro per l'imbarazzo e poi lei… la fica glabra, rosa e morbida. Selene arrossì violentemente sotto il mio sguardo insistente e guardò un punto a caso oltre le mie spalle.

«Non ti importa di nessuno oltre che di te stesso», mormorò lei.

Non replicai. La volevo, e tutto ciò su cui ero concentrato si trovava al centro delle sue cosce.

Non doveva imbarazzarsi, era semplicemente perfetta. Forse era la donna più bella che avessi mai visto in tutta la mia vita, e prima di lei ce n'erano state tante. Tuttavia, non glielo dissi e non la rassicurai.

Non feci nulla per scacciare via la sua timidezza.

«Dove vuoi le mie labbra, Trilli?» sussurrai, sfiorandole i fianchi con entrambe le mani. Lei sussultò e si irrigidì, poi aggrottò la fronte come se non ci stesse capendo nulla. Era davvero adorabile quando assumeva certe espressioni; sembrava proprio una bambina.

«Dove vuoi le mie labbra?» ripetei più lentamente avvicinandole alle sue nel chiaro tentativo di stordirla; poi, le tirai di colpo la coda alta con la mano destra, mentre con la sinistra le palpai un seno, infilando un ginocchio tra le sue cosce. La svegliai così finalmente dallo stato di confusione in cui versava e le strusciai anche sul fianco l'erezione per farle sentire quanto fossi eccitato e che dimensioni avessi raggiunto per lei.

Solo per lei.

«Che stai facendo?» Rimase immobile e tremò; in quell'istante, mi resi conto di aver tirato fuori troppo in fretta l'animale che ero. L'avevo spaventata.

Era tesa e dovevo rimediare.

Le mossi piano il ginocchio tra le gambe con lo scopo di illanguidirla, colpendo lentamente il punto che sapevo le avrebbe concesso il giusto piacere; poi agganciai con l'indice il suo elastico dei capelli e le sciolsi la coda, attento a non farle male.

Selene mi guardò come se fossi il suo peggior nemico, ma anche l'unico uomo a cui non riusciva a resistere, e io avevo tutta l'intenzione di approfittarne.

Ero certo di piacerle, conoscevo l'effetto che avevo su di lei, sapevo che l'attrazione, la maledetta chimica che ci univa, era reciproca.

Le baciai il collo e con la mano sinistra iniziai a palparle il seno; il pollice sfregava piano il capezzolo già turgido come una gemma, mentre la gamba strofinava ancora tra le sue cosce.

Completamente nuda, la bimba se ne stava immobile, appiccicata a me e ai vestiti di cui mi sarei presto liberato. La sentii gemere sommessamente e capii che stava per perdere il controllo; la mia mano le abbandonò il seno, attraversò il ventre e le raggiunse il pube. Tolsi il ginocchio e la toccai con l'indice, percependo la sua eccitazione sul polpastrello.

Da gran bastardo qual ero, le sorrisi nell'incavo del collo perché era nuda e bagnata proprio come avevo desiderato.

«Le vuoi qui le mie labbra?» le premetti l'indice sulla pelle, senza penetrarla ancora, e Selene mi afferrò il polso per fermarmi o forse incitarmi.

Per me era insolito avanzare certe proposte alle donne, non concedevo attenzioni simili a nessuna.

Ero intransigente sul sesso orale: mi piaceva riceverlo da impazzire, ma *non* amavo ricambiarlo.

Selene sarebbe stata una delle pochissime fortunate.

La fissai e lei mi guardò con rabbia; in quel momento, mi stava odiando perché avevo risvegliato in lei i desideri che non faceva altro che rinnegare. Le sorrisi in modo diabolico e la voltai dai fianchi, facendole urtare la schiena contro il mio petto. Avevo voglia di assaggiarla, una voglia malsana che non avevo mai avvertito prima.

Le schiacciai il bacino contro il culo e mi spinsi tra i suoi glutei; avrei voluto disfarmi dei jeans per sentirla pelle contro pelle, ma dovevo pazientare e concedere il dovuto piacere alla bimba.

«Che diavolo vuoi fare?» Mi fissò nello specchio. Non era un caso che l'avessi girata: volevo che vedesse le smorfie di piacere che avrei impresso sul suo viso, volevo che si vedesse mentre godeva, volevo che capisse quanto le piaceva essere usata da me.

Solo da me.

Con le mani strinse il bordo del lavabo, e io le scostai i capelli su una spalla, senza smettere di premere contro di lei.

«Adesso lo vedrai.» Sollevai un angolo delle labbra in modo provocante e il *gong* che tuonò nella mia testa diede iniziò a ciò che io intendevo per romantico.

Iniziai a raccogliere con la lingua le goccioline d'acqua che le imperlavano la spalla nuda, tenendola ferma dai fianchi. Il pensiero che mi stesse osservando dal riflesso dello specchio mi eccitava oltre ogni limite.

Continuai a leccarla seguendole la linea della schiena e imboccai la strada che mi avrebbe condotto dritto alla mia Isola che non c'è.

Le mie labbra le accarezzavano ogni centimetro di pelle profumata; infilai i pollici nelle fossette di Venere e immaginai perversamente per un istante quello che aveva immaginato di farle quell'idiota di Xavier.

Dopo averle baciato la base della schiena, mi inginocchiai dietro di lei, di fronte ai suoi fantastici glutei completamente esposti alle mie voglie e fissai il suo succoso frutto leggermente schiuso che attendeva soltanto di accogliermi, come se fosse la perdizione per eccellenza.

Le morsi una natica e la schiaffeggiai subito dopo, facendola sobbalzare.

Selene si aggrappò al marmo con più forza e sorrisi. Faceva bene a reggersi, perché presto l'avrei stordita completamente.

«Neil», mormorò come se mi stesse pregando di smetterla, ma sapevo che invece desiderava che continuassi.

«Shh, Trilli, preparati a *volare* con me.» Le accarezzai lentamente il culo, che consideravo perfetto.

Tondo, alto, di porcellana, completamente alla mia mercé.

Le allargai le natiche e avvicinai il viso al solco centrale per leccarla. Selene sobbalzò quando sentì la mia lingua calda scorrere dallo sfintere fino alla fica morbida e bagnata. Affondai dentro di lei e sussultò ancora a causa dell'improvvisa intrusione.

«Neil», gemette trascinando le ultime lettere del mio nome e piegandosi sui gomiti. E pensare che non avevo ancora iniziato la mia tortura...

Ritrassi la lingua troppo presto per farla impazzire. Volevo farla uscire di testa.

Selene, tra l'altro, era particolarmente sensibile e lo dimostrò quando iniziai ad accarezzarla con la punta della lingua, dal basso verso l'alto, fermandomi ogni tanto per baciarle l'interno coscia.

La barba creava la giusta frizione e i brividi che le scorrevano sulle gambe ne erano la prova.

«Neil.» Mi chiamò ancora e inarcò la schiena; sorrisi senza risponderle perché volevo solo sentirla godere. Affondai con più decisione dentro di lei e la bimba mi dondolò il bacino sulla bocca, come se stesse per sedersi sulla mia faccia.

La leccai ancora e la succhiai, e lei urlò proprio come volevo; il mio orgoglio maschile esultò e l'erezione sussultò spingendo contro la chiusura dei jeans. Per darmi sollievo, liberai di fretta il bottone e abbassai la zip.

«Devo capire *cosa* ti piace e *come* ti piace. Voglio conoscerti a modo mio», dissi prima di sprofondare ancora dentro di lei, stimolandola con la lingua; mi aiutai inserendo anche l'indice nel suo calore e una vibrazione del bacino mi fece capire che la stavo facendo impazzire.

Ero attento alle reazioni per memorizzare cosa la entusiasmasse di più, perché il sesso non era uguale con tutte e ogni donna aveva le sue preferenze, come io avevo le mie.

«Continua», ansimò. Sentivo i suoi gemiti, il suo profumo, il suo sapore divino che mi inebriava del tutto, le sue gambe che fremevano, la sua eccitazione che mi bagnava la lingua mentre bevevo il suo desiderio, e scoprii che non mi ero mai sentito così fuori dalla realtà come in quel momento.

Continuai a colpirla con affondi di lingua intensi e decisi, poi mi tuffai ancora e ancora dentro di lei, nel punto intimo al quale ero stato il primo ad avere accesso.

Nel frattempo, Selene era sempre più schiava della mia perversione: ne percepivo il respiro frenetico, il desiderio irrefrenabile; stava per venire.

Mi fermai prima che potesse raggiungere l'orgasmo e le diedi uno schiaffo sulla natica, lasciandole il segno rossastro delle dita.

Mi allontanai dalla sua intimità e mi rimisi in piedi lentamente.

Volevo scoparla e guardarla mentre urlava di piacere; volevo godere di ogni sua espressione eccitata, volevo fotterla e stordirla, mentre assistevo alla scena.

«Piaciuta l'anteprima?» Puntai i miei occhi nello specchio. Il vetro era lievemente appannato e la sua immagine era offuscata, tuttavia Selene mi parve irriconoscibile.

I capelli sfatti, le labbra schiuse, le guance rosse e gli occhi velati dalla pura eccitazione, le conferivano un aspetto selvaggio e sexy da morire. Mi leccai il labbro inferiore, raccogliendo le sue secrezioni, e lei avvampò, imbarazzata.

Sentire il suo sapore nella bocca fu magnifico.

«E a te è piaciuta?» Si voltò su gambe malferme. Le sorrisi provocatorio, poi le afferrai la mano per posarmela sull'erezione e darle la risposta del caso.

«Tu che ne pensi?» Le premetti le dita contro di me e lei trattenne il respiro. Ce l'avevo gonfio e durissimo, tanto che si incurvava sotto i jeans.

Selene arrossì e quella reazione ebbe un effetto del tutto anormale su di me. L'afferrai per i glutei e la schiacciai tra il mio corpo e il marmo. Lei sussultò, ma non si scostò. Non aveva intenzione di porre fine a quello che avevo iniziato. Perciò, decisi di farle sentire il suo sapore e quanto mi avesse desiderato mentre la leccavo.

Cogliendola di sorpresa, la baciai e intrecciai la mia lingua alla sua, fondendo le nostre voglie. Le sue mani corsero ad accarezzarmi gli addominali e salirono sui pettorali. Indossavo ancora la felpa, ma lei sentì distintamente i muscoli bollenti pulsare dal desiderio.

Ci baciammo ancora e la guidai verso la sua stanza, e precisamente verso il letto. Sin dalla prima volta in cui l'avevo baciata in piscina, mi ero reso conto di quanto mi piacesse baciarla e avevo firmato la mia condanna. Ci fermammo per prendere fiato e lei si sedette sul letto, completamente nuda, bella come un angelo, bianca come la neve e maestosa come i colori dell'alba.

La guardai e non desiderai altro che affondare dentro di lei.

«Distenditi e apri bene le gambe», ordinai, sfilando la felpa dalla testa come se stessi andando a fuoco. La lanciai in un punto imprecisato e la stessa fine fecero anche i jeans e i boxer. Mi misi in ginocchio tra le sue cosce aperte e ostentai una certa sicurezza; del resto, sapevo di avere un bell'aspetto, un viso sensuale, un corpo prestante e all'altezza delle aspettative femminili.

Selene, invece, era eccitata – aveva le guance in fiamme, il respiro ansante e gli occhi carichi di lussuria –, ma anche un po' in soggezione a causa della mia imponenza.

La bimba deglutì a vuoto ed evitò di guardare in basso. Con un sorriso insolente, mi afferrai con una mano l'erezione e la mossi piano mentre lei posava lo sguardo ovunque tranne che su di me.

«Guardami», le dissi. Volevo che la smettesse di imbarazzarsi, che abbattesse le barriere del pudore e che si lasciasse andare. Selene mi obbedì e mi fissò, ma non dove avrei voluto, bensì negli occhi, con l'intenzione di scorgermi l'anima.

«Anche tu», ribatté con decisione, quasi in segno di sfida.

Smisi di muovere la mano e la guardai, come mi aveva chiesto. Se ne stava adagiata sul letto come qualcosa di prezioso e fragile. Il suo corpo era minuto rispetto al materasso su cui era distesa, i capelli ramati erano aperti a ventaglio sul copriletto bianco, i seni nudi e piccoli erano perfetti, l'addome piatto e disteso; le gambe divaricate ostentavano una sicurezza che non possedeva, perché stavano tremando, e poi lì, tra esse, c'era la voglia che avevo volontariamente lasciato insoddisfatta, il mio passaporto per il paradiso. Voleva che guardassi questo?

Perché non mi usava e basta come facevano tutte? Perché non mi scopava e non si accontentava del mio corpo?

«Ti ho guardata», mormorai sbrigativo, più bramoso di prima, con ancora il desiderio malato di farmela. Lei mi parve delusa, ma non ne capii il motivo. Non ci capivamo proprio.

Eravamo un vero casino insieme.

«Smettila con queste cazzate, Selene. Scambio di sguardi struggenti o smancerie varie non fanno per me», aggiunsi infastidito.

Quanto dovevo resistere ancora? Avevo le palle contratte e l'erezione sul punto di esplodere, sentivo l'eccitazione scorrere nelle vene, e non capivo cosa pretendesse lei da me. Avanzai in ginocchio sul materasso per avvicinarmi. Non avrei perso altro tempo.

Ero al limite.

Mi distesi sul suo corpo e mi ressi sugli avambracci.

Selene deglutì e iniziò a tremare di nuovo.

«Non hai guardato i dettagli», sussurrò, fissandomi le labbra.

Ne avevo scorti molti, invece, di nascosto, ma lei neanche lo sospettava e io avrei custodito il segreto. Quando la spogliavo erano loro il centro della mia attenzione.

Piegai il viso sul seno destro e lo succhiai, facendola ansimare, poi leccai il neo accanto al capezzolo. La forma rievocava quella di un piccolo cuore e questo era uno dei dettagli che più adoravo del suo corpo. Tornai a guardarla e mossi piano il bacino su di lei, strusciandomi tra le grandi labbra che sentivo calde e bagnate contro di me.

«Allora abbandonami qui, nell'invisibilità dei dettagli di cui pensi di accorgerti solo tu», bisbigliai provocatorio, infilando un braccio tra i nostri corpi per impugnare la mia erezione e indirizzarla dove volevo. La presi dalla base e mi strofinai su di lei per lubrificarmi. L'erotismo raggiunse il suo picco quando spinsi i fianchi e sentii il suo calore liquido circuirmi. Mi piaceva sentire la sensazione del contatto tra noi, per questo non indossavo mai il preservativo con la bimba, a differenza di quanto facevo con le altre.

Scivolai dentro di lei, sentendo le sue pareti strette modellarsi attorno a me.

Erano lisce, morbide e bollenti. Una presa infuocata.

Mi avvolgevano, mi strizzavano e accoglievano in tutto il mio spessore. La sensazione fu surreale e trattenni il respiro per tutto il tempo in cui mi feci spazio dentro di lei. Mi seppellii tra le sue cosce senza fretta e Selene strinse i denti, respirando piano. Sapevo che spesso le mie dimensioni inducevano le donne a provare un lieve dolore; di sicuro lei, che era ancora stretta come la prima volta, avvertiva fastidio.

Espirai di colpo quando la penetrai del tutto e mi fermai; lei mi guardò e deglutì in attesa che mi muovessi. Mi strinse la schiena con le mani piccole e mi accarezzò i lombari, poi mi avvolse le gambe attorno al bacino posando i talloni sui glutei.

Così, avvinta a me, sembrava ancora più piccola e fragile.

Le sorrisi e le diedi un bacio casto sulle labbra carnose. Mi resi conto troppo tardi, però, di quel gesto intimo; anche se stavo solo cercando di rassicurarla, in quel modo l'avrei soltanto illusa che tra noi potesse esserci altro oltre al sesso. Non potevo permettermi tali errori.

Mi irrigidii. Di solito, baciavo le donne solo per sedurle, non perché mi piacesse, con lei invece mi piaceva farlo ed era del tutto nuovo per me.

Iniziai a muovermi, tirandomi indietro e affondando in lei con forza. Smisi di guardarla negli occhi e mi concentrai solo sui nostri respiri, sui suoi gemiti e sull'incastro dei nostri corpi. Le lubrificai il clitoride e continuai a ondeggiare per cavalcare le onde del piacere. Le baciai il collo e mi resi conto di quanto ancora una volta adorassi il suo profumo di cocco.

Mi piacevano le donne pulite e Selene lo era. Tantissimo.

Scesi fino al seno e lo succhiai, facendole inarcare la schiena. Adoravo sempre di più le sue forme delicate. Le avvolsi il piccolo capezzolo tra le labbra e lo mordicchiai con i denti, facendola gemere.

«Neil», mormorò in un ansito spezzato, poi mi conficcò le unghie nella carne della schiena e si aggrappò a me mentre sobbalzava a ogni colpo. La spalliera del letto urtò contro il muro e le molle presero a cigolare. Selene inchiodò ancora gli occhi nei miei, ma non le avrei permesso di manovrarmi con il suo fottuto sguardo oceano. Quando succedeva diventavo vulnerabile, un imbecille che in quelle onde voleva nuotarci e perdersi per sempre.

Mi sfilai di fretta da lei e la afferrai per i fianchi, voltandola prona.

In questo modo avrei evitato con più facilità qualsiasi contatto visivo compromettente. Le tirai su il culo, in modo tale che si posizionasse a carponi di fronte a me. Mi avvicinai e la penetrai da dietro con una forte spinta, aggrappandomi ai suoi fianchi.

Non volevo guardarla eppure lo feci. Selene stringeva il copriletto in due pugni, i capelli ramati erano arruffati e selvaggi, la schiena inarcata e sudata, il culo arcuato e vittima delle mie spinte feroci. Scesi a fissare l'esatto punto di unione dei nostri corpi e quella visione mi esaltò.

Il suo fiore rosa, vellutato e morbido, si apriva e chiudeva in modo ritmato seguendo i miei colpi; era una rosa candida con i petali delicati che le avvolgevano il centro profondo. L'afferrai per i capelli con una mano e le inclinai il collo, piegandomi sulla sua schiena.

Era bellissima, ma non le avrei mai detto quello che pensavo.

«Adoro scoparti», le sussurrai invece all'orecchio, poi inspirai il suo odore sul collo. Lei non fiatò, stringeva i denti e subiva, gemeva e godeva, proprio come volevo. A ogni suo ansito sensuale seguiva una spinta più forte e concitata. Le posizionai una mano sotto lo stomaco e le strinsi un seno, stuzzicando il capezzolo tra il pollice e l'indice. Lei sussultò. Mi piaceva il modo in cui Selene reagiva a me, ai miei modi e alle mie carezze.

Era così maledettamente sensibile che mi eccitava oltre ogni limite.

Il suo corpo caldo e i miei movimenti di una ferocia scatenata in quel momento furono tutto ciò che mi riempiva la testa.

Non esistevano più gli incubi, i problemi, quel pacco anonimo, il dottor Lively e tutto il veleno che mi circondava. La libidine scorreva bollente nelle mie vene in tensione; le ginocchia di Selene cedettero di colpo e lei crollò, arresa al mio dominio.

Gemette contro il copriletto e si morse il braccio per reprimere le urla che invece avrei voluto udire.

«Ti piace essere usata da me. Lo sento.» Strinsi i capelli nella mia presa e le tirai uno schiaffo così forte da farla urlare e gemere insieme. Sorrisi come un bastardo perché avevo raggiunto il mio obiettivo e mi distesi su di lei, reggendomi sui gomiti.

Il mio torace le strusciava sulla schiena esile, tanto che temevo perfino di schiacciarla.

«Stronzo», mormorò sottovoce, incapace di parlare più forte. Continuai a muovere i fianchi, marchiandola e possedendola sempre più forte; all'improvviso, mi posò una mano sul sedere per farmi rallentare o forse proseguire, ma non indagai perché avrei comunque continuato fino a sfinirla.

Avevo una resistenza assurda e la bimba l'aveva intuito.

La stavo torturando: entravo dentro di lei con spinte brusche e uscivo lentamente, facendole sentire ogni centimetro di me, perché volevo che mi percepisse, impalato tra le gambe, anche il giorno dopo e quelli a seguire. Cominciammo a sudare entrambi e i respiri divennero rotti.

Selene non era più in grado di resistere, mentre io sarei andato avanti ancora per molto, semplicemente per *non* tornare alla realtà.

«Stai per venire, bimba.» Le premetti di più il petto contro la schiena e la sentii stringersi attorno a me, contrarsi, succhiarmi tutto per poi lasciarmi andare.

E ancora, serrarsi e dilatarsi, in una danza armoniosa. Aumentai il ritmo delle spinte e il suo corpo si tese sotto di me. Si rimise carponi per riflesso condizionato e mosse il bacino su di me, per lasciarsi trasportare dai piacevoli spasmi naturali dell'orgasmo.

I gomiti faticavano a reggerla, le gambe le tremavano.

Era bella da vedere, splendida come l'esplosione di un fuoco d'artificio.

Chiusi gli occhi e mi lasciai avvolgere dal suo calore bruciante e dai movimenti impazienti dei suoi fianchi. Un brivido violento mi attraversò la spina dorsale, aprii gli occhi e mi sfilai di fretta. Con una mano le strinsi una natica, con l'altra afferrai l'erezione in un pugno e mossi le dita velocemente per tutta la mia lunghezza. L'addome si tese, un milione di terminazioni nervose lampeggiarono come razzi, i bicipiti si gonfiarono, un calore ardente mi infuocò il petto e le vene esplosero quando il mio seme le schizzò sulla schiena. La mia ragione venne completamente offuscata dalla visione di Selene sotto di me.

«Cazzo», dissi senza fiato, quando l'orgasmo volò via e tornai lentamente alla realtà. Rimasi fermo in ginocchio dietro la bimba, cercando di riprendere aria mentre Selene tornò a distendersi, sfinita.

Ero madido di sudore, avevo i capelli bagnati, la gola secca e non sapevo più dove fosse finito il cuore, forse nello stomaco, nelle tempie, o tra le palle. Sogghignai per quel pensiero assurdo.

Stanco, mi distesi accanto a lei e sentii le forze abbandonarmi piano piano; ero soddisfatto, come sempre dopo una delle mie scopate.

Fissai il soffitto lievemente illuminato dalla luce dell'abat-jour sul comò e inspirai l'aria satura di sesso, di cocco e di muschio.

Satura di noi, che eravamo una combinazione alquanto strana.

Selene voltò la testa verso di me, rimanendo a pancia in giù, con le braccia flesse accanto al viso e i palmi aperti sul copriletto. Mi guardò con l'adorazione che ogni donna riservava al mio corpo dopo averne goduto, poi allungò una mano verso il mio fianco sinistro e con l'indice tracciò i contorni del tatuaggio. Rabbrividii a causa di quel contatto; aveva le mani fredde forse perché non era coperta neanche da un misero lenzuolo. Le dita lunghe e affusolate continuarono ad accarezzarmi e io mi resi conto che avrei tanto voluto sentirle più in basso, attorno a me e…

Basta.

Rischiavo di avere un'altra erezione e di ricominciare tutto da capo, ma sapevo che le avrei chiesto troppo. Selene non aveva mai fatto preliminari con un uomo. Avrei dovuto insegnarle io come darmi piacere, spiegarle *cosa* preferivo e *come*, ma non adesso.

«Ti piace il mio tatuaggio?» le chiesi incuriosito. Sussultò quando avvertì il timbro rauco e basso della mia voce. Si tolse i capelli dalla fronte sudata e si girò in posizione fetale, mostrandomi il seno piccolo, sul quale indugiò il mio sguardo.

Negli ultimi tempi non mi sopportavo, sembravo un ragazzino alle prese con le prime cotte adolescenziali.

Quanti culi e tette avevo visto nella mia vita? Quante donne avevo usato? Non sapevo quantificarle.

Eppure il suo corpo sembrava una novità per me, un territorio da esplorare, un regalo inaspettato da scartare.

Selene era l'Isola che non c'è che avevo sempre sognato, il posto in cui fantasticavo su una vita migliore per fuggire dalla realtà.

«Mi piacciono entrambi», mormorò e indicò anche il maori sul bicipite destro.

L'avevo fatto a sedici anni, si estendeva fino alla spalla e simboleggiava qualità potenti nelle quali mi rispecchiavo molto. Stranamente ero compiaciuto dall'idea che le piacessero i miei tatuaggi.

«Pensi di farne altri?» chiese ancora.

Amavo i tatuaggi e pensavo di farne molti altri, in vari punti del corpo, ma un momento…

Che diavolo stavo facendo? Anzi che diavolo stavamo facendo? *Conversazione?*

Da quando chiacchieravo con una donna dopo il sesso? Aggrottai la fronte e Selene dovette notare la mia espressione perplessa perché piantò il palmo della mano sul materasso e sollevò il busto. La imitai subito anch'io.

«Ma che cazzo», sussurrai a me stesso, rendendomi conto di quanto fosse assurdo tutto quello che stava succedendo, tutto quello che stavo facendo.

Non volevo alcuna relazione, non ero un uomo da cui aspettarsi romanticherie e stronzate simili, ma evidentemente avevo scelto la ragazza sbagliata con cui sollazzarmi e giocare.

Ero un uomo problematico e la bimba non immaginava neanche lontanamente il casino che avevo in testa. Eppure, inspiegabilmente, nonostante tutte le donne che potevo avere, ultimamente finivo sempre più spesso tra le gambe di Selene.

A dire il vero, non avevo abbandonato le mie abitudini libertine – scopavo ugualmente con altre e con la stessa intensità di sempre – ma volevo scopare anche con lei, perché mi piaceva e questo era innegabile.

Selene non era neanche il mio tipo di donna; a me piacevano le bionde, audaci e sfrontate. Lei invece era ingenua, inesperta e per di più mora.

Era completamente l'opposto delle mie amanti.

«Che ti prende adesso?» mormorò confusa. Mi passai una mano sul viso e mi alzai dal letto, raccogliendo i miei boxer per infilarli. Sentivo i suoi occhi su di me, precisamente sul mio sedere che si contraeva a ogni movimento. Mi voltai e la sorpresi incantata a fissarmi, così distolse di fretta lo sguardo e lo puntò sulle sue gambe nude.

«Devo andarmene. Ecco cosa mi prende», sbottai nervoso, facendola sussultare. Non era colpa sua, non lo era affatto, ma non era neanche colpa mia.

«Ho detto qualcosa di male?» insisté nella speranza di capire i miei sbalzi d'umore, che, però, non capivo neanch'io; facevano semplicemente parte della mia personalità disturbata.

Mi piegai a tastare le tasche dei jeans in cerca del mio pacchetto di Winston perché avevo un bisogno estremo di fumare; tuttavia, un istante dopo, ricordai di averle lasciate nella mia stanza.

«Chiudi la bocca, Selene!» Alzai la voce e la spaventai. Non doveva assillarmi con le sue domande, perché le risposte non le conoscevo neanch'io.

Quella situazione era *troppo* per me, stava diventando tutto *troppo* per me.

«Come ti permetti?» Scese dal letto e lo aggirò, venendo verso di me. Mi fronteggiò con il suo corpicino nudo ed esile. Le sorrisi, guardandola dall'alto della mia arroganza.

Credeva di intimidirmi?

«Cosa pensi di fare? Eh, Trilli?» Mi avvicinai fino a percepire il suo odore sotto le narici. *Profumava* di sesso e di me.

Selene sollevò il mento e mi sfidò. Era piccola, ma aveva la determinazione di una vera tigre.

«Parlare. Ciò che tu hai paura di fare. Ti senti un uomo solo quando scopi», mi offese, stringendo gli occhi azzurri. Aveva i capelli arruffati, gli zigomi rossi, le labbra gonfie, il mio sperma sulla schiena e i segni delle mie dita sui fianchi.

Sì, aveva proprio l'aspetto di chi era stata sbattuta per bene, per questo era ancora più eccitante.

Seguì il mio sguardo e si accorse di cosa stavo guardando. Sfiorò con le dita i lividi violacei che le punteggiavano la pelle chiara e d'un tratto, senza preavviso, l'afferrai per la nuca, l'attirai a me e le impugnai la chioma ramata.

«E tu? Non ti senti una donna solo quando ti desidero e ti fotto come un animale? So che è così, come so che non lo ammetteresti mai», sussurrai a poca distanza dalle sue labbra carnose. Serrò i denti e non rispose. I suoi occhioni mi sfidarono per comunicarmi che la guerra era appena iniziata.

«Se mi darai qualcosa di te, io farò quello che vuoi», mormorò sottovoce.

Ricordai lo stupido compromesso che mi aveva proposto mentre mi allenavo in palestra e ancora una volta non riuscivo a capire come facesse a non vedere quanto fossi marcio.

«Cosa vuoi?» Non mollai la presa sui suoi capelli setosi, tuttavia cercai di non farle male.

«Parlare», disse ancora, deglutendo. Le guardai le labbra carnose e mi venne voglia di baciarla, poi di gettarla di nuovo sul letto.

«Parlare», ripetei pensieroso, restando aggrappato ai suoi occhi. «E pensi di insegnarmi qualcosa dall'alto della tua grande esperienza? Mmh?» Chiesi divertito e respirai il suo buon odore. Selene rifletté qualche istante sulla mia domanda, poi, con fermezza rispose: «Sì, ad ascoltare la voce della tua anima».

21
Neil

Io dico alle donne che la faccia è la mia esperienza
e le mani sono la mia anima.
Qualunque cosa, pur di tirare giù quelle mutandine.
CHARLES BUKOWSKI

«*Ad ascoltare la voce della tua anima.*»

Era questo che la bimba voleva insegnarmi.

Non capivo cosa volesse dire, perciò la lasciai andare e indietreggiai, notando un sorrisetto vittorioso comparirle sul viso angelico.

Quella ragazza non era solo una fata, ma anche una strega pericolosa.

Voleva conoscermi e leggermi dentro, voleva che mi fidassi di lei e non soltanto perché avevo un bel corpo, ma perché vedeva in me molto altro, qualcosa che *non* esisteva.

«Non sai quello che dici. Non puoi conoscermi per quello che sono», dissi, irritato. Una come lei non poteva gestire una persona come me.

Ero troppo incasinato.

Cercavo ancora me stesso, cercavo ancora di unire l'uomo che ero diventato con il bambino che ero stato; la mia anima era divisa in due, due metà che non riuscivo a unire.

Cercavo una pace interiore che non potevo raggiungere e, fino a quando non avessi accettato me stesso, non avrei potuto avere nessun altro accanto a me.

«Perché?» Selene si toccò le braccia. Stava morendo di freddo eppure non facevo nulla per scaldarla. Non sapevo come trattare una donna fuori dal letto.

«Perché scapperesti.» Arretrai di un passo. Quel discorso stava diventando troppo intimo, più intimo del mostrarmi nudo, più intimo del lasciarle la mia impronta sul letto, più intimo della mia lingua tra le sue cosce.

«Da cosa?» Si avvicinò, ma la guardai con una freddezza tale da congelare i suoi passi.

«Da me!» Alzai la voce spazientito. Era impossibile che non comprendesse.

Doveva starmi lontano.

Semplice.

«Potrei capirti e…»

Scossi la testa, interrompendo qualsiasi stronzata stesse per dire. «Nessuno può capirmi, neanche tu, cazzo!» insistei deciso.

Doveva smetterla di fingersi l'eroina che mi avrebbe salvato.

Non c'era niente da salvare, nessuno da redimere.

Ero quello che ero e niente avrebbe cambiato la logica del mio caos.

Con un sibilo frustrato, si allontanò e si diresse verso l'armadio; sfilò un maglione lungo, poi tirò fuori da un cassetto delle mutandine pulite e scomparve nel bagno. Non compresi il perché mi avesse lasciato lì, a metà di un discorso che lei stessa aveva iniziato. Pochi minuti dopo, però, tornò da me con addosso il maglione chiaro e le mutandine che lasciavano intravedere il suo bel culetto. Non poteva aver fatto la doccia in così breve tempo, ma sospettai si fosse data una veloce sistemata per calmarsi mentre io la aspettavo ancora seminudo con solo i boxer a coprirmi.

«Il sesso che fai con me non è come quello che fai con le altre, vero? Insomma, guardami.» Indicò se stessa. «Non so darti piacere, non sono mai stata con un uomo prima di te, sono inesperta e probabilmente neanche così attraente come tutte le tue amanti. Perché vuoi proprio me?» Si sedette sul letto e abbassò lo sguardo sulle gambe piegate, intimidita.

Era imbarazzata nonostante quello che avevamo appena fatto?

«Sembri proprio una bimba ora», dissi e lei sollevò il viso su di me. Era arrossita, forse per il timbro rauco della mia voce, e mi stava fissando come se le avessi appena detto: «*Inginocchiati e succhiamelo*».

«Neil!» Scosse la testa per scacciare via chissà quale pensiero e seguitò: «Vorrei una risposta seria per una volta!» Imprecò e si alzò in piedi. Era arrabbiata e io la trovavo estremamente adorabile perché non avrebbe intimorito neanche uno scoiattolo con il suo aspetto.

Le sorrisi e incrociai le braccia al petto, notando il suo sguardo scivolare sui miei bicipiti contratti.

Le piaceva il mio corpo, e molto anche.

«Rispondimi», mi disse sottovoce, quasi arresasi al fatto che non avrebbe ottenuto niente da me. La guardai serio e decisi che per questa volta potevo assecondarla.

«Non so il motivo.» La guardai dall'alto verso il basso sondando le sue curve. Era bella, proporzionata, florida, il suo viso non aveva alcun difetto, sembrava una bambola realizzata da un artista. «Piaci a me… e piaci a lui.» Mi indicai il bacino e Selene seguì il mio sguardo, arrossendo subito. Si schiarì la gola e tornò a fissarmi, assumendo la mia stessa posizione.

Incrociò le braccia sotto i seni piccoli e sollevò il mento con audacia.

«Non è una risposta esaustiva. Ti piacciono anche Jennifer, Alexia e tutte quelle della nostra università», dichiarò convinta, ma non era proprio così.

Io *sceglievo*, anzi *selezionavo*, le migliori come se fossero merce di scambio.

Ero squallido, sì, ma non ero un tipo che si accontentava facilmente. Quindi, non era vero che mi fossi fatto *tutte* quelle della nostra università, perché non andavo a letto con donne che non mi attraevano abbastanza. Mi ero scopato *molte* studentesse, però, dovevo ammetterlo, e con le ragazze dei Krew facevo cose oscene che preferivo la bimba non conoscesse, ma con lei c'era qualcosa di diverso, un'attrazione maggiore, una chimica potente e un desiderio incontrollabile.

Di solito, era la *corporeità* l'unica cosa che mi piaceva nelle donne, era in essa che ritrovavo me stesso, rivedevo la drammaticità della mia infanzia e capivo quanto fossi *finito*. Mi accorgevo di non essere normale perché, quando finivo di abusare del mio stesso corpo usando una bionda qualsiasi, la mia anima tornava a piangere in cerca della pace e allora si ripeteva tutto.

Tutto da capo.

Ogni volta.

Con Selene, però, non mi sentivo mai consumato o sbagliato, con lei ero fuori da tutto, fuori dal caos, perfino fuori da me stesso.

«Non lo so, okay? Non lo so!» Mi piegai per afferrare i jeans e li indossai. Volevo andarmene, mi sentivo oppresso, messo con le spalle al muro da una ragazzina con un paio di occhi profondi come l'oceano.

Selene, intanto, seguiva ogni mio movimento in silenzio; aveva intuito che questa stronzata del «parlare» non avrebbe funzionato e che io me ne sarei andato come ogni volta.

«Non abbiamo ancora finito.» Mi afferrò per un braccio e mi fermai.

Le sue iridi azzurre mi guardavano fiduciose, come se ancora non avesse perso la speranza di trovare del buono in me; il problema era che non c'era *niente* di positivo in uno come me e lei doveva ficcarselo bene in testa.

«Cosa vuoi ancora?» sbottai infastidito, individuando a poca distanza da noi la mia felpa. Feci per raggiungerla, infilarmela e uscire da quella stanza il prima possibile, ma rimasi ugualmente fermo lì con lei. Con la bimba.

«Voglio sapere perché vuoi...» Non le permisi di terminare. Mi divincolai dalla sua presa e inspirai profondamente. Ero sul punto di esplodere.

«Non lo so. Non lo so perché voglio te», sbraitai facendola sobbalzare. «Sei l'unica ragazza vergine con cui io sia mai stato, non sei esperta, non sai come compiacermi. Non so neanch'io che cosa mi attiri di te. Cosa vuoi sentirmi dire? Che sono innamorato? Che sei l'unica per me? Che vengo a letto solo con te? Be', ti illumino, Selene, piaci a me e piaci al mio cazzo.» Me lo toccai con una mano attraverso i jeans. «Si tratta solo di sesso e questo dovrebbe essere sufficiente a distruggere il tuo castello incantato. Smettila di ossessionarmi con le tue domande!»

Selene indietreggiò senza ribattere.

Ero stato brusco, un bastardo insensibile e irruente, ma le avevo detto la verità.

Volevo che capisse che non ci sarebbe stato alcun futuro per noi, nessuna favola perché non ero capace di darle di più.

Non ero un fottuto principe azzurro e la nostra non era una storia d'amore, non era *niente* per me.

Avevo così tanti problemi da risolvere che pensare a una relazione non era affatto nelle mie prerogative, anche se Selene non riusciva proprio a comprenderlo.

Ero morto dentro da troppo tempo e per me non esisteva alcuna salvezza, alcuna liberazione.

Non sarebbe bastato l'incontro di una ragazzina casta e pura, con l'istinto da crocerossina, per farmi uscire dal mio inferno.

Accadeva nei romanzi, *non* nella realtà.

«Vivi la tua vita così com'è.» Mi avvicinai e le sollevai il mento con l'indice per guardarla; i suoi occhi erano disillusi adesso, ma sempre così cristallini da ammaliarmi. «Le illusioni distruggono la mente, Selene, non c'è niente di più negativo che desiderare qualcosa a tal punto da credere che sia reale.» La vita era un filo di perle che al minimo battito di ciglia si sarebbe spezzato e avrebbe fatto finire le piccole perle sul pavimento, mostrando quanto un'illusione potesse essere distruttiva. Selene era troppo ingenua per conoscere il lato oscuro dell'umanità, i suoi occhi erano come delle lenti colorate attraverso le quali guardava il mondo vedendo solo quello che voleva vedere.

«Non toccarmi», sbottò, poi si allontanò e capii perfettamente che era arrabbiata e delusa.

Selene non aveva mai conosciuto il sesso prima del nostro incontro, perciò era confusa e incapace di dissociare la mera attrazione fisica da un sentimento illusorio in cui tutti credevano.

Tutti eccetto me.

Ero un profondo dissidio umano, vivevo nella mia normalità fatta di anormalità, nella mia condizione di alternanza tra apatia e pazzia. Pace e guerra.

Ero un totale casino.

Guardai Selene un'ultima volta, prima di superarla e raccogliere finalmente la felpa dal pavimento.

Sentivo il peso di quello che le avevo detto incombere sul petto, ma non potevo scusarmi per qualcosa che pensavo davvero e per i modi del cazzo che usavo per esprimermi.

Sospirai e mi coprii il torace sentendo il suo sguardo pungermi la schiena. Poi, mi diressi verso la porta ed uscii, senza degnarla di ulteriori attenzioni.

Non meritavo una rosa bianca come lei e la bimba non meritava i miei comportamenti da stronzo, lo sapevo bene; nonostante questo, ero consapevole del fatto che l'avrei voluta ancora perché il desiderio per lei era così forte da non poter essere represso.

Volevo il suo corpo, ma non un coinvolgimento emotivo che potesse compromettere l'intesa che c'era tra noi.

Non eravamo fratellastri, non eravamo semplici coinquilini o amici, ma non eravamo neanche una coppia. Qualsiasi cosa fossimo, derivava da una mera voglia che volevo soddisfare.

Una voglia che sarebbe stata la madre di tutte le sue delusioni…

Il giorno dopo decisi di accantonare il pensiero di Selene in un angolo e di occuparmi di qualcosa di ben più serio.

Mia sorella non era andata a scuola e se ne stava chiusa nella sua stanza a crogiolarsi per il dolore causatole da quel bastardo di Carter

Nelson. Avrei dovuto pentirmi di averlo ridotto in coma su un letto di ospedale, ma quello che riuscivo a sentire era solo la rabbia per non averlo ammazzato del tutto.

Tra l'altro avevo saputo che, quando Carter si fosse svegliato, la famiglia aveva intenzione di denunciare l'aggressore e il ragazzino avrebbe sicuramente fatto il mio nome se non avessi trovato subito un modo per impedirglielo.

«A cosa pensi?» Jennifer mi baciò il collo, strofinandoci la punta del naso per inspirare il mio profumo. Eravamo in auto, ma non avevo intenzione di scoparla nonostante i suoi continui approcci. Poco prima, mi aveva chiesto un passaggio a casa e io avevo acconsentito ad accompagnarla, senza pensare alla possibilità che avrebbe provato a calarmi i boxer come al solito.

Non mi dispiaceva la sua audacia, anzi, ci ero abituato: io e Jennifer ci conoscevamo ormai da quattro anni e avevamo instaurato una specie di relazione basata sul sesso senza impegno.

Andavamo d'accordo, soprattutto quando *non* parlavamo. Aveva un corpo attraente, due tette enormi e un culo sodo da schiaffeggiare; inoltre, a letto era una vera bomba, per questo mi piaceva spassarmela con lei nel tempo libero.

«Non mi piace quando ficchi il naso nelle mie cose, lo sai.» Conosceva bene il mio carattere e il mio modo di ragionare.

Jennifer si sedette comoda sul sedile del passeggero e si sistemò la gonnellina scozzese che le copriva a stento le cosce, avvolte in un paio di calze scure. Nonostante le basse temperature non rinunciava mai agli stivali alti fino alle ginocchia e alle minigonne attillate con le quali accedevo subito all'unica parte di lei verso cui mostravo *reale* interesse.

«Conosci gli amici di Nelson?» In quel momento, arrivammo dinanzi al cancello della sua villa. Jennifer apparteneva a una ricca famiglia di origini irlandesi. Suo padre era morto in un incidente d'auto e sua madre non aveva perso tempo a rifarsi una vita con un imprenditore di New York conosciuto per caso durante un viaggio di lavoro.

«Di Bryan, intendi?» chiese incuriosita, richiudendosi i bottoni del cappotto che aveva aperto poco prima nel disperato tentativo di sedurmi.

«No, di suo fratello minore. Carter», specificai, escogitando un piano che avrei presto messo in atto per evitare che quello stronzetto sporgesse denuncia contro di me.

«Mmh... dovresti chiedere a Xavier. Lui conosce sempre tutti.»

Scrollò le spalle e indossò un cappellino nero, coprendosi parte della chioma bionda.

«Okay. Puoi andare.» Con una mano posata sul volante e l'altra sul cambio, tornai a guardare oltre il parabrezza; tenni il motore acceso, in attesa che lei portasse il culo lontano dalla mia Maserati. Jennifer, però, rimase immobile lì dov'era a fissarmi pensierosa.

«Ci vai a letto, vero?» esordì dal nulla, così mi voltai verso di lei e aggrottai la fronte senza capire di cosa stesse parlando.

«Con chi?» ribattei arcigno, quasi infastidito. Odiavo quando se ne usciva con domande personali nell'intenzione di scovare chissà quali segreti sulla mia vita sentimentale.

Una vita sentimentale che, per giunta, non avevo e che non avrei mai voluto avere.

«Con la santarellina che vive con te.» Mi guardò con una rabbia così torbida che avrebbe messo i brividi a chiunque, ma non a me.

«No», mentii. «E anche se fosse, a te non dovrebbe importare.» I suoi occhi chiari si posarono sulla mano che stringeva il volante, poi scesero lungo tutto il mio corpo per captare una tensione che ero fin troppo bravo a celare.

Avevo pieno controllo di me quando mi imponevo di fingere.

Soddisfatta, tornò a puntare il suo sguardo nel mio. Si avvicinò lentamente e mi mise una mano sul ginocchio, accarezzandomi verso l'alto, fino alla coscia.

«E allora perché non lasci che Xavier e Luke la condividano? Vorrebbero farsela entrambi», mi sussurrò a poca distanza dalle labbra. Le sue parole mi fluttuarono lente nel cervello, evocando l'immagine di quei due a letto con Selene mentre la bimba urlava e si dimenava per sottrarsi al loro tocco indesiderato. Un calore bruciante si espanse dal centro dello stomaco fino al petto; afferrai Jennifer per la gola e strinsi la presa sfiorandole il naso con il mio. Lei trattenne il respiro e mi guardò terrorizzata.

«Prova solo a incitarli a fare una cosa simile e ti pentirai di avermi conosciuto», la minacciai lapidario, sfidandola ad azzardarsi a tirar fuori il peggio di me.

Quello che avevo fatto a Carter era solo una delle tante follie che ero capace di mettere in atto.

Lei sorrise. Sorrise, porca puttana! E sapevo anche il perché.

Aveva vinto: aveva ottenuto la *reazione* che voleva.

«Ci vai a letto. E ti dirò di più: la mocciosa ti piace anche», disse in un sussurro spezzato che mi indusse a lasciarla andare bruscamente. Jennifer si toccò la gola e tossì, guardandomi con gli occhi lucidi e arrossati.

«Sei avvertita. E ora scendi!» ordinai categorico interrompendo il nostro duello di sguardi.

Jennifer non era mai stata gelosa di Alexia, perché sapeva che tra le due preferivo lei, ma aveva sempre temuto qualsiasi altra donna, tanto che era arrivata anche a gesti estremi come picchiare le ragazze con cui ero stato.

Noi due non avevamo una relazione, non stavamo insieme, ma qualcosa nell'ultimo anno era cambiato tra noi.

Jennifer era diversa, sempre più spesso mi faceva sceneggiate da fidanzatina gelosa o si informava su chi vedessi e frequentassi nella mia vita privata, e ciò mi infastidiva.

Era diventata pericolosa, non per me, ma per le donne che mi stavano attorno.

«Piaci a lei, piaci a me e piaci a tutte perché è difficile dimenticarti», disse ancora. Ormai avevo smesso di guardarla, ma sentii il suo fastidioso profumo invadere il mio spazio quando mi si avvicinò all'orecchio; potei percepire perfino il suo respiro caldo sfiorarmi la pelle.

«Piaci perché sei sporco tanto quanto una donna desidera.»

Piacevo perché ero sporco, ma nessuno sapeva quanto.

Cercai di non degnarla di altra considerazione, dato che per me il nostro discorso era già finito, ma Jennifer desistette dall'andare via quando vide un uomo barcollare proprio di fronte al suo cancello d'ingresso. Piegai il collo in avanti per vederlo meglio. Indossava un completo elegante. La camicia era abbottonata in modo asimmetrico e lo sguardo era perso. Sembrava proprio ubriaco.

«Billy», mormorò, intimorita. Era strano vedere Jennifer così spaventata, eppure quell'uomo, in meno di un minuto, aveva avuto il potere di cambiarne l'espressione.

«Il tuo patrigno?» intuii, e lei annuì. «C'è tua madre in casa?» Sospettavo da tempo che la situazione di Jennifer non fosse delle migliori. Il patrigno era un coglione alcolizzato, che sua madre sfruttava solo per i soldi e per garantirsi una vita fatta di eccessi e lusso.

«Penso di no», disse lei mentre continuava a fissare Billy, oltre il parabrezza; lui si reggeva a malapena in piedi.

Avrei potuto incitarla a scendere e a togliersi dalle palle; tuttavia, anche se ero sempre stato menefreghista, non lo ero fino a quel punto.

«Ti accompagno», proposi allora, sfilando il pacchetto di Winston dalla tasca dei jeans per accendermi una sigaretta.

«No, non ce n'è bisogno. Billy è un tipo affidabile. Ultimamente esagera con l'alcol, ma è tutto okay. Torna pure dalla tua mocciosa», mi provocò.

Era incazzata con me e lo sarebbe stata fino a quando non fossi tornato a concederle le stesse attenzioni che riceveva prima dell'arrivo di Selene.

«Ti picchia, vero?» le chiesi d'improvviso, facendo il primo tiro. Non mi era mai importato nulla della vita privata dei miei amici, non era da me fare domande del genere, ma in quel momento mi sentii in dovere di informarmi su di lei. Sapevo cosa significava essere succube di qualcun altro.

«Non sono affari tuoi.» Si irrigidì e mi guardò infastidita.

«Ho visto i lividi, non puoi mentirmi», risposi allora.

Conoscevo ogni curva del suo corpo, dato che la vedevo nuda praticamente sempre, e ultimamente avevo notato dei segni sospetti sulla pelle bianca, segni sui quali non mi ero mai interrogato, ma che adesso confermavano i miei dubbi. Jennifer scosse la testa e sorrise maliziosa.

«Quelli sono i segni della tua passione. Quando mi scopi con violenza, tu...»

«Non dire stronzate! Non si scherza su certe cose!» la rimproverai brusco e lei sussultò, poi abbassò il mento a disagio. Non l'avevo mai vista così arrendevole. Continuai a fumare e sospirai. Odiavo essere così aggressivo, ma quello era un lato del mio carattere con cui ormai convivevo da una vita intera.

«Cosa ti importa di quello che mi fa Billy?» sussurrò e per la prima volta vidi il suo dolore. Le lacrime erano lì, aggrappate alle ciglia, raccolte negli occhi azzurri, di una tonalità, però, diversa da quella di Chloe, o della bimba. Le iridi di Jennifer erano due spicchi di cielo imbrattati di fumo. A volte erano dolci come quelli di una bambina, altre volte sprigionavano una tempesta furiosa. «Da quando ci conosciamo non mi hai neanche mai parlato di te», aggiunse, secca. Guardò di nuovo oltre il parabrezza e si abbandonò contro il sedile. Riflettei sulle sue parole e aspirai ancora la mia Winston. In effetti, io e Jennifer ci conoscevamo da anni, ma non ero mai stato capace di parlarle o di farmi conoscere davvero. Mi chiedevo spesso che cosa provasse nell'essere trattata da me con freddezza, distacco, indifferenza e insensibilità.

Perché non riuscivo a fare a meno di riversare sulle donne quello che era stato fatto a me?

Osservavo la città diventare polvere, la gente passeggiare su un mondo di cartapesta e io me ne stavo sempre solo, rinchiuso nella mia oscurità, svuotato di ogni speranza, perché non riuscivo a dire addio a quello che ero stato.

Mi schiantavo contro il passato ogni giorno.

«Conosco il profumo della tua pelle, il tuo corpo, quello che ti piace a letto, ma a volte, quando ti guardo, mi chiedo se potrò mai conoscere altro di te.» Jennifer riprese a parlare, mentre io fumavo ed evitavo di incrociare il suo sguardo. Con una mano mi scompigliai il ciuffo, con l'altra mi aggrappavo alla mia sigaretta, nel disperato tentativo di non perdere il controllo.

«Non c'è nient'altro da sapere su di me», risposi burbero. Dopo tutto rivelare *altro* significava raccontare la mia storia e io ero disgustato da quello che avevo vissuto. Preferivo essere considerato un *cliché*, il tipico uomo che cambiava donna in continuazione, che amava scopare, che non si curava di nessuno, che usava i soldi del ricco paparino per pagarsi gli studi e comprarsi i capi firmati, anche se la *mia* realtà era tutt'altra.

Amavo scopare, ma non per i motivi che inducevano gli altri uomini a sedurre. Cambiavo donna in continuazione, non perché mi piacesse atteggiarmi da puttaniere, ma perché quello era un *escamotage* per sopravvivere. Non indossavo sempre capi firmati perché non amavo ostentare nessuna ricchezza. Infine, non avevo mai usato i soldi di William. Sin dall'età di sedici anni avevo sempre ricercato la mia indipendenza. Avevo svolto lavori di ogni tipo e non perché ne avessi bisogno, ma perché per orgoglio non avrei mai voluto chiedere nulla a quel bastardo di mio padre. I soldi che possedevo erano miei e di nessun altro.

«Penso che sia meglio che io vada...» La voce di Jennifer mi ridestò dai miei pensieri. La vidi scendere dall'auto e, con un profondo sospiro, infilai la sigaretta tra le labbra e scesi anch'io. Non era la mia donna, la mia fidanzata e neanche un'amica, ma non le avrei mai permesso di affrontare Billy da sola mentre era sbronzo come una spugna. Sbattei la portiera e lei si voltò a guardarmi, stupita.

«Ti accompagno. E non ti sto chiedendo il permesso», misi in chiaro.

Non sapevo come definire il mio atteggiamento. Forse ero protettivo nei suoi confronti, o forse quello era solo un modo per ripulirmi la coscienza da tutte le stronzate che facevo ogni giorno. Una buon'azione non mi avrebbe reso una persona migliore ma, malgrado usassi le donne per un tornaconto personale, le avrei sempre protette da quelli come Billy.

Terminai la mia sigaretta e pestai il mozzicone, poi mi avvicinai a Jennifer, che, invece, mi guardò stranita.

Non era proprio lei quella che desiderava ricevere le mie attenzioni?

«Oh, eccoti qua, fiorellino», le disse il patrigno, che avanzò verso di lei barcollando. Avvertii l'odore di scotch e storsi il naso. Jennifer si irrigidì e fece un passo indietro; Billy era talmente ubriaco da non essersi neanche accorto della mia presenza.

«Sei già tornata? Tua madre non c'è e io per oggi ho finito.» La squadrò dall'alto verso il basso, soffermandosi sulle sue cosce. Io, invece, guardai Billy. Sembrava che fosse scappato via dal suo ufficio senza neanche un cappotto, nonostante facesse freddo: la giacca del suo completo era sgualcita e i pantaloni erano macchiati di chissà quale intruglio. I capelli scuri erano appiccicaticci sulla fronte e gli occhi nocciola scorrevano voraci sul corpo di Jennifer. A dividerli c'erano più di vent'anni d'età, ma lui la fissava ingordo, ignorando del tutto quel dettaglio.

«Okay», balbettò lei, poi si voltò verso di me, con un sorriso rattristato. «Neil, puoi andare.»

Solo in quel momento Billy si accorse di me. Mi fissò e inclinò il collo all'indietro per guardarmi in faccia, ma non sembrò affatto intimorito dalla mia stazza.

«Chi sarebbe lui?» Tornò a guardare Jennifer e avanzò di qualche passo, cercando di non perdere l'equilibrio. «Se lo sapesse tua madre che sei qui con un ragazzo...» aggiunse con un'espressione malefica. Si leccò le labbra e tentò di afferrarla per un braccio, ma lo spintonai bruscamente via. Jennifer si nascose dietro di me e mi si aggrappò ai fianchi, impaurita. Billy ci mise un po' a capire cosa stesse succedendo.

«Chi cazzo è questo? Un tuo amico?» sbottò infastidito. Lo guardai con un sorrisetto sfrontato e pensai che non mi sarebbe affatto dispiaciuto spaccargli la faccia. I tipi come lui mi ricordavano quel lato dell'umanità dal quale tentavo di difendermi ogni giorno, per questo non li sopportavo.

«No, sono Babbo Natale», ribattei sarcastico e lui aggrottò la fronte. «Lo vuoi il tuo regalo, Billy?» aggiunsi e Jennifer mi afferrò per il giubbino per evitare che gli facessi del male. «Scegli una mano. Destra o sinistra?» Mostrai a Billy entrambi i palmi pronti a sferrare uno dei miei ganci. Lui intuì le mie intenzioni e indietreggiò, intimidito. Finalmente capì.

Si accorse della mia imponenza, del mio sguardo affilato, della rigidità dei miei muscoli e si rese conto che fronteggiarmi non sarebbe stata la scelta più intelligente.

«Jennifer! Entra in casa o ti farò trascorrere il resto della giornata qui fuori!» sbraitò contro la figlia adottiva, ancora nascosta dietro la mia schiena. Mi voltai a guardarla e lei mi superò per seguirlo.

«Billy, sta' calmo, okay?» La bionda utilizzò lo stesso tono che usava con me quando voleva sedurmi e gli fece un sorriso ammaliante. Conoscevo bene tutte quelle moine e, se con me non funzionavano affatto, sul cinquantenne stavano sortendo l'effetto desiderato. Billy pendeva dalle sue labbra, la guardava come se non avesse mai visto una donna in tutta la sua vita.

Andava a letto anche con lui?

Non ne ero sorpreso.

Scossi la testa e mi infilai le mani nelle tasche del giubbino, intenzionato ad andar via.

«Neil, aspetta», mi richiamò Jennifer, ma non mi voltai.

«Potevi dirmelo prima che te lo scopavi. Avrei evitato di perdere tempo.» Sfilai la chiave della macchina e la aprii. Dovevo smetterla di dare agli altri l'aiuto che non avevo ricevuto io. Vedevo ovunque persone indifese di fronte a mostri pronti ad annientarle, ma mi sbagliavo.

«Non è così.»

«Non mi importa. La vita è tua e ne fai ciò che vuoi», tagliai corto. Non mi interessavano le sue scelte. Jennifer sapeva come stavano le cose tra noi.

Non eravamo una coppia. Poteva farsi chi voleva.

«Fingo solo di farci sesso per evitare che mi faccia del male. Il più delle volte è ubriaco e pensa che io assecondi le sue richieste, ma non è così», confessò affannata, seguendomi verso la Maserati.

«Non devi giustificarti, non mi interessa.»

Non capivo perché stesse cercando in tutti modi di darmi delle spiegazioni.

Per cosa, poi?

Non l'avrei mai giudicata. Io stesso mi divertivo con la figlia di Matt, nonostante i rischi che correvo ogni volta che la cercavo per soddisfare le mie voglie malsane.

Entrai in macchina e ignorai Jennifer.

Non avevo più motivo di rimanere lì.

La bionda sarebbe stata in grado di cavarsela da sola.

In fondo, vivevamo tutti un dolore diverso, un dolore che attraversava l'anima, ne percorreva i meandri e pugnalava il cuore come una lama.

E ognuno resisteva a modo proprio.

Ognuno era nato per soffrire, per camminare su un prato senza fiori, sotto un cielo dal quale piovevano solo schegge di vetro.

E Jennifer non faceva eccezione.

22
Neil

Tante volte uno deve lottare così duramente per la vita
che non ha tempo di viverla.
CHARLES BUKOWSKI

NON volevo chiamare il dottor Lively, nonostante le parole di mia madre.

Ero stato in cura da lui per ben dodici anni.

Avevo messo piede nella sua clinica per la prima volta a soli dieci anni, per poi sospendere la terapia all'età di ventidue.

Da tre anni avevo smesso di assumere psicofarmaci, di presenziare ai nostri colloqui e perfino di rispondere alle sue chiamate.

Ogni settimana, il giovedì, il dottore contattava mia madre per chiedere di me e informarsi sul mio stato di salute, ma io evitavo di parlare con lei dei miei problemi.

Quelli c'erano ancora, c'erano *sempre* stati.

Tuttavia, non volevo che Chloe affrontasse il suo dolore da sola, non volevo che a soli sedici anni rinunciasse a sorridere; se avesse smesso di vivere, sarei morto anch'io con lei.

Mi incamminai in giardino, calpestando il prato verde. Il sole svettava alto nel cielo illuminando la chioma bionda di mia sorella, che dondolava lentamente sull'altalena. La vernice rossa era ormai sbiadita e la catena scricchiolava a ogni lenta oscillazione, ma Chloe amava giocarci sin da bambina, amava ondeggiare con le gambe al vento, perché diceva che il cielo le sembrava sempre più vicino e che poteva accarezzare le nuvole.

«Piccolo Koala.» Mi avvicinai con discrezione, mentre Chloe fissava un punto di fronte a sé, smarrita in chissà quale pensiero.

Lì, su quel sedile arrugginito, imprigionata tra due catene, era ancora la piccolina di casa, la stessa che discuteva sempre con Logan per l'altalena e ci correva prima che potesse farlo nostro fratello.

«Questo era l'unico luogo che mi rendeva felice. Pensavo di poter volare...» mormorò persa nei ricordi, stringendo le mani attorno alle catene.

«E di poter toccare i tuoi sogni con un dito», aggiunsi, poi infilai le mani nelle tasche dei jeans e le sorrisi anche se lei continuava a fissare di fronte a sé, con lo sguardo vuoto, spento.

Vederla così faceva male, faceva male davvero.

«Non ho più alcun sogno in cui credere.» Guardò in alto e si smarrì a fissare il cielo. Sapevo cosa provava. Lo provavo anch'io, ogni giorno, perciò dovevo fare qualcosa per lei e aiutarla, aiutarla nel modo giusto.

«Considera l'altalena una metafora.» Mi inginocchiai di fronte a lei e Chloe smise di dondolare, puntando gli occhi nei miei.

«Cosa intendi?» sussurrò.

«Spingi te stessa verso il futuro e lasciati alle spalle il passato.» Dovevo rassicurarla, dovevo incitarla, incoraggiarla ad andare avanti.

«Carter ha tentato di farti del male, ma non ci è riuscito. Sei stata brava, sei stata capace di difenderti.» Le accarezzai una guancia e lei accennò un piccolo sorriso. «Non ti ha privato della possibilità di donarti un giorno all'uomo che amerai. Farai l'amore quando lo deciderai tu e sarà magnifico, sarà come ogni ragazza della tua età desidera. Puoi ancora sognare, Chloe.»

Poteva farlo, poteva scegliere. La vita le aveva riservato questa possibilità e io ero felice che non fosse accaduto il peggio. Tuttavia, non era semplice dimenticare una violenza simile; non importava che quel bastardo non fosse arrivato dove volesse, l'aveva lo stesso tratta in inganno a una festa e portata in una delle stanze da letto, dove aveva tentato di abusare di lei.

«Non riesco a dimenticare le sue parole, le sue mani su di me.» Abbassò lo sguardo, tentando di celare le lacrime che iniziavano a scivolarle sul viso pallido. Le raccolsi con i pollici e la incitai a guardarmi ancora.

«Ti fidi di me, piccola? Dobbiamo andare in un posto.» Era necessario che lei affrontasse il suo demone e lo distruggesse. Io ci provavo da una vita intera e non ci ero mai riuscito.

Lei ce l'avrebbe fatta.

Lei poteva riuscirci.

«Dove?» Si alzò con titubanza, cercando di capire cosa intendessi.

«Voglio che tu conosca una persona...»

* * *

Alla fine avevo ceduto.

Mia madre aveva vinto. Chloe doveva davvero parlare con il dottor Lively, il mio psichiatra. Il caso di mia sorella non era psichiatrico, dato che non era affetta da nessun disturbo o malattia mentale, tuttavia il dottor Lively era l'unica persona di cui potessi fidarmi in quell'ambiente. Non le avrebbe prescritto farmaci, né tantomeno l'avrebbe indotta a iniziare una terapia, ma l'avrebbe ascoltata e l'avrebbe aiutata ad affrontare il ricordo di quel bastardo di Carter. Così, quel pomeriggio giungemmo proprio dinanzi alla clinica privata, moderna e lussuosa, dell'uomo che non vedevo da circa tre anni.

«Andiamo.» Dopo aver parcheggiato, incitai Chloe a seguirmi verso l'ingresso. La struttura era così enorme da incutere timore. Non la ricordavo tanto maestosa.

Attraversammo il viale dell'enorme giardino, al centro del quale si ergeva una fontana, poi arrivammo alle porte blindate, che si aprivano pigiando un campanello per avvertire all'interno della nostra presenza. Mi guardai attorno e notai le solite telecamere di sorveglianza ovunque.

Quella clinica sembrava una prigione di cristallo, un carcere lussuoso, un albergo moderno dentro il quale le anime venivano private della loro libertà.

«Mi hai portata in una clinica psichiatrica?» brontolò Chloe, rabbrividendo sotto il palmo della mia mano, posata sulla sua spalla. Le sorrisi e mi schiarii la gola, cercando di non spaventarla.

«Ti ho portata da uno dei migliori psichiatri di New York. Si occupa di colloqui clinici e di approcci terapeutici, ma prescrive farmaci solo se è necessario. Nel tuo caso, voi parlerete soltanto», le spiegai per rassicurarla.

Le porte si aprirono all'improvviso e due uomini in divisa, che supposi fossero degli operatori del posto, ci squadrarono dall'alto verso il basso, prima di consentirci di entrare.

Le porte si richiusero alle nostre spalle e un sistema di sicurezza scattò e fece sobbalzare Chloe.

«Tranquilla», le sussurrai, stringendola a me. Mia sorella mi appoggiò la tempia sul costato, come se volesse schermarsi dagli sguardi guardinghi dei due uomini.

«Buongiorno, ha un appuntamento?» chiese uno dei due, abbozzando un sorriso di circostanza.

«In verità no, ma il dottor Lively mi conosce molto bene.» Non lo avevo contattato perché in effetti non avevo neanche previsto che mi sarei presentato nella sua clinica. Mi guardai attorno e mi accorsi che erano cambiate molte cose in quei tre anni. L'ingresso mi apparve più accogliente e moderno. Sulle pareti vi erano degli schermi al plasma che proiettavano strane pubblicità sulla psichiatria, la terapia e i metodi innovativi di approccio ai disturbi mentali oltre a quadri pittoreschi che cercavano di dare un tocco di colore all'ambiente bianco e asettico. Negli angoli c'erano vasi con piante ornamentali. Si sentiva ancora odore di pittura fresca, che mi fece supporre che il cambiamento fosse recente.

«D'accordo, ne parli con la signora Kate. Le saprà dire a che ora il dottor Lively potrà riceverla.» Mi indicò una donna di mezza età seduta dinanzi a un computer, dietro un bancone che precedeva la spaziosa sala d'attesa. Condussi Chloe verso la signora per chiederle informazioni.

«Salve, sono Neil Miller. Avrei bisogno di parlare con il dottor Lively», dissi, attirando l'attenzione di Kate su di noi.

Lei abbassò gli occhiali da vista sul naso e alternò lo sguardo da me a Chloe.

«Ha un appuntamento?»

«No, ma sono un suo vecchio paziente», le dissi con disinvoltura e lei mi cercò nel registro dei pazienti, sul computer. Conoscevo a memoria la mia cartella clinica, non era una delle migliori.

Un tempo il dottor Lively me lo ripeteva continuamente.

La donna strinse gli occhi sullo schermo per leggere le informazioni che le erano apparse sul mio conto, poi si schiarì la gola e tornò a guardarmi.

«Dodici anni di terapia», mormorò sottovoce, intimidita. Abbozzai un sorrisetto insolente e la donna si irrigidì.

«Il dottor Lively dovrebbe essere impegnato con un paziente in questo momento. È un problema per lei attendere? Altrimenti potrebbe rivolgersi al dottor Keller.»

Aggrottai la fronte mentre Chloe, tesa, restava appiccicata a me. Non avevo mai sentito parlare di quell'uomo e non capivo cosa c'entrasse con il mio psichiatra.

«Chi sarebbe?» chiesi senza alcuna delicatezza. La signora inarcò un sopracciglio, forse considerando assurda la mia domanda, poi prese dal ripiano del bancone un biglietto da visita e me lo porse. Lo lessi senza capire il perché del suo gesto ma lo intuii un istante dopo.

STUDIO ASSOCIATO DOTTOR KRUG LIVELY E DOTTOR JOHN KELLER.

«Il dottor Lively collabora con un altro psichiatra adesso?» Le lanciai il biglietto sotto il naso e abbozzai una smorfia.

«Da circa tre anni.» Sistemò il foglietto in mezzo agli altri e mi guardò con superbia.

«Porca troia, sono cambiate davvero tante cose», sbottai divertito mentre la donna continuava a fissarmi come se fossi un pazzo in libertà o qualcosa di simile.

«Non le ispiri molta fiducia», mi bisbigliò Chloe all'orecchio, attirando gli occhi della donna su di sé.

No. Non le ispiravo affatto fiducia, ma a me non importava.

«Accomodatevi in sala d'attesa», ci liquidò infine lei con una gentilezza finta e calcolata. Mi sedetti con Chloe su uno dei divanetti di pelle, mentre una fastidiosa musichetta classica riecheggiava tra le pareti luminose; il tavolino di vetro davanti a noi era occupato da qualche rivista di giornale. I miei occhi furono catturati dalla copertina di una di esse, che immortalava il primo piano di…

«Papà!» esordì Chloe, che prese il giornale con entusiasmo.

Già, nostro padre, William Miller, amministratore delegato della Miller Enterprise Holdings, un bastardo innato che adorava «educarmi» da bambino adottando i suoi metodi crudeli e spietati, dei quali mia sorella non era a conoscenza perché troppo piccola.

Fu sufficiente vederne gli occhi gelidi e il sorriso cinico per sentire la rabbia fluire dentro di me. Chloe aprì la rivista e la sfogliò per leggere la sua intervista, io invece volevo strapparle i fogli dalle mani e farli a pezzi.

Iniziai ad agitare una gamba e a respirare in modo affannato, la gola si serrò e la pressione sanguigna salì.

«Guarda, non ti sembra più giovane in questa foto?» Chloe sporse la rivista verso di me, aumentando il mio stato di malessere.

Iniziai a sudare freddo, il cuore batteva nelle tempie e le mani tremavano. Stavo per reagire, per sfogare l'odio che divampava lento dentro di me, quando il dottor Lively uscì dal suo studio.

«Bene, signora McChoo, l'attendo per il prossimo colloquio tra un mese.» Accompagnò una donna verso l'uscita e si infilò una penna nel taschino del camice. Non era cambiato per niente. Era sempre lo stesso uomo elegante. I capelli grigi ricadevano lisci sulla nuca, il naso era lievemente incurvato verso il basso, il viso squadrato dai lineamenti regolari. Gli occhi piccoli e chiari erano contornati da lievi solchi rugosi, gli stessi che tracciavano gli angoli delle labbra sottili.

«Neil.» Il suo sorriso si affievolì, lasciando spazio a un'espressione incredula quando mi vide. Si avvicinò e io mi alzai in piedi, porgendogli la mano.

«Salve, dottor Lively», dissi con tono pacato.

«Non ti vedo da tre anni», puntualizzò, dandomi una pacca sulla spalla. Rimasi con il braccio sospeso a mezz'aria, poi lo ritrassi, infastidito. Odiavo essere toccato e lui lo sapeva meglio di chiunque altro.

Indietreggiai d'istinto e dovette notarlo, perché il suo sguardo si incupì.

«Come stai?» chiese titubante, infilando le mani nelle tasche del camice. Non volevo parlare di me, né dei miei problemi, così invitai Chloe ad affiancarmi. Il dottor Lively notò soltanto in quel momento la sua presenza e aggrottò la fronte interrogativo.

«Sono qui per mia sorella, non per me. Avrebbe bisogno di fare un colloquio con lei», specificai, avvolgendole con un braccio le spalle esili. Chloe era tesa e nervosa, perciò l'accarezzai cercando di tranquillizzarla. Il mio psichiatra era un ottimo medico, capace dal punto di vista sia umano che professionale, ed ero certo che avrebbe messo Chloe a proprio agio.

«Non c'è problema. Piacere di conoscerti, Chloe, io sono Krug Lively. Ti prego di non chiamarmi dottore, ma solo Krug.» Le sorrise benevolo e mia sorella ricambiò. Sentii i suoi muscoli rilassarsi lentamente e fui contento di quella reazione positiva.

«Piacere mio», mormorò.

«Ti va di attendermi nel mio studio?» propose lui, invitandola a lasciarci da soli per un momento. Chloe cercò la mia approvazione con lo sguardo e io annuii.

«Resterò qui ad aspettarti. Andrà tutto bene. Dovrete solo parlare un po'», le sussurrai, posandole un bacio sulla fronte. Lei sospirò, non sembrava convinta di quello che stava per fare, tuttavia si fece coraggio e si allontanò. La osservai incamminarsi verso la porta dello studio del dottore, dimenticando per un attimo la presenza del mio psichiatra dinanzi a me.

«Pensavo che saresti venuto a trovarmi ogni tanto. Invece sei sparito, hai cambiato numero di cellulare e, quando sono venuto a casa tua per incontrarti, non ti sei mai fatto trovare. Hai idea di quanto sia grave aver interrotto la terapia senza la mia autorizzazione?» mi rimproverò in tono equilibrato ma severo.

«Sto bene, dottor Lively. I suoi farmaci mi assopivano e mi rendevano meno reattivo», mi difesi, cercando di non alzare la voce, anche se per uno come me non era facile.

«Ti permettevano di dormire, di gestire gli impulsi e di tenere a bada gli sbalzi d'umore. Non ti sei presentato neanche a uno solo dei colloqui di *follow up* che ti avevo proposto. Il tuo percorso terapeutico doveva essere valutato da me per capire se avevi raggiunto gli obiettivi prefissati e invece hai rifiutato il mio sostegno e mi hai impedito di aiutarti.» Era arrabbiato e deluso dal mio comportamento.

Lui mi era stato sempre accanto ed era stato il padre che non avevo avuto; bel modo di ripagarlo. Il dottor Lively era l'unico uomo con il quale avessi mai parlato del mio passato, oltre a Logan. La sua presenza mi era stata di grande aiuto durante l'adolescenza, nonostante odiassi i farmaci che mi prescriveva e la terapia spesso rigida che mi obbligava a seguire.

«Le dico che sto bene. Ne sono uscito», mentii, evitando di confessargli come stavo davvero. Non avevo superato il mio trauma. Gli incubi c'erano ancora, l'ossessione di lavarmi anche, così come gli scatti d'ira e il pensiero vago di farla finita.

«Senza un supporto medico adeguato negli ultimi tre anni? Ne dubito.» Non mi credeva, del resto mi conosceva abbastanza bene da intuire se stessi mentendo o meno. Decisi di porre fine a quella conversazione e mi risedetti al mio posto, sul divano.

Accavallai una caviglia sul ginocchio opposto, come uno spavaldo del cazzo, e lo guardai con disinteresse.

«Mia sorella l'attende, dottore.» Indicai con il mento la porta del suo studio e lui scosse la testa, rassegnato. Stava pensando sicuramente che fossi un caso perso, un incasinato totale che aveva poca voglia di essere comunicativo, quel giorno.

Tuttavia, non insistette e per fortuna mi lasciò solo, nell'ambiente rilassante della sala d'attesa. I miei occhi si posarono nuovamente sulla rivista che Chloe aveva lasciato aperta sul tavolino di fronte a me; mi alzai, l'afferrai con irruenza e la gettai lontana, tra le altre.

L'ultima cosa che volevo, era vedere il viso di quel bastardo di William.

Mi rimisi seduto sul divano, guardandomi attorno annoiato. Sapevo che la struttura era divisa in due piani: al primo, gli studi, mentre al secondo c'erano le stanze dei pazienti che soggiornavano stabilmente in clinica.

Si trattava di casi gravi, di soggetti pericolosi per se stessi e per gli altri, e che avevano bisogno di essere monitorati costantemente.

«Stai facendo ottimi progressi, Megan, continua così.» Una voce maschile e sconosciuta mi ridestò dai miei pensieri. Voltai il capo verso due persone che lentamente si stavano incamminando nella mia direzione. Il primo era un dottore, o almeno così supposi dall'aspetto ordinario ed elegante, la seconda era una ragazza più o meno della mia età.

Osservai attentamente quest'ultima. Vidi la chioma scura che le ricadeva lunga oltre le spalle, il fisico alto e slanciato dalle forme prorompenti, il viso ovale con un paio di labbra carnose difficili da ignorare, il neo scuro che, come un chicco di caffè, le punteggiava l'arco di Cupido, i suoi occhi di un verde smeraldo che si posarono su di me.

Mi ci vollero pochissimi secondi per riconoscerla.

Era Megan Wayne, la sorella maggiore di Alyssa.

«La ringrazio, dottor Keller, non la deluderò.» Gli porse la mano e gli sorrise, lanciando di tanto in tanto delle occhiate verso di me.

Poi, ancheggiò nella mia direzione e mi guardai subito attorno per cercare una via di fuga. Non volevo parlarle, non volevo guardarla né tantomeno ricordarmi di lei. Mi alzai dal divano, avevo fretta di scappare.

«Miller, aspetta.» Mi aveva raggiunto prima ancora che io potessi allontanarmi.

Merda.

Rimasi immobile, dandole le spalle, nonostante sentissi forte l'odore di fiori d'arancio che emanava. «Non scappare come sempre», disse in tono basso e carezzevole. Rabbrividii e non di piacere.

Megan non aveva su di me nessun effetto suadente, non era una che mi ero scopato e la sua bellezza non risvegliava in me alcun desiderio.

Avevamo la stessa età, frequentavamo gli stessi corsi, ma niente di più; così come la evitavo all'università, l'avrei evitata lì.

«Non voglio avere nulla a che fare con te.» Mi voltai e le buttai addosso il mio sguardo gelido. L'uomo che avevo capito essere il dottor Keller, ci guardava confuso, spettatore di quell'assurdo momento tra noi.

«Logan esce con mia sorella. Se un giorno si sposassero, diventeremmo parenti. Ci hai mai pensato?» ironizzò. Mi venne un capogiro. Sapevo che Logan usciva con Alyssa e che ci era andato a letto un paio di volte, ma ero certo che non provasse alcun sentimento verso di lei. Logan non ne era innamorato, ma solo attratto.

«Cosa cazzo non ti è chiaro di quello che ti ho detto?» la sfidai con un tono basso e minaccioso, avvicinandomi a lei. Per qualsiasi altro uomo sarebbe stata bellissima e attraente da morire, le sue curve esplosive avrebbero eccitato chiunque, ma non me.

Per me Megan era un tassello del passato da dimenticare.

Da cancellare completamente.

«A quanto pare non l'hai ancora superata», mormorò, dispiaciuta.

Mi guardò negli occhi intensamente e io rimasi in silenzio. Quello non era il momento giusto per parlare o discutere di argomenti delicati e lei non era la persona adatta alla quale confessare i miei tormenti interiori.

«Non credo che ti riguardi.» E invece le riguardava, perché purtroppo faceva parte del labirinto maledetto che avevo in testa.

«Dovresti continuare con il dottor Lively. Non mollare.» Mi prese il braccio, forse in un gesto di banale consolazione, ma mi irrigidii e mi scostai da lei. Non avrebbe dovuto toccarmi e con lo sguardo le comunicai tutto il mio disappunto.

Megan ritrasse subito la mano e fece un passo indietro.

Mi aveva capito.

Si voltò verso il dottor Keller che, nel mentre, era rimasto fermo a osservarci come un guardiano, e lo salutò con un lieve sorriso per poi avviarsi verso l'uscita. Tornai a respirare man mano che sentii i suoi passi sempre più distanti da me e avvertii subito un disperato bisogno di fumare, ma non volevo allontanarmi da Chloe. Così tastai le tasche del giubbino e tirai fuori il pacchetto di Winston. Infilai tra le labbra una sigaretta e cercai l'accendino nelle tasche dei jeans.

«Qui non si può fumare», intervenne Keller, che se ne stava guardingo a poca distanza da me. Dimostrava circa cinquant'anni e aveva i lineamenti del viso delicati, ma al tempo stesso virili, e l'aria di essere un uomo che conosceva bene le avversità della vita. Gli occhi di un castano chiaro mi sondavano con attenzione.

Era alto quanto me, il fisico era smilzo ma atletico, tipico di chi seguiva una sana alimentazione associata a qualche sport.

Non risposi, ma rimisi l'accendino in tasca, lasciando la sigaretta spenta penzolante tra le labbra. Tenerla lì mi rendeva più tranquillo.

«Sei un nuovo paziente? Non ti ho mai visto qui.» Si avvicinò e cercò di instaurare una conversazione che non volevo proseguire. Non ero lì per fare amicizia con il nuovo collega del mio psichiatra. Lo guardai serio per fargli capire di smetterla di farmi domande, ma lui proseguì.

«Sono il dottor John Keller, collaboro da tre anni con Krug.»

Chi glielo aveva chiesto?

Mi guardai attorno cercando una distrazione qualsiasi, ma tutto ciò che vidi fu il culo cascante della signora Kate piegata a raccogliere un foglio che le era caduto sul pavimento. Inorridii e dirottai lo sguardo, ancora una volta, sull'uomo dinanzi a me.

«Ero un paziente del dottor Lively», dissi d'un tratto e la sala divenne improvvisamente stretta e soffocante.

«Eri?» Una ruga di espressione gli solcò il centro della fronte; stava riflettendo su qualcosa.

«Sì, esatto. Fino a quando il mio psichiatra un bel giorno non mi ha detto che ero perfettamente guarito», mentii, afferrando tra l'indice e il medio la sigaretta spenta e distendendo il braccio lungo il fianco. Non vedevo l'ora di uscire da lì e fumare in santa pace.

«Ha detto proprio così? Che eri 'guarito'?» Accennò un sorriso che non riuscii a decifrare, e mi irrigidii. Non mi conosceva e probabilmente neanche mi credeva, quindi dovevo fingere bene.

«Ha detto così», confermai, prendendomi gioco di lui.

Che cazzo voleva?

Non mi importava nulla del ruolo che aveva in quella clinica o della sua collaborazione con il dottor Lively.

Era lo psichiatra di Megan e tanto bastava per stargli alla larga.

«Strano. Né io né il mio collega usiamo il termine 'guarire'», enfatizzò l'ultima parola, senza smettere di sorridere. «E sai perché?» chiese retorico, senza consentirmi di ribattere. «Perché non consideriamo voi pazienti malati, né tantomeno consideriamo i vostri disturbi delle malattie. Il termine 'malattia' è terribilmente fuorviante, non credi? Il nostro è un tipo di approccio diverso. Analizziamo i vostri comportamenti, quello che fate, quello che dite e cerchiamo con voi una soluzione.» Infilò le mani nelle tasche dei pantaloni eleganti e mi domandai come mai non indossasse un camice come il collega.

Restai immobile ad ascoltarlo; la mia attenzione tornò poi sulle sue parole, precisamente sul fatto che avesse incluso anche me nel suo discorso.

«I *vostri* disturbi? Non mi includa, io non ho nessun tipo di disturbo», specificai subito, come se ne sentissi l'estrema necessità. Lui mi guardò in quel modo tipico degli strizzacervelli.

Mi stava *analizzando*.

«La negazione di un problema è essa stessa un problema.» La sicurezza e la punta di arroganza che traspirarono dal suo tono mi infastidirono.

Credeva che fossi come gli altri, credeva che fosse semplice capirmi o che fossi un animale da laboratorio sul quale fare qualche esperimento farmacologico.

«Lei non mi conosce. Non sa niente di me.» Mi avvicinai di qualche passo, stringendo la sigaretta tra le dita, poi gli puntai la mano contro.

«La negazione del problema spesso è l'unica via che mi permette di *sopravvivere*, ma lei questo non può saperlo. Per voi strizzacervelli siamo tutti uguali, siamo un ammasso di neuroni fottuti ai quali somministrare dei farmaci che diano alla vostra professione del cazzo una connotazione scientifica!» sbraitai a poca distanza dal suo viso, ma l'uomo rimase imperturbabile, per niente scosso.

In quell'istante, il dottor Lively aprì la porta del suo studio e fece per accompagnare Chloe verso di me, ma si fermò non appena si accorse di quello che stava accadendo nella sala d'attesa.

«Vieni, Chloe. Andiamo», le ordinai furioso, alternando lo sguardo tra i due psichiatri che mi osservavano come se fossi davvero un folle.

Gettai sul pavimento lucido la mia sigaretta e la schiacciai con la suola della scarpa, fottendomene delle loro regole. Chloe mi raggiunse e le avvolsi un braccio attorno alle spalle, spingendola verso l'uscita.

Le avrei chiesto dopo come era andato il colloquio con il dottor Lively, in quel momento avevo solo bisogno di allontanarmi il più possibile da quella clinica e da quegli uomini.

23
Selene

La gelosia è un mostro dagli occhi verdi che dileggia la carne di cui si nutre.
WILLIAM SHAKESPEARE

«QUINDI adori la musica?»

Stavo proseguendo la conoscenza di Kyle. Avevo scoperto che era un ragazzo non solo molto intelligente ma anche abbastanza gradevole. Non provavo alcun interesse nei suoi confronti e non ne ero attratta, però ero incuriosita dalla sua personalità.

«Più che altro adoro suonare la chitarra, esattamente come Adam e Jake.» Li nominò e loro elogiarono la propria bravura.

Sorrisi e proseguii con loro verso la mensa universitaria, lo stomaco brontolava perché mangiavo sempre meno in quel periodo.

La sera spesso non cenavo con la famiglia per evitare le continue domande di mio padre su come stesse procedendo la mia permanenza lì.

Cosa avrei dovuto dirgli? Che ero stata così stupida da andare a letto con il figlio della sua compagna?

Neil mi piaceva *troppo* e questo mi induceva a non ragionare.

Avevo commesso l'ennesima stronzata nel momento in cui gli avevo permesso di avermi con prepotenza quando, dopo essere entrato nella mia stanza senza bussare, mi aveva trovato in bagno.

Mi aveva presa lì, davanti al lavandino, con la sua bocca peccatrice e poi di nuovo sul letto, con il suo corpo diabolico.

Ed era stato magnifico come sempre.

Fare l'amore con lui era come ammirare dei fuochi d'artificio, al termine dei quali rimaneva solo un profondo cielo oscuro con delle tracce di fumo.

Avevo tentato di parlargli, di impedirgli di scappare via e tutto ciò che avevo ottenuto era stata soltanto una banalissima risposta volgare, seguita da un: «Si tratta solo di sesso, smettila di ossessionarmi con le tue domande».

Non poteva essere più chiaro di così. L'unica cosa che mi restava da fare era ignorarlo, smetterla di cedergli e riappropriarmi della vecchia me, la ragazza di Detroit piena di valori, che non avrebbe mai sprecato la sua verginità con uno sconosciuto, che non avrebbe sopportato le umiliazioni che quello stesso sconosciuto le infliggeva ogni volta.

Il fatto, però, era che Neil non era più uno *sconosciuto*.

Era un bastardo, un egoista, un casino, ma *non* uno sconosciuto.

«Smettila di arrovellarti.» Alyssa mi avvolse un braccio attorno alle spalle e cercò di farmi sorridere. Da troppo tempo avevo bisogno di parlare con qualcuno di ciò che mi opprimeva il petto, ma lei usciva con Logan e non sarebbe stato raccomandabile raccontarle il mio enorme segreto.

«Ho molto da studiare», farfugliai, deviando la sua attenzione sui corsi, sulle materie da studiare e sugli esami futuri.

Entrammo nell'ampia mensa, pronti a inserirci nella fila di studenti con i nostri vassoi in mano. Nonostante la sala fosse molto affollata come al solito, ciò *non* mi impedì di adocchiare a poca distanza da noi i Krew.

Xavier stava parlando con una ragazza, o meglio, stava *flirtando* con lei, mentre quest'ultima lo fissava intimidita. All'improvviso, lui le prese una ciocca di capelli, arricciandola nell'indice, e lei abbassò il viso.

Sembrava che la stesse convincendo a fare qualcosa e che lei non potesse dire di no, semplicemente perché lui era Xavier Hudson e nessuno doveva contraddirlo.

«Che figlio di puttana», commentò Cory alle mie spalle. Lo era, lo era davvero.

Xavier era il peggiore dei Krew.

Viscido, crudele e spietato.

«Già», concordai, smettendo di guardarlo. I suoi occhi neri e il sorriso arrogante non facevano altro che farmi venire l'orticaria.

Arrivato il mio turno, riempii il vassoio con un piatto di zuppa, del pollo con le patate, una bottiglia d'acqua e un pezzo di pane avvolto in un tovagliolo di carta. Notai il tavolo occupato dai miei amici e mi incamminai verso di loro, zigzagando tra i vari posti già occupati e reggendo il vassoio con attenzione.

D'un tratto però qualcuno mi intralciò il cammino, impedendomi di proseguire. Era Jennifer.

I capelli biondi disposti in due *boxer braids* scendevano fino ai seni sodi, ben visibili grazie alla maglietta stretta. La gonna corta, invece, le copriva a stento l'inguine e le calze scure avvolgevano le gambe lunghe e magre.

Sembrava una modella, bella e dannata.

«Ciao, santarellina, ti andrebbe di sederti con noi?» Indicò il tavolo alla mia sinistra e voltai il capo impaurita all'idea di scoprire chi ci fosse seduto. Vidi Luke, il biondo dall'aspetto apparentemente normale, poi Xavier, concentrato a squadrarmi in un modo così perverso da farmi accapponare la pelle. Infine, lanciai un'occhiata ad Alexia e ai suoi capelli da unicorno azzurro, poi tornai a guardare la bionda dinanzi a me.

«No, grazie», risposi, decisa.

«Che c'è? Non siamo alla tua altezza, principessa? Non possiamo essere onorati della tua presenza?» mi prese in giro, scoccando un'occhiatina complice ai suoi amici.

La situazione stava diventando pericolosa e io dovevo andarmene alla svelta.

«Vi auguro buon pranzo, ragazzi», ribattei con finta educazione pur di essere lasciata in pace. Strinsi le dita attorno al mio vassoio e cercai di superarla, ma Jennifer lo scaraventò al suolo con un colpo solo, facendomi sobbalzare. Il silenziò calò nella sala e l'attenzione di tutti gli studenti si rivolse a noi. I miei occhi si inchiodarono sulla macchia della zuppa che si stava espandendo sul pavimento, poi tornai a guardare la stronza che in quel momento stava sorridendo per l'assurda scenata.

«Ma che diavolo vuoi da me?» le domandai, sentendo la rabbia gonfiare le vene del collo. Ero furiosa, ma cosa avrei potuto fare contro gente come quella?

Io ci tenevo alla mia reputazione, ai miei studi, al mio curriculum universitario, loro invece non avevano *niente da perdere*.

«Facci vedere come lecchi la tua schifosa zuppa da terra. Mettiti a quattro zampe, gattina», intervenne Xavier, godendosi la scena mentre, al suo fianco, Luke si guardava attorno come se fosse preoccupato. Non mi sarei mai piegata alla loro volontà, neanche sotto tortura.

«Fottiti», ribattei, stringendo i pugni lungo i fianchi. Il cuore martellava nel petto e la pelle iniziò a scaldarsi sotto il maglioncino chiaro che indossavo.

«Fottimi tu, bambolina», rispose Xavier a tono, poi mi fece l'occhiolino.

Mi sentii in trappola: all'università i Krew erano noti per la loro pazzia e per questo nessuno osava mettersi contro di loro, neanche in momenti come quelli. Incutevano timore, erano dei folli esaltati che avrebbero fatto qualsiasi cosa pur di imporsi sugli altri, per questo sapevo di essere spacciata. Nessuno mi avrebbe salvata.

Dovevo salvarmi da sola.

«Abbiamo scoperto che hai un fidanzato a Detroit anche se qui te la spassi con uno di noi.» Jennifer si avvicinò, attirando il mio sguardo su di lei. «Qualcuno che conosciamo entrambe… scopa bene vero?» mi sussurrò all'orecchio e impallidii. Come faceva a saperlo? Gliel'aveva confessato lui? Le aveva detto di noi o di me e Jared?

Per poco non ebbi un capogiro, faticavo perfino a reggermi sulle gambe.

«Come… come…» balbettai e lei sorrise soddisfatta, osservando il mio viso pallido.

«Come faccio a saperlo?» concluse al posto mio. «Esistono Instagram e Facebook, e sui tuoi profili ci sono foto di te e del tuo fidanzatino, felici e sorridenti a Detroit. Il suo nome risulta dai tag, mia cara», constatò tagliente, con l'espressione di chi aveva in pugno la sua vittima.

Certo, era *ovvio*.

Quella stronza aveva indagato su di me come la peggiore delle stalker psicopatiche, giungendo anche a ricavare informazioni sulla mia vita privata.

In generale, non utilizzavo molto i social, ma avevo postato qualche foto con Jared nei mesi precedenti.

«Lui è… lui è un mio amico», cercai di difendermi, anche se la mia mente era incapace di formulare scuse plausibili.

Ero terrorizzata dall'idea che Jared potesse scoprire il mio tradimento tramite un semplice messaggio di Jennifer, proprio mentre aiutava sua madre nella lotta contro il cancro.

Non avrei potuto permettere che accadesse una cosa simile.

«Un amico non commenterebbe con 'Ti amo' ogni tua foto», continuò divertita.

Aveva proprio indagato a fondo.

Maledetta.

Dovevo tutelare Jared e non mi importava di quello che i Krew avrebbero pensato di me; mi interessava che Jared non soffrisse, almeno non in quel periodo tragico della sua vita.

Non lo amavo, anche se lo avevo capito troppo tardi, ma ci tenevo comunque a lui.

«La mia vita non ti riguarda», sibilai tra i denti. La nostra era una sfida tutta femminile nella quale non stavamo giocando ad armi pari, dato che lei sapeva molte cose su di me. Mi venne voglia di afferrare Jennifer per le sue stupide trecce e di sbatterle la testa contro un muro, ma non potevo farlo. Io *non* ero come lei.

Non ero come *loro*.

«Allora, se vuoi che il tuo uomo non venga a scoprire tutto, stai lontana dal *mio*», mi minacciò e quasi le scoppiai a ridere in faccia. Dal suo… che?

A quanto pareva, Jennifer viveva una relazione a senso unico: Neil non andava a letto *solo* con lei, così come non veniva a letto *solo* con me.

A ogni modo il problema era semplice: Jennifer era gelosa di Neil.

«Ma davvero? Non mi sembra che Neil sia poi molto *tuo*. Mi risulta che, quando ti scopa, indossa il preservativo per evitare di beccarsi malattie sessualmente trasmissibili!» sbottai senza neanche rifletterci, lasciandola senza parole. Mi ero aggrappata alla confessione di Neil sul fatto che usasse il preservativo con tutte *eccetto* che con me, sperando che non mi avesse mentito. Dallo sguardo incredulo e sconvolto della bionda, intuii di aver fatto centro. Jennifer schiuse le labbra, come se non credesse a ciò che aveva appena sentito, poi il suo sguardo divenne furioso e fu allora che si scagliò su di me con una violenza inaudita. Mi afferrò per i capelli facendomi urlare, poi mi tirò uno schiaffo così forte da farmi serrare gli occhi e mugolare dal dolore. Caddi in ginocchio e mi coprii la testa con le braccia per proteggermi, quando iniziò a colpirmi con pugni e calci.

Non vedevo nulla, sentivo solo il mio corpo sussultare nei punti esatti in cui mi stava colpendo. Un colpo al fianco sinistro, un altro al destro, un altro alla spalla, mentre il sapore del sangue si diffondeva sulla lingua dal labbro inferiore che avvertivo tumido e dolorante.

La gente vedeva, sentiva, ma *non* agiva. Non faceva nulla.

Gli studenti sembravano pietrificati. Mentre ero in ginocchio a subire una violenza che non meritavo, mi resi conto nessuno avrebbe impedito che gente come i Krew smettesse di far del male agli altri.

La paura, l'omertà, l'intimidazione vincevano sulla difesa della dignità che ogni giorno veniva calpestata da ragazzi come loro.

Non emisi nessun suono, nessuna lacrima mi solcò il viso; rimasi solo lì ferma, con le mani levate a proteggere il viso, incapace di alzarmi. In cuor mio, decisi che avrei resistito, che ce l'avrei fatta. Non le avrei dato la soddisfazione di supplicarla di smetterla.

«Selene!» Mi parve di sentire prima la voce di Alyssa, poi quella di Logan; qualcuno alla fine parve accorrere in mio aiuto. Si trattava sicuramente dei miei amici, ma io non notavo nulla, a parte l'oscurità dinanzi ai palmi delle mani.

Non volevo vedere perché odiavo la violenza e, se mi fossi impressa quella scena nella testa, sarei stata condannata a ricordarla per sempre; invece io desideravo solo tornarmene a casa e dimenticare.

Qualcuno tentò di fermare Jennifer, lo capii dalle sue urla di rabbia, ma ormai lei si era trasformata in una belva feroce, assetata di vendetta.

La gelosia l'aveva completamente accecata, forse voleva proprio ammazzarmi.

Un ultimo colpo all'anca mi fece trasalire, abbassai d'istinto le mani e mi toccai in quel punto esatto, piegandomi in avanti. Mi si mozzò il respiro e per un istante l'ossigeno smise di circolare nei polmoni, tanto era forte il dolore.

«Jennifer!»

Quella voce... quella voce baritonale fu l'unica a darmi la forza sufficiente a sollevare il mento. Neil afferrò la bionda per le braccia e ne arrestò i colpi. La strinse contro il suo petto con forza e puntò gli occhi dorati sulla vittima della sua aggressione. Quando mi vide, parve sorpreso, come se non si aspettasse che fossi *io*.

Lo guardai e fu allora che mi venne da piangere. Le lacrime mi risalirono dal fondo del cuore fino agli angoli degli occhi.

«Dio. Selene stai bene?» Logan si precipitò a inginocchiarsi accanto a me, ma non riuscii a guardarlo. Rimasi incatenata allo sguardo di Neil che non smetteva di fissarmi completamente incredulo e sconvolto. Jennifer respirava affannata, con le braccia lungo i fianchi e bloccate ancora dalla sua presa. Lui la lasciò andare lentamente, come se fosse sotto choc, come se si stesse sdoppiando e il suo corpo avesse smesso di vivere.

«Selene.» Logan mi accarezzò il viso e sentii le sue mani fredde sulla ferita del labbro inferiore, ma i miei occhi non ne volevano sapere di smetterla di guardare Neil.

Lui serrò le labbra e un guizzo della mascella manifestò il suo stato di tensione, poi strinse una mano a pugno e spostò lentamente lo sguardo sulla bionda, affiancata adesso dai Krew.

«Okay, amico, calma.» Xavier cercò di minimizzare l'accaduto, ostentando un sorrisetto nervoso. «Si è trattata solo di una stupida lite tra donne», aggiunse come se non fosse successo nulla di grave.

Gli occhi color miele di Neil si infuocarono di rabbia. Ignorò il moro e continuò a fissare minaccioso Jennifer, che non aveva il coraggio di emettere una sola parola. Bello e intimidatorio, la stava sfidando a dire qualsiasi cosa in sua difesa, conscio del fatto che sarebbe stato inutile.

Quando lei non disse nulla, si avvicinò alla bionda, che iniziò a tremare indietreggiando di un passo.

Avvenne tutto in un attimo.

Neil l'afferrò per la gola con entrambe le mani e la sbatté di spalle contro il muro. Il viso di Jennifer perse il suo colore naturale e cominciò a tendere al violaceo. Lui la sollevò dal pavimento e la bionda iniziò a scalciare a vuoto per la forza incontrastabile di Neil.

«Ti manca il respiro, Jen?» sussurrò a poca distanza dalle sue labbra. Sembrava un pazzo. Perfino la sua voce risultò più bassa e distante, lontana dalla ragione.

Jennifer tremò forte, vittima di convulsioni innaturali del corpo; gli occhi le ruotarono verso l'alto. Stava soffocando. «Il respiro è un ponte che collega la vita alla coscienza, che unisce le azioni ai nostri pensieri… Come ti senti adesso?» disse fissando Jennifer, il cui viso tendeva al grigiastro ora. Emetteva solo suoni spezzati e il respiro stava rallentando; aveva perfino smesso di agitare le gambe. «Cosa si prova a soffocare?» ripeté mentre lei riportava gli occhi nei suoi, supplicandolo con lo sguardo di lasciarla andare; le dita di Neil, però, continuavano a esercitarle una pressione mortale attorno al collo.

Nessuno tentò di gestire quella folle situazione, neanche Xavier o Luke. Logan, dal canto suo, rimase accanto a me, sconvolto dall'atteggiamento del fratello.

Era assurdo: Jennifer rischiava la vita e nessuno reagiva.

«Falle di nuovo del male e ti ucciderò. Ti ucciderò, Jennifer», la minacciò Neil a poca distanza dal viso, lasciandola andare malamente. Lei cadde al suolo, tossendo come una forsennata. Aveva il viso arrossato, gli occhi lacrimanti e dei segni violacei sul collo.

Neil venne verso di me e si piegò sulle ginocchia. Non disse nulla, agì soltanto: mi prese in braccio delicatamente. Una smorfia di dolore mi si impresse sul viso, ma subito sparì quando appoggiai la testa sul suo petto marmoreo.

«Lo spettacolo è finito, coglioni!» sbottò contro gli studenti che erano rimasti inerti a guardare la scena.

Non avevo la forza di parlare, né di dirgli di lasciarmi andare. Mi lasciai trasportare dalle sue braccia forti mentre ne assorbivo il profumo di muschio.

Percorse la mensa come un gladiatore vittorioso che attraversava l'arena dopo un combattimento, ma non c'era nessun entusiasmo attorno a noi, nessun clima festoso, solo un profondo silenzio angosciante.

«Grazie», mormorai, prima di chiudere gli occhi e di lasciarmi cullare da un'improvvisa sensazione di sonnolenza…

Mi risvegliai in una stanza completamente incolore ma luminosa.

Mi guardai attorno spaesata e abbassai il mento sul petto. Arricciai il naso nel sentire uno strano odore di disinfettante e mi accorsi di essere distesa su un letto dell'infermeria, quando notai un'infermiera appuntare qualcosa su un foglio.

«Ben svegliata.» Mi sorrise e infilò la cartellina sotto il braccio. Era una donna giovane, sulla trentina, bionda, con due grandi occhi color cioccolato. Il seno alto sbucava da sotto il camice che copriva una camicetta chiara e gli occhiali da vista le conferivano un'aria colta e distinta. «Ti ho somministrato degli antidolorifici. Non hai nulla di rotto per fortuna, solo qualche livido e un piccolo taglietto sul labbro.» Indicò le mie labbra e d'istinto sollevai una mano per toccarle. Sentii sotto i polpastrelli la superficie ruvida di un cerotto, ma non provai alcun dolore.

Ero ancora sotto l'effetto degli antidolorifici, era chiaro.

«La ringrazio.» Cercai di mettermi seduta e lei mi aiutò con gentilezza.

«Dovresti ringraziare Neil. Ti ha accompagnata lui qui e si è raccomandato un sacco di volte affinché io mi prendessi cura di te. Era preoccupato», spiegò, con uno strano tono ammirato.

«Dov'è?» chiesi subito. Lei sorrise e indicò la porta chiusa con il pollice.

«Qui fuori. Vuoi che lo faccia entrare?»

Annuii perché avevo voglia di vederlo. Avevo paura di tutti in quel momento *eccetto* che di lui. Neil era pericoloso solo per la mente e per il cuore, non di certo per il mio corpo.

La donna si diresse verso la porta e lo invitò a entrare. Quando Neil apparve in tutto il suo metro e novanta di bellezza, imponente e più enigmatico del solito, rabbrividii e strinsi le mani sulle gambe fasciate dai jeans.

«Ho fatto tutto ciò che mi hai chiesto», disse subito l'infermiera, con un sorriso raggiante sul viso. Lui avanzò verso di me e le lanciò un'occhiata complice.

«Be', mi dovevi un favore, Claire», rispose suadente e io capii che si conoscevano già.

Dio, l'infermiera era un'altra delle sue amanti?

«Vi lascio soli», replicò lei, arrossendo. Uscì e ci permise di avere la nostra privacy.

Neil si avvicinò ancora, fino ad investirmi con il suo odore di muschio e tabacco, segno che aveva fumato da poco. Aveva i capelli scombinati e gli occhi luminosi come sempre.

Sembrava che ci fossero due stelle nelle sue iridi tanto spettacolari quanto rare.

«Come stai?» Si posizionò di fronte a me, ancora seduta sul letto con le gambe penzoloni, e mi sovrastò con il suo fisico statuario. Guardarlo mi metteva sempre in soggezione e mi rendeva succube delle sensazioni che percepivo solo grazie a lui.

«Sei andato a letto anche con l'infermiera?» Indicai la porta alle sue spalle e lui sorrise.

Perché stava sorridendo? Forse ero stata troppo schietta?

Arrossii e abbassai il mento. Non era affar mio eppure spesso non riuscivo proprio a tenere a bada la lingua.

«Una sola volta, l'anno scorso», ammise cercando i miei occhi, che si sollevarono per incontrare i suoi.

«Magari un giorno vorrà picchiarmi anche lei», ribattei aspra, perché il motivo per cui Jennifer mi odiava così tanto era proprio qui, di fronte a me, in tutta la sua avvenenza.

«Non succederà più. I Krew sanno di cosa sono capace quando perdo il controllo», dichiarò con una sicurezza oscura che mi indusse a riflettere sul significato delle sue parole.

«E di cosa sei capace?» sussurrai, fissandolo negli occhi che scesero, poi, sulle mie labbra. Chissà in che stato ero, non avevo ancora visto il mio riflesso allo specchio.

«Preferisco che tu non lo sappia.» Si avvicinò ancora, fino a sfiorarmi le ginocchia flesse con le gambe.

«Perché?» mormorai.

«Perché avresti paura di me», rispose deciso, senza una sola esitazione nel timbro di voce.

Io avevo *già* paura di lui. Paura di ciò che provavo, paura di ciò che diventavo con lui, paura di ciò che la mia mente pensava e paura di ciò che il futuro aveva in serbo per me.

Deglutii e mossi l'indice sulla coscia, mentre riflettevo su tutta quella folle situazione.

Jennifer e i Krew mi odiavano. Erano un gruppo pericoloso e Neil non ci sarebbe stato ogni volta che loro avessero provato a farmi del male.

Quel giorno ero stata soltanto *fortunata*.

«Lei sa di Jared. Mi ha intimato di starti lontano altrimenti gli racconterà tutto.» Continuai a mantenere lo sguardo basso, scossa e turbata per l'accaduto. Non ero tanto sconvolta per aver ricevuto della violenza gratuita quanto per il modo in cui certe donne si lasciavano abbindolare dagli uomini, anche a costo di fare del male alle altre pur di non accettare la realtà.

«Non gli dirà un cazzo.» Mi sollevò il mento con l'indice e sussultai per quel gesto; ero ancora spaventata e lui dovette accorgersene perché mi accarezzò una guancia con indulgenza. «Sa che pagherà per ciò che ha fatto», promise fissando il cerotto che avevo sul labbro inferiore.

Non indagai sui suoi metodi di vendetta; non mi importava di Jennifer, ma solo di Jared e del mio segreto.

Avrei dovuto parlargliene *io* al momento giusto, nessun altro doveva interferire con tale decisione.

«Perché ha reagito in quel modo?» chiese poi, come se una parte della colpa fosse anche mia. Allontanai il viso dalla sua mano e mi misi sull'attenti. Del resto, Neil non era il mio eroe o il mio salvatore, dovevo ricordare a me stessa che per lui ero una delle tante da aggiungere alla sua collezione.

«Perché ti ha definito suo e io le ho risposto a tono», mi difesi con rabbia. «Credi che uno scontro verbale giustifichi la sua violenza o le dia il diritto di colpirmi?» Scesi dal letto e avvertii un lieve capogiro che mi fece traballare. Neil mi prese per il braccio timoroso che potessi cadere, ma non accadde.

Mi guardai attorno alla ricerca delle scarpe perché ero scalza e un istante dopo adocchiai le sneakers accanto a una sedia.

«Non ti sto accusando di nulla, Selene. Voglio solo capire come...»

«Come è successo? Jennifer è soltanto una pazza, che nutre una gelosia ossessiva nei tuoi riguardi», lo interruppi, mentre raggiungevo le scarpe. Le infilai e mi ressi allo schienale della sedia, quando fui colta da un altro capogiro.

«Dovresti comunicare anche a lei che '*piace a te e piace al tuo cazzo ma si tratta solo di sesso*', così forse capirebbe che non è la tua ragazza, non credi?» Non mi esprimevo mai in quel modo, ma ripetei comunque le sue stesse parole con astio, poi afferrai la borsa e il cappotto. Non sapevo chi avesse portato lì la mia roba, ma non mi importava. Volevo solo andarmene.

«Non comportarti come una bambina. Ti ho detto solo la verità.» Neil mi raggiunse e posò un palmo della mano sulla porta per impedirmi di uscire, ma io non avevo intenzione di stare lì ad ascoltarlo. Non più.

«Ci sono vari modi per dire la verità. Come se non bastasse, adesso sono diventata anche il nuovo bersaglio dei tuoi amici esaltati. Hai parlato di me alle mie spalle?» Abbozzai un sorrisetto finto. «Magari ti sei vantato con Jennifer di quanto siano state eccellenti le tue prestazioni in camera mia. Magari le hai detto che sono soltanto uno sfogo, una bambina, un'incapace. Avete riso di me, della povera verginella giunta da Detroit per farsi usare da te come tutte.» Mi parve di riappropriarmi della mia forza, malgrado fossi ancora stordita. Stavo realizzando lentamente tutto quello che era successo e stavo reagendo.

«Non ho fatto niente di tutto questo. Ti avevo dato la mia parola che di noi non avrei parlato con nessuno e l'ho mantenuta. Non sono un ragazzino, non ho la necessità di vantarmi di chi mi scopo, di come scopo o di quando scopo», chiarì categorico, alzando la voce.

Mi resi conto che quella era la nostra conversazione – o meglio discussione – più lunga da quando ero a New York.

«Lei ne è comunque al corrente», specificai, anche se non riuscivo a capire come Jennifer lo avesse scoperto. Se non era stato lui a parlargliene, allora chi? Chi altro era a conoscenza di quanto accaduto tra noi?

«L'ha intuito da sola, ma io non le ho mai raccontato nulla», ripeté e dal suo sguardo sembrava sincero. A quel punto, sospirai e mi toccai una tempia; avevo un mal di testa atroce e volevo solo andarmene a casa per dimenticare quella giornata disastrosa. Non era migliorata nemmeno quando avevo saputo che Jennifer avrebbe avuto una sospensione, perché ciò non avrebbe cancellato il suo odio nei miei confronti.

«Voglio tornare a casa», ammisi in un sussurro tenue perché non desideravo nient'altro in quel momento. Neil fece scivolare la sua mano sulla maniglia della porta e la piegò per aprirla.

«Torniamo a casa insieme allora, Trilli», disse con decisione e fece un debole sorriso quando pronunciò il mio soprannome. Lo guardai con tutta l'intenzione di rifiutare, ma poi desistetti. Come avrei potuto stare alla larga dall'unica persona che era in grado di far vibrare il mio cuore ed esplodere il mio corpo?

Lo seguii in macchina e lo ammirai mentre guidava.

Neil stringeva il volante con un fascino tutto suo: lo teneva con una mano, mentre con l'altra si scompigliava il ciuffo folto. Spesso, inoltre, si mordicchiava il labbro inferiore e fissava oltre il parabrezza, perso nei suoi pensieri.

In quel momento realizzai quanto fosse importante per me la sua presenza.

Mi bastava averlo accanto per dimenticare tutto quello che avevo affrontato nelle ultime ore.

«Ti va di passare in un posto prima di rientrare?» propose, facendomi sobbalzare. Mi ricomposi subito cercando di non farmi sorprendere imbambolata a guardarlo.

«Dove?» chiesi.

«Non ti fidi?» Abbozzò un sorriso furbo, uno di quelli che mi faceva accapponare la pelle e arrossire.

«No.» Era inutile mentirgli, anche se gli avevo concesso parti di me che non avevo mai concesso a nessun altro, non mi fidavo di lui fuori dal letto.

«Brava. Risposta esatta», ribatté divertito, imboccando una strada che non conoscevo.

Ci addentrammo nel traffico di New York, tra i grattacieli imponenti. Non dissi più nulla e, nonostante ciò che gli avevo detto poco prima, mi affidai completamente all'incasinato al mio fianco. Di tanto in tanto lo sorprendevo a lanciarmi occhiate rapide, simili alle mie.

Sembravamo proprio due ragazzini incapaci di staccarsi gli occhi di dosso.

«Smettila di guardarmi», lo stuzzicai.

«Tu non fai altro da quando sei entrata in macchina», rispose a tono, senza distogliere lo sguardo dalla strada. Poi, alzò il volume su una canzone dei The Neighbourhood e non parlò più.

Tuttavia, non mi sentii a disagio. Ero ancora scossa per quello che era successo con Jennifer, ma con lui sapevo di essere al sicuro.

«Dove stiamo andando?» chiesi dopo un po' e sbuffai.

«Sei troppo impaziente», mi rimproverò con quel tono serio che riusciva sempre a infastidirmi.

«E tu sei troppo dispotico.» Mi imbronciai e, nel frattempo, ringraziai gli antidolorifici ancora in circolo nel mio corpo. Non sentivo alcun dolore ma non sapevo per quanto tempo sarebbe durato il loro effetto, preferivo non pensarci.

«Solo a letto», mi rimbeccò, con un'occhiata eloquente, e io scossi la testa.

«Direi proprio di no. Non solo lì.»

Neil era sempre dispotico, autoritario, arrogante ed eccessivamente serio. Non ne era, però, consapevole oppure fingeva di non esserlo.

Dopo circa dieci minuti, accostò l'auto dinanzi a una cioccolateria. Aggrottai la fronte e la guardai meglio. Era enorme e le vetrate ampie mi permettevano di osservarne l'arredamento accogliente all'interno. Tuttavia, notai i tavoli pieni di gente, così mi voltai verso Neil e sospirai.

Non avevo un bell'aspetto. Ero stata appena picchiata e ne portavo tutti i segni addosso, perciò non volevo scendere dalla macchina. Neil sembrò intuire i miei pensieri e alternò lo sguardo da me alla cioccolateria, riflettendo su qualcosa.

«Aspettami qui», disse allora, scendendo dall'auto. Non attese neanche una mia risposta: attraversò la strada e si incamminò verso l'ingresso, con la solita postura fiera. I miei occhi scesero a fissargli i glutei sodi che si contraevano a ogni passo, fino a quando non sparì dal mio campo visivo.

Mi misi comoda sul sedile e attesi qualche minuto prima di vederlo riapparire con una piccola scatola in mano. Salì in auto e me la porse.

«Puoi reggerla tu?» mi chiese e la presi, notando la carta azzurra nella quale era avvolta.

«Hai comprato dei cioccolatini per me? Non ti facevo così romantico», lo presi in giro e lui accese il motore, non prima di avermi guardato con un'espressione severa, come al solito.

«Ti sembro così prevedibile?» Si immise nel traffico e procedette di nuovo lungo una strada che non conoscevo, ma che ci allontanava sempre di più dal nostro quartiere.

«Non ho mai pensato che tu lo fossi», ammisi, stringendo tra le mani la scatola per evitare che mi cadesse, soprattutto quando Neil faceva curve o sorpassi spericolati.

Guidava malissimo, o meglio, guidava sempre come se fosse a una corsa illegale, ma non glielo dissi per evitare una probabile discussione.

Non gli feci nemmeno altre domande perché era chiaro che lui non avesse voglia di parlare. Ormai sapevo che per Neil era un'immensa fatica sostenere una conversazione per più di cinque minuti. Sospirai e attesi di arrivare a destinazione. Alla fine, raggiungemmo un parco. Neil parcheggiò e si mise comodo a guardare di fronte a sé.

Il posto era pieno di persone.

C'erano coppie sedute sulle panchine, famiglie che passeggiavano con i loro figli. Quel parco era troppo affollato perché mi sentissi a mio agio nello stato in cui ero.

«Rimarremo in macchina, se vuoi», disse, senza neanche guardarmi.

Mi voltai verso di lui, stupita. Neil aveva sempre l'assurda capacità di capirmi senza che gli dessi troppe spiegazioni.

Gli sorrisi, grata di quella decisione, e quando i nostri sguardi si incrociarono, mi persi ad ammirare le iridi dei suoi occhi. Erano ancora più spettacolari quando riflettevano i raggi del sole che filtravano dai vetri dell'auto.

«Aprila», mi disse, indicando con il mento la scatola posata sulle mie gambe. Me ne ero perfino dimenticata.

Non me lo feci ripetere due volte e obbedii.

All'interno vi erano quattro magnifici biscotti rettangolari con uno *smile* inciso su ognuno.

«Vuoi farmi ingrassare?» Sorrisi, con lo sguardo puntato sui dolci. Avevano un aspetto invitante e non vedevo l'ora di assaggiarli.

«Sono i biscotti più buoni di New York. Le scaglie che vedi sono realizzate con il cioccolato artigianale. Chiudi gli occhi e scegline uno, poi giralo e leggi la frase che c'è scritta sul retro.»

Neil non smetteva mai di stupirmi. Chiusi gli occhi, percependo solo i nostri respiri nell'aria, e presi un biscotto.

«Ora puoi aprirli», ordinò, facendomi rabbrividire. La sua voce era stupenda.

Feci come aveva detto e girai il mio biscotto, leggendo la frase incisa: «Sarò anche un uomo ormai, ma se ti vedo senza un sorriso prendo una matita e te lo disegno, proprio come farebbe un bambino».

Neil mi fissò serio, quasi sconvolto dalle mie parole. Abbassò gli occhi sulla mia mano, poi me li sollevò sul viso, incredulo.

«Stai scherzando?» chiese confuso, sporgendosi verso di me, per accertarsi che avessi detto la verità.

«Certo che no.» Addentai subito il biscotto e scrollai una spalla con disinvoltura. Che delizia!

Neil corrugò la fronte poi posò la testa sul sedile, pensieroso.

«Mmh… sono squisiti», bofonchiai con la bocca piena, sputacchiando qualche briciola. Neil ne seguì il tragitto e inarcò un sopracciglio.

Smisi di masticare e mi preparai a ricevere una delle sue frasi pungenti e offensive, ma lui si morse il labbro e sospirò.

«Nessuna ha mai mangiato nella mia auto. Qui dentro neanche ci scopo», chiarì, fissandomi negli occhi. Voleva farmi capire che mi stava concedendo un privilegio, qualcosa che non permetteva di fare a nessuna delle sue amanti.

Presi un altro morso, senza rispondergli. A volte temevo di dire la cosa sbagliata e fargli cambiare umore, perché Neil era terribilmente lunatico. Non sempre riuscivo a comprendere se i suoi fossero avvertimenti, rimproveri o delle semplici considerazioni.

«Comunque…» Decisi di cambiare discorso. «Questo è per caso un bizzarro modo per dichiararti?» domandai ironica. Non sapevo neanch'io perché avessi detto una cosa del genere, forse stavo solo cercando di nascondere quello che provavo davvero. Infatti, ero distrutta e stavo cercando di trovare la giusta forza per affrontare l'umiliazione che avevo subìto in quella mensa.

Neil sorrise ancora in quel suo modo seducente e all'improvviso mi si chiuse la bocca dello stomaco.

«Questi si chiamano 'Biscotti del buon umore'», spiegò. «Volevo solo che tornassi a sorridere. Né Jennifer né nessun altro devono avere il potere di farti soffrire. Intesi?» Allungò una mano verso il mio viso e con il pollice raccolse qualche briciola dal labbro inferiore. In quell'istante smisi di pensare, perfino di parlare o respirare. Ogni mia energia venne risucchiata dal suo tocco, delicato ma deciso. Neil sprigionava sempre una certa dominanza, anche nel modo in cui mi concedeva quelle piccole attenzioni. Non riusciva mai a perdere la sua aura di mistero neanche quando tentava di mostrarmi lati più umani di sé. A ogni modo, mi lasciai toccare, sperando che quel gesto durasse il più a lungo possibile.

«Non è qualcosa che posso controllare», mormorai, fissandolo negli occhi.

«Nessuno può controllare il dolore, ma possiamo scegliere per chi soffrire e non vale la pena star male per Jennifer.» Mentre Neil continuava a sostenere il mio sguardo, io cercavo di leggere le sue iridi dorate come se fossero il più bel libro di sempre.

«E per te? Varrebbe la pena soffrire per te?» domandai, perché quello che avevo sopportato da parte della sua amante l'avevo fatto per lui.

Facevo tutto per lui, ormai.

«No. Dovresti solo starmi alla larga.» Si allontanò e tornò a guardare oltre il parabrezza. Poi, accese il motore e posò entrambe le mani sul volante. Era pronto a scappare via da quel posto, dal nostro dialogo e soprattutto da me. Adesso, infatti, sembrava nervoso e intenzionato a non parlarmi più.

Si passò la mano tra i capelli e scosse la testa, pensando a qualcosa. Con lui era sempre la solita storia: mi induceva a non credere nell'amore, a non credere che dietro le nuvole ci fosse il sole, a non credere nelle favole o nell'esistenza dei principi azzurri, e nonostante ciò, io preferivo lui e la sua disillusione a qualsiasi *lieto fine*.

24
Selene

«Il mistero del carillon.»
PLAYER 2511

ERANO trascorse due settimane dall'incidente con Jennifer.

I Krew continuavano a lanciarmi occhiate ambigue quando mi scorgevano nei corridoi dell'università, ma nessuno di loro si era più avvicinato a me.

Dopo la sospensione, Jennifer era sparita nel nulla; non sapevo se Neil avesse attuato il suo piano di vendetta, tuttavia ero contenta di non averla più incontrata dopo quel giorno in mensa.

Neil invece si era dimostrato premuroso nei miei confronti e per *due* settimane mi aveva chiesto ogni giorno come stessi, ma senza toccarmi.

Non aveva mai provato a sedurmi o a intrufolarsi nella mia stanza.

L'ultima volta in cui avevamo fatto l'amore era ormai un ricordo lontano e sospettavo che avesse superato la strana attrazione che nutriva per me, il che, a dire il vero, non mi entusiasmava. Anche se non ero più caduta in tentazione, la cosa *non* mi rendeva felice.

«Ciao», dissi, entrando in cucina, dove mio padre stava sorseggiando una tazza di tè con il suo portatile posato sul tavolo. Con Mia e Matt avevo giustificato il cerotto sul labbro inventando un'assurda caduta sulle scale mentre i lividi che marchiavano il mio corpo li avevo sempre coperti sotto gli indumenti. Per fortuna, ormai, la bocca era completamente guarita e i lividi non facevano più alcun male, malgrado il loro colore si fosse trasformato dal nero a un giallo orribile.

«Ciao, Selene.» Matt mi guardò e smise di dedicarsi alle ricerche che stava effettuando sul computer.

«Mia è tornata?» chiesi a disagio, mentre tiravo fuori un cartone di succo all'arancia dal frigo.

«È ancora al lavoro», rispose, lanciando un'occhiata al Rolex sul polso. In effetti, era strano che Matt fosse già rientrato; di solito non tornava a casa prima delle dieci di sera. Mi sedetti su uno sgabello e bevvi il succo direttamente dal cartone, senza preoccuparmi di prendere un bicchiere.

«Tu come stai? Come ti stai trovando qui?» Ed ecco che ripartiva con le sue solite domande scomode.

Mio padre voleva ancora ricucire un rapporto che consideravo ormai irrecuperabile.

Un padre, infatti, avrebbe dovuto ricoprire un ruolo centrale nell'educazione della propria figlia, trasmetterle protezione, responsabilità, sicurezza, tutte cose che Matt non aveva mai fatto. Anzi, mi ero sempre sentita di troppo nella sua vita e questa era la sensazione peggiore che potesse mai provare una bambina.

«Diciamo che preferisco Detroit.» Era vero. Soprattutto dopo l'episodio accaduto con Jennifer, mi sentivo *di troppo* a New York, all'università e, in particolare, nella vita di Neil, che ultimamente non faceva altro che ignorarmi. Ormai pensavo che qualsiasi *cosa* lo avesse attirato verso di me, gli fosse completamente passata.

Neil era guarito dal virus Selene.

«Se c'è qualcosa che posso fare, chiedi e basta. Qualcuno ti ha dato qualche problema?» Matt si infilò nei miei pensieri con un tono premuroso che non gli avevo mai sentito in tutti i miei anni di vita.

«Non preoccuparti. L'unica cosa che avresti dovuto fare, sarebbe stata non farti mai sorprendere da tua figlia con un'altra donna», dissi, decisa.

Matt impallidì.

Mi alzai per riporre il succo al suo posto e mi voltai a guardarlo, celando la sofferenza che certi ricordi risvegliavano ancora in me.

«So che ho sbagliato, ma con tua madre le cose non erano più come un tempo...» Si alzò dalla sedia e mi si avvicinò, avvolto nel suo completo impeccabile ed elegante.

«Perché non l'hai lasciata? Perché non hai messo un punto alla vostra relazione anziché farla soffrire tradendola con altre donne? Perché?» Alzai la voce; non sopportavo le scuse assurde che ogni volta cercava di propinarmi. Per una figlia il padre doveva essere un modello, un principe azzurro, per me, invece, era soltanto un ricco chirurgo, cinico e infedele.

«Non è così semplice lasciare la donna che hai amato per una vita intera.»

«Ma c'ero anch'io!» sbottai. Avrebbe dovuto pensare alle conseguenze che le sue azioni avrebbero avuto su di me, non solo a se stesso. «Ero solo una bambina e avresti dovuto pensare al bene della famiglia!» aggiunsi cercando di non piangere; avevo smesso di mostrargli le mie lacrime da molto tempo, ormai.

Matt mi guardò intensamente, turbato dalle mie parole; allungò una mano, forse per tentare di accarezzarmi, ma indietreggiai.

Non volevo alcun contatto tra noi.

«Ho sbagliato. Chi non sbaglia nella vita? Permettimi di rimediare», supplicò sottovoce.

Ancora una volta mi stava chiedendo una seconda possibilità, ma non era semplice dimenticare, non quando avevo assistito al suo tradimento, non dopo che mio padre era stato assente per così tanto tempo.

«Mi chiedi troppo.» Scossi la testa e puntai lo sguardo oltre le sue spalle. Non potevo perdonare una cosa simile. Non ce l'avrei fatta, non ero forte come mia madre.

«Selene.» Matt mi prese il viso tra le mani e mi scostai dal suo tocco. Non sarebbe cambiato niente. Lo sapevo sin dal principio, sin da prima di venire qui. Sapevo che tentare di ristabilire un legame con lui si sarebbe rivelato un totale fallimento. Era troppo tardi.

Con quella consapevolezza, me ne andai senza degnarlo di un'altra occhiata.

La mattina seguente, mi diressi a piedi all'università. Avevo bisogno di schiarirmi le idee e di non pensare a mio padre. Durante il tragitto, chiamai Jared e mi informai sulle condizioni fisiche di sua madre. Mi disse che era dimagrita molto, che spesso vomitava e che aveva perso i capelli, tanto che indossava una bandana colorata per coprirsi il capo; tra l'altro, la gente le chiedeva cosa le fosse successo, aumentando il suo malessere. Più lui parlava, però, più nella mente mi risuonavano le minacce di Jennifer di stare alla larga da Neil, per evitare che Jared scoprisse la verità nel peggiore dei modi.

L'ansia fu tale che seguii le lezioni con il chiodo fisso di Detroit e Jared nella mente.

Dentro di me balenò l'idea di tornarmene a casa, di porre fine a quell'assurda situazione e mettere una pietra sopra a quanto accaduto con Neil; ma come avrei potuto dimenticarmi di lui?

Quel ragazzo stava diventando davvero importante per me.

Le domande che mi ponevo costantemente su di lui e sul suo passato, la stanza segreta che richiudeva quelle strane scatole, il fantasma di *Scarlett*, i suoi strani comportamenti, quel pacco disgustoso inviato da un mittente sconosciuto… tutto mi induceva a rimanere lì e a fare luce nell'oscurità che mi circondava.

Ormai ci ero troppo dentro, non potevo scappare.

«Quindi William Shakespeare era un poeta inglese e… ma che palle perché dobbiamo studiare questa roba?» brontolò Adam, attirando la nostra attenzione sulla sua espressione annoiata.

«Forse perché altrimenti non superi l'esame con il professor Smith, genio?» intervenne Julie.

«Ragazzi, fate silenzio lì in fondo!» La signora Rose, la responsabile della biblioteca universitaria, era ormai stufa di rimproverarci costantemente e a breve ci avrebbe sbattuti tutti fuori.

Dopo le lezioni avevamo deciso di rimanere in facoltà qualche ora in più per studiare, ma non facevamo altro che distrarci sempre.

«Adam sei sempre il solito idiota!» lo sbeffeggiò Cory.

«Ragazzi, basta! Riprendiamo a studiare!» brontolò ancora Julie.

«Allora, Alyssa, quanti sonetti ha scritto il nostro Shakespeare?» chiese la secchiona del gruppo, puntando la matita contro Alyssa, seduta accanto a me.

«Mmh… Sessanta?» ribatté lei indecisa e mi fece sorridere. Apprezzavo il suo sforzo mnemonico, ma nonostante questo non riusciva proprio ad impararli.

«No, Alyssa, ben centocinquantaquattro. Te l'ho detto un sacco di volte», replicò Julie, ormai esasperata, scostando su una spalla i suoi lunghi capelli rossi.

«Lo sai che sei sexy quando fai la maestrina, vero?» Adam le si avvicinò e le accarezzò una guancia, mentre lei avvampava. Non riuscivo proprio a capire come potessero comunicare quei due.

A volte due anime molto diverse fra loro risultavano così profondamente compatibili da creare un'unione ardente ed eterna.

Mi sembrava l'avesse detto Victor Hugo, secondo cui ogni uomo amava una donna con la quale condivideva delle affinità; e, di nuovo, pensai a Neil, a quanto fosse distante da me, a quanto fossimo diversi

Lui rimase in silenzio per diversi secondi e mi voltai a guardarlo.

«Cosa te lo fa pensare?» Logan fissava la strada dinanzi a sé, ma sembrava improvvisamente nervoso. Si mordicchiava il labbro superiore e tamburellava con le dita sul volante.

«Le sue amanti sono tutte bionde», aggiunsi con un tono indagatore; ero certa che non fosse una semplice coincidenza.

«Be', non la definirei un'ossessione, più che altro una...» Ci pensò su. «Preferenza», concluse.

Quindi io ero stata l'eccezione alla regola: non rientravo nel suo prototipo di donna; eppure sembrava di sì fino a due settimane prima. A quel punto, scossi la testa, frustrata. Logan conosceva suo fratello meglio di me e forse davvero le mie erano solo paranoie assurde; magari Neil preferiva semplicemente le bionde alle more, ma non disdegnava nemmeno le seconde.

«Credo che abbia un'ossessione anche per l'igiene del corpo. Insomma, quante docce fa al giorno?» Ci fermammo a un semaforo e Logan sospirò. Ci mise un po' di tempo prima di rispondere e anche adesso sembrava nervoso.

«No, è solo un grande amante della pulizia. Lo è sempre stato», minimizzò, fingendo di non sapere quante volte Neil si lavasse e quanto tempo trascorresse sotto la doccia.

Scrollai le spalle e non indagai oltre.

Qualunque cosa Logan sapesse, non me l'avrebbe mai detta. Neil era comunque suo fratello, mentre io ero una semplice... amica.

Arrivati alla villa, scesi dall'auto e mi diressi lentamente verso i gradini del portico. Li salii uno per volta ma, prima di giungere alla porta d'ingresso, notai un pacco posato proprio dinanzi a me.

Un altro.

Mi guardai attorno, però non vi era l'ombra di nessuno; a quel punto, mi inginocchiai davanti al pacco, senza toccarlo.

«Selene, che stai facendo?» Logan mi raggiunse e si fermò dietro di me quando vide anche lui la scatola scura su cui era proiettata tutta la mia attenzione.

«Merda. Di nuovo», disse, sospettoso.

«Di nuovo», confermai, sollevando gli occhi su di lui.

Dopo qualche esitazione, entrammo in casa trasportando con noi la scatola e tutta la tensione che ne conseguiva.

Ci sedemmo sul divano del salotto, senza neanche curarci di salutare la governante Anna, intenta a finire le faccende domestiche.

Non eravamo per niente felici di quella situazione e stavamo vivendo un maledetto déjà-vu.

Logan sospirò e io gli accarezzai una spalla per incoraggiarlo ad aprire il pacco.

Lo fece con una lentezza tale da annichilire la mia calma e aumentare la mia ansia.

Dopodiché, tirò fuori un oggetto avvolto da una carta nera, che strappò senza alcuna delicatezza. Tutto ciò che vedemmo fu…

«Che diavolo è questo?» sbottò lui.

«È un carillon.»

Era bianco e azzurro, decorato con nuvole e angeli rappresentativi del paradiso.

«Dovrebbe funzionare così.» Tirai una piccola manovella sul retro e una strana musichetta iniziò a diffondere le sue note tra le pareti del salotto. Il carillon ruotò lentamente per poi aprirsi a conchiglia e mostrare un angelo con le ali tagliate, il viso dipinto di rosso e privo di occhi.

«Oddio…» Logan scattò all'indietro come se volesse proteggersi da quell'immagine sconvolgente, io invece rimasi senza parole. Fissai l'angelo che ruotava su se stesso, accompagnato dalla melodia delicata e al tempo stesso macabra, e notai un piccolo biglietto che era ripiegato con cura tra le ali.

«Logan.» Deglutii e gli picchiettai la spalla per indicarglielo.

Lui posò il carillon sul tavolino di fronte a noi e poi prese il biglietto per leggerlo:

Un angelo al quale sono state tagliate le ali, privato della sua lucentezza,
gettato nelle tenebre più oscure, incapace per lungo tempo
di ammirare la luce del sole…
Un angelo che non conosceva la parola odio, un angelo che non condannava la rosa ferita, un angelo che ha imparato a danzare nelle tenebre, trasformando se stesso nel peggior diavolo, trasformando il suo mondo nel peggior Inferno.
Il Diavolo è nei dettagli.
Il Diavolo è con voi.

Il mistero del carillon.
Player 2511

Io e Logan rimanemmo in silenzio per un tempo indefinito. Il mittente era sempre Player 2511, lo stesso che aveva dato inizio a quel maledetto gioco anonimo, e il biglietto era stato scritto nuovamente al computer. Mi si gelarono le mani al solo pensiero che qualcuno avesse puntato proprio noi e che tutto questo non fosse un banale scherzo come avevamo pensato all'inizio. Il cuore mi palpitava come se fosse un martello pneumatico nella gabbia toracica. Guardai Logan e vidi che era sconvolto quanto me. Nessuno di noi sapeva cosa dire o cosa fare in quel momento.

Dei passi attirarono i nostri sguardi sulla scalinata di marmo principale. Neil, con il suo fascino enigmatico ed erotico, si stava incamminando proprio verso di noi.

La felpa nera gli avvolgeva il torace, ampio e forte, e i jeans blu le gambe toniche e muscolose. La sua virilità catturò i miei pensieri facendomi dimenticare per un istante la situazione in cui eravamo.

Non fu necessario spiegargli nulla: Neil si fermò a poca distanza dal tavolino e fissò quel maledetto carillon; poi guardò la scatola aperta e il biglietto tra le mani del fratello. Fu allora che capì.

«Ancora lui?» La voce bassa e baritonale manifestava tutta la sua preoccupazione. Rabbrividii, come sempre, perché il suo timbro aveva la potenza di provocare una tempesta dentro di me, a prescindere da ogni pericolo.

Logan annuì e gli porse il pezzo di carta. Le iridi dorate di Neil scorsero veloci sulle parole tetre facendogli aggrottare subito la fronte in un'espressione concentrata e riflessiva.

«Neil, ti dice qualcosa quello che c'è scritto? Questo non è uno scherzo. Non lo è per niente», disse Logan, preoccupato.

Neil lanciò il biglietto sul tavolino e si soffermò a fissare il carillon.

«No, non ho idea di cosa significhi», replicò. Si passò una mano sul viso mentre l'altra finì sul fianco. Per la prima volta, sembrava agitato anche lui; mi stupii perché non avevo mai notato sul suo bellissimo viso un'emozione diversa dalla sicurezza mista all'indifferenza che palesava in ogni momento.

Questa volta, però, era diverso: Neil sembrava *umano*, esattamente come noi.

«Io proporrei di rivolgerci alla polizia», dissi e i suoi occhi color miele saettarono su di me. Sussultai per la forza del suo sguardo, che mi inchiodò al divano come se mi stesse toccando con le mani grandi e forti.

«Per dire cosa? Sporgeremmo soltanto un'inutile denuncia contro ignoti e non servirebbe a niente», sbottò irritato, facendomi sobbalzare.

«Ho solo proposto una soluzione. Non è necessario che tu mi risponda in questo modo», lo redarguii e lo guardai con gli occhi ridotti a fessure.

«Calma, ragazzi», intervenne Logan per stemperare gli animi. «Neil, cerca di riflettere. Potrebbe essere qualcuno che conosci? Magari uno dei Krew?» domandò pensieroso, ma Neil scosse la testa ostentando un sorriso beffardo.

«So che li odi, fratellino, ma i miei amici non farebbero mai una cosa simile proprio *a me*. Non a me, cazzo!» ribatté deciso, indicando se stesso, come se fosse impossibile anche solo pensare a una cosa simile. In effetti, Neil non era semplicemente un membro dei Krew, ne era il *capo*, colui verso il quale sia Luke che Xavier provavano un grande timore, cosa che avevo notato in svariate situazioni.

«Sto solo cercando di fare chiarezza sulla situazione», si difese Logan, alzandosi in piedi.

Io rimasi seduta a guardarli senza sapere cosa dire né cosa fare.

«Incitandomi a dubitare dei Krew? Bella mossa, fratello.» Gli strizzò un occhio e si passò una mano tra i capelli castani, scompigliandoli.

«Ti stupirebbe se fossero stati loro?» insisté Logan. «Sono dei folli e la bionda con cui ti diverti ha picchiato Selene soltanto due settimane fa!» sbraitò, poi mi indicò. Impallidii perché non volevo che mi coinvolgessero nel loro litigio. Neil spostò lo sguardo su di me e mi fissò pensieroso. Sul suo viso calò un velo d'ombra che incupì ulteriormente la sua espressione rigida, poi tornò a guardare il fratello.

«La bionda con cui mi diverto», ripeté con enfasi, «ha già avuto la sua lezione e, come lei, anche gli altri sanno che non dovranno più toccarla.» Parlavano di me come se io non fossi nella stanza e non avessi voce in capitolo, ma mi sentii stranamente... *protetta*.

«Dovresti allontanarli. Se siamo in questa maledetta situazione è colpa tua, della gente che frequenti e delle stronzate che fai!» lo accusò Logan e Neil indietreggiò come se avesse appena ricevuto uno schiaffo. Non capivo di cosa stessero parlando, conoscevo poco il passato di Neil e del suo presente sapevo anche meno.

Quell'incasinato, però, doveva sapere benissimo a cosa si stava riferendo Logan. Inspirò infastidito, poi sollevò un angolo della bocca spostando lo sguardo sul carillon. Lo prese in mano, lo rigirò per qualche istante nel palmo e poi… poi lo scagliò contro il muro, riducendolo in mille pezzi.

Il rumore assordante e inaspettato si diffuse tra le pareti del salotto, inducendomi a serrare gli occhi. Quando li riaprii, vidi Logan immobile a osservare la scena.

«Ti senti meglio adesso?» disse freddamente, mentre Neil respirava affannato. Aveva la pelle arrossata sugli zigomi e i tendini tesi sul collo; una vena in rilievo sporgeva su una tempia e le labbra carnose erano schiuse e asciutte.

Sembrava frastornato, furioso e smarrito.

«Vaffanculo», sibilò minaccioso, fissando intensamente il fratello.

Io non avevo il coraggio di parlare.

Mi alzai in piedi, tremante, con la tachicardia a mille, senza la forza di emettere una sola parola. Avevo paura di lui e di quello che diventava quando *non* ragionava; quando seguiva l'istinto, si dimenticava perfino di se stesso.

In quell'istante, qualcuno aprì la porta d'ingresso ed entrò in casa.

Un chiacchiericcio si diffuse nella stanza.

Si trattava di Mia e Matt, in compagnia di Chloe.

«Sono contenta che domani tornerai a scuola e…»

Mia smise di sorridere quando notò i frammenti di vetro sparsi sul pavimento; Matt, invece, chiuse la porta e posò subito un braccio sulle spalle della piccola di casa.

«Che succede qui?» Mia spostò lo sguardo dal carillon distrutto ai suoi figli, poi si voltò verso Chloe facendole segno di andar via. «Va' in camera, tesoro», le disse in tono pacato, anche se ero certa che fosse scossa e preoccupata.

Con una fugace occhiata ai fratelli, Chloe attraversò il salotto e salì al piano superiore, senza ribattere.

Matt affiancò la sua compagna e, all'apparenza per niente sorpreso dalla situazione, osservò Neil concentrato.

«Ci risiamo, Neil?» Mia si rivolse direttamente al figlio maggiore con un tono severo e indagatore. Neil non rispose, ma sostenne lo sguardo di sua madre senza alcun timore. «Se non la smetti con queste reazioni sarò costretta a…»

«A cacciarmi o a spedirmi in un manicomio?» disse lui e sorrise provocatorio, voltandosi completamente verso la madre. Mia deglutì e scosse la testa, spostando lo sguardo sul carillon infranto a causa della rabbia di suo figlio.

«Che cosa ho sbagliato con te?» La tristezza le velò il viso pallido e Matt le posò una mano sulla spalla per rincuorarla.

«Tutto», replicò Neil, fissandola intensamente.

«Mamma, è stata colpa mia. L'ho provocato», intervenne Logan, ma sua madre non lo guardò neanche.

Puntò lo sguardo su Neil con intransigenza.

«Hai sbagliato tutto», continuò Neil. «Non hai mai *ascoltato* quello che cercavano di dirti i miei silenzi, non hai mai indagato sui miei *disegni*, sui dubbi delle mie insegnanti.» Le fece un sorriso finto e le si avvicinò. «Eri troppo concentrata su te stessa, sulla tua carriera, sulle cene a cui partecipavi con William mentre il mondo mi risucchiava e i mostri mangiavano la mia anima.» Non la stava solo fissando negli occhi, la stava incenerendo e le lacrime che iniziarono a solcarle le guance ne erano la prova.

Matt continuava a restare in silenzio e non diceva nulla per difendere Mia. Probabilmente perché sapeva qualcosa che io *non* sapevo e forse giustificava, in qualche modo, l'odio che Neil nutriva verso sua madre.

«Il nero era il colore della paura, il giallo il colore dei suoi capelli e il rosso… il rosso era l'inferno. Era così difficile decifrare i miei disegni? Avevo solo dieci anni, non conoscevo nessun altro modo per confessarti cosa stavo passando…» disse ancora lui, in un sussurro. Mia abbassò il viso, singhiozzando.

Dal canto mio, non ci stavo capendo nulla, ma percepivo il dolore di Neil.

Inaspettatamente mi venne da piangere.

Il freddo si irradiò sottopelle nonostante il tepore della stanza, il gelo era provocato dalle sue parole e dai suoi occhi distanti, risucchiati dalle tenebre.

«Mi dispiace…» La voce di Mia fu un suono esile che sferzò il silenzio intenso.

Matt lasciò scivolare via la mano dalla spalla della compagna e abbassò il braccio, arreso anche lui alla crudeltà del destino; non c'era niente che si potesse fare per colmare il vuoto che riempiva gli occhi dorati di Neil e il suo viso tanto bello quanto sofferente.

«Non importa. Non importa più ormai.»

Peter Pan aveva smesso di volare.

Aveva smesso di sognare.

Stava scappando.

Era ancora appeso al filo del passato, incastrato in un universo parallelo, con i suoi capelli scombinati e gli occhi dorati.

Peter Pan voleva toccare le stelle, afferrarle tutte, ma non poteva.

Lui non *voleva*.

Le stelle si stavano spegnendo, il sipario stava calando.

Lo spettacolo era finito.

25
Selene

Tutto è ignoto: un enigma, un inesplicabile mistero.
Dubbio, incertezza, sospensione del giudizio appaiono
l'unico risultato della nostra più accurata indagine in proposito.
DAVID HUME

ME ne stavo immobile a fissare la porta della stanza con le scatole dei ricordi.

Era chiusa a chiave, perciò ne fissavo la superficie di legno come se sperassi che, da un momento all'altro, si incidessero su di essa le risposte che cercavo.

Avevo capito che a Neil era accaduto qualcosa di terribile e i giornali che parlavano di uno scandalo accrescevano i miei dubbi. Forse avrei dovuto essere comprensiva e paziente con lui, guadagnarmi la sua totale fiducia, perché era un uomo particolare. Ogni giorno affrontava un problema e non permetteva a nessuno di stargli accanto.

Io però non volevo darmi per vinta, non tanto facilmente, almeno.

«Selene, andiamo?» Logan richiamò la mia attenzione su di sé e me lo ritrovai accanto. Non avevo neanche sentito i suoi passi riecheggiare per il corridoio. Ci eravamo dati appuntamento perché quel pomeriggio avremmo trascorso del tempo nella biblioteca privata di Matt e avremmo fatto delle ricerche per risolvere il secondo enigma che Player 2511 ci aveva inviato.

«Sì.» Lo seguii verso la biblioteca e, non appena varcai la porta, rimasi esterrefatta.

L'odore di carta e libri mi invase, attirandomi nel mondo che più preferivo. Il pavimento e il legno scuro pregiato conferivano all'ambiente un'atmosfera magica. Contro gli alti scaffali c'era una scala con la quale raggiungere i volumi posti più in alto vicino al soffitto; da un'enorme finestra filtrava la luce esterna, che illuminava un'elegante scrivania di mogano, sulla quale mio padre, di solito, leggeva i suoi manuali di medicina.

Poco distante da essa, invece, vi erano delle poltrone in stile gotico con imbottiture color salvia e un tavolo di legno sul quale era posato un vaso di fiori freschi che probabilmente Anna curava ogni giorno.

«Quanti libri ci sono qui dentro?» chiesi visibilmente sorpresa, guardandomi attorno fino a reclinare il collo verso l'alto.

«Più di seimila. Ci sono anche delle prime edizioni», rispose Logan, scoccandomi un'occhiata divertita.

«Cavolo, mi ricorda vagamente la biblioteca di William Randolph Hearst», commentai, con un sorriso.

«E chi sarebbe?» chiese incuriosito.

«Un magnate che viveva in California.» Continuai ad ammirare gli scaffali altissimi che avevo attorno e ruotai lentamente su me stessa. Quella stanza era diventata ufficialmente la mia preferita.

«Allora, perché siamo qui?» Sobbalzai, quando avvertii la voce di Neil diffondersi tra le pareti della stanza e d'un tratto i libri smisero di essere il centro della mia attenzione; c'era qualcos'altro, o meglio qualcun altro, di più maestoso e imponente, lì dentro. Indossava un semplice maglione bianco che contrastava con la sua pelle ambrata, abbinato a un paio di jeans scuri. Era bellissimo, perché il suo corpo manifestava una prestanza difficile da celare sotto i vestiti.

«Mi fa piacere che tu sia stato puntuale», replicò Logan provocatorio, ma Neil rimase inflessibile. Si appoggiò contro il bordo della scrivania e incrociò le braccia in attesa di ottenere una reale risposta.

Non mi degnò di nessuna attenzione, così mi mostrai indifferente anch'io e mi sedetti su una delle poltrone.

«Allora», esordì Logan, infilandosi i suoi occhiali da vista neri con i quali assunse un'aria più dotta. «Qui è pieno di libri. E ho già individuato quelli che potrebbero servirci.» Ne afferrò uno e me lo porse, poi fece lo stesso con Neil.

«Leggete attentamente e cercate di trovare tutto ciò che riguarda il carillon, la sua origine, la sua funzione, possibili leggende collegate a esso… insomma, tutto ciò che possa servire a capirne di più. Il mittente è lo stesso del primo enigma quindi, così come la scelta del corvo non è stata casuale, non lo sarà stata neanche quella del carillon», concluse serio, sedendosi su una poltrona di fronte a me.

«D'accordo.» Aprii il libro, lo posai sulle gambe e iniziai a sfogliarlo.

Le pagine erano segnate dal tempo, i caratteri erano piccoli e in alcuni punti sbiaditi, tanto che era difficile perfino decifrare cosa ci fosse scritto. Cercai di concentrarmi, ma un'improvvisa puzza sgradevole di fumo mi distrasse. Sollevai il mento dal libro e guardai nella direzione da cui proveniva la scia di fumo. Vidi Neil girare le pagine del suo libro, con una sigaretta incastrata tra le labbra carnose. Il pacchetto di Winston giaceva sulla scrivania accanto a lui, non se ne separava mai, mi chiesi quanto fumasse e a che età avesse iniziato.

Gli occhi erano socchiusi per proteggersi dalla nube grigiastra che fluttuava verso l'alto e le spalle possenti leggermente chine in avanti. Il ciuffo lungo e scombinato gli copriva parte della fronte, la barba punteggiava il contorno del viso perfetto e le ciglia lunghe erano rivolte verso il basso. Afferrò la sigaretta tra l'indice e il medio e con quella stessa mano sfogliò una pagina senza distogliere gli occhi dal libro, come avrei dovuto fare anch'io, se non avessi avuto lui a pochi metri da me. Perfino nel modo in cui reggeva la sigaretta risultava attraente, sicuro di sé e affascinante come nessuno mai.

Così, in quella posizione naturale, riflessivo e tenebroso, risultò più bello del solito.

Qualcuno si schiarì la gola e spostai di fretta lo sguardo su Logan, che mi stava fissando con la fronte aggrottata.

Arrossii violentemente e abbassai subito il viso sul volume. Si era accorto che mi ero imbambolata su Neil? Da quanto tempo? E soprattutto si era accorto di *come* guardavo suo fratello?

Dopo la tacita ammonizione di Logan, non ebbi più il coraggio di alzare il naso dalle pagine, né tantomeno di dirottare l'attenzione sul bellissimo casino umano alla mia sinistra.

Trascorsero circa trenta minuti di silenzio intenso, nei quali mi impegnai seriamente a cercare qualcosa che facesse al caso nostro.

«Trovato niente?» chiese Logan, sfilandosi gli occhiali da vista per stropicciarsi un occhio.

«No.» Sospirai e lui annuì come se stesse cercando di non perdersi d'animo.

«Tu, Neil?» Si voltò verso il fratello che nel frattempo aveva smesso di fumare e aveva aperto un altro libro, abbandonando il precedente.

«Un cazzo», rispose schietto e spazientito, ma continuando a ignorarmi. Non provava neanche a guardare nella mia direzione; per lui era come se non ci fossi, come se non esistessi e non capivo il perché della sua indifferenza.

«Okay, continuiamo a cercare. Forza!» ci incitò Logan, inforcando di nuovo i suoi occhiali da vista per riprendere la ricerca disperata.

Trascorsero altri venti minuti di silenzio e concentrazione; nell'aria si avvertiva solo il rumore lieve della carta che frusciava ogni volta che ognuno di noi girava la pagina, nella speranza di trovare qualcosa di interessante.

D'un tratto, espirai forte e mi fermai per stiracchiare le braccia che sentivo intorpidite; in quel momento, voltai appena il viso verso Neil e lo sorpresi a osservarmi.

Stava guardando me, proprio *me*. Stentavo a crederci.

Il libro aperto tra le mani grandi non era più l'unico oggetto al quale stesse concedendo il suo sguardo. Abbassai le braccia, imbarazzata, e lo fissai con intensità. Neil però fece qualcosa di inaspettato: infilò l'indice della mano destra tra le pagine abbandonate del libro che reggeva, creando un varco, poi, lo mosse piano avanti e indietro, come se ne stesse accarezzando la carta liscia.

Lo guardai da sotto le ciglia e notai il suo torace sollevarsi. Un istante dopo, intuii che il suo era un gesto osceno, velato dal libro.

Deglutii a vuoto e arrossii.

Lui sollevò un angolo delle labbra, divertito dalla sua rievocazione sconcia, e io abbassai il viso imbarazzata, non prima di aver controllato che Logan non si fosse accorto di nulla.

Mi schiarii la gola e guardai ancora Neil di sottecchi, mantenendo il viso basso. Sentivo il suo sguardo dorato bruciare su di me, ma cercai di non cadere nuovamente in trappola. Era forse impazzito? Lì, davanti suo fratello, mi stava… provocando? Seducendo? Prendendo in giro?

Mi aveva ignorata per due settimane e in quel momento avrei preferito che avesse continuato a farlo.

Nonostante ciò, sentivo le guance bollenti e il cuore pulsare troppo forte nel petto, perché Neil aveva il potere di accendermi come se fossi una lampadina a led nelle sue mani.

«Ragazzi! Forse ho trovato qualcosa!» Per fortuna Logan interruppe quel momento intimo tra me e suo fratello, attirando la nostra attenzione su qualcosa di più serio.

«Fantastico, bravo Sherlock», lo prese in giro Neil, chiudendo il volume sul quale si posarono distrattamente i miei occhi.

Non avrei più guardato un libro senza fare dei pensieri osceni a riguardo.

«Vediamo.» Si alzò dalla poltrona reggendo il libro con entrambe le mani. «Il carillon è una delle reliquie più antiche al mondo, è un oggetto prezioso velato dal potente fascino e mistero. Molte sono le leggende che vi aleggiano intorno, ma una delle più importanti è quella del famoso...» Guardò me e Neil, per poi riprendere a leggere. «Angelo del carillon.» Logan aveva trovato proprio ciò che ci interessava, ma non ero sicura di voler scoprire cosa nascondesse l'enigma.

«Continua», dissi incerta.

«*L'angelo del carillon* è la più antica delle leggende. Narra la storia di una bambina che viveva con suo padre e suo fratello. Il giorno del suo dodicesimo compleanno, il papà le regalò un carillon con un angelo, dicendole che l'avrebbe protetta per tutta la vita. Da quel giorno, l'angelo avrebbe simboleggiato un messaggero di Dio, portatore di giustizia, pace e amore.»

«Fin qui, sembra che non ci sia nulla di preoccupante», commentai confusa. Quelle non erano esattamente le parole che mi aspettavo di sentire.

«Vai avanti», ordinò Neil fissando attentamente il fratello che riprese subito a leggere.

«Il papà, però, vietò alla bambina di toccare il carillon, poiché era un oggetto molto fragile e prezioso, e lo mise in camera sua. La bambina un giorno disobbedì e si intrufolò nella stanza da letto del padre, per prendere l'oggetto dei suoi desideri. Il carillon, però, le cadde sul pavimento e l'angelo si frantumò in mille pezzi.» Logan sospirò, lanciandoci un'occhiata nervosa, prima di proseguire.

«Suo padre, dopo essere rientrato dal lavoro, si accorse del carillon distrutto e le urlò contro. La sgridò perché aveva disobbedito, ma aggiunse che avrebbe tentato di riparare il suo amato carillon. Qualche giorno dopo, la bambina entrò in salotto e trovò sul tavolino il carillon come se fosse nuovo; girò la manovella, il carillon si aprì e lei vide che dentro non vi era più il suo angelo, ma un mostro simile a un diavolo. La bambina impaurita indietreggiò e si scontrò con suo padre. 'Questa è la tua punizione per avermi disobbedito', le disse facendola scoppiare in lacrime», concluse Logan, osservandoci pensieroso. Io non ci stavo capendo nulla.

«Cosa vuol dire?» chiesi, scettica.

«Il diavolo contenuto nel carillon, in sostanza, è una punizione», affermò Logan.

«Quindi abbiamo il corvo che indica una vendetta e l'angelo con le sembianze di un diavolo che indica una punizione… e…» Mi passai una mano dietro la nuca. Ero ancora confusa. Non capivo l'attinenza del carillon con il corvo e del corvo con il carillon.

«La vendetta probabilmente è per aver disobbedito a qualcosa. Di conseguenza, ne deriva una punizione», continuò Logan, nel tentativo di spiegarmi il suo ragionamento.

«Esattamente come il papà ha punito sua figlia, certo. Ma in cosa consisterà la punizione?» chiesi, sentendomi meno stupida perché avevo finalmente capito il filo dei suoi pensieri.

«Forse è una punizione che c'è già stata», disse Neil, con lo sguardo perso nel vuoto. Era rimasto in silenzio ad ascoltarci per tutto il tempo.

Lo guardai bene. Erano scomparsi il sorriso, l'espressione accattivante e lo sguardo malizioso, lasciando il posto a una seria consapevolezza.

«Cosa vuoi dire?» ribatté Logan, aggrottando la fronte.

«Che di quella disobbedienza qualcuno ne ha già pagato le conseguenze», spiegò Neil a bassa voce facendo calare un silenzio agghiacciante.

«Hai capito di chi possa trattarsi?» Il fratello avanzò a passo cauto verso Neil, che puntò lentamente i suoi occhi dorati sul suo viso.

«No.» Neil deglutì, avvicinandosi a Logan. «Ma di chiunque si tratti, ti do la mia parola che alla nostra famiglia non accadrà nulla, al costo della mia stessa vita.» Lo disse con una sicurezza tale da farmi tremare. Non vi era paura nelle sue iridi luminose, ma solo una profonda responsabilità che incombeva sulle sue spalle: quella di proteggere chi amava contro qualsiasi pericolo.

«Perché dovrebbe accadere qualcosa?» Mi alzai dalla poltrona quando l'agitazione iniziò a scorrermi veloce nelle vene. Forse lui non aveva paura, ma io sì.

Temevo che potesse succedergli qualcosa, che potessi *perderlo*. Fu una sensazione del tutto nuova per me.

«Perché in ogni gioco c'è chi vince e c'è chi perde, Selene», rispose imperscrutabile e io mi irrigidii. Non sentivo da tanto il mio nome scivolare dalle sue labbra e quasi mi apparve più melodioso.

«E allora *noi* vinceremo», ribattei decisa, tanto da attirare su di me anche gli occhi nocciola di Logan. Neil mi fissò in quel suo modo cupo e profondo, poi abbozzò un sorriso compassionevole come se fosse convinto che soltanto una stupida potesse credere che a quel gioco avremmo vinto *noi*.

26
Neil

Il passato è come una candela posta a una distanza inadeguata: troppo vicina per renderti quieto, troppo lontana per confortarti.
AMY BLOOM

ERO seduto in salotto a guardare i miei soliti cartoni animati e sentii la voce di mia madre che parlava sulla porta con una ragazza.

«Davvero? Sarebbe fantastico, Kimberly! Ho bisogno che qualcuno badi a loro. Purtroppo, con gli orari della mia azienda, non sono mai a casa e la vecchia babysitter aspetta il secondo bambino!» Senza particolare interesse, mi voltai a guardare la giovane. Quello che notai subito fu una lunga chioma bionda che scendeva sulla camicia chiara.

«Non c'è problema, signora Miller. Siamo vicini di casa, per me sarebbe un onore badare ai suoi figli. È in arrivo il prossimo?» La ragazza sorrise, indicando la pancia di mia madre, in attesa di Chloe.

«Oh sì. Sarà una femminuccia.»

«Le auguro il meglio, signora Miller. Può ricordarmi l'età dei bambini?» chiese l'altra, la sua voce era delicata e innocente, come quella di qualsiasi ventenne.

«Logan ha sette anni, Neil dieci», rispose mia madre cordialmente.

«Oh, perfetto. Potrei venire qui ogni pomeriggio dopo la scuola, se a lei va bene», propose la ragazza.

«Sei al tuo ultimo anno di liceo?» Smisi di guardarle e presi il mio quaderno sul quale amavo disegnare tutto ciò che vedevo, soprattutto degli oggetti. Adoravo disegnare perché mi permetteva di vedere le cose in modo chiaro, sempre più chiaro. In quel momento decisi di concludere la bozza dell'orologio a pendolo che segnava le due del pomeriggio.

«Sì, ho perso qualche anno, ma sto cercando di recuperare. Voglio diplomarmi e voglio lavorare per pagarmi l'università.»

«Sei una ragazza con la testa sulle spalle, Kimberly. Seguimi. Logan dorme, Neil invece è qui in salotto.» Sentii i loro passi sempre più vicini, ma la mia mano non voleva smettere di tracciare delle linee sul foglio.

«Neil, tesoro.» Mia madre si piegò sulle ginocchia accanto a me e mi sfilò dalla mano la matita per spingermi a guardarla. Osservai meglio la ragazza al suo fianco: i lunghi capelli biondi, la camicia stretta, la gonna nera corta, il fisico snello e il viso pulito, innocente.

«Tesoro, lei è Kimberly. Sarà la vostra nuova babysitter.» Rimasi seduto a fissarla. Avevo letto da qualche parte che i bambini avevano il potere di vedere oltre l'apparenza e io scoprii di esserne davvero capace.

C'era qualcosa di strano negli occhi grigi della sconosciuta, qualcosa di torvo.

«Non capisco perché sia così taciturno, di solito non lo è», disse mamma, accarezzandomi una guancia; i miei occhi non smettevano di fissare il viso ipnotico della nuova babysitter.

La ragazza si piegò sulle ginocchia come mia madre, e io me ne stetti sul pavimento, con le gambe incrociate e le mani immobili.

«Sei davvero un bambino bellissimo, Neil», sussurrò lei, osservando ogni lineamento del mio viso. Quello non era un complimento rivolto a mia madre per aver messo al mondo un figlio come me, ma era un'adulazione rivolta a un bambino che lei considerava in maniera diversa dal normale.

«Amo i bambini, signora Miller, vedrà che io e i suoi figli andremo molto d'accordo», aggiunse senza smettere di fissarmi.

«Ne sarò felice», disse mamma, speranzosa.

«Trascorreremo tanto tempo insieme, Neil», sussurrò Kimberly con un sorriso infido che mi provocò dei brividi tremendi lungo la schiena...

La luce dell'abat-jour sul comò illuminava fiocamente la stanza oscura della dépendance. Ero madido di sudore, la fronte imperlata, i capelli appiccicati.

«Sì...» gemette la bionda sotto di me mentre la fottevo da dietro. D'un tratto, lo stomaco bruciò a causa dei ricordi e i suoi ansiti mi nausearono. Le tappai la bocca con una mano e lei si strinse attorno a me, perché probabilmente aveva inteso il mio gesto come un segno di possesso. In realtà, quella sera non ero uscito con l'intenzione di portare a casa qualcuna, non dopo che il secondo enigma mi aveva invaso la mente con dubbi e perplessità; tuttavia, ricordare e pensare a Kimberly mi faceva sentire arrabbiato e confuso. Quindi, mi rifugiavo nel sesso per scappare dalla realtà, anche se, più volte nel corso degli anni, avevo provato a evitare quest'abitudine malsana, questa via di fuga deleteria; alla fine, però, cadevo sempre in tentazione.

In quelle due settimane avevo anche desiderato Selene, ma lei portava addosso ancora i segni della violenza di Jennifer, così mi ero imposto di starle alla larga, di non importunarla con i miei assalti fino a quando, in biblioteca, non mi ero ritrovato nuovamente a stretto contatto con lei e con il suo maledetto profumo di cocco.

L'ovale del viso, gli occhi oceano contornati dalle ciglia lunghe e nere, i capelli ramati in onde scomposte, il naso piccolo, all'insù, e quelle labbra... quelle fottute labbra che avevo immaginato addosso mentre, nei giorni precedenti, erano state le altre a toccarmi, risvegliavano in me il desiderio di baciare la bimba e ricordarle quanto le piacesse che io la *usassi*, esattamente quanto a me piaceva essere *usato* da lei.

«Sì, continua...» mugolò ancora la bionda sotto di me, mentre le sbattevo i miei fianchi contro il culo. Non ricordavo nemmeno come si chiamasse, era sufficiente che avesse i capelli biondi e un corpo longilineo per mettere a tacere il *bambino* che era in me.

Lui mi parlava sempre e spesso piangeva.

Mi chiedeva di ricordargli che era tutto finito, che lui non era più una vittima, che adesso era lui a comandare, a reagire, che adesso era lui dall'altra parte.

Che adesso il *suo* ruolo era diverso.

«Ti piace essere fottuta così?» sussurrai alla ragazza, afferrandola per i capelli umidi in un pugno stretto. Lei inclinò il collo e farfugliò qualcosa di incomprensibile, con gli occhi persi. Il mio basso ventre, sul quale si diramavano le mie vene gonfie, sbatteva contro le sue natiche, provocando il rumore del sesso selvaggio al quale ero ormai abituato. Nei solchi degli addominali contratti scivolavano goccioline di sudore e la pelle ambrata divenne ancora più scura a causa dello sforzo. Il mio torace nudo le premeva contro la schiena sudata, percepivo la sua pelle scivolosa a contatto con la mia, così come sentivo le sue secrezioni bagnarmi lì dove il preservativo non arrivava ad avvolgermi tutto. Guardai in basso e la sensazione fastidiosa aumentò: ero disgustato.

«S-sei... magnifico», mi adulò lei, spingendosi verso di me. Non ne aveva mai abbastanza, era davvero come la *bionda* dei miei incubi.

Era impudica, esperta e...

Perfetta per me.

La insultai pesantemente, sussurrandole le cose più indecenti che un uomo potesse dire in un momento d'intimità, e lei emise un verso di apprezzamento, perché pensava che lo facessi per eccitarla e non perché lo pensassi davvero.

Del resto non sapeva che le donne come lei mi servivano per trovare un attimo di pace e per ricordare a me stesso che adesso era io a predominare.

Eppure, non mi sentivo mai meglio. Ero ormai macchiato e *stigmatizzato*, destinato a vivere l'erotismo nell'unico modo in cui mi fosse stato insegnato: perverso.

Ero cresciuto con l'inferno incapsulato dentro di me e sentivo sempre forte il bisogno di mettere a tacere la mia sofferenza attraverso un viaggio erotico e introspettivo che mi conduceva al me stesso bambino, il lato della mia personalità ormai danneggiato.

La ferita psichica che avevo subito era così profonda da rendere nulli i tentativi di cura ai quali mi ero dedicato per ben dodici anni. Non potevo far altro che rivivere il mio trauma, questa volta nel ruolo attivo e non più passivo.

Chiusi gli occhi e nella testa mi apparve ancora il bambino. Indossava sempre la solita canotta dell'Oklahoma City e un paio di pantaloncini blu, aveva le ginocchia sbucciate e una palla da basket sotto l'avambraccio. Mi sorrise, puntò i suoi occhi chiari dritto nei miei e poi disse: «*Finalmente non sono più io a subire questa minaccia immensa e intollerabile; finalmente non devo più sopportare questa situazione insostenibile; finalmente sono io a essere potente e ora è la stronza la vittima*». Mi fece un occhiolino e io continuai a muovermi. La mia coscienza lo ascoltava e io non facevo altro che accontentarlo.

«P-piano… non riesco a respirare.» La bionda sotto di me si lamentò del modo in cui le stavo stringendo la nuca e per come le tenevo l'altra mano ancorata al fianco. La stavo schiacciando con il mio peso, scopando senza rispetto e sbattendole dentro tutta la mia frustrazione. Ero certo che se mi avesse visto la Tigre in questo momento, sarebbe scappata via a gambe levate.

«Sta' zitta e goditi il momento perché questa sarà la prima e ultima volta.» Non scopavo mai nessuna più di una volta. Solo Alexia, Jennifer e la bimba facevano eccezione.

Con Selene, però, era tutto diverso: mi sforzavo di pensare a Kimberly, ma in realtà non ci riuscivo. Trilli non aveva nulla di simile a lei, eppure il sesso che avevamo condiviso era stato il più soddisfacente che mai.

«Mi stai facendo male...»

Misi a tacere la tipa sotto di me e, con entrambe le mani, le inclinai il collo all'indietro, spingendo i fianchi con più vigore. Le avrei spezzato la schiena se avesse continuato a parlare, ma per fortuna non fu necessario.

Più mi muovevo, più lei gemeva, stringendo tra le dita le lenzuola.

Le cosce aperte si dimenavano nel tentativo di trovare un sollievo, le punte dei piedi si contraevano e la pelle bianca era ormai rossa e sudata, così come la fronte, i capelli e l'incavo della nuca.

Speravo venisse quanto prima perché l'odore della sua eccitazione mi stava infastidendo.

Non tutte le donne avevano lo stesso profumo o lo stesso sapore, e difficilmente li apprezzavo perché ero sempre stato pretenzioso ed esigente a letto; non mi spingevo mai oltre i miei limiti e odiavo applicarmi nel sesso orale, soprattutto con tipe come lei.

Concedevo a pochissime il privilegio di preliminari simili.

A quel punto, la bionda venne per la seconda volta nel giro di dieci minuti e dopo tre colpi venni anch'io, riempiendo il preservativo del mio seme caldo. Il sesso per me equivaleva a giocare una partita a carte senza nessuna posta in palio, se non quella di rassicurare il bambino, che smetteva di apparirmi nella mente solo quando mi costringevo a rivivere l'abuso dalla parte attiva, per poter interrompere, per un istante, il tormento dell'averlo subito quando ero parte passiva.

Ero contorto, ma non mi aspettavo che qualcuno mi capisse, pretendevo solo che *nessuno* mi giudicasse.

Mi alzai dal corpo ormai inerte della ragazza, e mi liberai del profilattico, gettandolo in un cestino.

Lei rimase prona sul letto e, se non avessi percepito il suo respiro, avrei addirittura pensato che fosse svenuta.

Aveva gli occhi socchiusi, le labbra semiaperte e i capelli arruffati, io invece potevo solo immaginare in che stato fossi. Odoravo di sesso e di lei, e il mio naso non faceva altro che arricciarsi per il fastidio.

«Le voci sono vere. Scopi come un animale», sussurrò, rivolgendomi un'occhiata appagata nella penombra della stanza. Ero ancora nudo, con la testa che vorticava a causa dell'orgasmo, ma dentro di me non sentivo niente; non ero neanche compiaciuto per l'apprezzamento appena ricevuto.

«Sparisci...» risposi semplicemente e lei si voltò verso di me, incredula.

Il suo corpo era esposto ora e potei guardarla meglio. Non aveva nulla di più delle altre: era bionda e attraente.

Lei, invece, mi vedeva come un uomo normale, prestante, capace a letto, ma non dubitava della deviazione mostro-vittima che celavo dentro. Erano due parti di me che appartenevano a mondi assolutamente diversi e che non avevano nulla a che vedere l'uno con l'altro.

Io *deumanizzavo*, usavo le donne come oggetti perché il *me* bambino contagiava la mia psiche, e in questo non c'era niente di piacevole o soddisfacente. La sessualità era solo un ponte di unione tra presente e passato, un piccolo varco che permetteva al mio corpo di esplodere e di essere ciò che ero: un oggetto anch'io.

La ragazza se ne andò senza tediarmi ulteriormente, e io feci una lunga doccia per cancellare la sua lingua, il suo odore e il suo sudore dalla pelle. Uscii dal box doccia solo quando il profumo di bagnoschiuma fu così forte da imprimersi nelle narici.

Avvolsi un asciugamano attorno ai fianchi e mi lavai i denti, strofinandoli per venticinque minuti, fino a quando non sanguinarono le gengive. Risciacquai il dentifricio e rigettai l'acqua nel lavello, notando la schiuma bianca fondersi alle gocce di sangue.

Tamponai le labbra con l'asciugamano e chiusi il rubinetto, fissando il mio riflesso nello specchio. Mi accigliai quando notai un segno violaceo sul collo e qualche altro sul petto. Le labbra erano rosse e tumide, passai la lingua sui denti superiori e assaporai il gusto di menta fresca che mi invadeva il palato. Dopo, posai le mani sul ripiano di marmo e fissai le mie iridi dallo strano colore giallo-dorato, macchiato di striature bronzee visibili con i riflessi di luce.

Perché proprio io?

Era inutile che me lo chiedessi in continuazione, non avrei mai ottenuto una risposta. Erano stati forse i miei occhi *diversi* dal comune ad attrarre quella donna malefica? Con un sorriso finto, sbeffeggiai me stesso e riflettei su quanto fosse invece stato strano il sesso con Selene.

Con lei era stato coinvolgente.

Continuavo ad andare a letto con le mie bionde, ma desideravo solo la mora dagli occhi oceano.

La mia Isola che non c'è.

La mia fata.

La mia Tigre.

La mia pudica…

«Trilli…» sussurrai dando voce ai miei pensieri.

Volevo solo usarla, perché per la prima volta non pensavo a Kimberly e riuscivo a sentirmi più umano e meno diverso.

Un istante dopo, nel riflesso dinanzi a me apparve qualcosa che recise il filo dei miei ragionamenti. Era di nuovo lui, il bambino. Sospirai e mi preparai a sentire cosa avesse da dirmi.

«Lei ti piace…» mormorò il *Peter Pan* che viveva dentro di me, aggrappato ai ricordi.

Lui, però, preferiva Trilli a Wendy, e quella stronza di Jennifer, accecata dalla gelosia, l'aveva capito da tempo, per questo aveva picchiato Selene.

L'attrazione che nutrivo per la bella Tigre era palpabile, come il desiderio viscerale che mi spingeva a immaginarla nuda sotto il mio corpo, seppure fossi conscio del fatto che non avrei mai potuto darle nient'altro oltre al sesso.

«Non possiamo averla, e lo sai anche tu», risposi al bambino allo specchio, che mi fissava con uno sguardo insolente e una smorfia capricciosa. «Non esiste nessun'Isola che non c'è per noi. Non esiste nient'altro oltre a questa realtà», aggiunsi spazientito. Entrambi volevamo fuggire, ma eravamo intrappolati insieme nella mia anima.

Un'anima ormai condannata a convivere con le sue ferite.

«Esistono solo le bionde con le quali ricordare a noi stessi che non siamo più delle vittime, mi capisci, vero?» gli dissi, ormai stanco di lottare contro me stesso.

Per un secondo, una frazione di secondo, pensai a quanto mi mancasse comunicare con il dottor Lively, l'unico in grado di *ascoltare* me e chi viveva dentro di me. Abbassai la testa, ponendo fine al mio monologo interiore, e fu allora che notai il mio iPhone posato proprio accanto alla mano. Osservai il piccolo cerchietto della fotocamera anteriore e di fretta lo afferrai per girarlo a schermo in giù. Sospirai sollevato, ma troppo in fretta: adesso la doppia fotocamera, quella posteriore, puntava di nuovo verso di me. Rimasi immobile a fissarlo, perdendomi nell'oscurità di quel piccolo obbiettivo che voleva risucchiarmi, confondere il mio inconscio e trasportarmi con sé lontano dalla realtà, così iniziarono i ricordi…

«Sorridi, Neil.» Kim mi puntò addosso l'obbiettivo. Aveva rovistato a lungo tra le cose di mio padre, trovando una vecchia Argus C3 che stava rigirando tra le mani da svariati minuti.

«Sorridi, ho detto», ordinò infastidita perché non le davo mai ascolto. Odiavo quando mi dava ordini e Kim, dal canto suo, non sopportava mai la mia disobbedienza.

In quel momento, ero seduto sul tappeto persiano del salotto a disegnare e la guardai serio.

Con un gesto rabbioso, lei lanciò la fotocamera accanto a me e sobbalzai. Aveva spesso degli scatti d'ira che non riusciva a controllare, ma cercavo di nasconderle sempre quanto fossi spaventato.

«Sei proprio un bambino indisciplinato e testardo.» Sbuffò e si sedette sul divano, divaricando le gambe. Indossava una camicetta attillata e una gonna eccessivamente corta, al di sotto della quale potevo addirittura notare le mutandine bianche.

Mi sorprese a fissarla proprio tra le cosce e sorrise. Non ero mai stato un bambino spudorato, ma Kim mi stava insegnando a esserlo.

«Cosa stavi guardando?» chiese, quando ripresi a disegnare di fretta.

«Niente», risposi, senza più voltarmi nella sua direzione.

«Piccolo pervertito.» Ridacchiò, scoppiando una bolla fatta con la gomma che stava masticando.

Iniziai a sentire le solite sensazioni tremende: l'ansia, le mani che tremavano, il cuore che batteva forte nel petto. Mi mossi infastidito nei pantaloncini. In quel periodo, non sopportavo i boxer, le attenzioni di Kim mi avevano provocato un'irritazione acuta all'inguine e un arrossamento ai genitali, ma non ne avevo mai parlato a mia madre.

Me ne vergognavo.

«Ti va di giocare?» chiese poi, divertita.

Era sempre quella la sua proposta. Kim amava giocare, io no.

Non mi piacevano i giochi che proponeva, non mi piaceva quello che mi faceva, non mi piaceva il modo in cui mi guardava o il modo in cui mi toccava.

Scossi piano la testa e continuai a disegnare. Stavo cercando di rappresentare un vaso, ma non ero concentrato.

«Hai perso la lingua? Rispondi, avanti», insisté spazientita. Si alzò dal divano e si incamminò verso di me. A ogni suo passo il pavimento vibrava, il mio cuore sussultava e la paura mi serpeggiava nel corpo. Non ebbi il coraggio di sollevare lo sguardo su di lei, ma le fissai le calze bianche alle caviglie e le scarpe nere basse abbinate agli abiti.

«Cosa vuoi fare? Vuoi guardare di nuovo quello stupido cartone

di Peter Pan?» D'un tratto, non vidi più nulla. Sentii solo la sua voce prendersi gioco di me, come sempre.

«È il mio cartone preferito», risposi, con voce tremolante.

«Ma davvero?» disse, fingendosi sorpresa. «E a me non frega un cazzo.»

Si piegò sulle ginocchia per guardarmi in faccia e solo allora puntai i miei occhi nei suoi.

Erano grigi. Freddi. Spietati. Pericolosi.

«Non voglio giocare con te.» Mi intestardii anche se sapevo già come sarebbe andata a finire.

Kim avrebbe vinto, lei vinceva sempre.

«Ho tante cose in mente. Devo prepararti.» Allungò un braccio e mi scostò una ciocca di capelli dalla fronte, poi sorrise fissandomi le labbra.

«Prepararmi per cosa?» riuscii a chiederle, cercando di non far caso a quanto la mia anima si spezzasse a ogni sua carezza.

«Quando sarai pronto, ti presenterò delle persone. Diventeranno i tuoi nuovi amici», continuò ad accarezzarmi i capelli e le schiaffeggiai la mano per togliermela di dosso. Kim corrugò la fronte e mi guardò severa.

«Non voglio dei nuovi amici e non voglio neanche te!» urlai. Poi mi alzai in piedi e mi asciugai una lacrima. Non mi ero accorto di stare piangendo e sapevo che non dovevo. Mio padre si sarebbe arrabbiato, lui diceva che piangere era da femminucce.

«Raccogli la fotocamera. Oggi ti insegnerò qualcosa di nuovo», disse, indicandomi la vecchia Argus che giaceva sul pavimento, ma ancora una volta disubbidii. Calciai lontano la macchina, scheggiandone l'obbiettivo. Non mi importava. Ero abituato a sfidare Kim.

Lei tentava di sottomettermi al suo volere e io lottavo con tutto me stesso per non cederle.

«Piccolo stronzetto.» Mi afferrò per un polso e si piegò per guardarmi negli occhi. Sentii il suo profumo di vaniglia e storsi il naso perché non lo sopportavo. Non sopportavo di averlo addosso, sulla pelle, dentro di me. Quel profumo mi aveva invaso, si era insinuato senza alcun permesso in ogni parte di me, e io ne ero disgustato.

«Vuoi che vada a giocare con Logan?» Sorrise soddisfatta, perché sapeva di avermi in pugno.

Usava sempre la stessa tattica: il ricatto. Era sicura che non le avrei mai permesso di toccare mio fratello e che avrei ceduto al suo volere.

Dovevo farlo per proteggere Logan.

«Allora, prendi la fotocamera e aspettami nella stanza da letto dei tuoi genitori. Faremo un nuovo gioco.» Mi lasciò andare e mi guardò, in attesa che facessi esattamente quello che mi aveva ordinato.

«Nella stanza di mamma e papà?» ripetei incredulo.

«Nella stanza di mamma e papà», confermò, divertita.

Da piccolo non avevo mai creduto all'esistenza dei mostri che si nascondevano sotto il letto o nell'armadio. Non avevo mai creduto alle storie sugli alieni che in piena notte entravano dalla finestra per rapire i ragazzini.

Però, avevo sempre creduto ai mangiabambini.

E Kim era proprio una mangiabambini.

Lei si cibava della loro innocenza, cancellava la loro infanzia, annientava la loro vita, distruggeva i loro sogni.

E io ogni volta, tentavo di volare lontano.

Lontano da Kim.

Ma lei mi raggiungeva sempre.

Mangiava il bambino che era in me, divorava il mio candore e io non potevo fare nulla per fermarla.

Afferrai il mio cellulare e uscii dal bagno per lanciarlo sul letto. Storsi il naso per l'odore di sesso che aleggiava in camera; mi ero dimenticato di aprire la finestra e di tirare via le lenzuola che avrei dato da lavare ad Anna.

Con solo un misero asciugamano addosso, feci quello che avevo pensato in quell'esatto ordine, poi mi rivestii, indossando gli stessi indumenti di cui mi ero privato due ore prima. Tirai su le maniche della felpa bianca che profumava di pulito, come tutto il mio corpo, e questo mi rese più tranquillo.

Erano circa le undici di sera ormai; dopo aver trascorso il pomeriggio in biblioteca con Logan e Selene, ero uscito con i Krew solo per distrarmi e bere qualcosa, finendo un'ora dopo a letto con la bionda che avevo abbordato al *Blanco*. O meglio, era stata lei a offrirmela su un piatto d'argento e io avevo colto l'occasione al volo.

Sfinito, mi sedetti sul bordo del letto e allacciai le scarpe.

Fuori l'aria era fredda, così indossai anche il mio giubbino di pelle marrone, poi uscii dalla dépendance.

Tastai le tasche per accertarmi di aver preso il cellulare e le chiavi, infine chiusi la porta.

Quando mi voltai, prima di attraversare il giardino per rientrare in casa, mi accorsi di una figura rannicchiata su una chaise longue a bordo piscina. Una coperta azzurra le avvolgeva le spalle esili e la chioma ramata era raccolta in una coda alta.

Riconobbi il suo profilo perfetto e le labbra carnose.

Era Selene.

Da quanto era lì fuori?

Mi incamminai verso di lei, che via via prendeva forma dinanzi ai miei occhi. Stava leggendo un libro, anche se non capivo perché lo stesse facendo in giardino, immersa nell'aria pungente e autunnale, anziché al caldo nel suo letto, con addosso quell'orribile pigiama con le tigri stampate.

«Hai scelto un luogo abbastanza strano per dedicarti alla tua lettura.» Tirai fuori il pacchetto di Winston e sfilai una sigaretta con i denti, poi, dal taschino interno del giubbino, presi anche l'accendino.

Un leggero venticello fu di intralcio al primo tentativo di accensione, così chiusi maggiormente la mano a conca e cercai di ripararmi dall'aria, tentando una seconda volta. Riuscii nel mio intento e rimisi tutto in tasca, sedendomi su una chaise longue di fronte alla bimba. Il cielo scuro, privo di nuvole, si estendeva su di noi come un manto stellato del quale mi sarei volentieri beato, se davanti a me non avessi avuto qualcosa di più bello.

Le ciglia lunghe di Selene rimasero basse, a proteggere le iridi cristalline che scorrevano riga per riga sul suo stupido libro. Mi stava ignorando e io non ci ero assolutamente abituato.

Aspirai profondamente il fumo, poi strinsi le labbra e lo rigettai sul visetto della bella Trilli.

Lei sollevò gli occhi oceano su di me e tossì, sventolando una mano sotto il naso.

«Ma che diavolo fai?» sbottò. Finalmente avevo catturato la sua attenzione, anche se non capivo perché fosse così scontrosa e infastidita.

«Ti ho fatto una domanda», dissi con il mio solito atteggiamento arrogante perché amavo predominare e ricevere rispetto; non avrei permesso più a nessuno di calpestarmi.

«E io non voglio risponderti. Il posto che scelgo per leggere non ti riguarda.» Tornò a dedicarsi al suo libro, ma intuii subito che qualcosa non andava.

Non ci conoscevamo molto, ma una cosa l'avevo imparata: sapevo leggerle negli occhi quello che lei non diceva.

«Cos'hai visto?» chiesi schietto e fu allora che Selene sussultò. Chissà da quanto era lì fuori e probabilmente mi aveva sorpreso a scopare con la bionda. Non che mi importasse della sua reazione, non ero tenuto a giustificarmi, ma sapevo che lei non era capace di scindere il sesso dai sentimenti, non era capace di dissociare un rapporto fisico da una relazione, e di conseguenza aveva una percezione diversa da me dell'intera situazione tra noi.

«Non so di cosa tu stia parlando.» Stava mentendo, mi era chiaro dal modo in cui le tremavano le mani.

Selene sembrava gelosa delle donne con cui mi intrattenevo e non mi capacitavo del perché lo fosse. Eravamo andati a letto quante volte? Due? Tre? Neanche lo ricordavo. Per lei, quelle poche volte, erano state sufficienti a credere che tra noi ci potesse essere qualcosa?

Mi rifiutavo di pensarlo.

«Da quanto sei qui fuori?» ritentai. Non sapevo neanch'io perché fossi seduto lì al freddo, ad assecondare i capricci di una ragazzina, invece di entrarmene in casa e andarmene beatamente a dormire.

Lei sospirò e poi mi guardò.

Mi guardò con quell'oceano che ogni volta contaminava i miei pensieri; in quell'istante ricordai perfettamente le poche volte in cui l'avevo accarezzata, le poche volte in cui l'avevo baciata e dominata.

Le occasioni erano state *poche* sì, ma così intense da regalarmi orgasmi totalizzanti che non avevo mai provato con nessun'altra.

«Da abbastanza per capire quanto tu sia davvero stronzo.» Finalmente confessò quello che la stava torturando da svariato tempo. Aveva notato la bionda, anche se non sapevo *cosa* e *quanto* avesse visto.

«Quindi ti piace spiarmi? È la seconda volta che lo fai.» La presi in giro beandomi del rossore che le dipinse gli zigomi alti. Selene si alzò subito e abbandonò il libro chiuso sulla chaise longue, tanto aveva fretta di scappare. Avevo capito quanto fosse istintiva e spesso infantile; se, da un lato, questo aspetto mi infastidiva, dall'altro mi eccitava.

«Mi dispiace per te, ma è successo una sola volta ed è stato disgustoso», ribatté a tono; in quell'attimo, non riuscii a capire come fossimo passati dall'ignorarci per due settimane, al collaborare insieme alla ricerca del significato dell'enigma, infine al discutere per cosa? Per il nulla.

L'afferrai per un polso e l'attirai a me, facendola sedere sulle mie ginocchia. Selene si aggrappò alla misera coperta che, per giunta, le cadeva su una spalla, e la strinse a sé come se stesse cercando di proteggersi da me. Schiacciai la sigaretta nel posacenere e le appoggiai una mano sul fianco, l'altra, invece, corse alla coscia coperta dai leggings neri; le dita distavano poco dal suo inguine e il palmo era così grande da avvolgerla quasi tutta.

«Cosa è stato disgustoso esattamente?» le sussurrai sensuale a poca distanza dalle labbra. Lei mi osservava con gli occhi sgranati e guardinghi; aveva timore di me, e non mi piaceva affatto.

«Vederti fare quelle cose...» rispose vaga, guardando l'acqua cristallina della piscina illuminata dai faretti subacquei, anziché me. Non aveva visto proprio nulla se non la fase iniziale di quello che avrei fatto dopo con Alexia, precisamente con il culo di Alexia.

«Quali *cose*?» Volevo sentirle dire qualcosa di sporco, ma sapevo che Selene non l'avrebbe mai fatto. Le accarezzai il fianco per farla rilassare perché lì, seduta sulle mie gambe, la sentivo rigida e tesa come una corda di violino.

Le osservai il viso, il naso che si incurvava verso l'alto, le labbra di un rosa scuro serrate tra loro e le ciglia lunghe che svettavano attorno ai cristalli che aveva per occhi.

Era bellissima e non smettevo di analizzarla come se fosse un capolavoro architettonico da disegnare sul mio bloc-notes.

D'un tratto, la mente mi suggerì di fare qualcosa di stupido.

Sollevai un indice e tracciai il contorno del suo profilo con delicatezza. Selene voltò piano il viso verso di me e mi osservò, lasciandosi toccare. L'indice proseguì dal naso, alle labbra, alla mascella sottile. Un piccolo sussulto mi indicò che stava tremando; se per il timore o per l'eccitazione non potevo saperlo, ma avevo capito da tempo l'effetto che sortivo su di lei.

Mi avvicinai e l'annusai. Profumava di cocco e di pulito, e questo aumentò il desiderio di fare qualcos'altro di molto stupido.

Di *troppo* stupido.

Inclinai la testa e le posai le labbra sul collo. Le trascinai verso il basso e poi di nuovo verso l'alto, lasciando che la punta della lingua tracciasse una scia umida su di lei.

Le sue mani si aggrapparono con forza alla coperta e le mie le strinsero maggiormente il fianco e la coscia.

«Non serve a niente coprirti, se senti i brividi sotto la pelle», le sussurrai accanto all'orecchio, prendendo tra le labbra il lobo e succhiando con forza ma leggerezza. Lei abbassò una mano sul mio addome e strinse tra le dita la felpa.

Voleva che mi fermassi? O che continuassi?

Non parlava, sentiva.

Mi sentiva e questo le impediva di pensare.

«Non posso darti quello che vuoi. Usami solo per prenderti ciò di cui dispongo...» Afferrai la sua mano e la trasportai più in basso, proprio dove la desideravo. «E non si tratta del mio cuore, Selene», misi in chiaro, premendole la mano sul cavallo dei miei jeans. Volevo che capisse, che la smettesse di crearsi delle fantasie inesistenti.

L'amore era per gli illusi, la realtà per i disillusi come me.

«Io non sono bionda», mormorò. A quel punto, mi ero aspettato che togliesse subito la mano da me, che scappasse via urlandomi contro o che addirittura mi desse uno schiaffo, invece non fece niente di tutto ciò.

Mi accarezzò e io rimasi fermo a respirarle sul collo e a riflettere sulle sue parole.

«Sono l'unica mora che desideri...» disse pensierosa.

E l'unica che mi piace, ma soltanto perché per me sei un'Isola che non c'è, sei una fata che non esiste, sei una droga che crea l'attimo di sballo, sei una porta che crea un varco tra realtà e illusione, sei tutto questo e al tempo stesso non sei niente, perché nella mia realtà, tu, neanche esisti.

Avrei voluto dirle tutto ciò, ma non parlai, assorbii soltanto il calore della sua mano che mi stava toccando lì dove l'avevo desiderata per due settimane. A dire il vero, le avevo solo concesso la possibilità di riprendersi dopo l'aggressione in mensa. Per fortuna, ero giunto in tempo in suo soccorso, ma mi ero chiesto un sacco di volte cosa sarebbe successo se non ci fossi stato io, fin dove sarebbe arrivata la follia di Jennifer.

«Posso... posso toccarti?» Aveva smesso di accarezzarmi tra le gambe e io avevo chiuso gli occhi nell'incavo del suo collo, rendendomi conto soltanto adesso della nostra assurda intimità.

Mi stava chiedendo il permesso di toccarmi? Dove? E soprattutto perché? Probabilmente aveva capito da tanto quanto fossi strano. Aveva notato che odiavo essere toccato, se non c'era il mio consenso, e per questo lei mi stava chiedendo il permesso di farlo.

Non risposi, ma il mio cenno di assenso le fece intuire che poteva. Selene sollevò l'indice e mi accarezzò la fronte, che aggrottai per comprendere cosa avesse in mente; poi scese sul naso dritto e sorrise.

Stava ripetendo il mio stesso gesto di poco prima.

Il polpastrello era freddo rispetto alla mia pelle calda, ma non mi opposi al suo tocco, che era gentile e delicato.

«Hai un viso perfetto», sussurrò, guardandomi le labbra per poi spostare l'indice anche su di esse. Ne tracciò la forma e deglutì. Aveva voglia di baciarmi, lo intuii dal modo in cui le sue pupille si dilatarono assottigliando le iridi oceano. Scese ancora sul mento e sfiorò la barba sulla mascella, proseguendo verso il collo. Il tessuto della felpa sulla clavicola dovette dividermi dal suo tocco che, tuttavia, continuai a percepire sulla pelle. Poi, il suo palmo mi si posò sul lato sinistro del petto, sopra il cuore.

«Batti, ti sento sai? Batti forte», disse come se stesse parlando davvero con il muscolo chiamato *cuore*; in quel brevissimo istante capii cosa si provasse a sentirsi… *umani*, ma fu un attimo così fugace da indurmi subito a tornare quello che ero.

«Si chiama eccitazione.» Mi avvicinai ancora all'incavo del suo collo e ci posai un bacio, inspirandone il buon odore. «La tachicardia è un sintomo che indica l'eccitazione fisica. Vedi le cose da prospettive sbagliate, Trilli, e questo non va bene.» Distrussi la sua illusione e sentii le sue gambe muoversi per alzarsi, ma la trattenni ancora su di me; doveva rimanerci fino a quando lo avrei deciso io. «Batte per tante donne, sai? E non per amore», aggiunsi sottovoce e Selene tentò ancora di divincolarsi, ma non glielo permisi.

«Smettila», mi supplicò chiudendo gli occhi. Non doveva. Doveva guardarmi, ascoltarmi e capirmi.

«Batteva anche con la bionda di prima, la stessa che hai visto uscire dalla dépendance», seguitai e non perché volessi farle del male, ma perché volevo che vedesse le cose come le vedevo io. Non mi importava di risultare uno stronzo, un bastardo o un insensibile, preferivo la realtà alla favoletta che poteva leggere in uno dei suoi libri.

«Smettila, ho detto!» Alzò la voce e mi guardò. Con una mano tentò invano di spingermi via, perché sapeva che contro di me non poteva fare nulla se non arrendersi. Era troppo piccola e fragile per fronteggiare uno come me.

«Dovresti confessare tutto al tuo ragazzo e ricominciare una nuova vita con la persona di cui ti innamorerai davvero. E non perché sappia scoparti o perché ti affascini con i suoi problemi, ma perché è un uomo serio con cui costruire il tuo futuro.» Le dissi ciò che pensavo, le chiarii ciò che io non potevo darle e che lei non avrebbe mai, *mai*, dovuto proiettare su di me.

Ero più grande di lei, potevo darle dei consigli e forse aiutarla a scindere l'attrazione da un sentimento illusorio, ma nient'altro. «Oppure...» sussurrai, dandole un'alternativa folle. «Potresti rimanere qui, e viverti l'attrazione che ci unisce come mero desiderio fisico da appagare fino a quando entrambi non ne avremo abbastanza di tutta questa stronzata.» Ci guardammo. Entrambi sapevamo che era la cosa più stupida da fare, perciò mi aspettavo che lei mi rifiutasse, che accettasse di dedicarsi a un altro, uno meno problematico, uno che potesse avvicinarsi al suo ideale di uomo.

D'altronde, stavamo anche rischiando di essere scoperti in quel momento. Io, in particolare, avrei potuto perdere per sempre la fiducia di Matt soltanto per soddisfare le mie fantasie sessuali con una ragazzina pura e ingenua.

«Oppure potresti parlarmi più spesso, proprio come stai facendo adesso, senza che io te l'abbia chiesto», ribatté Selene, spiazzandomi perché sapeva come ammutolirmi senza necessariamente calarmi i pantaloni.

Scossi la testa, sbalordito. Stavo davvero parlando con lei e, in più, ero stato io a farlo per primo.

Mi tornò ancora in mente il suo stupido compromesso.

Selene avrebbe voluto sapere qualcosa di me ogniqualvolta io avessi preteso qualcosa da lei.

Capii allora che dovevo agire d'astuzia, anticipare le sue mosse, così mi protesi in avanti per baciarla ed evitare che cominciasse con le sue domande del cazzo, ma lei intuì subito le mie intenzioni.

«No.» Si scostò per impedirmi di raggiungerle le labbra, poi ostentò un sorriso insolente. Sapevo già cosa aveva in mente.

«Se vuoi un bacio, devi dirmi qualcosa di te», dettò la sua maledetta condizione e io sospirai sconfitto.

«Il mio colore preferito è l'azzurro.» Dissi la prima stronzata che mi era venuta in mente guardando i suoi bellissimi occhi. Poi, tentai ancora di rubarle un bacio, ma lei mi posò una mano sul petto, reggendo con l'altra la coperta.

«Voglio qualcosa di più», insisté.

Cosa voleva sapere? Non avevo mai parlato di me con nessuna. Io con le donne non ci parlavo.

Mai.

E non capivo perché lei desiderasse farlo, dove stesse andando a parare. Aveva già soddisfatto alcune delle mie fantasie maschili, quindi cos'altro voleva da me?

Mi guardai attorno e notai il mozzicone della sigaretta schiacciata nel posacenere di plastica, accanto a me.

«Ho iniziato a fumare a dodici anni.» Le dissi una cosa banale, ma vera quanto la precedente, e lei aggrottò la fronte pensierosa.

«Fumi… fumi solo sigarette?» chiese titubante e timorosa di una mia reazione. Voleva sapere se mi drogassi, era chiaro, ma era troppo educata per farmi una domanda così diretta.

«Non ho altre dipendenze oltre alle sigarette e no, non mi drogo.» *Perché non posso*, ma questo evitai di dirglielo perché poi avrei dovuto spiegarle che tanto le droghe quanto l'alcol, alteravano il mio stato psichico rendendomi *pericoloso*; oppure avrei dovuto confessarle che con i farmaci che prendevo un tempo, avrei rischiato seriamente la vita se avessi assunto sostanze stupefacenti.

«Ti sbagli. Un'altra dipendenza ce l'hai», chiarì. «Le bionde», disse e mi sorrise, divertita. Sospirai e la guardai serio facendo spegnere il suo sorriso. Non sapeva la merda che c'era dietro quella semplice affermazione e il dolore che mi portavo dentro.

«La mia vera dipendenza è il *sesso*… con le bionde», la corressi e lei si incupì, poi scosse la testa scacciando via qualsiasi riflessione stesse facendo.

«Ma io non sono bionda eppure…»

La interruppi prima ancora che potesse finire.

«Non ti scopo da tanto, quindi sei stata solo un'eccezione», risposi con la sicurezza che sapevo avrebbe colpito il suo orgoglio femminile. In effetti, ci conoscevamo poco, ma sentivo di conoscerla da tanto. Ed era *strano*.

«Dopo l'ultima volta tu…» Selene si schiarì la gola e arrossì, ripensando a quello che era successo nella sua stanza, dentro e fuori dal bagno. «Tu non mi hai più cercata. Perché?» Se fosse stata un'altra donna, avrei pensato a una provocazione, ma Selene era davvero curiosa di sapere il perché e sembrava anche timorosa della risposta che le avrei dato.

«Forse perché ho smesso di desiderarti», dissi sorridendo come il peggiore dei bastardi; la bimba sussultò e strinse le labbra. Speravo che non si mettesse a frignare, invece lei inspirò profondamente e si avvicinò al mio orecchio colpendomi con il suo fiato caldo.

«Oppure perché mi desideri così tanto da costringerti a starmi lontano. So che non vuoi saltarmi addosso per non vedere i lividi provocati dalla *tua* puttana», sussurrò, parlando in un modo insolito per lei. Il termine «puttana» acquistò un nuovo fascino libidinoso, pronunciato dalle sue labbra innocenti. Le strinsi il fianco con più forza mentre l'altra mano avanzò di poco verso il suo inguine. Non volevo ricordare quello che le aveva fatto Jennifer o le avrei mostrato il lato di me che odiavo; preferii, quindi, concentrarmi su ciò che avevamo fatto noi, nella sua stanza.

«Vorresti essere *tu* la mia puttana?» la provocai a poca distanza dalla bocca carnosa, che avevo voglia di assaggiare.

In quel momento stavamo parlando troppo e agendo poco, per i miei gusti.

«Sicuramente con me non avresti paura di beccarti qualche malattia infettiva», replicò, secca. L'affermazione di Selene era stata dettata dall'odio per Jennifer ma aveva anche un fondo di verità: con la bionda usavo sempre il preservativo perché io non ero l'unico uomo con cui aveva rapporti, a differenza della bimba.

La mia ossessione per l'igiene mi induceva a essere intransigente con tutte; l'unica donna, però, con la quale trasgredivo ogni regola era Selene.

«Ma saresti troppo bimba per assecondare tutte le mie richieste perverse», ribattei ed era un dato di fatto. Non avrei mai condiviso la bimba con i Krew, non le avrei permesso di fare le cose che abitualmente facevo con le donne – Jennifer e Alexia in particolare – e i due idioti dei miei amici, cose di cui non sempre andavo fiero.

«Per esempio?» Era arrossita, ma ostentava la tipica curiosità di una ragazza inesperta che tentava di nascondere il proprio imbarazzo, fingendosi una donna.

«Per esempio, mi condivideresti con un'altra donna, nello stesso momento, nello stesso letto?» sussurrai carezzevole e lei sgranò gli occhi, voltando poi lo sguardo altrove. Era a disagio, rigida come una tegola di legno.

Sapevo di vivere la sessualità in un modo tutto mio e sapevo anche di aver sviluppato delle perversioni che una come lei non avrebbe mai condiviso perché era pura.

Io non amavo le donne, le usavo.

Io non le veneravo, bramavo di possederle.

E tutto questo non c'entrava nulla con l'idea dell'amore che aveva Selene.

Lei non mi rispose e lanciò un'occhiata alla dépendance alle sue spalle, pensando a qualcosa.

«E tu mi condivideresti con un altro uomo, nello stesso momento, nello stesso letto?» Lo disse imbarazzata, ma con una determinazione negli occhi che mi lasciò qualche istante senza parole. Sì, mi sarebbe piaciuto, ma soltanto se la donna in questione fosse stata un'altra e non lei.

Una strana sensazione allo stomaco mi indusse a serrare le labbra; se Xavier o Luke avessero sentito dire a Selene una cosa simile, avrebbero sicuramente provato a condividerla.

Con o *senza* la sua volontà.

L'afferrai per il mento bruscamente e avvicinai il suo viso al mio. Selene sussultò e mi guardò spaventata, mentre io la fissai minaccioso.

«Non dire mai una cosa del genere in presenza dei Krew», ordinai, categorico. Lei mi guardò come in trance e io le scossi il mento per farla tornare da me. «Mi hai sentito? Non ti azzardare a dire una cosa simile davanti a Xavier o Luke. Mai.» Vedevo rosso dalla rabbia che sentivo dentro al solo pensiero di lei a letto con Xavier o Luke. «Se succedesse una cosa simile finirei direttamente in galera», conclusi lapidario, senza giri di parole.

I Krew si prendevano quello che volevano, passando sopra a qualsiasi regola morale. A loro non importava di niente e nessuno; le donne erano oggetti con cui gingillarsi e Selene era entrata nel loro mirino già da tempo.

Non doveva esporsi con loro, o avrebbero agito.

Scossi la testa. Bene, ora che le avevo parlato, pretendevo il mio compenso.

Mi avvicinai alle sue labbra e le catturai con le mie, ma non perché volessi sedurla, come era accaduto con la ragazza rimorchiata nel parcheggio del *Blanco*, ma solo perché lo desideravo.

Quel bacio sapeva di cacao denso perché forse aveva bevuto una cioccolata calda o perché aveva gustato un dolcetto mentre leggeva; non lo sapevo e non mi importava, volevo solo la sua lingua intrecciata alla mia, anche se, per me, non significava niente. Non sarebbe mai cambiato nulla tra noi.

Poi la guardai negli occhi e mi resi conto di quanto odiassi farlo. Era lì che, ogni volta, vedevo *la mia fine* eppure non potevo farne a meno. Mi sentivo sempre vulnerabile e incapace di gestirmi quando le ero così vicino.

In quell'attimo, le stelle sparpagliate nell'oscurità di quella notte persero tutta la loro lucentezza perché offuscate dal suo viso candido. Selene chiuse gli occhi e si sollevò di poco, per poi sedersi a cavalcioni su di me. La coperta le scivolò dalle spalle, ma l'afferrai in tempo per risistemarla dov'era. Lei sussurrò un «grazie» fugace, poi le mie labbra si incollarono di nuovo alle sue. Scesi con le mani lungo la schiena e le palpai il culo, spingendola verso di me.

Era seduta troppo distante e la volevo addosso, a stretto contatto.

Mi strusciai appena tra le sue cosce e le sue ginocchia mi strinsero i fianchi. Sapevo che percepiva la mia erezione, tanto quanto io stavo percependo l'eccitazione che le aveva risvegliato tutti sensi.

«Baciami e non ti fermare», le ordinai quando si allontanò per riprendere fiato. Non era abituata a baciare come me: io le divoravo le labbra e mi cibavo dei suoi desideri; quindi mi chiesi come baciasse il fidanzatino Jedi, dato che Selene sembrava incapace di starmi dietro.

Le infilai una mano dietro la nuca e la spinsi contro di me, mentre con l'altra mano le palpavo una natica con forza. Lei mugolò qualcosa o semplicemente emise un gemito, poi chiuse gli occhi e ondeggiò piano il bacino su di me.

Se stava cercando di uccidermi, allora sarei morto a breve.

Le sorrisi sulle labbra e le spostai la mano su un fianco per dettare un ritmo più incalzante ai suoi movimenti timidi e impacciati.

Oh, sì, la volevo proprio così, proprio lì…

«Avvicinati un altro po'», ordinai, perché volevo sentirla a dovere. Con la mano la spinsi ancora contro di me, fino a farle aderire completamente il seno al mio torace. Le cosce tremarono e si aprirono di più per adattarsi alla nuova posizione. Il tessuto sottile dei leggings le avrebbe consentito di eccitarsi mentre urtava contro la mia durezza.

Più la baciavo e più la desideravo. Il suo sapore era ormai fuso con il mio, a tal punto da assumere un gusto tutto nuovo; le labbra pulsavano a causa dello sfregamento inarrestabile tra esse e i muscoli si tendevano a ogni giro di lingua perché… volevo *farmela*.

Non mi importava che fossimo in giardino, al freddo, in un posto altamente rischioso – bastava, infatti, che Matt si sporgesse da uno dei numerosi balconi della villa per vederci –, la volevo così tanto da non ascoltare più la ragione.

«Lasciami entrare…» Premetti un dito dietro di lei, nel solco dei glutei, e scesi fino alle grandi labbra che sicuramente avrei trovato strette e bagnate per me, *solo* per me.

Spostai l'altra mano sul bottone dei miei jeans, ma Selene mi afferrò il polso, bloccandomi.

Fu in quell'attimo che la sentii tremare e irrigidirsi, per poi affondare la fronte nell'incavo del mio collo. Il suo respiro era leggero ed emetteva piccoli gemiti simili a dei singhiozzi che non riusciva a controllare.

Fu allora che capii.

Stava per venire.

Merda, stava venendo per così poco?

Quel pensiero mi esaltò, così leccai il contorno delle sue labbra, che colsi schiuse, e mi mossi sotto di lei per aiutarla a sentirmi di più.

Era sensibile, proprio perché inesperta e non abituata a tutte quelle sensazioni verso le quali il mio corpo sembrava, invece, anestetizzato.

A me non sarebbe mai bastato così poco per venire; ero *vizioso*, il mio essere era *ingordo* e la mia anima *danneggiata*.

Selene tremò ancora e nascose il viso tra il mio collo e la spalla, quindi prese a muovere il bacino più velocemente e in maniera incontrollata, stordita dal piacere intenso che precedeva il raggiungimento del picco erotico.

Si fermò solo quando i fianchi smisero di essere scossi da convulsioni naturali che lei stessa non riusciva a gestire.

L'idea che un semplice bacio passionale le avesse provocato un orgasmo, mi rubò un sorriso spontaneo e con una mano le accarezzai i capelli. Non potevo vederla, ma sapevo che aveva le guance in fiamme.

«Te la sei goduta mentre dondolavi su di me come una forsennata?» chiesi ironico, e lei emise un verso di frustrazione e disagio. Era davvero una bimba adorabile.

Mi sfregò la punta del naso contro la curva del collo e rimase ancora a cavalcioni su di me.

«Sta' zitto. Non dire altro», mi pregò, impedendomi ancora di guardarla negli occhi. Scoppiai a ridere per l'assurdità di quella situazione. Il potere che avevo su di lei mi inorgogliva, ma al tempo stesso mi spaventava; non volevo che diventasse dipendente da me, che dimenticasse le mie parole, che sottovalutasse i miei avvertimenti.

«Dobbiamo rientrare...» fu tutto ciò che dissi, quando finalmente potei osservarne lo sguardo luminoso, più delle stelle di cui era punteggiato il cielo, mentre lei mi fissava come se fosse ubriaca di me.

Di me, cazzo.

Ci alzammo e mi sistemai i jeans sui fianchi; con la coda dell'occhio, d'un tratto colsi una figura a poca distanza dalla chaise longue sulla quale ci eravamo dimenticati del mondo intero. Anna ci stava fissando con le guance terribilmente arrossate e l'espressione di chi era stata colta in flagrante durante un reato.

Sgranai gli occhi, ma non mi agitai più del dovuto: Anna era la persona che temevo meno ci sorprendesse in quel momento. Mi girai verso Selene per informarla che non eravamo soli, ma dalla sua faccia pallida intuii che l'aveva già notato.

«Oh Dio!» Si coprì gli occhi e farfugliò imprecazioni di ogni tipo, in preda all'imbarazzo totale. Tra i due, il menefreghista ero *io*, così, decisi di gestire la situazione e rassicurare la bimba; d'altronde Anna mi aveva visto fare cose ben peggiori.

«Tranquilla, ci parlo io. Entra in casa.» Le tolsi la mano dal viso e Selene mi guardò come se fossi troppo strano a rimanere così calmo. Semplicemente, ero convinto che fosse inutile disperarsi su uno sbaglio ormai commesso.

«Co-cosa?» balbettò, aggrappandosi alla coperta azzurra che, insieme alle sneakers basse, la faceva sembrare più un'adolescente che non una giovane donna.

«Entra», ordinai ancora, e le tirai una pacca sul culo; lei sobbalzò e mi lanciò un'occhiata di rimprovero, ma non me ne curai. A ogni modo, si diresse goffamente e a testa basta verso la portafinestra che conduceva all'interno e augurò la buonanotte con voce flebile alla signora Anna.

Sospirai e infilai le mani nelle tasche dei jeans, mentre Anna avanzava cauta verso di me.

Indossava un cappotto lungo e una borsa nera che penzolava da una mano.

«Ho finito tardi e sto andando via», biascicò, guardando il prato anziché me. Era forse più imbarazzata di Selene, mentre io me ne stavo lì disinvolto ad attendere che dicesse qualcosa.

«Signora Anna», iniziai, ma lei sollevò il mento e scosse la testa con indulgenza.

«Ti conosco da quando eri un bambino, Neil. Non ho mai giudicato le tue scelte, ma la signorina Anderson…» Spostò lo sguardo sulla chaise longue e inspirò profondamente prima di proseguire. «Lei non è come le altre», aggiunse, rammentandomi qualcosa che già avevo capito da solo.

Anna aveva visto uscire molte ragazze dalla mia stanza, o dalla dépendance, e aveva notato quanto Selene fosse lontana dal mio mondo e dalla realtà che vivevo ogni giorno.

«Questa *cosa*», mossi un indice nell'aria non sapendo neanch'io come definire la situazione con Selene, «deve rimanere tra noi», ordinai e la governante annuì, anche se mi sembrava ancora preoccupata.

«Ricordati di Scarlett, Neil.» Quando sentii quel nome, mi irrigidii, improvvisamente infreddolito. «Non fare lo stesso errore anche con Selene. Non prenderla in giro. Hai tante donne attorno che farebbero qualsiasi cosa per trascorrere anche solo una notte con te, ma lei...» Si interruppe e strinse più forte la borsa. «È ancora molto giovane e crede tanto nell'amore.» Probabilmente aveva notato anche lei quanto Selene fosse ingenua, nonostante la sua età.

Sembrava una principessa della Disney, cresciuta in un castello incantato, senza conoscere minimamente la crudeltà umana.

«Lo so, lo so benissimo.» Sospirai e mi passai una mano sul viso, leccandomi il labbro inferiore che sentivo gonfio a causa dei baci intensi con la mia Tigre. Nonostante i consigli della signora Anna, volevo ancora Selene nel mio letto, per attenuare soprattutto l'erezione enorme che lei stessa mi aveva provocato.

«Allora hai due strade davanti a te: lasciarla andare oppure intraprendere un nuovo viaggio con lei. Sono certa che farai la cosa giusta.» Si mise in punta di piedi per posarmi un bacio sulla guancia, come una mamma avrebbe fatto con suo figlio; poi mi sorrise e se ne andò, stringendosi nel cappotto per ripararsi dall'aria fredda.

Intraprendere un nuovo viaggio con lei?

Ma che cazzo...

«Come faccio a sapere quale sia la scelta giusta?» le urlai dietro, incurante del fatto che potesse sentirmi qualcuno; Anna si girò e mi guardò con indulgenza.

«Fai ciò che ti rende felice e allora quella sarà la scelta giusta.» Sollevò una mano in segno di saluto, poi si voltò e riprese a camminare.

Osservai la sua figura allontanarsi, i capelli chiari mossi da un lieve venticello, il passo lento ma deciso, e riflettei sulle sue parole.

E se la scelta giusta, per me, fosse stata la scelta sbagliata per Selene?

27
Neil

Ogni problema ha tre soluzioni:
la mia soluzione, la tua soluzione e la soluzione giusta.
PLATONE

ERO tornato in me.

Per quanto le parole della signora Anna fossero state toccanti, avevo ricominciato a pensare di non potere mai intraprendere alcun viaggio con Selene. I miei problemi erano di gran lunga superiori a delle banali questioni sentimentali, tipiche della gente comune, che viveva la propria vita aggrappata a delle inutili illusioni.

In quell'istante, l'alba di un nuovo dannato giorno filtrava dalla finestra della mia camera da letto, mentre da più di un'ora colpivo il mio sacco da boxe con solo delle fasce nere ad avvolgermi i dorsi delle mani. Allenarmi ogni mattina era un modo per sfogare la mia rabbia, soprattutto quando gli incubi violentavano il mio cervello durante la notte. Praticare boxe mi impediva di cadere in tentazioni sbagliate e mi permetteva di alleviare i nervi in modo diverso dal sesso.

Tiravo pugni su pugni, alternando ganci a montanti e montanti a diretti. Regolarizzavo il respiro, saltellavo sulle gambe e poi colpivo ancora.

Gancio, gancio, montante, diretto.

Da vero combattente, avevo imparato a lottare da solo e mi ero rialzato sempre, anche se la mia vita era sempre stata un incubo, una realtà parallela dalla quale voler fuggire, un inferno dal quale era impossibile tirarmi fuori.

Del resto, non avevo mai avuto nessuno su cui poter contare, per questo avevo sempre cercato di essere una spalla per i miei fratelli. Adesso, però, ai miei numerosi problemi, se ne stava aggiungendo un altro ancora più pericoloso che riguardava la bimba giunta da Detroit. Sorrisi nel pensarla.

Soltanto la sera prima le avevo provocato un orgasmo senza neanche spogliarla e l'idea che fosse così sensibile a ogni nostro minimo contatto, aumentava l'adrenalina che sentivo scorrere dentro.

Se non fosse stata una principessina che sognava la favola d'amore, l'avrei addirittura scelta come amante personale.

Solamente *mia* e di nessun altro; non l'avrei mai condivisa con i Krew.

Ero davvero una contraddizione umana: volevo Selene tutta per me, ma al tempo stesso *non* volevo che si legasse a me, perché sapevo che non avrei mai potuto darle quello che davvero meritava. Quella consapevolezza mi rendeva sempre più nervoso così ruotai la spalla e colpii con potenza il sacco, facendolo oscillare da un lato all'altro.

Non dovevo distrarmi.

Pensare troppo avrebbe mandato a puttane gli ultimi dieci minuti di allenamento, cosa che accadde lo stesso, a causa del mio cellulare.

Mi guardai attorno, seguendo la suoneria, e lo raccolsi dal comò accanto al letto.

Una gocciolina di sudore scivolò lungo la mia tempia e la raccolsi con il dorso della mano prima di rispondere.

«Che cazzo vuoi?» sbottai affannato, sentendo una risatina ironica dall'altro capo del telefono.

Ero stanco e sudato, la canotta nera mi si era appiccicata addosso, così come i pantaloni sportivi. Avevo voglia di farmi una doccia e fino ad allora il mio nervosismo non si sarebbe attenuato.

«Buongiorno anche a te, stronzo. Non mi dire che stai scopando», mi prese in giro Xavier e sospirai.

«Cosa vuoi?» ripetei. Non avevo tempo da perdere. Lui sbuffò e percepii una voce femminile al suo fianco, segno che era in compagnia di Alexia o magari di qualcun'altra.

«Aspetta, gattina, dammi tregua. Devo parlare a telefono», redarguì la ragazza, facendomi alzare gli occhi al cielo. Non era Alexia perché lei odiava essere chiamata in quel modo.

«Muoviti», ordinai spazientito, guadagnandomi una sua imprecazione.

«Ho saputo che Carter Nelson si è svegliato dal coma e che ha intenzione di denunciarti.» Sganciò la bomba tutto d'un fiato e mi irrigidii.

Merda.

In quel periodo, mi ero perfino dimenticato dell'esistenza del ragazzino; speravo di essermene liberato e invece stava tornando per rompere i coglioni al sottoscritto.

«Come lo sai?» Mi passai una mano sul viso sudato e strinsi il telefono nel palmo della mano come se volessi spaccarlo per la rabbia.

«Me l'hanno riferito fonti certe», ribatté, sicuro ma vago.

«Cazzo», imprecai; quello sì che era un vero casino.

Dovevo inventarmi qualcosa e ideare un piano per impedire a Carter di fare il mio nome, altrimenti sarei stato arrestato nell'immediato.

«Hai in mente qualcosa?» Xavier mi conosceva bene, sapeva che avrei fatto di tutto per ostacolare quell'idiota e che l'avrei fatto *a modo mio*.

«Ci vediamo stasera al *Blanco*», replicai, senza anticipargli nulla. Poi, riagganciai e mi infilai nella doccia.

Avevo poco tempo per escogitare un piano e tutto ciò che potevo fare era tentare di risolvere quella situazione scomoda il prima possibile.

Quel giorno, dopo le lezioni non rientrai a casa per evitare di incontrare la bimba e di insospettire mio fratello, così mi diressi direttamente al *Blanco*. L'insegna a led illuminava il parcheggio adiacente al locale, pieno di auto. Come al solito il posto era affollato, pieno di uomini e donne di ogni età, intenzionati a divertirsi nel peggiore dei modi.

Scesi dalla mia Maserati e mi appoggiai al cofano, accendendo una sigaretta. Il giubbino di pelle si tendeva sui bicipiti a ogni movimento e la mia presenza imponente attirava su di me varie occhiate femminili.

Una ragazza in particolare, con indosso un tubino rosso corto e indecente, iniziò a fissarmi con insistenza facendomi chiaramente intuire che non le sarebbe dispiaciuto se l'avessi sbattuta in un angolo qualsiasi del locale. Un'occhiata ai suoi capelli chiari come il grano mi fece, per un attimo, balenare in testa l'idea di perdere mezz'ora con lei; tuttavia, il mio corpo sembrava *assopito*, non mi lanciava alcun segnale di eccitazione e il cuore *non* batteva come la sera precedente.

Aspirai il fumo e spostai lo sguardo dalla bionda all'ingresso del locale, alle due donne che stavano camminando proprio verso di me.

Alexia, con la chioma azzurra raccolta in una coda alta, ancheggiava su un paio di stivali di pelle che le slanciavano le curve morbide. Aveva un seno piccolo, ma in compenso il culo era da dieci e lode; al suo fianco, Jennifer, con le trecce laterali, aveva uno stile più aggressivo e provocante; era formosa e le labbra carnose facevano magie quando si avvolgevano attorno al mio cazzo, anche se dopo quello che era successo in mensa avevo smesso di darle le mie attenzioni.

«Gli altri dove sono?» chiesi subito, senza neanche salutarle, e mi rivolsi solo ad Alexia.

«Dentro», rispose lei con una scrollata di spalle allungando una mano verso di me con le dita a v, per farsi passare la sigaretta; dopo un ultimo tiro, la accontentai. «Grazie, capo.» Mi sorrise e se la portò alle labbra. Jennifer invece ci osservava con rabbia, perché odiava essere ignorata, soprattutto da *me*.

«Sei stato tu a parlare con Paul e a ordinargli di non farmi più mettere piede nel suo locale, vero?» esordì furiosa, con un timbro basso e minaccioso. Paul era il proprietario del *Blanco,* l'unico che contasse davvero nel traffico della cocaina pregiata che circolava tra i ricchi del Lower Manhattan. In effetti, ero stato io a chiedergli di non rifornire più Jennifer, perché doveva pagarmela per ciò che aveva fatto a Selene.

«Non tiro da due settimane per colpa tua.» Mi puntò un dito contro, ma rimasi appoggiato sull'auto, con le braccia conserte e la postura da spavaldo.

«Jen, calmati.» Alexia gettò a terra il mozzicone e si avvicinò a lei, prima che facesse una sfuriata da psicopatica.

«Calmarmi? Si comporta da stronzo da quando ho toccato la sua mocciosa.» Avanzò verso di me e scattai in avanti come una molla.

«Non devi nominarla», la minacciai, prima che Luke, appena sopraggiunto, mi afferrasse per un braccio.

«Ma che cazzo vi prende?» chiese confuso mentre Xavier, con tutta la calma del mondo, ci stava raggiungendo con un sorriso maligno sul viso. Si tirò su la zip dei pantaloni e alternò lo sguardo da me a Jennifer.

«Volete smetterla? Non ho neanche il tempo di pisciare che vi trovo qui a discutere», brontolò, minimizzando la situazione con un gesto della mano, ma Jennifer lo ignorò e tornò all'attacco.

«Te la scopi senza preservativo! Deve essere proprio brava ad aprire le gambe per averti fottuto il cervello!» continuò la stronza, mentre Alexia cercava di allontanarla da me, spingendola dal petto. Xavier inarcò un sopracciglio, incuriosito, e io mi domandai come facesse lei a sapere un dettaglio così intimo.

«Più brava di te sicuramente», mentii, facendole un occhiolino. Selene non era più brava di Jennifer, non poteva esserlo data l'inesperienza, ma il sesso che facevo con lei era migliore di quello che facevo con Alexia o Jennifer.

«Te la scopi senza preservativo? Davvero?» intervenne Xavier intenzionato a capirne di più, ma io non avevo alcuna intenzione di raccontare i fatti miei o di confessare che Selene fosse pura come una principessa uscita dalle favole.

«Basta, dateci un taglio!» dichiarò Luke, in mia difesa. Indietreggiai mentre lui con il braccio non smetteva di tirarmi a sé. Sapeva bene che, se avessi perso la pazienza, avrei potuto fare qualsiasi cosa alla bionda che continuava a fissarmi con odio.

Mi passai la mano sul viso e mi allontanai per cercare di riappropriarmi del mio autocontrollo. Sentivo Jennifer che mi insultava, sbraitava e urlava imprecazioni di ogni tipo, ma non me ne curai.

Non me ne fotteva niente di lei.

Tornai alla mia auto, e richiamai l'attenzione di Xavier e Luke.

«Venite qui, ragazzi. Basta perdere tempo con quella stronza», dissi lapidario, e ciò fu sufficiente a zittire immediatamente Jennifer e a farle capire che non ero più in vena di giocare. Alexia le sussurrò qualcosa all'orecchio e lei sospirò e chiuse il becco.

Bene, altrimenti le avrei tappato la bocca io, nel peggiore dei modi.

Una volta sistemata la bionda, spostai lo sguardo su Xavier e Luke, che mi stavano osservando con la fronte aggrottata.

«Ho bisogno di voi. Dobbiamo andare in un posto», li informai con una certa autorità. Loro si scambiarono un'occhiata vacua e poi tornarono su di me.

«Dove?» chiese Luke, scettico.

«Si tratta di fare casino?» intervenne Xavier con più entusiasmo.

«Uno dei nostri casini, sì», risposi e ci capimmo senza neanche parlare.

«Cazzo! Allora ci sto!» esclamò Xavier, tirando fuori le chiavi della sua auto; Luke invece inspirò profondamente prima di mormorare: «Okay», ma poco convinto.

«Hai qualche problema per caso?» gli chiesi schietto, facendolo sussultare. Lui mi guardò con gli occhi stretti e indicò con il pollice l'ingresso del locale.

«Dovevo scoparmi nel bagno una rossa stratosferica, ma a causa tua mi tocca rimandare», ribatté seccato.

Era per questo che non era entusiasta di venire con noi? Inarcai un sopracciglio e mi avvicinai a un palmo dal suo naso.

«Scoperai un'altra volta. Ora concentrati perché non tollero distrazioni di nessun tipo.» Gli diedi due schiaffetti sulla guancia per rimarcare il concetto e lui serrò la mascella, ma senza ribattere.

«Andiamo», dissi. Poi guardai Alexia e la informai che sarebbe venuta con me. Xavier e Luke invece ci avrebbero seguiti con l'auto di Xavier.

«Vengo anch'io», si intromise Jennifer in tono di sfida, prima che mi voltassi di spalle. Pensava davvero che l'avrei portata con me?

«Invece no. Resterai qui», ordinai, senza alcuna esitazione.

«Ti ricordo che sono un membro dei Krew», si difese, avanzando verso di me, ma il mio sorrisetto feroce la fece desistere.

«Che ti piaccia o no, decido io e tu non vieni. Fine della questione. Non farmi incazzare», ribadii serio, mettendola a disagio davanti agli altri. Nessuno, però, si oppose alla mia decisione.

Quando lei rimase in silenzio, mi voltai di spalle e proseguii con Alexia verso la mia auto.

«Dove stiamo andando esattamente?» chiese lei, una volta seduta sul sedile del passeggero, da dove mi lanciò un'occhiata fugace.

«Al *Royal*», risposi senza degnarla di uno sguardo, mentre controllavo i messaggi sul cellulare prima di accendere il motore.

«Scherzi?» Mi guardò con quel visetto da bambola e sbatté le ciglia finte un paio di volte.

«Ti sembro uno che scherza?» Abbozzai un sorriso strafottente e, senza aggiungere altro, guidai fino al locale che avevo nominato.

Il *Royal* era il ritrovo degli amici di Nelson; nel primo pomeriggio avevo saputo, da alcuni ragazzi, di una festa che ci sarebbe stata quella stessa sera e alla quale avrebbe partecipato anche tutto il gruppetto del ragazzino.

Davanti al locale, notai subito la fila all'entrata. Tuttavia, mi era stato riferito che la *vera* festa si sarebbe svolta nel parcheggio dietro il locale, e non all'interno.

«Sento già l'odore del sangue sulle mani», commentò Xavier quando ci radunammo proprio di fronte all'ingresso transennato che regolava l'accesso all'enorme piazzale del parcheggio. Lo spiazzo era pieno di gente, i bassi della musica erano amplificati da un paio di casse collegate al mixer poco distante del dj, sotto il quale i ragazzi si scatenavano, reggendo bicchieri di plastica ricolmi di alcol e altra roba; c'erano ragazze seminude ovunque e macchine da corsa spente che i proprietari amavano esibire prima della gara che ci sarebbe stata dopo la mezzanotte.

«Agirete solo al momento giusto», ordinai ai tre che mi affiancavano.

«Okay, muoviamoci», brontolò Luke, dirigendosi verso l'ingresso di quella giungla. Le note di *Notorious* di Malaa accompagnarono i nostri passi decisi, a caccia delle prede per le quali eravamo lì. Io, Luke e Alexia eravamo concentrati sull'obiettivo, mentre Xavier fissava il sedere delle ragazze che ci ancheggiavano davanti e ammiccava a qualcuna intenzionata a ricambiare le sue attenzioni.

«Dacci un taglio. Non sei qui per flirtare», dissi infastidito al mio amico e lui alzò gli occhi al cielo, assumendo, però, subito un atteggiamento guardingo quanto il nostro.

Ci addentrammo nella folla, la musica alta che pompava forte dalle casse ci impediva di comunicare, perciò riuscivamo solo a scambiarci occhiate complici mentre cercavamo la cricca di Nelson.

Da un tavolino raccolsi un bicchiere di birra e continuai a camminare buttandone giù un sorso.

«Fa schifo», mormorai a Luke; era birra mischiata a chissà cosa. Lui mi fece segno di passargli il bicchiere per assaggiare e, dopo una smorfia inorridita, lo gettò via.

«Hai ragione», confermò, seguendomi con gli altri due che cercavo di tenere sotto controllo.

In quel momento, mi guardai attorno e dagli sguardi intimoriti di qualcuno, capii che la nostra presenza era stata notata.

Un tizio in particolare si soffermò sulla croce rossa che svettava al centro della mia felpa nera, come il chiodo di pelle che mi avvolgeva le spalle. Il ragazzo sussurrò qualcosa all'amico che si voltò a fissarci, ed entrambi apparvero dapprima sorpresi, e poi spaventati.

Sorrisi appena e proseguii. Ci si leggeva in faccia che non conoscevamo moralità, rettitudine o regole di alcun genere.

Eravamo contrari al buon costume, dei diavoli che avrebbero fatto ardere nelle loro fiamme chiunque avesse osato importunarli.

«Eccoli lì.» Xavier mi posò una mano sulla spalla e spostò la mia attenzione su tre ragazzi. Erano appoggiati a una delle auto da corsa; uno di loro stava per scoparsi una tipa sul cofano, gli altri due, invece, bevevano una birra e parlottavano. Mi voltai verso Luke e Alexia, feci loro un cenno con il mento, poi ci incamminammo verso i nostri bersagli.

Quando i ragazzini si accorsero di noi, che ci eravamo fermati a poca distanza da loro, smisero di ridere e ci guardarono sospettosi mettendosi sull'attenti.

Sentii subito l'odore della loro paura e della mia vittoria: Carter non mi avrebbe denunciato perché sapevo esattamente cosa fare per impedirglielo.

«Quanti anni hanno?» chiesi a Xavier, senza smettere di guardarli.

«Circa ventitré. Quello che sta per farsi la troietta sull'auto, ventiquattro», rispose divertito.

Erano solo dei marmocchi che volevano atteggiarsi a uomini con le persone sbagliate.

«Chi cazzo siete voi?» disse uno dei teppistelli, con due dilatatori su entrambi i lobi delle orecchie e i tatuaggi ben in vista ai lati del collo. Non risposi e ripresi ad avvicinarmi ai tre, seguito dagli altri. Mi appoggiai con disinvoltura su un'auto accanto alla loro, che non sapevo di chi fosse, poi tirai fuori il mio pacchetto di Winston e sfilai una sigaretta, portandola alle labbra per accenderla.

Il maggiore dei tre strattonò giù dal cofano della macchina la ragazza, si passò il dorso di una mano sulle labbra lucide e mi fissò truce. I miei occhi ispezionarono i piercing che gli svettavano su entrambe le sopracciglia e un anellino che perforava la narice sinistra del naso; non mostrai però il minimo interesse nei confronti della sua espressione furente.

«Ehi coglione! Quella è la mia auto!» mi insultò mentre il mio sguardo si spostava sulle casse del mixer dalle quali si stava diffondendo adesso un'altra canzone di Malaa, *Prophecy*, una di quelle che ascoltavo spesso in macchina o a casa durante gli allenamenti.

«Sto parlando con te!» Il tipo attirò nuovamente la mia attenzione su di sé, ma io continuai a fumare, con calcolata indifferenza.

«Chi di voi comanda?» esordii solo dopo molto tempo, conscio che ogni gruppo avesse il suo *leader*. Rigettai il fumo nell'aria e attesi una risposta, fissando il ragazzo negli occhi neri.

«Fino a quando non tornerà Carter, io», ribatté fiero il maggiore.

«E ti chiami?» Mi finsi incuriosito.

«Sei tu che devi dirmi come ti chiami, stronzo. Sei nel mio territorio e stai fumando sulla mia auto!» mi informò, digrignando i denti.

Calma, ragazzino.

«Neil», risposi con un tono pacato e lui inclinò la testa di lato. I suoi amichetti aggrottarono la fronte e si lanciarono un'occhiata preoccupata.

«Miller?» aggiunse il *leader*.

«Esatto. Sei perspicace», lo presi in giro, mentre Xavier e Luke, pronti come due cani da guardia, attendevano un mio cenno.

«Quello che ha spedito Carter in ospedale», sibilò lui sottovoce manifestando tutta la sua rabbia.

«Bravo, sei anche un tipo sveglio», lo derisi, facendo un altro tiro dalla mia sigaretta. Xavier sfoggiò un sorrisetto divertito, ma con un'occhiata fugace gli feci capire che non era ancora il momento di agire.

«Cosa… cosa vuoi?» balbettò e il suo atteggiamento cambiò; adesso non era più sfrontato ma particolarmente diffidente.

«Parlare.» E all'improvviso mi ricordai della bimba e del nostro compromesso. In quel momento avrei messo in atto i suoi consigli sull'importanza del dialogo, ma l'avrei fatto a modo mio, perché combinavo solo casini.

«Di cosa? E levati dalla mia macchina!» sbraitò, forse per mascherare la paura, ma non gli diedi ascolto. Terminai la sigaretta e la spensi proprio sullo specchietto della sua adorata macchina. Incrociai le braccia al petto e continuai a fissarlo, soffermandomi sui piercing con i quali cercava sicuramente di assumere un aspetto da duro.

«Perché mi stai fissando i piercing?» continuò. «Ne ho un altro qui sotto, se ti interessa. Vuoi vederlo?» mi provocò, toccandosi il cavallo dei pantaloni.

Il suo gesto sfrontato fece sghignazzare i due idioti accanto a lui mentre io stavo per perdere la pazienza. Xavier e Luke mi lanciarono un'occhiata preoccupata; sapevano bene cosa succedeva se qualcuno osava sfidarmi. Distesi le braccia lungo i fianchi e mi alzai dalla macchina, procedendo a passo deciso verso i ragazzini che indietreggiarono confusi dal mio movimento improvviso.

Era in momenti come quello che la ragione mi abbandonava per lasciar spazio alla follia e decisi che mi sarei lasciato condurre dai miei mostri.

Strappai di mano la bottiglia di birra a uno degli amici del leader e la scaraventai contro il muro, facendoli sobbalzare tutti e tre.

«Ehi! Ma che diavolo ti prende?» urlò sempre il leader, avventandosi su di me, ma non gli permisi neanche di sfiorarmi; con una veloce torsione del busto, caricai il braccio e gli sferrai un pugno in pieno viso. Il ragazzino barcollò e rovinò al suolo portandosi le mani sul punto colpito, che cominciò a sanguinare.

Era impossibile uscire illesi da uno dei miei colpi, o sopravvivere alla mia rabbia.

«Sai cos'era quello?» Mi avvicinai a lui e gli ruotai attorno, assorbendo tutta la sua paura che adesso sentivo forte e chiara. «Un *jab*», continuai.

«E nella boxe è un pugno diretto capace di stendere l'avversario in mezzo secondo», spiegai, con un sorriso diabolico che incupì la sua espressione spaventata. Mi piegai e lo afferrai per un braccio, poi lo sollevai in piedi con forza e gli bloccai i polsi dietro la schiena.

«Che cazzo fai? Tu sei uno psico...» Non terminò neanche, perché lo strattonai verso di me, avvicinandomi al suo orecchio.

«Stai buono, Wes», sussurrai minaccioso.

Il ragazzo impallidì e in quel momento capì che avevo sempre saputo sin dall'inizio chi fosse, ma che mi ero soltanto divertito a giocare con lui.

«Alexia.» Le feci segno di avvicinarsi e lei ancheggiò verso di noi con la sua minigonna attillata che più tardi avrei pensato a sollevare. «Slacciagli i jeans e abbassagli i boxer. Il nostro amico, qui, ha un piercing da mostrarci.» Sorrisi e lei allungò le mani verso i jeans del ragazzo che non faceva altro che scalciare come una femminuccia, mentre io lo tenevo fermo.

«Che fai? Lasciami! Sei davvero un pazzo come dicono!» mi insultò ancora e io rafforzai la presa sui suoi polsi, facendogli male.

«Davvero? E chi lo dice, Wes?» Feci un cenno con il mento ad Alexia che gli calò in fretta i jeans e a seguire anche i boxer.

«Mmh... è abbastanza piccolo», disse lei e sfoggiò una smorfia delusa; Xavier e Luke scoppiarono a ridere all'unisono, mentre gli amici di Wes guardavano la scena esterrefatti. Non reagivano perché avevano capito che nessuno di noi scherzava.

«Tiragli il piercing», ordinai e un silenzio agghiacciante calò attorno a noi; si sentivano solo la musica e gli schiamazzi distanti della folla che ballava. Alexia mi guardò preoccupata da sotto le ciglia finte, ma rimasi fermo sulla mia idea.

«Avanti!» ordinai ancora e Wes iniziò a piangere come un bambino. Tremò tra le mie braccia e smise subito di opporsi a quello che a breve Alexia gli avrebbe fatto.

A quel punto, i suoi amici tentarono di avventarsi su di me, ma Xavier e Luke li spinsero con violenza in ginocchio per impedire qualsiasi loro tentativo di colpirmi.

«Provate a muovervi e vi spacchiamo la faccia. Basta adesso. Vi abbiamo fatto giocare abbastanza», sussurrò Xavier a uno di loro, che impallidì senza muovere più alcun muscolo.

Eravamo più pericolosi, più forti e più bastardi di loro, e finalmente lo avevano capito. Il terrore che lessi nei loro occhi si confuse poi con l'orrore e il ribrezzo che provavano nei nostri confronti.

Non me ne curai: avevo dato un ordine preciso, perché ero *disumano*, non ragionavo e l'istinto prevaleva sempre.

«Sei sicuro?» chiese Alexia, guardandomi negli occhi. Non voleva obbedirmi, era evidente. Stavo esagerando e lo avevano capito anche i Krew, ma a me non importava di far del male agli altri, esattamente come a nessuno era importato di me quando ero stato io la vittima della situazione. Tuttavia, cercai per un attimo di riflettere sulle conseguenze delle mie azioni; cominciai a sudare, la mano destra prese a tremare e il cuore palpitò nelle tempie.

«Ti sento sai? E batti forte.»

Avvertii la voce di Selene riecheggiare nella testa, rividi i suoi occhi oceano scrutare il mio petto alla ricerca di un cuore che non avevo perché ormai era sprofondato negli abissi, un cuore sul quale per tanto tempo si era posata una mano di ghiaccio e che adesso non riconosceva più il calore umano.

Che cosa avrebbe pensato di me se mi avesse visto adesso?

Avrebbe provato ribrezzo, paura o pietà?

All'improvviso, non fui più sicuro di quello che avevo ordinato ad Alexia. Non fui più sicuro di niente in realtà. Rimasi immobile qualche istante, sospeso tra i pensieri, fino a quando le mie braccia non decisero in autonomia di lasciar andare il ragazzo, che cadde per terra, nudo dal bacino in giù.

Alexia indietreggiò d'istinto e mi guardò sollevata, come se volesse comunicarmi che avevo fatto la cosa giusta. Anche se avevo risparmiato Wes, però, non sapevo se sentirmi meglio o meno.

«Dateci i vostri cellulari. Ora», ordinai, in ogni caso.

Avevo bisogno dei loro cellulari perché sapevo che Carter combinava cazzate che i suoi amici amavano riprendere con i telefoni, perciò lì avrei trovato le prove per ricattarlo.

Spaventati, i due ragazzi consegnarono i loro telefoni a Xavier e Luke; io, invece, mi piegai sulle ginocchia e tastai le tasche dei jeans di Wes, che giaceva per terra con lo sguardo smarrito nel vuoto. Sembrava sotto choc, e tutto per causa mia.

Evitai di guardare le sue nudità e mi presi ciò che mi interessava, rimettendomi in piedi.

«Rivestiti. Il tuo cazzetto in bella vista mi dà la nausea.» Mi infilai il suo cellulare nella tasca interna del giubbino e lo guardai dall'alto, notando i suoi occhi abbassarsi per la vergogna.

Wes non disse più una parola, ormai aveva smesso di atteggiarsi da leader; adesso era solo un ragazzino di ventiquattro anni che si era imbattuto in un *mostro* peggiore di lui.

Una volta ottenuto ciò che volevo, girai le spalle a tutti quanti e me ne tornai a casa da solo.

Io ero così: un giocatore spietato.

Ottenevo a modo mio quello che volevo.

Calpestavo la dignità di chiunque, così come era stata calpestata la *mia*.

Il mondo aveva smesso di piegarmi al suo volere e adesso ero io a dettare le regole.

Le *mie* regole.

Carter avrebbe perso e io avrei vinto.

Non esisteva alcun modo di contrastare il destino che io avevo ormai imparato a manovrare.

Ero il Joker, con cicatrici profonde delle quali non avrei mai rivelato la reale provenienza.

Ormai avevo imparato a convivere con la mia *diversità*, nonostante fossi incapace di accettarla.

Sapevo però di essere un esempio negativo, che ogni mia azione era sbagliata e immorale, perciò…

Non fatelo a casa, bambini.

Il giorno dopo il nostro assalto al *Royal*, mi recai nel negozio di tatuaggi di Xavier.

Ormai da due anni era riuscito ad aprirsene uno tutto suo, per scappare da suo zio, un alcolizzato con cui viveva nel Bronx. Xavier era il più grande del gruppo, ma spesso era immaturo e assolutamente incapace di ragionare.

«Fa' piano», sbuffò Luke.

Se ne stava disteso a pancia in giù sul lettino, i jeans sollevati sul ginocchio e il polpaccio alla mercé di Xavier, concentrato nella creazione del suo tatuaggio.

«Smettila di frignare come una femminuccia, cazzo!» lo redarguì quest'ultimo, infastidito.

Mi ero intrufolato nel negozio senza chiedere il permesso, come facevo sempre, ma nessuno dei due si era ancora accorto della mia presenza. Scostai quindi completamente la tenda nera che mi divideva da loro ed entrai con la mia solita strafottenza.

«Sappi che ti avevo già visto», brontolò Xavier, continuando a pungolare la pelle di Luke che, ormai arreso, teneva la fronte sulle braccia flesse.

«Io invece ho sentito il tuo profumo di bagnoschiuma», aggiunse il biondo, poi sollevò di scatto il viso e storse il naso. «Quanto cazzo ne metti?»

«Già, profumi proprio come una prostituta di alto bordo.» Xavier sghignazzò e si fermò qualche istante per osservarmi. Indossava dei guanti neri e in una mano reggeva la pistola munita di ago.

Guardai entrambi serio, per niente divertito dalle loro considerazioni. Nessuno era al corrente del perché fossi un maniaco dell'igiene e del perché avessi un'ossessione compulsiva per le docce. Tantomeno loro, che intuirono subito che non ero in vena di sopportare stronzate, tanto che Xavier tornò al suo lavoro e Luke a sopportare il dolore.

Avanzai ancora e mi sedetti su uno sgabello, flettendo un ginocchio. Mi guardai attorno annoiato mentre Luke continuava a brontolare qualcosa contro Xavier. Notai le pareti scure macchiate con degli schizzi di vernice rossa, gli strumenti per la sterilizzazione, gli aghi di varie tipologie e dimensioni, gli *shaders* rotondi, piatti e di altro tipo; poi mi concentrai sul rumore della pistola mentre l'ago penetrava ripetutamente nella pelle arrossata di Luke.

Era il suo secondo tatuaggio e questa volta aveva scelto un teschio con delle spine.

«Sul polpaccio il dolore è abbastanza sopportabile, non capisco di cosa ti lamenti», disse Xavier, continuando a seguire le linee del disegno prestabilito.

A sedici anni, quando mi ero fatto tatuare il mio *Toki* sul bicipite destro, avevo sentito poco male, forse perché l'idea che fosse il primo mi aveva esaltato così tanto da non farci caso. Il dolore che, invece, avevo avvertito sul fianco sinistro con il *Pikorua* lo ricordavo benissimo. Avevo avuto l'impressione che l'ago si conficcasse perfino nelle ossa.

«Dovrete inviarmi tutto il materiale che avete raccolto dagli amichetti di Carter», dissi, rendendo palese il motivo della mia visita. Non ero lì perché mi importava di assistere all'operato di Xavier, ma perché avevo un secondo fine.

Era sempre così con me.

«Lo sai che tutti sapranno ciò che abbiamo fatto, vero? Alla festa ci hanno riconosciuti», intervenne Luke, stringendo i denti mentre l'altro continuava a lavorare sul suo polpaccio.

«E allora? Sanno che siamo i Krew», controbatté una voce femminile.

Un secondo dopo, Alexia scostò la tenda nera e avanzò verso di noi, con una succinta gonna di pelle, e sculettando su un paio di stivali alti fino alle ginocchia. Xavier le scoccò una rapida occhiata, poi tornò a concentrarsi.

«Ciao, Neil», mi salutò lei, con un sorriso maliardo.

La squadrai dall'alto verso il basso, ammirandone le forme, e mi soffermai sul sedere, la parte che più apprezzavo di lei.

«Che ci fai tu qui?» le chiesi, tornando a guardarla negli occhi.

«Lynn ha la febbre. La sostituisco per dare una mano con le prenotazioni dei clienti.»

Lynn era un'amica di Xavier, una ragazza con cui non era andato a letto soltanto perché non era una tipa facile. Inoltre, era un maschiaccio e tirava pugni a chiunque osasse toccarla senza il suo permesso.

Alexia si avvicinò al suo pseudo-ragazzo e incrociò le braccia al petto, ammirandolo mentre continuava il tatuaggio di Luke.

Xavier odiava parlare quando lavorava ed era particolarmente serio quando non assumeva droghe; a dire il vero, lucido, era abbastanza tranquillo.

«Perché sei qui? Dovresti stare attenta alle chiamate», la rimproverò lui.

La trattava come un'amica e come un'amante, ma mai come una donna che desiderava.

Io non ero nella posizione di giudicarlo, facevo anche di peggio, ma Alexia era innamorata di lui da anni. Lo sapevamo tutti, l'avevamo intuito tutti, eccetto lui.

«Mi piace guardarti mentre lavori», ammise lei, risultando schifosamente dolce.

Mi stupii del suo atteggiamento, di solito non lo era.

«E a me non piace averti attorno», ribatté lui, cacciandola come sempre.

La loro era una relazione strana.

Andavano a letto insieme da anni, ma da quando Alexia aveva scopato anche con me, in Xavier era cambiato qualcosa. Era stata con me con il suo consenso. Di solito non importava né a me né a lui di condividere le donne, ma da un po' di tempo, Xavier sembrava nutrire uno strano rancore nei miei confronti.

Speravo comunque di sbagliarmi.

«Il solito stronzo. Non capisco il perché io stia qui a darti una mano.» Alexia andò via inviperita, ma Xavier continuò il suo lavoro senza battere ciglio.

«Ma che ti prende? Dovresti smetterla di trattarla così.» Luke cercava sempre di rimettere ordine nei rapporti malsani del nostro gruppo. Non discutevamo quasi mai, ma ultimamente le donne stavano diventando un vero problema, soprattutto da quando proprio lui aveva messo gli occhi addosso alla bimba nel bar dell'università.

«È ciò che merita.» Xavier mi lanciò un'occhiata ambigua e per niente amichevole, poi sospirò, proseguendo il suo tatuaggio. Percepii subito una certa tensione nell'aria, una tensione che Luke confermò quando si schiarì la gola e dirottò l'attenzione su altro. Iniziò a parlare di Carter, dei suoi amici e di quello che avevamo fatto, ma sapevo che stava solo tentando di evitare una discussione imminente tra me e il moro. Sentivo già i miei nervi tendersi, qualcosa non quadrava, e probabilmente il problema ero io.

Tentai di stare zitto, dovevo starmene zitto, ma…

«Che cazzo succede?» sbottai sulla difensiva, perché ero fatto così. Non riuscivo a fingere che andasse tutto bene. Avevo sempre avuto le palle di affrontare qualsiasi situazione e non mi sarei risparmiato neanche adesso, non temevo nulla.

Perfino la morte era incapace di spaventarmi.

Luke smise di parlare e Xavier si fermò con il tatuaggio. Sapevano entrambi che non dovevano mentirmi, odiavo quando complottavano qualcosa alle mie spalle.

«Niente», rispose subito Luke.

«Niente?» Sorrisi beffardo, alzandomi dallo sgabello. «Vi conosco da troppo tempo. Non potete fottermi», misi in chiaro, guardando entrambi.

Succedeva sempre così.

Quando li mettevo con le spalle al muro, diventavano due ragazzini incapaci di reagire.

«Niente, amico, davvero. Non agitarti.» Xavier abbozzò un sorriso finto e tornò a dedicarsi al suo lavoro. Luke, invece, sospirò preoccupato dalla mia reazione. Avrei voluto approfondire il loro atteggiamento sfuggente, ma decisi di lasciar perdere. Se l'avessi voluto, avrei fatto vuotare il sacco a entrambi a suon di pugni, ma preferii evitare.

«Sapete cosa vi dico? Non me ne frega un cazzo. Inviatemi il materiale che mi serve. Dopotutto, sono venuto qui solo per questo», dissi, truce. Mi avviai verso la tenda per andarmene, ma un calendario appeso alla parete attirò la mia attenzione.

Il numero 25 del mese era cerchiato di rosso, con forza. Mi accigliai e lo fissai. Non sapevo dire il perché mi fossi imbambolato su quel numero con una curiosità che solitamente non mi apparteneva; d'istinto, poi, sollevai il foglio, notando che anche il 25 del mese precedente era cerchiato di rosso, come quello di tutti gli altri mesi.

«È il giorno in cui è morta mia madre», disse Xavier, senza che gli avessi chiesto nulla a riguardo. Non mi piaceva intromettermi negli affari altrui, come non tolleravo quando gli altri ficcavano il naso nelle mie cose.

«È morta il 25 novembre di vent'anni fa.» Posò la pistola e si alzò, sfilandosi i guanti. Non aveva finito di parlare, ma io non ero interessato ad ascoltare la sua storia, anche se avevo sentito vari pettegolezzi a riguardo. Ero fermamente convinto che confessarsi determinate cose significasse varcare dei limiti oltre i quali non sarebbe stato più possibile tornare indietro.

Se Xavier o Luke mi avessero raccontato della loro vita, prima o poi, anche io avrei dovuto parlare della mia.

«Va bene. Vado», risposi secco. «Ci vediamo dopo.» Mi congedai così, mostrando tutta la mia insensibilità e tutto il mio disinteresse. Avevo delle valide ragioni per comportarmi in quel modo.

Ognuno dei Krew proveniva da una realtà disastrata.

Ognuno di noi aveva sofferto per qualcosa.

Ognuno di noi trascinava dentro di sé un dolore profondo.

Ognuno di noi combatteva una battaglia inarrestabile contro se stesso.

Io condividevo tutto con i Krew.

I pensieri perversi, i desideri sessuali, le abitudini discutibili, le donne, ma non avrei mai condiviso con nessuno l'unica parte di me di cui ero estremamente geloso: la mia anima.

28
Selene

Ognuno ha il proprio passato chiuso dentro di sé come le pagine di un libro imparato a memoria e di cui gli amici possono solo leggere il titolo.
VIRGINIA WOOLF

LA signora Anna lo sapeva.

Merda.

Ci aveva visti su quella chaise longue, persi nel nostro attimo di perdizione. Non avevo idea di come fosse successa una cosa simile.

Sentii le guance accaldate, ero certa di essere arrossita al solo ricordo delle labbra di Neil sulle mie, della sua lingua che mi reclamava, dei suoi occhi dorati che mi fissavano libidinosi e di quel sorriso, quel sorriso enigmatico che mi faceva letteralmente perdere la testa.

Ieri sera, avevo visto una ragazza bionda uscire dalla dépendance e mi ero sentita morire; per fortuna però *non* avevo assistito a quello che era successo prima, anche se era stato facile intuirlo.

Ero così furiosa e divorata dalla gelosia che mi ero concentrata sulla lettura e mi ero seduta al freddo per punirmi, per dimostrare a me stessa che Neil era la persona sbagliata per me e che io non potevo sperare che cambiasse e diventasse l'uomo perfetto che sognavo di avere accanto sin da bambina.

Ero lì in giardino perché avevo bisogno di rendermi conto della realtà, ma mi era bastato vederlo, bello e sfacciato come sempre, con la sigaretta incastrata tra le labbra e la mente incastrata nei suoi casini, per cadere di nuovo nella sua trappola.

Neil era stato chiaro con me.

Non potevo augurarmi nessun futuro per noi, non esisteva nessun *noi*. Lui non sarebbe mai stato mio eppure c'era qualcosa dentro di me che mi induceva a credere che una speranza, seppur minima e blanda, ci fosse.

Forse perché Neil mi guardava come se non avesse mai visto nessuna donna prima di me, o forse perché mi baciava come se fossi l'unica che desiderasse al mondo, ma mi ero convinta che ci fosse qualcos'altro a farlo desistere dall'idea di provare delle emozioni umane verso di me.

Aveva paura di mostrare il suo vero sé, aveva paura di parlarmi e di farsi conoscere.

Perché? Cosa temeva in realtà?

Io volevo che mettesse a nudo la sua anima e non solo il corpo, volevo sapere quali fossero le sue aspirazioni, i suoi sogni, le sue paure. Volevo sapere che tipo di musica ascoltasse, cosa facesse nel tempo libero e cosa fosse successo nel suo passato; desideravo conoscere chi fosse Scarlett, cosa significavano i giornali nella stanza chiusa a chiave, ma lui era trincerato in se stesso.

Inoltre, dovevamo indagare anche su chi fosse il pazzo che aveva inscenato un gioco macabro con degli enigmi da decifrare; Logan aveva conservato i biglietti minatori e aveva declinato la mia proposta di rivolgerci alla polizia, l'unica alternativa che per me continuava a essere la più plausibile.

A ogni modo, non riuscivo a fidarmi più di nessuno, non c'era un giorno in cui non uscissi dalla villa senza guardarmi attorno circospetta.

Mi sentivo osservata e spesso mi guardavo le spalle senza però cogliere nessuno dietro di me. A volte pensavo che fosse un riflesso della paura che il mio cervello proiettava nella realtà, altre volte che ci fosse davvero qualcuno a seguirmi o a controllarmi.

«Selene.» Sobbalzai quando Alyssa mi posò un braccio sulle spalle. «Il tuo caffè è lì da dieci minuti.» Eravamo al solito bar dove ogni studente si rifugiava dopo le lezioni e lei stava indicando la mia tazza di caffè.

«Sì, stavo solo pensando.» Mi fermai, riflettendo su una scusa plausibile da propinarle. «Pensavo a mia madre. Dovrò chiamarla più tardi.» Le sorrisi e presi la mia tazza di caffè per berlo.

«Avete sentito cos'è successo ieri al *Royal*?» Adam si piegò verso di noi come se stesse riferendo un segreto inconfessabile; si guardò perfino attorno per accertarsi che nessuno lo stesse ascoltando.

«No. Cos'è successo?» chiese Logan, annoiato.

«Pare che un ragazzo sia stato molestato e trovato a terra con i pantaloni calati», rispose Adam a bassissima voce, mentre Logan lo guardava pensieroso.

«Sul serio?» intervenne Jake inorridito.

«Sì. C'è stata una festa e pare che i Krew si siano imbucati per fare casino. Il ragazzo in questione era un amico di Carter Nelson», aggiunse lui e Logan si abbandonò contro lo schienale della sedia, con gli occhi fissi su un punto imprecisato del tavolo.

«Sei sicuro che il tipo sia stato molestato?» chiese Cory.

«È stato anche picchiato. Aveva il naso rotto.» Adam si toccò il naso e ignorò la domanda di Cory, perché troppo assorto a raccontare il pettegolezzo.

«I Krew sono dei mostri», commentò Kyle, spostando su di me i suoi occhi blu. Era al corrente della lite che c'era stata tra me e Jennifer, e della sua aggressione gratuita; da allora aveva iniziato a odiare i Krew, riservando loro i peggiori insulti.

«Dobbiamo solo ignorarli, noi non siamo come loro», mormorai, girando il cucchiaino nel caffè e ripensando alla mia passività mentre Jennifer mi colpiva.

«Qualcuno dovrà fermarli, prima o poi. È assurdo che agiscano in quel modo senza che nessuno faccia nulla», intervenne Alyssa e scosse la testa.

«Non ci sono prove contro di loro, sono bravi a non lasciare tracce. Jennifer ha agito in mensa perché lì non ci sono telecamere di sicurezza e perché gli studenti che assistono alle loro sfuriate hanno paura di opporsi», spiegò Adam, che prima si morse l'interno guancia pensieroso, poi spostò lo sguardo su Logan che era rimasto in silenzio per tutto il tempo.

«Tu non sai niente di quello che è successo ieri sera al *Royal*?» gli chiese, sospettoso.

Logan aggrottò la fronte e lo guardò serio.

«Perché dovrei? Certo che no», disse subito, infastidito dalla domanda di Adam. Sinceramente non capivo neanch'io dove volesse andare a parare.

«Insomma, Neil fa parte dei Krew e…»

«E quindi io dovrei sapere tutte le stronzate che fa con loro?» sbottò furioso. «Be', non ne sono al corrente. Mio fratello non mi dice nulla», si difese e d'istinto gli posai una mano sulla spalla per calmarlo.

Lo capivo: non doveva essere facile avere gli occhi sempre puntati addosso, e sentirsi additato soltanto perché suo fratello faceva scelte diverse dalle sue, e spesso molto sbagliate.

«Dovresti aiutarlo a tirarsi fuori da quel gruppo», si intromise Kyle, sistemandosi i capelli in una crocchia disordinata sulla nuca. Indossava una camicia nera con un cappotto lungo del medesimo colore, dei jeans comodi e degli stivali. Anche se eccentrico, il suo look era intrigante, ma non era neanche lontanamente paragonabile alla bellezza di Neil.

Mr. Incasinato era dotato di un fascino tutto suo, ribelle, selvaggio, enigmatico e purtroppo ineguagliabile. Lo desideravo anche quando sapevo che andava a letto con altre donne, il che per me era inconcepibile.

«Ci ho provato, ma non è semplice», replicò Logan, chinando le spalle rassegnato.

In quel momento i miei occhi, come calamitati da una forza oscura, si spostarono sull'ingresso del bar, dove si erano materializzate cinque presenze intimidatorie. Con la sua altezza, Neil incombeva più degli altri e catturava gli occhi di tutti.

«Parli del diavolo», commentò Kyle lanciando un'occhiata proprio verso i nuovi arrivati. I pettegolezzi finirono e Adam si ricompose sulla sedia, sorseggiando il suo caffè. Logan fissò il fratello, che fece strada agli amici verso il solito tavolo accanto all'ampia vetrata del bar, senza accorgersi di noi. Il mio cuore iniziò a pulsare nel petto, ricordandomi l'effetto che Neil aveva su di me. Un paio di jeans neri fasciavano le gambe lunghe e il fondoschiena sodo sul quale i miei occhi indugiarono prima che si sedesse. Le sneakers bianche richiamavano il colore del maglione sobrio, senza stampe né scritte, che aderiva all'addome mostrando i risultati dei suoi assidui allenamenti. Infine, un giubbino di pelle con il collo rivestito da un lieve strato di pelliccia, evidenziava le spalle ampie; sugli avambracci muscolosi, invece, il tessuto di cuoio si tendeva a ogni suo movimento, conferendogli un aspetto ancora più aggressivo del solito.

Lo guardai per tutto il tempo, finché si accomodò al tavolo, perché i miei occhi non potevano farne a meno. Alexia si sedette accanto a lui; Jennifer, invece, con quelle odiose *boxer braids*, si posizionò tra Luke e Xavier. Neil non la degnava di nessuna attenzione, ma in compenso allungò un braccio sullo schienale della sedia dell'unicorno dai capelli azzurri, sorridendo per qualcosa che quest'ultima gli aveva sussurrato all'orecchio. Il petto si strinse al ricordo di come l'aveva toccata e piegata a carponi nella dépendance, schiaffeggiandole una natica prima di regalarle sicuramente un orgasmo selvaggio, al quale mi ero categoricamente rifiutata di assistere. Dovevo temere più Alexia o Jennifer? Non lo sapevo, perché non sapevo chi delle due lui preferisse.

Mi rendevo conto di essere una stupida, che stavo sbagliando tutto, ma non riuscivo a contrastare il sentimento malsano che mi rodeva le pareti dello stomaco e al quale potevo attribuire un unico nome: gelosia.

«Lolita, luce della mia vita, fuoco dei miei lombi. Mio peccato, anima mia», mi sussurrò Kyle all'orecchio facendomi trasalire. Si era seduto accanto a me, cedendo il suo posto ad Alyssa che si era letteralmente appiccicata al braccio di Logan, senza che io mi accorgessi di nulla perché troppo assorta nei miei pensieri.

«Quante volte l'hai letto?» Gli sorrisi, riferendomi al romanzo di Nabokov che aveva appena citato, e spostai la mia attenzione su qualcos'altro che non fossero due occhi dorati e una chioma ribelle nella quale infilare le dita.

«Parecchie e forse ho intuito che ti affascinano i deliri passionali, gli amori impossibili, i sentimenti insidiosi e i pensieri scabrosi della psiche umana», mi prese in giro e rimasi stupita dalla sua attenta analisi. Kyle era un ragazzo scaltro e molto intuitivo, caratteristiche che ritrovavo spesso e adoravo nei lettori che, come me, amavano i grandi classici.

«Mi affascina l'amore ideale, sublime, anche se distorto. Quel genere di amore che non approda a una relazione, ma non si ferma neanche a una mera conoscenza. Mi piace chi sa incantare e mi permette di cogliere solo indizi e dettagli.»

Kyle mi guardò le labbra e io mi schiarii la gola, tirando indietro il busto per porre un'adeguata distanza tra noi.

«A me invece affascinano le ragazze intelligenti.»

Mi sorrise e io arrossii, non perché lui mi piacesse, ma perché i complimenti mi mettevano sempre in imbarazzo.

«Ce ne sono poche che preferiscono leggere e dedicarsi alla cultura, anziché uscire a divertirsi», aggiunse, sinceramente sorpreso. Dopo una delle poche serate alle quali avevo partecipato, ero tornata a casa ubriaca e avevo perso la verginità con il ragazzo che da allora mi aveva contaminato il cervello. Per me, quindi, superare i limiti era un capitolo chiuso.

Spostai il viso proprio in direzione di Neil e lo sorpresi a guardarmi.

Sì, si era accorto di me.

I suoi occhi erano puntati su di me, mentre il suo braccio se ne stava ancora appoggiato sulla sedia di Alexia. In quei brevi attimi in cui i nostri sguardi si incrociarono, scomparvero le pareti del bar, i miei amici, la gente che ci circondava, le voci di sottofondo, il rumore dei bicchieri e perfino i Krew. Stavamo comunicando in un linguaggio muto che forse non avremmo mai compreso.

«Ti va di venire via con me? Ti accompagno a casa.»

Kyle recise il legame visivo tra me e il ragazzo incasinato a poca distanza da noi, e catturò la mia attenzione. Cosa? Mi aveva proposto di andare via insieme? Per quale motivo?

Notai Logan e gli altri ragazzi che stavano tirando fuori banconote e monete dai loro portafogli, segno che avremmo lasciato il locale a breve; ecco spiegata la proposta di Kyle, che stava precedendo le mosse di Logan.

Ci pensai un attimo su, ma non trovai nessun motivo per declinare il suo invito.

Del resto, per me Kyle era un amico e nient'altro.

Mi alzai e avvisai Logan che sarei andata a fare un giro con il musicista amante della letteratura. Lui annuì e Alyssa ammiccò, ma io scossi la testa e le feci una smorfia, per farle capire che non avremmo fatto nulla di strano.

Raccolsi la mia borsa e infilai il cappotto color tortora, per poi seguire Kyle verso l'uscita. Mi costrinsi a non guardare Neil né i suoi amici, quando fummo costretti a superare il loro tavolo. Tuttavia, trattenni il fiato fino alla porta perché Xavier incuteva davvero timore con quegli occhi neri dal taglio orientale, cattivi e spietati come nessun altro. Per fortuna, però, nessuno di loro ci degnò di alcuna attenzione.

Trascorsi con Kyle circa due ore, durante le quali girammo a vuoto per la città ascoltando uno dei suoi cd preferiti in macchina. Mentre ero con lui, ricevetti anche una chiamata di Jared e gli chiesi, come sempre, di sua madre e di avvisarmi quando avesse avuto un po' di tempo per raggiungermi. Dovevo parlargli. Al di là di come sarebbero andate le cose con Neil, lui meritava di sapere la verità.

Quando mi riportò a casa, o meglio dinanzi alla villa di Matt Anderson, padre stronzo, Kyle si complimentò per la maestosità dell'abitazione. Non lo invitai a entrare e, dopo averlo ringraziato, scesi dall'auto senza neanche consentirgli di accompagnarmi fino al portico. Mi incamminai a passo lento verso la porta d'ingresso e dal viale lastricato notai la luce accesa nella dépendance filtrare attraverso le finestre, segno che lì dentro c'era qualcuno. Ormai sapevo che si trattava di Neil, l'unico che usava l'appartamento per stare con le sue donne.

In effetti, era da tanto che non sentivo mugolii e gemiti provenire dalla sua stanza da letto e mi chiesi come mai avesse attuato quel cambiamento nella sua routine, e soprattutto se dipendesse dal mio arrivo o meno.

Scossi la testa per dissipare i pensieri e ripresi a camminare, rabbrividendo per il freddo, tuttavia mi fermai ancora quando scorsi la sagoma di Neil su una chaise longue. Aveva una sigaretta accesa tra le labbra, era ancora vestito come al bar, ma, anziché il maglione, portava una felpa nera. Teneva i gomiti posati sulle ginocchia e la testa, dapprima china e concentrata sull'acqua cristallina della piscina illuminata dai faretti colorati, si sollevò verso di me. Nella semioscurità, solo e tenebroso, incuteva un timore che avevo provato poche volte nella mia vita. Un brivido intenso corse lungo la schiena quando i suoi occhi, che scorgevo appena da quella distanza, mi analizzarono dall'alto verso il basso.

Per un attimo, pensai che fosse stato lì tutto il tempo ad attendere il mio rientro, ma scacciai subito via quell'idea assurda, perché a Neil non importava di nessun altro all'infuori di se stesso e dei suoi bisogni fisici.

Tentennai qualche secondo, indecisa sul da farsi.

Una parte di me avrebbe voluto rientrare in casa, cenare e andarsene a letto, ma le mie gambe si mossero verso la piscina e l'aggirarono per raggiungerlo, prima ancora che io riflettessi su quale sarebbe stata la decisione migliore.

Infilai le mani nel cappotto per ripararle dal freddo e la borsa, che mi penzolava dalla spalla, sbatté contro il fianco. Mi fermai a poca distanza da lui e lo guardai. Le labbra avvolgevano la sigaretta, aspiravano il fumo e poi si riaprivano per liberarlo nell'aria.

«Dovrai dire molte cose a Jedi.» La sua voce baritonale sferzò il silenzio mentre io me ne stavo immobile a fissarlo. «Dovrai dirgli che hai perso la verginità con me e che adesso ti piace il musicista appena arrivato in città.» Non c'era alcuna nota beffarda nel suo tono, né alcun fastidio, era solo serio e riflessivo. Sorrise senza neanche guardarmi, e si gustò lentamente il sapore della nicotina mentre fissava la piscina; l'odore di cloro ci investiva a ondate, a causa del leggero venticello frizzante che mi faceva tremare dal freddo.

«Non c'è sempre un fine sessuale nei rapporti umani. Kyle è un amico per me», ribattei a tono. «E il mio fidanzato si chiama Jared», lo corressi, anche se avvertii una fitta al petto al pensiero di averlo definito in quel modo.

Non lo era più e lui neanche lo sapeva, perché stava già soffrendo per sua madre e non volevo provocargli altro dolore.

«Fidanzato», ripeté Neil, divertito, fissando la sigaretta che reggeva tra le dita come se fosse una penna da esaminare.

«Non tediarmi. Sono affari miei.» Mi infastidii, dato che sapevo già di aver sbagliato.

«Dovresti essere onesta, soprattutto con te stessa. Ho notato come arrossivi quando Lucky Kyle, o come diavolo si chiama, ti guardava, prima. Non sei diversa dalle altre in fondo», mi accusò riportando alle labbra la sigaretta, dalla quale aspirò ancora altra nicotina nociva.

Lo guardai, inclinando la testa di lato, e poi feci qualche passo in avanti per sfidarlo.

«Che cosa vorresti dire con questo?»

«Che è sufficiente che un uomo ti ammicchi, sia galante, ti riempia di complimenti perché tu accetti di andare via con lui.» Finalmente mi guardò negli occhi.

Sembrava calmo, ma in vena di offendermi, come se per lui non fossi più la Selene della sera prima, quella che aveva baciato e toccato proprio lì, dove era seduto adesso.

«E che cosa ci sarebbe di male? Non ci sono mica andata a letto.» Alzai la voce, infastidita. Non sapevo neanche perché stessimo parlando di Kyle e che finalità avesse quest'assurda conversazione.

«Non agitarti, Trilli. Sei una donna e in quanto tale sei vulnerabile con ogni uomo.» Schiacciò il mozzicone nel posacenere e gettò l'ultimo sbuffo di fumo nell'aria, ostentando una sicurezza e un'arroganza che riuscivano a farmi saltare i nervi.

«Con ogni uomo?» ripetei, allibita. «L'unico uomo a cui finora abbia concesso di varcare ogni limite è lo stronzo con cui sto discutendo adesso. Mi dispiace per te, Neil, ma reputo interessante Kyle perché con lui posso *parlare*, perché è colto, e io adoro gli uomini loquaci e acculturati.» Lodai Kyle solo per provocare ulteriormente Neil. La sua reazione mi era incomprensibile, ma non avevo intenzione di farmi soggiogare da lui.

«Acculturati…» Si alzò in piedi, sovrastandomi con la sua altezza tanto che dovetti inclinare il collo per guardarlo in viso. La sicurezza che avevo avvertito fino a poco prima, stava scemando. Avvertii un'improvvisa sensazione di impotenza e l'attribuii alla sua stazza possente che purtroppo sortiva l'effetto che sperava: l'*intimidazione*.

Neil si avvicinò e io inspirai piano, inalando il suo odore di bagnoschiuma; probabilmente aveva appena fatto una delle sue docce.

Si piegò per raggiungere il mio orecchio e schiuse le labbra.

«Certe persone, e io sono tra quelle, odiano il lieto fine. Ci sentiamo frodati e per noi il dolore è l'unica norma», sussurrò lasciandomi senza parole. «Lo dice il tuo amato Nabokov», aggiunse sensuale, colpendomi con il calore del suo respiro che mi attraversò il colletto del cappotto, mi percorse il corpo e arrivò *in basso*.

Poi, si allontanò quel poco che bastava a guardarmi negli occhi e sorrise, perché mi aveva mostrato qualcosa di lui che non avevo ancora recepito.

«Ti piace leggere?» mormorai a bassa voce come una ragazzina incapace di parlare. Ero decisamente stupita.

«Se vuoi sapere qualcosa in più di me, devi darmi qualcosa di te», rispose, allontanandosi verso la dépendance. Rimasi ferma a realizzare cosa cavolo stesse succedendo, fino a quando lui non si voltò ancora e mi fece capire chiaramente di seguirlo.

Il cuore salì in gola, mi sentii come se stessi facendo un giro sulle montagne russe e d'istinto mi voltai verso la villa, timorosa che qualcuno potesse vederci.

Iniziò allora una lotta tra istinto e ragione, ma quest'ultima cedette il posto al suo acerrimo rivale; due minuti dopo, mi ritrovai all'interno dell'appartamento, a osservarne l'arredamento accogliente. Le pareti erano chiare, una grande portafinestra conduceva sul patio esterno e sulla piscina. La cucina, ad angolo, prevedeva un grande frigo, un piano cottura e una penisola con degli sgabelli alti; il tavolo da pranzo invece era piccolo e si trovava tra la cucina e l'ambiente più grande, proprio dove me ne stavo in piedi come uno stoccafisso; lì c'erano un camino a pellet moderno, un televisore al plasma enorme, una parete attrezzata e un divano di pelle angolare bianco, sul quale potevano accomodarsi circa dieci persone. Infine, una porta conduceva alla famigerata camera da letto nella quale si trovava sicuramente anche il bagno comunicante.

Insomma, la dépendance era lussuosa, piccola ma molto confortevole, degna dei soldi ben spesi di Matt.

«Sembri tesa.» Neil aprì il frigo e tirò fuori una lattina di birra che avvicinò alle labbra. Non solo ero tesa, ma anche troppo agitata. «Mettiti comoda», aggiunse lanciando un'occhiata al cappotto che ancora indossavo e alla borsa che mi penzolava tra le mani. Seguii il suo consiglio e sistemai sull'attaccapanni all'ingresso sia il cappotto sia la borsa. Mi guardai attorno e tirai in basso il bordo del maglioncino che portavo sopra un paio di semplici jeans chiari a vita alta. Sfregai le mani tra loro e lui notò il mio gesto, indicandomi il camino.

«Ti può scaldare, anche se...» Si avvicinò a passo lento, dopo aver posato la birra sulla penisola. «Conosco altri modi per rimediare. Stasera, però, preferisco andarci piano, bimba», disse e guardò sfacciatamente il mio corpo dall'alto verso il basso, con una smorfia di disappunto sul viso.

«Co-cosa c'è?» balbettai, sentendomi improvvisamente a disagio.

«Non indossi mai delle gonne?» Riportò gli occhi dorati sul mio viso e attese una risposta.

«Perché dovrei? Non le amo particolarmente.» E non capivo il senso di quella domanda assurda. Voleva dettare legge perfino su come avrei dovuto vestirmi?

Mi allontanai da lui e ispezionai il salotto per guadagnare del tempo.

«Non mi vesto come le tue amanti. È questo che ti preoccupa? Non ti piace il mio look? È troppo da... *bimba*?» lo canzonai, mentre guardavo un quadro pittoresco posizionato proprio sopra il camino; poi voltai il viso verso di lui, ostentando una sicurezza che non mi apparteneva, ma che fingevo di possedere.

Lui era distante, tuttavia i suoi occhi mi stavano spogliando lentamente. Lo sorpresi a fissarmi il sedere, ben visibile al di sotto dei jeans attillati, e le forme, messe in risalto dal maglione corto, le cui linee erano state già tracciate più volte dalle sue mani.

«Ti va di fare un gioco?» propose e il suo timbro basso non lasciò presagire nulla di buono. Inspirai ed espirai piano, ignorando il cuore che batteva furioso nel petto.

«Che tipo di gioco?» chiesi, con voce flebile.

Neil si avvicinò e mi accarezzò una guancia facendomi irrigidire.

«Sei troppo tesa.» Mi baciò il collo e fece aderire i nostri corpi. Mi sfiorò la mascella con le labbra e poi respirò sulla mia bocca, agganciando i suoi occhi ai miei.

«Non voglio entrare in quella camera da letto, non voglio entrare dove porti tutte», misi in chiaro a bassissima voce e tremai, mentre la sua mano continuava ad accarezzarmi la guancia. Lui sorrise e con le dita scese sul profilo del mio braccio, facendomi sussultare.

«Sei già dove porto tutte», mi sussurrò all'orecchio. «Ma resteremo sul divano, se preferisci», aggiunse.

Qualsiasi gioco avremmo fatto, sapevo già che avrebbe comportato che fossimo entrambi senza vestiti.

Si allontanò e io sentii freddo quando la sua mano mi abbandonò. Sparì oltre la porta della camera da letto e poi tornò da me, rigirando qualcosa nel palmo di una mano. Guardai il suo corpo possente, dalle scarpe bianche sportive alla felpa nera, passando per i jeans che fasciavano la parte più erotica di lui; anzi, avrei dovuto dire una delle *tante* parti erotiche di lui, perché Neil era libidinoso, attraente e sensuale da togliere il fiato *in toto*. Era uno di quei maschi che stordivano la mente femminile con un solo sguardo; ce n'erano pochi come lui.

«Cos'hai lì?» Indicai con un cenno la sua mano, sedendomi sul bordo del divano, e per un istante pensai che il gioco non avesse nulla di indecente, quindi tentai di non pensare al sesso e provai a convincermi che stesse per propormi qualcosa di divertente.

Neil sollevò un angolo delle labbra e si avvicinò a passo lento, con quel portamento deciso che annichiliva le mie forze.

Si sedette accanto a me e aprì il palmo della mano, rivelandomi due…

«Dadi?» dissi, mentre li guardavo. «Che ci fai con due dadi?» Spostai lo sguardo su di lui, che assunse un'espressione ilare. Mi stava prendendo in giro o che?

«I dettagli, Selene. Avanti, coglili.» Mi piaceva quando pronunciava il mio nome, provocava in me una tensione quasi dolorosa ma gradevole, a tal punto da desiderare che mi chiamasse ancora così. Mi sporsi per vedere meglio i dadi: erano azzurri, con delle scritte nere incise su ogni lato.

«Sono dei dadi *per i veri romantici*, come me», disse sottovoce. A quel punto, guardai meglio le scritte: seno, pene, sedere e ancora succhiare, baciare, leccare e altre parole che smisi di leggere perché ero troppo sconvolta. Dovevo immaginare che Mr. Incasinato non mi avrebbe mai proposto di giocare a un gioco normale.

«Sei-sei impazzito?» balbettai in preda al panico totale.

Che razza di gioco era mai quello?

Cercai di alzarmi, ma prima che lo facessi, Neil mi afferrò per un polso e mi bloccò.

«È solo un gioco, non fare la bambina.» Sorrise. «E per fortuna non ti ho chiesto di condividermi con un'altra nello stesso momento, nello stesso letto», sussurrò riferendosi a una frase che avevo già sentito, in un'altra circostanza. Deglutii a vuoto e mi costrinsi a controllare l'istinto e a non scappare come una ragazzina.

«Non avrei mai accettato», misi in chiaro e a lui sfuggì una risata silenziosa, gutturale, profondamente maschile che trovai affascinante, nonostante tutto.

D'un tratto, mi sentii completamente folle.

Ero una vera pazza ad assecondarlo.

«Scegli un dado senza guardare», ordinò, porgendomi il palmo aperto. Mantenni gli occhi incastrati nei suoi, in quelle iridi così particolari da non poter smettere di ammirarle, e a sua volta lui mi fissò.

Presi un dado e solo allora abbassai gli occhi, interrompendo il nostro contatto.

«Hai scelto quello delle parti del corpo», chiarì, mentre osservava il dado rimasto nella sua mano. «E mi hai lasciato quello delle azioni», concluse con un sorrisetto vittorioso, contento che il destino fosse stato dalla sua parte.

«E quali...» Mi schiarii la gola. «Quali sarebbero di preciso le azioni?» Avevo persino difficoltà a formulare le domande perché ero così agitata da non capire più nulla. Guardai la porta d'ingresso e per un istante pensai di lanciare in aria il dado maledetto, che stringevo in mano, e di scappare via; una parte di me, però, moriva dalla curiosità di vedere cosa avesse in mente.

«Baciare, mordere, accarezzare, succhiare, leccare e toccare», spiegò. «Non c'è nulla di doloroso e nulla di sadico. Il bondage e tutta quella merda non mi eccitano, è bene che tu lo sappia. Le mie trasgressioni sono altre», mormorò e si accomodò meglio sul grande divano angolare, illuminato dalla luce del camino.

«Cioè?» chiesi, sperando di non pentirmene. Neil sorrise come il peggiore dei peccatori e si avvicinò ancora al mio orecchio.

«Mi piace giocare con il corpo. Sin da bambino.» Per un attimo fissai un punto della sua spalla destra. Non sapevo bene come decifrare quella confessione. Avevo in mente mille ipotesi e supposizioni, ma non volevo razionalizzarle in quel momento, perciò decisi di rimandare al futuro la ricerca di una risposta ai miei dubbi.

«Giocherò con te soltanto se risponderai alle mie domande, soltanto se parleremo.» Proposi la mia condizione e lui mi fissò negli occhi; sospirò e poi, controvoglia, annuì, abbozzando un sorriso sconfitto.

«Okay. Lancia il dado, poi io lancerò il mio», ordinò, decretando l'inizio dei giochi. Chiusi il mio dado nel pugno e lo scossi per poi rilanciarlo sul tavolino basso che avevamo di fronte. Lui fece lo stesso.

«Zona: collo, azione: succhiare.» Lesse la prima combinazione e tirai un sospiro di sollievo. Non era male come prima mossa.

«Sei stata fortunata per ora, bimba.» Si avvicinò e mi scostò i capelli dietro le spalle, per liberarmi la curva del collo. Ci soffiò sopra, facendomi rabbrividire. Tuttavia, rimasi seduta con le ginocchia serrate e le mani strette sui jeans. «Rilassati», disse lui e mi posò le labbra sulla pelle; sorrisi per la frizione della barba, che mi faceva il solletico. Indugiò qualche istante fermo in un punto e poi succhiò appena, facendomi espirare di botto l'aria. Sentivo le sue labbra morbide e invitanti esercitare una certa pressione su di me, il calore che emanava il suo respiro, i capillari del collo rompersi, ma non in modo doloroso.

Neil ci sapeva fare e lo dimostrava in ogni suo gesto, anche in quei piccoli contatti.

«Rilanciamo.» Si allontanò troppo presto e prese di nuovo il suo dado. Lo imitai e insieme scuotemmo le mani per gettarli entrambi sul tavolino e leggere la prossima combinazione.

«Zona: seno; azione: succhiare.» Di nuovo, *merda*.

Mi guardò come se avesse letto la ricetta di un dolce anziché delle scritte oscene su due dadi erotici e io mi irrigidii.

Perché avevo accettato di restare qui?

Appoggiai i palmi delle mani sulla superficie morbida del divano e lo guardai, in attesa.

Non ero neanche in grado di spogliarmi a causa dell'eccessiva agitazione.

«Non è niente che non abbiamo già fatto», mi rassicurò e aveva ragione. In altre occasioni mi aveva già vista nuda, mi aveva già spogliata e toccata, solo che quella sera le cose erano un tantino diverse perché lui era emotivamente distante, tanto che non mi aveva neanche baciata.

In un lampo, mi fissò negli occhi e mi strinse il bordo del maglione, sollevandolo lentamente. Alzai le braccia per aiutarlo a sfilarmelo e poi lui lo gettò in un angolo lontano del divano, puntando gli occhi famelici sul mio reggiseno. Con i polpastrelli ne seguì i contorni, fino a raggiungere il gancio per aprirlo. Mi sentivo terribilmente in imbarazzo, ma Neil non ci fece caso e mi tolse anche quell'indumento, lasciandomi nuda dalla vita in su.

Istintivamente mi coprii con l'avambraccio destro e arrossii. La mia fu una mossa da ragazzina, non di certo da donna audace e sicura di sé; del resto, anche se lui conosceva già il mio corpo, non ero ancora disinibita e abituata a mostrare le mie nudità così sfacciatamente.

Neil mi guardò serio. Io non capii se fosse infastidito o impietosito dal mio gesto, ma non ebbi tempo di riflettere sulla questione perché mi afferrò i polsi e li allontanò da me, fissandomi il seno adesso esposto. Era piccolo ma alto e sodo, i capezzoli erano turgidi e puntavano verso di lui, come se stessero attendendo le sue attenzioni. La scintilla di desiderio che gli lampeggiò nelle iridi dorate accompagnò l'istante in cui mi mise le mani sotto i seni, soppesandoli. Sussultai per quel contatto improvviso, ma lui non desistette e io non mi opposi.

Li palpeggiò come se li stesse impastando, poi piegò il collo e con la lingua sfiorò il capezzolo sinistro, facendomi tremare.

«Mi piace l'odore della tua pelle», commentò prima di avvolgere il capezzolo tra le labbra e succhiarlo, provocandomi un gemito timido ma ben udibile. Gli toccai i capelli, ci infilai le dita e li strinsi. La barba mi sfregava sullo sterno e le sue ciocche disordinate mi solleticavano la base del collo. Profumava da morire e tutto di lui emanava un fascino invincibile che avrebbe fatto inginocchiare al suo volere qualsiasi donna.

«Chi è Scarlett?» dissi all'improvviso, costringendolo a rispettare la mia condizione. Neil smise di succhiare il seno sinistro e si spostò su quello destro, sempre in modo calcolato ed esperto. Quando il capezzolo era nella sua bocca, lo colpiva con la lingua per procurarmi più piacere e riusciva a provocarmi sensazioni alternate di caldo e freddo che mi facevano vibrare.

Sollevò gli occhi su di me, per farmi capire quanto gli piacesse ciò che stava facendo, e mi mostrò quanto fosse consapevole che piacesse anche a me.

Oh, sì, mi piaceva tanto, ma soltanto perché era lui a toccarmi.

«Rispondi», mormorai, ma per tutta risposta Neil leccò l'areola tutt'attorno e la sua saliva, la lingua calda, i movimenti ritmati e lenti mi indussero a tirare il labbro inferiore tra i denti e stringere le cosce a causa delle pulsazioni che stavano risvegliando la mia libido.

Sentivo il cuore battere nelle tempie e la testa vorticare.

«La mia ex», disse e spalancai gli occhi perché credevo che non mi avrebbe mai risposto, che non avrebbe rispettato il nostro patto. Si allontanò dal mio seno e si leccò le labbra, come se gli dispiacesse non assaporare più la mia pelle.

«Quanto tempo siete stati insieme?» insistei, ritrovando il controllo del respiro che prima sentivo accelerato e irregolare. Neil si passò una mano tra i capelli e recuperò il dado, senza guardarmi.

«La nostra non è stata una vera relazione. È complicato da spiegare, comunque circa un anno.» Chiuse il dado nel pugno e scosse la mano per rilanciarlo. Mi fu lampante che quello era un argomento scomodo; inoltre, sapere che la famosa Scarlett fosse una sua ex e *non* una semplice amante, come Jennifer e le altre, mi smosse nello stomaco qualcosa di tormentoso e fastidioso.

Mi toccai con una mano il seno destro, luccicante e bagnato della sua saliva, e il capezzolo si inturgidì di nuovo quando ripensai alle sue labbra che ci giocavano. Raccolsi il mio dado e cercai con tutta me stessa di nascondere il disagio di essere mezza nuda accanto a lui, che d'altronde non mi stava neanche guardando.

«Zona: pene, azione: toccare», lesse con una punta di ironia che mi fece impallidire.

Irrigidii la schiena e respirai lentamente; non sapevo come toccare un uomo, non sapevo neanche da dove iniziare. A ventun anni era ridicolo che non avessi mai sperimentato il sesso con nessuno, tantomeno con Jared, e di questo avvertivo il peso ogni volta che dovevo fare qualcosa *per* Neil o *con* Neil.

«Ti guiderò io.» Si voltò verso di me e mi sollevò il mento con l'indice, perché stavo fissando il camino nell'intento di trovare una scusa per scappare via oppure per sotterrarmi immediatamente e nascondere le guance che avvertivo bollenti.

«Non saprei, cioè, credo di non esserne…»

«Capace?» La sua voce si sovrappose alla mia. «Fidati di me», sussurrò e mi fece distendere sul divano. Un attimo dopo, si posizionò accanto a me, su un gomito. Mentre mi fissava il seno, mi prese la mano e la guidò fino alla cerniera dei jeans.

Oddio! Dovevo… dovevo proprio…

«Toccami», ordinò sottovoce, avvicinando il naso all'incavo del mio collo mentre me ne stavo distesa inerte.

Aprii il palmo della mano e sussultai quando lo sentii gonfio e duro sotto le dita, attraverso il tessuto dei pantaloni.

«O-okay», mormorai imbarazzatissima, muovendo la mano dall'alto verso il basso. Seguii il contorno del suo membro, che premeva contro i jeans, e mi stupii ancora una volta di quanto fosse lungo e spesso. All'improvviso, desiderai solo averlo dentro di me e mi resi conto che Neil era in grado di disorientare le donne, neutralizzare la loro mente e spingerle a desiderare di toccarlo, senza alcun pudore.

«Brava. Adesso spogliami», sussurrò. Con la mano raggiunsi il bottone dei jeans e tentai di liberarlo senza alcun risultato.

Ero incapace perfino di fare una cosa così semplice come calargli i jeans.

«Sei proprio una bimba.» Sorrise sensuale. «Ti aiuto io.» Liberò il bottone dei jeans e abbassò la zip, aspettando poi che io facessi il resto. Iniziò intanto a toccarmi il seno, a baciarmi il collo e la mia tensione svanì piano piano.

Gli abbassai i jeans sotto le natiche e lui sollevò il bacino per agevolarmi, poi lanciai un'occhiata in basso, al membro eretto al di sotto dei boxer bianchi sui quali svettava la scritta Calvin Klein.

Sollevai lo sguardo sul triangolo della zona pelvica e ne sfiorai con l'indice le linee laterali, facendolo trasalire.

Toccai i contorni del tatuaggio sul fianco sinistro e lui sospirò.

«Ti piacciono parecchio i miei tatuaggi, eh?» disse compiaciuto e io annuii. Adoravo il *Pikorua* tanto quanto il *Toki* sul bicipite destro, ancora coperto dalla felpa; decoravano a meraviglia il suo corpo marmoreo.

«Da morire», gli sussurrai accanto alle labbra, accarezzando con le dita la punta dell'erezione che sbucava da sotto l'elastico dei boxer.

«Abbassali», ordinò, riferendosi all'indumento che mi divideva dalla zona più libidinosa del suo corpo. Deglutii e ne afferrai il bordo con entrambe le mani, evitando di guardare in basso.

Spostai i boxer quanto bastava, arrossii e guardai ovunque tranne che… *lì*.

«Guardami. Mi piace essere guardato da te.» Sorrise come un predatore e spostai lo sguardo sull'erezione che adesso svettava ricurva oltre l'ombelico. Le vene lungo il membro sprigionavano una maschilità marcata, i testicoli erano contratti, il glande scuro e ancora non del tutto scoperto.

Ero in imbarazzo, ma nonostante ciò, non smettevo di fissarlo, pietrificata.

«Ti insegnerò *come* darmi piacere.» Mi prese la mano nella sua e la guidò sul membro nudo. «Stringilo.» Mi fece avvolgere le dita attorno a sé e non riuscii a congiungere i polpastrelli al pollice. Non ne sapevo molto in merito, ma supposi che Neil fosse davvero dotato e dal suo sguardo compiaciuto capii di non sbagliarmi. «E muovi la mano così.» Impresse un ritmo lento ma preciso alla mia mano, che, con la sua, scendeva e saliva lentamente. La sua pelle era levigata e calda, mi scivolava perfettamente nel palmo.

«Questo è il punto che più preferisco.» Guidò la mano sotto il glande e mi incitò a muoverla su quella parte sensibile. Nonostante ciò, Neil respirava piano, in modo controllato, perciò non capivo se provasse piacere o meno; decisi di non curarmi della cosa e mi limitai a seguire soltanto i suoi movimenti, beandomi della sensazione fantastica che si provava a toccarlo.

A me piaceva toccarlo.

«Non commettere mai l'errore di ignorare loro.» Condusse la mia mano più in basso, precisamente sui testicoli gonfi, e sussultai. «Concentrati proprio qui.» Con l'indice mi fece accarezzare la linea di congiunzione centrale, salendo e scendendo piano.

Neil inspirò profondamente e poi espirò, colpendomi in viso con il suo respiro caldo, poi tolse la mano dalla mia e mi incitò a proseguire da sola.

«Ogni uomo ha le sue preferenze. Devi capire *cosa* mi piace e *come* mi piace», aggiunse. «Il cazzo è la strada più semplice per arrivare alla mia anima. Se vuoi raggiungerla, toccalo come piace a me», concluse con un sorrisetto sfrontato che mi fece arrossire. Dedussi che quella per lui fosse una frase romantica, anche se per me di *romantico* non aveva proprio un bel niente.

A ogni modo, mi concentrai e mossi la mano come mi aveva consigliato; mentre eravamo distesi l'uno accanto all'altra, i miei seni si compressero sul suo torace e i nostri corpi aderirono tra loro. Neil iniziò a toccarmi, a palparmi un seno, sfregando il pollice su un capezzolo. Gemetti timidamente, senza capire se volesse eccitare me o se stesso. Lui sorrise, posando di nuovo la mano sulla mia per incitarmi ad aumentare il ritmo delle mie carezze.

«Non vengo mai in questo modo. Dovrai impegnarti, Trilli.» Spostò di nuovo la mano sul mio viso e questa volta mi accarezzò la guancia, poi si avvicinò e mi baciò.

Non mi chiese il permesso, pretese il contatto tra le nostre labbra, muovendo al contempo il bacino contro il mio pugno.

Nonostante tutto, Neil non ansimava, non gemeva; era silenzioso, mai teatrale, neanche in quelle poche volte in cui era venuto, per questo non era mai facile capire se fosse coinvolto e soprattutto quanto lo fosse.

Mi impegnai, mi impegnai sul serio, anche se fare un preliminare del genere a Neil non era semplice, dato che non provava un orgasmo in poco tempo e io non ero abituata a concedere a un uomo *quel tipo* di attenzioni. Spesso per provare un certo sollievo mi fermavo e lo massaggiavo con il palmo aperto, sperando di vederlo più coinvolto.

Con la mano scesi sui testicoli e li accarezzai, li sentivo scivolosi sotto il mio palmo ma anche contratti. Risalii di nuovo lungo l'erezione, dura come una lama d'acciaio, e alternai più volte quei movimenti.

Neil, però, sembrava ancora impassibile e per un istante pensai che non stessi procedendo bene; tra l'altro, il polso iniziava a fare male, così come i muscoli del mio braccio.

Smisi di baciarlo e mi dedicai al suo collo, lo leccai e lo mordicchiai, tornando nel frattempo con la mano sui testicoli e tirandoli distrattamente verso il basso.

«Sì. Brava», mormorò, chiudendo gli occhi e per la prima volta sentii la sua voce arrochita e *coinvolta*. Il mio gesto aveva sortito su di lui un effetto piacevole?

Lo ripetei e Neil mi spinse il bacino contro la mano, approvando la mia iniziativa.

«Cazzo», biascicò. «Adesso accelera», suggerì, abbandonando la testa contro il divano e chiudendo gli occhi. Strinsi il membro con decisione e lo accarezzai in modo veloce e ritmato proprio nel suo *punto* preferito. Avevo ormai memorizzato cosa gli piacesse e la sensazione di potenza che ne seguì fu fantastica.

Passai il pollice sulla fessura longitudinale del glande, raccolsi una goccia perlacea sulla punta e mi esaltò l'idea di sentirlo umido in quel modo.

Ero quasi riuscita a fargli perdere il controllo.

«Liquido pre-eiaculatorio. Ti indica che ci sono quasi, bimba.» Il suo timbro baritonale mi fece arrossire. Consideravo estremamente attraente l'idea che riuscisse a leggermi nella mente e a confermare le mie teorie.

Neil schiuse le labbra e si morse quello inferiore. Il suo corpo si irrigidì, i testicoli si indurirono, e vederlo stordito dal piacere mi parve uno spettacolo meraviglioso del quale io ero l'unica spettatrice.

Non importava quante ce ne fossero state prima di me, o quante ce ne sarebbero state dopo, in quel momento Neil stava godendo grazie *a me*.

Sempre controllato, non emise un suono, ma il suo respiro accelerato mi fece intuire che fosse vicino all'orgasmo.

«Sei bellissimo quando sei eccitato», mi lasciai sfuggire e lui aprì gli occhi per puntarli sulla mia mano; il suo sguardo dorato luccicava di desiderio e apparve ancora più brillante del solito.

«Sì?» chiese, spostando l'attenzione su di me e annuii, avvicinando le mie labbra alle sue.

«Sì», confermai e lo baciai. Lui mi infilò una mano tra i capelli e assecondò la mia lingua che inseguiva con passione la sua, impedendomi di respirare. I baci di Neil erano sempre carnali e rudi, e a me piacevano esattamente così.

D'istinto gli morsi le labbra carnose, bollenti e tumide, perché erano semplicemente fantastiche. Fu uno di quei momenti che non avrei mai potuto misurare con l'orologio, ma solo con i battiti del nostro cuore, mentre le bocche erano unite e le gambe intrecciate.

Neil interruppe il nostro bacio e mi respirò sulle labbra, posando la fronte sulla mia; poi, sollevò di fretta la felpa sull'addome per non sporcarla, e un fiotto caldo esplose, marchiando la mia mano e il suo basso ventre.

Contrasse gli addominali e gli spasmi lo investirono, inducendolo a chiudere gli occhi.

Fu come vederlo travolto da un potente terremoto, le cui scosse, però, fecero vibrare anche me.

Dopodiché, il torace muscoloso si sollevò affannato, la fronte divenne leggermente sudata e i nostri respiri si mescolarono, creando un'unica tempesta. Le sue guance e il collo, invece, erano arrossati, e la bocca umida e gonfia.

«Sono stata… cioè è stato…» Non mi lasciò finire. Aprì gli occhi e mi baciò.

Mi baciò con rudezza, padronanza e dominanza.

Mi baciò senza consentirmi di respirare; muoveva la lingua così veloce e così in profondità da rendermi impossibile stargli dietro.

«Sei stata brava, ma non sai quanto desidero vederlo avvolto dalle tue labbra», mormorò e in un nanosecondo mi ritrovai a cavalcioni su di lui. Non mi importava del seme che avrebbe imbrattato i miei jeans, non mi importava di nulla se non di *sentirlo* completamente.

Le sue mani sui fianchi mi incitarono a far ondeggiare il bacino su di lui mentre le nostre labbra non smettevano di comunicare con un linguaggio tutto loro.

Baciarlo era come bere dell'acqua dissetante in un deserto infuocato di passione e io volevo assorbirlo fino all'ultima goccia.

La sua erezione nuda che strusciava tra le mie cosce mi spingeva a ondeggiare con più forza; d'un tratto, mi staccai dalle sue labbra, mi sollevai e gli posai le mani sui pettorali. Le dita scivolavano sul tessuto della felpa e desideravano toccarlo ovunque, ma qualcosa cambiò nel suo sguardo.

I suoi occhi dorati si assottigliarono e Neil iniziò a guardarmi come se non mi riconoscesse più.

Le sue dita mi strinsero i fianchi fino a farmi percepire un'ondata di dolore lungo tutto il corpo. Oscillai ancora su di lui, ma in brevissimo tempo mi dovetti fermare completamente perché Neil oppose resistenza. Rimasi ferma, a cavalcioni sul suo bacino, e Neil mi toccò piano i fianchi risalendo lungo il costato, fino ai seni. Li strinse con così tanta forza da farmi mugolare e sussultai per la sofferenza.

«Mi stai facendo male», gli dissi perplessa.

Il gioco era finito, il desiderio stava svanendo e il piacere sfumando via.

Adesso le sue iridi erano svuotate di ogni emozione umana, tanto che Neil mi faceva paura. Lasciò scivolare le mani in basso e me le posò sulle cosce. Spostò lo sguardo sul punto di congiunzione dei nostri corpi e aggrottò la fronte, poi iniziò a respirare in maniera irregolare come se gli stesse mancando l'aria.

«Neil», dissi, prendendogli il viso tra le mani. Lui si toccò la gola e poi il petto, schiudendo le labbra nel disperato tentativo di parlare.

Sembrava che stesse soffocando.

«Neil.» Alzai la voce e mi sollevai da lui. I suoi occhi puntarono il soffitto e le palpebre rimasero immobili come paralizzate da una forte dose di tetradotossina.

«Neil! Mi stai spaventando!» Gli scossi il viso, ma lui non si muoveva. Le sue funzioni cerebrali e fisiche erano azzerate, tutti i suoi sensi sembravano bloccati. Iniziai ad avere davvero tantissima paura.

«Neil, per favore! Vado a chiamare aiuto!» Mi alzai dal divano e mi guardai attorno alla ricerca di un telefono, ma non ebbi il tempo di farlo che lui mi afferrò per il polso spingendomi di faccia contro il muro. Era forte, prestante e gli bastava poco per ridurre il mio corpo in brandelli. Mi bloccò le mani dietro la schiena e mi schiacciò.

«Hai smesso di farmi del male», mi sussurrò minaccioso all'orecchio. Non capii di cosa stesse parlando, cominciai a tremare e scoppiai a piangere, a causa delle sensazioni assurde che, come una pioggia di fulmini, mi stavano colpendo dritto nel petto.

«Vattene. Vattene, Selene.» Cambiò tono di voce all'improvviso e questa volta la sua sembrò più una supplica. Mi lasciò andare bruscamente e io mi voltai coprendomi il seno nudo con l'avambraccio.

Lo guardai terrorizzata e Neil si prese la testa tra le mani, confuso e spaesato.

«Vattene, ho detto! Subito!» urlò afferrando un vaso e scaraventandolo contro il muro. Sussultai e capii che rimanere lì con lui sarebbe stato pericoloso. Trovai la forza di muovermi, raccolsi il maglione dal divano e lo indossai di fretta, senza curarmi di cercare il reggiseno.

Non c'era tempo. Dovevo andarmene da lì. E subito anche.

D'un tratto, Neil iniziò a spaccare tutto quello che gli capitava a tiro. Mentre lui dava sfogo alla sua furia, raccolsi il cappotto e la borsa e, con le mani e le gambe tremolanti, raggiunsi la porta, anche se non seppi neanch'io come.

Mi voltai e guardai il salotto che lui stava distruggendo con sistematicità. Vasi, quadri, televisore, sedie... stava diventando tutto un cumulo di pezzi rotti.

Con gli occhi sgranati, il cuore in gola e la paura arrampicata su di me come un viscido serpente, aprii la porta e corsi via con il fiatone.

Qualcosa aveva rievocato una bestia nascosta dentro di lui. Avevo visto la metamorfosi di Neil nelle sue iridi.

Quando il suo sguardo dorato era stato risucchiato dalle pupille dilatate, quando un velo d'ombra aveva marcato i suoi lineamenti e quando un'espressione torbida e oscura aveva sostituito il desiderio che stava provando, mi ero resa conto che lui non era più lì con me.

Mi ero resa conto che dentro di lui soggiornava davvero una bestia.

E io...

Io l'avevo vista.

29
Selene

La vita non è un lungo giorno di festa,
bensì un apprendistato senza fine.
La cui lezione più importante è: imparare ad amare.
PAULO COELHO

SARÒ da te domani.

Questo era stato il messaggio che mi aveva mandato Jared la sera precedente, proprio mentre io mi trovavo nella dépendance con Neil.

Non aveva aggiunto né un saluto né una parola dolce delle sue. Mi avvisava solo di aver deciso di raggiungermi ed io… io non sapevo se ero pronta o meno a confessargli tutto.

Ero ancora scossa per quello che era successo con Neil, per il nostro attimo di intimità, un attimo nel quale avevo sentito scorrere dentro le vene la voluttà dei suoi baci, delle sue mani e dei suoi desideri, un attimo che era stato sostituito troppo in fretta da una furia cieca alla quale ancora non sapevo dare una motivazione.

Cosa l'aveva indotto a reagire così?

Non lo sapevo, così come non sapevo come comportarmi se lo avessi incontrato per il corridoio, in cucina o in giardino.

Proprio per questo, quel giorno avevo seguito le lezioni ed ero rientrata a casa nel pomeriggio, cercando in tutti i modi di evitare Neil. Adesso erano le sette e alle otto e mezzo Jared sarebbe arrivato qui; poi saremmo usciti con un'auto che aveva noleggiato per l'occasione.

Non avevo idea di dove avesse intenzione di portarmi, dato che era stato abbastanza vago e misterioso nella chiamata di due ore prima.

Dopo aver fatto una doccia, presi ad aggirarmi nella stanza in preda all'agitazione totale; era arrivato il momento di parlare con il mio ragazzo, non potevo più celare dentro di me quel segreto troppo grande da nascondere ancora.

Le cose con Neil stavano assumendo una piega nuova, anche se forse peggiore dei primi tempi, ma non potevo tenere legato a me Jared senza provare più niente per lui.

Aveva il diritto di sapere e avrebbe saputo quella sera.

Decisi di indossare qualcosa di comodo ma elegante, perciò optai per una camicia bianca, un maglioncino blu e un paio di jeans del medesimo colore; tenni i capelli sciolti oltre le spalle e misi un filo di mascara per infoltire le ciglia. Infilai le scarpe e preparai la borsa, mettendoci dentro ciò che una donna abitualmente porta con sé.

«Stai uscendo?» Due colpi alla porta semiaperta mi indussero a voltarmi verso l'uscio. Logan mi fissava, curioso.

«Jared sarà qui a breve.» Gli sorrisi e tirai fuori dall'armadio un piumino imbottito lungo.

«Oh, finalmente vi vedete.» Mostrò un entusiasmo che io non avevo per niente; Logan, del resto, non immaginava neanche che la mia serata sarebbe stata un totale disastro. «Non sembri contenta però...» aggiunse pensieroso e per un momento smisi di fingere che andasse tutto bene, almeno con lui.

«Dovrò confessargli qualcosa di grave.» Mi sedetti sul bordo del letto e Logan aggrottò la fronte, guardandomi con quegli occhi nocciola dalla splendida forma a mandorla.

«Cosa avrà mai fatto di così grave una ragazza come te?» minimizzò, sedendosi al mio fianco. Logan non si rendeva assolutamente conto della situazione in cui mi trovavo.

«L'ho tradito», dissi tutto d'un fiato, guardando le mie gambe anziché lui. Un silenzio assordante piombò su di noi. Non ebbi il coraggio di leggere l'espressione disgustata che avrebbe potuto avere in viso. Chissà cosa avrebbe pensato di me.

«Dimmi che sono una sgualdrina, una poco di buono, hai tutte le ragioni di...» Ma lui mi posò una mano sulla spalla scuotendo la testa in senso di diniego.

«Non sono nessuno per giudicare le tue scelte», ribatté compito. «Il tipo in questione, sì, insomma, l'*altro*... lo ami?» aggiunse, leggermente a disagio. Lo fissai negli occhi e non gli diedi una risposta immediata. Amavo Neil? Non lo sapevo neanch'io. Quell'incasinato non era un ragazzo come gli altri e la reazione del giorno prima me l'aveva ampiamente dimostrato.

«Io... non lo so», mormorai a bassissima voce, puntando gli occhi su un punto imprecisato della stanza.

«Comunque vada con l'altro, una cosa è certa: non amavi Jared», constatò lui; di questo ne ero convinta anch'io, ma ciò *non* giustificava il mio comportamento.

«Ho sbagliato», ammisi.

«Hai solo ventun anni, Selene, tutti possono sbagliare.» Cercò di consolarmi e apprezzai il suo atteggiamento. Logan riservava sempre parole dolci e confortanti per chiunque, non era mai offensivo né istintivo, ponderava i pensieri e le azioni.

«Andrà tutto bene. Parlagli a cuore aperto e Jared ti capirà.» Era chiaro che stesse solo cercando di scacciare via la mia agitazione. «Se succede qualcosa, se hai bisogno di me, non esitare a chiamarmi.»

Adesso sembrava preoccupato, perché sapeva anche lui che confessare una cosa simile a un fidanzato non era semplice; nessuno avrebbe accettato un tradimento, soprattutto perché era successo diverse volte.

Salutai Logan con un abbraccio e gli promisi che lo avrei chiamato in caso di necessità, prima di uscire e raggiungere Jared nella sua auto. Mi aveva avvisata con un messaggio del suo arrivo, così percorsi il viale principale cercando di fare dei lunghi respiri, ma le gambe sembravano di gelatina e il cuore non smetteva di battere nel petto a una velocità ingestibile.

«Ciao.» Scivolai sul sedile del passeggero e rivolsi a Jared un sorriso nervoso. Lui era elegante come sempre, con indosso un cappotto chiaro che gli copriva la camicia nera abbinata a un paio di pantaloni del medesimo colore. I capelli biondi erano disposti sulla nuca con il gel e gli occhi verde giada puntarono me, guardandomi tutta.

«Ciao.» Si avvicinò e mi posò un bacio all'angolo delle labbra, senza neanche sorridermi.

«Sono contenta di vederti», balbettai stupidamente mentre lui si apprestava ad accendere il motore dell'auto. «Come... come sta tua madre?» Fu la prima domanda che decisi di rivolgergli, provando a non sembrare troppo agitata, anche se era difficile nasconderlo.

«Male», rispose semplicemente, guidando verso una direzione a me ignota.

Cambiava marcia e stringeva il volante con decisione, serrando spesso la mascella in un tic nervoso.

«La chemio non sta dando i risultati sperati?» insistei, perché volevo davvero sapere come stesse sua madre, ma lui abbozzò un sorriso indecifrabile e si passò una mano tra i capelli, accostando di fronte a un parco.

Mi guardai attorno: eravamo al buio e soltanto qualche lampione illuminava la strada sulla quale eravamo fermi ad aspettare non sapevo cosa. Credevo che avremmo cenato insieme o che saremmo andati a bere qualcosa, ma Jared sembrava non essere intenzionato a fare nessuna di queste cose.

«Perché ci siamo fermati qui?» chiesi confusa, ma lui spense il motore e reclinò il capo sul sedile, fissando un punto di fronte a sé, oltre il parabrezza.

«In questi giorni ti ho pensata più del solito…» iniziò, come se stesse parlando più con se stesso che con me.

«Ho pensato al primo giorno in cui ti ho vista in biblioteca, concentrata a scegliere uno dei tuoi libri. Ricordo ancora cosa indossavi, sai?» Si interruppe un momento. Io mi domandai il perché di quel monologo e strinsi la borsa sulle gambe come se avessi bisogno di un appiglio al quale aggrapparmi per non precipitare nella mia angoscia.

«Avevi un vestito azzurro che richiamava il colore dei tuoi occhi ed eri… eri stupenda, cazzo, la più bella ragazza che avessi mai visto in un'anonima biblioteca di Detroit.»

Sorrise, scuotendo la testa per sbeffeggiare se stesso.

«Perché mi dici questo?»

«Prima di te, con le ragazze mi divertivo soltanto, ma questo lo sai già. Non credevo che avrei mai provato delle sensazioni devastanti per qualcuna in particolare, fino a quando non sei arrivata tu, con il tuo sguardo innocente e il tuo visetto pulito», continuò, senza rispondere alla mia domanda; sembrava assorto nei suoi ricordi, perciò continuai ad ascoltarlo, cercando di prepararmi a dirgli tutto. Subito.

«Jared…» mormorai, ma lui mi azzittì.

«Mi sentivo fortunato ad averti incontrata. Credevo che tu fossi la ragazza giusta, magari la donna della mia vita.» Non mi sfuggì il fatto che avesse parlato al passato. Si voltò verso di me, gli occhi chiari, ora lucidi di una sofferenza inaspettata, mi inchiodarono al sedile, impedendomi di muovermi. «Ti ho sempre rispettata, ho rinunciato alle mie abitudini e alle donne che avevo attorno pur di aspettare te, aspettare che tu fossi pronta.» Si protese verso di me e mi accarezzò una guancia. Il suo tocco era gentile, delicato, mi guardava come se fossi qualcosa di prezioso, da maneggiare con cura, ma i suoi occhi… erano strani, *diversi*.

«Non capisco», sussurrai intimidita e lui inclinò il capo per baciarmi. Lo fece in maniera del tutto inaspettata; catturò le mie labbra con le sue e mi infilò la lingua in bocca con violenza, costringendomi a cedergli. Gli posai le mani sul petto per spingerlo via, ma Jared si oppose, esercitando una forte pressione su di me con il corpo.

«Fammi vedere cosa ti ha insegnato», mormorò sulle mie labbra, tornando all'attacco. Con una mano iniziò a palparmi il seno, con l'altra a toccarmi una coscia. Mi sentivo bloccata, impotente e stordita. Cosa stava facendo? Cosa voleva da me?

E soprattutto… *cosa aveva appena detto*?

«Jared.» Ansimai spaventata e tentai di togliermelo di dosso senza alcun risultato. «Jared», ripetei, urtando la schiena contro il finestrino alle mie spalle. La sua bocca mi scivolò sul collo e le sue mani cercarono di intrufolarsi sotto il mio maglione. Fu allora che iniziai a scalciare.

«Smettila! Smettila subito!» urlai, ma Jared, con una forza inaudita, mi afferrò per i capelli e mi reclinò il collo all'indietro, fissandomi negli occhi. Aveva le labbra tumide e i capelli scompigliati, un viso che stentavo a riconoscere, gli occhi iniettati di odio, concentrati a fissarmi come se avesse voluto uccidermi.

«Credevi che non lo sapessi?» sussurrò malefico, a poca distanza dalla mia bocca. «Ho ricevuto un messaggio da parte di *qualcuno* che ha pensato bene di mettermi al corrente su ciò che la mia fidanzata stava combinando qui, in mia assenza.» Sorrise e aumentò la presa sui miei capelli.

Impallidii improvvisamente e lo stomaco si chiuse in una morsa stretta, perché non avevo previsto che accadesse tutto ciò.

«Chi te l'ha detto e come...» Non ebbi neanche il tempo di parlare che lui mi zittì di nuovo.

«Ho ricevuto delle foto. Delle foto che ritraggono te in macchina con lui, te e lui nella dépendance della villa di tuo padre. Quante volte ci sei andata a letto? L'hai data solo a lui o anche al fratellino Logan? Eh?»

Sapeva tutto.

Jared sapeva tutto e io ero così sconvolta da avere il cuore in tumulto nel petto. Mi si seccò la gola. Non avevo idea di cosa fosse più grave. Se il fatto che qualcuno ci avesse scattato delle foto per inviarle a Jared o se il fatto che lui avesse scoperto tutto in quel modo orribile.

«Jared, io…» Scoppiai a piangere, ma nessuna espressione di pietà né di comprensione gli attraversò il viso che non manifestava più la dolcezza che lo aveva sempre contraddistinto.

«Sta' zitta! Ti sei comportata come una puttana.» Mi sfiorò la guancia con la punta del naso e respirò il mio profumo, posando una tempia sulla mia. «Da te non me lo sarei mai aspettato… *mai*», mormorò con voce spezzata, mostrando un segno di cedimento; chiuse per un istante gli occhi e io rimasi immobile, tremante tra le sue braccia.

«Succede sempre così, vero? Gli uomini che rispettano voi donne e vi trattano come principesse non vi bastano, per voi sono dei perfetti idioti. Non è così?» Sospirò e sentii il suo cuore galoppare; la presa sui miei capelli diventò sempre più forte. «Siete attratte dagli stronzi problematici che vi scopano come animali e non sanno cosa farsene di voi», aggiunse con pura cattiveria, respirando ancora sulla mia pelle. «Se non posso averti io, non ti avrà neanche lui», minacciò sottovoce, facendo scorrere una mano dal mio seno alle gambe, e aumentando l'angoscia che mi stava soffocando.

«Lascia che ti spieghi... ti chiedo scusa, so di aver sbagliato e...» Trasalii quando le sue dita mi strinsero una coscia con violenza, fino a farmi mugolare dal dolore.

«Tu adesso mi dirai dov'è e andremo da lui.» Mi strattonò il collo e mi fissò negli occhi, digrignando i denti. «Collaborerai, Selene, o giuro sulla mia vita che ti farò male. Molto male.» Mi alitò sulle labbra e serrai le palpebre, sentendo le lacrime scivolare sulle guance. «Non piangere, piccola.» Ne raccolse una con il pollice e sorrise beffardo. «D'altronde ti è piaciuto divertirti alle mie spalle, no?»

Mantenni gli occhi chiusi perché mi sentivo umiliata, offesa e in pericolo. Jared non era in sé e avrebbe potuto farmi qualsiasi cosa, perfino mettermi le mani addosso e picchiarmi.

«Rispondi!» Mi afferrò per le guance e sgranai gli occhi per la paura, la mia anima tremava così come ogni parte di me.

«Sì!» urlai. «Sì, e lo rifarei!» Alla mia ammissione seguì un'espressione infida e pericolosa sul suo viso. D'istinto, sollevò un braccio e mi colpì in faccia con un sonoro schiaffo che mi disorientò. Mi toccai la guancia colpita e la sentii pulsare sotto i polpastrelli mentre Jared mi fissava torvo, pronto a saltarmi addosso come la peggiore delle belve. Aprii in fretta la portiera e mi lanciai fuori dall'auto, ma lui fu più veloce di me. Mi afferrò per un braccio e mi schiacciò contro il cofano, bloccandomi i polsi dietro la schiena. Percepii la vernice fredda sotto la guancia e i fianchi urtarono contro il paraurti.

«Lasciami! Lasciami subito!» urlai, guardandomi attorno in cerca di aiuto, ma non c'era un'anima viva. A quel punto, ripresi a piangere e lui mi caricò con la forza in auto.

Caddi sul sedile del passeggero e, dopo aver chiuso la mia portiera, Jared si mise al volante, accendendo di fretta il motore.

«Tanto so già dov'è, non serve che tu dica niente.» Sapeva davvero tutto.

Sapeva dov'era Neil e io non potevo fare nulla per impedirgli di raggiungerlo. Jared era troppo infuriato, il petto gli si sollevava furente, respirava rumorosamente dal naso e stringeva i denti per la rabbia che gli divampava dentro come una fiamma alta e indomabile.

Mi misi buona al mio posto e mi asciugai le lacrime, pensando che avrei dovuto reagire in qualche modo.

Lanciai un'occhiata al cellulare che sporgeva dalla tasca del mio cappotto, e lo tirai fuori controllando che il pazzo accanto a me non si accorgesse di nulla.

«Selene!» mi chiamò, mantenendo lo sguardo fisso sulla strada. «Neil frequenta il *Blanco* il venerdì sera, vero?» domandò rabbioso, anche se una mia conferma non gli serviva; voleva solo che collaborassi perché ormai ero in trappola.

«Non lo so», risposi in modo strascicato e cercai di gestire la paura in espansione nel mio corpo. Le gambe tremavano, così come le mani.

«Sei la sua puttana, lo sai di sicuro», mi offese, cambiando marcia; io, nel frattempo, raccolsi un'altra lacrima che solcava la guancia colpita e sussultai ancora per il dolore. Avevo paura di vedere in che stato fossi ridotta a causa sua, ma ero intenzionata a salvare Neil. Quindi, estrassi il cellulare dalla tasca e lo nascosi di lato, tra la gamba e la portiera. Digitai velocemente un messaggio a Logan e lo inviai, guardando di fronte a me per non destare sospetti.

«Non mi hai mai amato, dovevo capirlo», disse Jared. Io infilai subito il telefono in tasca. Adesso l'amore era un sentimento che non associavo minimamente a lui.

«Mi hai appena picchiata», replicai con odio e lui rise, come se avessi detto qualcosa di divertente, come se avessi raccontato una barzelletta o fatto una battuta, quando invece la sofferenza mi impediva perfino di respirare. Mi guardai le mani che non smettevano di tremare e tentai di calmarmi.

«Eccoci qua.» Jared accostò proprio di fronte all'insegna del *Blanco* e si precipitò di fretta fuori dall'auto, sbattendo la portiera. Scesi anch'io e lo seguii, sperando che Logan fosse già lì.

«Qualcuno ha visto Neil Miller?» urlò fuori dal locale, attirando gli sguardi di tutti su di noi. Non riuscivo né ad arrossire né a imbarazzarmi, perché l'unico stato d'animo che dilagava dentro di me era la paura. «Oh, eccolo lì.» Jared intercettò Neil un istante dopo, nel parcheggio, appoggiato al cofano della sua Maserati con una sigaretta in mano, e marciò a passo spedito verso di lui.

«No! Jared, aspetta!» Neil non sapeva nulla, né del suo arrivo e né del fatto che il mio *ex* ragazzo fosse a conoscenza di quello che era successo tra noi. «Aspetta!!» urlai ancora e la mia voce attirò gli occhi color miele di Neil su di me. Si voltò nella mia direzione e mi guardò confuso, senza capire cosa stesse succedendo.

«Tu! Figlio di puttana!» Jared si avventò dritto su di lui e lo colpì all'addome, facendolo piegare in due.

«Jared!!» urlai con le mani sul viso come se quel pugno lo avessi percepito anch'io. Neil chinò le spalle in avanti e massaggiò il punto colpito; per un attimo, sul suo bellissimo viso apparve un'espressione di dolore, ma scomparve subito cedendo il posto alla furia: il suo sguardo si incupì e i lineamenti si irrigidirono. Spostò gli occhi su di me e mi fissò intensamente ispezionando un punto ben preciso: la mia guancia.

«Ma che cazzo fai?» Xavier e Luke avanzarono verso Jared in difesa del loro amico, ma Neil sollevò una mano per fermarli subito.

«Selene!» mi chiamò Logan, che intanto era sopraggiunto allarmato.

«Cosa diavolo è succe... cosa hai fatto alla guancia?» Mi guardò sconvolto e io trattenni le lacrime per poter riuscire a parlare.

«Jared, lui sapeva già tutto… sapeva che…» Ma non terminai neanche perché la voce furiosa del diretto interessato coprì la mia.

«Ti sei scopato la mia ragazza!» urlò contro Neil. Adesso anche Logan era al corrente di tutto. Sgranò gli occhi e rimase immobile a fissare la scena dinanzi a sé, completamente scioccato da tutto quello che stava accadendo.

Scioccato tanto quanto me.

«Tu… cioè tu e Neil… voi…» farfugliò in preda allo sconcerto più totale, ma non c'era tempo di spiegare, non adesso. Mi voltai verso Neil, la sua figura imponente e tenebrosa sovrastava quella di Jared.

Gettò il mozzicone della sigaretta al suolo e lo pestò con una scarpa, senza smettere di fissare il suo avversario.

«L'hai picchiata», affermò con un tono irriconoscibile; sembrava che si fosse sdoppiato e che stesse vivendo in una realtà alterata.

Jared sollevò un angolo delle labbra e mi lanciò un'occhiata disgustato.

«Per un po' non potrà farti i pompini, ti dispiace?» lo sbeffeggiò e io trasalii a quell'ennesimo insulto. Logan mi avvolse un braccio attorno alle spalle per rassicurarmi e Neil fece una smorfia, per niente contento.

«Xavier, dammi la tua bottiglia.» Tese la mano verso la bottiglia di birra del suo amico, che gliela porse senza controbattere.

«Che vuole fare?» mormorai spaventata mentre attorno allo spettacolo si radunava una piccola folla.

«Niente di buono», ribatté Logan, preoccupato.

Neil fissò per un istante Jared con la bottiglia in mano, poi la scaraventò contro il muro, facendoci sobbalzare, e raccolse una scheggia appuntita.

Ma che diavolo...

L'attenzione dei presenti era tutta su di lui adesso, in attesa di assistere a quello che sarebbe successo.

Nessuno sarebbe intervenuto perché la gente amava le risse, io invece... io temevo il peggio.

«Logan, fermalo!» Portai le mani al viso mentre Logan prontamente avanzò verso suo fratello che se ne stava in piedi a sfidare Jared senza alcun timore.

«Neil, non fare cazzate lascia quella scheggia, non sei in te.» Gli si avvicinò e protese le mani cautamente in avanti. «So che odi essere toccato contro la tua volontà, ma non è questo il modo di reagire. Non risolverai niente con quella scheggia», aggiunse persuasivo, ma Neil continuava a fissare Jared, trucidandolo con gli occhi.

Strinse il vetro in mano e delle gocce di sangue scivolarono per terra, ma sul viso non gli apparve alcuna smorfia di dolore. Sembrava di ghiaccio.

Era inquietante, distaccato dal mondo e fluttuante nelle sue tenebre.

«Jared, va' via!» urlò Logan interponendosi tra i due.

«Lascialo fare, Logan! Questo stronzo non mi fa paura!» lo provocò Jared mentre Neil assottigliava sempre di più gli occhi.

«Jared, non sai quello che dici!» insisté Logan. Neil aveva le pupille dilatate e lo sguardo privo di qualsiasi emozione, esattamente come la sera precedente.

Sembrava che si fosse dissociato, che stesse osservando se stesso dall'esterno e che quel corpo non disponesse più di un'anima capace di agire in maniera lucida.

«Jared, andiamo via.» Lo afferrai per un braccio e cercai di attirarlo a me, ma lui si divincolò, guardandomi con disgusto.

«Non osare toccarmi!» mi urlò contro e Neil strinse ancora la scheggia, facendo colare a terra altro sangue.

«Maledizione, Neil! Dammi quel pezzo di vetro. Ti stai tagliando!» sbraitò Logan cercando di strapparglielo via, ma le sue dita lo tenevano con forza; aveva la mascella serrata e il respiro controllato ma profondo.

«Neil, per favore, dammi ascolto, non fare sciocchezze! So che sei arrabbiato, ma ti prego posa quella scheggia.» Logan cercò di usare un tono rassicurante, come se stesse cercando di comunicare a modo suo con suo fratello, ma Neil continuava a fissare Jared come se non esistesse nessun altro.

«Fallo per me, ti prego. Ti fidi di me, vero?» Logan stava usando un metodo tutto suo per controllare la mente di Neil; mi fu chiaro quando osservai i suoi passi misurati, il modo in cui teneva le mani protese in avanti, il timbro della voce equilibrato e lo sguardo indulgente.

«Sono l'unico di cui ti fidi. Dammi ascolto, lascia quella scheggia», aggiunse piano e Neil finalmente spostò lo sguardo da Jared a suo fratello, riconoscendo qualcosa negli occhi di Logan. Rilassò la mano e fece cadere la scheggia appuntita per terra; il sangue colò ancora, ma lui sembrava non curarsene minimamente.

«Porca puttana!» Logan sospirò e scalciò via con un piede il vetro mentre Jared guardava confuso la scena.

«Nessuno deve toccare me o *lei*, Jared», gli disse in tono austero. «Nessuno», ribadì e la sua voce parve riecheggiare nel silenzio calato su tutti i ragazzi che incuriositi stavano assistendo alla scena. Nella mia mente ticchettavano le lancette virtuali di un orologio immaginario che stavano scandendo i secondi che mancavano alla sua reale reazione. Spostando bruscamente Logan con un braccio, Neil avanzò verso Jared, e fu allora che scattai, posizionandomi tra i due, prima che Neil potesse non rispondere più delle sue azioni.

«No! Non fargli del male!» Tirai fuori tutto il coraggio di cui disponevo e Neil mi guardò freddo e assente; tuttavia, percepii il suo buon profumo, quell'essenza di muschio e tabacco che lo rendeva ancora riconoscibile ai miei occhi.

Quel profumo mi confermava che Neil era ancora davanti a me, seppur il suo sguardo fosse così oscuro e minaccioso.

«Ti prego, non fargli del male. Fallo per me», sussurrai e lui spostò gli occhi dorati sulla mia guancia; me l'accarezzò e mi fece sussultare per il dolore. Il suo tocco, però, era caldo e carezzevole; sembrava che volesse dirmi tante cose, ma che non riuscisse a farlo.

Le sue iridi d'improvviso mi parvero riflessive, perse in chissà quali pensieri, poi strinse le labbra in una linea amara e smise di toccarmi. A quel punto, mi superò.

«Scommettiamo che ti faccio male senza neanche sfiorarti?» Si avvicinò a Jared e lo guardò con sdegno, sollevando un angolo delle labbra. Non avevo idea di cosa avesse in mente e mi aggrappai al braccio di Logan quando lui mi affiancò per supportarmi.

«Pensi che picchiarmi possa riportare indietro la verginità della tua ragazza?» Un sorriso di scherno si dipinse sul viso bello e indemoniato di Neil mentre Jared sgranò gli occhi sconvolto.

«Oh, Dio», sussurrò Logan.

«Sai, Jared, esiste la violenza psicologica, oltre quella fisica», mormorò, sempre avanzando verso di lui. «E, credimi, te lo dico per esperienza personale, è molto più dolorosa di un pugno», continuò malefico.

«Oh cazzo, le cose si fanno interessanti», intervenne Xavier scoppiando a ridere con Luke. Li ignorai e rimasi con gli occhi puntati su Neil, che riprese a parlare.

«Quindi, Jared», rimarcò il suo nome, ruotandogli attorno. «Sono capace di annientarti senza neanche toccarti», disse in tono deciso. «Pensi che si possa cancellare quello che è già successo? Sì, mi sono scopato la tua ragazza.» Gli sorrise sfacciato. «Vuoi che inizi dal principio?» propose, continuando a ruotargli attorno mentre Jared sembrava essere in uno stato di trance e confusione totale.

«Da dove inizio? Oh sì, la prima settimana c'è stato il bacio. Le sue labbra sono davvero morbide e invitanti», commentò, fingendosi eccitato al ricordo. «E quando parlo di *labbra*», accentuò la parola con una pausa a effetto, «be', capiscimi...» Gli strizzò un occhio, allusivo, e io arrossii violentemente.

Stavo per sentirmi male.

«Poi c'è stata la sua prima volta e non sai quanto sia eccitante il suono dei suoi gemiti», proseguì ancora con un tono di voce basso e provocatorio; gli ruotò attorno un'altra volta e Jared rilassò i pugni in stato di choc.

Logan mi posò una mano sulla spalla e mi strinse a sé. «Lui non conosce né limiti né inibizioni, Selene», disse, rassegnato, mentre io fissavo la scena sperando che fosse soltanto un brutto incubo.

«Poi ci sono stati i suoi potenti orgasmi, che solo io posso provocarle e quelli...» gli ruotò ancora attorno, «cazzo, quelli ti fottono tutto. Cervello, corpo, anima... *tutto...*» mormorò spostando lo sguardo su di me, con un sorriso provocante e strafottente.

Mi appoggiai a Logan come se stessi per svenire, le gambe barcollavano, il cuore pulsava nelle orecchie e tutto si confuse, tutto mi girava attorno.

«Selene, tutto okay?» chiese lui, allarmato, ma non risposi, non ne avevo la forza.

Mi guardai intorno e notai che i ragazzi e le ragazze testimoni della scena lanciavano occhiate curiose verso di me, mentre Alexia e Jennifer mi osservavano con superbia accanto a Xavier e Luke. La bionda, in particolare, con quelle odiose trecce sorrise come se fosse stata lei l'artefice di tutto e in un attimo ebbi un'intuizione…

Le sue minacce alla mensa, il mio profilo Instagram, Jared, Detroit…

«Devo continuare, Jared?» La voce baritonale di Neil attirò i miei occhi su di lui, che stava assorbendo tutta l'umiliazione del ragazzo di fronte a sé, se ne stava completamente immobile, con gli occhi sgranati.

«E nel caso in cui te lo stessi chiedendo... sì. L'abbiamo fatto anche quando tu eri in visita a casa nostra, nella stanza accanto, e non sai quanto ho goduto. Oh sì, ho goduto come un animale. È stato l'orgasmo più bello della mia vita», lo schernì ancora fermandosi davanti a lui.

Jared aveva lo sguardo perso nel vuoto, le braccia distese lungo i fianchi, il respiro lieve, le labbra schiuse.

Forse persino l'anima l'aveva abbandonato.

«Hai perso la cosa più bella che ti fosse mai capitata, e non conta come o quando sia successo. L'ho trovata io e per me vale solo questo. La vita è un gioco, c'è chi vince e c'è chi perde», affermò serio e Jared indietreggiò appoggiandosi al muro alle sue spalle.

Jennifer smise di sorridere e guardò Neil incredula, così come anche gli altri membri dei Krew.

Io invece… io ero certa di aver sentito male…

«Ho sbagliato, Logan», Neil si rivolse tutto a un tratto a suo fratello, che lo stava guardando serio, senza reazione alcuna, «ma se tornassi indietro, rifarei esattamente tutto.» Poi si avvicinò a me e mi sovrastò con la sua altezza imponente; reclinai il collo per guardarlo. Sollevò una mano, mi accarezzò la guancia e mosse il pollice sul mio labbro inferiore; io feci una smorfia di dolore perché sentivo ancora lo schiaffo di Jared pulsare sul mio viso.

«Chissà che invidia proverebbe un altro uomo se sapesse che ho ancora ogni nervo cinto e consacrato alla sensazione del corpo immortale di una fata vestita da bambina.» Abbozzò un sorriso triste nella mia direzione.

«Hai personalizzato una frase di Nabokov.» Sorrisi a mia volta e mi toccai la guancia che mi impediva di distendere le labbra come invece avrei voluto.

Neil mi guardò con un calore bruciante che si trasformò in rabbia quando si accorse del mio dolore.

«Non la toccherai più, Jared. Fallo ancora e la prossima volta non sarò così clemente.» Lanciò un'ultima occhiata al mio ex che se ne stava ancora immobile e appoggiato con le spalle al muro. «Andiamo.» Neil mi fece un cenno del mento con il quale mi invitò a seguirlo; io tentennai perché ero così scossa e confusa da non sapere più di chi fidarmi e quale fosse la cosa giusta da fare. Guardai Logan, accanto a me, che osservava serio la situazione disastrosa, ma lui non intervenne.

«Neil, dove cazzo stai andando?» sbottò Jennifer avanzando verso di noi con un'espressione furiosa che palesava tutta la sua gelosia. Mr. Incasinato si fermò e si voltò verso di lei, scoccandole un'occhiata indifferente.

«A fare un giro sulla mia Isola che non c'è», ribatté divertito, spostando lo sguardo su di me.

Tutti aggrottarono la fronte, compreso Logan, perché nessuno aveva capito cosa intendesse; soltanto io avevo colto il significato delle sue parole, il nostro era un linguaggio segreto che celava i reali pensieri agli altri.

In quel momento, apprezzai che Neil mi avesse difesa a modo suo, anche se la sera prima mi aveva cacciata malamente dalla dépendance.

Non era un eroe.

Non era un salvatore.

Non era un principe azzurro, e molti dei suoi comportamenti erano incomprensibili e inaccettabili, oltre qualsiasi logica.

Con i suoi abiti neri, sembrava più un cavaliere oscuro che un uomo buono al quale affidarsi.

Io non sapevo se fidarmi di lui fosse la cosa giusta da fare, così come non sapevo se seguirlo nelle sue tenebre mi avrebbe condotta verso un'incontrastabile sofferenza, tuttavia ero certa che la mia anima volesse correre il rischio di dare un'opportunità a Neil, anziché chiedersi per sempre come sarebbe andata se avesse dato retta all'istinto e non alla ragione.

Quell'uomo, bello e problematico, aveva ormai infilato la mano nel mio petto e l'aveva posata sul mio cuore, rendendomi completamente *sua*.

Ero ormai schiava dei suoi casini.

E lui era il mio casino più bello.

Lui e nessun altro.

30
Neil

La nostra psiche è costituita in armonia
con la struttura dell'universo,
e ciò che accade nel macrocosmo
accade egualmente negli infinitesimi
e più soggettivi recessi dell'anima.
CARL GUSTAV JUNG

«COSA inventerai per questo brutto livido?» chiesi mentre Selene se ne stava seduta sul ripiano di marmo del mio bagno, nella mia stanza, con me.

Non avevo idea del perché avessi deciso di portarla via con me, ma sapevo per certo che non l'avrei assolutamente lasciata là con quel coglione di Jared.

Non ero a conoscenza del suo arrivo da Detroit e tantomeno che Selene gli avesse confessato tutto senza prima informarmi. Avrei potuto aiutarla a gestire la situazione, ma ancora una volta si era comportata come una bambina.

Tuttavia, lei non rispose, i suoi occhi oceano erano bellissimi ma spenti, non brillavano della loro solita luce.

«Per quale motivo non mi hai detto nulla dell'arrivo di Jared?» insistei ancora, riponendo il kit di pronto soccorso sotto il lavabo. Mi ero medicato il taglio sul palmo della mano e avevo applicato della crema sul suo livido.

In una serata sola, mi ero trasformato in un fottuto infermiere.

«Mi ha scritto ieri, quando ero con te», disse poi, scendendo dal ripiano di marmo e voltandosi verso lo specchio per guardare il suo aspetto. Per me era sempre stupenda, nonostante la macchia violacea che stonava con la sua pelle candida. «E non so se essere incazzata con te per il modo in cui mi hai cacciata via ieri e per aver rivelato tutte le cose che abbiamo fatto ai quattro venti, o se…» Si voltò e puntò lo sguardo su di me. «O se dirti grazie per avermi difesa, seppur a modo tuo», sussurrò incerta, guardando adesso il giubbino che ancora indossavo.

Ripensai per un istante ai fatti di quella sera. Ero uscito per distrarmi, per trascorrere una serata con i Krew senza pensare ai miei incubi, agli sbalzi d'umore e a tutti i fottuti problemi che mi inondavano il cervello.

La notte precedente era stato fantastico sentire le mani della bimba su di me, mentre seguiva i miei consigli su come toccarmi. Nonostante le molte donne esperte con cui ero stato, non ero mai venuto così facilmente come quando avevo sentito su di me le sue dita imprecise, timide e confuse, che mi avevano eccitato oltre ogni limite.

Non potevo dirle il motivo per cui l'avevo mandata via, perché nella mia mente era scattato un meccanismo che sarebbe risultato complesso e illogico a chi non aveva vissuto la mia stessa esperienza traumatica.

Ultimamente, purtroppo, i ricordi riaffioravano sempre più spesso e bastava un piccolo e impercettibile dettaglio – a volte una chioma bionda, a volte una parola, uno sguardo, una situazione, qualsiasi cosa – per rievocare la parte peggiore di me, il demone che riemergeva per ricordarmi che c'era e che non sarei mai guarito.

Era per questo che non potevo avere una relazione e Selene doveva starmi lontano.

Non credevo nell'amore perché il tipo di amore che avevo vissuto io mi aveva completamente distrutto; e la mia psiche danneggiata non avrebbe mai potuto amare.

«Jared mi ha definito una...» Selene parlò e la mia mente tornò da lei.

Indossava abiti sobri che comunque la rendevano attraente. Avevo voglia di toccarla e stranamente di farmi toccare, di sentire ancora quelle dita attorno a me, prima che tutto svanisse a causa del mio cervello deviato. «Una...» Non ebbe la forza di continuare e si toccò la guancia, mortificata.

Non fu necessario sentirglielo dire, avevo già intuito le offese che aveva subìto da lui.

Era ancora spaventata e scossa, tanto che trascinava le parole e le tremavano le gambe.

«E tu gli credi?» le chiesi, cercando di non soffermarmi troppo su quelle labbra carnose il cui sapore era ancora impresso sulla mia lingua. Selene mi guardò pensierosa e le fissai le ciglia incurvate che svettavano verso l'alto, incorniciando il suo sguardo oceano che adesso era in tempesta.

«Non so se si possa definire tale una donna che abbia avuto un solo uomo», disse, riflessiva e rattristata.

Ci stava davvero pensando?

Quell'unico uomo ero io e lei *non* era una puttana, non lo sarebbe mai stata.

«Quel ragazzino non capisce un cazzo», sbottai, riferendomi al suo ragazzo o avrei dovuto dire ex ragazzo. Selene era tutto ciò che di più puro, illibato, spettacolare esisteva ed era lontano anni luce dalla categoria delle meretrici.

Certo, aveva commesso un errore e probabilmente a causa mia, ma lei aveva un animo buono, e questo non cambiava.

«Non permettere alla gente di influire su chi sei veramente. Fottitene dell'opinione degli altri.» Mi sfilai il giubbino di pelle e mi diressi verso la mia stanza, incitandola a seguirmi. Lo lanciai sulla sedia della scrivania e arrotolai le maniche della felpa sui gomiti. Selene rimase in piedi, distante, a ispezionare l'ambiente circostante come se fosse una camera delle torture nella quale avrebbe ricevuto la sua ennesima punizione.

«Accomodati, se vuoi.» Non sapevo come trattare una donna fuori dal letto, con Selene stavo vivendo tante prime volte che lei neanche immaginava. Mi toccai la nuca e sospirai.

Ero nervoso perché non avevo dato a quel coglione di Jedi la lezione che, invece, meritava e perché, soltanto la sera prima, io stesso l'avevo cacciata via come se non fosse successo niente tra noi nella dépendance, che, tra l'altro, avrei dovuto riparare. Inoltre, ero nervoso perché non riuscivo a trovare una soluzione a quei due enigmi e perché qualcuno, che non conoscevo, mi stava alle costole; infine, ero nervoso anche perché adesso Logan aveva scoperto tutto.

Insomma, c'erano tanti motivi per cui essere nervoso eppure la mia mente in quel momento era concentrata sulla bimba, seduta sul mio letto, e si dimenticò di tutto il resto.

«Perché mi hai cacciata in quel modo ieri sera e perché hai distrutto tutto?» disse piano Selene mentre fissava i fogli accartocciati sul pavimento che avevo lanciato durante la notte, dopo averci scritto sopra tutte le possibili soluzioni ai due maledetti enigmi.

Aprii e chiusi la mano sinistra, fasciata da una benda che copriva la ferita che mi ero provocato con la scheggia, e sospirai.

«Perché la mia mente spesso non ragiona, soprattutto quando viaggia nel passato.» Non voleva ricominciare con quella stronzata del «parlare», giusto? Avevamo scopato più volte, mi piaceva il suo corpo e mi piaceva lei, ma era comunque lontana la possibilità che Selene potesse entrare a far parte della mia vita incasinata.

La bimba tirò in basso le maniche del maglione e serrò le gambe nervosamente; era ancora turbata e la cosa mi rendeva impotente perché non potevo fare nulla per cancellare la serata di merda che aveva trascorso.

«Ti ha toccata?» dissi d'un tratto, per capire fin dove Jared si fosse spinto con lei. Incrociai le braccia al petto e appoggiai il culo sulla scrivania, preparandomi mentalmente alla risposta che avrei ricevuto, qualunque essa fosse. Selene mantenne il viso basso e non pronunciò una sola parola.

Dio, faceva una tenerezza assurda: sembrava ancora più piccola e innocente in quello stato. Mi avvicinai a lei lentamente e mi piegai sulle ginocchia per incontrare i suoi occhioni azzurri.

«Cosa ti ha fatto?» Le scostai una ciocca di capelli ramati dietro l'orecchio e lei si irrigidì.

Aveva paura anche di me?

Certo, mi aveva visto spaccare oggetti soltanto ventiquattro ore prima, come potevo pretendere che si sentisse al sicuro in mia compagnia?

«Mi ha baciata e...» Si interruppe e la mia mente memorizzò quell'informazione. L'aveva baciata e l'idea che l'avesse fatto contro la sua volontà risvegliò la mia rabbia malata. «E mi ha toccata.» Merda, non volevo sapere altro.

Mi alzai e camminai per la stanza come il pazzo che ero; avrei voluto spaccare il naso a quello stronzo, aprirgli la testa e tagliargli le palle per quello che aveva tentato di farle.

«Cazzo», imprecai, capendo benissimo cosa significava convivere con un trauma simile. «Perché gli hai detto che l'avevi tradito? Precisamente con me? Non dovevi farlo, non da sola. Sei stata una stupida!» sbraitai, facendola sussultare.

Non sapevo esprimermi in modo pacato e non ero in grado di trattenere i miei impulsi.

«Lui sapeva già tutto. Sapeva di me, di te, sapeva che frequenti spesso il *Blanco*. Qualcuno l'aveva già informato, per questo è venuto qui. Oggi», spiegò alzandosi in piedi per fronteggiarmi. Cosa voleva fare *lei* contro uno come *me*? Sorrisi e mi pentii di averla aggredita, ma non di averla definita stupida.

«Dovevi indagare prima di uscire con lui. Poteva andare molto peggio di così», sbottai.

Ma *quanto* l'aveva toccata?

Ancora non lo sapevo.

La guardai tutta, dai capelli ramati alle punte delle scarpe; quel corpicino morbido e puro era stato toccato solo da me, e così sarebbe stato fino a quando non mi fossi stancato di lei. Nonostante capissi che fosse spaventata, in quel momento avevo lo stesso voglia di accarezzarla di nuovo e di farlo a modo mio, nella mia stanza, dove tutto era iniziato quando, quella famosa sera, era venuta da me ubriaca, pensando che fossi in compagnia di qualcuna, mentre invece mi stavo allenando e stordendo con del whisky.

«Quanto ti ha toccata?» le chiesi perché volevo farmi male; volevo saperlo. Lei mi guardò dal basso, deglutì, poi si morse il labbro inferiore, dove indugiarono i miei occhi affamati di lei.

«Tanto quanto la bionda della dépendance ha toccato te.»

E no, merda!

La bionda mi aveva toccato parecchio... questo voleva dire che il suo ex era riuscito a infilarsi nelle sue mutande senza consenso?

«Non giocare con me!» L'afferrai per un gomito e lei tremò. Pretendevo una risposta seria e precisa.

«Sei geloso?» mi provocò perché non aveva capito cosa risvegliava davvero in me l'argomento. No, non ero geloso, ma di certo avrei evirato tutti gli uomini che avessero tentato di abusare delle donne, di mia sorella o di… *lei*.

«Non si scherza su queste cose, Selene. Non c'entra un cazzo la gelosia! Io e te non stiamo insieme e non ti vieterei mai di scoparti un altro, ma se qualcuno tentasse di abusare di te, be'… in quel caso non risponderei delle mie azioni», confessai e le feci capire che era l'*abuso* a mettere in allarme il mio cervello e a far scattare il mio istinto; in fin dei conti, era verissimo che non le avrei mai vietato di andare a letto con un altro, non avevo nessun diritto di farlo, anche se…

«Davvero? Quindi se mi facessi Xavier o Luke o qualche altro studente dell'università, a te starebbe bene?» mi canzonò con una smorfia impertinente sul viso che avrei spento a morsi.

No! Non avrei accettato che Xavier o Luke la toccassero perché non erano dei semplici pervertiti come me, erano peggio: erano squallidi; per giunta, conoscevo bene le loro fantasie sessuali, tanto che le avevo messe in pratica anche io, ma non con le donne innocenti come lei.

Con lei *non* lo avrei mai fatto.

«Qualche altro studente dell'università, sì.» Abbozzai un sorrisetto strafottente perché quello potevo accettarlo, ma solo se mi fossi stancato di lei.

Solo dopo di me, avrebbe potuto concedersi ad altri uomini.

«Ma per il momento, Trilli...» Mi avvicinai al suo orecchio e inspirai il suo odore di cocco; sapeva di pulito, cosa che nelle donne mi faceva impazzire. «Dovrai accontentarti solo del mio cazzo», sussurrai, facendola trasalire.

Oh, sì... L'aveva accarezzato e stimolato alla grande la sera precedente, ne aveva studiato sia la lunghezza sia il diametro. Ero certo che non l'avrebbe dimenticato tanto facilmente.

«Adesso mi spieghi cosa diavolo ti è passato per la testa!» A interrompere i miei ricordi libidinosi fu la furia di Logan, che fece irruzione in camera senza neanche bussare.

Mi allontanai da Selene e mi preparai alla tediante ramanzina di mio fratello.

«Si è trattato di un incidente», lo presi in giro e Selene arrossì, risedendosi sul bordo del letto. Logan era così furioso che inizialmente ignorò la sua presenza.

«Un incidente?» ripeté, guardando prima me e poi finalmente anche Selene. «Neil! Perdere il cellulare è un incidente, urtare la macchina è un incidente, rompere per sbaglio un oggetto è un incidente, non portarsi a letto la figlia di Matt, santo cielo! Cosa ti è saltato in mente?» sbraitò lui e io lanciai un'occhiata a Selene, che era terribilmente a disagio. Logan seguì il mio sguardo e rilassò le spalle, passandosi una mano sul viso. «Selene, so che per te è stata una brutta giornata, ma devo necessariamente parlare con questa testa di cazzo.» Mi indicò e tornai a fissarlo, questa volta minaccioso.

«Vacci piano», lo avvertii, perché determinate espressioni doveva risparmiarsele.

«Hai idea di cosa succederà quando Matt lo scoprirà?»

«Abbassa la voce», sibilai a denti stretti; odiavo le aggressioni verbali, odiavo chi alzava la voce con me.

Ero consapevole di aver sbagliato e che scoparmi la bimba era stato un enorme errore, ma Logan sapeva com'ero fatto.

Seguivo l'istinto, sempre.

«Da quanto va avanti?» Mio fratello guardava solo me, forse perché attribuiva solo a me la colpa di tutta questa stronzata, o forse per evitare di imbarazzare Selene, anche se stava fallendo miseramente.

«Da due settimane dopo il suo arrivo», ammisi con tutta calma; non avevo ucciso nessuno, ero solo andato a letto con una ragazza che mi piaceva. Cosa c'era di male?

«Cioè da quasi un mese?!» sbottò, passandosi le mani tra i capelli. Che melodrammatico.

«Ti ho detto di abbassare la voce», ripetei arcigno, avvicinandomi a lui con il mio solito atteggiamento dispotico.

«Neanche il tempo di farle disfare i bagagli», commentò. «Sono abituato alle tue cazzate, ma non pensavo che avresti fatto una cosa del genere», continuò, nervoso.

«Ti ho già detto che è stato un incidente», replicai con una finta calma che speravo di non perdere completamente.

«Raccontala a qualcun altro», mi rimbeccò.

«Neil dice la verità: avevamo bevuto entrambi.» Per la prima volta, dopo un lungo silenzio, la voce delicata di Selene si intromise tra noi, attirando i nostri sguardi sul suo viso pallido e provato da quell'assurda giornata. «È successo la sera in cui io mi sono ubriacata e...»

«E io ti ho accompagnata in camera», intuì Logan, sospirando pesantemente, poi tornò a guardare me riflessivo.

«Eri ubriaco anche tu? E per quale motivo?» Non capivo se la sua domanda fosse seria, tuttavia scrollai una spalla con nonchalance.

«Non sono cazzi tuoi», risposi schietto, senza mezzi termini. Non potevo spiegargli i reali motivi della mia sbornia in presenza di Selene; avrei potuto farlo solo se fossimo stati da soli e speravo che lo comprendesse.

«Neil, non farmi perdere la pazienza», mi minacciò sottovoce; sorrisi perché nessuno poteva fermare uno come me o incutere timore a un'anima che aveva già passato le pene dell'inferno.

«Fratellino, cerca *tu* di non farmi perdere la pazienza.» Dopotutto, sapeva bene cosa poteva capitare, in tal caso. Infatti, bastò il mio sguardo lapidario per farlo indietreggiare di un passo e tornare subito tra le righe, lì dove doveva stare.

«Quante volte è successo? Sì, insomma... questa *cosa* tra voi due va avanti ancora?» Ci indicò con un indice e Selene arrossì violentemente in modo adorabile, come sempre quando sfoggiava la sua tipica espressione pudica. Anche quando veniva, durante l'orgasmo, manteneva la sua aura di innocenza; i suoi gemiti erano sempre così timidi che accrescevano la mia eccitazione.

«Sì», confermai, attirando gli occhi nocciola di mio fratello su di me; a giudicare dalla sua faccia, mi avrebbe tagliato le palle da un momento all'altro.

«Ed eravate ubriachi anche le altre volte?» ci prese in giro, scuotendo la testa ormai rassegnato alla realtà di ciò che avevamo fatto.

«No. Per caso, vuoi sapere anche in quanto tempo mi è venuto duro?» ribattei serio e lui alzò di scatto la testa, fissandomi come se mi fossi trasformato in un alieno. Ero stato volgare, vero, ma Selene ormai era abituata ai miei modi e, se così non fosse stato, problemi suoi.

«Passerai dei guai e lo sai anche tu. Se non hai mai avuto relazioni stabili, è perché tu stesso sei una persona *instabile*», mi accusò proprio davanti alla Tigre; se avesse anche soltanto accennato ai miei problemi, lo avrei sbattuto fuori all'istante. «Non ti chiedo neanche se provi un sentimento per lei o se state insieme, perché so già la risposta. Ti conosco, Neil, ti conosco benissimo.» Il fatto che parlasse come se Selene non fosse nella nostra stessa stanza, mi stava alterando. Odiavo che si rivolgesse a me lasciandole intendere *cose* di cui non era a conoscenza e che non le avrei mai confessato.

«E non guardarmi così, Neil!» continuò lui, di fronte alla mia espressione truce. «È giusto che lei mi senta e capisca in che guaio si è cacciata.» Si rivolse a Selene adesso, che sollevò il mento, stringendo le mani sulle gambe. Cazzo, non volevo che la spaventasse, non lo vedeva che era già terrorizzata?

«Smettila», lo redarguii, cercando di mantenere il fottuto autocontrollo, anche se lo sentivo scivolarmi addosso come l'acqua sotto cui mi lavavo ogni ora.

«Ti userà, Selene. Ti userà fino a quando non ne avrà abbastanza di te e, quando accadrà, tu non sarai pronta a lasciarlo andare, perché nel frattempo ti sarai innamorata di lui, come succede a tutte.»

L'aveva detto sul serio?

Selene schiuse le labbra incapace di rispondere e io mi avventai su Logan, e lo spintonai.

Amavo i miei fratelli, il sentimento che nutrivo per loro era l'unica forma di amore in cui credevo davvero, ma questo non mi impediva di rimproverarli quando lo meritavano.

«Ma che cazzo le stai dicendo?» sbraitai a poca distanza dal viso di

Logan, che, anche se era alto quanto me, era meno imponente e più magro. Tuttavia, non mi temeva, perché sapeva che non l'avrei mai toccato, che non gli avrei mai fatto del male; era certo che avrei dato la mia stessa vita per lui e Chloe, e questa consapevolezza lo incitava a sfidarmi.

Mi guardò deluso e scosse la testa.

«La verità. E dovresti ammetterlo anche tu. Potevi avere tutte quelle che volevi, perché hai scelto proprio Selene? Lei doveva rimanere fuori dalla tua collezione perché sappiamo entrambi come andrà a finire.»

E infatti... come si sarebbe conclusa la mia favoletta *folle* con la bimba?

Non di certo con un lieto fine e Logan lo aveva già previsto; del resto, anche se non apprezzavo che dicesse certe cose in presenza di Selene, mio fratello le stava semplicemente rivelando la verità, una verità che io le avevo esposto in maniera velata perché ero egoista e perché volevo metterla in guardia, ma senza precludermi la possibilità di usarla.

Ancora e ancora.

La desideravo perché con lei i ricordi riaffioravano meno, a differenza di quanto accadeva con le mie bionde.

«Logan», intervenne lei, alzandosi in piedi per avvicinarsi a mio fratello. «Neil mi ha detto più volte che tra noi non c'è nessuna relazione e di non proiettare su di lui illusioni inesistenti. Non preoccuparti per me, lui è stato sincero.» Incredibile: la bimba mi stava difendendo, ma in realtà io non ero stato completamente onesto come pensava.

Anche se le avevo fatto capire in tutti i modi che ero un problematico del cazzo e che il mio cervello funzionava a intermittenza, non ero stato abbastanza esplicito per puro egoismo personale.

Ero perfino contento che avesse rotto con quel coglione del suo ex, anche se ero arrabbiato per come l'aveva trattata.

«E adesso scusate, ma ho la testa che mi scoppia, ho bisogno di riposare», mormorò Selene, poi con le spalle chine si incamminò verso la porta, stanca e provata dalla situazione.

«Sistema il casino che hai combinato nella dépendance prima che nostra madre rientri», ordinò Logan, seguendola.

Per fortuna Matt e mia madre erano fuori per un viaggio di lavoro e con loro c'era anche Chloe, altrimenti non avrei saputo giustificare tutto quello che era successo in soli due giorni.

Tornai a guardare mio fratello che in quel momento se ne stava fermo davanti alla porta della camera. Mi scoccò un'occhiata rattristata e sospirò.

«Le tue esplosioni di rabbia stanno diventando sempre più frequenti, lo sai questo, vero? Forse un colloquio con il dottor Lively ti farebbe bene...» Abbassò il mento e concluse: «Pensaci». Poi andò via, lasciandomi solo a rimuginare sulle sue parole.

Il giorno dopo, grazie all'aiuto della signora Anna diedi una sistemata alla dépendance. Mia madre e Matt sarebbero rientrati nel pomeriggio e, dato che avevo buttato via e rimpiazzato tutto ciò che avevo rotto, non si sarebbero accorti di nulla. Le tre carte di credito di cui disponevo si rivelarono utili e spendere soldi per rimediare ai danni che combinavo non era mai stato un problema per me.

«Direi che abbiamo finito», commentò la governante, dopo aver anche pulito la camera da letto, quella che ultimamente usavo molto spesso.

«È un angelo, Anna.» Le sorrisi e sistemai il vaso nuovo sul tavolino del salotto, guardandomi attorno.

La dépendance brillava e profumava di pulito, tanto che era tornata come nuova. Trascorrere ben cinque ore lì dentro per sistemare tutto aveva prodotto i suoi buoni risultati.

«Come mai usi questo monolocale e non più la tua stanza?» chiese Anna, dedicandosi agli inutili fiori finti che mia madre adorava per dare un tocco di luce all'arredamento.

«Perché c'è più privacy.» Ed era la verità.

Le donne che venivano a letto con me urlavano troppo e portarle nella mia stanza non era più raccomandabile. Dopo quello che le aveva fatto Carter, Chloe soffriva ancora di insonnia e avrebbe facilmente sentito cosa accadeva nel mio letto; e poi, adesso che Selene dormiva nella stanza accanto alla mia, mi creava un certo disagio sapere di essere la causa delle sue nottate in bianco. Immaginavo sempre che lei mi ascoltasse mentre ero con un'altra, cosa che mi faceva pensare a lei nei momenti meno opportuni.

«Oh, capisco... le tue abitudini non sono cambiate allora...»

Anna mi guardò e percepii una punta di rimprovero nel suo timbro.

«Perché mai dovrebbero cambiare?»

Io avevo *bisogno* di fare quello che facevo, non si trattava solo di sesso, si trattava di dignità, di potere, di rivalsa, di rivincita personale.

Per quanto discutibile e inaccettabile, il mio era un meccanismo di sopravvivenza che mi permetteva di provare un leggero sollievo dai ricordi che continuavano a tormentarmi.

La signora Anna non rispose e, con un profondo sospiro, andò via lasciandomi solo.

Trascorsi quasi l'intera giornata nella dépendance e non perché avessi chiamato una bionda qualsiasi per scopare, anche se il pensiero mi aveva sfiorato più volte, ma perché avevo bisogno di starmene per conto mio.

Dopo ore di solitudine, avevo fatto una delle mie numerose docce e mi ero disteso sul divano a fissare il soffitto, con solo i boxer addosso.

Avevo ancora i capelli umidi e la pelle arrossata a causa del getto bollente. D'un tratto, abbassai il mento e osservai il mio corpo. Con l'indice tracciai i contorni del tatuaggio sul fianco sinistro esattamente come aveva fatto Selene. Pensai a quanto fosse delicato il suo tocco su di me; anche quando tentava di compiacermi, lo faceva con una gentilezza che mi faceva sorridere.

Dio… come faceva a essere così?

Ripensai ai suoi occhi luminosi, alle labbra carnose, alla pelle candida, alle mani che tremavano a ogni mio minimo tocco, alla sua espressione sconvolta per via delle mie provocazioni, alla sua timidezza, alla sua innocenza, e mi resi conto che forse tra me e lei le cose sarebbero potute andare diversamente, se io fossi stato meno complicato di quello che ero.

Infatti, ero certo che se avesse scoperto tutto ciò che mi riguardava, sarebbe scappata a gambe levate.

Perciò, decisi in quel momento che la scelta migliore era uscire dalla sua vita, smettere di desiderarla, smettere di toccarla, di proteggerla perché l'unica persona dalla quale avrei dovuto proteggerla ero io.

Proprio io.

Sì, mi sarei allontanato da lei e lo avrei fatto talmente piano da non permetterle di notarlo.

Nella mia testa non esisteva il concetto di *giusto* o *sbagliato*, ma esistevano le scelte, quelle che avrei dovuto fare per il suo bene.

Lei era stata il mio istante perfetto e come tale avrebbe avuto un termine.

Sarebbe rimasta solo un attimo intenso del quale mi sarei ricordato per sempre, l'unico ricordo positivo in mezzo alla melma che mi offuscava il cervello.

Assorto nei miei pensieri, voltai la testa verso l'enorme portafinestra, che si affacciava sul patio, perché avevo percepito degli occhi su di me.

E non mi sbagliavo.

Intravidi una figura nella penombra della sera, una figura incappucciata, ma fu un attimo così fugace che non ne fui completamente sicuro. Scattai giù dal divano, seminudo, e mi diressi verso la porta spalancandola bruscamente.

«Chi cazzo c'è?» domandai, senza vedere nessuno. L'aria gelida si confuse con il calore interno, colpendomi sui muscoli esposti fino a farmi rabbrividire.

Forse stavo cominciando a soffrire anche di allucinazioni?

Maledizione. Non facevo uso di droghe eppure mi sembrava di aver avuto davvero un'allucinazione. Forse questo sarebbe stato un altro problema da aggiungere alla lista dei disturbi dai quali ero affetto.

Preoccupato, feci un passo indietro per tornarmene dentro, ma qualcosa catturò la mia attenzione.

Una busta sigillata nera giaceva proprio ai miei piedi, sullo zerbino. Mi accigliai e la raccolsi. La rigirai per leggerne il mittente, ma non vi era scritto nulla se non un nome che stranamente mi aspettavo di trovare: Player 2511.

Puntai gli occhi verso l'oscurità che mi circondava e fissai la piscina, il lungo viale che conduceva al cancello d'ingresso e infine il portico della villa.

Niente.

Non c'era nessuno.

«Ti stai divertendo a giocare?» sussurrai a un interlocutore immaginario al quale non ero in grado di attribuire né un nome né un aspetto.

Con un'ultima occhiata guardinga, entrai nella dépendance e chiusi la porta, fissando la busta che avevo tra le mani. Mi diressi verso la penisola della cucina e la strappai con rabbia, curioso di capire cosa contenesse.

Estrassi un biglietto sul quale vi era disegnato un lucchetto e scritto un componimento quasi poetico:

L'inferno è più reale di ogni allusione al cielo
O a Dio,
Gesù non ti salverà, lo sai anche tu vero?
A ognuno il destino attribuisce il proprio diavolo e io sarò il tuo.
Non potrai fuggire da me.
Risolvi l'enigma.
Player 2511

Mi passai una mano sul viso e lanciai il foglietto sulla penisola.

Che cosa voleva dire?

Era il terzo avvertimento che ricevevo nell'arco di pochi giorni e il fatto che quella busta l'avessi trovata proprio io, mentre ero da solo nella dépendance, indicava che il bastardo ce l'aveva con me.

«Quindi vuoi giocare con me», intuii prendendo ancora il biglietto tra le dita, ma purtroppo non era tutto.

Dalla busta semiaperta sbucava il bordo di quella che sembrava una fotografia, di cui non mi ero accorto prima.

La sfilai lentamente e mi accorsi che raffigurava Logan che studiava nella sua stanza.

«Ma che...?» mormorai sconvolto, quando vidi che le foto erano tante. Ce n'era una che ritraeva mia madre mentre usciva dalla sua azienda, un'altra di Matt che scendeva dalla sua Range Rover per raggiungere la clinica, un'altra di Chloe che attraversava il cortile della sua scuola e una, in primo piano, di Selene intenta a sorridere ad Alyssa fuori dal campus universitario.

La sensazione di rabbia e incredulità che mi stava attraversando il petto mi spinse a sedermi su uno sgabello; avevo capito che chiunque ci fosse dietro tutto questo, ci seguiva e ci spiava.

Stava analizzando le nostre vite, ogni nostro movimento. Era al corrente di cosa facevamo, di quando lo facevamo e in quali orari.

Raccolsi nuovamente il coraggio, che come cenere si era sgretolato alla vista di quelle immagini, e osservai il retro della foto che ritraeva Logan.

«CHI SARÀ IL PRIMO?» c'era scritto.

Non era una semplice domanda, era un ammonimento e una minaccia.

Aggrottai la fronte e girai come una furia tutte le altre foto dei componenti della mia famiglia; su ognuna di esse era riportata una parola da collegare alle altre.

Allineai le immagini cercando la combinazione giusta per comprendere il piano di Player 2511, come se stessi componendo un puzzle, e la frase che quel bastardo voleva che leggessi apparve sotto i miei occhi:

«SIETE TUTTI DEI BERSAGLI.»

Restai interdetto, con le labbra schiuse e gli occhi sgranati; non sentivo neanche il cuore battere, perché ero completamente pietrificato.

Deglutii a vuoto e scesi dallo sgabello, infilandomi le mani tra i capelli.

Avevo voglia di spaccare qualcosa, di spaccare la faccia a chi si stava divertendo a farmi questo.

Lanciai ancora un'occhiata alle foto e le sparpagliai sulla penisola.
C'erano tutti, tutti quanti eccetto…
«Me», sussurrai e la mia voce fu così bassa da essere irriconoscibile.
Io non ero in nessuna di quelle foto, perché?
«Ti stai divertendo a mandarmi in pappa il cervello con tutti questi indovinelli del cazzo, vero?» sbottai fissando ancora le foto e il maledetto biglietto. Non avevo idea di chi fosse Player; del resto, avevo pochi amici e *molti* nemici, il che aumentava la difficoltà di individuare tra loro l'artefice di tutto.
Una cosa, però, ormai era chiara: il bastardo aveva aperto la partita con me.
Voleva *me* come suo giocatore, ma al tempo stesso chiunque mi fosse stato attorno sarebbe diventato un suo bersaglio.
In che modo? Cosa avrebbe fatto?
Merda, avevo bisogno di fumare e di prendere aria.
Mi vestii di fretta, indossando una tuta sportiva nera, e uscii all'aperto, sollevando sulla testa il cappuccio.
Mi sedetti su una chaise longue e allungai le gambe di fronte a me, incrociando le caviglie.
Non ero solo incredulo, ma anche incazzato, incazzato nero perché incombeva su di me un peso enorme.
Quello di proteggere la mia famiglia.
Sarei morto se fosse successo qualcosa a qualcuno di loro, magari per un conto in sospeso che quel bastardo aveva con me. La colpa era solo mia e, se lui voleva giocare, doveva venire da me e non includere anche loro.
Cazzo, perfino Selene.
C'era anche una sua foto, anche lei era un bersaglio e tutto perché l'avevo fatta avvicinare a me, includendola involontariamente nei miei casini.
Dopotutto, era questo che comportava starmi accanto: solo guai.
«Sapevo che ti avrei trovato qui.» Logan mi raggiunse a passo lento, stringendosi nella sua felpa grigia a causa del freddo. Preso dai miei pensieri, non mi ero reso nemmeno conto di che ora fosse. Quando mi isolavo, avevo bisogno di rimanere solo con me stesso e il tempo smetteva di contare. «Così come sapevo che avevi trascorso la giornata chiuso nella dépendance. Selene mi ha chiesto di te e le ho detto che avevi bisogno di stare da solo.»

Logan mi conosceva più di chiunque altro e spesso mi chiedevo cosa avrei fatto senza di lui, cosa mi sarebbe capitato se non avessi avuto un fratello *come* lui.

«Mi conosci più di chiunque altro.» Infilai la sigaretta tra le labbra e l'accesi. Se era vero che ognuno aveva la propria metà, Logan era la mia: lui era la metà migliore di me.

Mi bastava guardarlo negli occhi per riconoscere me stesso nella sua anima.

«Sei il mio fratellone incasinato, certo che ti conosco.» Mi sorrise e si sedette sulla chaise longue accanto a me, con le mani infilate nelle tasche della sua felpa.

Gli sorrisi appena e continuai a fumare, osservando la nube densa di fumo che si levava nell'aria gelida.

«Il freddo congela i tuoi ricordi, giusto? Da quanto sei qui?» Logan sapeva davvero tutto di me. Era in grado di decifrare i dettagli, anzi ogni singolo dettaglio dei miei assurdi comportamenti. Ero nudo con lui, spogliato di qualsiasi barriera, ed ero me stesso, con tutti i miei difetti e problemi.

«Da cinque minuti», ribattei, stringendo ancora il filtro giallo ocra della mia amata Winston tra le labbra. Erano le mie sigarette preferite perché mi permettevano di rilassarmi senza avvertire troppo il sapore della nicotina sulla lingua che altrimenti mi avrebbe disgustato.

Ero un maniaco dell'igiene, ossessionato dalla pulizia, e scegliere sigarette leggere era congeniale per la mia mente.

Ogni mio dettaglio era un perché da scoprire.

«Posso rubartene una?» Logan indicò il mio pacchetto e io lo guardai scettico. Non volevo che fumasse, anche se sapevo che non era dipendente dal fumo.

«No, finisci la mia», feci un ultimo tiro e gliela passai. Lui la strinse tra le dita e se la portò alle labbra per assaporarla.

Non fumava quasi mai, eccetto quando era nervoso.

«Allora, raccontami un po'. Lei ti piace?» disse, fissando la punta incandescente della sigaretta, anziché me.

Avrei potuto fingere di non aver capito la sua domanda, però sapevo che sarebbe stato inutile, ma un momento… non era incazzato con me?

«Lo sai che sono confusionario in queste cose», risposi vago, ed era vero: ero proprio confusionario nelle relazioni umane in generale, e con le donne in particolare. Sin da quando avevo dieci anni, per giunta, non era mai successo che una donna suscitasse in me un interesse superiore a quello meramente fisico.

Per me esisteva solo l'intesa sessuale che il mostro dentro di me mi imponeva di instaurare con tutte.

Soprattutto con le bionde.

«Il mondo forse ti farebbe meno paura se accettassi di avere accanto qualcuno con cui condividerlo, non credi?»

Mi voltai a guardare mio fratello per capire per quale cazzo di motivo adesso mi stava parlando in quel modo.

«Ti ricordo che sei stato tu a dirmi che sono *instabile*.» Gli rinfacciai le sue stesse parole e lui sospirò.

«In verità, lo penso ancora e per motivi abbastanza chiari anche a te, ma questo non vuol dire che tu non possa provare ad aprire il tuo cuore a qualcuna.»

Sapevo bene che si stava riferendo a Selene. Cosa diavolo stava facendo? Prima la metteva in guardia da me e ora stava tentando di convincermi a corteggiarla o magari a iniziare una relazione con lei?

«Sei venuto qui a fare il grillo parlante della situazione? A che scopo?» Sarebbe stata una follia aprirmi con qualcuna, soprattutto con una come Selene. Per lei sarebbe stato peggio di una condanna e io non volevo che la bimba morisse, volevo che lei vivesse.

Che vivesse accanto a qualcuno migliore di me.

«Non tutte sono come Kimberly o Scarlett. Hai mai provato a parlare con una donna? Hai mai provato a conoscerla sul serio, a volerla nella tua vita e non solo nel tuo letto?»

La risposta era abbastanza ovvia. Non avevo mai mostrato alcun interesse per qualcosa che non riguardasse il loro corpo.

Non risposi e Logan proseguì: «Dovresti darti una possibilità. Non puoi costringere te stesso a rivivere quella *tortura* ogni volta. Lo so che il sesso per te non è altro che dolore».

Qualcosa mi si ruppe nel petto al suono delle sue parole perché… Logan mi aveva capito o forse in fondo aveva sempre saputo la verità sul mio atteggiamento.

«Lo faccio per il bambino…» sussurrai, passandomi una mano sul petto; il soffio al cuore era forte, molto forte, e qualcosa improvvisamente catturò la mia attenzione.

Era proprio il bambino, colui che non si dava pace, colui che mi costringeva ad agire in modo illogico per consolarlo.

Lo vidi.

Lo vidi di fronte a me dall'altra parte della piscina, con i pantaloncini blu sporchi di terriccio, le ginocchia sbucciate, gli occhi dorati ricolmi di lacrime, i capelli castani lunghi sulla fronte, la canotta da basket dell'Oklahoma City e una palla sotto l'avambraccio, la stessa che usava per giocare da solo in giardino. Ci fissammo, poi lui abbassò per un istante lo sguardo sull'acqua cristallina dinanzi a sé e un istante dopo tornò a guardarmi.

Aggrottai la fronte per capire se stesse cercando di dirmi qualcosa, ma non ci riuscii. Lui mi sorrise e poi si lasciò cadere a peso morto nell'acqua.

«No!» urlai, scattando in piedi per correre verso il bordo della piscina. Il bambino, però, non c'era più, era svanito.

Osservai il fondo della vasca e il perimetro tutto intorno, ma lui… lui… non c'era, ma a prendere il suo posto furono i ricordi.

Quei maledetti ricordi…

Stava piovendo.

Era notte fonda e i miei genitori stavano dormendo.

Scesi dal letto e uscii dalla mia stanza.

Mi incamminai scalzo lungo il corridoio, lanciando un'occhiata alla porta chiusa di mio fratello.

In silenzio e in punta di piedi, imboccai le scale. Indossavo solo i boxer, mi ero sfilato il pigiama e l'avevo piegato ordinatamente nel cassetto.

Era buio pesto, il bagliore aranciato di un lampione da giardino filtrava attraverso le ampie vetrate, tagliando il pavimento in vari spicchi. Fu lui a guidarmi fuori.

Aprii la portafinestra e camminai sul prato, sotto un cielo gocciolante e dei lampi saettanti.

Con una mano mi scostai i capelli bagnati dal viso e proseguii fino alla piscina.

Non sapevo ancora nuotare ed era proprio per quel motivo che ero lì.

Sollevai lo sguardo sul cielo oscuro e mi parve che la tempesta stesse aspettando proprio me.

Non voleva farmi piangere da solo.

Avevo imparato a sopportare il dolore, ma non riuscivo più a contenerlo. In quell'istante, mi sentivo come un'aquila che batteva le ali contro la tempesta, ma che non sarebbe mai sopravvissuta al suo tumulto, non avrebbe mai rivisto il sole dietro le nuvole nere.

Aprii un palmo della mano e lasciai che le gocce picchiettassero sulla mia pelle.

Le vedevo, le sentivo, ero vivo, ma ancora sporco.

Troppo sporco.

Neanche tutta l'acqua del mondo avrebbe ripulito la mia anima.

Ogni goccia di pioggia era un pezzo di me che ormai non riuscivo più a tenere insieme.

Chiusi la mano in un pugno e fissai la piscina di fronte a me. Era un manto scuro e profondo.

Non era mai stata così spaventosa come allora.

In quel momento provai la paura che precedeva ogni altra emozione: il coraggio, l'adrenalina, la follia, la disperazione.

Non mi voltai neanche una volta indietro e spalancai le braccia.

Ero un angelo perfetto, adesso, o forse no.

Un angelo probabilmente lo sarei diventato dopo il mio gesto.

Mamma non sarebbe stata contenta della mia decisione, ma non mi importava. Non potevo andare avanti in quel modo.

In quel momento, i fiori si piegarono sotto la pioggia, il vento scosse le foglie e tutto parve un quadro.

Il destino stava scrivendo di un bambino che a soli dieci anni voleva smettere di combattere.

Aveva smesso di sperare, non voleva più vivere con la malinconia, con i colori assopiti, con un nodo che gli stringeva il cuore.

Ripensai al biglietto che avevo lasciato alla mia famiglia, sulla mia scrivania:

Quando smetterà di piovere, io sarò già sulla mia Isola che non c'è.

Così, dopo un ultimo respiro profondo, chiusi gli occhi e mi lasciai cadere, avvolto dalle braccia silenziose di quella tempesta.

«N-Neil», balbettò Logan, ma non lo guardai. Continuai a fissare l'acqua dove adesso vedevo riflesso il me stesso adulto, con il fisico imponente e i lineamenti ormai maturi.

«Lui, il bambino, era lì... era lì fino a poco fa.» Indicai un punto imprecisato dinanzi a me, ma mi sentivo dissociato dalla realtà, scosso e confuso.

Dov'era finito?

«Non c'era nessuno, Neil.» Mio fratello sospirò e mi posò una mano sulla spalla per attirare la mia attenzione. Mi voltai e il suo sguardo impietosito mi fece accovacciare sul bordo della piscina, arreso.

«Nessuno», ripeté afflitto.

31
Selene

Delle due sorelle, la Passione è di gran lunga la più subdola: per insinuarsi nei tuoi pensieri, aspetta che la Saggezza sia andata a dormire.

MASSIMO GRAMELLINI

IL trucco faceva miracoli e nel mio caso fu davvero così: il correttore coprì il mio livido sulla guancia alla perfezione.

Non faceva più male, ma era ancora ben visibile sulla mia pelle chiara.

Dopo quella maledetta sera, avevo perso Jared definitivamente e dentro di me avvertivo sensazioni contrastanti: da un lato, mi sentivo sollevata al pensiero di non dover più fingere di preferire lui a Neil; dall'altro, ero sorpresa per aver conosciuto un aspetto violento di Jared che mai avrei pensato gli appartenesse.

Per questo mi sentivo libera e non più in difetto, non più sbagliata.

Adesso potevo vivere qualsiasi cosa mi legasse a Neil senza ostacoli, perché ormai l'unico ostacolo insormontabile al nostro rapporto bizzarro erano lui e la sua personalità complessa.

Ero certa di non sapere ancora molte cose, perché Neil era così misterioso, così ambiguo da destabilizzarmi con molta facilità.

Non riuscivo mai a capire i suoi sbalzi d'umore, cosa provocasse in lui reazioni improvvise e spesso illogiche. Un attimo prima era passionale e carnale, come lo era stato durante il gioco dei dadi nella dépendance, un attimo dopo diventava irascibile e pericoloso.

A volte mi parlava ed era comunicativo, altre volte era introverso e perso nei suoi pensieri, come se vivesse in un mondo tutto suo.

Cercavo di scorgergli l'anima nella profondità degli occhi dorati, ma lui me lo rendeva difficile perché spesso era così gelido da impedirmi di avvicinarmi a lui.

Sospirai e chiusi il libro che stavo leggendo, allungando i muscoli intorpiditi.

Ero seduta sul letto a gambe incrociate e mi stavo annoiando, oltre a ossessionarmi su Neil.

Avevo studiato tutto il pomeriggio, fatto una doccia e indossato il pigiama con le stampe delle tigri.

Sorrisi nel pensare a quando Neil lo aveva visto per la prima volta; mi aveva fatto chiaramente intuire che non gli piaceva e che non sarebbe stato capace di «provocare un'erezione a un uomo».

Era passato molto tempo da allora.

Due colpi alla mia porta cancellarono dalla mente il ricordo di uno dei primi incontri con lui.

«Avanti», dissi e subito dopo scorsi la figura di Logan entrare in camera.

«Spero di non disturbarti», disse, prima di guardarmi imbarazzato, tanto quanto me.

Lui sapeva. Sapeva tutto, esattamente come la governante.

«Logan, io...»

«Non sono qui per giudicarti, ma per parlarti.» Si avvicinò alla sedia della mia scrivania e la girò per sedersi, puntando i gomiti sulle ginocchia.

Non avevo idea di cosa avesse intenzione di raccontarmi, ma temevo ugualmente che pensasse di me cose orribili.

«Neil non è un ragazzo come gli altri», iniziò, fissando il pavimento come se stesse cercando le parole giuste per esprimersi. «Ha vissuto delle situazioni particolari, delle cose che lo hanno indotto a sviluppare modi di fare e di ragionare fuori dal comune.» Sospirò e io sperai che fosse più preciso. Avevo intuito anch'io che Neil era molto diverso dagli altri, ma la sua diversità non mi spaventava.

«Cosa stai cercando di dirmi?» gli chiesi, per incitarlo a essere più chiaro.

«Sto cercando di dirti che, se desideri la favola, un principe azzurro, una storia d'amore, mio fratello è la persona sbagliata.» Puntò i suoi occhi nei miei e mi guardò affranto. «Non è cattivo, anzi. Personalmente gli devo tutto, si è *sacrificato* per me, ma... ha danneggiato se stesso.» Le sue parole furono un colpo dritto al cuore; in quel momento i suoi occhi divennero lucidi e pieni di un sentimento fraterno che non conoscevo, ma che potevo immaginare. Logan amava davvero suo fratello.

«Ciò che ha vissuto lo ha reso chi è oggi, e non pensare che basti una donna o l'amore per curarlo. Succede nei libri, Selene, mentre questa è la realtà. Hai notato anche tu che Neil...» Si fermò e inspirò profondamente. «Perde il controllo facilmente, fa innumerevoli docce al giorno, fuma molto, è scostante, è dipendente dal sesso, spesso agisce in modo irrazionale e ha pensieri confusi.»

Erano tutte cose che in effetti avevo davvero notato e che, non molto tempo prima, mi avevano indotta a cercare su internet informazioni sulla sua condizione psichica.

«Lui è...» Volevo chiederlo, ma al tempo stesso non volevo risultare offensiva nei confronti di Neil; tuttavia, mi schiarii la gola e sganciai la bomba. «Borderline?» sussurrai appena, a disagio, sperando che Logan non mi rimproverasse o non mi vedesse come una nemica da cui difendersi.

«No», rispose subito ed ebbi l'impressione che invece una parte di lui sperasse di darmi una risposta affermativa. «So che è un bel ragazzo, so che con le donne ci sa fare e so anche che tu gli piaci più delle altre, ma ci tengo a entrambi e ho paura che qualcuno di voi possa farsi male a causa di questa folle situazione.» Si passò una mano tra i capelli preoccupato, poi si alzò e si incamminò verso di me, sedendosi sul bordo del mio letto.

«Non fraintendermi, sarei contento se lui aprisse il suo cuore a te, ma ha ancora troppi problemi da risolvere. Problemi enormi, Selene. Non potrà amare un'altra persona se prima non imparerà ad amare se stesso; così come non potrà mai andare avanti se prima non chiuderà con il passato.»

Abbassai lo sguardo sulle gambe. Cosa avrei potuto fare io per aiutarlo? Niente.

Non sarebbe bastato stargli accanto e neanche provare un sentimento per lui. Anzi, forse sarebbe stato perfino un problema aggiuntivo. A ogni modo, non potevo neanche darmi per vinta, non potevo lasciarmi intimorire dalla sua personalità incasinata; forse il mio aiuto non sarebbe stato sufficiente, ma poteva essere necessario per sostenerlo nelle scelte che avrebbero potuto migliorare il suo presente.

Alzai il viso verso Logan e gli sorrisi, stringendogli il dorso della mano. Capivo il suo punto di vista, capivo la sua preoccupazione per me e per suo fratello, ma ormai ero entrata nel labirinto di Neil e avrei trovato da sola l'uscita conducendolo con me.

Forse ero più folle dell'uomo che cercavo di aiutare, ma il mio cuore mi suggeriva di seguire l'istinto.

Quando Logan se ne andò, mi balenò in testa un'idea stupida e forse pericolosa. Uscii dalla stanza e percorsi il breve tratto del corridoio che mi divideva dalla camera di Neil. Non lo incontravo da due giorni e, malgrado gli avvertimenti di Logan, io avevo voglia di vederlo. Magari non era in casa, forse era uscito con i Krew oppure era in compagnia della bionda di turno, ma nessuna di queste possibilità mi fece desistere.

Bussai tre volte alla sua porta, sentendo subito il battito cardiaco accelerare. Dei passi, decisi e misurati, mi indicarono che a breve sarebbe apparso sulla soglia. Quando si palesò, io sentii l'impulso di scappare via.

Neil era a torso nudo con indosso dei pantaloni sportivi grigi. I miei occhi percorsero le spalle ampie, le mezzelune dei pettorali, gli addominali scolpiti e le fossette sul basso ventre, oltre le quali si celava tutta la sua virilità. Osservai il *Pikorua* sul fianco sinistro e ricordai il modo in cui l'avevo toccato quelle poche volte in cui Neil era stato nudo accanto a me, poi ripercorsi i rilievi del suo torace per fermarmi sul *Toki* del bicipite destro. Le linee nere e definite si intersecavano tra loro su un manto di pelle ambrato. Neil era un adone, una divinità enigmatica destinata alla dannazione eterna.

Mi bastò guardarlo per sentirmi avviluppata a lui e privata della mia razionalità.

«Che vuoi, Trilli?» esordì con la sua voce baritonale. «O dovrei chiamarti… Tigre?» aggiunse divertito, guardando le stampe del mio pigiama anti-sesso e decisamente infantile.

Deglutii e mi costrinsi a guardarlo negli occhi. Dio, anche quelli erano magnifici, di un giallo-dorato indefinito che cambiava tonalità in base ai riflessi della luce.

«Allora?» mi incalzò. In effetti, mi si era seccata la gola e probabilmente avevo in volto la tipica espressione di tutte quelle che, ogni giorno, ammiravano la sua avvenenza.

«Mi stavo annoiando e…»

Che cavolo di risposta gli stavo dando?

«E hai pensato bene di disturbarmi a quest'ora perché ora sei single e vuoi scopare più spesso?» mi prese in giro abbozzando un sorriso divertito, uno dei pochi che avessi mai notato sul suo viso perfetto; sgranai gli occhi quando realizzai che razza di risposta mi aveva dato.

«No!» Mi riscossi subito. «Santo cielo, no, io non… non…» Ma lui si scostò di lato e mi fece capire che non avrebbe ascoltato la fine della mia inutile giustificazione.

«Entra», mi invitò e io obbedii, come se il mio corpo non rispondesse a me, bensì ai suoi comandi. Non avevo neanch'io idea del perché lo avessi cercato, né del perché non avessi paura di lui, soprattutto dopo il suo comportamento assurdo nella dépendance.

Mi guardai attorno, ammirando l'arredamento sofisticato e tipicamente maschile della sua stanza, una stanza che ormai avevo ben memorizzato.

Il suo profumo di muschio aleggiava nell'aria e il bagno sembrava che fosse stato appena usato, dato che dalla porta semiaperta proveniva del vapore.

«L'hai coperto…» mormorò, riferendosi al mio livido, quando mi si avvicinò per scrutarmi attentamente il viso.

«Non fa più tanto male», replicai, cercando di non farmi distrarre dai suoi muscoli esposti.

Perché diavolo ero lì?

Neil era imprevedibile, poteva arrabbiarsi da un momento all'altro e cacciarmi fuori, oppure propormi qualche giochino erotico come quello dei dadi o ancora…

Il filo dei miei pensieri si spezzò quando mi afferrò per un polso per attirarmi contro di lui.

«Non indossi il reggiseno», sussurrò sensuale; le mie mani gli si posarono sul petto nudo, sentendone il calore sotto le dita. Non ebbi il coraggio di muovermi, né di emettere una sola parola. Gli arrivavo a stento allo sterno e i miei occhi presero a fissare un punto imprecisato del suo addome.

«Credo che non sia stata una buona idea venire qui… io…» Indietreggiai pronta ad andare via, ma lui mi agguantò per la maglietta e la strinse in un pugno. Mi attirò ancora a sé, e stavolta mi fece sbattere la schiena contro il suo petto; dopodiché, inspirò sul mio collo, aderendo a me.

«Dove pensi di *volare*, Trilli?» Quel timbro… quel timbro era lo stesso che usava quando voleva preannunciarmi le sue voglie e adesso aveva voglia di… *me*.

Lo percepivo.

«Dimmi qualcosa di te, prima di prenderti qualcosa di me», sussurrai e chiusi gli occhi quando sentii la sua erezione pungermi la base della schiena. Dovevo ammettere che la sua fisicità imponente mi eccitava e mi piaceva la sensazione di dominanza che riusciva a esercitare su di me.

«Player 2511 ha inviato una busta con un altro enigma», confessò, facendomi spalancare gli occhi. Mi voltai verso di lui pronta a fargli altre domande, ma Neil si piegò sul mio collo per baciarmi e leccarmi.

Emisi un gemito di stupore per la voluttà con cui muoveva la lingua sulla mia pelle e mi sentii stordita, come se avessi bevuto una bottiglia intera di vodka.

«C-cosa c'era dentro?» riuscii a dire, nonostante sentissi le sue mani toccarmi ovunque al di sopra dell'orrendo pigiama che ci divideva.

«Foto di tutti i membri della famiglia e un enigma che adesso non voglio ricordare», mi sussurrò all'orecchio, facendomi indietreggiare fino al bordo del letto con la forza del suo corpo.

Era assurdo che stessimo «parlando» in quel modo.

Non mi aspettavo di ricevere quella risposta quando gli avevo detto di dirmi qualcosa.

Caddi a peso morto sul materasso e Neil mi sovrastò, infilandosi tra le mie gambe. Mi baciò il collo e mi palpò con una mano, reggendosi su un gomito.

Mi stava facendo girare la testa e le uniche sensazioni sulle quali riuscii a concentrarmi furono quelle provocate dalle sue labbra esperte e dal suo corpo che strusciava lentamente sul mio, per farmi impazzire del tutto.

«Di che foto parli?» ansimai timidamente quando mi infilò una mano sotto la maglietta per toccarmi il seno nudo. Lo avvolse nel palmo caldo e lo strinse con forza, facendomi inarcare sotto di lui.

«Fammi dimenticare tutto, Selene.» Mi pregò con lo sguardo, poi mi sollevò la maglietta con impazienza. Non capii nulla, eseguii soltanto i suoi ordini come una marionetta.

La gettò via e si fiondò sui capezzoli per succhiarli. Strinse i seni con entrambe le mani e ci infilò la lingua nel mezzo; li leccò come se ne andasse matto. Nel frattempo, i capelli scombinati mi solleticavano la base del collo e la barba pungeva contro la pelle sensibile, cosa che accresceva in me delle sensazioni devastanti. Emisi un piccolo grido quando chiuse tra i denti uno dei capezzoli e lo mordicchiò, per stuzzicare delle terminazioni nervose che non credevo neanche di avere.

«Neil», sussurrai, in preda alla passione. Come sempre sapeva quali punti toccare, come risvegliare i miei desideri e come far pulsare la mia intimità che strusciavo contro la sua erezione dura, coperta ancora dai pantaloni.

«Apri bene le *ali*, Trilli», mi parve di sentigli dire, al di sopra del battito furioso del cuore nelle orecchie. Dopodiché, Neil scese a leccarmi lo sterno, poi lo stomaco e infine l'ombelico. Ci fece ruotare attorno la lingua e prese l'elastico dei miei pantaloni, che poi abbassò.

Mi svegliai all'improvviso dal mio stato di trance e lo guardai meglio. Se ne stava lì, tra le mie cosce, sfacciato come un diavolo, e ostentava un sorrisetto malizioso che mi fece intuire le sue cattive intenzioni. D'un tratto, annusò le mie mutandine di cotone e io arrossii per quello strano gesto, poi mi sorrise e me le sfilò, facendole scivolare lungo le gambe tese.

«Sei perfetta», sussurrò, guardando proprio il mio centro che fremeva all'idea di accoglierlo; a quel punto, mi divaricò le gambe e continuò a fissarmi il pube, incurante del rossore che mi imporporava le guance.

«Sai, bimba, non sono mai stato attratto da quelle come te.» Accarezzò delicatamente la sommità delle mie cosce, facendomi tremare per l'eccitazione. «Ma tu mi piaci», dichiarò, aprendomi maggiormente le gambe. Il mio respiro accelerò e Neil si piegò a baciarmi il ginocchio; mi solleticò di nuovo con il suo accenno di barba e salì fino all'interno coscia, strappandomi un sussulto e un ansito sensuale.

«Sei ancora troppo sensibile.» Con un sorriso malizioso, trascinò le labbra lungo la mia pelle mentre continuavo a fissarlo completamente stordita dal suo sguardo luminoso.

Nuda ed esposta ai suoi occhi così com'ero, volevo soltanto che mi prendesse e che mi toccasse come soltanto lui sapeva fare.

Come se avesse percepito i miei pensieri indecenti, Neil si avvicinò al punto esatto in cui lo desideravo e mi soffiò sul sesso per farmi capire che la sua bocca era a un millimetro da me.

La percepivo anche se non mi stava ancora toccando, ne sentivo il respiro caldo mentre lui continuava a soffiarci sopra e osservava le reazioni del mio corpo, che tremava, sussultava e si bagnava per lui.

«Mmh, anche questo ti piace», commentò come se stesse parlando più con se stesso che con me. Mi posò un bacio umido sul monte di Venere ed emisi un sospiro di piacere, mentre i miei occhi erano incatenati ai suoi, poi mi diede un altro bacio, lento e trascinato, sempre vicino al sesso, ma non abbastanza; tuttavia, la mia eccitazione salì in un nanosecondo.

Dio, era una tortura.

«Neil», lo supplicai e istintivamente mi mossi verso la sua bocca con un gemito disperato.

«Shh...» mi zittì, e sentii di nuovo il suo respiro colpirmi proprio dove bramavo le sue labbra umide e calde. Dallo sguardo sfacciato e dal sorrisetto malizioso capii che si stava davvero divertendo a torturarmi.

«Ti prego.» Stentai a riconoscere la mia stessa voce, ero fuori di me. Posai le mani sulle sue, che mi stavano stringendo i fianchi, e mossi appena il bacino, in senso circolare.

Ormai Neil aveva capito di avermi in pugno. Provai a inarcarmi di nuovo, ma le sue mani mi immobilizzarono.

«Stai buona, Tigre», sussurrò ironico, però non lo ascoltai, perché attendevo soltanto di sentirlo tra le gambe. La sua bocca scivolò sulla mia coscia, ancora più lontana da dove la desideravo ed emisi un altro verso di frustrazione.

«Sei proprio uno stronzo», dissi a bassissima voce.

Un bellissimo stronzo, pensai.

Neil risalì di nuovo e mi colpì ancora il sesso con il suo respiro caldo; non mi toccò, ma d'istinto allargai le gambe per ricevere in pieno quel soffio magico.

«Potrei farti venire anche così, senza toccarti, lo sai?» Sorrise, sicuro di sé, e non ebbi dubbi in proposito. Le sue labbra peccaminose erano così esperte da farmi liquefare, le sue mani così virili da possedermi e i suoi occhi così insidiosi da stordirmi il cervello.

«Voglio sentirti», ribattei, mordendomi il labbro inferiore.

«Dove?» chiese malizioso, con quella sua voce rauca e bassa.

«Ovunque.» Spalancai le gambe, completamente fuori di me, ubriaca di lui e di tutta questa situazione folle ed eccitante.

Neil sorrise e finalmente si avvicinò; mi lanciò un'occhiata carica di erotismo e con la punta della lingua mi leccò e succhiò delicatamente, poi mi stuzzicò con un tocco leggero, procedendo dal basso verso l'alto.

Ci sapeva davvero fare e quasi non credevo che avesse concesso quel privilegio a poche donne.

Era la verità?

«N-Neil, piano», balbettai perché non riuscivo a parlare, ma lui era inarrestabile.

Continuava a concedermi un piacere sublime muovendo la lingua con estrema attenzione, mentre il pollice si dedicava al clitoride. Sussultai e tremai perché ciò che provavo era così intenso da indurmi a perdere il controllo.

Sobbalzai ancora quando con la lingua girò attorno al clitoride fino a renderlo ancora più turgido; dopodiché, infilò due dita dentro di me per inebriarmi oltre ogni aspettativa.

Gli impugnai i capelli e precipitai in una voragine di lussuria e perversione, sotto il suo tocco implacabile.

«Dio.» L'eccitazione era così tanta da farmi inarcare la schiena.

«Mi piace anche il tuo sapore», sussurrò lui e piegai le ginocchia spingendogli il bacino contro il viso; persino la sua voce mi disarmava ed eccitava.

Avrei voluto che parlasse per sempre.

Le sue mani risalirono dalle mie gambe al ventre, fino ai seni; li strizzò in modo rude e poi ridiscese lentamente, mentre la lingua roteava voluttuosa ed esperta su di me. Nel frattempo, ansimavo e ondeggiavo contro di lui.

Lo volevo e me lo sarei presa.

Neil puntò gli occhi nei miei e mi guardò al di sotto delle ciglia castane; con quei capelli scombinati e le labbra sulla mia intimità era una visione magnifica.

Con un riflesso inconscio, e forse un po' malizioso, strinsi le cosce per ammirare l'immagine del suo viso tra esse; per tutta risposta, lui mosse la lingua in modo peccaminoso e veloce, come se mi stesse penetrando.

«Come fai… come… oh sì, lì», farfugliai, sudata.

Il petto si sollevava a ritmo con il mio respiro ansante e Neil mi divorava come una furia, senza fermarsi. Mi fece perdere la cognizione del tempo: il mio clitoride pulsava, le labbra erano gonfie, un calore ardente iniziò a incendiarmi dalle punte dei piedi fino al petto e mi attraversò lo stomaco.

Un fremito violento mi fece irrigidire i muscoli e raggiunsi un orgasmo intenso, acuto, istantaneo, ma soprattutto… travolgente.

Affondai la testa nel cuscino, gli strinsi i capelli e un arcobaleno di colori mi annebbiò la vista mentre gli venivo sulla lingua.

Rilassai ogni parte di me, deglutendo a fatica, e lo guardai portare il viso all'altezza del mio, per gettarmi addosso i suoi bellissimi occhi.

«Com'è stato il *volo*, Trilli?» Si leccò le labbra, gustando il mio sapore; vederle tumide e bagnate di me mi fece arrossire.

«Ho scoperto che mi piace il sesso orale ad alta quota», ribattei ironica e lui dapprima aggrottò la fronte, poi scoppiò a ridere di pancia, facendomi vibrare anche il petto. Non l'avevo mai sentito ridere così di gusto, sembrava quasi tenero.

Quasi.

«Sei davvero adorabile. Una verginella adorabile.» Sorrise, mentre si reggeva sui gomiti; i suoi capelli mi solleticavano la fronte, il torace mi premeva contro il petto e l'erezione mi pungeva tra le cosce.

La sentii lì, dura e spessa, e risvegliò la mia voglia di averlo ancora.

Mio.

Sarebbe stato solo mio in quel momento.

Fissai le sue labbra lucide dei miei umori, mi avvicinai e ci passai la lingua, lasciandolo senza parole.

«Stai diventando più audace», commentò con un verso gutturale che mi provocò un'altra ondata di piacere.

«Probabilmente sto imparando dal migliore», risposi e lui si accigliò, fissandomi inspiegabilmente la guancia. Non sempre riuscivo a leggere i suoi pensieri e non ne ero in grado neanche in quell'istante.

D'un tratto, le sue pupille divennero come spilli e il dorato prevalse, tradendo tutta la sua confusione.

«Ora che non hai più un ragazzo, non crederai mica di poter proiettare le tue fantasie d'amore su di me, vero?»

Si allontanò e mi afferrò per i fianchi, girandomi di spalle. In meno di un secondo, mi ritrovai con il seno premuto contro il copriletto e con il suo indice che mi tracciava la linea della spina dorsale.

«E se fossi tu a fantasticare di avere un amore da favola con me?» lo provocai.

Sussultai quando un sonoro schiaffo mi arrivò violento su una natica. Lo guardai da sopra una spalla, cercando di individuare il suo viso, ma tutto ciò che riuscii a vedere fu il bicipite destro adornato dal *Toki*.

«L'unica favola che immaginerei con te, Trilli...» Mi sollevò il bacino, posizionandomi a carponi di fronte a lui, e mi toccò i glutei con entrambe le mani, strizzandoli senza alcuna delicatezza. «Sarebbe quella di fotterti il culo, perché anche quello mi piace.» Mi morse e sentii i suoi denti affondarmi nella carne, proprio dove mi aveva schiaffeggiata; poi allontanò le mani da me solo per calarsi i pantaloni e i boxer.

«Sei un pervertito», gli dissi, mentre me ne stavo piegata e nuda, con i capelli sciolti che fluttuavano davanti a me, in attesa che lui facesse quello che più desiderava.

«Non mi consideri romantico?» Si strusciò tra le mie gambe e lo sentii ridere compiaciuto.

Altro che romantico, avrei voluto rispondere, ma non parlai. Ero in imbarazzo, anche se Neil era stato così bravo a eccitarmi che non volevo altro che sentirlo muovere dentro di me.

«Cazzo quanto mi vuoi, bimba.»

Mi voltai appena e lo guardai. Passò un dito sulla mia eccitazione e se lo portò alle labbra, succhiandolo come se fosse una prelibatezza.

Lo volevo da morire: sentivo anch'io quanto fossi bagnata e pronta ad accoglierlo.

Inarcai la schiena quando la sua erezione tornò a solleticarmi tra le cosce.

«Il preservativo.» Mi ricordai in quell'istante di dirglielo perché lo avevamo sempre fatto senza.

«Con te non l'ho mai messo», ribatté infastidito per la mia intromissione, senza smettere di strusciarsi contro di me.

«Ma dovresti», tentai di convincerlo, guardandolo con la coda dell'occhio; ero scomoda e davvero non capivo perché amasse quella posizione. Mi impediva di vederlo e perfino di toccarlo.

Era impersonale, distante e sembrava che a lui piacesse proprio per questo: voleva far sentire una donna *impotente e sottomessa.*

«Tanto prendi la pillola», rispose categorico. «E adesso ce l'ho troppo duro per continuare a parlare, Trilli. Usami e fa' silenzio.»

Senza consentirmi di controbattere, spinse i fianchi contro di me. Il suo membro mi scivolò dentro con forza, mozzandomi il respiro, e urlai.

Mi modellai faticosamente attorno a lui; come ogni volta, lo sentivo tutto, fin dentro la pancia.

Trattenni il fiato e Neil si fermò un secondo, per farmi adattare.

Espirai l'aria lentamente nell'esatto istante in cui lui uscì, poi la trattenni ancora quando rientrò, questa volta con un colpo di reni forte e deciso.

«Piano…» mormorai; all'improvviso, le sue mani mi afferrarono forte per i fianchi e le sue spinte divennero sempre più violente, tanto che ebbi difficoltà a reggermi sulle ginocchia. Il suo ritmo era troppo veloce e incalzante, ma cercai di rilassarmi e mi concentrai su quello che stava accadendo.

Neil usciva ed entrava, usciva ed entrava; a ogni colpo emettevo un ansito di piacere e dolore, perché non ero ancora abituata alle sue dimensioni.

«Cazzo, il tuo corpo mi fa impazzire.» Si piegò su di me e mi afferrò per i capelli, leccandomi il collo. Il suo addome mi premeva contro la schiena e sentirlo sudato e ansimante dietro di me rendeva intimo quel contatto carnale, che lui tentava di limitare a qualcosa di meramente meccanico.

«Sei così stretta. Me lo stritoli, bimba», sussurrò con quel timbro rauco che mi faceva girare la testa.

Inspirai a fondo. Dovevo rilassarmi, dovevo concentrarmi sulle sensazioni piacevoli del nostro amplesso e non sulle sue mani che mi marchiavano con forza o sugli affondi a tratti magnifici e a tratti dolorosi.

Le ginocchia, però, non ressero per molto alle spinte e così caddi, urtando il petto sul copriletto tiepido. I capezzoli sfregarono contro il tessuto morbido e il sedere si sollevò per assecondare il movimento dei suoi fianchi.

Neil era così sicuro di sé, così dominante e imponente che mi morsi il labbro inferiore per non gemere e posai la tempia sul braccio teso. Mi aggrappai con le dita alla testiera in ferro battuto del suo letto, mentre la spalliera urtava contro il muro accompagnando il nostro atto con un rumore osceno.

Dopo un po', Neil mi posò il mento sulla spalla e mi respirò affannato accanto all'orecchio. Percepivo il suo profumo, il torace umido, la pelle bollente; tutto ciò esaltava il momento ed enfatizzava la fusione dei nostri corpi.

Quando mi toccava ero fuori da tutto perché ogni parte di me era sua.

«Neil», mormorai mentre lui continuava a penetrarmi e la mia eccitazione aumentava insieme alla sua.

Mr. Incasinato mi possedeva in modo totalizzante, il cuore palpitava a una velocità assurda e i muscoli si tendevano, squassati dal suo impeto.

«Lasciati baciare», gli dissi, quasi senza rendermene conto. Desideravo creare un'intimità maggiore tra noi e non essere sbattuta come se fossi una delle tante.

Neil non colse subito la mia richiesta: rimase aggrappato ai miei capelli mentre con l'altra mano reggeva il peso del suo corpo, sospeso su di me per non schiacciarmi.

Osservava il nostro punto di connessione ed era concentrato lì, sul modo in cui mi stava dominando, senza essere emotivamente coinvolto.

«Perché non mi baci?» chiesi ancora.

La volta precedente, seduti sulla chaise longue in piscina, era stato lui stesso a chiedermi di «baciarlo senza fermarmi» e adesso sembrava che unire le nostre labbra lo disgustasse.

Qualcosa gli occupava la mente, pareva avere mille pensieri per la testa e, anche se il nostro amplesso gli stava dando chiaramente piacere, probabilmente non godeva come gli altri uomini e si limitava a dei brevi sospiri.

Neil era passionale, a volte volgare, ma sempre silenzioso; anzi, tra i due l'unica a gemere ero io, completamente soggiogata dalla libidine.

Mi resi conto che, in un certo senso, io e Neil ci compensavamo: io ero brava con le parole e lui con il corpo.

«Voglio toccarti e guardarti negli occhi.» Tentai di alzare il busto, ma mi mancarono le energie. Perciò, rimasi immobile sotto di lui e lasciai che si prendesse tutta me stessa. Neil mi piantò le mani ai lati della testa e si sollevò sugli avambracci, spingendosi di più contro di me.

Da un lato il desiderio crescente mi faceva mugolare di piacere, dall'altro mi sfiniva.

Era una sensazione surreale, stavo andando a fuoco come se fosse scoppiato un vero incendio.

«Shh… ne voglio ancora», disse lui, riferendosi probabilmente ad altri interminabili minuti di sesso, perché non era affatto intenzionato a smettere.

Continuò a spingere e spingere per un tempo infinito, mentre io sentivo un ronzio strano nelle orecchie e fissavo un punto indefinito della stanza, con la guancia contro il copriletto. Avevo il respiro affannoso e la pelle madida di sudore. In tutto questo, Neil ancora non mi aveva baciata e ormai mi ero rassegnata all'idea che non l'avrebbe fatto. Anzi, mi tirò uno schiaffo su una natica e sussultai. Dopodiché, mi parlò ancora, sussurrandomi oscenità all'orecchio e fu sufficiente udire il suono della sua voce per farmi stringere le lenzuola e venire. Neil mi tappò la bocca quando urlai, allargai le cosce e spinsi il sedere contro il suo basso ventre, tremando in balìa di una tempesta che mai avrei potuto controllare.

«Sei proprio una fata», mormorò divertito e continuò a ondeggiare su di me, stavolta in modo lento e seducente per intensificare il mio orgasmo; tuttavia, quando tornai alla realtà, riprese a sbattere il bacino in modo frenetico, mordendomi la spalla e poi il collo, lì dove scivolavano delle goccioline salate che raccolse con la lingua.

Sull'orlo di un terzo orgasmo imminente, farfugliai parole a caso e, nel frattempo, lui mi infilò una mano sotto lo stomaco teso, scivolando in basso. Strinse il clitoride tra l'indice e il pollice e lo stritolò per poi massaggiarlo con delicatezza.

Il suo tocco, esperto e deciso, mi mandò fuori di testa e lui ridacchiò inorgoglito per le reazioni del mio corpo. Un attimo dopo, infatti, il mio sesso risucchiò il suo fino in fondo ed esplose ancora.

«B-basta», balbettai con gli occhi serrati perché mi vergognavo del modo in cui riusciva a farmi perdere il controllo. Lui mi sorrise nell'incavo del collo e premette il torace sulla mia schiena, muovendosi ancora.

«Non ti piace volare con me?» mi prese in giro; d'istinto, mi sollevai e gli infilai una mano nei capelli umidi. Il mio gesto improvviso gli fece aumentare il ritmo fino a farmi male, anche se, in effetti, era un dolore piacevole.

Le sue spinte erano spasmodiche, violente, potenti.

Iniziai ad agitarmi di nuovo sotto il suo corpo e sentii un altro orgasmo montare; allora, inarcai la schiena e Neil mi afferrò per i capelli, voltandomi il viso di lato per costringermi a baciarlo.

Le labbra si aprirono cedevoli alla sua lingua e i nostri sapori si mescolarono; un attimo dopo, con un'altra spinta, il membro raggiunse il punto magico di cui tanto avevo sentito parlare, ma che non credevo esistesse davvero, e venni sommersa da un'ondata di piacere. Una scia di calore salì fino alla bocca dello stomaco, infiacchendo ogni centimetro del mio corpo.

Ormai non percepivo più le braccia, la pancia, le gambe, ma solo le reazioni involontarie innescate dalle mie terminazioni nervose.

Neil sapeva davvero come stordire una donna, ecco perché Jennifer era così dipendente e gelosa di lui.

Speravo, però, di *non* diventarlo anch'io.

Le nostre labbra sembravano volersi inseguire fino ai confini del mondo e io *volavo* per stargli dietro.

Smisi di baciarlo e la testa mi ricadde sul copriletto, Neil invece si tirò fuori di fretta da me.

Lo guardai di sottecchi: era terribilmente al limite.

Si impugnò e mosse la mano velocemente, schizzando il seme bollente sui miei glutei e parte della schiena.

Il suo fu un orgasmo vibrante, ma non ostentato e quasi privo di emozione.

Una volta sazio, si sdraiò al mio fianco, sudato e ansante, e fissò il soffitto passandosi le dita tra i capelli scompigliati.

Lo guardai come se stessi venerando un Dio. I miei occhi tracciarono le linee del *maori* sul bicipite muscoloso e scesero a percorrere gli addominali, velati da una patina di sudore, poi il pube glabro davanti al quale svettava ancora la sua erezione turgida.

«Ti ho fatto male?» Sollevò il busto per appoggiarsi alla spalliera del letto e allungò un braccio sul comodino accanto per prendere il pacchetto di Winston.

Non mi stava guardando, malgrado stesse attendendo una mia risposta.

«Un po'», ammisi sottovoce, chiudendo una mano a pugno accanto alle labbra. Anche se sentivo ancora i residui del piacere tra le cosce, ero indolenzita, soprattutto dal bacino in giù.

Neil sfilò una sigaretta con i denti e l'accese, poi infilò l'accendino all'interno del pacchetto e lo riappoggiò sul comodino.

«Dovresti imparare a scopare, oltre che a baciare», disse, fissando la nube di fumo con cui stava inquinando l'aria.

Aggrottai la fronte per le sue parole offensive.

Mi sentii improvvisamente umiliata e a disagio: avevo freddo ed ero sudata, il suo seme mi colava sulla schiena e tra le gambe sentivo ancora la sua presenza. Mi misi seduta, coprendomi il seno con l'avambraccio e mi guardai attorno in cerca dei miei vestiti.

«Ma guarda con che razza di stronzo ho deciso di andare a letto!» mi dissi, dandomi ripetutamente della stupida; lui, però, mi afferrò per un polso e mi attirò a sé, fino a farmi aderire il seno al suo petto e ad allineare gli occhi ai suoi. Mi sentii concatenata a lui perché con lo sguardo dorato Neil parlava benissimo.

«Sai perché dovresti imparare?» Si tolse di bocca la sigaretta e, con la stessa mano con cui la stringeva, mi sistemò una ciocca di capelli umidi dietro l'orecchio, espirando dal naso il fumo, di cui non sopportavo la puzza.

«Perché non sono come tutte le bionde con cui ti diverti, forse?» ribattei inviperita; ero davvero pronta a tirargli uno schiaffo, se avesse osato offendermi ancora.

«No.» Sorrise, fissando ogni linea del mio viso come se fossi un ritratto da analizzare. «Perché se continuerai a essere così bimba, non farò altro che desiderare di scopare tutta la tua inesperienza», aggiunse irritato, come se dentro di lui ci fosse una voglia incontrastabile della quale si sentiva schiavo.

«Mi stai facendo un complimento?» Inarcai un sopracciglio, seriamente confusa, ma lui si dedicò alla sua sigaretta, reclinando la testa sulla spalliera e guardando il soffitto.

«Io non faccio complimenti, Selene.» Continuò a fumare concentrato, riversando sulla nicotina tutti i pensieri che gli ronzavano nella mente; era estremamente affascinante quando rifletteva su qualcosa.

«Come sei serio», lo presi in giro, con un finto broncio. Neil spostò lo sguardo su di me e aggrottò la fronte.

«E pericoloso no?» mi chiese sollevando appena un angolo delle labbra. Mi stavo costringendo a non ammirare il suo corpo perciò mi avvicinai a lui poi gli sfiorai con il naso la mascella e inspirai il suo odore: sapeva di sesso, di dopobarba sul collo e bagnoschiuma sul petto.

«Potrei esserlo di più io.» Fissai la sigaretta che teneva tra le labbra e lui sorrise provocante. «Perché ti avveleni con il fumo?» Storsi il naso e abbozzai una smorfia di disappunto.

«Tu non hai mai fumato nei tuoi lunghi ventun anni di vita?» chiese incuriosito, senza toccarmi né manifestare alcuna intenzione di farlo.

«No, mai.» Non avevo mai preso alcun vizio deleterio e non avevo mai neanche lontanamente provato a fare cose che reputavo *sbagliate*, anche se, in quel periodo della mia vita, ero diventata un'esperta in fatto di errori.

«Vuoi provare?» disse con quel timbro baritonale che avrebbe indotto qualsiasi donna a fare le peggiori follie per lui. Alternai lo sguardo da lui alla sigaretta, che adesso teneva tra le dita, e ci pensai.

«Non lo so», risposi sconcertata come se mi avesse chiesto di lanciarmi senza paracadute dal più alto grattacielo di New York.

«C'è sempre una prima volta.» Mi avvicinò le dita alle labbra e io le schiusi in automatico per accogliere il filtro della sigaretta, lo stesso sul quale aveva posato la sua bocca poco prima.

Aspirai il fumo con impaccio ed esagerai.

In pochi secondi, cominciai a tossire forte e Neil si riprese il filtro, incastrandolo di nuovo tra le sue labbra.

«Almeno adesso sono sicura che fumare fa schifo.» Tossii ancora, mi bruciava la gola così come il petto. In quell'istante, fui certa che non avrei mai più fumato per tutto il resto della mia vita.

«E io che sei proprio una bimba.» Lo stronzo sorrise divertito mentre i miei occhi divennero lucidi a causa della tosse. «Non iniziare mai. Questa merda crea dipendenza e poi è difficile smettere», disse, poi soffiò fuori un po' di fumo inalato con la bocca e lo aspirò con il naso, come un assiduo fumatore.

«Non ne ho intenzione, credimi», risposi con una smorfia disgustata.

Mi sedetti di fronte a lui e tirai il copriletto per coprirmi almeno dai fianchi in giù.

Neil si portò la sigaretta al lato della bocca e socchiuse gli occhi, puntando lo sguardo proprio sul mio petto nudo; il suo sguardo lussurioso mi fece inturgidire i capezzoli e venire la pelle d'oca.

Mi guardai attorno per celare il mio rossore e osservai la scrivania. Alcuni fogli bianchi accartocciati catturarono nuovamente la mia attenzione e pensai agli enigmi, a Player 2511, a…

«Cosa conteneva il terzo enigma?» Mi voltai verso di lui, intento a schiacciare il mozzicone nel posacenere nero a forma di teschio sul comodino.

Quel ragazzo era davvero tutto strano, persino in fatto di oggetti d'arredo.

Un secondo dopo, Neil sospirò e si passò una mano tra i capelli, toccandosi con l'altra il suo…

Oddio!

Evitai di guardare in basso e lui dovette notarlo, perché sorrise, trovando divertente il mio disagio.

«Sai cosa vorrei ora, da te?» chiese in tono sensuale, mentre con la mano continuava ad accarezzarsi; d'un tratto, piegò un ginocchio e lasciò la gamba sinistra tesa in avanti. Cercai ancora di non dirottare lo sguardo dove lui voleva e lo fissai seria in viso, in attesa di sentire la sua nuova perversione *romantica*.

«Una di quelle cose che non faresti mai, perché non in linea con i tuoi principi morali», mi sbeffeggiò e capii che si trattava di qualcosa di indecente. Spostai i capelli su una spalla, lasciando che le punte mi solleticassero il seno destro e lui puntò i suoi occhi famelici esattamente lì.

«Hai proprio una brutta considerazione di me», risposi provocatoria perché ero fiera di essere com'ero. Preferivo essere me stessa anziché assomigliare a tutte le possibili Jennifer con cui era stato prima di me.

«Sì, perché tu preferisci *parlare* e io *fare*. C'è una netta differenza.» Appoggiò il gomito sul ginocchio piegato e finalmente smise di toccarsi. Tirai un sospiro di sollievo perché, se avesse continuato, avrebbe potuto deviare i miei pensieri su altro e mandarmi in fumo il cervello.

«Allora considerando che preferisci *fare*, perché non *fai* meno lo stronzo e inizi a *fare* qualcosa di più serio come rispondere alla mia domanda?» Scrollai una spalla con sicurezza per enfatizzare le mie parole.

Neil strinse gli occhi riflessivo e si morse il labbro inferiore, sorridendo come uno stronzo egocentrico.

Un *magnifico* stronzo egocentrico.

Allontanò la schiena dalla spalliera del letto e avvicinò il viso al mio, pronto a controbattere.

«Te lo infilerei volentieri in bocca ogni volta che ti comporti come una bambina impertinente», sussurrò divertito, alitandomi sulle labbra; trattenni il fiato perché immaginare una cosa simile mi eccitava e spaventava al tempo stesso.

Non sapevo neanch'io quale delle due emozioni fosse preponderante.

«E io te lo permetterei, solo se iniziassi a fidarti di me», replicai sottovoce, guardandolo negli occhi per comunicargli che avrebbe potuto abbassare la guardia.

Ero una sua alleata, non una nemica.

Ero lì per toccargli l'anima e non solo il corpo.

Neil, però, tornò serio e mi fissò come se gli avessi detto qualcosa di sconvolgente. Si allontanò di nuovo da me e si sedette sul bordo del letto, dandomi le spalle.

Ed ecco che scappava.

Scappava come faceva sempre quando tentavo di varcare la linea rossa che indicava il limite che non avrei mai dovuto superare.

«C'era anche una *tua* foto tra quelle contenute nella busta di Player», disse, senza guardarmi. Riuscivo solo a vedere la linea definita della schiena e le spalle ampie che emanavano tutta la sua potenza marcata. «L'enigma contiene il simbolo di un lucchetto e poi uno strano componimento satanico che cela una minaccia.» Si alzò, mostrandomi i muscoli perfetti del suo fondoschiena sodo, e si piegò per infilarsi i boxer. «Chiunque mi stia attorno, diventa un suo bersaglio. Voi siete tutti suoi bersagli, anche se lui cerca me. Vuole giocare con me, ma tramite voi.» Si voltò a guardarmi e rimasi sconcertata dalle sue rivelazioni.

«Avevo già dei sospetti, ma adesso ne ho l'assoluta certezza.» Si passò una mano sul viso e sospirò, cercando di controllare le mille sensazioni negative che circolavano dentro di lui.

«Non so cosa dire.» Abbassai lo sguardo e strinsi il copriletto in una mano. In realtà avrei voluto dirgli tante cose ma avrei solo aumentato la sua tensione e non volevo; preferivo essergli utile e stargli accanto.

«Non conosco il tuo passato, Neil, e non so cosa voglia da te questo pazzo, ma qualsiasi cosa accada, non l'affronterai da solo», promisi, attirando il suo sguardo dorato su di me. Mi guardò come se non fossi reale o come se avesse sentito male.

Invece ero reale e lui aveva capito benissimo.

Non avevo paura e *non* l'avrei abbandonato.

«Tu non c'entri in questa situazione.» Scosse la testa e iniziò ad agitarsi; me ne accorsi dal modo in cui i muscoli si tesero e dal suo timbro, che divenne più basso e forte.

«Hai detto che c'è anche una mia foto, giusto?» dissi, celando il terrore di essere finita nel mirino di uno psicopatico senza identità. «Quindi che ti piaccia o no, siamo coinvolti entrambi.» Esprimere quella conclusione ad alta voce aumentò il mio timore, perché la mia mente riuscì a realizzare finalmente il pericolo. «E non guardarmi così», lo redarguii, quando mi accorsi che mi fissava come uno che non voleva accettare la realtà delle cose.

«Farò in modo che non accada nulla a nessuno di voi», sussurrò con una luce torbida e spaventosa negli occhi. Rilassai le spalle e avvertii un presentimento negativo.

«Come?» Volevo che mi desse altre spiegazioni perché Neil era istintivo e tendeva a commettere azioni sbagliate, spinto dagli impulsi che non riusciva a controllare.

«Sacrificherei la mia stessa vita per salvarvi, come ho già fatto in passato...»

32
Neil

Come la Perla e la Conchiglia.
Vita, amore ed erotismo.
John Keller

L'orribile musichetta nella sala d'attesa della clinica non faceva altro che irritarmi.

La receptionist paffuta, con il culo cascante, mi osservava da sopra gli occhialetti da vista neri, come un cane da guardia pronto a saltarmi addosso al primo passo falso.

«Sono nervosa.» Chloe, accanto a me, dondolava le caviglie per alleggerire la tensione che le scorreva dentro. Stava per sostenere il secondo colloquio con il mio psichiatra ed ero con lei perché avevo deciso che l'avrei sempre accompagnata io in clinica.

Solo io potevo capire cosa significava affrontare un periodo simile.

Tuttavia, almeno Carter era sistemato. Mi ero recato da lui in ospedale e l'avevo ricattato con delle foto interessanti che lo immortalavano a spacciare droga. Se avesse fatto il mio nome agli agenti, lo avrei spedito in centrale con le prove schiaccianti contro di lui, compromettendo il buon nome della sua ricca famiglia.

Il ragazzino aveva accettato il compromesso e così avevo risolto a modo mio la situazione, anche se mia sorella ne subiva ancora le conseguenze perché non aveva superato il trauma.

«Andrà tutto bene. Il dottor Lively è un brav'uomo. L'hai detto tu stessa», le dissi, cercando di rassicurarla. In realtà, mi mancava l'aria ed ero nervoso: avevo bisogno di fumare e di lavarmi dato che non ero a contatto con l'acqua da ben cinquantotto minuti.

«Con chi sei stato questa notte?» Mia sorella mantenne il viso basso e per un attimo pensai di essermi immaginato la sua domanda, così la guardai, confuso.

«Cosa?» mormorai con una voce flebile che non mi apparteneva.

Merda!

«Stanotte ho sentito dei rumori strani provenire dalla tua stanza. Sei stato con una ragazza.» Chloe arrossì. Si imbarazzava a parlare dell'argomento e, cazzo, io ero più in imbarazzo di lei perché avevo appena scoperto che mi – anzi, *ci* – aveva sentito.

«Sei sicura che provenissero dalla mia stanza?» La nostra villa era enorme e le camere da letto abbastanza distanziate tra loro, ma questo non escludeva la possibilità che altri captassero ciò che accadeva nel mio letto.

Era già successo altre volte, ma il pensiero che questa volta si trattasse di Selene, mi preoccupava.

«Sono sicura, Neil. Sarò anche vergine e inesperta, ma non sono stupida», brontolò, lanciandomi un'occhiataccia. Chloe era gelosa sia di me sia di Logan, tanto quanto noi lo eravamo di lei.

Le sorrisi e le avvolsi un braccio attorno alle spalle.

«Piccola, stavo solo facendo i miei soliti allenamenti al sacco», risposi, fingendomi divertito per cercare di sdrammatizzare la situazione. Insomma, parlare di sesso con mia sorella di certo non mi entusiasmava.

«Sì, come no.» Alzò gli occhi al cielo e le stampai un bacio sulla tempia. In quel momento la porta dello studio del dottor Lively si aprì e lui ci venne incontro con un sorriso raggiante, salutando prima me e poi Chloe.

«Pronta?» chiese benevolo e lei annuì, prima di alzarsi in piedi. Dopo aver inspirato a fondo, mia sorella mi guardò e io le sussurrai un «ti aspetto qui» per tranquillizzarla. Chloe seguì il medico verso il suo studio e io rimasi solo, sbuffando per la musichetta classica che continuava a rompermi le palle.

«Che c'è che non va?» brontolò la receptionist che mi stava controllando a distanza.

«La musichetta. Anziché intrattenere un paziente, gli fa cascare le palle sul vostro lussuoso pavimento», risposi schietto, facendola inorridire per via del mio linguaggio scurrile. Mi alzai dal divanetto, che reputai improvvisamente scomodo, e mi guardai attorno, smettendo di degnare di attenzione il bulldog con il parrucchino a pochi metri da me.

Pareti bianche, piante, quadri senza senso, vetrate infrangibili alte fino al soffitto, telecamere ovunque, porte blindate per accedere da un corridoio a un altro, sistemi d'allarme performanti, operatori che mi giravano attorno ogni dieci minuti come se mi stessero tenendo sotto controllo… tutto ciò mi faceva sentire in prigione.

In effetti, era stato proprio il senso di soffocamento che provavo qui a farmi interrompere la terapia tre anni prima. Rievocare vecchi ricordi, parlare di me, analizzare la mia personalità attraverso un viaggio introspettivo che secondo il dottor Lively sarebbe stato curativo, non aveva fatto altro che danneggiarmi ancora di più.

Camminai agitato avanti e indietro per tutta la sala d'attesa e, quando il bulldog si allontanò con dei documenti in mano, mi sentii più libero.

Mi guardai attorno circospetto e mi avvicinai allo studio adiacente a quello del mio psichiatra.

Sulla porta, rigorosamente bianca, era affissa una targhetta dorata con inciso: DOTTOR JOHN KELLER.

Mi accorsi che era socchiusa e mi accostai all'uscio convinto di vedere all'interno della stanza il secondo strizzacervelli della clinica, ma lo studio era vuoto. Aggrottai la fronte e lanciai un'occhiata alla postazione della donna. Non era ancora tornata, così spinsi la porta ed entrai.

Stavo palesemente invadendo uno spazio dove non mi era consentito accedere, ma a me non fotteva nulla delle regole.

Per prima cosa, osservai l'arredamento. Al centro dell'ambiente, con due poltrone eleganti posizionate davanti, vi era una scrivania enorme; tutt'attorno le pareti erano bianche con delle sfumature sull'azzurro illuminate da una grande finestra. Sembrava proprio che Keller fosse un amante dei quadri; mi colpì in particolare uno tra essi, che sembrava uno scatto fotografico molto realistico e rappresentava una conchiglia sulla battigia al tramonto. Mi avvicinai per osservarlo meglio, fino a quando qualcuno non si schiarì la gola, facendomi sussultare.

«Non pensavo che il mio studio fosse più interessante in mia assenza.» Il dottor Keller avanzò con addosso un completo elegante blu e una camicia senza cravatta. Gli occhi di un nocciola chiaro mi scrutarono attentamente mentre con una mano reggeva una tazza fumante di chissà quale intruglio e con l'altra vi girava dentro un cucchiaino.

«Mi stavo annoiando là fuori», ammisi imperscrutabile, per niente turbato dalla sua presenza, poi tornai a osservare lo scatto con la conchiglia in primo piano.

«Ragazzo, Blaise Pascal diceva che tutti i guai dell'uomo derivano dal non saper stare fermo in una stanza», mormorò divertito, avanzando a passo deciso. Mi affiancò e si mise a fissare il suo quadro; mi scostai per porre una certa distanza tra noi.

«Come hai detto di chiamarti? Ti ho visto una sola volta e la mia memoria non è più vispa come un tempo», disse, mentre sorseggiava quella che supposi fosse una tisana o qualcosa del genere.

Uno psichiatra che aveva scarsa memoria?

Rimasi in silenzio e guardai la tazza fumante che stringeva nella mano sinistra. Notai che all'anulare non portava la fede, quindi non era sposato, e forse non aveva neanche figli.

«Questa è una delle tisane più buone che fanno al bar della nostra clinica, dovresti provarla. È alla passiflora», continuò a parlare, facendomi inarcare un sopracciglio.

«Mi faccia capire, è sua abitudine conversare da solo?» chiesi, alquanto cinico, e lui avvicinò il bordo della tazza alle labbra tirate in un lieve sorriso.

«Diciamo che qui converso con persone di vario tipo. E tu sei una persona, o sbaglio?» ribatté, allegro.

Certo che lo ero, ma al dottor Keller sfuggiva la mia incapacità di comunicare o parlare per più di cinque minuti.

D'altronde non sapeva niente di me.

Mi guardai attorno e vidi un altro quadro, protetto da un vetro spesso e con una cornice d'argento con piccole striature in oro. Al suo interno vi era una conchiglia con una perla bianca al centro, e pensai che fosse a dir poco singolare.

Quello studio sembrava più un inno al mare, anziché un luogo in cui curare menti disturbate.

«Conosci la leggenda della Perla e della Conchiglia?» chiese ancora il medico, probabilmente per raccontare un'altra delle sue inutili stronzate.

Lo guardai e scossi la testa irritato.

«Senta, non so per chi mi ha preso, ma non sono pazzo e non può prendermi per il culo.» Mi mossi verso la porta, intenzionato ad andarmene, ma il dottor Keller parlò ancora.

«La perla è un oggetto prezioso di cui la conchiglia si prende cura, proteggendola al suo interno.» Fissò il quadro e sorrise. «La durezza della conchiglia è simbolo di forza; la lucentezza della perla è simbolo di vita, purezza, di qualcosa di prezioso e nascosto.» Infilò una mano nella tasca dei pantaloni eleganti e con l'altra sorseggiò ancora la sua tisana.

Che diavolo stava dicendo?

«Nell'antichità, i greci erano soliti associare la perla, bianca e intatta, alla fanciulla vergine e la conchiglia all'uomo che per primo ne avrebbe custodito la purezza», spiegò ancora, come se a me importasse qualcosa di tutte quelle frottole senza senso.

«Sì certo, interessante.» Ripresi a camminare verso la porta, ma lui seguitò.

«Insieme perla e conchiglia indicano la vita, l'amore e l'erotismo. L'uomo che trova la propria perla è un uomo fortunato.» Guardò l'infuso nella tazza e mosse il polso in senso circolare, come se sperasse di vederci qualcosa dentro. D'un tratto, sembrò pensieroso e perso in chissà quale riflessione.

«Ma che me ne importa di una storiella simile?» sbottai spazientito e mi pentii di essere entrato in quello studio.

«Leggenda. È una leggenda», mi corresse.

«Sì, è uguale.» Sbuffai.

Dio, ma chi era il vero folle tra i due?

Mi passai una mano sul viso e gli scoccai un'occhiata vacua: il dottor Keller se ne stava fermo a fissare ancora la sua tazza fumante, la mano nella tasca e la fronte aggrottata.

«Lei l'ha trovata la sua adorata perla?» lo canzonai e lui sollevò lo sguardo su di me. Mi ignorò e andò spedito verso la sua scrivania, l'aggirò e si sedette sulla poltrona accavallando una gamba.

«Le ho fatto una domanda.» Improvvisamente la porta non fu più il mio primo pensiero, ma mi concentrai sull'uomo che mi stava ignorando.

«Perché dovrei parlartene? D'altronde è solo una storiella.» Mi sorrise e posò la tazza sulla scrivania, incrociando le mani sull'addome. Se beveva solo delle disgustose tisane, allora capivo perché avesse un fisico così smilzo e atletico.

«Lei mi sta solo facendo perdere tempo.» Scossi la testa e mi passai una mano tra i capelli scombinati.

Quell'uomo si stava prendendo gioco di me.

Era chiaro.

«Neil, che cosa vedi di fronte a te?» chiese con un'espressione indecifrabile sul viso. Rimasi sbalordito: come faceva a sapere il mio nome? Io non mi ero mai presentato.

«Uno strizzacervelli che vuole prendermi per il culo, ma il gioco è finito dottor Keller.» Iniziai ad alterarmi, le mani tremarono e lui abbassò lo sguardo proprio su quella parte del mio corpo. Succedeva sempre più spesso che manifestassi il mio nervosismo con tremori improvvisi, soprattutto delle mani. Il dottore posò i gomiti sulla scrivania e incrociò le dita sotto il mento, assumendo una postura riflessiva.

«Cosa vedi?» chiese di nuovo e capii che forse stava parlando sul serio. Guardai la parete bianca oltre le sue spalle, poi osservai lui, che era in attesa di una risposta, e infine la scrivania imponente con una pila ordinata di documenti sul lato destro e una lampada sul sinistro.

«Una scrivania?» risposi con un sorrisetto insolente perché, cazzo, qualsiasi fosse la sua reale intenzione, avrei giocato a modo mio.

«Mmh… quindi vedi una semplice scrivania rettangolare, di legno pregiato, con scartoffie varie e un'inutile lampada giusto?» Si toccò il mento con l'indice, sfregando la barba curata, e io aggrottai la fronte.

«Esatto. E vedo anche un uomo che sta cercando in tutti i modi di farmi incazzare», ribattei serio, lanciandogli uno sguardo di sfida. Non avevo bisogno di aggiungere altro.

Lui annuì e mi fissò pensieroso.

«Il problema, ragazzo è che tu *vedi*, ma non *osservi*», constatò come se avesse appena fatto una scoperta memorabile. «Vedi una scrivania, ma non *osservi* l'oggetto in questione.» Scosse la testa deluso e io non capii se stesse dicendo sul serio o meno.

«Questa scrivania», posò i palmi aperti sulla superficie di legno, «può sembrare un oggetto semplice, definito e statico, ma bisogna osservarlo da più punti di vista. Da un lato si deve porre attenzione, come tu hai egregiamente fatto, sull'oggetto e sulle sue caratteristiche più immediate: forma, struttura, funzione eccetera…» Agitò una mano. «Dall'altro bisogna soffermarsi sugli aspetti simbolici e relazionali. Questa scrivania, infatti, è uno strumento di incontro, relazione, un rito quotidiano, uno spazio di condivisione, capisci?» mi disse mentre io me ne stavo fermo a osservarlo. «Allo stesso modo, quella della perla è molto più di una banale storiella.» Indicò con l'indice il quadro che avevo sminuito.

«Oh, capisco.» Sorrisi e posai le mani sullo schienale di una delle due poltrone, con il mio solito atteggiamento strafottente. «Si sente offeso perché non ho dato valore alla sua stupida leggenda?» Notai la sua guancia sinistra guizzare; forse il dottorino stava per perdere la pazienza.

«Ho un dono per te.» Aprì uno dei suoi cassetti e tirò fuori qualcosa che non potei vedere, perché chiuso nel palmo della mano. «Questa dovrai darla a colei che sarà la tua perla. Sicuramente, un giorno, capirai quanto sia reale la leggenda che ti ho raccontato.»

Il dottor Keller aprì il palmo e mi mostrò l'oggetto che intendeva regalarmi. Era un cubo di vetro trasparente, piccolo quanto una noce, contenente al suo interno una perla bianca, levigata e luminosa. Allungai la mano e l'afferrai, fissando pensieroso il regalo.

«Interessante», lo sbeffeggiai. «E come dovrei capire chi è la mia perla?» Feci finta di stare al gioco e lui sorrise soddisfatto.

«Lo sentirai dentro di te. Quel cubo ti aiuterà a proteggere la tua perla fino a quando la sua conchiglia non la troverà. Quando sarai pronto, dovrai donarla alla donna che reputerai meritevole di riceverla», spiegò serio.

«La conchiglia sarei io?» Era tutto assurdo. Forse quella tisana conteneva qualche dose di droga raffinata adatta agli strizzacervelli.

«Esatto», confermò.

Scossi la testa e mi allontanai, dirigendomi nuovamente verso la porta del suo studio.

«Le auguro una buona giornata, dottor Keller.» Lo salutai in modo fintamente cordiale, andando via.

Il suo giochino era durato fin troppo e ne avevo le palle piene.

Uscii in corridoio, lo percorsi e mi ritrovai di nuovo nella sala d'attesa, e sul divanetto trovai...

«Che piacere vederti, Miller.» Megan mi strizzò un occhio, ostentando un sorriso sfrontato; mi guardai subito attorno nella speranza di trovare Chloe, ma mia sorella non c'era, perché probabilmente non aveva ancora terminato il suo colloquio.

«Non posso dire lo stesso.» Cazzo, non mi piaceva per niente incontrarla e averla attorno. Megan mi rendeva agitato e vulnerabile. Ci conoscevamo da tanti anni e lei sapeva molto di me.

«Come mai sei qui? Hai ripreso la terapia?» I suoi occhi verdi mi sondarono dall'alto verso il basso, e si fermarono sulla mano nella quale stringevo il cubo di vetro del dottore. «Il mio psichiatra ha una strana fissazione per la leggenda della perla e della conchiglia, e a quanto pare te ne ha parlato.» Ridacchiò e io infilai subito la perla nella tasca del giubbino. Mi infastidiva l'idea che lei potesse prendermi in giro per questa stronzata.

«Ascolta, devi starmi lontano. Quante volte devo ripeterlo ancora?» sbottai facendole capire che non stavo affatto scherzando. Lei aggrottò la fronte e accavallò una gamba sull'altra. I miei occhi percorsero le forme provocanti del suo corpo: la maglietta chiara, coperta da un chiodo nero, rivestiva un seno alto e prosperoso, i pantaloni di pelle stretti avvolgevano un paio di cosce sode che non mi sarebbe dispiaciuto tastare, se Megan non fosse stata *Megan*.

Era una sportiva, i muscoli, definiti e femminili, marcavano un'aggressività che nelle donne mi attirava particolarmente.

Ma lei non mi attirava, in *nessun* senso.

Non ci sarei mai andato a letto, neanche se fossi stato sul punto di esplodere dalla voglia.

«Sono qui per il tuo stesso motivo. Dovresti smetterla di pensare al passato.» Si alzò in piedi e l'agitazione mi serrò il petto. Non volevo che si avvicinasse a me, perché a ogni suo passo la mia mente tornava a un periodo che non volevo ricordare.

«Non avvicinarti», mormorai, mentre la sala d'attesa diventava all'improvviso piccola e stretta. Lei si fece pericolosamente vicina e il suo profumo divenne sempre più intenso.

«Eravamo dei bambini *senza* un passato e adesso siamo degli adulti *con* un passato. I ricordi faranno sempre parte di noi, ma vivere aggrappati a essi è assolutamente limitante.» Più lei parlava e più il mio respiro accelerava. Non sapevo gestire i miei stati d'animo, mi sentivo instabile, e le sue parole non facevano altro che risvegliare il lato peggiore di me.

Stavo sudando freddo e avrei voluto disfarmi di tutti gli strati di vestiti che avevo addosso per gettarmi sotto l'acqua, nella mia doccia, e rimanerci per tutto il tempo necessario.

«Chiudi quella cazzo di bocca!» Non ero io, era il bambino con un enorme dolore nel cuore, a non volerla sentire.

«Tu non mi hai fatto del male, Neil. Ryan me ne ha fatto, ma non tu.»

Ryan...

Indietreggiai e mi toccai la fronte. Il cuore iniziò a pulsare nelle tempie e un capogiro improvviso mi costrinse a piegare le ginocchia e a sedermi.

«Stai zitta», sussurrai a corto di fiato, perché non riuscivo neanche a respirare, ma lei non voleva darsi per vinta.

Si sedette accanto a me e mi posò una mano sul ginocchio.

«So che Kimberly è stata rinchiusa in un centro psichiatrico a Orangeburg», disse cauta. Questo lo sapevo anch'io. Dopo averla spedita in prigione, il giudice aveva ritenuto opportuno dichiarare la sua infermità mentale e trasferirla in un centro psichiatrico perché era pericolosa per se stessa e per gli altri. Ryan Von Doom invece era il capo di un sistema molto più grande di ciò che sembrava, il burattinaio che muoveva le marionette, Kimberly per lui era una delle *migliori*.

«Lei esiste solo nella tua testa, Neil», aggiunse Megan, accarezzandomi il ginocchio. Sentivo la pelle bruciare nell'esatto punto in cui il suo palmo mi stava toccando ed era una sensazione terribilmente angosciante.

«Perché mi stai facendo questo?» chiusi le mani a pugno e ci appoggiai la testa, che sentivo scoppiare. Ero sovraccarico di ricordi e ciò mi induceva a stare male, a tremare, a soffocare. Mi sentivo squassato, pieno di ferite dolorose che non potevo curare. Digrignai i denti, quando avvertii una rabbia familiare scorrermi nelle vene come un potente flusso di energia che esigeva di esplodere.

«Perché ho vissuto il tuo stesso passato e nessuno meglio di me può capirti», sussurrò, accarezzandomi la schiena. Perché mi stava toccando senza il mio consenso?

Scattai in piedi e mi allontanai.

«Non devi toccarmi, cazzo!» urlai e la mia voce, forte e furente, indusse il dottor Keller a uscire dal suo studio e a raggiungerci a passo svelto.

«Che sta succedendo qui?» si allarmò, guardando entrambi.

«Non permetterti più di toccarmi senza il mio permesso o giuro che te ne pentirai!» Puntai un dito contro Megan. Ormai stavo tremando in maniera incontrollabile perché la rabbia aveva raggiunto livelli che difficilmente riuscivo a gestire. Alcuni uomini, forse degli operatori della clinica, si avvicinarono guardinghi come se fossi un leone inferocito da chiudere immediatamente in gabbia.

«Neil.» Sopraggiunse anche il dottor Lively, sollevando una mano per fermare gli uomini intenzionati ad afferrarmi.

«Lasciatelo stare, non avvicinatevi», ordinò categorico, impedendo loro di muovere un passo verso di me. Li avrei colpiti, se si fossero avvicinati, e il mio psichiatra lo sapeva bene.

«Neil», mi chiamò mia sorella, che mi fissava terrorizzata; quando affiancò il dottor Lively, sgranando i suoi occhioni azzurri e terrorizzati, la mia attenzione precipitò su di lei.

Non volevo spaventarla.

Cercai di respirare, nonostante sentissi addosso gli sguardi dei due psichiatri che stavano cercando di capire in anticipo la mia prossima mossa, poi mi toccai ancora la fronte.

Ebbi un capogiro e il senso di nausea, che iniziò a colpirmi a ondate, mi indusse a indietreggiare.

«Chloe...» mormorai, sentendo l'aria mancare nei polmoni. «Andiamo via.» Allungai un braccio e le afferrai la mano, strattonandola verso di me. Mia sorella sembrava confusa e spaesata, e questo mi rese ancora più nervoso.

«C-cosa succede?» balbettò, ma la rassicurai accarezzandole i capelli.

«Niente, dobbiamo solo andare via.» Scoccai un'occhiata di avvertimento a Megan, che, adesso seduta sul divano, mi fissava come se fossi un pazzo, e poi mi voltai verso i due dottori che continuavano a studiare la situazione, certi che in me ci fosse davvero qualcosa che non andava.

Qualcosa che avevo sempre negato a loro e a me stesso.

Ero impulsivo e violento, e nelle volte in cui sfogavo la mia rabbia provavo una tensione e un'eccitazione malsana che sfuggiva al mio controllo.

Picchiare o fare del male agli altri mi provocava un certo sollievo e questo palesava l'anomalia da cui era affetta la mia mente, ma continuavo ugualmente a rifiutare qualsiasi cura o approccio terapeutico.

Mi infilai in macchina e con una mano guidai, con l'altra mi sostenni la testa. Chloe se ne stava in silenzio accanto a me; sapeva che non doveva parlarmi quando ero in quello stato.

A causa di Megan, la mia mente era tornata proprio dove *non* volevo che tornasse.

Era tornata da Kimberly, che indossava sempre una gonna scozzese, una di quelle corte a vita alta. Ai momenti in cui mi proponeva di giocare a nascondino perché la eccitava l'idea di cercarmi e trovarmi nascosto in qualche angolo della casa, terrorizzato, e se rispondevo di no Kim decideva per me.

Mi insultava, mi diceva che ero un piccolo bastardo indisciplinato, soltanto perché le disobbedivo.

Le disobbedivo quando mi chiedeva di toccarla.

Le disobbediva quando mi chiedeva di leccarla.

Le disobbedivo quando mi chiedeva di fare l'amore, giustificando le sue porcate dietro un sentimento che non esisteva.

«Non c'è niente di male ad amarsi, Neil, e noi ci amiamo», mi sussurrava all'orecchio quando si muoveva su di me o quando mi privava della canotta da basket dell'Oklahoma City o dei miei pantaloncini, che coprivano un corpo ancora piccolo e acerbo.

«Farò del male a Logan, se non farai quello che ti dico», mi intimidiva e mi manipolava. Così non avevo il coraggio di confessare tutto ai miei genitori, altrimenti lei avrebbe potuto fare del male anche a Logan.

Kimberly era stata capace di abbattere le mie resistenze emotive, agevolata dalla tenera età nella quale aveva deciso di danneggiarmi. Aveva deciso di isolarmi per rendere la nostra *relazione* impenetrabile dall'esterno e si era assicurata il mio silenzio attraverso il ricatto.

Io comunicavo con il mondo solo attraverso i disegni, indici rivelatori del mio *segreto*. Il giallo rappresentava i suoi capelli, il nero la mia paura e il rosso l'inferno.

Inoltre, anche se i bambini, dai sei ai dodici anni, non dovrebbero utilizzare un linguaggio esplicito né mostrare comportamenti o conoscenze sessuali, io a dieci anni manifestavo già un'ampia cultura in merito al sesso, utilizzavo i giocattoli in modo sessualizzato, soffrivo di un arrossamento acuto attorno ai genitali e questi erano solo alcuni dei campanelli d'allarme che mia madre avrebbe dovuto cogliere.

Quando io e Chloe tornammo a casa la prima cosa di cui il mio corpo necessitò per sopravvivere ai ricordi fu una doccia.

Mi infilai nel mio bagno e ci rimasi per un'ora e mezza. Insaponai e lavai via le sensazioni orribili che sentivo incise su di me come dei tagli ancora sanguinanti; se avessi potuto, avrei strappato la pelle per cucirmene addosso un'altra, ma non era possibile. Benché fossi *disumano* dal punto di vista emotivo, ero comunque fisicamente un essere umano.

Mi toccai e sentii i muscoli scivolosi sotto i polpastrelli, a causa dell'eccessiva quantità di bagnoschiuma utilizzato che spesso, in passato, mi aveva provocato anche delle allergie da contatto.

D'un tratto, guardai in basso e disgustai me stesso: *ero eccitato*.

Mi ero eccitato al ricordo di ciò che quella puttana mi aveva fatto e *non* perché provassi piacere, ma perché innescava dentro di me ancora quel meccanismo *mostro-vittima*, che mi faceva desiderare di averla sotto di me per trascinarla nel mio stesso inferno.

Afferrai l'erezione in un pugno, e l'accarezzai per tutta la sua lunghezza. Non capivo perché le donne la definissero attraente, ma capivo perché la amassero.

La amavano perché era in grado di farle godere.

Loro godevano perché mi era stato insegnato *come* usarla a soli dieci anni, cosa che a me faceva semplicemente schifo.

Cominciai a masturbarmi, ma questo non era mai un rimedio contro i miei momenti di smarrimento totale. Non era il piacere quello che ricercavo nel sesso, ma la *vendetta*.

Una vendetta che mi provocava un leggero senso di sollievo solo quando usavo una bionda qualsiasi, immaginando che fosse Kimberly.

Avevo scopato con lei, nella mia testa, dai miei dieci anni in poi, perché solo così mi sentivo appagato. Un appagamento che aveva sempre una durata limitata perché il meccanismo si ripeteva ancora, come un disco che nel mio cervello produceva sempre la stessa musica.

Smisi di toccarmi di colpo, sarebbe stato inutile continuare.

Avrei dovuto convivere, ancora per svariati minuti incessanti, con un'erezione ostinata che da solo non avrei potuto soddisfare, perché sapevo che, con l'autoerotismo, non avrei raggiunto l'orgasmo.

Certo, potevo recarmi nella stanza accanto, magari chiedere alla bimba di rimediare ma, cazzo, non le avevo parlato prima di andare in clinica. Dopo che eravamo stati a letto l'ultima volta, le avevo concesso a stento un'occhiata furtiva e l'avevo ignorata di proposito per farle capire quanto per me fosse insignificante quello che c'era tra noi.

Tuttavia, avevamo «parlato» dopo il sesso e questo creava un disordine nuovo dentro di me.

Io, però, ero abituato solo al mio caos, quello con cui convivevo da una vita intera.

Uscii dal box doccia e mi avvolsi un asciugamano attorno ai fianchi, cercando di distrarmi per rilassare la tensione fisica e non solo mentale.

Tornai in camera e, in quell'attimo, il mio cellulare squillò con insistenza, senza neanche consentirmi di mettermi addosso la mia tuta. Lo raggiunsi e lo presi, rispondendo alla chiamata.

«Matt?» domandai; era strano che Matt mi stesse chiamando a quell'ora, anzi di solito non ricevevo mai sue telefonate.

«Neil», disse affranto; sembrava profondamente scosso. «Devi… devi raggiungermi in ospedale», aggiunse preoccupato.

«In ospedale?» Aggrottai la fronte e mi diressi subito verso il mio armadio per tirare fuori degli indumenti puliti da indossare.

«Sì, al Saint Vincent Medical Center. Si tratta di Logan», disse poi.

A quel punto, non sentii più nulla. Dopo essermi vestito e aver chiesto ad Anna di badare a Chloe, salii in macchina e sfrecciai sulla strada che mi avrebbe condotto da mio fratello.

33
Selene

Il gioco è un corpo a corpo con il destino.
ANATOLE FRANCE

ERA successo tutto all'improvviso.

Logan era uscito con Alyssa per festeggiarne il compleanno. Le aveva comprato un regalo e aveva organizzato una cena romantica, ma, dopo averla riaccompagnata a casa, qualcosa era andato storto.

Non sapevamo ancora cosa fosse accaduto, perché Logan non poteva parlare, Logan non poteva ascoltare, Logan non era cosciente.

In quel momento, Mia era in lacrime tra le braccia di mio padre che tentava di starle vicino; i capelli biondi le cadevano morbidi sulle spalle e il mascara le rigava le guance. Io, invece, ero ancora scossa dalla notizia del suo incidente, tanto che non riuscivo neanche a rendermi conto di dove fossi.

«Cos'è successo?»

Per un attimo, mi parve di immaginare la voce baritonale, il timbro forte e virile con il quale Neil manovrava il mio corpo e i miei pensieri, ma poi mi resi conto che lui era davvero lì, all'ospedale, perché lo vidi correre verso di noi. Una tuta nera fasciava i suoi muscoli e il suo bellissimo viso era il ritratto della paura.

Mia si voltò verso suo figlio e continuò a singhiozzare, tentando invano di parlare.

«Logan ha perso il controllo dell'auto», spiegò Matt, cercando di avvicinarsi a Neil per gestirlo, qualora avesse avuto una delle sue reazioni spropositate.

«Il controllo dell'auto?» ripeté con i suoi occhi dorati assorti. «Come sta? Dov'è? Sta bene, vero?» chiese ansante; era affannato e sconvolto, perciò Matt gli posò le mani sulle spalle per tentare di calmarlo.

«Neil», lo scosse. «L'hanno trasportato d'urgenza in sala operatoria. Ha avuto un'emorragia interna e...»

«Dov'è la sala operatoria? Devo vederlo!» urlò lui, guardandosi attorno agitato. Non sembrava più l'uomo di sempre, quello sicuro di sé e indifferente al mondo.

«Neil, calmati, vedrai che...» tentò ancora Matt, ma fu tutto inutile dinanzi alla sua rabbia.

«Devo vederlo! Porca puttana!» gridò ancora, attirando l'attenzione di alcuni infermieri che si voltarono a guardarlo. La sua voce era così forte e carica di collera che mi fece sussultare.

«Neil, calmati.» Matt cercò di sfiorarlo, ma lui si scostò. Odiava essere toccato, mio padre avrebbe dovuto saperlo.

Mia, invece, sembrava stesse per avere un capogiro, così corsi verso di lei e l'afferrai per un braccio.

«Mia!» esclamai spaventata, le mani mi tremarono mentre l'adagiavo su una sedia.

«Neil, non fare così», sussurrò lei a suo figlio e capii quanto fosse agitata. Mi resi conto in quell'istante che era proprio la reazione di Neil che Mia temeva di più.

«No maledizione! Fatemelo vedere!» Lui iniziò a camminare nervosamente e alcuni infermieri gli si avvicinarono, peggiorando la situazione.

«Non toccatemi! Fatemi vedere mio fratello, ora!» Strattonò chiunque cercasse di trattenerlo, e mio padre tentò ancora di rassicurarlo, ma lui non diede ascolto a nessuno.

«Neil, per favore!» Mia scoppiò a piangere, ma lui prese a sbraitare di più contro gli infermieri. Era una situazione sconvolgente.

«Cosa succede qui?» chiese con sufficienza un medico dall'aria saccente, che si avvicinò a noi guardando Neil con circospezione.

«Fatemi vedere mio fratello!» urlò ancora lui. I suoi occhi dorati, lucidi di dolore, saettarono sul medico, che mantenne il sangue freddo.

«Ragazzo, cerca di calmarti», gli disse. «Sai quanta gente vedo qui, ogni giorno, in lacrime mentre i propri cari lottano contro la morte?»

«Calmarmi?! Non è suo fratello quello disteso su un letto di ospedale! Fatemelo vedere, cazzo! Adesso!» gli urlò contro, afferrandolo per il camice.

Mio padre e gli altri infermieri lo fermarono dalle braccia, ma Neil era una bestia di un metro e novanta, possente e impossibile da gestire.

Li strattonò bruscamente e, sempre attaccato al camice del medico, gridò ancora: «Non toccatemi!»

Era completamente fuori di sé. La fronte era madida di sudore, le vene gli sporgevano sul collo. La felpa nera si tendeva sui bicipiti allenati e i pantaloni sportivi stringevano i quadricipiti e i polpacci tesi.

«Ascoltami, ragazzo, così facendo non risolvi niente. Calmati.» Il medico cercò di tranquillizzarlo e Neil lo lasciò andare con uno strattone.

«Fatemelo vedere», prese a ripetere e sentii le lacrime risalirmi dal cuore. Non l'avevo mai visto così fragile. Mai.

«Chiamate la sicurezza!» ordinò il dottore agli infermieri, senza capire un uomo che temeva per la vita di suo fratello.

«Non sono uno psicopatico! Voglio solo vederlo!» sbraitò ancora Neil. «E tu non ti avvicinare o ti apro il culo, coglione!» urlò all'addetto della sicurezza, che era accorso per fermarlo.

«Neil, ascolta.» Mio padre lo afferrò per le spalle e lo trascinò con sé in un angolo distante.

«No, Matt! Lasciami!» Le sue urla mi laceravano il cuore, erano cariche di paura e di dolore, e io mi sentivo impotente. Non potevo fare nulla per migliore il suo stato d'animo.

Vederlo così mi faceva male: il petto gli si sollevava in modo frenetico, i capelli scombinati gli si erano appiccicati alla fronte, gli occhi erano iniettati di rabbia ma anche di terrore.

«Neil, ascoltami bene.» Mio padre gli afferrò il viso con entrambe le mani e lo fissò negli occhi. «Logan è in sala operatoria adesso. Non possono farti entrare. Lo vedrai appena termineranno. Hai la mia parola», disse benevolo, cercando di rassicurarlo.

Neil deglutì e lo guardò con il respiro ansante.

«Ha riportato un trauma cranico e un'emorragia interna», continuò Matt. «Ha una frattura scomposta del femore e un polmone rischiava un collasso. Per questo lo stanno operando», concluse in tono triste, mentre Neil sembrava essere completamente sotto choc.

Proprio in quell'istante, un medico venne verso di noi, sfilandosi i guanti e la mascherina dal viso. Mia si alzò di scatto e l'uomo ci osservò in silenzio.

Neil superò tutti e gli si avvicinò.

«Come sta?» chiese allarmato mentre il medico continuava a guardarci, cercando probabilmente le parole per spiegarci tutto quanto.

«Le condizioni del ragazzo sono critiche», dichiarò l'uomo, serio; ci recammo tutti da lui e io mi posizionai accanto a Neil, stringendogli d'istinto il braccio; non seppi neanch'io perché lo feci, ma avevo soltanto bisogno di lui in quel momento.

«Cosa vuol dire? Mi spieghi nel dettaglio», disse mio padre.

Il medico si passò una mano sul viso e sospirò.

«Per il momento è entrato in coma. Abbiamo bloccato l'emorragia interna, purtroppo, però, è in atto un collasso polmonare», rispose con un'espressione compita ma rattristata.

«Collasso polmonare?» ripeté mio padre.

«Che significa?» singhiozzò Mia, portandosi le mani al viso.

«Si parla di pneumotorace o collasso polmonare quando l'aria fuoriesce dal polmone a causa di un grave trauma e resta intrappolata tra il torace e la cavità polmonare stessa. L'aumento della pressione provoca il collasso di una parte o dell'intero polmone, impedendo una corretta respirazione del paziente», spiegò il medico, in tono professionale.

«Avete effettuato l'aspirazione dell'aria attraverso l'inserimento di un ago nel torace?» intervenne Matt, sfoggiando le sue competenze in merito. Lo sguardo del medico manifestò tutto il suo stupore.

«Sì, certo, abbiamo effettuato un'incisione e abbiamo inserito una piccola telecamera a fibre ottiche. Ho cercato l'apertura responsabile della perdita d'aria e l'ho sigillata... Ma lei è un medico?» chiese l'altro, accigliato.

«Sì, sono un chirurgo. Posso esaminare la situazione con lei?» propose Matt, togliendosi di fretta la giacca.

«Certo. Indossi il camice e mi raggiunga in sala operatoria», replicò il dottore di Logan per poi rivolgersi a noi. «Attendete. Vi daremo altre informazioni più tardi», disse, prima di andarsene.

«Matt!» Neil afferrò il braccio di mio padre, scostandosi da me. «Non ho mai pregato nessuno nella mia vita, e ho sempre pensato che non sarebbe stato necessario, ma ti prego, salvalo», lo supplicò, fissandolo negli occhi; Matt gli appoggiò una mano sulla guancia e gli sorrise, come un padre avrebbe fatto con il proprio figlio.

«Vado», mormorò, senza aggiungere altro.

Si allontanò di fretta mentre Mia si risedette in sala d'attesa, con la testa tra le mani. Era distrutta e io non potevo fare nulla, se non cercare di dare loro un supporto morale. Affranta, mi voltai verso Neil e lo sorpresi a fissare il vuoto, smarrito nel suo tormento.

«Neil…» Mi avvicinai intenzionata a stargli accanto, ma lui puntò i suoi occhi gelidi nei miei e mi superò con un colpo di spalla che mi fece barcollare.

Si diresse verso l'uscita e, malgrado avessi l'istinto di seguirlo, non lo feci.

Dopo che avevamo fatto sesso nella sua stanza, non mi aveva degnata di alcuna considerazione e aveva ricominciato a ignorarmi come se io non esistessi.

Con un sospiro, spostai lo sguardo su Mia, mi avvicinai a lei e mi sedetti al suo fianco.

«Andrà tutto bene», sussurrai, deglutendo a fatica; lei sollevò gli occhi azzurri, pieni di sofferenza, e improvvisamente mi abbracciò.

Mi irrigidii per quell'improvvisa manifestazione d'affetto e ricambiai il suo gesto.

«Il mio bambino, mio figlio... rischia di morire, Selene», mi singhiozzò sulla spalla, trasmettendomi tutto il suo dolore.

«È forte, Mia. Si riprenderà.» In quell'istante, mi sorpresi di quanto mi ero legata alla famiglia di mio padre in poco tempo, e piansi con lei.

«Selene, ti prego, vai da Neil.» La compagna di mio padre mi posò le mani sulle spalle e mi guardò negli occhi. «Ci tiene troppo a Logan e ho paura che possa fare sciocchezze. Non perderlo di vista», mi supplicò.

La rassicurai e mi allontanai per accertarmi che Neil si fosse calmato.

Uscii dall'ospedale e l'aria fredda mi punse il viso, facendomi stringere nel cappotto.

Mi guardai attorno alla ricerca degli occhi dorati di Neil e li intercettai poco dopo, puntati nel vuoto. Lui se ne stava seduto sul muretto del parcheggio principale, a fumare una sigaretta.

Era bello come sempre, imponente e illuminato solo dalla luce tenue di un lampione, nella semioscurità tetra che lo circondava. Si era calato sulla testa il cappuccio nero per ripararsi dal freddo, dato che indossava solo una semplice tuta di cotone, con una felpa scura.

Probabilmente si era precipitato qui senza neanche curarsi di indossare qualcosa di più congeniale al clima.

«Sei venuta qui per controllarmi?» Mi scoccò un'occhiata rapida, prima di tornare a fissare la sigaretta fumante.

«Voglio solo farti compagnia», risposi, mentre valutavo se sedermi accanto a lui o meno. Con Neil dovevo misurare ogni mio gesto perché era lunatico e il suo umore oscillava come un'altalena.

«Non ne ho bisogno», ribatté serio e fece un tiro.

«Neil, non ti lascerò qui ad affrontare tutto da solo. Che ti piaccia o no», dissi decisa; doveva smetterla di scappare da me, non ce n'era motivo.

«Ho sempre affrontato tutto senza l'aiuto di nessuno.» Sorrise amaramente, fissando un punto imprecisato di fronte a sé; poi, corrugò la fronte in un'espressione riflessiva e schiuse le labbra per liberare una nube di fumo nell'aria.

«Be', adesso non più. Ci sono io.» Mi sedetti accanto a lui. Anche se rischiavo uno dei suoi attacchi d'ira, non me ne importava nulla.

A quel punto, Neil si voltò verso di me e mi soffiò il fumo proprio sul viso. Tossii, ma non mi lamentai. Sapevo che era una sua abitudine infastidirmi, conscio di quanto odiassi la puzza di sigaretta.

«Ce la farà.» Non desistetti e continuai a supportarlo, anche se tentava di ostacolarmi in ogni modo.

«Perché lo credi?» Sorrise beffardo e mi gettò addosso le sue iridi magnifiche, fissandomi attentamente.

«Perché Logan è più forte di quanto sembri», sussurrai, dondolando le caviglie.

Neil alternò lo sguardo dai miei occhi alle labbra; il cuore mi fece una capriola nello stomaco.

Perché mi stava guardando in quel modo?

Arrossii come una sciocca.

«Lo pensi davvero?» sussurrò appena.

«Ne sono certa.» Continuammo a fissarci e realizzai di nuovo che, tra tutti gli occhi del mondo, i suoi non erano soltanto bellissimi, ma capaci di penetrarti fin dentro l'anima.

Mi venne voglia di baciarlo ed ebbi la sensazione che ne avesse voglia anche lui; tuttavia, non potevamo, non lì fuori, perché rischiavamo di essere scoperti da Matt o Mia.

«Forse è meglio se torniamo dentro.» Fu Neil a interrompere il nostro contatto visivo e io gliene fui grata perché tornai a respirare.

Scendemmo dal muretto ed entrammo di nuovo in ospedale.

Lo seguii confusa e sempre più convinta che non avrei mai capito che cosa eravamo io e lui.

Non eravamo un bacio.

Non eravamo sesso.

Non eravamo amore.

Eravamo un foglio bianco sul quale ancora si doveva incidere qualcosa.

Quella sera fu devastante per tutti noi.

Non appena appresero la notizia dell'incidente, Alyssa, Cory e tutti i migliori amici di Logan corsero in ospedale.

Alyssa era particolarmente distrutta e in quell'occasione mi confessò di essere innamorata di lui. Pensai a quanto sarebbe stato felice Logan se avesse sentito quella dichiarazione d'amore: ero certa che lui avrebbe risentito la voce di Alyssa, che si sarebbe svegliato e sarebbe tornato tra noi.

Più tardi, ci raggiunsero Anna e Chloe, che sostenne sua madre in quelle ore di agonia; ero sicura che la vicinanza dei suoi figli avrebbe aiutato Mia a non perdere la speranza.

Tuttavia, ciò che nessuno aveva previsto fu l'arrivo improvviso dell'uomo che Neil odiava di più al mondo.

«Dov'è mio figlio? Cos'è successo?» La voce forte e profonda palesava lo stato d'animo allarmato in cui era il signor William Miller. Era un bell'uomo, dall'aspetto impeccabile e lo sguardo glaciale, uno di quelli che suscitava soggezione e anche sospetti sulla perfezione che tanto ostentava.

Avevo sentito parlare di lui e visto qualche sua foto sui tabloid, ma non mi era mai capitato di conoscerlo di persona.

«È uno scherzo? Manda via questo pezzo di merda!» sbottò Neil, puntando un dito contro suo padre, senza distogliere lo sguardo da Mia; inaspettatamente mi trovai in mezzo tra lui e l'altro, incerta sul da farsi.

Perché Neil manifestava una rabbia così intensa nei confronti di William?

Mi resi conto di sapere poco del suo passato perché Mr. Incasinato non mi aveva mai parlato di lui, non aveva mai accettato di confidarsi con me o semplicemente di permettermi di conoscerlo.

D'altronde non volevo invadere la sua vita privata, cambiarlo o giudicarlo, ma soltanto che trovasse in me un punto di riferimento, una persona della quale fidarsi.

«Neil...» D'istinto gli posai una mano sulla spalla, forse per tentare di gestire quell'assurda situazione; Mia, infatti, guardò il suo ex marito e suo figlio in uno stato talmente confusionale da impietosirmi.

«Non toccarmi, Selene!» ordinò categorico Neil, inducendomi a fare un passo indietro. Il suo corpo sembrava arso dalle fiamme dell'odio, un odio che lo stava conducendo nell'oblio.

«Neil, William è vostro padre, ha il diritto di sapere come sta tuo fratello», disse finalmente Mia, ma la sua voce fu quasi un sussurro inudibile.

«La colpa è sua, vero?» William indicò il figlio, ignorando completamente la mia presenza.

«Non ero con lui. Non ho idea di cosa gli sia successo», si difese Neil e sua madre si alzò per aggrapparsi al suo braccio. Temeva forse una rissa tra padre e figlio? Sarebbero potuti arrivare a un punto simile?

«Ho la strana sensazione che tu c'entri qualcosa con quanto accaduto. È sempre stato così con te. Sin da bambino, combini casini e tutti ne pagano le conseguenze», replicò minaccioso William, digrignando i denti.

Quell'uomo apparentemente elegante e dall'aspetto avvenente, sembrava celare qualcosa di profondamente negativo nell'anima, qualcosa che mi indusse a indietreggiare.

«Bada a come parli, se non vuoi che ti cacci a calci nel culo fuori da qui», sbottò Neil.

«Risolvi sempre tutto con la violenza», ribatté William con un sorriso sfrontato e cupo.

«Me l'hai insegnato tu, bastardo», sussurrò truce Neil, sferzandolo con quegli occhi dorati che apparvero più simili a due lame infuocate. Mia strinse di più le dita attorno al bicipite del figlio.

Intuii che probabilmente William non era stato un padre esemplare per Neil, che forse lo picchiava. Quel pensiero mi fece rabbrividire. Non volevo immaginare Neil nelle vesti di un bambino indifeso che subiva violenza da parte di quell'uomo glaciale. Probabilmente era per questo che non voleva mai parlarmi di sé, che era introverso, diffidente e così barricato nel suo mondo.

Il suo passato era un libro che non voleva che io leggessi.

«Voglio vedere mio figlio.» William si rivolse alla sua ex moglie, cercando di mettere fine alla discussione inopportuna con Neil e, proprio in quell'istante, Matt si incamminò verso di noi, con un camice addosso e lo sguardo stanco.

Tutta la nostra attenzione si spostò su quest'ultimo; in quel momento qualsiasi rancore pregresso sarebbe stato accantonato per un unico motivo: Logan.

«Come sta?» chiese Neil.

«Per ora l'abbiamo intubato. Il trauma che ha subìto è molto grave. Dobbiamo aspettare ancora. Fino a quando non riuscirà a respirare autonomamente, non potremo stare tranquilli», spiegò Matt lasciando spazio a dubbi che non approfondì. Neil indietreggiò, passandosi le mani tra i capelli, e Mia scoppiò a piangere, il suo pianto era così addolorato che mi provocò un soffio al cuore.

«Grazie per quello che stai facendo, Matt.» William abbozzò un sorriso rattristato, poi si sedette accanto all'ex moglie, con i gomiti sulle ginocchia.

Neil invece rimase in disparte e, vedendolo così isolato, decisi di incamminarmi verso di lui perché non volevo che sopportasse tutto da solo. Se ne stava fermo, con lo sguardo perso e le labbra carnose strette in una linea amara.

Non gli chiesi il permesso e mi sedetti accanto a lui.

Il profumo di pulito dei suoi indumenti mi investì, era fresco, esattamente come l'odore della sua pelle.

«Sai cosa dice sempre mia madre?» esordii dal nulla. Temevo che mi cacciasse via, ma inaspettatamente non lo fece.

Rimase con il busto chino in avanti a fissare il pavimento e mi ascoltò.

«Che la vita è come un violino e la speranza è il suo archetto.» Sorrisi appena e avrei voluto toccarlo, ma mi trattenni, consapevole che Neil non avrebbe approvato. «E sai perché?» continuai, piegandomi appena per avvicinarmi di più.

«Pensaci. Potresti suonare il violino senza il suo archetto? Magari sì, ma non sarebbe lo stesso», riflettei ad alta voce. «Allo stesso modo, non c'è vita senza speranza.»

Neil si voltò nella mia direzione e mi osservò con le iridi dorate, tendenti al color miele. Studiò i miei lineamenti per qualche istante, poi sospirò e tornò a guardare di fronte a sé.

«E pensi che la speranza sia sufficiente a salvarlo?» Il suo timbro baritonale mi provocò dei brividi lungo la spina dorsale; odiavo essere così attratta perfino dalla sua voce.

«Sì, e dovresti fare di tutto per trovarla, dentro di te.» D'istinto, gli posai una mano sul ginocchio, un gesto inconscio del quale mi pentii subito. Ero pronta a chiedergli scusa e a porre la dovuta distanza tra noi, ma Neil fece qualcosa che mi lasciò senza parole.

Strinse la mia mano nella sua e mi attirò a sé. Non mi guardò, rimase con i gomiti posati sulle gambe, ma in compenso mi fece posare l'avambraccio sulla sua coscia, mentre le sue dita giocherellavano con le mie.

Trattenni il respiro perché il tocco delle sue mani era totalizzante per me.

«Sei davvero una ragazzina strana, Trilli», mormorò, guardando la mia mano che sembrava troppo piccola rispetto alla sua.

Sorrisi. «E tu sei piuttosto incasinato», ribattei con una punta di ironia.

«Parecchio, direi», mi corresse, mordicchiandosi il labbro.

Forse Neil, finalmente, mi stava permettendo di accarezzare la sua anima…

Trascorremmo l'intera notte in ospedale nell'attesa di avere notizie di Logan.

Mia mi ripeté più volte di tornare a casa a riposare, ma non avevo alcuna intenzione di lasciare la mia famiglia lì, da sola, soprattutto Neil.

Mi addormentai in una posizione innaturale su una delle tante sedie della sala d'attesa e mi risvegliai, poche ore dopo, con un forte mal di schiena che mi fece brontolare dal dolore.

«Selene.» Una mano mi si posò sulla spalla e sbattei le palpebre per mettere a fuoco la figura che incombeva su di me. La barba scura e gli occhi di un nocciola intenso mi scrutavano attentamente.

«Matt», sussurrai, con la voce ancora impastata dal sonno.

«Ho pensato di portarti qualcosa di caldo. Non hai mangiato nulla.» Mi porse un bicchiere di cioccolata calda e mi alzai per afferrarlo.

Mi sentii in difficoltà: non c'erano mai stati momenti così intimi tra me e lui. Mi rendevo conto, però, che Matt a volte sembrava diverso dall'uomo che ricordavo, e questo mi induceva a riflettere sulla possibilità che le cose tra noi potessero migliorare, anche se per ora era prematuro pensarlo.

«Grazie», risposi a disagio, stringendo il bicchiere caldo. Ci soffiai sopra e bevvi un sorso di cioccolata.

«Volevo ringraziarti.» Si sedette accanto a me e mi sorrise.

«Per cosa?» chiesi, sentendo la cioccolata scivolare nel mio stomaco vuoto.

«Per essere stata accanto a Mia e ai ragazzi.»

«Non devi ringraziarmi. In momenti come questi bisogna sostenersi a vicenda.» Ne ero convinta: eravamo una famiglia, seppur a modo nostro.

«Mi ricordi tanto tua madre», sussurrò e una lieve malinconia gli velò il viso stanco. Fu sufficiente ricordarmi di mia madre per rivivere di colpo il periodo dell'adolescenza in una sorta di remake che risvegliava la sofferenza che avevo provato in quegli anni. Abbassai il mento sul bicchiere fumante e ne fissai il liquido denso all'interno, soltanto per evitare lo sguardo di mio padre.

«Selene.» Fece una pausa. «So benissimo di aver sbagliato, so di aver sempre dato priorità alla mia carriera e di essere stato...» La sua voce si incrinò perché non era mai facile per nessuno esporsi in quel modo. «Infedele a tua madre. So che mi hai visto con un'altra donna, ma tutti commettiamo degli errori; l'importante è capirlo e cercare di porvi rimedio.» Si strofinò i palmi delle mani sui pantaloni eleganti, gli stessi che indossava il giorno prima. Nessuno di noi era tornato a casa, nessuno di noi l'avrebbe fatto senza prima accertarsi delle condizioni di Logan.

«Io ti ho voluta dal primo istante in cui tua madre mi ha rivelato di essere incinta. Prova a perdonarmi. Non sai quanto mi faccia male il fatto che non mi chiami 'papà'».

Faceva male anche a me e forse avrei dovuto essere meno drastica e più indulgente, ma rimasi lo stesso ferma sulla mia decisione. La sofferenza che Matt mi aveva provocato con i suoi comportamenti non aveva fatto altro che squarciare la mia anima e contaminare irreparabilmente la percezione positiva che avevo di lui.

Le donne attribuiscono un significato più profondo alla fiducia rispetto agli uomini. Faticare a perdonarlo era sinonimo di un dolore intenso che ancora provavo dentro.

«Non lo so.» Il mio tono freddo spense la sua speranza, e anche la mia. «Non lo so, Matt», ripetei pensierosa, fissando il bicchiere come se al suo interno volessi trovare la risposta a tutte le mie domande. Perdonare significava dimenticare il nostro passato tragico, e io non ero pronta. La rabbia e il rancore mi rendevano schiava di me stessa. Forse, in effetti, il dolore sarebbe rimasto dentro di me per sempre, anche se nascosto in un angolo.

«Pensaci, ti chiedo solo questo.» Non avevo mai sentito mio padre così supplichevole, lui, proprio lui che era sempre stato l'uomo *che non chiedeva mai*, l'invincibile e inavvicinabile Matt Anderson.

Si passò una mano sul viso e soltanto in quel momento notai le occhiaie scure che gli contornavano lo sguardo; era davvero provato da quella situazione e inaspettatamente mi preoccupai per lui.

«Dovresti tornare a casa per riposare», suggerii.

«No, non fino a quando non avremo notizie certe su Logan», rispose affranto, puntando lo sguardo su Mia, addormentata accanto a Chloe. D'un tratto, mi accorsi che Neil non si vedeva da nessuna parte e mi guardai subito attorno.

«Dov'è Neil?» chiesi, forse troppo allarmata. Me ne resi conto soltanto dopo e sperai che Matt non si insospettisse.

«Con Logan», rispose. «Il medico gli ha permesso di entrare nella sua stanza e lui non si è mosso di lì per tutta la notte.»

«Non ha mangiato, né riposato né...»

Matt scosse la testa, prima ancora che io terminassi. Neil nutriva sul serio un sentimento profondo per suo fratello, era legato a lui da qualcosa di indissolubile che non avevo mai notato in nessun altro.

«Nulla. Neil è fermo lì, accanto al letto di suo fratello, e vuole che nessuno lo disturbi», disse lui e mi si strinse il petto al pensiero di quanto stesse soffrendo per Logan. «Vado a chiedere al medico se ci sono novità, torno subito.» Matt si allontanò e mi alzai anch'io, stiracchiando i muscoli intorpiditi delle braccia.

Scoccai un'occhiata fugace a Chloe e Mia, e abbozzai un sorriso angosciato mentre alcuni infermieri attraversavano il reparto silenzioso con l'odore di disinfettante che invadeva l'aria circostante.

Con discrezione mi diressi verso un distributore automatico e frugai nelle tasche dei jeans in cerca di qualche moneta, poi presi due caffè e mi avvicinai a Mia.

Lei aprì gli occhi, sbattendo le palpebre più volte per abituarsi alla luce artificiale.

«Ho pensato che ti andasse un caffè.» Glielo porsi e lei mi sorrise appena, prima di accettarlo.

«Grazie mille.» Accarezzò i capelli di Chloe che adesso si era accovacciata sulle sue gambe, poi ne bevve un sorso. Posai l'altro caffè sulla sedia accanto alla piccola di casa, così lo avrebbe bevuto al suo risveglio. Mi sedetti e strofinai le mani sui jeans, leggermente a disagio.

«Ti sono grata per tutto, Selene», disse d'un tratto Mia. «Posso immaginare quanto sia stato difficile per te accettare la situazione dei tuoi genitori e la relazione tra me e tuo padre.»

La guardai a disagio, perché non avevamo mai affrontato quel discorso.

Prima di trasferirmi a New York, credevo che Mia fosse una persona completamente diversa: a causa dei miei stupidi pregiudizi e di quello che leggevo sui tabloid l'avevo immaginata come una donna ricca e superba, superficiale e cinica, invece era una mamma dolce, una compagna attenta e una persona con dei sani principi.

«Ti considero un membro della nostra famiglia, sono contenta che tu viva con noi e non vorrei mai che mi percepissi come una minaccia.»

Abbassai il mento perché molto spesso era successo, soprattutto quando ero adolescente. Le insicurezze e la gelosia mi avevano indotta ad assumere un atteggiamento ostile verso quella che era la nuova situazione sentimentale di mio padre, perché lui aveva abbandonato me e mia madre per lei, facendomi percepire Mia come un pericolo.

«Tuo padre non ha lasciato Judith per me», mi disse e io la guardai in attesa che proseguisse. «Ci siamo conosciuti per caso, soffrivo di un'asimmetria mammaria. Sin da piccola ho sempre vissuto il mio disturbo come un trauma. Temevo l'operazione e non volevo sottopormi a nessun intervento chirurgico. Credevo che con le gravidanze la situazione sarebbe migliorata, ma così non è stato.» Si passò la lingua sul labbro inferiore e inspirò a fondo prima di proseguire.

«Quindi, ho deciso di rivolgermi a uno dei chirurghi più rinomati, ovvero tuo padre. Lui mi ha seguito non solo nel mio percorso fisico, ma anche psicologico. Pensavo che non mi sarei più impegnata dopo la fine del mio matrimonio, credevo che non avrei mai più incontrato un uomo capace di cambiarmi la vita e invece... mi sbagliavo», mormorò appena. «Tuo padre non mi ha mai nascosto di essere sposato, infatti il nostro rapporto è nato come una semplice amicizia; non volevo intromettermi nella sua vita privata, ma più trascorrevamo del tempo insieme e più capivo che qualcosa stava cambiando. Quando ci siamo resi conto di esserci innamorati, tuo padre mi ha detto che aveva già richiesto la separazione e che le cose con tua madre non andavano bene da un bel po'.» Sospirò e mi lanciò un'occhiata per accertarsi che io la stessi ascoltando.

«All'inizio ho nascosto ai miei figli la nostra relazione. Quando finalmente l'ho presentato a casa, Chloe l'ha presa piuttosto bene, Logan è rimasto scosso per un po' di tempo, Neil invece...» Strinse il bicchiere di caffè tra le mani e la voce le tremò. «Non mi ha parlato per mesi», confessò e una strana tensione mi invase il petto al pensiero di quanto

Mr. Incasinato fosse forte, ma al tempo stesso fragile nei momenti in cui smarriva se stesso.

«Per mesi?» sussurrai.

«Già, Neil è molto particolare: concede a pochi la sua fiducia e odia chi lo tradisce.» Mi lanciò un'occhiata rassegnata e proseguì. «Non perdona mai. Il nostro rapporto era già problematico a causa del mio ex marito e dei suoi problemi d'infanzia, ma dopo l'arrivo di Matt l'ho perso completamente. Le uniche persone che hanno davvero un posto nel suo cuore sono i suoi fratelli.» Spostò lo sguardo su Chloe e le accarezzò la chioma chiara mentre lei continuava a sonnecchiare sulle sue gambe come una bambina.

«Per questo, se perdessi Logan o Chloe, perderei anche Neil. Lui vive in simbiosi con loro.» La serietà delle sue parole mi impedì di parlare. Avevo già intuito che il legame che lo univa ai suoi fratelli era viscerale, inspiegabile, Mia però aveva aggiunto un altro pezzo del puzzle; ora era chiaro che *qualcosa* aveva indotto Neil ad aggrapparsi così tanto a loro.

«Non pensiamo al peggio, vedrai che andrà tutto bene», cercai di rassicurarla.

«Per quanto riguarda il rapporto con mio padre, non sapevo del tuo intervento e sono felice che tu me ne abbia parlato. Apprezzo la fiducia che riponi in me», confessai imbarazzata. «Non potrai mai sostituire mia madre, Mia, ma...» Mi schiarii la gola e continuai: «Potremmo essere amiche». Non sapevo se quello fosse il termine esatto con il quale definirci, tuttavia reputai la mia proposta giusta, seppure imprevista.

Realizzai che forse nelle situazioni peggiori si potevano cogliere anche delle nuove opportunità e questa svolta nel rapporto con la compagna di mio padre lo sarebbe stata.

Io e Mia parlammo un altro po', poi mi alzai dalla sedia e mi diressi di nuovo verso il distributore automatico. Infilai una moneta e presi un altro caffè.

Non per me, ma per suo figlio, l'incasinato che non vedevo da svariate ore e con il quale avrei voluto «parlare» anche se sapevo già come la pensava a riguardo.

Mi allontanai e mi incamminai verso la stanza di Logan; non potevo entrare, ma avevo bisogno di accertarmi che Neil stesse bene. Prima di raggiungere la porta, mi apparve proprio la sua figura imponente.

Il suo bellissimo viso era carico di sofferenza, i capelli ribelli come sempre e gli occhi dorati spenti.

A ogni passo che mi avvicinava a lui, il mio cuore batteva un po' più forte, in tutti gli angoli del corpo.

«Ehi», dissi, appena incrociai il suo sguardo. Non era la situazione adatta per pensarlo, ma Neil era perfetto anche sfatto e con l'espressione esausta. In me emerse di nuovo l'istinto di toccarlo, abbracciarlo e fargli sentire il mio calore, non solo con il corpo ma anche con l'anima.

«Ti ho portato del caffè», farfugliai quando il suo sguardo calò su di me, in attesa di sentirmi dire qualcosa.

Neil mi rendeva agitata e odiavo perdere la capacità di formulare frasi di senso compiuto quando mi fissava in quel suo modo cupo e misterioso; non riuscivo mai a capire se mi stesse ammirando o se fosse disgustato da me.

Lui non replicò neanche e si limitò a rigirarsi nella mano un pezzo di carta.

Aggrottai la fronte con l'intenzione di chiedergli cosa fosse, ma, prima che potessi parlare, Neil mi afferrò per un polso e mi condusse con sé in un angolo appartato. Si guardò attorno per accertarsi che non ci fossero occhi indiscreti e poi aprì il foglio accartocciato per mostrarmelo.

«Ricordi quando ti ho parlato dell'enigma con il lucchetto e le foto con delle scritte dietro?» La voce baritonale mi fece sussultare come se la stessi ascoltando per la prima volta dopo anni, ma mi concentrai sul suo discorso e annuii.

«Okay. L'ho risolto, ho trascorso l'intera notte a rifletterci su.» Delle occhiaie scure contornavano i suoi occhi grandi, illuminati adesso da una rabbia pericolosa.

«Cosa?» balbettai in preda allo sgomento.

«Quello di Logan non è stato un incidente, era tutto premeditato. *Lui era il primo*. L'auto è uscita fuori strada perché qualcuno ha manomesso i freni. Player voleva che Logan morisse.» Mi porse il pezzo di carta e vidi degli scarabocchi, dei calcoli e vari collegamenti. Cercai di decifrare tutto ma non riuscivo a capirci molto, così Neil mi spiegò.

«L'enigma aveva il simbolo di un lucchetto. Il lucchetto indica uno schema o un gioco enigmistico. Nel nostro caso il bastardo aveva creato un acrostico.» Si toccò il viso e inspirò nervosamente.

«Cosa sarebbe?» Fissai di nuovo il foglio sul quale aveva trascritto il suo ragionamento tramite degli schemi, ma non era semplice trovare l'uscita di un labirinto così complesso.

«Sull'enigma, precisamente sotto quel lucchetto, c'era un componimento quasi poetico:

L'inferno è più reale di ogni allusione al cielo

O a Dio.

*G*esù non ti salverà, lo sai anche tu vero?

A ognuno il destino attribuisce il proprio diavolo e io sarò il tuo.

*N*on potrai fuggire da me.» Recitò quella che apparentemente sembrava una poesia macabra o satanica, e io rabbrividii e aggrottai la fronte, confusa.

«Cazzo, Selene.» Si spazientì. «Nell'acrostico le lettere, le sillabe o le parole iniziali di ciascun verso formano un nome o una frase in verticale. In questo caso è: Logan.» Indicò il pezzo di carta che stringevo tra le dita e finalmente intuii. Rilessi i versi lentamente e, come una magia nera, il nome di suo fratello apparve sotto i miei occhi, aiutandomi a realizzare il tutto.

«Oddio», sussurrai, deglutendo a vuoto perché mi si era seccata perfino la gola. Spostai i miei occhi su Neil e notai la tensione velare le sue iridi chiare.

«Logan è stato solo il primo bersaglio del suo fottuto gioco malato. Player farà altre mosse, colpirà ancora, fino a distruggere quel briciolo di sanità mentale che mi è rimasta!» Strinse i pugni lungo i fianchi come se volesse sfogare la rabbia spaccando qualcosa. Lo pregai mentalmente di non farlo e di controllarsi, perché avevo ormai capito quanto facesse fatica a gestire i suoi impulsi.

«Vedrai che usciremo da questa situazione.» Mi avvicinai a lui e allacciai i miei occhi ai suoi. Neil non era bravo con le parole, ma i suoi occhi sapevano conversare e perfino urlare tutte le sue emozioni.

«Ne usciremo? Quando? Quando Logan morirà?» Il suo tono divenne tagliente. «O quando morirà qualcun altro?» chiese, con la mascella serrata.

«Non lo so, ma sono sicura che sistemeremo tutto.» In realtà stavo morendo di paura, ma non volevo angosciarlo o renderlo ancora più nervoso.

Osservai i tratti del suo viso irrigidirsi mentre mi permettevo di accarezzare con una mano il suo braccio senza chiedergli il permesso. Lui guardò prima il punto di contatto tra noi, poi me; mi aspettavo un rimprovero burbero, ma stranamente non mi respinse.

«Non serve a nulla arrabbiarsi, dobbiamo mantenere la calma, rimanere lucidi. Io ti starò accanto qualsiasi cosa accada», gli promisi ancora e lo avrei fatto altre mille volte: chiunque fosse lo psicopatico intenzionato a farci del male, lo avremmo affrontato insieme.

Neil mi fissò impenetrabile; infatti non riuscivo a comprendere tutti i pensieri che gli stavano ronzando nella testa, era bravo a mascherarli così come era bravo a fare cose imprevedibili.

D'un tratto, sollevò una mano e me la infilò dietro la nuca, le dita si persero nei miei capelli lunghi, che strinse per attirarmi a sé.

Il suo tocco fece ripartire il mio cuore a una velocità esilarante, che raggiunse il picco massimo quando, con una possessività tutta sua, mi baciò.

Quel contatto fu deciso ma casto, senza alcun eccesso. Non era uno dei suoi baci rudi e violenti, tutt'altro. Era innocente seppur dominante. Le mie mani gli premettero sul torace e le dita si aprirono sulla muscolatura possente.

Sentii le sue labbra umide e carnose sulle mie, i nostri respiri sospendersi nell'aria, fusi in un incastro perfetto e inspiegabile.

Il tempo si fermò, come se i minuti si rifiutassero di scandire quel piccolo momento.

In quell'istante Neil mi parve un angelo nero, prepotente, concentrato a rubarmi l'anima, un'anima della quale, probabilmente, era già in possesso.

Sapeva usare gli occhi tanto quanto le mani, e nel suo sguardo dorato percepivo solo un grande casino, spesso indecifrabile.

Non sapevo perché mi avesse baciata, ma soltanto che, in tutto quello sfacelo emotivo, le sue labbra stavano toccando il mio cuore e le sue iridi stavano graffiando la mia pelle, perché Neil non era come gli altri.

Era pieno di difetti e nonostante tutto immenso.

Dopo un attimo che mi sembrò infinito, allontanò le nostre labbra e posò la fronte sulla mia, inspirando profondamente. Avrei dovuto temere che qualcuno ci vedesse; razionalmente avrei dovuto respingerlo e dirgli di non fare gesti così avventati in presenza della nostra famiglia, ma in quel momento volevo solo assorbire il suo profumo e rimanere tra le sue braccia.

«Non è educato baciare una persona senza il suo permesso», sussurrai, fissando le sue labbra perfette che si erano appena impresse sulle mie.

Neil sollevò un angolo della bocca e ostentò un sorriso provocante.

«Allora sono un gran maleducato, perché io i baci non li chiedo, li pretendo, Trilli.»

34
Neil

Un fratello può essere il custode della tua identità,
l'unica persona con le chiavi della tua illimitata e
segreta conoscenza di te.
MARIAN SANDMAIER

Qualche ora prima...

CREDEVO che la vita mi avesse già riservato fin troppi temporali, fin troppe passeggiate sotto la pioggia, fin troppe giornate senza il sole, fin troppe sconfitte e ferite, ma mi sbagliavo. Mi sbagliavo perché avevo realizzato che c'era qualcosa di peggio: mio fratello in un letto d'ospedale.

Avevo seguito Matt fino alla porta della stanza di Logan, dove di regola non avrei mai avuto il permesso di entrare, e mi ero davvero reso conto di quello che era successo.

«Eccoci arrivati. Logan è in coma adesso, quindi non...» tentò di dire Matt, ma non avevo voglia di ascoltarlo; mi girava la testa e mi pulsavano ancora le tempie a causa delle urla che, poco prima, avevo emesso.

«Voglio stare con lui, Matt, ne ho bisogno.» Io e il bambino ne avevamo bisogno perché sopravvivevamo grazie a lui.

Logan era una parte di *noi*.

Di *me*.

Fissai per qualche istante la porta della sua stanza e indugiai prima di entrarci.

Non ero pronto a vedere lo stato in cui era ridotto, ma dovevo vederlo, dovevo stargli accanto.

Con un grande sospiro, entrai a passo lento ed ebbi l'impressione di sentire una folata di vento freddo sul viso. Finalmente lo vidi disteso sul letto spoglio, intubato, l'elettrocardiogramma segnava i battiti del suo cuore, troppo lenti, quasi impercettibili.

Mi avvicinai e deglutii, mandando giù gli spilli che mi serravano la gola.

Poi, raccolsi tutto il coraggio che avevo e mi sedetti accanto al letto, mentre osservavo il viso pallido di mio fratello, segnato dal trauma che aveva subito. I suoi occhi luminosi adesso erano chiusi, ma, come mi aveva detto la bimba, avrei dovuto cercare dentro di me la fiammella della speranza.

L'archetto.

«Stai lottando contro la morte, Logan.» Gli afferrai la mano e la strinsi nella mia; per la prima volta nella vita ebbi davvero paura di perdere la persona a cui tenevo di più al mondo.

«Logan», mormorai appena. «Non so se riesci a sentirmi…» La mia voce si incrinò e stentai a riconoscerla. La stanza piombò nel silenzio e il ronzio dell'elettrocardiogramma riecheggiò in modo assillante, ricordandomi che la sua vita era appesa a un sottile filo.

Lanciai un'occhiata al tracciato che segnava i battiti del suo cuore: le onde erano deboli e non accennavano ad aumentare. Il petto mi si strinse in una morsa, risucchiandomi in una sofferenza mai provata finora. Tornai a guardare mio fratello e gli strinsi ancora la mano.

«Logan, hai ancora una vita davanti a te, non abbandonarci.» Continuai a fissarlo, pervaso da un enorme senso di angoscia, come se fossi in un vicolo cieco senza via di fuga, o in un tunnel di cui non scorgevo il punto di luce che segnava l'uscita.

«Non abbandonarmi», dissi sottovoce e avvertii il cuore spezzarsi in due al pensiero di non rivederlo più, di non sentirne più la voce, di non vederne più il sorriso.

«Ricordi il nostro giurin giurello?» Sorrisi debolmente al pensiero dei suoi occhioni a mandorla che mi fissavano spaventati ogni volta che ero distante da lui.

«Ricordi quando mi facevi promettere di tornare da te?» Gli accarezzai il dorso della mano con il pollice.

«Adesso fammi tu questa promessa.» Inspirai a fondo perché all'improvviso mi mancava l'aria. «Promettimi che tornerai da me, che mi farai ancora le tue ramanzine, che faremo ancora le nostre chiacchierate in giardino, che ti vedrò ancora mangiare i tuoi cereali ogni mattina.» Continuai a osservarlo anche se il suo corpo non dava alcun segnale di vita: era spento, privo di ogni impulso.

«Promettimi che tornerai da me. Ce la faremo, Logan.» Mi aggrappai alle sue dita. «Ce la faremo. Se non ci sei tu, non ci sono neanch'io; se te ne vai, vengo via con te…» Provavo un dolore indescrivibile, era come avere dei pezzi di vetro conficcati in tutto il corpo, era un dolore potente ma al tempo stesso muto, ed era la prima volta che mi succedeva di viverlo.

«Avrei voluto essere lì, Logan. Anzi, vorrei essere al tuo posto. Avrei dovuto proteggerti come ho sempre fatto.» Mi faceva male il petto e con una mano lo massaggiai; le lacrime erano aggrappate al cuore e non essere capace di versarle mi costringeva a sentirle dentro di me come tanti aghi che mi pungevano sotto la pelle.

«Perdonami, Logan.» Strinsi ancora la sua mano fredda tra le mie e continuai: «Sei l'aria che respiro, la parte migliore di me, non te l'ho mai detto, ma… ti voglio bene. Tengo a te più che alla mia stessa vita. L'unica forma di amore che io abbia mai conosciuto è stata quella fraterna. Resta con me almeno tu. Ti prometto che troverò chi ti ha fatto questo». Il mio tono era calmo, ma ricolmo di odio. «Lo troverò e lo ucciderò. Te lo prometto, Logan.» Mi inumidii le labbra ormai secche, poi abbassai lo sguardo e chiusi gli occhi.

La vita era davvero questa? Sembrava una goccia di cristallo appesa a un filo di seta che ciondolava da un soffitto.

Era una stronzata che ognuno di noi fosse l'artefice del proprio destino, perché era lui a scegliere per noi. Era un cazzo di maestro che infliggeva solo punizioni ai suoi allievi.

Il mio cellulare squillò all'improvviso. Mi alzai di scatto dalla sedia e mi avvicinai alla finestra; poi, lo tirai fuori dalla tasca dei pantaloni. Lanciai un'occhiata al display e vidi che il numero era sconosciuto.

Con la mano che tremava di rabbia, risposi alla chiamata e avvicinai il cellulare all'orecchio.

«Piaciuta la sorpresa, Neil? È stato facile manomettere i freni dell'auto di tuo fratello.» La voce era modificata con un alteratore vocale in modo tale da non essere riconosciuta. Sentir parlare chiunque ci stesse facendo questo mi parve un incubo che man mano si materializzava di fronte a me. D'istinto il mio cervello ricordò l'enigma, il lucchetto, il componimento…

«Hai commesso un grave errore», sibilai con un tono freddo e minaccioso.

Il bastardo aveva sbagliato a toccare Logan, così come non doveva azzardarsi a toccare un altro membro della mia famiglia. Non avevo paura di lui, volevo solo scoprire chi fosse e picchiarlo a sangue fino a ridurlo in fin di vita.

«Oh, certo. Il fratellino è agonizzante adesso, vero? Morirà di sicuro.» Il bastardo rise di gusto. La sua voce malefica non fece altro che rievocare la parte peggiore di me.

Strinsi i pugni e spostai lo sguardo su Logan, inerte sul letto.

«Ascoltami bene, brutto figlio di puttana», dissi a bassa voce, sentendo la rabbia scorrere in ogni parte del mio corpo; la mascella mi doleva per quanto digrignavo i denti. «Ricorda bene queste parole», proseguii in tono truce e misurato. «Scoprirò chi sei e ti ucciderò. Da oggi il mio unico obiettivo sarà questo.» Strinsi il telefono tra le dita con forza; avevo voglia di massacrare il mio interlocutore senza identità, ma dovevo rimanere calmo.

Dovevo riflettere e agire d'astuzia.

«Chi sarà il prossimo?» Scoppiò in una fragorosa risata e chiuse la chiamata senza consentirmi di controbattere.

Rimasi immobile a fissare la parete bianca di fronte a me, poi abbassai gli occhi sul display del cellulare, dove riapparve il solito sfondo nero con una fiamma, la stessa che ardeva dentro di me al pensiero di vendicarmi.

Mi girai verso Logan e lo fissai attentamente. Non si era trattato di un fottuto incidente, era stato tutto premeditato sin dall'inizio; Player aveva tentato di uccidere mio fratello, era stato lui la prima pedina che aveva mosso all'interno del suo gioco malato.

Era colpa mia, avevo sempre avuto la soluzione agli enigmi sotto gli occhi, ma non ero stato in grado di capirla.

D'un tratto, l'ira dentro di me divenne un acido dannoso che mi divorava dall'interno; il sangue affluì al cervello, ottenebrando la ragione e risvegliando la mia follia. Le mani tremarono ancora, il calore si diffuse come lava ardente in ogni fibra del corpo.

Guardai ancora Logan e mi sedetti accanto a lui, stringendogli la mano nella mia.

«Questa notte resto qui con te. Non ti lascio», promisi, fissandone il viso pallido. «Tu, però, devi svegliarti, Logan. Io sono con te, supera queste dannate ore.» Mi alzai e gli posai un bacio sulla fronte. «Troverò chi ti ha fatto questo, te lo prometto», ripetei ancora in preda a una rabbia che cercavo di controllare, ma lei era una bestia inferocita che esigeva di essere liberata dalla gabbia.

Quel bastardo di Player voleva la sua vendetta, ma adesso io avrei lottato per ottenere la mia.

Trascorsi la notte in bianco.

Ero nervoso perché indossavo gli stessi indumenti del giorno prima e la mia pelle non entrava a contatto con l'acqua da svariate ore.

Mi sentivo come un drogato in crisi d'astinenza.

Non facevo altro che aggirarmi nella stanza di Logan come un leone in gabbia e mi massaggiavo le tempie a causa del mal di testa che mi rendeva spossato.

Il mio cervello ormai era proiettato a decifrare l'enigma di Player. Dovevo imparare a leggerne i messaggi, ad analizzarne il linguaggio, solo così avrei colto le sue minacce nascoste.

Chiesi a un infermiere di turno una penna e un pezzo di carta e cominciai ad annotare i miei ragionamenti.

Poi, mi improvvisai crittografo per cercare di capire che cazzo di problemi avesse il tizio che ci stava alle costole.

Chiunque fosse, doveva avere una mente geniale, perché riusciva a mascherare il suo messaggio dietro la scrittura, rendendolo intellegibile a chiunque, tranne che a me. Era uno stratega: usava l'enigma come mezzo e ne plasmava il contenuto a suo piacimento.

Tuttavia, voleva anche che io leggessi e capissi quello che stava cercando di dirmi.

Mi sedetti accanto a Logan e mi accontentai della scarsa luce notturna per scrivere su un pezzo di carta tutto ciò che mi passava per la mente.

Mi concentrai sull'ultimo enigma, sul componimento satanico e, dopo circa due ore, giunsi a comprendere il modo in cui agiva Player.

In sostanza, mi aveva svelato già la carta che avrebbe usato per colpirmi, ma ero stato io incapace di comprenderla. Avrei dovuto trovare la risposta prima che lui provocasse l'incidente di Logan.

«Cazzo», sussurrai. Non sapevo neanche che ora fosse, ma il mio mal di testa stava aumentando e tutte quelle riflessioni non facevano altro che peggiorarlo.

Passarono ore prima che io capissi che tutte le lettere iniziali di ogni frase, se disposte in fila nell'esatto ordine utilizzato da Player 2511, componevano in realtà un solo nome: L-o-g-a-n.

Era un acrostico.

Un fottuto acrostico, di cui non avevo neanche lontanamente sospettato, con il quale il nemico voleva svelarmi le sue intenzioni ancor prima di colpire Logan.

Fui allora certo che voleva giocare con me, perché in realtà sperava che io ostacolassi le sue azioni, che fallissi e che mi sentissi in colpa nel vedere i suoi bersagli morire a causa mia.

Player mi inviava la risposta, seppur nascosta, e io dovevo decifrarla; solo in quel modo avrei potuto evitare che lui agisse, nel caso contrario, invece, la mia inerzia mi avrebbe reso suo *complice*.

«Che fottuto squilibrato.»

Avevo finalmente capito il suo gioco e adesso avrei dovuto intuire chi sarebbe stato il prossimo per impedirgli di attaccare.

Tuttavia, non avevo altri indizi e le foto con i componenti della mia famiglia erano una traccia troppo vaga per fare delle ipotesi.

Avrebbe potuto colpire chiunque di loro.

Mi passai una mano sul viso e decisi di uscire dalla stanza, perché avevo bisogno di una boccata d'aria altrimenti sarei impazzito.

Guardai ancora una volta Logan e, dopo avergli posato un altro bacio sulla fronte, mi allontanai, prima che la testa mi scoppiasse come un vulcano sovraccarico di informazioni.

Fu in quel momento che, nel corridoio, i miei occhi furono inondati da un oceano che ormai avevo imparato a riconoscere.

Guardai dall'alto in basso Selene, che camminava verso di me intimidita; i suoi passi erano poco decisi e le guance velate da un rossore che palesava il suo imbarazzo. Reggeva in una mano un bicchiere di plastica, probabilmente con del caffè, e indossava ancora i vestiti del giorno precedente, segno che nemmeno lei era tornata a casa. I capelli ramati, invece, erano sciolti lungo le spalle e le onde disordinate le conferivano un'aria sfatta ma irresistibile.

Avevo bisogno di raccontare a qualcuno quello che avevo scoperto: tenermi tutto dentro avrebbe solo aumentato la mia angoscia. In fin dei conti, Selene era già a conoscenza dell'ultimo enigma che avevo ricevuto nella dépendance, così la trascinai con me in un angolo appartato e vuotai il sacco.

Le dissi tutto, mostrandole perfino il pezzo di carta con la mia grafia, sul quale era tracciato il filo conduttore del mio ragionamento, la via d'uscita dal labirinto nel quale eravamo stati catapultati.

I suoi occhi cristallini si sgranarono dallo stupore e vi lessi la paura che solitamente la bimba era brava a nascondere a tutti, poi la baciai, senza sapere il perché.

Forse un motivo neanche c'era ed ero semplicemente incline a fare stronzate, o forse il mio era un modo di dimostrarle che apprezzavo il suo tentativo di starmi accanto, di essermi d'aiuto in quella situazione di merda, anche se non credevo di certo a tutte le sciocchezze che mi propinava per rassicurarmi, come la storiella del violino e dell'archetto.

Quindi cercavo di assecondarla solo per non ferirla, per non dirle che, a differenza sua, io ero realista e non vivevo di illusioni.

Tuttavia, ero stato sincero quando le avevo confessato che mi piacevano il suo profumo e il suo sapore, quando le avevo manifestato l'eccitazione che il suo corpo risvegliava in me, quando l'avevo baciata frustandola con la lingua come se volessi punirla per essere così ingenua e inesperta; ero stato sincero anche quando mi ero posato la sua mano tra le gambe per farle capire che, anche con il suo orrendo pigiama, mi provocava un'erezione enorme, a discapito di quello che le avevo detto la prima volta che gliel'avevo visto addosso.

Tutto ciò, però, era lontano anni luce da un reale sentimento.

Per le donne un minimo gesto poteva assumere vari significati; per noi uomini, invece, era tutto più semplice: un bacio era *solo* un bacio e una scopata era *solo* una scopata.

Spostai lo sguardo dalle sue labbra invitanti agli occhi luminosi e feci un passo indietro per porre fine alla cazzata che avevo appena fatto e per evitare di ripeterla.

«Torna a casa e vai a darti una pulita. Io resterò qui.» Selene sussultò come se le avessi detto che puzzava e che senza trucco era orrenda, invece volevo soltanto consigliarle di riposare, perché le sue occhiaie erano il segno inconfutabile della sua stanchezza; per il resto era bellissima anche sfatta. Non mi rispose, così abbassai lo sguardo sul bicchiere di plastica che reggeva in una mano.

Cazzo, mi aveva portato del caffè e io non mi ero neanche degnato di ringraziarla.

Con un sospiro, lo afferrai e la feci trasalire. Ingurgitai il caffè caldo in un unico sorso e gettai il bicchiere in un cestino poco distante. Mi leccai le labbra per assaporarne l'aroma amaro, proprio come piaceva a me, e lo stomaco brontolò perché ero a digiuno da troppo tempo.

«Torno da Logan.» Indicai la porta di mio fratello e lei annuì senza dire altro. Si allontanò, ma prima che potesse voltarsi per raggiungere la sala d'attesa, la presi per un polso e mi avvicinai a lei.

«Grazie per il caffè.» In realtà, non la stavo ringraziando solo per quello, ma per tutto ciò che stava facendo per noi. Lei dovette capirlo, perché mi sorrise e il suo sguardo oceano si illuminò. Bastava davvero poco per renderla felice. E non voleva mai nulla in cambio, lei donava se stessa e lo faceva con il cuore, un cuore puro e buono.

«Di niente.» Si mise sulle punte e inaspettatamente mi stampò un bacio sulla mascella. Ero molto più alto di lei, perciò affinché mi arrivasse alla guancia o alle labbra era necessario che io piegassi il collo; tuttavia, in quel frangente rimasi fermo perché non avevo previsto il suo gesto.

«Non ti ho dato il permesso di baciarmi.» Fui severo e cinico, strinsi perfino gli occhi in modo minaccioso per rafforzare il concetto. Non doveva oltrepassare i limiti così.

«Be', vorrà dire che sono una gran maleducata.» Scrollò una spalla con indifferenza e abbozzò un sorrisetto insolente.

Lei si considerava maleducata per avermi rubato un bacio?

E allora io cos'ero che le avevo rubato la verginità, l'innocenza e tutto quello che le apparteneva, per puro egoismo maschile? Che diritto avevo avuto di pretendere tutto da lei, senza lasciare niente a nessun altro?

«Su, vai.» Scossi la testa. Non era il momento di pensare a quanto fosse stretta e calda attorno a me, a quanto gemesse timidamente sotto di me o a quante volte riuscissi a farla venire mentre la scopavo, perché ancora troppo inesperta e incapace di gestire le sue sensazioni fisiche.

L'avrei usata fino al suo ultimo giorno di permanenza a New York e di questo ero completamente certo.

Per fortuna si allontanò e osservai la sua figura, esile ma slanciata, incamminarsi verso la sala d'attesa.

In quell'istante, ricordai che era un bersaglio anche lei e decisi di fare in modo che tornasse immediatamente a Detroit.

Non volevo che a causa mia le capitasse qualcosa di grave. Sapevo, però, che Selene era testarda e non sarebbe bastato dirle di andarsene per convincerla a partire; avrei dovuto inventarmi qualcos'altro: dovevo mostrarle ciò che ero davvero oppure dovevo comportarmi da bastardo per indurla a odiarmi.

Non mi importava come, ma l'avrei ferita.

Non sarebbe stato difficile, il bambino mi avrebbe aiutato, d'altronde era sufficiente ricordare e immaginare Kimberly per diventare un mostro, la peggiore delle bestie, e la bimba avrebbe capito perché ero incapace di amare, perché ero disturbato e *diverso*.

Smisi di pensare a Selene e tornai in camera da Logan. Ogni volta che lo osservavo disteso sul letto, avvertivo un senso di vuoto nel petto. Mi sedetti di nuovo accanto a lui e strinsi la sua mano nella mia.

«Logan, sono di nuovo qui.» Non sarei andato da nessuna parte, e sarei rimasto accanto a lui per tutto il tempo necessario. Non mi importava di mangiare, bere o dormire, desideravo solo sentire la sua voce.

Ripresi a parlargli come avevo fatto per tutta la notte, perché mi avevano detto che parlare con chi è in coma serve a mantenerne viva l'anima.

«Che ne dici se ti faccio ascoltare un po' di musica?» chiesi mentre il suo petto si sollevava e abbassava lentamente.

Estrassi il mio cellulare dalla tasca, aprii la galleria e tra i file musicali cercai la sua canzone preferita.

«Eccola.» Avviai *See You Again* di Wiz Khalifa e Charlie Puth, poi regolai il volume in modo tale che non fosse troppo alto, e avvicinai lentamente il cellulare a lui. «Ricordi quando l'ascoltavi ogni giorno? Avevi guardato *Fast and Furious* per ben tre volte e ogni volta che partiva il pezzo mi ripetevi quanto ti fossi commosso per la scena in cui Dom raggiungeva Brian all'incrocio, ripensando ai bei momenti passati con lui», mormorai con voce flebile mentre con il pollice gli accarezzavo il dorso della mano. «Hai proprio un'ossessione per quel cazzo di film. Hai tutti i dvd nella tua stanza», dissi ironico. «Ricordi quando dicevi che avresti voluto essere muscoloso come Dwayne Johnson?»

Sorrisi al pensiero di lui che gonfiava i bicipiti fingendo di essere come il suo attore preferito.

«Fantasticavi sempre su Michelle Rodriguez e dicevi che avresti voluto sposarla», aggiunsi divertito, ripensando ai suoi discorsi da adolescente con gli ormoni in subbuglio.

«Eri davvero buffo. Con chi guarderò i nostri film preferiti, se tu non torni da me?»

Fu faticoso dirlo.

Le note della canzone, intanto, continuavano a riempire le pareti spoglie della stanza, trascinando tutta la mia malinconia, come una dissonanza, un ritmo alterato, una nota stonata.

«Eccoci, siamo alla tua strofa preferita. La canticchiavi fino alla nausea.» Avrei tanto voluto piangere, almeno forse avrei provato una sensazione di leggerezza anziché sentirmi così soffocato dal dolore.

Quando la canzone terminò, chiusi il file e bloccai lo schermo del cellulare. Tutto tacque di nuovo e il ronzio dell'elettrocardiogramma tornò a riecheggiare tra le pareti in modo incessante; lanciai un'occhiata all'orologio e notai che Logan ormai era in coma da dodici ore e ancora non si era svegliato.

Sospirai e gli strinsi ancora la mano; non mi sarei dato per vinto. La vita era sempre stata crudele con me, non avevo mai avuto la possibilità di *scegliere* né tantomeno di sottrarmi al mio destino, ma lui poteva farlo, per lui doveva esserci un'altra possibilità.

«Logan, avanti. Svegliati.»

Fissai le sue palpebre chiuse, che celavano gli occhi immersi in un mondo oscuro da cui avrei voluto tirarlo fuori, ma non successe nulla.

Sospirai e appoggiai la fronte sulle nostre mani unite.

«Se mi lasci, io non ce la faccio», ammisi con il fiato corto. «La tua perdita mi distruggerebbe definitivamente. Verrei con te», confessai, guardando il suo volto inespressivo. Non mi importava di ragionare come un pazzo in quel momento, la verità era che non ce l'avrei fatta a sopravvivere senza di lui, perché, insieme a Chloe, era l'unico filo che mi permetteva di restare aggrappato al mondo.

Sbattei le palpebre, cercando di scacciare via l'improvviso fastidio che avvertivo agli angoli degli occhi e canticchiai sottovoce la sua canzone, cercando di gestire le emozioni che mi serravano il petto.

Chiusi gli occhi e appoggiai di nuovo la fronte sulla sua mano, racchiusa nella mia. Mi scoppiava la testa, anzi avrei dovuto dire che non ci stavo più *con* la testa. Tutto ciò che desideravo era svegliarmi dall'incubo, parlare con Logan, scompigliargli i capelli e prenderlo in giro come se non fosse successo nulla.

All'improvviso, avvertii qualcosa solleticarmi la fronte; sollevai il viso e fissai con un cipiglio le sue dita rilassate.

Cazzo, stavo iniziando ad avere anche le allucinazioni. Esasperato, mi passai una mano sul viso; non stavo affatto bene e la situazione stava danneggiando quel briciolo di sanità mentale che ancora possedevo.

Fissai la sua mano inerte e scossi la testa, sbeffeggiando me stesso perché il mio cervello si stava prendendo gioco di me. Poco dopo, però, l'indice di mio fratello iniziò a picchiettare sul materasso e sbattei le palpebre per accertarmi di non stare sognando.

«Logan.» Spostai lo sguardo sul suo viso e notai il tremore delle sue palpebre.

«Non ci posso credere.» Il cuore prese a battermi così forte che rischiai un infarto.

Sorrisi d'istinto e i miei occhi si riempirono di lacrime; mi sembrava di vivere un sogno e avevo paura di svegliarmi da un momento all'altro.

«Logan.» Mi avvicinai a lui. «Mi senti? Apri gli occhi», lo incitai mentre le sue palpebre continuavano a tremare. «Forza. Dai, che ce la fai.» Gli afferrai la mano e mi alzai in piedi.

Con grande lentezza, lui aprì gli occhi e spostò subito lo sguardo su di me.

In quell'esatto momento, la mia anima riprese a respirare.

«Ciao, fratello», sussurrai sollevato e lui mi prese la mano.

Lo sapevo. L'avevo sempre saputo che non avrebbe mollato.

Abbassai lo sguardo sulle nostre mani congiunte, unite come sempre, come se fossero parte dello stesso corpo, come un punto cardinale che mirava all'infinito.

Tornai a guardarlo e lui tentò di farmi un occhiolino.

«Ben tornato.» Il mio cuore era sul punto di scoppiare e avrei rischiato davvero un infarto, se non fossi riuscito a gestire le emozioni devastanti che sentivo nel petto.

«Logan, sei sveglio! Devo avvisare Matt!» dissi con entusiasmo. «Tu n-non dormire», farfugliai. Non sapevo neanch'io che cazzo stessi dicendo. «Cioè, resta sveglio. Non chiudere gli occhi», aggiunsi, ancora scosso, senza lasciare la sua mano. «Torno subito.» Non volevo allontanarmi, ma si trattava solo di pochi secondi, pochi attimi, e poi sarei tornato nella sua stanza.

Corsi fuori e attraversai il corridoio, scontrandomi bruscamente proprio con Matt.

«Dio, Neil! Che succede?» chiese allarmato, ma io non sapevo da dove iniziare, non avevo neanche abbastanza fiato per parlare. Gli appoggiai le mani sulle spalle e cercai di introdurre aria nei polmoni.

«Matt, lui… lui…» blaterai agitato.

Nel frattempo mia madre e mia sorella, seguite da Selene e Alyssa, si avvicinarono a me in attesa di sentire cosa avessi da dire.

«Neil, parla», mi disse Matt, preoccupato. Probabilmente pensava che avessi brutte notizie e invece…

«Si è svegliato, Matt! È sveglio! Logan è sveglio!» quasi urlai per l'eccessiva contentezza e la sua espressione mutò da preoccupata a incredula, e poi felice.

«Cosa?» Mia madre scoppiò a piangere e corse verso di me, abbracciandomi.

«È sveglio, mamma! Si è svegliato!» dissi, accarezzandole i capelli. Ero così felice da dimenticare tutto il resto, non mi curai neanche del fatto che mi stesse tenendo stretto senza il mio consenso. Chloe, nel frattempo, si buttò su Matt, Alyssa invece abbracciò Selene che stava piangendo.

La mia Trilli stava piangendo proprio come una bambina adorabile.

«Non ci posso credere!» Matt sorrise, passandosi entrambe le mani sul viso, ancora incredulo. Tirai un sospiro di sollievo e tornai da Logan.

Entrai nella sua stanza, quasi timoroso di scoprire che avevo immaginato tutto, e invece i suoi occhi nocciola puntarono proprio me.

Mio fratello mi stava aspettando, come mi aspettava da bambino.

«Eccomi.» Mi avvicinai al letto e notai il palmo della sua mano rivolto verso di me; schiuse le dita e capii al volo il suo gesto. Gliela strinsi e gli sorrisi.

Era tornato da me e non sarebbe più andato da nessuna parte.

«Ti voglio bene», dissi e una lacrima solitaria gli solcò lo zigomo.

Se oggi mi avessero chiesto cos'è la felicità, avrei risposto che la felicità è una casa con dentro le persone che ami, sono gli sguardi d'intesa con chi è nostro complice, il sorriso di chi amiamo, il calore che ci trasmettono i nostri cari, che è la forza di difenderli anche al costo della stessa vita, ma soprattutto che è lo sguardo luminoso di chi, dopo aver lottato contro un incubo, ritorna da te perché…

Ce l'ha fatta.

35
Selene

In cielo c'è una stella per ognuno di noi,
sufficientemente lontana perché i nostri dolori non possano mai offuscarla.
CHRISTIAN BOBIN

LOGAN trascorse due settimane in ospedale.

I medici avevano ritenuto necessario monitorarlo e controllarlo ogni giorno, per evitare complicazioni.

Inoltre, dato che aveva una frattura del femore, avrebbe dovuto portare il gesso per un mese, riacquistando lentamente la funzionalità della gamba.

Tutto sommato, però, era andata bene. Era davvero un miracolo che fosse sopravvissuto a un incidente tanto grave e, malgrado le insicurezze e le paure che ancora incombevano su di noi per la presenza invisibile di uno sconosciuto minaccioso, adesso si respirava un'aria nuova nella nostra villa.

Il tragico incidente aveva unito la famiglia Anderson-Miller più di prima e qualcosa dentro di me era cambiato.

Avevo compreso che la famiglia era un bene prezioso da custodire.

Famiglia significava darsi forza e supporto a vicenda, significava affrontare insieme gli ostacoli e superarli, significava essere uniti nonostante tutto e tutti.

Certo, ognuna era particolare, imperfetta, e piena di segreti, ma soprattutto era diversa dalle altre.

Mia non era mia madre e i suoi figli non erano miei fratelli, ma nonostante questo noi eravamo una «famiglia».

Ero giunta tardi a quella consapevolezza, perciò mi sembrava tutto assurdo e ancora non riuscivo a credere al cambiamento avvenuto in me. All'inizio credevo che Mia fosse la tipica donna cinica e altezzosa, ma la mia valutazione era stata del tutto sbagliata. Avevo compreso anche l'atteggiamento schivo di Chloe: mi aveva percepita come una minaccia, un'intrusa e forse avrei dovuto rassicurarla, ma ero chiusa nella mia bolla di rabbia e delusione a tal punto da non rendermene conto.

Non era mai troppo tardi per imparare, per capire e soprattutto per rimediare.

Adesso eravamo in salotto dopo aver terminato di cenare, mentre Matt e Chloe si stavano sfidando a scacchi: il perdente avrebbe lavato i piatti. Io invece me ne stavo appollaiata sul bracciolo di una delle poltrone, mentre Logan era seduto sul divano con una tuta blu addosso. Teneva la gamba fratturata distesa di fronte a sé e due stampelle giacevano alla sua sinistra.

«Quindi voi due state insieme?» Mia alternò lo sguardo da Logan ad Alyssa, cercando di capire cosa ci fosse tra i due.

Durate la permanenza di Logan in ospedale, in effetti Alyssa gli era stata accanto tutti i giorni e il loro legame si era rafforzato.

«Scacco matto!» esclamò Chloe seduta sul tappeto, di fronte al tavolino di cristallo nel mezzo della stanza; Matt, dall'altro lato, sbuffò e si grattò la mascella punteggiata dalla barba ben curata.

«Cavolo, sei davvero brava», brontolò lui, ma il siparietto tra i due non distolse l'attenzione di Mia dal figlio e da Alyssa.

«Sì, signora Lindhom», rispose infine la mia amica, imbarazzata, proseguendo il suo discorso con Mia.

Osservai Logan: era sorridente e felice della presenza della sua ragazza. Il viso palesava ancora i residui dell'incidente – un paio di cerotti coprivano alcune ferite al sopracciglio –, ma nulla sembrava scalfirne la gioia.

Alyssa era seduta accanto a lui e gli posò la testa sul petto, annusando il suo profumo.

Pensai a quanto fossero belli insieme e mi incupii.

In quell'istante, realizzai che c'era qualcos'altro di diverso dal nostro rientro alla villa ed era l'atteggiamento di Neil.

Mr. Incasinato era tornato a essere scostante e freddo, mi degnava di poche attenzioni, mi rivolgeva un saluto furtivo solo quando ci incontravamo per casa ed era costretto a farlo.

Non mi aveva più baciata, né sfiorata, né aveva tentato un qualsivoglia approccio con me.

Spesso mi chiedevo come sarebbero andate le cose tra noi se lui fosse stato propenso a lasciarmi entrare nella sua vita, se si fosse fidato di me e se mi avesse concesso di conoscerlo, e non solo quando si privava dei vestiti.

Mi chiedevo spesso anche se avesse ripreso ad andare a letto con Jennifer, o se avesse iniziato a frequentare bionde nuove delle quali non sapevo neanche l'esistenza.

A ogni modo, io avrei portato sempre con me la tempesta che creavano le sue labbra incastrate nelle mie, i suoi baci carnali che sospendevano le parole e i pensieri.

D'istinto, mi presi il labbro inferiore tra l'indice e il pollice, come se stessi avvertendo sulla lingua il suo sapore di tabacco e sul palato tutta la sua essenza.

«Sentivo la voce di Neil...» Le parole di Logan spezzarono il flusso dei miei ricordi, calamitando tutta la mia attenzione su di lui. Qualcuno doveva avergli chiesto del coma. «È stata l'unica àncora di salvezza alla quale io mi sia aggrappato in tutto quel buio», sussurrò appena, fissando un punto imprecisato di fronte a sé.

Perfino Matt e Chloe si voltarono ad ascoltarlo, smettendo di giocare.

«Percepivo il calore della sua mano sulla mia, mi parlava e ricordo tutto quello che mi ha detto. Le sue parole erano come delle scariche elettriche nel petto.» Sorrise e spostò lo sguardo su Mia che asciugò rapidamente una lacrima sulla guancia.

«Pensavo che non ce l'avrei fatta, ho avuto paura, ma la sua determinazione mi ha aiutato a non perdere la speranza.» Il silenzio riflessivo che aleggiava intorno a noi era impressionante: nessuno emise una sola parola, eravamo tutti concentrati sul discorso di Logan. «Ho mantenuto la promessa e...»

Una voce intensa e baritonale si sovrappose alla sua. «Sei tornato da me.» Neil appoggiò una spalla allo stipite della porta e ostentò tutto il suo fascino enigmatico. Sembrava che fosse appena rientrato da chissà dove, le chiavi della Maserati gli penzolavano da una tasca dei jeans scuri. Il giubbino di pelle chiara avvolgeva il torace ampio, coperto da un maglione scuro che tuttavia non nascondeva le linee definite dei suoi muscoli. I capelli castani erano ribelli come sempre, gli occhi dorati e accesi, e le labbra incurvate in un sorriso rivolto tutto a Logan.

«Come tu sei *sempre* tornato da me», ribatté suo fratello, ma nessuno afferrò il senso del loro dialogo. Comunicavano in un linguaggio tutto loro che spesso risultava incomprensibile agli altri.

Fu allora che Neil spostò lo sguardo su di me e io sussultai come se mi fossi appena scottata.

Dovevo smetterla di reagire in quel modo, in fin dei conti non era difficile resistergli… e…

Che bugiarda.

Per me era difficilissimo nascondere l'effetto che mi sortivano i suoi occhi e lui dovette notarlo, perché lasciò scorrere lo sguardo dal mio maglioncino chiaro ai pantaloni scuri, tornando lentamente di nuovo sul viso. Smise di sorridere e si morse l'interno della guancia, pensieroso; ancora una volta non riuscii a capire se mi stesse apprezzando o se stesse pensando qualcosa di negativo, magari sul mio look, sui miei capelli troppo lunghi e ondulati, o sul viso privo di trucco.

Puntò gli occhi nei miei e, con un cenno impercettibile del mento, mi indicò la porta. Aggrottai la fronte per poi fissarlo di nuovo in viso. Neil si voltò di spalle e si incamminò verso la cucina.

Voleva che lo seguissi, era chiaro.

Mi guardai attorno per accertarmi di non destare sospetti, ma tutti avevano ripreso a conversare tra loro, eccetto Logan che mi stava osservando quasi preoccupato.

In fin dei conti, lui, in famiglia, era l'unico a sapere di noi, oltre ad Anna.

Lo ignorai, attraversai il salotto e sgattaiolai via, sentendo pungere sulla schiena i suoi occhi nocciola. Entrai in cucina e mi resi conto che Neil non era lì, così aprii la portafinestra che dava accesso al giardino.

Avvolsi subito il busto con le braccia a causa dell'aria fredda che mi investì, facendomi rabbrividire, ma non mi curai di coprirmi con il cappotto e uscii fuori. Camminai a passo lento, sotto un cielo pieno di stelle, alla ricerca del ragazzo incasinato che non smetteva di rubare ogni volta un pezzo della mia anima. Lo adocchiai poco distante: dondolava su un'amaca, le cui estremità erano sostenute da due palme del giardino.

Mi fermai e ne ammirai il profilo.

Sembrava una scultura realizzata ad arte.

Il naso era perfetto, le labbra carnose si chiudevano attorno al filtro della Winston e rigettavano il fumo nell'aria. Quella pelle d'ambra e quegli occhi dorati sembravano ancora più luminosi con il bagliore della luna e io… io non potei fare a meno di rimanerne ammaliata.

Inspirai profondamente e sentii le ginocchia tremare quando mi avvicinai a lui.

Come sempre, ero soggiogata dal suo fascino. «Vieni qui», disse, anche se continuava a fissare il cielo oscuro, come se gli importasse solo delle stelle e della nube di fumo che si dissolveva dinanzi a lui. Feci ancora qualche passo in avanti e mi soffermai a riflettere.

Dove dovevo sedermi? Non c'era abbastanza spazio sull'amaca ed ero troppo imbarazzata per chiedergli di spostarsi.

«C'è posto per entrambi», aggiunse, voltandosi nella mia direzione. La sua capacità di leggermi nella mente era sempre disarmante. Con grande lentezza, salii sull'amaca accanto a lui.

Neil sollevò un braccio e lo fissai sgomenta, perché non mi aspettavo un gesto simile. Voleva che mi distendessi accanto a lui? O addirittura abbracciarmi?

Evitai di tediarlo con delle domande e mi posizionai accanto a lui. Distesi le gambe e gli appoggiai la guancia sul petto, sentendone l'avambraccio avvolgermi le spalle. Inspirai il suo consueto buon profumo e assorbii il suo calore nella notte fredda.

«Selene significa 'luna' vero?» Mi accarezzò il braccio con i polpastrelli della mano destra mentre con la sinistra teneva la sigaretta, fissando il cielo.

Era la prima volta che mi rivolgeva una domanda così personale e un sorriso spontaneo mi incurvò gli angoli delle labbra.

«Sì. Vuoi sapere perché mia madre ha scelto questo nome?» Sollevai il mento e studiai i suoi lineamenti.

Mi sforzavo di trovare dei difetti in lui, ma ne era privo.

Non mi rispose e non sapevo se avesse voglia di «parlare», ma tentai.

«Mamma insegna letteratura classica ed è un'appassionata di mitologia greca. Nel periodo in cui è rimasta incinta, stava leggendo il mito della dea Selene così le venne l'idea di chiamarmi in questo modo», spiegai con un sorriso timido, fissando la luna che sfavillava solitaria nel cielo. C'erano una pace profonda nell'aria, una solitudine piacevole e un gelo frizzante che sferzava la barriera di calore umano che i nostri corpi avevano creato tra loro.

«Di solito è rappresentata come una donna bellissima, dal viso pallido ma delicato. Oltretutto, nella mitologia greca, le sono stati attribuiti molti amanti a causa del suo fascino indiscusso.» Arrossii nel riferire quel dettaglio anche se era la semplice verità. Io di certo non mi reputavo una dea e non mi consideravo neanche una donna bellissima, tuttavia ero onorata di avere il suo nome.

«Molti amanti», ripeté riflessivo; non un'emozione ne attraversò il viso imperscrutabile.

«Già», confermai e lui voltò il viso verso di me, posandosi la mano sull'addome mentre reggeva tra l'indice e il medio la sigaretta ancora fumante.

«Dovresti tornare a Detroit», mormorò, mentre mi fissava gli occhi, come se fossero un luogo misterioso sul quale soffermarsi. Non capii perché mi avesse detto una cosa del genere e, di certo, non fui contenta di sentirlo parlare in quel modo.

«Perché dovrei andarmene?» chiesi e strinsi una mano a pugno accanto alle mie labbra. Mi stavo chiudendo come un riccio, forse per paura di sentire la sua risposta.

«Perché non sei al sicuro qui», ribatté e spostò lo sguardo verso il cielo, per poi continuare a fumare.

«Per colpa di colui che ti invia quegli enigmi?» domandai, stringendomi a lui. Non riuscivo a immaginarmi lontana da lì, dalla sua famiglia e da lui. Era un pensiero irrazionale, il mio, ed era stupido sperare che tra noi ci fosse un legame, ma non volevo neanche escludere del tutto la possibilità che lui sentisse qualcosa, qualsiasi cosa, per me.

Era da incoscienti lasciarsi andare all'istinto, lo sapevo bene, ma ormai avevo abbandonato la ragione da tempo. La vita doveva essere vissuta nella sua interezza e, malgrado avessi sbagliato nei confronti di Jared, avrei comunque rifatto tutti i miei errori.

«Sì, ma non solo. Non voglio che tu...» si fermò, toccandosi la mascella con un accenno di barba che gli conferiva un particolare fascino maschile.

«Che io cosa?» lo incitai a proseguire e lui fece un altro tiro dalla sigaretta, trattenendo più del solito il fumo per poi liberarlo dal naso.

«Il cuore a volte crea delle illusioni che distruggono l'anima. Spesso vediamo solo ciò che ci piace vedere anche dove non c'è», rispose cinico, distante e con una risolutezza difficile da contrastare.

«Io non vivo nessuna illusione», ribattei decisa; quel discorso non aveva senso e non capivo neanche dove volesse arrivare con questi giri di parole. Neil gettò il mozzicone, dopo aver fatto un ultimo tiro, poi mi concesse tutta la sua attenzione.

«Non capisci, tu dovresti...» Non terminò perché mi avvicinai alle sue labbra e le catturai con le mie. Neil sgranò gli occhi sorpreso e serrò i denti per impedirmi di baciarlo, ma mi strofinai lentamente su di lui e, dopo qualche attimo di resistenza, con un gemito frustrato, cedette. Schiuse le labbra, calde e carnose, e mi permise di volare oltre ogni desiderio, mi permise di perdermi nell'ebbrezza del suo sapore. Gli appoggiai una mano sul petto e le mie dita scivolarono sul tessuto caldo del maglione.

Avvertii i battiti del suo cuore, ma era l'anima la parte di lui che avrei voluto toccare.

Neil mi infilò una mano tra i capelli, sulla nuca, e inclinò il collo per intensificare il nostro bacio. La sua lingua prese a rincorrere la mia in quel modo passionale e rude che mi impediva di stargli dietro. Il mio cuore sbandò a ogni contatto languido. Più mi baciava, più ogni parte di me si accendeva. Delle scosse elettriche si innescarono dal centro del petto e scivolarono fin giù, tra le cosce. Neil muoveva le labbra sulle mie con una sicurezza ed esperienza tali da rendermi eccitata, affamata di lui. Fui costretta a interrompere quel contatto lussurioso, solo per incamerare aria; mi fermai, posando la fronte sulla sua.

«Dovresti allontanarti da me», insisté, leccandosi le labbra umide.

«Non ne vedo il motivo», dissi angosciata e lui mi guardò negli occhi, contrariato. Riuscivo perfettamente a intuire i suoi sbalzi d'umore.

«Se continuassi a starmi accanto...» Con una mano mi accarezzò il collo e scese lungo il corpo, sfiorando ogni parte di me. Il seno, lo stomaco, l'addome, il fianco. Si fermò sul bottone dei miei pantaloni e lo liberò, abbassando lentamente la zip. «Ti farei sentire desiderata ogni giorno.» Infilò la mano nei pantaloni e toccò con le dita il tessuto delle mie mutandine. Sgranai gli occhi perché avevo intuito cosa avesse intenzione di fare, ma eravamo fuori, su un'amaca, esposti al pericolo enorme di essere scoperti.

Eppure... non riuscivo a fermarlo.

Mi sentivo paralizzata, troppo sopraffatta dalla libidine.

«Il mio tocco diventerebbe la tua dipendenza.» Iniziò ad accarezzare la mia intimità, al di sopra del cotone che ormai sentivo umido. Mi vergognai di me stessa. Il nostro bacio, come sempre, mi aveva provocato reazioni fisiche involontarie che non riuscivo a gestire.

«N-Neil», balbettai turbata.

Eravamo in giardino... in giardino... e...

«Ti farei provare un piacere intenso...» Scostò di lato il tessuto che gli era d'intralcio e mi sfiorò con i polpastrelli freddi le grandi labbra, calde e gonfie d'eccitazione. Arrossii violentemente perché non potevo nascondere quanto il mio corpo lo desiderasse.

«Immediato.» Infilò l'indice dentro di me e le mie pareti lo accolsero, cedevoli e bagnate.

Seppur smarrita nel suo tocco, tentai di bloccargli il polso e respirare.

«Profondo.» Neil continuò a stordirmi con quel timbro rauco e maturo. Spinse il dito in profondità e sussultai, stringendogli la mano attorno al polso, incapace di opporgli una vera resistenza.

«Smettila», supplicai, anche se la mia voce ansante gli fece intendere tutt'altro.

«Incontrollabile.» Iniziò a muovere l'indice, dentro e fuori, con calcolata ritmicità. «Potente.» Velocizzò il movimento e io mi morsi il labbro inferiore per non gemere e urlare.

Strinsi le palpebre e gli appoggiai la fronte sul petto, stordita.

«Ti farei godere, Selene, e ti concederei questo piacere sfiancante ma sublime ogni giorno.»

Inarcai la schiena quando con il pollice iniziò a stuzzicare il clitoride, inducendomi a muovere i fianchi contro la sua mano maledetta. Emisi un gemito che non riuscii a controllare e lui sorrise inorgoglito, bello più che mai.

«Shh, bimba», mi redarguì, continuando la sua lenta e seducente tortura, che mi rese schiava di una forma di piacere assurda, delicata e sconcia. D'un tratto tremai e, quando mi morse il labbro inferiore tirandolo con forza, il mio sesso si restrinse attorno al suo dito, risucchiandolo in preda ai sintomi di un orgasmo imminente che soltanto lui era in grado di provocare. Ansimai piano e gli affondai la testa nel petto, per costringermi a non urlare.

«Ti concederei di usare il mio corpo, le mie mani, la mia bocca, la mia lingua, ma...» La sua voce baritonale mi fece raggiungere l'apice. Ogni cellula del mio corpo si accese, una scossa vibrante risalì dalle punte dei piedi fino allo stomaco, la ragione si offuscò, le gambe tremarono e i muscoli pelvici pulsarono, trasportandomi in una dimensione surreale. «Otterresti solo questo da me», concluse, criptico.

Precipitai nella realtà e aprii gli occhi, cercando di riprendere il controllo di me stessa e soprattutto di introdurre ossigeno nei polmoni. Sentii il labbro inferiore tumido e indolenzito, il petto sollevarsi affaticato e la mia intimità umida ancora percossa dai tremolii piacevoli e inarrestabili dell'orgasmo.

Avevo afferrato poche parole del suo discorso intermittente, ma l'ultima frase mi era chiara.

Avrei ottenuto solo questo da lui.

Sfilò la mano dal mio sesso e se l'avvicinò alle labbra. Annusò la mia eccitazione come un animale, e io arrossii, anche se ormai avrei dovuto essere abituata ai suoi gesti sfrontati e osceni. Poi avvolse l'indice tra le labbra e lo succhiò, puntando gli occhi nei miei. Non parlò, ma ebbi l'impressione che mi stesse dicendo: «Adoro il tuo sapore» e sussultai per la forza con cui la sua voce maschile riecheggiò nella mia immaginazione.

«Hai capito qualcosa di ciò che ho detto?» chiese divertito, guardandomi adesso come la ragazzina inesperta che ero. Odiavo quel lato di me, insicuro e timido. A volte desideravo essere come le altre – audace, disinibita, spudorata – ma quelle non erano qualità che mi appartenevano.

Abbassai il mento e richiusi di fretta i pantaloni, stringendo le gambe tra loro e guardando un punto a caso del suo petto.

«Non sono adatto per una relazione, non sono nato per avere accanto una donna. E non perché non voglia, mi piacerebbe, credimi...»

Con l'indice mi sollevò il mento e mi costrinse a guardarlo. Nei suoi occhi intravidi parole inespresse e pensieri celati, paure segrete e ricordi terribili che lo avevano reso un uomo disilluso e problematico. «Ma io e il bambino dobbiamo ancora risolvere molti problemi...» Sollevò il busto e si allontanò da me, sedendosi sull'amaca e trascinandomi con sé.

Adesso eravamo entrambi seduti con i corpi che dondolavano mentre la luna ci osservava.

Chissà cosa stava pensando di noi.

Di una ragazza con tanti sogni e la speranza nel cuore, e di un ragazzo incasinato con una mente brillante, ma intrappolata nella rete del passato.

«Chi è il bambino?» chiesi titubante, posando le mani sulle ginocchia flesse.

Le scarpe sfioravano l'erbetta verde del giardino a ogni piccola oscillazione dell'amaca.

«Neil», rispose semplicemente, senza guardarmi.

Non capivo i suoi ragionamenti introspettivi; a volte era troppo astruso e misterioso, perciò mi riusciva difficile decifrare i suoi pensieri, ma proprio quest'aspetto mi affascinava più di ogni altra cosa.

«'In cielo c'è una stella per ognuno di noi, abbastanza lontana da impedire ai nostri dolori di offuscarla'», mormorai sottovoce. «Lo diceva Christian Bobin, potresti consigliarlo al *bambino* quando è triste», gli sussurrai all'orecchio, come se fosse un gran segreto inconfessabile. Neil si voltò a guardarmi e aggrottò la fronte.

Sapevo che non avrebbe approfondito quel discorso, perché aveva già parlato troppo per i suoi standard, ma dovevo pazientare.

«Rifletti sulle mie parole. Ho scopato con altre in queste due settimane, come ho sempre fatto sin dall'inizio. Sai cosa vuol dire?» chiese, ma proseguì senza attendere una risposta. «Significa che tu mi piaci, Selene, ma non sei indispensabile per me. Sei quell'attimo di sballo che mi fa perdere la testa e niente di più. Voglio essere sincero con te. Se non vivi di illusioni, così come dici, allora non ti sto deludendo.»

All'improvviso, mi resi conto che avevo davanti una persona gelida, bloccata in se stessa, circondata da mura così alte e possenti da rendere impossibile abbatterle.

Spostai lo sguardo altrove quando confermò i miei dubbi: lui era stato con *altre*.

L'idea che altre donne lo toccassero o che lui toccasse loro come faceva con me, mi rendeva nervosa e vulnerabile. Un dolore muto al petto bloccò ogni mio tentativo di ribattere. Aprii le labbra e le richiusi un paio di volte, incapace di dire qualcosa.

La sua capacità di annientare chi aveva davanti era invidiabile.

Era davvero un magnifico bastardo.

«Voglio sperare che dietro la tua maschera di ghiaccio ci sia un cuore che un giorno possa battere per qualcuno.» Fu faticoso dirlo; una strana sensazione mi camminava sulla pelle, il petto pungeva e la nausea risalì dalla bocca dello stomaco per ciò che gli avevo concesso di fare soltanto qualche minuto prima.

Temevo di essermi perdutamente innamorata di lui e quella consapevolezza mi spaventò. L'amore, però, arrivava per caso non si poteva programmare né controllare. L'amore era un folletto infame che ti colpiva dritto nel petto, ti si aggrappava all'anima e giocava con il tuo cuore, provocando delle fastidiose palpitazioni incontrollabili.

L'amore era un mostriciattolo imprevedibile e lunatico, a volte buono, altre volte cattivo.

Spesso era folle e inspiegabile, discutibile e illogico.

Io ne ero stata vittima per la prima volta nella mia vita, e non sapevo spiegare di preciso cosa fosse, sapevo soltanto che avevo iniziato a provarlo quando avevo visto nelle imperfezioni di Neil perfezioni che non avrei trovato in nessun altro.

«Oh, un'ultima cosa. D'ora in poi, tocca le altre, baciale, falle godere», lo canzonai ripetendo le sue stesse parole. «Ma non avvicinarti più a me.» Scesi dall'amaca e, con una finta tranquillità, mi mostrai decisa del mio ordine. Neil si alzò in piedi, pronto a sovrastarmi con la sua imponenza, ma tentai di non lasciarmi intimidire.

«Lo sai anche tu che ti lasceresti toccare ogni volta che vorrei», ribatté con arroganza, ostentando tutta la sua sicurezza, ma abbozzai un sorriso impertinente e mi avvicinai a lui, assottigliando gli occhi.

«O magari mi lascerei toccare da uno dei tuoi amici per mettere fine alla mia inesperienza. D'altronde tu stesso hai detto che...» Feci una pausa a effetto e sbattei le ciglia sensualmente, soffiandogli sulle labbra. «Devo imparare a scopare oltre che a baciare», sussurrai divertita, con una lentezza tale da imprimergli il messaggio nella testa. Forse il mio atteggiamento era immaturo e provocato soprattutto da una gelosia malsana che avevo già scoperto di provare nei suoi confronti, ma così come lui conduceva la sua vita liberamente, andando a letto con donne di ogni tipo, così io avrei potuto procedere per la mia strada.

Se fossi diventata, o meno, una poco di buono di certo sarebbe stata una mia scelta e non affar suo.

Neil mi fissò cupo, i suoi occhi luminosi cessarono di brillare per lasciar spazio a un'espressione torbida e minacciosa; l'avrei addirittura considerata eccitante se non avessi saputo quanto fosse, in realtà, difficile per lui gestire i suoi impulsi.

«È meglio che tu vada, Trilli.» Qualcosa di tenebroso si celò dietro il nomignolo con il quale era solito chiamarmi. Ogni lettera gli scivolò lenta sulla lingua e il timbro baritonale divenne penetrante e deciso.

Neil poi mi fissò intensamente e il mio istinto femminile mi consigliò di non controbattere ulteriormente. D'un tratto, il braccio destro disteso lungo un fianco gli tremò, attirando la mia attenzione. Le dita della mano gli si mossero come se stessero suonando i tasti di un pianoforte invisibile e capii che probabilmente stava cercando di scaricare una strana tensione che sentiva scorrere dentro di sé.

Indietreggiai perché lì, immerso nell'oscurità e illuminato dal tenue bagliore della luna, quell'uomo sembrava un angelo dannato la cui anima era intrappolata in un corpo divino e…

Pericoloso.

36
Selene

È tutta colpa della Luna, quando si avvicina alla Terra
fa impazzire tutti.
WILLIAM SHAKESPEARE

«MI manchi troppo. Il campus senza di te non è la stessa cosa.»

Alzai gli occhi al cielo perché Alyssa non faceva altro che chiamare Logan e ricordargli quanto le mancasse la sua presenza all'università.

Da quando avevano iniziato una specie di relazione, lei mi parlava continuamente di quanto Logan fosse perfetto, dolce, premuroso, gentile, intelligente, colto, romantico, sensibile, intuitivo e, santo cielo, perfino dotato e bravo a letto; quella doveva essere sicuramente una qualità degli uomini Miller.

«D'accordo, cucciolo, a dopo», disse con una voce da micetta per ammaliare il suo nuovo fidanzato.

«Stai davvero esagerando.» Le scoccai un'occhiata ilare mentre camminavamo per i corridoi dell'università, con i libri stretti al petto e la testa tra le nuvole.

«Sono una donna fortunata», ribatté sognante; temevo addirittura che facesse una piroetta su se stessa, lì in mezzo agli studenti.

«Ed eccessivamente romantica», borbottai.

«Come sei acida. Da quanto non scopi? Sembri frustrata.» Inarcò un sopracciglio e mi guardò attentamente mentre le mie guance si imporporavano a causa della sua domanda.

Non era quello, però, il punto: non avevo ancora instaurato un bel rapporto con il sesso, pertanto non soffrivo di alcuna astinenza.

Ero solo nervosa per le parole che Neil mi aveva detto soltanto la sera prima. In quel momento di perdizione non ero stata capace di attribuire al suo discorso la dovuta importanza, ma ci avevo pensato e ripensato per tutta la notte fino a giungere a una conclusione: viaggiavamo su binari completamente diversi, forse paralleli e destinati a non incontrarsi mai.

Per lui la nostra era solo attrazione fisica, per me era qualcosa di più e lo era sempre stato sin da quando avevo accettato di rivivere la mia prima volta con lui per poterne ricordare ogni sensazione e dettaglio.

«Non è questo, il problema è… lui. Lui e la sua personalità contorta», sbottai; sentivo l'enorme bisogno di parlarne con qualcuno. Ero stanca di tenermi tutto dentro e di non poter sentire un parere diverso dal mio; ero stanca di parlare solo con la coscienza senza poter valutare consigli e opinioni differenti dai miei.

«Lui, chi? Jared?» Alyssa ovviamente non era a conoscenza dell'assurdità della mia vita sentimentale, tantomeno del fatto che mi fossi ormai lasciata con Jared.

Per un istante desistetti dall'idea di raccontarle tutto, ma la necessità di liberarmi dell'enorme macigno che pesava sul petto tornò prepotente a spingere dentro di me, inducendomi a confidarmi.

«No, non si tratta di Jared.» Entrammo in aula, ma sapevo già che non avremmo seguito la lezione; infatti, Alyssa partì spedita con le sue domande e io le raccontai tutto.

Ma proprio tutto.

«Quindi hai tradito il tuo ragazzo, o dovrei dire ex ragazzo, con uno strafigo come Neil? Cioè tu vai a letto con Neil? *Quel* Neil?» quasi urlò.

«Sta' zitta o rischiamo di essere sbattute fuori. Comunque sì», sussurrai, fingendo di tenere la testa china sui miei appunti.

«Oh santo cielo, qui dentro le ragazze si venderebbero un rene per trascorrere almeno una notte con lui, ma si vocifera che abbia una strana preferenza per le bionde mega fighe e che non vada a letto con chiunque», bisbigliò con una mano davanti alla bocca che mi impediva di leggere con precisione il suo labiale.

Sospirai perché quello non era un semplice pettegolezzo, ma era la pura verità.

«I vostri genitori ne sono al corrente?» chiese ancora, sempre più incuriosita.

«Scherzi? Certo che no.» E non avevo idea di come avrebbero reagito nell'apprendere una notizia simile. Mi ero posta spesso quella domanda, ma avevo sempre evitato di pensarci perché non *volevo* preoccuparmi della reazione di mio padre. Con lui non avevo mai parlato della mia vita privata e non c'era mai neanche stata l'occasione di parlargli delle mie prime cotte; anzi, l'argomento «uomini» era sempre stato un tabù.

«Ma a letto è così aggressivo come lo è anche nella vita?»

Oddio.

Che razza di domanda era quella?

Arrossii e la penna che stringevo tra le mani rovinò sul pavimento. Alyssa sghignazzò divertita mentre mi piegavo per raccoglierla.

«Ma che domande mi fai?» la rimbeccai, cercando di mantenere un tono basso ma ugualmente minaccioso.

Certo che lo era, avrei voluto dirle. Era aggressivo, rude e passionale, ma non l'avrei detto ad Alyssa perché ero riservata e qualsiasi cosa condividessi con il mio incasinato apparteneva solo a me e a lui.

«E per il resto? Com'è messo?» Mi indicò una lunghezza media distanziando gli indici e io sgranai gli occhi.

Era forse impazzita?

La guardai perplessa e lei trattenne una risata, poi allontanò gli indici per separarli di più e alludere a una misura maggiore e...

«È dotato, sì, e ora smettila.» Le schiaffeggiai un polso e finalmente pose fine alle allusioni oscene. Poi avvicinò l'estremità della sua penna alle labbra e mi osservò maliziosa, pensando a chissà cosa.

Io, invece, riflettei sulla risposta che le avevo dato. Certo, non avevo nessun altro uomo con cui poter fare un paragone, ma ero sicura di ciò che avevo appena detto. Neil possedeva un corpo creato per intontire le donne a tal punto da far desiderare loro di fargli le cose più assurde, tutte perverse per giunta.

«Cerca di non innamorartene. È un ragazzo abbastanza particolare e dal carattere complicato.» Alyssa tornò improvvisamente seria e mi guardò preoccupata. Non potevo darle torto.

Neil era incapace di legarsi alle persone; nella sua vita esistevano solo Logan e Chloe e il suo cuore era una torre troppo alta da raggiungere, quasi invalicabile.

«Per giunta è incline a mettersi nei guai. Insomma, frequenta i Krew e lo sai che qui li temono tutti. Quei ragazzi sono delle bestie e lui ne è il leader», mormorò inorridita e io mi ritrovai perfettamente d'accordo con lei.

Di tutti gli amici di Neil, era Jennifer quella che odiavo di più. Non avevo dimenticato quello che mi aveva fatto; era stata lei a inviare foto e chissà cos'altro a Jared, oltre a colpirmi in mensa a causa della sua gelosia malata nei confronti di Neil. Inoltre, era sempre lei quella che Neil preferiva tra le varie amanti, perché era sfacciata, diabolica e soprattutto bionda.

Scossi la testa e continuai a rispondere alle domande di Alyssa, cercando di non pensare alla Barbie dei Krew, perché immaginare le sue orribili trecce laterali o il fisico, sexy ma volgare, mi rendeva nervosa e inquieta.

Mi concentrai piuttosto sui consigli, non richiesti ma tuttavia utili, che Alyssa cercò di propinarmi al termine delle lezioni.

Secondo lei ero una ragazza eccessivamente buona e ingenua, e il mio carattere non era adatto a uno come Neil.

Lui era un ragazzo dalla personalità ingestibile e forte, era sveglio e calcolatore.

Esperto e furbo.

E io lo sapevo meglio di chiunque altro.

Più tardi, a casa, le parole di Alyssa continuarono a ronzarmi nella mente anche mentre mi trovavo in salotto con Logan che masticava i suoi amati cereali persino a quell'ora del pomeriggio.

«Neil non è un ragazzino, Selene, le bambine innocenti le mangia a colazione. Devi essere una donna accanto a lui, una donna capace di tenergli testa.»

E ancora: *«Impara a gestirlo altrimenti finirà per schiacciarti come fa con i mozziconi delle sue sigarette»*.

«Riesco a vedere da qui gli ingranaggi del tuo cervello ruotare a una velocità impressionante», bofonchiò Logan, seduto sul divano con la gamba distesa, come da ordini del medico, che si era raccomandato con lui di prendere gli antidolorifici e di riposare almeno per tre settimane, prima di tornare alle sue abituali attività.

Non risposi e avvicinai alle labbra il succo che stavo sorseggiando; non sapevo se poter confidare anche a Logan il motivo del mio tormento. Optai per deviare il discorso su altro.

«Alyssa sa tutto di Neil», dissi allora. Logan smise di colpo di masticare e di guardare la replica di una partita di basket, per fissarmi con un'espressione indecifrabile sul viso. «E mi ha dato qualche consiglio in merito», aggiunsi imbarazzata, sperando che non mi chiedesse *quale*, perché Alyssa mi aveva dato anche suggerimenti in ambito sessuale che preferivo non ricordare.

«Sai già come la penso.» Sospirò. «Neil è una persona particolare.» E lo era, lo era davvero. Era un rebus difficile da risolvere. «Puoi divertirti con lui, Selene, ma non puoi crearci un futuro. Te lo dico solo perché tu non mi sembri come...» Mi guardò, abbozzando un sorriso dolce. «Non mi sembri affatto come le ragazze dalle quali è circondato. Ci metti del sentimento in tutto quello che fai, perciò devi stare attenta a non dimenticare che lui è diverso dagli altri.»

Sapevo perfettamente che Neil non era un ragazzo al quale bastavano due moine e l'istinto da crocerossina per legarsi a qualcuno; infatti, non era semplicemente ostile all'amore, ma anche una persona che non ne ammetteva a priori l'esistenza.

Per lui amare era una dipendenza dalla quale proteggersi, qualcosa di profondamente negativo e deleterio, qualcosa che lo spaventava perché rievocava in lui sensazioni avverse e dannose.

Il corso dei miei pensieri venne interrotto dall'occhiata della governante Anna, intenta a lucidare l'argenteria, la cui attenzione era stata attirata dal discorso profondo di Logan. Quella donna conosceva Neil da bambino, era stata lei a consigliarmi di non giudicarlo ma di comprenderlo, di interpretare il suo linguaggio muto e di capirlo anche quando non aveva intenzione di esporsi con me.

Era facile dirlo, ma molto complesso farlo.

Mi riscossi e cambiai discorso, trascorrendo con Logan delle ore spensierate, durante le quali tentammo entrambi di distrarci: lui dal suo incidente e io dalle mie preoccupazioni.

Più tardi, ci raggiunse anche Chloe che invece di integrarsi nei nostri discorsi, si addormentò accanto a suo fratello, stremata dalla partita «noiosa» in tv, come l'aveva definita lei.

Quando finalmente la replica finì, Logan fece una smorfia di dolore che notai subito.

«Logan», lo chiamai, posandogli una mano sulla spalla e lui scosse la testa per rassicurarmi.

«Ogni tanto avverto delle fitte, ma è tutto okay.» Mi sorrise in quel modo dolce che lo faceva sempre apparire gentile verso tutti, e sospirai sollevata.

Non doveva essere facile convivere con il trauma provocato da un folle che per un motivo inspiegabile ci stava facendo del male.

«L'ho visto, sai.» Abbandonò la schiena contro il divano imbottito e guardò in alto, reclinando il collo. I suoi occhi stavano incidendo sul soffitto le ombre dei ricordi del suo tragico incidente. «Indossava una maschera bianca», aggiunse subito, prima ancora che io gli facessi delle domande.

Se lo avesse davvero visto bene, avremmo potuto rivolgerci alla polizia con la descrizione del suo aspetto; non sarebbe stato molto, ma comunque un piccolo aiuto. Invece il destino ci remava contro. Chiunque fosse Player sapeva come giocare le sue carte perché non lasciava tracce di sé, oltre agli enigmi.

«Era dietro di me, su una Jeep nera della quale non ricordo la targa. Non faceva altro che suonarmi e abbagliarmi con i fari.» La sua voce si ridusse a un sussurro sofferente, chinò il capo e fissò la sua gamba tesa. «Oltre la maschera, tutto ciò che ho potuto vedere dallo specchietto retrovisore è stato che ha perfino sollevato una mano per salutarmi prima che io...» Si fermò e la voce tremò. Non volevo costringerlo a parlarmi, così aspettai e nel mentre gli accarezzai il dorso della mano. «Prima che io tentassi di frenare per evitare una curva troppo stretta e mortale. I freni, però, non hanno risposto ai comandi, quindi ho perso il controllo dell'auto e...» Non concluse e deglutì a vuoto, stringendo tutta la sua rabbia in un pugno stretto. Lo guardai intensamente, sconvolta da quella rivelazione. Questo era un dettaglio ulteriore, rispetto al terzo enigma che aveva decifrato Neil.

Quanti enigmi ci sarebbero stati ancora?

Quanti di noi avrebbe colpito Player?

E soprattutto chi sarebbe stato il prossimo?

«Neil lo sa?» sussurrai, stringendo la sua mano nella mia, con una sofferenza muta che mi premeva nel petto. Logan annuì e si morse il labbro inferiore, agitato.

«Sì, gli ho raccontato tutto ed è molto nervoso in questi giorni.» Mi guardò come se stesse cercando di avvertirmi di qualcosa.

Non avevo certo intenzione di alterare lo stato d'animo di suo fratello eppure Logan apparve preoccupato per me.

«Capiremo chi è, e la pagherà per tutto quello che ha fatto.» La determinazione delle mie parole mi parve non appartenermi neanche, perché, in realtà, dentro di me, il suo racconto mi aveva sconvolta più di quanto avessi mostrato.

Player 2511 si palesava con una maschera bianca e, stando alle foto che ci aveva inviato, ci spiava come un vero stalker. Ci perseguitava, magari era lì fuori dalla villa, o magari era appostato sotto le finestre delle nostre stanze, fuori dall'università oppure fuori dai posti che frequentavamo più spesso.

Ci teneva d'occhio ed era un demone invisibile del quale avremmo solo potuto percepire la presenza, senza mai vederne l'aspetto.

Mi sentivo come se stessimo camminando in un labirinto pieno di insidie, con delle bende sugli occhi.

Avremmo potuto fare supposizioni su chiunque e tutti sarebbero stati dei potenziali nemici, anche il gentilissimo vicino di casa o il migliore amico insospettabile.

Ci pensai per tutto il tempo, anche mentre facevo un lungo bagno caldo per scacciare via la tensione dal corpo irrigidito. Tuttavia, nulla servì a tranquillizzarmi, perciò mi rivestii e capii di aver bisogno di parlare con Neil perché non sapevo con chi altro discutere dell'argomento.

Gli unici a essere a conoscenza della verità eravamo noi tre.

Io, Logan e… *lui*.

Mi diressi verso la sua stanza alle nove in punto di sera, dopo aver indossato una felpa larga e slacciata, abbastanza lunga da coprirmi il sedere, al di sotto della quale portavo una maglietta che arrivava al punto vita, sobria ma aderente; un paio di leggings stretti, invece, mi fasciavano le gambe. I capelli, poi, erano sfatti e ondulati perché li avevo asciugati di fretta senza preoccuparmi di sistemarli mentre il mio viso, pallido, era privo di trucco, come sempre.

Bussai due volte alla sua porta, sentendo sempre il solito uragano nello stomaco. Anzi, un vero ciclone tropicale di emozioni.

Le immagini di ciò che era successo nella sua stanza mi riaffiorarono nella mente come un lungometraggio indecente, capace di creare un leggero languore tra le cosce, una reazione fisica che diventava sempre più difficile da controllare. Quel ragazzo aveva preso la mia anima pudica e l'aveva plasmata in un'anima attratta dal fascino della lussuria.

Inspirai profondamente per calmarmi e giocai con un laccetto della felpa nell'attesa che mi aprisse, ma non percepii nessun passo né alcun rumore che potesse avvisarmi della sua presenza oltre la porta, così la aprii lentamente. Scoccai un'occhiata all'interno: la stanza era vuota.

Neil non c'era. Non sapevo da quanto fosse uscito e soprattutto dove fosse.

Entrai a passo lento e accesi la luce. Il contrasto del blu cobalto e del nero dominavano l'intero ambiente, dalle pareti all'arredamento maschile, che rendeva l'atmosfera suggestionante. Avanzai ancora e mi guardai attorno. Avvertii il suo profumo fresco nell'aria, nella camera perfettamente in ordine e pulita.

Il letto king-size, posizionato al centro, era rivestito da un copriletto scuro, lo stesso che avevo stretto tra le dita mentre il suo corpo sovrastava il mio per rendermi schiava del piacere. Ne sentii i colpi forti dei fianchi, la forza dirompente delle mani, il respiro irregolare ma controllato per non superare mai il limite che lui stesso si autoimponeva. Ne percepii le labbra violente e la lingua elettrica, rivissi tutto quanto, e un'improvvisa sensazione di spossatezza mi indusse a sedermi sul bordo del letto.

Il respiro divenne accelerato a causa dei ricordi impudici e i miei occhi saettarono sul comodino moderno, laddove c'era lo strano posacenere a forma di teschio. Accanto a esso, però, notai qualcos'altro. Si trattava di un quaderno o un bloc-notes personale.

Lo presi e ispezionai la copertina di un marrone opaco, senza alcuna scritta né stampa rivelatrice di qualcosa; poi lo aprii, anche se mi ero resa conto di avere violato la privacy di Neil già nell'istante in cui mi ero permessa di entrare nella sua stanza.

Lui mi avrebbe sbraitato contro, se mi avesse scoperta.

Tremai a quel pensiero, ma la curiosità non venne meno e mi indusse a sfogliare le pagine del bloc-notes.

Rimasi esterrefatta.

«Oddio...» sussurrai nel vedere alcuni disegni architettonici così precisi e perfetti da sembrare fotografie. Il primo rappresentava delle colonne dell'antica Grecia, il secondo un tempio, il terzo riproduceva la nostra villa esattamente così com'era. C'erano anche misure, rilievi, numeri e appunti di cui non capivo nulla; a ogni modo, la precisione e l'ordine erano impressionanti.

Sfogliai ancora il blocco, accarezzando con le dita i disegni incredibili, e pensai a quanto fosse bravo.

A Neil piaceva disegnare e sembrava avere un vero talento.

«Nascondi al mondo la tua bravura, eh?» Sorrisi, girando ancora altre pagine e fermandomi sul disegno della dépendance. L'aveva riprodotta alla perfezione, come tutti gli altri edifici, d'altronde. Voleva diventare un architetto?

Probabilmente sì.

Non ne sapevo molto a riguardo, ma ero convinta che avesse una vera dote e che le sue mani fossero capaci di creare qualcosa di magnifico.

Rimisi il bloc-notes al suo posto e mi alzai dal letto, lanciando un'occhiata alla libreria personale. In realtà non era come le altre, ma era composta da alcune placche con segmenti geometrici a forma di L che formavano una composizione irregolare e originale sul muro. Ogni segmento sparso per la parete richiamava le tonalità presenti nella camera.

L'avevo notata altre volte, ma senza mai darle le dovute attenzioni perché avevo sempre pensato che Neil non fosse un tipo da libri e che quindi fosse poco incline alla lettura; tuttavia, se conosceva Nabokov e altri autori che mi aveva citato durante le nostre conversazioni, probabilmente celava una cultura profonda che non amava ostentare.

Quando curiosai tra i suoi libri, i miei sospetti trovarono conferma.

In quella libreria c'era di tutto: da Octavio Paz a Salinger, passando per Ian Fleming.

Notai *Lolita* di Vladimir Nabokov, ma soprattutto Bukowski, tantissimo Bukowski.

C'erano un sacco di suoi libri: *Donne*, *Storie di ordinaria follia*, *Scrivo poesie solo per portarmi a letto le ragazze*, *Compagno di sbronze*, *Taccuino di un vecchio sporcaccione*… a quest'ultimo inarcai un sopracciglio e mi sfuggì un sorrisetto divertito; poi ne scorsi un altro: «*L'amore è un cane che viene dall'Inferno*», lessi il titolo ad alta voce e tornai seria. Forse Neil amava quell'autore perché era un uomo trasgressivo, associava l'amore alla sessualità e aveva una grande capacità di descrivere le fantasie erotiche maschili, usando però una forma poetica e profonda.

«Bukowski è il suo scrittore preferito.»

Sussultai e il libro che reggevo tra le mani rovinò sul pavimento al suono della voce di Chloe.

«Oddio, scusa, stavo solo… stavo solo…» Mi piegai per raccogliere il volume e riporlo al suo posto mentre la piccola di casa si avvicinava a me con un'espressione divertita.

Chissà qual era invece la mia, di espressione, in quel momento.

Che gran figuraccia.

«Non devi giustificarti, Selene. Mio fratello parla poco di sé e suscita molta curiosità.» Incrociò le braccia al petto e guardò la libreria stravagante di Neil, sistemando alcuni libri che avevo toccato. «Meglio non lasciare tracce, però. Non ama che qualcuno frughi tra le sue cose», mormorò, accertandosi che nessun volume fosse fuori posto.

«Ero venuta qui per parlargli, poi… ecco…» Non sapevo neanche cosa dire, non c'erano scusanti per il mio comportamento irrispettoso. Non avrei dovuto varcare la porta della sua stanza senza alcun permesso.

«Non gli dirò nulla.» Chloe mi fece un occhiolino complice e sospirai sollevata, arrossendo per via dell'enorme disagio che ancora avvertivo.

«Abbiamo sempre studiato sin da piccolissimi. I nostri nonni erano particolarmente severi ed esigenti. Imponevano ai nostri genitori di iscriverci alle scuole più prestigiose di New York, volevano che fossimo istruiti, colti e studenti modello», spiegò, fissando un punto a caso della libreria. «Neil ama la letteratura, la filosofia e l'astronomia, ma non condivide con nessuno le sue passioni. Legge ogni notte, soprattutto quando non riesce a dormire. Oppure disegna... a volte edifici, a volte oggetti… Insomma riproduce tutto ciò che vede», sorrise, puntando i suoi occhi di un grigio intenso nei miei.

Nonostante talvolta litigassero, Chloe nutriva una grande ammirazione nei confronti di suo fratello e questo denotava il legame unico che c'era tra loro.

«Ho sempre pensato che, oltre al suo aspetto, ci fosse molto altro», dissi, cercando di non far trapelare l'interesse profondo che provavo nei confronti di Neil perché Chloe non ne era al corrente.

«Comunque se lo cercavi… dovrebbe essere in dépendance, ma…» Non la lasciai terminare.

«Okay, allora vado», dissi sbrigativa. «Grazie, Chloe. E se non gli dicessi nulla di questa enorme cazzata che ho fatto, te ne sarei grata.» Congiunsi le mani in segno di preghiera e mi diressi di fretta verso la porta.

Poi mi avviai da Neil. Dovevo parlargli dell'informazione di Logan circa Player 2511 e volevo anche sapere se avesse ricevuto altri indizi o enigmi.

Tuttavia, conoscere dettagli in più della sua vita non aveva fatto altro che accrescere l'attrazione fatale che già mi spingeva a inseguirlo nelle tenebre dalle quali era avvolto.

In quell'istante, mi pentii di aver elogiato la cultura di Kyle quella sera, in giardino, sottovalutando Neil e le sue conoscenze; lo avevo trattato con sufficienza e lui, infatti, mi aveva subito smentito, citandomi una frase di Nabokov grazie alla quale avevo scoperto la nostra passione in comune: la lettura.

Trafelata, scesi al piano inferiore, percorrendo l'enorme scalinata di marmo, poi uscii in giardino dalla portafinestra della cucina, rabbrividendo a causa del freddo che mi indusse a camminare più velocemente.

Superai la piscina e marciai spedita verso la dépendance, illuminata dalla luce interna che filtrava dalle vetrate ampie, coperte questa volta dalle tende doppie.

Era da solo?

Per sicurezza, suonai il campanello, battendo i denti e sfregando le mani tra loro; avrei dovuto indossare qualcosa di più caldo, ma l'impazienza di vederlo mi aveva perfino fatto dimenticare il mio nome. Neil sortiva sempre quell'effetto assurdo su di me.

«Ciao, bambolina.»

Assunsi un'espressione sorpresa quando mi ritrovai davanti Xavier. Gli occhi dal taglio orientale erano lucidi e le pupille dilatate. Gli guardai il piercing di metallo sul labbro inferiore, poi la felpa nera che gli copriva il torace e i jeans scuri che fasciavano le gambe lunghe. In quell'istante, gli apparve un sorrisetto malefico sul viso e ogni mia sicurezza vacillò.

«Cercavo Neil.» Mi schiarii la voce, dandomi mentalmente dell'imbecille. Avrei dovuto indietreggiare e andare via, non chiedere di Neil. Tuttavia, l'errore più grande che feci fu entrare nella dépendance quando Xavier si spostò di lato e mi invitò ad accomodarmi.

«Troppo lunga la felpa che indossi, bambolina», disse e richiuse la porta alle mie spalle, fissandomi spudoratamente il sedere. Tirai su la zip della felpa fino al collo, coprendo la maglia aderente, e avanzai nel salotto che ricordavo distrutto, ma che ora era perfettamente in ordine.

Il camino a pellet era acceso e il calore che si avvertiva all'interno era così forte da scaldarmi subito. Sul divano angolare vidi Luke, seduto, con il busto chino in avanti e i gomiti posati sulle ginocchia. I suoi occhi azzurri mi fissarono guardinghi e le sopracciglia si aggrottarono in un'espressione pensierosa.

«Che ci fa lei qui?» chiese a Xavier, come se io non fossi presente.

«E io che cazzo ne so», rispose l'altro, affiancandomi. Lanciò un'occhiata al mio petto poi scese a guardarmi le gambe, abbozzando un sorriso di scherno.

«Qualcuno dovrebbe darti lezioni di femminilità. Che ti sei messa? Non ti si vedono neanche le tette», mi prese in giro, sedendosi accanto al biondo che invece non fece nessun commento sprezzante.

Nell'aria avvertivo un odore strano che non seppi riconoscere, misto a quello del sesso che invece avevo imparato a distinguere grazie a una persona in particolare.

«Come stai, stronzetta?» Sussultai quando alle mie spalle apparve Jennifer, seminuda e con le solite odiose trecce laterali.

Indossava solo un reggiseno nero e un paio di slip quasi invisibili, per quanto erano sottili.

Mi superò e si avviò scalza verso Xavier, poi si sedette sulle sue ginocchia e mi osservò con disgusto.

Dio, la odiavo e i miei occhi le stavano facendo capire anche *quanto*.

«Sei arrabbiata, principessa?» mi schernì, avvolgendo un braccio dietro la nuca del moro, che le baciò un seno, compresso nella biancheria stretta e volgare.

«A quanto pare continui a perdere la tua dignità saltando da un uomo all'altro», sbottai senza freni; quel viso da finta bambola di porcellana innescava dentro di me una rabbia che non riuscivo a controllare.

«Ha fegato, la ragazzina», disse Luke, che si alzò dal divano; io indietreggiai quando si incamminò verso di me, ma lui per fortuna non mi importunò e mi superò per raggiungere l'angolo cucina. Forse era l'unico sano di mente tra quegli esaltati, ma non mi sarei mai fidata di nessuno di loro, perciò mi posizionai in un angolo della stanza per tenere sott'occhio tutti e tre.

«Non farmi la morale. Non sei poi così santarellina considerando che vai a letto con il peggiore.» Mi strizzò un occhio e io strinsi le labbra per costringermi a non risponderle, altrimenti sarebbe partita un'altra rissa. Stavolta, però, avrei reagito.

«Io sarei proprio curioso di scoprire cosa sai fare.» Xavier posò un altro bacio sul collo di Jennifer e poi guardò me, sollevando un angolo della bocca con malizia.

«Non saprebbe fare un cazzo, mi sembra ovvio.» La bionda si piegò in avanti e raccolse dal tavolino centrale una cartina bianca arrotolata, che sembrava decisamente diversa da una normale sigaretta.

L'avvicinò alle labbra e l'accese, inalando profondamente ed espirando il fumo denso.

Soltanto in quel momento il mio sguardo ispezionò la superficie di vetro sulla quale giacevano dei pacchetti di snack vari, alcuni bicchieri vuoti, due bottiglie di alcol aperte e due bustine trasparenti con delle pasticche al loro interno. Il posacenere, inoltre, era ricolmo di mozziconi e gomme da masticare.

«Devo prendere altra roba?» chiese Luke alle mie spalle, poi si avvicinò a me con una lattina di birra stretta in una mano e osservò la coppia stramba seduta sul divano.

«No, ce n'è abbastanza», ribatté Xavier, toccando con una mano la coscia di Jennifer che si stava gustando quella che, a quel punto, supposi fosse una canna. Lei inchiodò i suoi occhi chiari su di me e liberò il fumo nell'aria.

«Hai mai provato il sesso all'oppio, principessa?» Jennifer ripartì alla carica contro di me, ma non avevo intenzione di darle retta. Non volevo perdere tempo con una come lei.

«Dov'è Neil?» chiesi risoluta, guadagnandomi una sua risata malefica e beffarda. La odiai ancora di più.

«Sta giocando a nascondino. Ti aspettava, sai? Trovalo.» La bionda mi strizzò un occhio, ma avevo già capito perfettamente che mi stava prendendo in giro. Lanciai un'occhiata furtiva alla porta chiusa della camera da letto e una sensazione angosciante mi serrò il petto.

Se Jennifer era qui, allora lì con lui chi c'era?

«Secondo me dovresti andare via.» Luke mi si parò davanti per coprirmi la visione dei suoi due amici. Sollevai il mento per guardarlo negli occhi e aggrottai la fronte.

Per quale motivo un membro dei Krew stava cercando di… proteggermi? O di darmi un consiglio?

«Altrimenti non la smetteranno. Tieni conto che tra poco saranno completamente fatti e la situazione potrebbe peggiorare.» Era la prima volta che Luke si rivolgeva a me con una sorta di gentilezza, ma era pur sempre uno dei Krew e per questo non mi fidavo.

In quel momento la porta della camera da letto si aprì e rivelò l'immagine di colui che stavo cercando. I suoi occhi dorati e lucenti si posarono su di me, tracciando lentamente le linee del mio corpo, per poi tuffarsi nel mio sguardo oceano.

Neil era bellissimo come sempre e indossava solo dei boxer neri. I due tatuaggi, che tanto adoravo, erano come macchie di inchiostro su una pelle d'ambra che avvolgeva un corpo così potente da imprimersi nella memoria. Di lui mi sarei ricordata per sempre, anche qualora ci fossero stati altri uomini.

Mi guardò per un tempo indecifrabile, sbattendo più volte le palpebre per accertarsi forse che non fossi un'allucinazione, poi sospirò infastidito e si incamminò verso di me, lasciando che tutti i suoi muscoli si contraessero a ogni passo.

All'improvviso, alle sue spalle uscirono dalla stanza Alexia e una ragazza bionda e minuta, ma dalle forme prorompenti; entrambe sfoggiavano un'espressione sconvolta sui visi ancora carichi d'eccitazione.

Perché Neil era rude, carnale, bramoso.

Il suo tocco reclamava le membra di una donna e le possedeva fino a risucchiarne le energie.

Mentre lui si avvicinava, tremavo di rabbia e timore; mi sentivo in bilico tra paradiso e inferno, lo veneravo come una divinità e lo odiavo perché era un bastardo.

Quel corpo da gigante, prestante e virile, sprigionava infatti un fuoco di lussuria e collera che creava un profondo dissidio dentro di me.

Alexia, fortunatamente vestita, si sedette accanto a Jennifer con una smorfia appagata sul viso eccessivamente truccato; la biondina, invece, avvolta da un semplice lenzuolo e con l'espressione di una che era stata appena sbattuta per bene, si fermò alle spalle di Neil, che ne copriva interamente la figura, poi inclinò la testa di lato per guardarmi.

Ero *io* quella sbagliata, non lei.

Ero *io* di troppo in quel momento, non lei.

Luke si schiarì la gola quando Neil mi fissò, fermandosi proprio dinanzi a me.

Se avesse voluto ignorarmi, lo avrebbe fatto; invece voleva che lo vedessi, voleva che sentissi l'odore di bagnoschiuma che emanava perché aveva appena lavato via i residui del sesso consumato con altre donne, anche se quei residui c'erano ancora ed erano tutti ben visibili: le labbra gonfie, gli zigomi lievemente arrossati, i muscoli ancora tesi e lo sguardo ancora eccitato furono come uno schiaffo in pieno viso.

E bruciava.

Bruciava parecchio.

«Cos'ha? Ha perso la lingua?» chiese Alexia, ma non la guardai neanche. Del resto, quell'unicorno azzurro era insignificante per me.

Feci un passo indietro e inspirai. Sentivo qualcosa incombere sul mio petto, qualcosa di così pesante da impedirmi di respirare correttamente.

Neil, intanto, se ne stava fermo e imperscrutabile a guardarmi.

Sembrava un animale selvaggio imprigionato in una gabbia di cristallo, un animale che riempiva la sua vita soltanto con esperienze vuote, condivise con donne altrettanto vuote.

«Alcune persone non meritano il nostro sorriso, figuriamoci le nostre lacrime», mormorai dopo un lungo silenzio che aveva attirato gli sguardi di tutti su di me. «Lo diceva Bukowski», aggiunsi provocatoria, fissandolo intensamente.

La sua fronte si aggrottò e lui incassò il colpo.

«Le donne erano destinate a soffrire; non c'era da meravigliarsi che volessero sempre grandi dichiarazioni d'amore.» La sua voce baritonale e sensuale mi provocò un soffio forte al cuore. «Lui ti avrebbe risposto così.» Guardò i miei occhi e poi le mie labbra; io lo fissai, incantata ma disillusa.

«Ma che cazzo stanno dicendo?» brontolò Xavier, infrangendo il silenzio che aleggiava attorno a noi.

Neil interruppe il nostro contatto visivo e si sedette su uno degli sgabelli dell'angolo cucina.

Con l'indice fece segno alla biondina di avvicinarsi e lei eseguì il suo ordine.

«Non è ancora sazio, bambolina. Non lo sarà fino a quando non ti spezzerà in due», commentò volgarmente Xavier, con Jennifer seduta ancora sulle ginocchia.

«Selene, credo davvero che tu debba andare via», mi disse ancora Luke, che nel frattempo era tornato in cucina; i miei occhi però non smettevano di fissare Neil che iniziò a denudare la ragazza del lenzuolo, mostrandone le curve delicate e proporzionate.

Con le mani ne tracciò il contorno, e notai i segni rossi di uno schiaffo che marchiavano una natica, oltre ad altri graffi che le punteggiavano i fianchi.

Segni di passione.

Dopodiché, Neil le accarezzò i seni esposti solo ai suoi occhi dorati, ma privi di emozioni, e la schiena della ragazza si inarcò quando lui li strinse nei palmi grandi. A quel punto, avvicinò le labbra ai capezzoli e ci fece ruotare attorno la lingua, guardandola negli occhi con lascivia.

Voleva ipnotizzarla, soggiogarla come faceva con tutte.

Un coltello nella costola avrebbe fatto meno male.

Feci un passo indietro, sconvolta, ma lui continuò a concederle attenzioni, con la bocca e con le mani, fino a quando non infilò le dita tra i suoi capelli lunghi, e la incitò a inginocchiarsi.

La ragazza eseguì il comando tacito.

Mentre la teneva stretta per i capelli, Neil con l'altra mano si abbassò l'elastico dei boxer, rivelando l'erezione turgida e maestosa.

«Quello sì che è un gran cazzo», commentò divertita Alexia, accompagnata dalla risata sardonica di Jennifer. Non mi sorpresi delle sue parole, lo pensavano tutte.

Tuttavia, per me quel gesto sfacciato fu davvero troppo: spostai subito lo sguardo sulle punte delle sneakers ed evitai di guardare, anche se iniziai a sentire.

Tutto.

Sentii i suoni gutturali della ragazza.

Sentii i suoi colpi di tosse quando probabilmente lui spingeva troppo a fondo.

Sentii un lamento femminile perché forse il suo membro era troppo spesso e non riusciva a prenderlo tutto.

Poi sentii un gemito sensuale perché probabilmente la ragazza adesso aveva trovato il ritmo giusto e le stava piacendo.

Non lo sapevo, non ne sapevo abbastanza.

Dedussi soltanto e continuai a *non* guardare.

Non volevo memorizzare una scena così scandalosa.

«Non lo guardi, bambolina? Ci vai a letto e ora fai la timida?» chiese Xavier, ma delle sue domande sarcastiche risero soltanto le due stronze sedute accanto a lui. Alzai gli occhi su Luke, che si limitò a sorseggiare la birra come se quello che stava accadendo nell'angolo della cucina fosse normale, poi li spostai su Neil. Non un ansito né un gemito proveniva dalle sue labbra; non perse il controllo neanche quando, dopo minuti che mi parvero infiniti, venne in bocca alla ragazza, attenuando la stretta sulla chioma bionda.

«Puliscimelo», disse Neil, con un tono equilibrato che non apparteneva affatto a un uomo che aveva appena provato un orgasmo, e lei obbedì. Il mio sguardo gli percorse il corpo teso e lo vidi sistemarsi i boxer, poi lo fissai negli occhi e gli rivolsi tutto il mio disprezzo, raccogliendo dentro di me il coraggio necessario per dirgli quello che pensavo.

«Sei un depravato», mormorai, scuotendo la testa con disgusto. «Lo siete tutti.» Guardai la biondina adesso in piedi e voltata verso di me, e lei raccolse rapidamente con la lingua una goccia perlacea sull'angolo delle labbra.

I seni nudi e appesantiti dal piacere erano ben visibili, così come il pube glabro e il ventre piatto, con un piercing rosa al centro dell'ombelico.

Neil rimase seduto sullo sgabello e incrociò le braccia al petto come se avesse appena sorseggiato un caffè e non ricevuto un preliminare da una tizia, sconosciuta, davanti agli occhi di cinque persone.

Guardai Luke posare la lattina di birra sulla penisola, proprio vicino allo stronzo e seguii la sua figura incamminarsi di nuovo verso di me.

Non riflettei prima di fare ciò che feci.

Mi lasciai guidare dall'istinto perché qualsiasi cosa avessi detto non avrebbe espresso a pieno quello che stavo provando.

Avevo un milione di coltelli conficcati nelle costole, nello stomaco, nell'addome e spiegare a parole ciò che sentivo era impossibile.

Afferrai Luke per il bavero del giubbino di pelle che indossava e mi misi sulle punte per raggiungergli le labbra.

Chiusi gli occhi e lo baciai.

Forse dopo me ne sarei pentita o forse mi sarei giustificata con la mia coscienza con scuse banali, ma ci avrei pensato più tardi.

Luke, dopo un attimo di sorpresa, schiuse le labbra e ricambiò quel gesto stupido e sfacciato.

Le sue mani mi si posarono sui fianchi e mi strinsero a lui; avvertii la protuberanza dei suoi jeans pungermi sull'addome.

Le mie dita si aggrapparono con più forza al bavero e con la lingua assaporai il suo palato che sapeva di birra. Sentii la sua mano scendere dal fianco e scivolarmi sul sedere; quando Luke lo strinse, serrai gli occhi e mi costrinsi a rimanere immobile.

In realtà mi veniva da piangere, perché erano altre le labbra che desideravo, era un'altra la persona di cui ero innamorata.

Era davvero così sbagliato provare un sentimento puro e desiderare di stare accanto alla persona che faceva scaturire in me emozioni travolgenti?

Era così sbagliato conoscere poco il sesso, credere nell'amore e nella possibilità che tutto si potesse affrontare? Magari insieme?

Evidentemente sì.

L'immagine della bionda che concedeva piacere a Neil tornò a tormentarmi il cervello, così mi sforzai di concentrarmi su Luke e sull'esperienza che manifestava nei suoi baci. Luke sapeva davvero baciare bene, era passionale e carnale, ma non quanto Neil.

Non quanto quell'incasinato, folle e indecente.

Il mio corpo riconosceva solo il suo, i miei sensi riconoscevano i suoi e la mia pelle il calore della sua.

Purtroppo capii che niente e nessuno avrebbe potuto eguagliare l'intensità dei momenti provati con lui.

Luke con una mano mi accarezzò una guancia e con il pollice raccolse una lacrima dal mio zigomo. Mi resi conto che il nostro non era stato un semplice bacio, ma istinto, sofferenza e rabbia.

«Ora sì che hai fatto una grande cazzata», mi sussurrò arrendevole, posando la fronte sulla mia per permettere a entrambi di respirare.

Non sapevo se si stesse riferendo a un mio possibile pentimento o a un'ipotetica reazione di Neil.

«Ci penserò più tardi», ribattei con un sorriso rattristato.

Non riuscivo a comprendere perché Neil avesse fatto quel gesto in mia presenza, non capivo cosa volesse dimostrarmi. Avevo già intuito che si fosse divertito con le due ragazze in camera da letto, rimarcare il concetto non aveva alcun senso per me.

«Cosa ho appena visto?» Xavier si sollevò dal divano, spintonando via Jennifer dalle sue ginocchia; io, invece, mi allontanai da Luke e guardai Neil che adesso era in piedi e fissava l'amico con una serietà torbida e un'espressione glaciale sul viso irrigidito. D'un tratto, come una bestia inferocita si incamminò verso di me e mi afferrò per un gomito, spingendomi contro la porta.

Si spalmò su di me e potei sentire il calore della sua pelle nuda attraversarmi i vestiti. Ogni spigolo sensuale combaciò con le mie forme, incastrandosi alla perfezione.

Era molto più alto di me e il mio naso gli sfiorò i pettorali, prima che piegasse il collo per allineare i nostri volti.

Occhi negli occhi, stavamo duellando come se volessimo ammazzarci.

«Ragazzina», sussurrò appena, con la voce tremolante di rabbia. «Hai fatto la tua stronzata e farò finta di non aver visto niente, ma dovrai sparire da qui entro un secondo o ti scoperò contro questa porta, così mostrerò al mio amico come godi quando te lo sbatto dentro con tutto *l'amore* che desideri tanto ricevere», mi minacciò, fissando le labbra umide della saliva di un altro, sulle quali passai la lingua per assaporarne ancora l'essenza e per provocare una sua reazione.

«Magari preferisco lui a te. E ti toccherà guardarci, come volevi che io guardassi la biondina mentre...» Ma non terminai perché Neil mi afferrò per un gomito, aprì la porta, lasciandoci investire dall'aria gelida, e mi spintonò malamente fuori dalla dépendance.

Era furioso. Me ne accorsi dal respiro ansante e dalla tensione che scorreva nelle vene in rilievo; sembrava che fosse sul punto di esplodere.

«Vaffanculo!» proruppe con impeto, prima di sbattermi la porta in faccia.

«Vaffanculo tu! Idiota!» Mi voltai e urlai contro la superficie di legno dietro la quale sapevo che poteva sentirmi. Un calore anomalo mi infuocò il petto. Mi allontanai di pochi passi e poi tornai di nuovo indietro, permettendo alla rabbia di prendere il sopravvento. «Idiota e depravato!» ripetei ancora con una furia cieca che mi indusse a tirare un calcio contro la porta mentre risate e schiamazzi divertiti si prendevano gioco di me all'interno di quella maledetta dépendance.

Neil era esattamente questo: un mostro divino, bello ma... *ingannevole*.

37
Neil

Mi piace essere la cosa giusta nel posto sbagliato e
la cosa sbagliata nel posto giusto,
perché accade sempre qualcosa di interessante.
ANDY WARHOL

AVEVA baciato Luke.

Non uno qualsiasi ma Luke Parker, un membro dei Krew, e questo voleva dire una cosa sola: *pericolo*.

Le avevo detto espressamente che poteva fare quello che le pareva con chiunque, ma non con uno di loro, merda.

Non con uno di loro.

Ero talmente nervoso da aver fumato un pacchetto intero di Winston nel giro di poche ore.

Qualche giorno prima, avevo deciso che dovevo allontanarla da me e la biondina della sera precedente era stata solo il mezzo attraverso cui raggiungere questo fine.

La bimba non aveva guardato per tutto il tempo, mentre io avevo guardato solo *lei* per tutto il tempo.

Per un uomo, in generale, non era facile avere una seconda erezione in pochi minuti, soprattutto non dopo aver scopato con due donne insieme. Tuttavia, mi era bastato vedere Selene fuori dalla camera da letto della dépendance per sentire l'adrenalina pompare nelle vene.

Ero arrabbiato perché vederla in piedi lì, insieme ai Krew, con il viso sconvolto e l'espressione delusa ma innocente, aveva riportato in vita l'esigenza di mandarla via subito, nell'immediato.

Avevo sentito che i Krew le avevano fatto battute oscene e provocatorie, ma la bimba li aveva ignorati con la sua solita eleganza e determinazione, perché lei era più forte di quanto sembrasse.

In seguito, mi ero incamminato verso di lei con solo dei boxer addosso, e quando le ero stato abbastanza vicino da sentire il suo profumo di cocco me ne ero pentito, perché quella fottuta fragranza mi aveva investito come un'onda che si infrangeva contro il vento, spargendo le sue gocce nell'aria fino a farmi pentire, per un istante, di quello che avrei fatto subito dopo con la biondina.

Selene era fresca come l'aria dell'inverno, luminosa come l'alba, delicata e pura in ogni suo gesto, perfino quando stringeva il tessuto della sua felpa nel chiaro tentativo di attenuare l'imbarazzo del momento. Era aggressiva come un felino quando qualcosa la irritava, ma anche fragile come un cristallo, immensa come l'oceano e io volevo sfiorare quella linea che divideva all'orizzonte il mare dal cielo, lo volevo davvero, ma *non* potevo… non potevo farlo.

Quando avevo visto il bacio con Luke, avevo capito perfettamente che era una provocazione perché Selene non era abbastanza coinvolta. L'aveva baciato *con* passione ma *non* con emozione; nessun rossore le aveva imporporato le guance e nessun brivido aveva scosso il suo corpo esile ma attraente da morire. Cazzo, avrei davvero voluto sbatterla contro la porta per mostrare loro quanto godesse solo con me.

Avrei avuto voglia di mordere le sue labbra carnose che spesso sporgeva in un broncio spontaneo o di osservare, a distanza ravvicinata, quello sguardo oceano incorniciato dalle ciglia lunghe e folte. Avrei desiderato sentire il suo bacino muoversi in sincronia con il mio, i seni tondi incastrarsi perfettamente nella mia bocca, e non perché il bambino avesse bisogno di scopare per *imporsi* come faceva con le altre, ma semplicemente perché a lui piaceva volare con lei sulla sua Isola che non c'è.

Era vero, ero un depravato, come aveva detto lei stessa, ma non avrei mai fatto una cosa del genere in presenza dei Krew, anche se ero incazzato. Non avrei mai fatto sentire ai miei amici i suoni sensuali dei suoi gemiti, né fatto vedere loro il neo che le punteggiava il seno destro, proprio vicino al capezzolo; tantomeno avrei permesso loro di sapere quanto fosse stretta e quanto urlasse quando mi muovevo rapido dentro di lei.

Quelli erano *dettagli* che conoscevo solo io e mi piaceva l'idea di custodirne l'esclusiva. Nonostante ciò, avevo ancora un sacco di problemi da risolvere, problemi che mi impedivano di condurre una vita normale, come un ragazzo della mia età, cosa che accresceva la consapevolezza di non poter legare a me Selene e nessun'altra donna che sognasse una relazione d'amore.

Sospirai e tornai al presente.

Quel pomeriggio Chloe aveva un appuntamento con il dottor Lively e, come sempre, l'avrei accompagnata io, ma prima dovevo risolvere un rebus: scoprire chi fosse Player 2511.

Il bastardo mi aveva chiamato mentre ero in ospedale, nascondendo il numero per impedirmi di risalire alla sua identità, ma sapevo che esistevano modi per intercettare numeri anonimi e proprio Luke ne sapeva parecchio a riguardo.

Perciò mi ero rivolto a lui, senza raccontare alcun dettaglio della questione, per tentare soltanto di capire da dove provenisse la chiamata di Player.

«Devi darmi il tuo cellulare.» Luke protese la mano verso di me e lo guardai vacuo. Eravamo nella sua auto, appostati fuori dalla mia villa. Gli avevo chiesto di raggiungermi senza Xavier perché dovevamo occuparci di una cosa.

Gli porsi il telefono e mi avvicinai per sbirciare il monitor del portatile che si era portato con sé.

«Cosa stai facendo?» L'aria tra noi era diversa, la tensione era palpabile tanto quanto il silenzio imbarazzante che aleggiava nell'abitacolo.

Luke non era a suo agio perché, adesso che sapeva di me e Selene, non capiva cosa ci fosse davvero tra noi, se io ci tenessi sul serio a lei e se adesso provassi rabbia o gelosia nei suoi confronti; in passato, le altre donne, comprese Alexia e Jennifer, le avevo sempre condivise con loro, mentre della bimba non avevo neanche mai parlato e questo suscitava insicurezze nuove in lui.

«Sto abilitando il tuo cellulare al programma. È un software pirata che serve per intercettare sia utenti fissi sia mobili», spiegò, agganciando il telefono a un cavetto e digitando una serie di combinazioni numeriche.

«Mmh...» mormorai pensieroso mentre lui evitava di guardarmi e si schiariva costantemente la gola in evidente disagio.

«Adesso dobbiamo attendere qualche minuto per il download», aggiunse e fissò il monitor sul quale apparvero una schermata nera e il simbolo del caricamento.

Nel frattempo tirai fuori il pacchetto di Winston e ne sfilai una con i denti, tastando le tasche del giubbino in cerca dell'accendino. Mi mostrai assolutamente tranquillo, mentre Luke continuava a starsene in silenzio, in un evidente stato di inquietudine.

Sollevai un angolo delle labbra e non dissi niente, perché sapevo che a breve lo avrebbe fatto lui. Conoscevo i Krew da anni e avevo inquadrato il carattere di ognuno di loro, compreso quello di Luke.

Il biondo era un tipo che non riusciva a fingere. La prerogativa della nostra amicizia era la sincerità, motivo per cui lo preferivo a Xavier, che invece era subdolo e calcolatore.

«Neil, ascolta», esordì lui allora, confermando le mie previsioni. «Non so come cazzo comportarmi ora. Cioè non era mai successa una cosa simile. Quella ragazzina è attraente, ma se hai un interesse per lei eviterò che accada ancora quello che è successo ieri», disse tutto d'un fiato, e poi proseguì. «Non bacia neanche benissimo, cioè non bacia come quelle a cui siamo abituati. Però, cazzo, è uno schianto, ha un buon odore e un culo da favola, e chissà cos'altro nasconde sotto tutti quei vestiti poco femminili, ma, ehi, se è un problema per te che io ci provi con lei, devi soltanto dirmelo. Ieri mi ha spiazzato, non ero pronto a...» Si fermò quando, con disinvoltura, aprii il finestrino della sua auto e rigettai dalle labbra il fumo, per poi fare un altro tiro di sigaretta. Evitai di guardarlo, malgrado stessi afferrando ogni singola parola del suo discorso.

«Non deve succedere più. Non la toccherai. La voglio fuori dal nostro gruppo e dalle nostre cazzate», ordinai categorico, voltandomi solo adesso a fissarlo con l'espressione di chi non doveva essere contraddetto.

Non-dovevo-essere-contraddetto.

Luke rifletté qualche istante sulla mia risposta, forse perché si aspettava una delle mie solite risposte del tipo: «Fate quello che volete, sa scopare, organizziamo una cosa a tre», oppure che gli chiedessi: «Testa o coda?» un linguaggio in codice che eravamo soliti usare quando condividevamo la stessa donna, nello stesso momento, nello stesso letto, scegliendo quale *parte* di lei invadere.

«Okay, io non la toccherò, ma…» Tornò a guardare il monitor che segnava il termine del download e continuò: «Se lei tenterà ancora di sedurmi, non la respingerò», mise in chiaro, digitando qualcosa sul suo portatile.

L'avrebbe toccata *se* lei gli avesse fatto intendere di essere disponibile, in quel caso io non avrei avuto voce in capitolo, perché la vita era sua ed era libera di decidere con chi andare a letto, anche se…

Non volevo che diventasse come la biondina della sera precedente, come Alexia o Jennifer; non volevo che mandasse a puttane la sua purezza per contaminarsi con una società fatta solo di apparenze e degrado. Selene era diversa e doveva rimanere se stessa, a tutti i costi.

Certo, avevo intuito che il sesso le piaceva, anche se non l'avrebbe mai ammesso, ma le piaceva farlo *con* me, perché *io* ero stato l'unico e lei in qualche modo sentiva un forte legame solo con me; ma cosa sarebbe successo se si fosse concessa a Luke? O se avesse accettato di andare a letto con altri uomini?

Non sarebbe stata più la Trilli che avevo conosciuto.

Lo sguardo innocente avrebbe ceduto il posto a un paio di occhi felini e seducenti, il corpo longilineo sarebbe diventato sporco ed esperto, il sorriso spontaneo sarebbe diventato malizioso, la mente sarebbe stata contaminata da desideri perversi e non più desiderosa di fare l'amore come tanto sognava. Sarebbe andata a letto con qualcuno non più con sentimento ed emozione, ma per perversione e bisogno, esattamente come facevo io, esattamente com'era stato insegnato a me.

E non era forse questo ciò che erroneamente le stavo insegnando anche io?

Se Selene fosse cambiata, mischiandosi con la melma che mi circondava, sarebbe stata colpa mia, solo mia, motivo in più per allontanarla da me, subito.

«Neil?» Luke richiamò la mia attenzione perché mi ero completamente imbambolato a riflettere su Selene, su lei e Luke, su lei e gli altri stronzi, e non ci stavo capendo più un cazzo.

Lo guardai e gettai il mozzicone della sigaretta fuori dal finestrino, scrollando dai jeans la cenere che non avevo neanche notato che mi fosse caduta addosso.

«Ho cattive notizie per te», disse quando inchiodai i miei occhi nei suoi.

«Quali?» Sospirai, rassegnato alla sfiga che mi perseguitava.

«Il tipo ha effettuato la chiamata da una caffetteria, la *Brooklyn Bagel*. Probabilmente non vuole farsi scoprire. Quindi qual è il modo migliore se non chiamarti dal telefono fisso di un luogo pubblico?» Mi scoccò un'occhiata fugace; il suo discorso filava liscio come l'olio.

Del resto, avevo ormai capito da tempo di avere a che fare con uno stratega; certo, avrei potuto rivolgermi alla polizia, ma a che scopo? L'America era un continente enorme e quello psicopatico poteva essere ovunque. Di sicuro, però, era qualcuno che mi conosceva, che mi odiava e contro il quale, dopo che aveva tentato di uccidere mio fratello, avrei preferito attuare una giustizia privata.

Era una follia pensarlo, ma d'altronde la normalità non mi apparteneva.

«Cazzo», imprecai.

«Ehi, niente pugni alla mia auto», mi ammonì lui per evitare che sfogassi la rabbia sul cruscotto della sua Bugatti Veyron, un regalo del padre al quale Luke teneva particolarmente.

«Come ha fatto a modificare la voce?» chiesi ancora, notando la sua fronte aggrottarsi per lo stupore. Sicuramente non si aspettava che gli rivelassi un dettaglio simile.

«Be', gli alteratori vocali possono anche non essere incorporati nel cellulare. La tecnologia di oggi ne ha progettati di ogni genere», spiegò in tono disinteressato.

Un'altra cosa che apprezzavo di Luke era la scarsa invadenza e la tanta discrezione; eseguiva i miei ordini senza mai ficcanasare, a differenza di Xavier che invece voleva sempre sapere tutto prima di fare qualsiasi cosa.

I miei due amici erano opposti, anche se fatti della stessa pasta.

Mi passai una mano sul viso rassegnato e aprii la portiera, ma, prima che potessi scendere, Luke mi afferrò per un braccio. Mi costrinsi a non reagire al suo tocco indesiderato.

«Sicuro che tra noi è tutto okay?» mormorò incerto, quasi intimidito da una mia ipotetica reazione.

Di cosa si stava preoccupando?

«La scoperai se te ne darà modo. Perché non dovrebbe essere tutto okay?» ribattei aspro, con un sorrisetto sfrontato. Scesi dall'auto ed evitai di riaprire un discorso che in quel momento reputavo scomodo.

Purtroppo, Selene aveva acceso una fiamma che io non avevo il potere di spegnere, perché Luke e Xavier erano come me. Avrebbero fatto di tutto per ottenerla, anche solo per muoversi tra le sue cosce una volta; inoltre, sospettavo perfino che in Luke si fosse innescata una strana curiosità nei confronti della bimba.

Lei gli aveva concesso solo una fetta della sua inesperienza, lui, però, aveva cominciato a desiderare l'intera torta.

Voleva sedersi al *mio* tavolo e banchettare al posto mio, ecco cosa voleva.

Senza più degnare Luke di un'occhiata, entrai nella villa e mi diressi spedito in camera mia.

Dovevo prendere le chiavi dell'auto e recarmi in clinica con Chloe.

Appena entrai nella stanza, l'occhio però mi cadde sulla libreria. Mi ero accorto che qualcuno aveva spostato i miei libri, ma la signora Anna aveva sempre rispettato tutte le mie regole, una delle quali prevedeva che nessuno doveva toccare le mie cose; quindi ero giunto molto presto alla conclusione che soltanto una persona aveva potuto invadere la mia privacy senza il mio consenso: Selene.

Non le avevo fatto una ramanzina solo perché ancora non ne avevo avuto il tempo. L'avrei rimproverata in seguito.

«Io sono pronta.» Chloe entrò in stanza con addosso il suo cappotto per avvisarmi che era l'ora di andare.

In auto non feci altro che pensare a tutto quello che era successo negli ultimi giorni: a quel fottuto enigma con un acrostico da decifrare, a Player 2511 e alla sua chiamata anonima, al bacio tra Selene e Luke, a Logan e al suo incidente.

Tra l'altro, di recente mio fratello mi aveva confessato di aver visto Player in una Jeep nera della quale non ricordava la targa; l'uomo, che indossava una maschera bianca, l'aveva inseguito e perfino salutato prima che Logan uscisse fuori strada rischiando la vita.

Sentii la rabbia divampare come un incendio al solo pensiero che il bastardo avesse goduto nel provocare un incidente mortale a mio fratello.

Per colpire me, era intenzionato a fare del male a chiunque mi stesse attorno.

C-h-i-u-n-q-u-e.

«Devi avvisarmi di ogni tuo spostamento», dissi d'un tratto a Chloe, parcheggiando l'auto dinanzi alla clinica psichiatrica. Mia sorella mi guardò come se fossi impazzito, ma avevo una buona ragione per darle un avvertimento simile.

«Cosa?» chiese confusa.

«Mi hai sentito. Devi dirmi dove vai, con chi esci, tutto ciò che fai», ripetei autoritario, scendendo dall'auto.

«Ti senti bene?» Mi seguì e inarcò un sopracciglio. Con il keyless chiusi l'auto e mi incamminai verso l'ingresso.

«Devi fare come ti dico, fine della discussione», ordinai con i miei soliti modi burberi e lei evitò di controbattere, per fortuna.

Entrammo poi nella clinica super lussuosa del dottor Lively e mi guardai attorno.

Solita musichetta classica, solita donna con il culo cascante dietro al computer di ultima generazione, soliti operatori che si aggiravano guardinghi per i corridoi e solita sala d'attesa dove accomodarci sui divanetti eleganti per aspettare che il dottor Lively ci ricevesse.

«Sono in ansia», brontolò Chloe, afferrando una delle riviste da sfogliare per smorzare la tensione che accumulava ogni volta che doveva affrontare un colloquio con lo psichiatra.

«Andrà bene, come le altre volte», la rassicurai, sedendomi accanto a lei. Accavallai una caviglia sul ginocchio opposto e cercai di scacciare via i pensieri che mi affollavano il cervello; avevo già un gran mal di testa e la giornata era ancora lunga.

«Oh, Chloe, che piacere vederti. Ti aspettavo.» Il dottor Lively si incamminò verso di noi e, non appena lei si alzò per affiancarlo, le posò un braccio sulle spalle.

«Pronta per fare una bella chiacchierata?» Le sorrise e Chloe annuì incerta, avviandosi verso il suo studio.

Tentai di non incrociare lo sguardo del mio psichiatra, ma quando avvertii i suoi occhi pungere su di me, sollevai il mento, restando però seduto come uno spavaldo del cazzo, menefreghista e incurante di aver sospeso autonomamente una terapia che invece avrei dovuto continuare.

«Spero che un giorno tu possa recarti qui non solo per accompagnare Chloe.» Il dottore mi lasciò chiaramente intendere che voleva che io riprendessi regolarmente le mie sedute con lui; dovevo dargliene atto: Krug era un uomo che non si dava per vinto, ma io ero un paziente testardo che non aveva alcuna intenzione di farsi strizzare il cervello da lui.

«Si dice che la speranza sia l'ultima a morire, ma io sono certo che morirà prima lei della sua speranza.» Sorrisi provocatorio e il dottore non ribatté, ma mi guardò arcigno, infilando le mani nelle tasche del camice che indossava.

«Sono certo che un giorno cambierai idea.» Si voltò e sparì nel suo studio, chiudendosi la porta alle spalle.

Una volta rimasto solo, guardai le pareti candide della clinica, che non facevano altro che farmi tornare in mente i miei ricordi, innescando il bisogno di allontanarmi e andare via; tuttavia, non potevo perché dovevo attendere che Chloe finisse.

Mi alzai dal divano e iniziai a camminare per la sala d'attesa; in sottofondo si sentiva la melodia malinconica di un pianoforte che avrebbe dovuto intrattenere i pazienti, ma che in realtà mi angosciava e irritava al tempo stesso.

«Che musica di merda», dissi, conscio del fatto che la donna all'ingresso potesse sentirmi, ma non mi importava.

Io dicevo sempre quello che pensavo.

D'un tratto, mi fermai annoiato a fissare uno dei quadri alle pareti e ne lessi la didascalia: *Tiziano, Amor sacro e Amor profano, olio su tela, 118 × 279 cm, data 1515 circa.*

«Mi dispiace che questa musica di merda non sia di tuo gradimento», disse una voce che riconobbi subito. L'uomo alto e imponente che mi stava osservando con un sorrisetto dilettato era il dottor Keller; quel giorno indossava un completo elegante grigio antracite ed era privo di camice, o di qualsiasi indumento che lo identificasse come uno strizzacervelli, come al solito.

«Il suo camice che fine ha fatto, dottore?» Lo guardai dall'alto verso il basso, guardingo; di certo era un uomo distinto e raffinato, ma sembrava diverso dal dottor Lively, meno impersonale e anche meno professionale, a partire dalle strane tisane che sorseggiava fino ad arrivare al suo studio che sembrava un vero inno al mare.

«Il camice è stato, nei manicomi, l'abito di scena di psichiatri disumani, che spesso avevano il potere di controllare e rinchiudere gli esseri umani sofferenti. Il pigiama grigio era la divisa del degente, che si aggirava per il salone del reparto con un sacchetto contenente pochi effetti personali e la sua roba sporca da consegnare alla famiglia, ma tutto questo appartiene ad altri tempi. Qui non siamo in un film horror, Neil.» Si avvicinò e infilò le mani nelle tasche dei pantaloni eleganti. Mi sorrise e spostò lo sguardo sul quadro che stavo osservando soltanto per noia, non perché fossi interessato all'arte, anche se ne sapevo abbastanza a riguardo.

«Allora cosa ne pensi? Cosa rappresenta secondo te?»

Credeva che fossi stupido? Incolto e ignorante in materia?

«Vuole interrogarmi?» lo sbeffeggiai, ponendo di nuovo una distanza tra noi; odiavo la gente che tentava di invadere il mio spazio.

Lui fece una smorfia dubbiosa e poi mi guardò, divertito.

«Voglio solo ascoltare la tua opinione sulla copia di un quadro che esponiamo in clinica», ribatté, scrollando una spalla.

Alternai lo sguardo dall'uomo al quadro e sospirai.

Quello strizzacervelli era più strano di quanto pensassi.

«Considerando che la donna sulla sinistra è vestita e quella a destra è nuda, suppongo si trattino di una donna casta e di una puttana», spiegai con nonchalance. Il dottor Keller si grattò il mento con una mano e aggrottò la fronte.

Per quale motivo mi guardava così? Era strano.

«Ci sei andato vicino. La donna vestita indica l'amore sacro, puro, divino; la donna seminuda indica l'amore profano, carnale, passionale», affermò puntando i suoi occhi nei miei. «Tiziano sosteneva che in ognuno di noi ci fossero entrambi questi tipi di amore.» Indicò poi il piccolo Eros, posizionato tra le due donne e intento a rimestare le acque contenute in un sarcofago.

Ma cosa stava cercando di dirmi?

«Sai, Neil, in ogni cosa possiamo guardare oltre l'apparenza. L'altra volta ti feci l'esempio della mia scrivania, ricordi?» chiese, osservando ancora il dipinto. «A questo quadro, per esempio, potresti dare un'interpretazione attinente alla tua vita.» Mi sorrise appena e lo guardai confuso; capire quell'uomo mi risultava davvero difficile.

«Rifletti...»

Mi voltai a fissare la donna nuda nel quadro e la mia mente pensò a Kimberly.

Nel mondo esistevano due tipi di donne: quelle come Kim, che rappresentavano l'amore profano, e poi le altre, le donne per eccellenza, coloro che rappresentavano la forza universale del mondo: intelligenti, capaci di amare e di ricevere amore. Erano donne passionali, ma che possedevano un cuore puro e prezioso. Loro rappresentavano l'amore *sacro*.

Io nella vita avevo conosciuto troppo in fretta l'amore profano ed ero cresciuto nella convinzione che esistesse solo quello; invece da qualche parte esisteva anche l'amore puro, donato da chi era capace di offrirti l'anima e non solo il corpo.

Forse ero stato io stesso a privarmi di donne pure, perché ero un uomo disinibito, assente emotivamente, incapace di provare emozioni e in grado di concedersi solo a letto.

«Io non credo nell'amore.» Parlai dopo un lungo silenzio meditativo, incrociando finalmente lo sguardo di Keller.

«E del sesso? Cosa pensi invece?» chiese incuriosito, scrutandomi con attenzione. Quella era una domanda ancora più complessa, ma non potevo spiegargli il meccanismo mentale che mi permetteva di sopravvivere perpetuando nel tempo l'abuso.

Feci un passo indietro e mi toccai il collo, lì dove sentivo la felpa stringermi. Forse era solo un riflesso condizionato del mio cervello, mi sentivo sempre soffocare quando tornavo indietro nel tempo.

«Il sesso è una forma di piacere che ogni essere umano condivide con qualcun altro per diversi motivi. Io lo faccio per sopravvivere», sussurrai, sentendo la voce incrinarsi come accadeva sempre quando parlavo di argomenti così personali.

«Per te esiste una differenza tra sesso e amore?» domandò ancora, intenzionato a toccare il cuore della questione.

«No, per me fare l'amore non esiste. Si tratta solo di un'espressione romantica usata per nascondere la più realistica espressione: '*Voglio scoparti*'. Le donne, in particolare, vogliono che l'uomo sia galante e che non le tratti come oggetti sessuali, così preferiscono sentirsi propinare frasi tipiche da manuale d'amore.» Scrollai le spalle, dando voce ai miei pensieri senza neanche rendermene conto.

Che diavolo stava succedendo?

«Capisco. Quindi sostieni che non possa mai esserci un collegamento tra due anime attraverso il corpo? Secondo te, esiste solo il mero amplesso fisico. È così?» Inarcò un sopracciglio e attese ancora una mia risposta.

Non capivo se fosse incuriosito dal mio modo di ragionare o se stesse cercando di ficcanasare nella mia vita privata.

«Se ci fosse un vero collegamento tra anime attraverso il corpo, in una coppia non subentrerebbe la noia in camera da letto, giusto? Invece arriva persino tra persone che si sono giurate amore eterno davanti a Dio. Secondo lei perché? Se ci fosse un vero collegamento tra due anime questo accadrebbe?» dissi in tono amaro. «Perché le donne sposate da tanti anni sognano un uomo che le scopi a dovere piuttosto che *fare l'amore* con i loro mariti?» Sollevai un angolo delle labbra con strafottenza. «Perché gli uomini sognano di andare a letto con delle vere e proprie troie anziché desiderare le donne verso le quali proclamano di provare un sentimento?» proseguii ancora. «Perché esistono i tradimenti? Le violenze sessuali? I divorzi? Gli abbandoni dei figli? Perché esistono persone che, nonostante siano sposate o fidanzate da anni, sognano ancora un amore illusorio e fantasioso? Forse perché sono insoddisfatte? Forse perché sono deluse dalle alte aspettative che avevano riposto nel famoso *amore* in cui tanto si crede?» Sorrisi amaramente e il suo sguardo divenne riflessivo. «Non sa darmi una risposta vero, dottor Keller?» gli chiesi vittorioso. «Allora, non mi dica che esiste l'amore, perché io non mi illudo di nulla. Sono semplicemente realista», conclusi schietto, sostenendo i suoi occhi di un nocciola chiaro che non smettevano di osservarmi.

«Quello che dici è vero. L'amore è raro da trovare ma non impossibile. In realtà non ha una definizione vera e propria, è una forza astratta, invisibile ma potente, alla quale nessun uomo può sottrarsi. Per giunta, non si manifesta nella sua essenza ma nella forma. Sai, Neil, potrebbe anche essere già attorno a te. Spesso indossa un vestito, si palesa attraverso un paio di occhi e delle labbra che ti attirano come una calamita, si nasconde nei gesti del corpo, nel tono di voce, in un particolare profumo di cui non riesci più a liberarti. Si cela in un sorriso, in uno sguardo, nei pregi e nei difetti; oppure dentro un corpo dal quale sei fortemente attratto. Quando un giorno ti accorgerai di tutto questo, vorrà dire che non sarà soltanto sesso, ma amore», spiegò con un tono calmo e lo sguardo assorto.

Quest'uomo oltre a essere strano era anche un fottuto romantico che credeva alle fiabe, come la piccola Trilli.

«Lei l'ha vissuto?» chiesi allora, cercando di capire se il dottore avesse mai trovato una conferma alle sue teorie.

«Tanto tempo fa, con la mia perla, certo», rispose subito; un velo di malinconia gli calò sul viso, adombrando la sua espressione indulgente. «Sembra che tu sia molto diffidente nei miei riguardi», brontolò quasi divertito. «Dovresti uscire dalla prigione di vetro in cui ti sei rinchiuso. Il tuo cuore sembra anestetizzato, ma puoi combattere per tornare a vivere, sai?» Scoccò un'occhiata all'orologio sul polso e si allontanò di qualche passo. «Non lasciare che le paure si cibino della tua anima, ragazzo.» Sorrise e si avviò verso il corridoio opposto. «È l'ora della mia tisana, è stato un piacere parlare con te.» Si portò rapidamente e rigidamente la mano destra alla fronte e si esibì in un saluto militare con tanto di occhiolino amichevole.

Aggrottai la fronte e seguii la sua figura allontanarsi a passo deciso.

Non ero un tipo che parlava con facilità, soprattutto con persone delle quali non sapeva assolutamente nulla. Eppure quel dottore era riuscito a tirarmi fuori pensieri e parole che non esprimevo facilmente a chiunque.

Tuttavia, non ero arrivato a confessargli che, se l'amore faceva male, il sesso ne faceva di più.

Durante l'amplesso, mi sdoppiavo e accontentavo le richieste del bambino che era in me.

Soffrivamo entrambi, però.

E mi sentivo schiavo di un passato che non potevo cancellare.

L'insonnia, la sensazione di sporco che mandavo via con le docce, l'ansia, gli sbalzi d'umore, le esplosioni di rabbia, la fobia di essere fotografato erano solo *alcune* delle conseguenze che ancora mi trascinavo dietro come se fossero pesanti catene che creavano squarci dolorosi e sanguinanti.

Come si faceva ad amare, dopo che il proprio carnefice aveva nascosto il suo ricatto dietro la parola «*amore*» o alla frase «*ti amo*»?

Come si faceva a provare qualcosa a cui non si sapeva dare neanche una definizione?
Era tutto troppo astratto per me.
Io ero realista e concreto.
Le illusioni le lasciavo a chi aveva paura di vivere solo, a chi si aggrappava necessariamente a qualcuno su cui proiettare il proprio concetto puramente illusorio di amore.
Sì, illusorio.
Perché l'amore era solo un'idea, un'invenzione dell'essere umano che non accettava un'esistenza in completa solitudine, e si ostinava a trovare qualcuno con cui condividere la propria vita.
A me la solitudine non spaventava.
Ero cresciuto solo, con i miei mostri attorno, e ne ero uscito più forte che mai.
Ero cresciuto senza amore ed ero sopravvissuto fino a oggi, per cui non ne sentivo il bisogno.
Ormai per me esistevamo solo io e il bambino.

«Com'è andata?» Mi incamminai con Chloe verso la mia auto al termine del colloquio tra lei e il dottor Lively. Mia sorella sembrava tranquilla e questo mi sollevava.
«Bene, Carter sta svanendo lentamente da qui.» Picchiettò un indice sulla tempia e io le avvolsi un braccio attorno alle spalle, attirandola a me.
«Sparirà per sempre. Lo chiuderemo in un cassetto e butteremo via la chiave.» Le posai un bacio sulla fronte, assorbendo il suo buon profumo, ed entrammo in macchina.
In quel momento, pensai che una volta il mio psichiatra mi aveva spiegato che la memoria era la capacità del cervello di conservare informazioni.
La mente assimilava, sotto forma di ricordo, eventi appresi durante l'esperienza o per via sensoriale, ma quegli stessi eventi, soprattutto se traumatici, potevano essere rinchiusi in cassetti, o meglio in «contenitori cerebrali», per non alterare negativamente le capacità cognitive di un soggetto. Se era questo che stava facendo, Chloe stava percorrendo la strada giusta e ne sarebbe uscita.
Avrebbe superato il trauma di Carter e sarebbe tornata a sorridere come qualsiasi ragazzina della sua età.
«Ho una fame da lupi», disse mia sorella appena tornati a casa, poi si

precipitò in cucina, urlando il nome di Anna per chiederle di prepararle qualcosa da mangiare; io invece attraversai il salotto intenzionato ad andarmene in camera a fare un'altra doccia, ma qualcosa bloccò i miei passi.

Logan era seduto sull'ultimo gradino delle scale, una stampella accanto, l'altra rovinata al suolo, così mi precipitai da lui allarmato mentre tentava invano di alzarsi da solo.

«Logan.» Aveva le guance umide e la testa bassa, mentre era perso a fissare la gamba tesa di fronte a sé.

Da quanto era lì?

Cos'era successo?

Mi inginocchiai dinanzi a lui sul gradino di marmo e cercai il suo sguardo, per capire come stesse.

«Io... non sopporto più questa situazione.» Logan si prese la testa tra le mani e sospirò affranto. Sembrava distrutto.

«Per il gesso? Ti fa male la gamba? Spiegami.» Mi sedetti accanto a lui. In quel momento notai la sua espressione infantile, la stessa che aveva a sette anni quando non riusciva a lavarsi bene i denti da solo, oppure ad allacciarsi le scarpe o a indossare i calzini dello stesso colore.

Logan era un ragazzo determinato, che amava fare tutto da solo, ed era sempre stato un perfezionista: ciò che faceva *bene* doveva farlo sempre *meglio*.

«Per tutto. Non posso seguire le lezioni, non posso uscire, i farmaci che il medico mi ha prescritto mi stordiscono a tal punto che mi getto sul letto come se fossi un drogato. In più, non posso salire le scale perché ogni volta rischio di cadere, non posso fare un cazzo. Mi sento così inutile», sbottò frustrato e d'istinto lo abbracciai, esattamente come quando da bambino lo sorprendevo nascosto accanto al suo letto, nell'attesa che io tornassi in stanza da lui dopo aver *giocato* con Kimberly.

Logan mi posò la testa sul petto, proprio come un tempo, e gli diedi una pacca sulla spalla perché non avrebbe affrontato tutto da solo, ci sarei stato io con lui. Ce l'avremmo fatta insieme.

«Lo so che è difficile e posso capire quanto sia straziante per te l'immobilità, ma tu sei forte, Logan. Hai affrontato di peggio, adesso devi solo avere pazienza.» Gli sorrisi e lui si allontanò da me, fissando un punto nel vuoto, con le spalle ancora scosse dai singulti. «Non puoi dire che sei inutile. Non sai quanto sia fondamentale per me la tua presenza. Ho temuto di perderti, credo di essere morto in quelle dodici ore in cui sei stato in coma, e adesso tu sei vivo... e questo rende vivo anche me», aggiunsi sincero e i suoi occhi nocciola si sollevarono per incastrarsi nei miei.

Era lì, negli occhi di mio fratello e di Chloe, la forma d'amore più vera che esistesse al mondo.

«Andiamo, ordiniamo una pizza e vediamoci uno di quei film d'azione con armi letali e donne sexy che ballano seminude la lap dance.» Gli avvolsi un braccio attorno ai fianchi e lo aiutai a sollevarsi. Era pesante e alto, ma riuscii ugualmente a sostenerlo per tutto il tempo, fino a quando non arrivammo al divano del salotto.

«Con le stelline sui capezzoli?» chiese malizioso e io scossi la testa, divertito e contento che il mio cucciolone avesse superato una delle tante crisi che avrebbe affrontato in quel lungo periodo di convalescenza.

Io gli sarei stato accanto.

Sempre.

«Con le stelline sui capezzoli», confermai, sorridente.

Qualche ora dopo, Logan era finalmente più tranquillo e aveva del tutto superato la sua momentanea crisi di nervi.

In fin dei conti, lo capivo.

Non era affatto semplice affrontare il trauma di un incidente come il suo, ma lui era un ragazzo in gamba. Ne sarebbe uscito più forte di prima.

Ce ne stavamo distesi sul divano insieme a guardare *Miami Vice* quando una telefonata di Xavier interruppe il momento di assoluta serenità.

«Non rispondere», brontolò Logan, lanciando un'occhiata truce al display, lì dove lampeggiava il nome del mio amico. Lo guardai, consapevole del fatto che invece avrei risposto. Non potevo ignorare una chiamata dei Krew. Solitamente combinavano casini e poi chiedevano il mio aiuto, un aiuto che non avevo mai negato a nessuno di loro.

Mio fratello, però, li odiava tutti, soprattutto Xavier che considerava il peggiore, infatti non riusciva a concepire il rapporto che ci univa, né ad accettarlo.

«Non posso, lo sai.» Mi alzai e sollevai un indice per chiedergli un minuto di tempo, poi risposi alla chiamata.

«Cosa vuoi?» dissi con i miei soliti modi bruschi.

«Ehi, stronzo. Ti va di andare a bere qualcosa?» propose lui. Guardai Logan concentrato a vedere il film con un cipiglio serio sul viso e sospirai. Mio fratello si sarebbe arrabbiato con me se avessi accettato, ma al tempo stesso avevo bisogno di distrarmi, di scaricare la tensione per tutto ciò che era successo. Dopo il discorso del dottor Keller, la crisi di Logan… avevo bisogno di liberare la mente.

«Okay», accettai semplicemente, sorbendomi l'occhiataccia di mio fratello che poi si limitò a scuotere la testa come a dire: «Lo sapevo.»

«Torno presto», mentii dopo aver chiuso la telefonata con Xavier. Solitamente quando uscivo con i Krew non tornavo mai presto.

Guardai l'ora. Erano già le undici passate e probabilmente avrei concluso la serata con una bionda qualsiasi, nella dépendance, concedendole l'unica cosa che concedevo a tutte.

Incurante delle proteste di mio fratello, feci una doccia e mi cambiai, indossando indumenti puliti.

Poi, uscii diretto al locale indicatomi da Xavier. Sfrecciai sulla strada con i The Neighbourhood che rimbombavano ad alto volume dalle casse. Nel mentre, mi passai una mano nel ciuffo e cercai di sistemarlo. I capelli erano ancora umidi e, come sempre, profumavo troppo, ma non mi importava.

Il mio profumo sovrastava nella testa la fragranza di vaniglia di Kim.

Il suo era un odore che, dopo tanti anni, ancora sentivo addosso e che avrei riconosciuto ovunque, a occhi chiusi.

Al pensiero della mia carnefice, accelerai e alzai il volume.

Volevo che la musica comprimesse i pensieri tedianti, ma sapevo che niente e nessuno avrebbe potuto cancellare quello che avevo vissuto.

Era lì, impresso come un'enorme cicatrice che mi solcava il cuore.

Dopo circa dieci minuti in cui cercai di distrarmi in tutti i modi, raggiunsi Xavier in uno dei tanti locali di New York e parcheggiai.

L'insegna a led rosso fuoco fu la prima cosa che notai prima di entrarvi.

Dentro, era il solito posto pieno di gente e di belle donne, con un bancone da bar dove ordinare qualsiasi alcolico possibile e immaginabile, tavolini bassi e divani in pelle. Mi incamminai verso Xavier, che avevo adocchiato seduto proprio su uno degli sgabelli al piano bar, intento a bere una birra. Il mio portamento deciso e il passo sicuro avevano già attirato su di me varie occhiate femminili che non ricambiai. Stranamente dopo ciò che era accaduto nella dépendance con Selene non avevo voglia di divertirmi come, invece, avevo previsto. Il mio corpo non era affamato come al solito, o meglio, lo era, ma solo di una bimba che non aveva niente in comune con le donne presenti in quel posto.

«Finalmente», disse Xavier, che poi ridacchiò; sembrava già su di giri.

Mi sedetti sullo sgabello accanto al suo e puntai il gomito sul bancone. Non sapevo neanch'io perché avessi accettato di uscire con lui. Avrei preferito restarmene sul divano con mio fratello, a guardare un film e a commentarlo insieme, cosa di cui mi resi conto soltanto in quel momento. Che idiota che ero.

«Sei già ubriaco?» Guardai il mio amico dall'alto verso il basso; non sembrava ancora del tutto andato, ma dalla sua espressione assente e dalle guance arrossate valutai che sarebbe bastata un'altra birra per stenderlo definitivamente.

«La bambolina si è ripresa dallo spettacolo perverso che le hai mostrato? Cazzo, sono sicuro che non abbia mai visto una cosa del genere», ridacchiò, mordendosi il piercing al labbro inferiore.

Non sbagliava. Selene non aveva mai visto una donna fare un pompino a un uomo, soprattutto non al ragazzo che a lei piaceva. Forse anche per quello mi sentivo così angosciato. Non ero fiero di ciò che avevo fatto, ma era stato necessario. Selene doveva capire chi ero. Doveva conoscere ogni lato di me, così sarebbe scappata e si sarebbe rifugiata tra le braccia di una persona migliore.

«Non mi va di parlarne.» Non solo non volevo parlarne ma neanche ricordare quello che era successo con Luke. Non avevo ancora accettato quel bacio, ed era assurdo da parte mia.

Non mi era mai importato di nessuna. Mai.

«Uno scotch», ordinai al barista, girandomi completamente verso il bancone. La musica soffusa, per fortuna, creava l'atmosfera giusta per distrarmi. L'avrei definita meditativa se non ci fosse stato Xavier a sparare stronzate ogni secondo. Adesso aveva iniziato a parlarmi di Alexia, del loro rapporto indefinibile, della gelosia e delle loro costanti discussioni. Non riusciva a capire i motivi del suo comportamento da fidanzatina oppressiva, non ci arrivava proprio.

«Una bionda sexy, lì, ti sta fissando da quando hai messo piede qui dentro», mi informò d'un tratto, con una gomitata leggera. Il barista mi porse il mio scotch e lo afferrai al volo, prendendo il primo sorso, poi lanciai un'occhiata fugace alla bionda in questione. Era in compagnia di un'amica e non poteva avere meno di trent'anni. Era attraente, seducente e sicura di sé. Stava bevendo un cocktail mentre sorrideva all'altra, senza staccare gli occhi da me.

Riuscivo a leggere tutti i suoi desideri.

La seduzione era un gioco abbastanza complesso, ma con segnali inequivocabili che ero sempre stato capace di cogliere. Il linguaggio del corpo per me non aveva segreti e dovevo ringraziare Kim di tutta l'esperienza che potevo vantare.

La bionda iniziò a sorridere in modo tattico e notai che persino la sua postura del corpo era sensuale; con le dita di una mano si accarezzava la curva del collo, con l'intenzione di attirare il mio sguardo su quella zona erogena. Di solito ero fortemente attratto da tutti quei trucchetti provocatori, e mi piaceva quando una donna tentava di sedurmi, ma in quel momento risultai inspiegabilmente annoiato.

Tornai al mio scotch e ne bevvi un altro po', gustandolo lentamente.

«Quindi?» mi chiese Xavier, puntando invece l'amica della tipa.

«Quindi niente. Non ho voglia di scopare», ammisi apertamente, senza giri di parole.

«Scherzi? Ma le hai viste?» Terminò la sua birra e si alzò dallo sgabello. «Mi dispiace per te, amico, ma io non mi lascio sfuggire l'occasione.» Mi diede una pacca amichevole sulla spalla e si avvicinò alle due donne, nel chiaro tentativo di provarci con una di loro o addirittura con entrambe.

Scossi la testa e sorrisi. Io impazzivo per il sesso, soprattutto con le bionde, ma riuscivo a gestire i miei impulsi sessuali; Xavier, invece, ne era seriamente incapace. Avevo dimenticato che uscire con lui, quando io non avevo voglia di abbordare nessuna, implicava l'alternativa di terminare la serata da solo. Decisi che sarei rimasto lì ancora dieci minuti e poi sarei tornato a casa.

«Anche tu qui? Che coincidenza, ragazzo.»

Mi voltai di scatto verso l'uomo che stava occupando il posto dove sedeva Xavier poco prima. Il dottor Keller mi lanciò un'occhiata di sbieco e ordinò un gin tonic. Avevo già sopportato ore prima i suoi discorsi introspettivi sull'amore e tutte le sue stronzate, e ne avevo avuto abbastanza. Il destino, però, sembrava proprio remarmi contro.

«Cazzo», brontolai, visibilmente scocciato. «Lei frequenta locali come questo?»

Non sembrava il tipo da bar notturni, ma, in effetti, era proprio lì accanto a me, vestito in maniera impeccabile come sempre. Il suo fascino distinto non passava inosservato alle donne, e mi chiesi come facesse un uomo come lui a non avere una moglie.

«C'è qualche avviso di cui non mi sono accorto che vieta l'ingresso qui agli uomini alla soglia dei cinquant'anni?» ironizzò, sistemandosi la giacca elegante.

Più lo guardavo più pensavo che fosse una mosca bianca in un luogo di peccatori e lussuriosi. La sua raffinatezza stonava con l'ambiente circostante, pieno di uomini che non si facevano scrupoli a portarsi a letto donne anche molto più giovani di loro.

«No, ma qui solitamente ci viene chi vuole bere o scopare. A lei la scelta, dottore.» Buttai giù un altro sorso del mio scotch e tracciai il bordo del bicchiere con l'indice, annoiato.

«Quindi è così che funziona? Si entra qui con un obiettivo prestabilito?» Si guardò attorno e corrugò la fronte, fissando un gruppo di uomini poco distanti da noi. «Io ci sono entrato soltanto per bere un gin tonic, tutto qui», spiegò con nonchalance.

Quando il barista gli porse la sua ordinazione, lui lo ringraziò e ruotò la cannuccia all'interno del bicchiere, sorridendo. Quell'uomo era davvero strano e non avrei mai previsto di incontrarlo due volte nell'arco della stessa giornata.

«Non ha una compagna a casa, dottor Keller?» Non seppi tenere a freno la lingua, anche se, in effetti, di lui non me ne fotteva nulla.

«No. Ho solo qualche amica.» Mi sorrise facendomi intuire che cosa intendesse per «amica».

«Quindi è uno scapolo incallito che ancora si diverte ad andare a letto con donne diverse, quando ne ha voglia?» Inarcai un sopracciglio perché, se così fosse stato, il suo discorso sull'amore non avrebbe avuto alcun senso.

«Non ho detto questo», replicò.

«Ma è quello che mi ha fatto intendere.»

Reputavo inutile indagare sulla vita di un uomo che conoscevo appena, ma odiavo essere preso per il culo e lui l'aveva fatto.

«La sua perla e tutte quelle stronzate...» Scossi la testa, senza neanche terminare la frase. Non fu necessario.

«Lei c'è stata davvero, ma non abbiamo avuto la possibilità di sposarci.» Bevve il suo gin tonic e sospirò. «Non abbiamo avuto la possibilità di vivere il nostro rapporto.»

Terminai il mio scotch, e a quel punto avrei dovuto alzarmi per andare via, invece il mio corpo rimase fermo esattamente lì dov'era. Guardai il volto del dottore, assorto nei suoi pensieri, e, quando sollevò il polso per afferrare il suo bicchiere, mi concentrai sulla porzione di pelle lasciata scoperta dalla camicia chiara.

Vi era inciso quello che sembrava un simbolo.

«Non hai mai visto un dottore con un tatuaggio?» Mi colse a fissarlo ma rimasi indifferente.

«Non mi stupisco più di nulla, ormai», ribattei freddo. «Comunque è sbiadito, dovrebbe ripassarlo. Ho un amico tatuatore», aggiunsi, riferendomi a Xavier che era sparito chissà dove con la bionda, o la mora, che aveva adescato.

«No, per me ha un valore affettivo. Del suo aspetto mi importa poco. L'ho fatto più di vent'anni fa.» Sollevò appena la camicia e me lo mostrò meglio. Era un simbolo giapponese del quale non conoscevo il significato. Avrei potuto chiederlo, ma decisi di non farlo per non risultare indiscreto. Io stesso odiavo la gente invadente. Tuttavia, fissai a fondo quelle linee che si intersecavano tra loro e mi chiesi, nel mentre, come cazzo fossi finito in quella situazione. Me ne stavo seduto a conversare con quell'uomo, quando avrei potuto proporre alla bionda, che mi aveva sedotto poco prima, di succhiarmelo in uno dei bagni del locale.

Ero davvero ridotto male.

Mi guardai attorno, smettendo di dare le mie attenzioni al dottor Keller. Dovevo individuare Xavier per avvisarlo che stavo per andare via. Non sarebbe stato facile però. Chissà dove si era cacciato pur di placare i suoi istinti.

«Sei venuto qui con qualcuno?» chiese Keller, cercando di capire chi stessi cercando.

«Sì, con un amico che in questo momento sarà impegnato a scoparsi una tipa a caso.» Sospirai spazientito e mi alzai dallo sgabello. Nonostante avessi davanti un uomo che conoscevo a malapena, non avevo alcun problema a mostrargli com'ero fatto. Parlavo e mi comportavo come volevo, senza inibizioni, così come avevo affrontato con lui discorsi che reputavo personali con una disinvoltura che non mi apparteneva per niente.

Tirai fuori il portafogli dalla tasca dei jeans per pagare, ma il dottor Keller mi precedette.

«Lascia, offro io.»

Di solito non accettavo mai che mi si pagasse qualcosa, ma in quel momento non ero in vena di discutere.

«La ringrazio.» Rimisi il portafogli in tasca e mi voltai per andarmene. Non avevo voglia di restare ancora lì. Logan sarebbe stato contento del mio rientro a casa; forse lo avrei trovato ancora sul divano a guardare *Miami Vice* e mi sarei di nuovo seduto accanto a lui, amaramente pentito di averlo lasciato solo.

«Ragazzo.» Il dottor Keller mi richiamò e i miei occhi tornarono su di lui, in attesa di sentire cosa volesse. «Forse un giorno potrei rivolgermi al tuo amico.» Sorrise e aggrottai la fronte senza capire di cosa stesse parlando. «Per questo tatuaggio sbiadito.» Sollevò il polso e allora compresi.

Ah, certo, il tatuaggio.

«Quando vuole.» Estrassi il mio pacchetto di Winston e gli feci un cenno con il mento in segno di saluto. Incastrai la sigaretta tra le labbra e mi diressi verso l'uscita, pensando ancora a quanto fosse strano quell'uomo.

38
Selene

Noi siamo un'impossibilità in un universo impossibile.
RAY BRADBURY

ANDARE via risultava la decisione migliore.

Avevo riflettuto a lungo sulla possibilità di tornare a Detroit, soprattutto dopo la litigata furente tra me e Neil.

Nella dépendance avevo notato in modo lampante un aspetto di lui impudico e perverso che non avrei mai potuto accettare.

Inoltre, a causa sua e del suo gesto sfrontato, avevo fatto qualcosa di altamente stupido come baciare Luke soltanto per dimostrargli che anch'io potevo essere come lui, che anch'io potevo baciare chiunque senza sentimento, che anch'io potevo essere come Jennifer e Alexia, che…

No.

Non ero come loro, non ero come Neil e purtroppo ci tenevo molto a lui, anche se non ricambiava i miei sentimenti.

Dopo la lite, avevo iniziato a vedere qualcosa di diverso in lui.

Nonostante io provassi un'attrazione malsana nei suoi confronti, dovevo ammettere a me stessa la realtà delle cose: Neil era un ragazzo problematico, ostile ai sentimenti, e dovevo smettere di lottare da sola per qualcosa che forse non sarebbe mai esistito tra noi, perché purtroppo lui era e sarebbe sempre stato *irraggiungibile*.

Avevo sperato a lungo di poter entrare nel suo mondo, gli avevo teso la mano, avevo cercato di essere comprensiva e paziente, di non giudicarlo come mi aveva consigliato anche la signora Anna, ma niente di tutto questo era servito. Vederlo con quella ragazza aveva creato uno squarcio profondo nella mia anima, uno squarcio che non ero pronta a superare.

Non volevo lasciarmi risucchiare dalle sue tenebre, non volevo cambiare me stessa o quello in cui credevo per compiacerlo. Forse semplicemente non eravamo destinati a stare insieme e dovevo accettarlo.

Non eravamo *niente*.

Mi resi conto allora che Neil aveva annientato la mia speranza, aveva spazzato via la mia volontà di salvarlo dall'oscurità, aveva succhiato via tutte le mie energie.

Mi faceva male pensarla in questo modo, tanto che avvertivo uno strano dolore nel petto, come se avessi tantissimi pezzi di vetro conficcati nel cuore, ma non c'era altra scelta.

Aveva vinto lui.

«Quindi vuoi tornare a Detroit?» Alyssa, con un grazioso abitino giallo e degli stivali alti, era seduta sul mio letto rattristata.

Annuii e mi appoggiai alla scrivania per osservarla.

«Ma verrai a trovarmi ogni tanto vero?» chiese lei.

Annuii ancora, ma non ne ero davvero certa.

Poco prima avevo chiamato mia madre per dirle che, dopo Halloween, ovvero tra una settimana, sarei tornata a casa. Avevo deciso che più tardi avrei parlato con Matt e Mia e che avrei sistemato delle cose all'università prima di andare via.

«Ho bisogno di tornare alla mia vecchia vita.»

Ed era la verità: avevo bisogno di ricordarmi chi ero, i miei valori, i miei principi; avevo bisogno di riacquistare la lucidità e la razionalità, tutto ciò che avevo perso dal primo incontro con…

«Chi ti ha detto di entrare in camera mia e di ficcare il naso tra le mie cose?» Neil irruppe furioso nella mia stanza, facendoci sobbalzare. Alyssa scattò in piedi e io assunsi una posizione guardinga. La sua voce baritonale tuonò tra le pareti e gli occhi dorati si schiantarono su di me come due lame affilate.

Che ci faceva qui?

Non ci vedevamo e non ci parlavamo esattamente dalla lite nella dépendance, con quale diritto si permetteva di comportarsi così?

«Di cosa stai parlando?» Lo guardai tutto, dalla felpa bianca che contrastava con la pelle ambrata, ai pantaloni neri sportivi che avvolgevano le gambe lunghe e sode. Profumava di muschio, e di pulito, e più avanzava verso di me, incombendo nello spazio ristretto, più il mio battito cardiaco accelerava.

«Ehm… vi lascio soli, vado da Logan.» Alyssa mi lanciò un'occhiata furtiva e sgattaiolò via imbarazzata, superando Neil intimidita, perché l'incasinato era davvero furibondo.

«Sai bene di cosa sto parlando», ribatté dopo che la mia amica aveva richiuso la porta della stanza. Deglutii a vuoto e riflettei. Potevo confermare di essere entrata nella sua stanza o negarlo fino alla morte, dato che non meritava la mia sincerità dopo quello che mi aveva fatto, ma alla fine optai per la verità.

«Sai che ti dico? Sì, ci sono entrata nella tua stanza. Ma ti informo che ormai non me ne importa più niente di te!» sbottai, allargando le braccia esasperata. «Corri da tutte le bionde che vuoi, ma non sarò più spettatrice di nessun teatrino volgare con i tuoi maledetti amici esaltati!» Non mi importava di urlare e di sembrare fuori di me, ero stufa di essere trattata male, stufa del suo comportamento, stufa dei Krew, di Jennifer e delle bionde che sognavo addirittura la notte.

«Ah, davvero? Ti importa di infilare la lingua nella bocca di Luke, però. Lo sai che lui spera addirittura in qualcosa di più?» Mi fece l'occhiolino, poi si appoggiò di schiena sulla porta e incrociò le braccia al petto, facendo guizzare i bicipiti allenati sui quali indugiò qualche istante il mio sguardo; tuttavia, non avrei permesso al suo fascino maledetto di ammaliarmi ancora.

«Torno a Detroit tra una settimana», dissi, notando il suo sorriso arrogante affievolirsi lentamente. Rimase immobile in quella posizione spavalda, ma i suoi occhi divennero riflessivi.

Dubbi e domande tacite aleggiavano nell'oro delle sue iridi.

«Per quello che hai visto con la bionda?» chiese con un tono indecifrabile e tentennai qualche secondo prima di rispondere. Il suo sguardo calò lento sul mio corpo e io tremai, perché ancora una volta Neil riusciva a manipolarmi anche senza sfiorarmi.

Da quanto non mi toccava? Per un attimo sentii la mancanza delle sue mani virili sul mio corpo, ma scacciai subito quel pensiero. Non dovevo pensarci, maledizione.

Dovevo rassegnarmi al fatto che non sarei mai stata capace di riportare ordine nel suo caos, che non avrei mai saputo gestirlo, che non mi avrebbe mai permesso di entrare nel suo cuore e di prendermi cura della sua anima. Perciò dovevo rimanere ferma sulla mia decisione.

«Per quello che sei», ammisi con una smorfia inorridita. «Che cosa volevi dimostrarmi? Quanto fossi depravato?» lo insultai, ma nessuna mia parola scalfì la sua espressione glaciale. «Oppure ti diverte sentire i tuoi amici offendermi? Che cosa frulla nella tua mente contorta?» Mi avvicinai furiosa e lo fronteggiai, anche se neanche con un paio di tacchi avrei raggiunto la sua altezza.

Neil era imponente e troppo forte per essere gestito da una *bimba*. Perché questo ero per lui.

«Oltre a non saper baciare né scopare, hai anche la capacità assurda di non capire un cazzo, ragazzina.» Lui avanzò e in un nanosecondo la mia mano si sollevò intenzionata a colpirlo, ma Neil prontamente mi afferrò per un polso, stringendolo con forza. Il mio braccio rimase sospeso a mezz'aria mentre i suoi occhi si infuocarono di emozioni sconosciute tra le quali potei scorgere rabbia ed eccitazione.

«Da quando sei così violenta?» Mi prese in giro ostentando un sorrisetto furbo che non fece altro che accrescere il mio nervosismo.

«Vaffanculo», mormorai sottovoce e lui fissò le mie labbra quasi incantato; se avesse tentato di baciarmi, lo avrei colpito sul serio.

«Dispongo ancora di altri tre arti, prova a baciarmi e ti taglio le palle», lo minacciai e il suo sorriso si allargò come se trovasse divertente il mio atteggiamento o come se avesse smascherato la mia menzogna. In realtà, desideravo la sua bocca peccatrice su di me, desideravo assaporarla e sentirne la lingua selvaggia che mi impediva di respirare; desideravo smetterla di aggrapparmi solo al ricordo dei nostri baci.

«Dovresti farci altro, con le mie palle…» Si avvicinò al mio orecchio e inspirò lentamente, facendomi irrigidire. «Sono di nuovo piene…» sussurrò sensuale. Aggrottai la fronte e lui si allontanò, guardandomi circospetto, poi scosse la testa e mi lasciò andare il polso.

«Sei proprio una bimba, Trilli.» Mi osservò dalla testa ai piedi e si incamminò verso la porta, ponendo la giusta distanza tra noi.

Non riuscivo a capirlo, non riuscivo proprio a capirlo.

Cosa diavolo voleva da me?

Indietreggiai fino al bordo del letto e mi sedetti, fissando il polso. La pelle bianca e delicata stava cominciando a mostrare i segni rossi delle sue dita.

«Una settimana. Una sola settimana e me ne andrò», sussurrai, anche se non sapevo se stessi parlando con me stessa o con lui. Neil posò la mano sulla maniglia e si voltò a guardarmi, circospetto. «Non abbiamo mai parlato sul serio, non hai mai davvero rispettato il mio compromesso...» continuai, sentendo il cuore decelerare piano piano, perché anche lui ormai era consapevole che quella era la nostra *fine*. «Dovresti darmi qualcosa di te, qualcosa che io possa portare con me a Detroit.» Soltanto allora sollevai il viso per guardarlo, ma avrei preferito non averlo fatto perché Neil era bello da togliere il fiato e diabolico da star male.

Sentii il solito calore propagarsi nel petto e la pelle d'oca comparire su braccia e gambe.

Quelle erano sensazioni che non avrei mai potuto controllare.

Neil andò via senza dire niente, trasportando con sé tutto il suo silenzio indecifrabile. Non mostrò alcuna reazione, come se fosse incurante della mia partenza.

Quel ragazzo era un mosaico composto da tanti pezzi unici, un viaggio alla scoperta di mondi sconosciuti, uno spirito libero e perverso, un'anima che conteneva un abisso di mistero al suo interno.

Era bellezza e forza, ma soprattutto *diversità*.

Dopo un po', scesi in salotto, per evitare di crogiolarmi nei pensieri, e mi sedetti su una delle poltrone mentre Alyssa e Logan parlottavano tra loro.

«Ti ho detto di andarci.»

Non sapevo di cosa stessero parlando e cercai di intuirlo. Li guardai e vidi che Alyssa gesticolava con l'intento di convincere Logan a fare qualcosa, mentre lui scuoteva la testa e le intimava di smetterla.

«No, perché non ci sei tu», brontolò lei, accarezzandogli il viso, ma il suo fidanzato le scoccò un'occhiata di disappunto e sbuffò.

«Halloween è una delle feste più importanti. Vacci e portaci anche Selene.» Logan mi guardò e mi sorrise complice, ma in realtà non ci stavo capendo nulla.

«Di cosa parlate?» Inarcai un sopracciglio, incuriosita.

«Di una mega festa di Halloween che organizzerà Bill O'Brien. Ha affittato una villa regale per un party da brividi», ribatté euforica Alyssa. Non sapevo neanche chi fosse questo tizio.

«E chi sarebbe?» chiesi scettica.

«Come chi sarebbe? È uno dei giocatori di basket più belli del campus», replicò lei come se fosse un dovere morale adocchiare tutti i bei ragazzi dell'università. Scrollai le spalle e sollevai le gambe sul bracciolo della poltrona.

«E quindi?» domandai.

«E quindi ogni anno lui e la sua squadra organizzano una mega festa alla quale parteciperanno anche i nostri amici, e Alyssa non vuole andarci per colpa mia.» Logan si indicò la gamba e la sua ragazza sospirò, accarezzandogli un braccio.

Comprendevo perfettamente Alyssa; se il mio fidanzato avesse avuto un incidente, non sarei andata neanch'io a una festa, ma avrei preferito trascorrere la notte di Halloween con lui.

«Non so, non mi sembra corretto», mormorò lei abbassando il viso.

«Porta con te anche Selene. È la prima volta che trascorre Halloween qui a New York», propose Logan come se non avessi mai visto una zucca in tutta la mia vita.

«Logan, ti ricordo che Halloween si festeggia in tutti gli Stati Uniti d'America, compresa Detroit», borbottai divertita e lui alzò gli occhi al cielo. Capii troppo tardi che probabilmente mi stava usando soltanto per convincere Alyssa a partecipare.

«Se venissi anche tu, Selene, sarebbe già meglio», lo appoggiò lei, battendo le mani come una bambina. Che razza di idea era quella?

«Non mi piacciono le feste, non se ne parla.» Scossi la testa con decisione.

«Ma non è una festa qualsiasi, è Halloween. Se non ci vai tu, non ci vado neanch'io.» Alyssa si intestardì come una ragazzina capricciosa e Logan sorrise, guardandomi come un cucciolo al quale era impossibile dire di no. Alternai lo sguardo tra i due un paio di volte, poi alzai gli occhi al cielo e mi arresi.

«E va bene», brontolai.

«Sarà la tua ultima festa prima della partenza», commentò Alyssa con un'espressione rattristata che spense anche il sorriso di Logan, ignaro di tutto.

«Cosa?» chiese lui e io abbassai il mento colpevole, perché non avevo ancora annunciato alla famiglia la mia decisione.

«Sì», confermai a disagio. «Tornerò a casa. Mi manca mia madre», dissi in fretta, anche se non era quello il reale motivo.

Certo, mia madre mi mancava da morire, ma ciò che mi aveva seriamente indotta a prendere la decisione di partire possedeva un paio di occhi color miele da capogiro, un fisico da sogno e una personalità tanto enigmatica da provocarmi un forte mal di testa.

Dovevo allontanarmi da lui, prima di permettergli di disintegrarmi del tutto.

Forse alcuni mi avrebbero considerato una vigliacca, ma io mi stavo solo difendendo da un ragazzo che si era già insidiato nei miei pensieri e che temevo si stesse insidiando anche nella mia anima.

«Ne sei sicura? Ma poi tornerai?» chiese preoccupato Logan guardandomi negli occhi. Annuii alla prima domanda e non risposi alla seconda. Mi morsi il labbro superiore e sorrisi, cercando di smorzare l'aria tesa, non volevo parlarne. Così cambiai discorso.

«Allora? Vediamo un film?» proposi e i due acconsentirono.

Guardammo un film tristissimo di due ore.

A un certo punto, Logan si addormentò, Alyssa pianse a dirotto sul finale e io terminai un intero pacco di patatine super caloriche che mi sarebbero probabilmente finite sui fianchi.

Quando però Logan aprì gli occhi e Alyssa si strusciò su di lui in cerca di attenzioni e coccole, augurai a entrambi la buonanotte. Non erano neanche le nove di sera e Matt e Mia sarebbero rientrati tardi, ma decisi ugualmente di sgattaiolare in camera mia per concedere loro la giusta privacy.

Feci un bagno caldo sulle note di *The Scientist* dei Coldplay, il mio gruppo preferito, e indossai il pigiama enorme con le stampe delle tigri.

Infilai delle pantofole pelose e mi distesi prona sul letto, accendendo il mio MacBook. In quel momento, riflettei su quanto amassi la solitudine; a differenza di molti, non la vivevo in modo negativo, tutt'altro. Mi permetteva, infatti, di ritrovare me stessa e di ponderare le mie scelte, pensando a cosa fosse giusto o sbagliato per me. Il silenzio, quindi, si trasformava in meditazione e in una pace assoluta che mi concedeva di distendere i nervi e rilassarmi.

D'un tratto, però, il mio cellulare vibrò segnalando l'arrivo di un messaggio; sobbalzai per il ronzio improvviso e afferrai il telefono, sbuffando.

Sembra che tu ti stia annoiando…

Quando lessi il messaggio mandato da un numero sconosciuto, mi misi seduta e incrociai le gambe sotto di me, guardandomi attorno spaventata. Sembrava che qualcuno mi stesse spiando.

Un altro messaggio attirò nuovamente la mia attenzione.

Ancora quel pigiama orribile…

Questo messaggio… questo non poteva averlo mandato nessun altro se non…

Sollevai d'istinto il viso sulla portafinestra che dava accesso al balcone, l'unico punto da cui qualcuno potesse scorgermi e… vidi Neil.

Lo vidi in tutta la sua bellezza dannata, appoggiato al parapetto del mio balcone, mentre una sigaretta accesa gli penzolava dalle labbra.

Cosa ci faceva lì?

E quanti gradi c'erano lì fuori?

Neil indossava soltanto un maglione adesso e un paio di jeans che evidenziavano il suo corpo alto e muscoloso, nonostante il freddo. Abbassò il viso sul telefono e digitò qualcosa.

I nostri balconi sono comunicanti.

Era buffo messaggiare quando eravamo a pochi metri l'uno dall'altra, ma io e Neil non avevamo mai condiviso niente di normale.

Ma un momento…

Come fai ad avere il mio numero?

La risposta non tardò ad arrivare.

Potrei averlo preso da Logan.

Certo, preso, non chiesto.

Sollevai il viso e guardai nella sua direzione, oltre l'enorme barriera di vetro, ma lui era sparito.

Dove diavolo era finito adesso?

Corrugai la fronte e mi sedetti sul bordo del letto, lasciando il laptop acceso perché la mia attenzione era tutta calamitata dall'incasinato lì fuori.

Il cellulare vibrò ancora tra le mani e con esso sussultò anche il mio cuore.

Ti va di… parlare?

Rilessi tre volte quella domanda che non mi aspettavo proprio di leggere, non da parte sua perlomeno. Neil non era mai stato incline a parlarmi e la sua strana proposta mi lusingò, anche se non sapevo se fidarmi di lui o se pensare che mi stesse soltanto prendendo in giro.

A ogni modo, potevo rispondere di sì e cedergli all'istante, oppure potevo rispondere di no e privarmi per sempre della possibilità di provare a comunicare con lui; alla fine digitai: *Perché?*

Guardai ancora il parapetto nella speranza di vederlo apparire, ma lui non c'era e probabilmente non sarebbe neanche tornato.

Il cellulare vibrò di nuovo.

Perché ho sussurrato al bambino che in cielo c'è una stella per ognuno di noi, abbastanza lontana da impedire ai nostri dolori di offuscarla, e lui oggi sembra essere d'accordo. Vorrebbe vederla con te...

Il mio cuore sorrise quando lessi la sua risposta, così strana e così profonda.

Guardai la portafinestra e all'improvviso vidi Neil; era lì, in piedi, fermo oltre il vetro, come un mostro divino caduto dal cielo con un disegno preciso da realizzare; l'oscurità era ciò attorno a cui ruotava la sua vita, era una necessità del suo essere, e io ne ero irrimediabilmente attratta.

Mi sorrise appena e in quell'esatto momento sentii una colonia di farfalle librarsi in volo nel mio petto; fu allora che capii...

Noi eravamo *qualcosa*, qualcosa che si vedeva, si percepiva, si provava, qualcosa che esisteva, ma che non conosceva accezioni o definizioni.

Non c'era spiegazione per due come noi.

Accetto.

Dopo aver digitato la risposta, sollevai il mento per guardarlo e mi accorsi di un particolare molto strano.

Neil reggeva tra le mani un pennarello; indugiò qualche istante e poi posò la punta sul vetro disegnando una stella di medie dimensioni. Le linee tracciate erano così simmetriche e perfette che ne rimasi incantata.

Neil aveva davvero un dono, un talento incredibile nell'usare le mani e non solo per far godere una donna.

Mi avvicinai a passo lento alla portafinestra, puntando i miei occhi nei suoi, e la aprii, percependo l'aria fredda fondersi con il calore della stanza.

«Sei davvero un tipo incasinato», commentai, guardando il suo corpo peccaminoso e attraente da morire. Lui sorrise ed entrò senza permesso, investendomi con il suo buon profumo. Richiusi di fretta il vetro e lo fissai mentre si aggirava nella mia stanza osservando tutto con curiosità.

La sua presenza emanava un'inconsueta grandiosità che mi provocava un'ammirazione timorosa e inspiegabile, perché Neil era qualcosa di paradossale che confondeva i pensieri umani.

Accarezzò con le dita il bordo della mia scrivania e io intuii cosa stesse pensando. Quella scrivania era stato il punto sul quale mi aveva presa con violenza, mostrandomi tutto il suo desiderio incontrollabile e carnale.

«Sei qui perché dobbiamo parlare.» La mia voce flebile tagliò il silenzio imbarazzante che aleggiava in camera e lui si voltò verso di me, osservando il mio pigiama.

Non mi importava se mi riteneva infantile, io non sarei cambiata per lui né per nessun altro.

«Dovrai toglierti i vestiti», mormorò con un timbro intrigante ma serio, che mi fece scuotere la testa.

Era inutile tentare di ottenere qualcosa da lui, non faceva altro che prendermi in giro per arrivare dove voleva.

Di nuovo, mi sentii stupida e illusa.

«Buonanotte, Neil.» Mi sedetti sul bordo del letto e afferrai il mio portatile, posandolo sulle gambe. Smisi perfino di ammirare il suo corpo perché avevo capito che mi aveva soltanto raccontato una menzogna, una scusa blanda per intrufolarsi lì.

«Dovrai toglierti i vestiti...» ripeté, facendo guizzare la mia guancia a causa della rabbia. «Perché ti aspetterò nella piscina coperta e dovrai indossare un costume», aggiunse, questa volta con un cipiglio autoritario, proprio per farmi capire quanto fossi stata sciocca a diffidare di lui senza neanche ascoltarlo.

Sollevai il viso per incontrare il suo sguardo, ma lui si voltò di spalle dirigendosi verso la porta, con il pennarello infilato nella tasca posteriore dei jeans scuri. Rimasi qualche istante immobile a fissare la soglia, oltre la quale la sua figura era sparita, e sbattei le palpebre come se avessi immaginato tutto; poi mi alzai di fretta dal letto e mi riscossi dalla trance nella quale ero precipitata.

Prima di uscire dalla mia camera, optai per un costume intero, nero, abbastanza scoperto sul sedere, sensuale ma non volgare, perché volevo che mi desiderasse, ma non volevo essere sfacciata come le donne che solitamente lo circondavano. Lavai anche i denti, sciolsi i capelli oltre le spalle e mi accertai perfino di essermi depilata per risultare presentabile.

Decisi poi di prendere l'ascensore per salire al terzo piano e raggiungerlo.

Durante il tragitto, le gambe tremarono a ogni passo che mi conduceva da lui e, quando le porte dell'ascensore si aprirono, segnando il mio arrivo a destinazione, dovetti fare attenzione a non cadere per via delle forti emozioni che, come tanti pianeti, mi orbitavano nello stomaco.

Raggiunsi la piscina e notai subito Neil immerso nell'acqua. Il viso bagnato era rivolto verso l'alto, gli occhi erano chiusi con le lunghe ciglia gocciolanti, i pettorali in vista, le braccia aperte e distese sul bordo; sulle labbra carnose aveva un sorrisetto insolente e la pelle gli brillava come l'ambra.

«Ce ne hai messo di tempo, Trilli», commentò, aprendo le palpebre e puntando il suo sguardo dorato su di me. Mi guardai attorno e notai i lettini bianchi e soffici che circondavano la piscina; tolsi lentamente l'accappatoio posandolo su uno di essi, proprio accanto ai suoi effetti personali: pacchetto di Winston, cellulare e il pennarello di prima. Dire che Neil fosse strano era davvero riduttivo.

Mi schiarii la gola, vedendo i suoi occhi scorrere lungo le mie curve, e mi incamminai verso di lui a piedi nudi. Non mi tuffai e decisi invece di sedermi sul bordo di marmo per immergere soltanto le gambe fino alle ginocchia, tastando l'acqua calda e piacevole.

«Non ti fidi?» mi sbeffeggiò, nuotando verso di me con movimenti felini ed eleganti. Le sue labbra si infrangevano contro la distesa cristallina mentre i suoi occhi restavano in superficie; i capelli castani, invece, ricadevano bagnati sulla nuca e il *Toki* adornava il bicipite possente, suscitando in me la voglia di toccarlo.

In quel momento, sembrava un abile predatore che studiava la sua vittima.

«Non abbastanza. Ti ricordo che siamo qui per parlare», ribattei sincera, perché non potevo condividere con Neil spazi troppo stretti senza cadere nella tentazione di baciarlo.

«Ci sono tanti modi per *parlare*.» Nuotò con nonchalance per tutta la lunghezza della piscina mentre io me ne stavo ferma a dondolare le caviglie e a osservare i solchi muscolari delle spalle ampie.

Avevo bisogno di dirottare la mia attenzione su altro che non fosse il suo corpo; sentivo le guance bollenti e non ero certa che fosse colpa dell'acqua.

«Il tuo autore preferito è Bukowski», esordii, deviando su un argomento base dal quale iniziare a parlare.

Neil si fermò a poca distanza da me e passò le dita tra i capelli bagnati, leccandosi le labbra che sicuramente sapevano di lui e di cloro, un mix che desideravo assaggiare.

«E tu hai ficcanasato tra le mie cose senza permesso», replicò infastidito, restando a una distanza di sicurezza da me, cosa di cui gli fui mentalmente grata.

«Quindi ti piace leggere?» insistei perché, cavolo, dovevo vincere io.

Neil sbuffò e si avvicinò, innescando in me un allarme invisibile del quale mi parve di immaginare la lucetta rossa lampeggiante.

«Se inizio a parlare di amore e di stelle, vi prego: abbattetemi», rispose con una citazione del suo autore preferito, fissando le mie gambe e galleggiando proprio dinanzi a me, *troppo* vicino a me. Mi mossi nervosamente sul marmo e mi concentrai sul perché avessi accettato di seguirlo.

«E hai letto anche *Lolita* di Nabokov.» Mi spuntò un sorriso compiaciuto, perché ero contenta che Neil conoscesse le opere del mio scrittore preferito.

«Parla di pedofilia», commentò incolore, sfiorandomi con una mano la caviglia sinistra. Sussultai e strinsi le ginocchia tra loro in segno di protezione, provocando la sua risata gutturale e beffarda.

«Esatto.» Mi schiarii la gola e sentii un'altra carezza, questa volta sulla caviglia destra.

Neil mi guardò attraverso le ciglia lunghe e mi sorrise malizioso, avvicinandosi ancora.

«Raggiungimi in acqua. Non mordo, Trilli», mormorò sensuale facendomi arrossire. Utilizzava quel nomignolo dal primo giorno in cui ci eravamo incontrati, ma non sapeva quanto in realtà contasse per me il maglione su cui, all'epoca, aveva visto la fatina di cui mi attribuiva il nome.

«È un regalo della mia nonna materna», gli confessai riferendomi proprio all'indumento che ormai era diventato uno dei suoi oggetti di scherno preferiti.

Neil corrugò la fronte confuso, così decisi di essere più precisa.

«Il maglione con la stampa di Trilli me l'ha regalato mia nonna Marie. Per molti potrebbe essere orrendo o infantile, per me invece ha un valore affettivo enorme», spiegai, sentendo il cuore pulsare più forte a causa del ricordo di una persona cara che da due anni non c'era più.

Neil tornò serio e con entrambe le mani mi accarezzò i polpacci, disegnando con le dita delle linee circolari e accendendo un fuoco incandescente dentro di me. Risalì poi fino all'incavo delle ginocchia e mi toccò lentamente, molto lentamente, tanto che un fremito mosse le mie spalle; all'istante, una scintilla di smisurata furbizia gli attraversò le iridi dorate.

«Un motivo in più allora per continuare a chiamarti…» Inserì una pausa a affetto. «Trilli», concluse divertito con un timbro volutamente angelico, ponendo fine al lieve contatto tra noi. «Mi raggiungi o no?» insisté prima di immergersi nell'acqua e nuotare sul fondo, distante da me.

I miei occhi si sgranarono in sincrono con le braccia forti che spostavano elegantemente l'acqua; Neil mi parve un delfino meraviglioso e al contempo uno squalo pericoloso.

Approfittai della sua immersione per sfilare l'elastico dal polso e sollevare i capelli in una coda alta con qualche ciocca libera attorno al viso; poi lentamente mi calai in piscina anch'io, restando però appiccicata al bordo. Con le spalle rivolte alla distesa cristallina, mi guardai attorno per capire dove fosse finito. D'un tratto, sussultai quando due mani mi si posarono sui fianchi e un corpo da adone premette contro la mia schiena.

«Finalmente...» sussurrò, sfiorandomi la nuca con la punta del naso e la malizia che potei udire nella sua voce mi mise sull'attenti.

Mi irrigidii subito e deglutii a vuoto quando avvertii la sua erezione pungere tra le natiche. Neil non aveva alcun problema a farmela sentire; anzi, sembrava piuttosto che volesse provocarmi perché iniziò a strusciarsi lentamente dietro di me, innescando il solito languore tra le cosce.

Oddio.

«Tu… tu…» balbettai sommessamente, incapace di articolare la domanda che avevo sulla punta della lingua. Mi leccai il labbro inferiore ed espirai nel disperato tentativo di riuscire ad articolare le parole.

«Io… io… cosa?» cantilenò, prendendomi in giro con un timbro sensuale, e questa volta a fremere fu anche il mio basso ventre.

Maledizione.

«Tu… cioè, noi, non dovevamo... osservare le stelle?» mormorai sottovoce, cercando di non far caso alla pulsazione al centro del mio corpo. Neil mi inspirò sul collo e si avvicinò all'orecchio pronto a stordirmi ancora con la sua voce baritonale.

«O loro potrebbero osservare noi», sussurrò, incitandomi a sollevare il viso sul soffitto di vetro che offriva la visuale panoramica di un cielo stellato semplicemente spettacolare; dopodiché, mi voltai verso di lui e incontrai le sue iridi, che avrebbero potuto farsi beffe delle stelle per quanto erano dorate e luminose.

Abbassai lo sguardo e scivolai via dal suo respiro umido sulla mia nuca e sulla curva del collo, perché non volevo che mi seducesse, anche se ne sarebbe stato capace senza molti sforzi.

«Cos'altro ti piace fare oltre leggere?» Nuotai distante da lui e lo guardai, con tutta l'intenzione di farlo parlare proprio come aveva promesso.

Lui sospirò, vinto, e dopo qualche istante rispose: «Disegnare e fare sport». Si avviò verso la scaletta e mi scoccò un'occhiata furtiva.

«Usciamo?» propose con un cipiglio severo, come se qualcosa lo avesse improvvisamente infastidito.

Notai le sue mani virili afferrare la scaletta, poi Mr. Incasinato fece leva sui bicipiti e si tirò su, lasciando che io ammirassi il suo corpo scolpito. Notai che gli avvolgeva il sedere marmoreo quello che sembrava un costume bianco, ma il tessuto, eccessivamente sottile e quasi trasparente, mi destò sospetti.

Uscii anch'io, seguendolo verso uno dei lettini, e sperai che quelli che aveva addosso non fossero dei boxer.

Seguii la sua camminata decisa e mi resi conto che tutto in Neil sprizzava erotismo puro.

Neil si distese bagnato, incrociando le caviglie tra loro, e deglutii quando i miei occhi caddero sulla protuberanza massiccia e volgare ben visibile proprio attraverso quelli che erano dei boxer bianchi zuppi d'acqua.

«Allora, non mi raggiungi?» Mi guardò, fingendo di non accorgersi del mio evidente imbarazzo.

Tuttavia, le gemme dorate, contornate dalle ciglia umide, si accesero di malizia e un ghigno furbo incurvò le sue belle labbra. Capii dunque che la sua era stata una tattica di seduzione da stronzo egocentrico, dato che i boxer erano così trasparenti che potei addirittura notare la punta del *Pikorua* sul fianco sinistro che finiva oltre l'elastico.

A disagio, afferrai l'accappatoio e tamponai il petto e le cosce; poi, lo riposi e mi incamminai verso il diavolo enigmatico che mi stava spudoratamente fissando i seni.

I capezzoli sporgevano e il tessuto bagnato non aiutava a nasconderli.

In quell'istante, mi sentii particolarmente attraente e sperai che stesse soffrendo tanto quanto me.

«Siediti accanto a me o su di me. Scegli tu.» Il maledetto brillio che aveva negli occhi era terrificante, ma anche inspiegabilmente seducente.

«L'ultima volta che mi sono seduta su di te hai distrutto la dépendance», gli ricordai e contorsi le labbra in una smorfia pensierosa. Non avevo mai capito cosa fosse successo davvero in quel momento, dopo che noi…

«Perché è la posizione che più odio e mi sento soffocare», rispose vago, scendendo a osservare con cupidigia le mie gambe; io gli permisi di tracciarne le linee con gli occhi, come se fossi una tela bianca e lui un pennello.

«Allora perché mi hai appena proposto di…» Ma lui mi anticipò.

«Perché so che a te piace *sentirmi* tra le gambe.» Fu un dolce sussurro il suo, nettamente in contrasto con lo sguardo di fuoco che mi lambì piano, come se Neil fosse desideroso di avvolgere la mia figura con le sue mani.

«Cosa te lo fa pensare?» continuai, ma Neil sporse il busto e con un movimento deciso mi afferrò per il polso.

«Stai zitta e vieni qui.» Il suo fu un ordine sommesso ma autoritario; in pochissimo tempo, mi ritrovai distesa sul lettino, come un topolino nella tana di un serpente velenoso.

Neil si mise su di me, reggendosi sugli avambracci ai lati della mia testa; dopodiché, il suo bacino si infilò tra le mie cosce e premette lì dove sentivo pulsare da molto.

Goccioline d'acqua argentate gli percorrevano la pelle d'ambra, mentre le iridi gli si incupirono e divennero fosche di un desiderio insano.

Mi sforzai di trattenermi, ma tutto iniziò a tremare; le spalle, le mani, le gambe, tutto.

«Non irrigidirti», sussurrò carezzevole, posandomi le labbra sul collo. Le trascinò lente fin sotto l'orecchio e con la lingua sfiorò il lobo facendomi sussultare. «Io sono qui…» disse, quando si accorse che stavo fissando il cielo, visibile attraverso la vetrata, anziché lui. A dire il vero, mi stavo concentrando sulle sensazioni che faceva scaturire in me: sentivo il cuore battere in ogni centimetro del mio corpo, fino a comprimermi il respiro.

«Ti è piaciuto ricevere le attenzioni dalla bionda in mia presenza?» chiesi e deglutii a fatica. Poi fissai la sua mano scivolarmi sul seno.

Lo strinse in modo rude e io gemetti posandogli le dita sui fianchi, dei quali avvertivo la muscolatura definita.

«Sì», rispose lascivo. «E a te è piaciuto baciare Luke in mia presenza?» L'ironia velò la sua domanda, facendomi capire che probabilmente non gli importava nulla di chi baciassi, perché non gliene importava nulla di me.

«Da morire», mentii, passandogli una mano tra le ciocche di capelli bagnati per scostarle dalla fronte. Quando Neil mi guardò, gli lessi negli occhi un misto di attrazione, possessione e passione tragica.

Sbattei le ciglia e attesi una sua reazione.

«Sai, Trilli...» Tornò a stuzzicarmi il collo con le labbra e scese sulla clavicola incidendo su di me il suo respiro caldo. «Ti ho mostrato *cosa* mi piace e *come* mi piace...» Iniziò a muovere i fianchi su di me, oscillando in modo lento e vezzoso, tanto da farmi stringere le ginocchia attorno a lui.

«Adesso dovrò mostrarti *quando* mi piace e *quanto* mi piace...»

Preannunciò così quelle che erano le sue reali intenzioni, delle quali in effetti avrei dovuto rendermi conto sin da subito. Mi accorsi anche che adesso stava a me decidere se accettare di *volare* o meno.

Chiusi gli occhi e inarcai la schiena quando con una mano mi abbassò la parte superiore del costume, liberando un seno. Lo soppesò e poi lo portò alle labbra per succhiarlo. All'inizio la mia reazione fu di sorpresa, ma quando il mio corpo, illanguidito, riconobbe il suo tocco, i muscoli si rilassarono e un'espressione di approvazione e piacere mi si dipinse sul viso.

«Mi avevi detto che avremmo parlato e...» Le parole morirono quando con i denti mordicchiò il capezzolo che, come un bocciolo delicato, si inturgidì nella sua bocca mentre la lingua guizzava attorno all'areola. Non riuscivo a concentrarmi su altro in quel momento, se non esattamente su quello che stava facendo.

«Sto per dirti tante cose, Trilli.» Mi aiutò a sfilare il costume con movimenti rapidi e impazienti, poi lo gettò lontano, tornando subito su di me.

La mia intimità adesso nuda strusciava sulla sua durezza e i capezzoli sfregavano contro i muscoli del torace.

Si prospettava uno spettacolo senza eguali per le stelle che, dall'alto, illuminavano i nostri corpi frementi di voglie e desideri.

In preda alla passione, mi concentrai sul suo profumo e sulle sensazioni tattili che provocavano le sue dita esperte; Neil mi permetteva di scoprire il mondo lussurioso nel quale solo lui riusciva a immergermi.

Mi guardò e in quel momento vidi dentro di lui una creatura bellissima ma terribile. D'un tratto, le labbra gli si aprirono in un sorriso libidinoso e mostrarono la lucentezza dei denti bianchi, poi Mr. Incasinato inclinò appena il collo e mi leccò il contorno della bocca, lasciando volutamente residui della sua saliva su di me, come un marchio di possesso. Mi lanciò un'altra occhiata, questa volta ambigua, come se stesse aspettando che io capissi qualcosa e si avvicinò ancora per baciarmi a modo suo.

Spinse la lingua dentro la mia bocca e ricambiai quel gesto voluttuoso e passionale, intrecciandomi a lui. Le mie mani gli risalirono lungo le braccia, tracciandone i rilievi muscolari e ogni singola vena visibile; la sua mano, invece, mi scese lungo il ventre fino a raggiungere la mia intimità. Con due dita mi accarezzò il clitoride, sfregandolo lentamente.

Avremmo dovuto parlare… parlare... e invece iniziai a muovere il bacino contro di lui, con oscillazioni timide e lente.

Le mie mani salirono ancora fino a raggiungere le sue spalle larghe, mentre lui con le dita mi sfiorò le grandi labbra, morbide e umide, e invase il punto che fremeva più di tutti all'idea di accoglierlo.

Emisi un suono indecifrabile e lui sorrise, dettando alla sua lingua la stessa ritmicità sfiancante delle dita.

Le mie gambe ripresero inequivocabilmente a tremare e Neil mi accarezzò una coscia per incitarmi a tranquillizzarmi.

Non stavamo parlando, ma i suoi gesti erano diventati improvvisamente chiari e di facile lettura per me.

Attendevo però ancora l'istante in cui lui si sarebbe spogliato di ogni paura, l'istante in cui mi avrebbe concesso anche l'anima oltre al corpo, l'istante in cui mi avrebbe mostrato le sue debolezze, per far sì che io me ne prendessi cura.

Tuttavia, vederlo lì, su di me, con gli occhi lucidi, le labbra ingorde, la lingua energica e le dita delicate ma decise, era lo stesso sorprendente, un'esperienza ineguagliabile che provocava in me emozioni così squassanti da riempirmi gli occhi di lacrime insolite. Mi veniva da piangere a causa del piacere che non riuscivo a controllare e della debolezza della quale ero vittima.

Mi inarcai ancora quando le sue dita sprofondarono dentro di me fino a sfiorarmi con le nocche le grandi labbra; poi le mosse così velocemente da annebbiare la mia vista. Vidi schizzi di vernice, onde di colori; percepii anche suoni confusi e divenni una poltiglia informe quando l'onda dell'orgasmo mi scosse con convulsioni e spasmi naturali e incontrollati.

«Mmh...» Fu l'unico commento che riuscii a fare quando i miei occhi si aprirono per intercettare i suoi. Ci guardammo a una distanza quasi nulla; ansimavamo vistosamente entrambi e un sorriso innocente mi incurvò le labbra. Gli accarezzai i rilievi di quel corpo perfetto e Neil si lasciò toccare, fissandomi con le iridi voraci e predatrici.

Era bello e dominante.

Forte e affascinante.

Tenebroso e perverso, anche se avevo notato degli sprazzi di fragilità quando Logan aveva subito l'incidente, perché per lui i fratelli erano la sua bussola interiore, visibile a pochi fortunati.

Stavo pensando e ripensando alla complessità della sua anima misteriosa quando le mie labbra gli raggiunsero il mento per mordicchiarlo. Neil si posizionò sui gomiti e respirò piano a ogni mio piccolo bacio che gli tracciava i contorni della mandibola.

Gli baciai la mascella, poi il collo sul quale respirai il buon odore che emanava la sua pelle; le mie mani, nel frattempo, scesero ad accarezzare i glutei sodi e con l'indice percorsi il solco centrale giungendo sul davanti. Le sue labbra si schiusero per emettere un ansito basso e gutturale, e io sorrisi incredula, perché era raro sentirlo godere. Lo venerai con il tatto e pensai che forse aveva ragione: esisteva un linguaggio muto attraverso il quale era possibile comunicare senza usare le parole.

«Hai un fisico perfetto», mi complimentai, ma lui finse di ignorarmi e appoggiò la fronte sulla mia, respirandomi. Con le dita agganciai l'elastico dei suoi boxer bagnati e li abbassai lentamente, aiutata da lui, che se ne sbarazzò di fretta, restando completamente nudo.

Non lo vidi, ma lo sentii. Lo sentii tutto, su di me, e presto sarebbe stato dentro di me.

Neil chiuse gli occhi e si mosse piano, con un ritmo cadenzato ma sensuale; il suo membro mi scivolava spesso e turgido sul sesso, preparando il mio corpo, che fremeva già all'idea di abbandonarsi alla lussuria.

In quel momento, le guance si tinsero di rosso a causa dell'imbarazzo e le dita affondarono nella base della sua schiena. Mr. Incasinato aprì gli occhi, gettandomi addosso il suo sguardo dorato e penetrante, e io mi sentii irrequieta come non era mai successo prima.

Poi, sollevò il bacino e con una mano diresse la sua erezione lì dove la voleva, lì dove la volevamo entrambi.

«Hai detto che vuoi qualcosa di me...» sussurrò flebilmente prima di spingere piano e invadermi. Serrai i denti a causa delle sue dimensioni, di cui era ben consapevole, e lui si fermò, guardandomi negli occhi.

Lessi una premura tacita nelle sue iridi; mai era stato così serio e compito; mi accorsi che aveva un universo intero in quegli occhi, un universo da ammirare e nel quale non avevo ancora trovato delle risposte alle mie domande.

Ci fissammo come se il tempo si fosse fermato, entrambi i nostri respiri erano sospesi nell'aria, le nostre labbra vicine in trepidante attesa. Con un movimento deciso e sensuale, fece una leggera pressione con i fianchi e io emisi un gemito profondo quando entrò del tutto dentro di me. Consideravo magnifico il modo in cui il mio corpo si univa al suo; sentivo tutto di lui: la sua mente, la sua presenza emotiva, il suo cuore che accelerava sempre di più. Sperai che non si accorgesse del mio rossore, ma Neil mi guardò ancora con quegli occhi così grandi, intensi, seri e capii che invece l'aveva notato.

Appoggiò la guancia sulla mia tempia e iniziò a muoversi, ondeggiando in modo deciso e profondo. Si tirava fuori senza mai uscire completamente e rientrava con forza, premendomi il torace sui seni.

Dopo un po', le sue spinte aumentarono, ogni suo muscolo si tese.

Le mie mani gli finirono sui glutei che si contraevano a ogni colpo, sprigionando una virilità che avrebbe reso insicuro qualsiasi altro uomo. Il suo respiro divenne irregolare mentre mi baciava ingoiando ogni mio gemito e la sua lingua si mescolava alla mia. Improvvisamente tornò a guardarmi, permettendomi di percepire un'insolita confusione che gli aleggiava nella testa.

Poi, alzò d'istinto il busto e si resse sulle ginocchia, afferrando i miei fianchi.

Iniziò a muoversi con più forza e mi sollevò il bacino per spingersi più a fondo. Il suo lato selvaggio e rude ebbe il sopravvento e inarcai la schiena, sconvolta da quell'inaudita carnalità.

Schiusi le labbra per emettere un urlo viscerale, ma Neil si piegò su di me e mi baciò ancora impedendomi quasi di respirare.

Il suo fu un bacio liberatorio, potente... passionale.

La presa delle sue mani sui fianchi si fece possessiva e lo guardai confusa.

«Neil...» mormorai il suo nome incapace di parlare, mentre lui continuava a spingere emettendo dei piccoli sospiri virili e profondi che mi facevano venire la pelle d'oca.

«Fa' silenzio, bimba», ringhiò come un felino affamato e fu sufficiente la sua voce roca per consentire al mio corpo di raggiungere l'apice. I miei muscoli si tesero troppo in fretta, persi il controllo della razionalità, serrai gli occhi e gli strinsi i capelli, lasciando che il piacere esplodesse come un potente vulcano attorno a lui.

La mia intimità lo risucchiò in modo energico e convulso, i muscoli pelvici si strinsero e si dilatarono in preda a delle sensazioni sublimi che fluirono libere nelle mie membra.

Fu un momento intenso, struggente e indimenticabile.

Tremai sotto di lui e i suoi fianchi mi concessero una breve tregua. Dopo un attimo, Neil mi guardò, forse per stroncare sul nascere qualche mio possibile lamento, perché era stato tutto brutale, veloce e per niente delicato.

In quell'istante di pausa, abbassò lo sguardo sul punto di congiunzione dei nostri corpi e così, retto sui gomiti, riportò gli occhi sul mio viso, pensando a chissà cosa.

«Sì, sei proprio una bimba…» sussurrò divertito perché non avevo ancora imparato a controllare le mie emozioni e sensazioni fisiche; il piacere sfuggiva al mio controllo ed era così involontario da percorrere la mia pelle senza che potessi far nulla per fermarlo.

Tuttavia, anche se io ero venuta subito, Neil aveva tutta l'intenzione di riprendere a muoversi e di continuare in eterno.

Arrossii e le spalle fremettero nuovamente, squassate da un debole soffio al petto, quando spinse ancora i fianchi contro di me annunciando la fine della nostra pausa. Gli affondai le unghie nella carne della schiena e subii i suoi colpi forti e concitati che ripresero a marchiarmi con possesso. Avevo le sopracciglia aggrottate e il labbro inferiore stretto tra i denti perché iniziavo a sentire un leggero fastidio al bassoventre che non potevo lenire in alcun modo.

Neil era possente, smisurato, dominante mentre io ero minuta, esile e delicata. Il sesso con lui era sempre piacevole e doloroso, a causa della sua prestanza.

Mi sopraffaceva, mi possedeva, mi penetrava fino a sottomettermi completamente alla potenza del suo fisico.

Molte donne mi avrebbero invidiata e avrebbero desiderato il suo corpo incastonato nel loro, avrebbero desiderato di baciargli le labbra rosate e carnose, avrebbero desiderato di leccargli la pelle d'ambra bagnata e luminosa, avrebbero desiderato il suo tocco indecente e la sua lingua sporca, io, invece, mi sentivo un fragile cristallo nelle mani di una creatura divina dotata di una forza e un'energia sovrumana.

Neil era una meraviglia della natura, era seduzione e desiderio, e comunicava con me attraverso il corpo.

Mentre continuava a muoversi, i suoi occhi restarono aggrappati ai miei come se avessero paura di smarrirsi, i gomiti, invece, ne ressero la figura imponente e le mani mi accarezzarono i capelli. Nessuno dei due emetteva una sola parola, solo i nostri gemiti iniziarono a diffondersi attorno a noi, mentre il mio sguardo si perse nel suo, viaggiando nell'infinito.

«N-Neil...» balbettai perché il respiro irregolare non mi consentiva di pronunciare correttamente le parole. Lui mi sorrise nell'incavo del collo e lo leccò raccogliendo le goccioline di sudore. Stavo sudando, anzi stavo letteralmente andando a fuoco.

«Mi piace quando non riesci a *parlare*», commentò malizioso mentre le mie gambe si stringevano attorno a lui.

I nostri visi e i nostri petti erano così vicini che sentivo i battiti del suo cuore rincorrere i miei; le sensazioni erano amplificate e riuscivo a sentire l'odore della sua pelle e i suoi respiri, in una maniera così intensa da intristirmi, perché dopo il sesso non sarebbe cambiato *niente*, perché per Neil *io* non valevo *niente* e perché comunque sarei andata via.

Tra una settimana.

In quel momento Neil fece uno sforzo notevole per sollevarsi sugli avambracci e penetrarmi con più forza; guardai il triangolo rovesciato dei suoi fianchi che urtava contro di me, il tatuaggio sul fianco sinistro, gli addominali contratti e il petto arrossato per lo sforzo.

La visione del nostro punto di incastro mi esaltò, tanto che assecondai i suoi movimenti, rendendomi partecipe della sua corsa verso l'orgasmo.

Quando i suoi occhi scivolarono sulla mia figura nuda, lambita da altre ondate di piacere, con un ringhio di gola, si irrigidì. Le spinte divennero più secche e profonde: sobbalzavo in avanti e scivolavo indietro, in sincrono con i suoi fianchi, ma dove voleva arrivare?

Lo sentivo perfino nello stomaco e tra i seni.

La sensazione di percepirlo così ingombrante era totalizzante: Neil mi riempiva tutta e non si trattava solo di una pienezza fisica ma anche emotiva.

Inglobava la mia anima nel suo caos.

I suoi sospiri sensuali erano carichi di fascino erotico e si confondevano con i miei in un'unica melodia; insieme, lasciammo che la magia del momento ci avvolgesse come se fosse una tempesta di sabbia, un'onda impetuosa.

La sua fronte premette contro la mia, mentre le sue labbra schiuse liberarono per la prima volta degli ansiti virili e gutturali, e capii che finalmente stava perdendo il controllo. Con una mano mi strinse il seno, mentre con l'altra si aggrappò al mio fianco come se stesse precipitando nel vuoto.

Il suo respiro divenne incalzante, le guance bollenti, la pelle sudata, e, quando si fermò dentro di me, soggiogato dalle contrazioni potenti dei muscoli, lo sentii pulsare nel mio basso ventre. Un calore anomalo mi invase nel profondo e mi accorsi che lui... lui aveva raggiunto il picco del piacere concedendosi completamente a me.

Continuò a spingere e nel mentre sentii il suo membro scivolare con più facilità, il seme colare tra le cosce ed era… era fantastico.

Semplicemente magnifico.

Si fermò solo quando l'orgasmo iniziò a volare via, riportandolo alla realtà.

Neil era venuto *dentro di me* e qualcosa si era rotto, la sua barriera era crollata; mi si adagiò addosso senza fiato e respirò accanto al mio orecchio, facendomi rabbrividire.

«Mi hai fatto fare un'enorme stronzata», mormorò con disappunto e io ammirai il suo corpo che luccicava come se fosse rivestito da una carta d'argento.

Gli accarezzai la linea della schiena e il suo respiro man mano divenne regolare e misurato.

«Di cosa parli?» gli chiesi con un cipiglio serio.

Neil scivolò al mio fianco e io mi appoggiai sul suo petto, sia perché lo spazio sul lettino era ristretto, sia perché amavo sentire il calore della sua pelle e l'odore che emanava in qualsiasi momento, anche dopo momenti come *questo*.

«Tu mi hai concesso la tua prima volta, adesso io ti ho concesso la mia. Siamo pari, Trilli.» Guardò in alto il cielo stellato, come se volesse nascondere i suoi occhi da me. Mi sentivo stanca, appagata e stordita, ma divenni di un'imbarazzante tonalità di bordeaux quando realizzai cosa aveva detto.

Lui non… lui non…

«Non avevi mai fatto una cosa del genere con una donna prima d'ora?» sussurrai appena, spostando i capelli sudati dalla mia fronte per osservare con attenzione le linee aggraziate del suo viso.

«Ti ho mostrato *quando* piace davvero a un uomo.» La sua espressione manifestò un certo turbamento che non riuscii a interpretare perché la sua presenza era così imponente che ogni volta che tentavo di inalare ossigeno il mio seno sfiorava il suo torace, rendendomi pateticamente eccitata e ancora scossa dal piacere.

«E anche *quanto…*» commentai compiaciuta e lui si voltò a guardarmi per analizzarmi e farmi sentire tremendamente in imbarazzo. Dopo il sesso era ancora più bello, con quegli occhi pigri e luccicanti, le labbra tumide e rosse, la pelle lucida e distesa… io invece, io chissà in quale stato ero.

«Avrai qualcosa di me da portare con te a Detroit.» Mi infilò l'avambraccio sotto la nuca e mi permise di stargli accanto.

Anzi… *addosso*.

Gli posai il palmo della mano sul petto e, nudi e incasinati, guardammo il cielo insieme, ubriacandoci delle stelle in un silenzio assordante e riflessivo.

«Parlami di te.» D'un tratto mi fissò in quel modo serio e penetrante che lo rendeva bello da togliere il fiato e io non nascosi il mio stupore nel sentire una richiesta simile. Ero a dir poco sbalordita.

«Cosa vuoi sapere?» sussurrai, battendo le palpebre un paio di volte, incredula.

«Dimmi quello che vuoi», ribatté, guardando di nuovo in alto.

«A Detroit avevo appena terminato il mio primo anno di università, per poi continuare i miei studi qui a New York. Ero una ragazza piuttosto conosciuta, avevo il mio gruppo di amiche e...» Mi fermai, inumidendomi le labbra. «Jared.» Mi schiarii la gola a disagio perché non sapevo se a Neil avrebbe potuto dar fastidio sentirlo nominare, ma i suoi occhi dorati rimasero inchiodati sul cielo stellato, così proseguii. «Conducevo una vita normale. Ho sempre amato le cose semplici: un buon libro e una tazza di cioccolata calda...» affermai, accarezzandogli con una mano il petto mentre i nostri corpi erano ancora intrecciati tra loro sul lettino. «Odiavo le feste delle confraternite e gli odiosi giocatori di basket che ci provavano con tutte, un po' come te.» Lo presi in giro anche se sapevo che non era affatto la verità.

Erano le donne a provarci con lui, perché Neil era affascinante, bellissimo ma schivo, tanto che non era facile avvicinarsi a lui.

«Io sono più esigente di quanto credi», si difese, voltando il viso verso di me.

Analizzai i suoi lineamenti e mi chiesi ancora una volta come facesse a essere così perfetto; sembrava che fronte, occhi, naso, labbra, mento fossero stati posizionati su quel viso con la massima precisione da un Dio che doveva essere proprio un grande perfezionista.

«Continua a parlarmi di te.» Mi ridestò dai miei pensieri, mostrandosi particolarmente curioso di sapere altro sulla mia vita. Gli sorrisi e ripresi da dove mi ero interrotta.

«Non c'è molto da dire. Sono cresciuta per lo più con mia madre. L'anno in cui mio padre ha deciso di lasciarci, ho smesso di chiamarlo 'papà'.» Guardai il mio indice che gli accarezzava la pelle in direzione dei pettorali e cercai di andare avanti. «Sapevo che viveva qui a New York, ma per quattro anni ho sempre evitato di parlargli o di conoscere la sua nuova famiglia, cioè voi...» Sollevai lo sguardo su di lui e notai che mi stava fissando con la solita espressione imperterrita e cupa. «Per fortuna ho sempre avuto mia madre al mio fianco, con lei ho un rapporto stupendo.»

«Come si chiama?» Continuava a guardarmi e il suo respiro caldo mi sfiorò il viso.

«Judith Martin. È un'insegnante di letteratura», dissi con aria fiera, orgogliosa della donna che lei era non solo in ambito sociale, ma anche famigliare. «È sempre stata una madre presente e piena di attenzioni, mi manca tanto...» La mia voce si incrinò perché l'assenza di mia mamma era una presenza costante nella mia vita a New York.

«La sento raramente per via del suo lavoro, perciò spesso avverto un senso di nostalgia e solitudine incredibile», confessai per la prima volta a me stessa oltre che a lui.

Avevo sempre cercato di non pensarci, ma non potevo negare di sentirmi sola a volte, come se non potessi contare su nessuno se non su me stessa. La mia solitudine a volte era meditativa, altre volte angosciante.

«Mi sento smarrita», sussurrai appena. «Come se stessi intraprendendo il viaggio della vita completamente da sola», continuai mentre i suoi occhi dorati non lasciavano per un solo istante il mio viso. «A volte penso di stare meglio da sola e di vivere così in uno spazio incontaminato dal male altrui, uno spazio tutto mio, ma altre volte vorrei che ci fosse qualcuno a condividerlo con me.» Deglutii a vuoto sorpresa dalle mie stesse parole. «È contraddittorio, lo so, ma anch'io ho i miei lati... strani.» Cercai di sdrammatizzare, ostentando un sorriso timido, ma Neil rimase serio a fissarmi. Corrugò appena la fronte, riflessivo, poi sfilò l'avambraccio da dietro la mia testa e si sedette, magnificamente nudo.

Si passò una mano tra i capelli umidi e si guardò intorno in cerca di qualcosa; poi, quando individuò ciò che cercava, si alzò in piedi, concedendomi la visione del suo fisico scolpito e del suo sedere decisamente sodo.

Non capivo però cosa stesse facendo, così lo seguii con gli occhi mentre a passo deciso si incamminava verso un altro lettino adiacente per afferrare qualcosa.

Tornò indietro e vidi che aveva il pennarello stretto in una mano. Dopodiché, si risedette accanto a me.

Tirò via il tappo con i denti e si piegò sul mio bacino.

Io ero… ero… nuda, con l'intimità esposta e arrossata, marchiata ancora dal suo seme. Strinsi le gambe per riflesso condizionato a causa dell'imbarazzo, ma Neil non stava affatto guardando tra le mie gambe, era piuttosto concentrato a fare altro.

Mi posò la punta del pennarello sul fianco e iniziò a tracciare delle linee che man mano assunsero la forma di un disegno. Mi sporsi, sollevando le spalle, per vedere di cosa si trattasse e notai una… conchiglia interamente colorata di nero con una perla bianca al suo interno.

«Ogni volta che ti senti sola, disegna una perla all'interno di una conchiglia», sussurrò soffiando sul disegno, poi mi baciò il basso ventre, trascinando le labbra sull'addome e sul seno; leccò il capezzolo, facendomi irrigidire d'eccitazione, e infine allineò il suo viso al mio, fissandomi con gli occhi dorati, maliziosi e divertiti.

«Che storia è?» mormorai con un sorriso sincero che non riuscii proprio a mascherare.

Neil era incredibile, in tutto, anche nelle sue idee folli e creative.

«Non è una storia», mi corresse. «È una leggenda.» Si sporse con il busto, puntando le mani ai lati dei miei fianchi per sovrastarmi, poi mi sfiorò le labbra con le sue, senza baciarmi.

Lo guardai profondamente, fissando le linee color ambra che si irradiavano dalla sua pupilla per disperdersi nell'iride dorata.

Era possibile che quel ragazzo tenebroso avesse il sole negli occhi?

Mi morsi il labbro superiore a causa dell'imbarazzo e una domanda istintiva mi scivolò dalla lingua.

Forse stavo sbagliando, ma dovevo *tentare*, tentare di sapere.

«E noi? Noi cosa siamo?»

Era lecito chiederlo, anche se nel mondo esistevano tante cose alle quali non si poteva dare una definizione.

In fin dei conti, avevamo condiviso *qualcosa* di importante e lui mi aveva concesso la sua prima volta, confessandomi di non aver mai fatto niente del genere con nessun'altra.

Mi stavo illudendo io oppure per Neil contavo almeno un po'?

Lui mi guardò tutta, poi abbozzò un sorriso enigmatico e si piegò, arrivando a un soffio dal mio orecchio.

«Tutti sanno qual è il finale del principe azzurro e della principessa», sussurrò con il suo timbro baritonale e maturo. Il torace sfiorò i capezzoli e trattenni il fiato, soggiogata dalle sensazioni che il suo corpo innescava in me.

«Ma ti sei mai chiesta quale sarebbe il finale della principessa e del cavaliere oscuro?»

39
Neil

Il sesso è una trappola della natura per evitare l'estinzione.
FRIEDRICH NIETZSCHE

LE ero venuto dentro.

Maledizione.

Io... proprio *io* avevo fatto una stronzata simile dopo tanti anni di esperienza, dopo aver condiviso di tutto e di più con le donne senza mai commettere un errore simile.

Il mio, però, non era stato un gesto casuale, non era stato uno sbaglio dettato dall'alto picco erotico che aveva provato il mio corpo.

L'avevo *deciso* io, l'avevo premeditato, per far capire davvero a Selene *quando* il sesso piaceva a un uomo, e soprattutto *quando* piaceva a me.

E la verità era che io lo apprezzavo solo *quando* entravo dentro di lei senza alcuna barriera a dividermi dalla sua pelle morbida e vellutata, solo *quando* esplodevo nel suo corpo senza preoccuparmi di controllarmi e di reprimere il mio impulso.

Avevo perciò voluto mostrarle tutto il mio desiderio di averla, di avere il suo corpo, la sua anima, tutto ciò che le apparteneva.

Mentre affondavo dentro di lei ed esercitavo una pressione dolorosa sul punto di congiunzione dei nostri corpi, con la bimba mi ero sentito al sicuro, nel posto giusto come non era mai successo con le altre.

Dopo aver scopato e parlato, Selene mi aveva però chiesto di rimanere ancora un po' lì, con lei; tuttavia, una volta che mi ero preso ciò che desideravo, avevo deciso categoricamente di rivestirmi e tornarmene in stanza.

Mi ero reso conto che, per quella sera, avevo fatto già troppe cazzate e l'immagine del suo viso, dopo gli orgasmi che le avevo concesso, continuava a ossessionarmi e a perseguitarmi.

«Eppure Selene è una donna, solo una donna, una come tante», continuavo a ripetermi, mentre ripensavo ancora a quanto mi fosse piaciuta la sensazione del mio odore sulla sua pelle e a quanto volessi ancora muovermi dentro di lei, nel luogo che più di tutti prediligevo, il luogo che mi fotteva il cervello anche quando credevo di essere immune al suo potere, il luogo al quale solo io avevo avuto accesso e che ogni volta mi faceva perdere la testa, anche quando cercavo di mantenere l'autocontrollo.

Tuttavia, sapevo che non potevo averla.

Selene non doveva legarsi a me, perché non c'era alcun lieto fine per noi, nessuna storia d'amore, e la bimba avrebbe dovuto capirlo.

Tutto ciò che mi piaceva era immorale o sporco, perché avevo bisogno di appagare lo spirito e di nutrire i desideri.

La mia vita, in fin dei conti, era sempre stata un pendolo che oscillava tra crudeltà e dolore, noia e delusione, incubi e realtà.

Oscillava tra me e il *bambino*.

Era per questo che avevo imboccato la via più facile, dove bastavano un pacchetto di Winston e qualche bionda brava a soddisfarmi, per allontanare la sofferenza aggrappata alle mie spalle.

Selene, invece, era una fata, una creatura caduta dal cielo, con l'intenzione di condurmi al culmine della follia e io avrei dovuto impedire che accadesse.

Anche se con lei, in effetti, avevo condiviso cose che non condividevo con nessuna. Di solito, non amavo soffermarmi troppo sui dettagli, sull'odore, sul contatto, ma con la bimba succedeva l'esatto opposto.

Mi piaceva immergermi nelle sue curve, baciarne ogni linea, rifugiarmi nel suo corpo per mostrarle il mondo della perdizione, un mondo di cui neanche conosceva l'esistenza, un mondo nel quale ci scontravamo come due forze della natura contrastanti, opposte, in continua lotta tra loro, ma che al tempo stesso si fondevano come se l'una non potesse esistere senza l'altra.

Mi ripetevo che non le avrei permesso di incatenarmi a lei.

Perché Selene era un frutto proibito.

Una visione surreale.

Una creatura misteriosa.

Un corpo di cristallo che custodiva al suo interno un'anima pura, un'anima che uno *come me* non avrebbe dovuto neanche lontanamente toccare. Eppure continuavo a baciarla, continuavo a scoparla e a fare tutto ciò che mi andava, soltanto perché ero egoista e perverso, e perché il suo corpo piccolo e longilineo provocava dentro di me un desiderio ardente che non riuscivo a gestire.

Il pensiero che partisse per Detroit non mi entusiasmava, anche se ero d'accordo con quella decisione.

Dopotutto, avevamo alle costole uno psicopatico senza identità, capace di far male alla mia famiglia e probabilmente già intento ad architettare un piano diabolico che avrebbe incluso un altro bersaglio. Selene, quindi, poteva essere in pericolo, tanto quanto mia madre, Chloe o Matt, per questo volevo che sparisse dalla mia vita, che andasse via; non solo perché io non ero l'uomo giusto per lei, incapace di amare e di risolvere i propri casini, ma anche perché non volevo essere responsabile della sua incolumità qualora le fosse successo qualcosa.

Non me lo sarei mai perdonato.

Il mattino seguente al nostro momento di lussuria in piscina, ignorai Selene mentre faceva colazione in cucina e mi fissava con quello sguardo cristallino, in attesa delle mie attenzioni.

Riuscii a resistere all'impulso di andare da lei e baciarla. Cazzo, a dire il vero, dovetti fare appello a tutte le mie forze per non avvicinarmi, sollevarla sul bancone e aprirle le gambe per perdermi nel suo calore, nella sua purezza, nel suo sapore dolce o nei suoi occhi profondi...

Ormai ero sempre più convinto di quanto lei fosse diversa.

Era una sfida che non mi annoiava mai.

Le sue curve erano come strade sulle quali sfrecciare ad alta velocità per raggiungere una meta divina.

Le sue forme, il modo in cui si muoveva, il modo in cui mi osservava, la grandezza del suo cuore, la nobiltà dell'anima... tutto di lei tendeva a stordirmi il cervello, anche quando era completamente vestita, anche quando mi urlava contro o quando mi fissava delusa.

Lei era l'angelo più bello e io un mostro eterno.

Per questo eravamo *impossibili* insieme.

La guardai meglio: aveva il viso stanco ma appagato, con l'espressione tipica di una donna che aveva goduto per bene e che desiderava ricevere un altro assaggio del mio corpo; del resto, era quello l'effetto che sortivo su tutte.

Alla soddisfazione seguiva immediatamente l'insoddisfazione di avermi ancora.

E io, meglio di chiunque, sapevo cosa stava provando.

Ore dopo, sedevo irrequieto sul divanetto nella sala d'attesa della clinica psichiatrica, dove avevo accompagnato ancora una volta Chloe, e una donna, che poteva avere circa l'età di mia madre, non faceva altro che fissarmi.

Indossava una gonna aderente lunga fino alle ginocchia, che le evidenziava le forme, mentre un cappotto aperto con il collo di pelliccia le avvolgeva le spalle femminili, lasciando intuire la dimensione del seno. Stava sfogliando una rivista, con le gambe accavallate con eleganza, e ogni tanto lanciava un'occhiata fugace nella mia direzione.

Aveva anche i capelli corti ma chiari e la tonalità virava a un biondo luminoso che attirava il bambino che era in me.

Scattò il solito meccanismo malato.

E sentii il bisogno di scopare con una donna che fosse simile a Kim per sentirmi appagato, per avvertire dentro di me quel sapore di vittoria che non riuscivo a percepire con Selene perché con lei ero fuori da me stesso.

Senza di lei ero me stesso.

La donna di fronte a me continuò a guardarmi con insistenza, sbatteva le ciglia e notai la scintilla di furbizia che attraversò le sue iridi color cioccolato, così assunsi una posizione da predatore.

Mi misi comodo sul divanetto e allargai le gambe, posando il gomito sinistro sul bracciolo del divano e direzionando la mano destra sul mio inguine. Me lo toccai, anzi, lo strinsi nel palmo in modo volgare; poi lo accarezzai al di sopra del tessuto dei jeans, facendole intuire quanto fosse lungo. In quell'istante, godetti dell'espressione sconvolta della donna che si guardò attorno allarmata per accertarsi che non ci fosse nessuno oltre noi.

Il mio segnale chiaro e inequivocabile l'aveva messa a disagio; del resto, ero particolarmente bravo a creare situazioni provocanti.

Kimberly mi aveva insegnato a essere perverso, sporco e libidinoso.

Spesso paragonava il nostro rapporto all'amore delle divinità dell'Olimpo. Diceva, infatti, che esistevano numerosi miti nei quali varie divinità olimpiche si invaghivano di alcuni esseri umani a causa della bellezza e poi li rapivano per fare di loro ciò che volevano.

Da lei, quindi, avevo imparato che la bellezza era un potentissimo strumento per prevedere e controllare i comportamenti umani, soprattutto perché essa stessa era la causa di determinate scelte o azioni dei soggetti.

Kim, infatti, mi ripeteva sempre: «Ti uso perché sei bello».

Da *mangiabambini* qual era, utilizzava la bellezza come motivazione universale dei suoi comportamenti spesso immorali e anche spregevoli.

Non le importava quanti anni avessi, non le importava che stesse commettendo un reato, non le importava che mi stesse danneggiando la mente, il corpo e l'anima, lei mi declassava a *oggetto*.

Un oggetto che, però, diceva di amare.

Così, dalla bellezza si passava in seguito alla violenza giustificata con un «Ti amo», che letteralmente significava: *Ti amo perché sei bello e ti scopo per lo stesso motivo, ma questo è un nostro piccolo segreto.*

Dopo l'abuso, infatti, seguiva immancabilmente la dichiarazione d'amore, con la quale tentava di tranquillizzare l'anima della vittima. Kim si sentiva in diritto di possedermi perché percepiva un desiderio verso di me che non riusciva a controllare. La mangiabambini, quindi, cercava di farmi sentire in colpa per la mia bellezza attraverso la violenza, perché, nella sua mente deviata, ero io a commettere qualcosa di oltraggioso e non lei. Ero *io* che esercitavo un potere irresistibile su di lei e Kim non accettava di essere dipendente dal mio aspetto.

È proprio questa la giustificazione demenziale che di solito i carnefici propinano al prossimo e alle vittime, donne o uomini che siano.

Io stesso l'avevo vissuto sulla pelle, anni prima…

Ero nudo, seduto sul bordo del letto.

Non facevo altro che toccarmi la fronte per togliere via il sudore.

Kim era di fronte a me e si stava rivestendo. La guardavo sempre con disprezzo.

La odiavo.

Odiavo quello che mi costringeva a fare, odiavo la sua prepotenza, il suo modo di strapparmi via l'anima senza permesso.

Ero felice prima che arrivasse lei. Amavo ridere. Amavo giocare a basket con Logan in giardino. Amavo fare a gara con lui a chi avrebbe raggiunto per primo l'altalena libera.

Amavo la vita.

Ma da quando era arrivata Kim, tutto era improvvisamente cambiato.

«Devi fare subito una doccia e rivestirti», disse, lanciando una lunga occhiata al mio corpo.

Io abbassai il viso, colto dall'improvvisa sensazione di vergogna che avvertivo sempre più spesso. Sentivo ancora le sue mani su di me, l'agonia, la rabbia, l'impotenza di reagire e di fermare tutto quello schifo.

Ero troppo piccolo, e lei troppo grande.

«Non è normale quello che facciamo. La mamma si arrabbierà», sussurrai, sfregando nervosamente le mani sulle ginocchia. Non capivo ancora nulla del sesso. Forse perché non l'avevo mai fatto volontariamente. Tuttavia, sapevo che il nostro rapporto era sbagliato, ma dovevo essere accondiscendente e tenere la bocca chiusa.

«È colpa tua. Sei tu quello che ha qualcosa che non va. Non lo vedi? Desideri una donna più grande di te», mi accusò, come sempre. Kim diceva che se ne avessi parlato con qualcuno, la gente avrebbe pensato che ero malato. Ingenuamente le avevo creduto e di recente avevo iniziato a non guardare nessuno negli occhi per nascondere la mia malattia ed evitare che mi rinchiudessero in un centro psichiatrico.

«Non è vero. Mi fai schifo quando mi tocchi!» urlai e Kim mi schiaffeggiò, furiosa. Poi addolcì lo sguardo e si piegò sulle ginocchia, di fronte a me, per accarezzarmi la guancia colpita. Alternava sempre momenti di gentilezza a momenti in cui diventava il peggiore dei mostri.

«Non voglio farti del male. Non farmi arrabbiare», mormorò, mortificata. Mi scostò una ciocca di capelli dall'occhio sinistro e mi sorrise.

«Mi fai sempre del male», risposi afflitto.

Le avevo detto la pura verità. Quando mio padre e mia madre lavoravano fino a tardi, e Kim restava sola con me e Logan, si imponeva su di me per farmi tutto ciò che desiderava.

«Piace anche a te. Il tuo corpo reagisce alle mie carezze.» Le sue mani mi sfiorarono il petto e scattai in piedi, per allontanarmi subito da lei. La guardai dal basso e scossi la testa. Mi sentivo debole e frastornato.

Mi guardai attorno e memorizzai ogni dettaglio. C'era un odore strano nell'aria, le lenzuola erano aggrovigliate, i miei vestiti sparsi ovunque sul pavimento.

La lampada sulla mia scrivania era accesa e accanto c'erano una piccola macchinina rossa, il mio quaderno da disegno, un portapenne e un salvadanaio a forma di palla da basket. Poi guardai la babysitter, la sua uniforme, i lunghi capelli biondi, gli occhi grigi, un piccolo neo che le punteggiava la guancia destra...

Mi resi conto che a tutto c'era un limite.

Il mio dolore voleva esplodere.

Volevo urlare a tutti quello che stavo sopportando ormai da mesi, ma avevo paura di non essere capito e soprattutto accettato.

Il dolore e il trauma inoltre stavano diventando talmente grandi che iniziavo a dissociarmi durante gli abusi. Abbandonavo il mio corpo e con la mente mi rifugiavo altrove, perché non potevo sopravvivere a quell'esperienza in nessun altro modo.

«Un giorno le donne ti ameranno esattamente come ti amo io», aggiunse mentre correvo a rannicchiarmi in un angolo della stanza con le ginocchia piegate contro il petto. Non sapevo neanche cosa fosse l'amore, ma grazie a Kim capii che era un sentimento terribile.

Era costrizione e sottomissione.

La mia vita ormai stava cambiando: avevo cominciato a morire lentamente nell'esatto momento in cui Kim aveva cominciato ad «amarmi».

Quando tornai al presente, la donna che avevo di fronte a me fino a qualche istante prima stava andando via in compagnia di un ragazzino che probabilmente aveva appena terminato un colloquio con il dottor Keller, mentre Chloe era ancora chiusa nello studio del mio psichiatra.

Mi resi conto che mi ero smarrito nelle mie cogitazioni mentali, perdendo di vista la preda che avevo adocchiato e che probabilmente si era accorta della mia distrazione.

Sospirai e spostai lo sguardo sul tavolino di vetro di fronte a me, sul quale c'erano numerose riviste per intrattenere i pazienti, oltre a un quaderno e una matita.

Era alquanto strano.

Presi tra le mani il quaderno e lo sfogliai, vedendo che ogni pagina era bianca e inutilizzata.

Corrugai la fronte e mi guardai attorno per capire se qualcuno lo avesse smarrito, ma non vi era nessuno oltre me e il bulldog seduto alla sua postazione. Allora pensai bene di afferrare la matita e di fare quello che facevo sempre per rilassarmi: disegnare.

«Sono contento dei tuoi progressi.» La voce del dottor Lively sferzò il silenzio della sala d'attesa, sovrapponendosi alla solita musichetta classica che fingevo di non ascoltare.

Il dottore si incamminò verso di me con una mano sulla spalla di Chloe, e richiusi di fretta quel quaderno, che poi lanciai nuovamente sul tavolino.

L'uomo puntò gli occhi su di me, guardingo, e poi li spostò sul quaderno; sorrise appena e si piegò per prenderlo.

Per quale diavolo di motivo aveva sorriso?

Riflettei qualche istante sul suo atteggiamento poi capii.

Capii tutto.

Il dottor Lively mi conosceva da quando ero un bambino, sapeva cosa mi piaceva e cosa non mi piaceva, sapeva che i disegni erano sempre stati rivelatori dei miei segreti, il mezzo attraverso il quale comunicavo.

Aveva lasciato di proposito un quaderno in quella sala d'attesa, così non avrei resistito e mi sarei messo a disegnare in modo da permettergli di analizzarmi.

«Chloe, potresti aspettarmi un attimo qui?» Mi alzai in piedi e accarezzai la guancia di mia sorella, che annuì alquanto confusa; poi lanciai un'occhiata al mio psichiatra e, senza attenderlo, mi diressi a passo spedito verso il suo studio.

«Che cazzo significa?» sbottai, quando sentii la porta richiudersi alle mie spalle. Il dottor Lively adesso era in piedi dietro di me, il quaderno aperto tra le mani e gli occhi puntati sul mio disegno.

«Dovevo attirarti in qualche modo nel mio studio. Del resto, conosco la psiche umana e la tua ancora meglio», mi sbeffeggiò, procedendo verso la sua scrivania.

«Ha giocato sporco», lo accusai, perché odiavo essere fottuto.

«Cos'è questo?» Posò sulla scrivania il quaderno aperto sulla pagina del mio schizzo e sollevò il viso verso di me. I suoi occhi mi scrutarono in attesa di una risposta, ma io *non* ne avevo nessuna.

«Senta, non ho tempo da perdere. Ho chiuso tre anni fa con tutta questa merda della terapia e non ho intenzione di ricominciare», misi in chiaro mentre il dottor Lively mi stava davanti, appoggiato alla scrivania a braccia conserte.

«Ho altri problemi da risolvere», aggiunsi riferendomi a Player 2511, anche se il dottore non era a conoscenza della questione.

«Per esempio?» Corrugò la fronte e mi guardò con un cipiglio indagatore.

Non sapevo se dirgli tutto o meno, del resto quella era una vicenda che non riguardava i miei problemi psichici o il mio trauma pregresso, anche se ne sentivo dentro di me il peso, un peso che mi schiacciava ogni giorno di più.

«C'è uno psicopatico che mi sta addosso», confessai di getto. «Invia alla nostra villa enigmi da decifrare e ha catapultato la mia famiglia in un gioco nel quale chiunque mi stia accanto diventa un suo bersaglio», spiegai mentre il mio psichiatra manteneva un atteggiamento tranquillo ma concentrato sulle mie parole. «Non so neanche perché io le stia raccontando tutto questo.» Mi passai una mano sul viso e iniziai a camminare dinanzi a lui, in preda a un'agitazione improvvisa.

L'odore di gigli che emanavano i fiori sulla scrivania mi stava nauseando e mi ricordava il periodo in cui mi recavo nel suo studio tre volte a settimana.

«Chi ha decifrato questi enigmi?» La sua domanda mi fece bloccare e mi voltai a guardarlo. Che cazzo mi aveva chiesto? Aggrottai la fronte e inspirai profondamente prima di rispondere.

«Io e mio fratello, con l'aiuto di Selene.» Sentendo l'ultimo nome, il dottor Lively mi guardò interrogativo così precedetti la sua curiosità. «La figlia di Matt Anderson, ma questa è un'altra storia...» Mossi una mano in modo sbrigativo e lui si sollevò dal bordo della scrivania per aggirarla e sedersi sulla sua poltrona.

«Chi li ha decifrati?» chiese di nuovo, aprendo l'agenda sulla quale appuntava tutto, poi tirò fuori una penna dal portaoggetti di vetro alla sua destra.

«Io e mio fratello», risposi di getto, evitando di ripetere il nome di Selene per non dirottare la sua attenzione su di lei. «L'ultimo l'ho decifrato io e credo che fosse il più complicato.» Lo guardai circospetto cercando di capire che cosa avesse in mente, ma il dottor Lively iniziò a trascrivere tutto quello che dicevo sull'agenda; per un attimo, mi parve di rivedere la pellicola di un film che riproduceva le stesse scene di tre anni prima.

Lui sospirò e sistemò sul naso gli occhiali da vista, facendo saettare gli occhi su di me.

«Quando andavi a scuola dicevi che c'erano degli uomini appostati fuori dal cancello con un camioncino», disse, tirando fuori una delle mie confessioni di quando ero un adolescente. Feci un passo indietro nell'esatto istante in cui lui, in tutta calma, intrecciò le dita delle mani e posò i polsi sulla superficie di legno della scrivania, senza smettere di guardarmi.

«Dicevi che quegli uomini rapivano i bambini, li chiudevano nel loro camioncino e li violentavano.» Sospirò e abbassò lo sguardo sul quaderno aperto dinanzi a me. Allungò un braccio e se lo trascinò sotto il naso per osservare meglio il disegno che avevo fatto poco prima in sala d'attesa. «Ma non esisteva alcun camioncino né alcun uomo pericoloso», concluse, lanciandomi un'occhiata scettica. Mi congelai lì in piedi.

«Cosa sta dicendo?» sussurrai incredulo. Non poteva pensare che stessi mentendo.

Lui non poteva pensare che io…

«Mio fratello ha rischiato la vita, dottor Lively. Ha rischiato di morire!» Alzai la voce e i miei muscoli furono scossi da tremiti incontrollabili che mi indussero ad avanzare verso di lui con una rabbia cieca.

Il mio psichiatra non desistette e seguitò. «Dove ti trovavi tu quando questi enigmi venivano recapitati alla vostra abitazione?» Prese la sua penna e la rigirò tra le dita, appoggiandosi allo schienale della poltrona.

Non riuscivo a credere che mi stesse davvero facendo quelle domande. Lo guardai esterrefatto e un moto di delusione e ira mi colpì dritto nel petto.

«La smetta! La smetta di insinuare stronzate!» Afferrai il portaoggetti di vetro e lo scaraventai contro il muro con violenza.

Avevo bisogno di sfogarmi a modo mio, non riuscivo più a gestire i miei impulsi e non controllavo la ragione, che spesso volava via e mi abbandonava ai miei mostri.

La tachicardia aumentò, iniziai a sudare, le tempie pulsarono, i vestiti mi soffocarono, le mani tremarono. La rabbia divenne un'energia naturale che mi attraversava e arrivava fin dentro il cervello con l'esigenza di esplodere. Non potevo ingabbiarla dentro di me, lei predominava.

«Neil, il mio lavoro consiste nel delineare le difficoltà che possono insorgere in seguito al trauma che tu hai subito in un'età molto delicata.» Riprese a parlare come se non avessi appena rotto un oggetto che adornava la sua lussuosa scrivania, poi protese il busto in avanti con i gomiti posati sulla superficie di legno. «Nel tuo caso, ho diagnosticato un disturbo ossessivo compulsivo all'età di undici anni e l'IED all'età di quattordici», disse come se fosse un automa programmato a parlare, parlare e ancora parlare…

Ricordavo il giorno in cui mi era stato diagnosticato l'*Intermittent*

Explosive Disorder, o *IED*. Era accaduto in seguito a un episodio violento a scuola. Avevo tirato un pugno a un ragazzino dopo una lite banale, poi avevo perso completamente il controllo inducendo le mie insegnanti a intervenire subito per evitare che la situazione potesse precipitare del tutto. Durante l'adolescenza episodi simili erano diventati sempre più frequenti e ogni volta più esagerati.

Il dottor Lively mi aveva consigliato di seguire una terapia cognitivo-comportamentale e di prendere dei farmaci, che mi precludevano del tutto però la possibilità di assumere droghe o alcol, altrimenti avrebbero alterato il mio umore in modo negativo, rendendomi pericoloso non solo verso gli altri ma anche verso me stesso.

Col passare del tempo, poi avevo imparato a riconoscere tutti i sintomi della mia condizione: il tremore delle mani, le palpitazioni improvvise, la sensazione di pressione nella testa.

Benché fossi consapevole dei miei problemi, però, continuavo a negarli a me stesso e a rifiutare di riprendere la terapia.

«Dov'eri tu quando avete ricevuto quegli enigmi?» Cercò il mio sguardo e io scacciai via i pensieri per concentrarmi sul nostro discorso.

«Mi conosce da dodici anni.» Mi sentivo così stanco… le gambe si piegarono involontariamente e mi indussero a sedermi su una delle poltrone di fronte alla scrivania. Il mio cervello sembrava sovraccarico di informazioni, la mia psiche era un circuito danneggiato e ostruito, che non faceva altro che confondermi.

«Sì, Neil, ti conosco da dodici anni», disse, facendo un profondo sospiro, poi abbassò il viso sul mio disegno e corrugò la fronte in un'espressione riflessiva.

Avevo disegnato un pentacolo.

Un pentacolo perfetto: simbolo dell'occultismo e della magia.

Spirito: punta superiore.

Aria: punta superiore sinistra.

Acqua: punta superiore destra.

Terra: punta inferiore sinistra.

Fuoco: punta inferiore destra.

Il cerchio che lo circoscriveva rappresentava gli Dei, ossia l'abbraccio divino a ciò che c'era dentro il pentacolo e che scorreva sempre, senza fermarsi mai, coinvolgendo tutte le energie. Per alcuni benigne, per altri malefiche.

Il dottor Lively per fortuna non mi fece domande in merito.

«A sedici anni ti ho diagnosticato un disturbo dissociativo della personalità.» Chiuse il quaderno e si sfilò gli occhiali da vista, posandoli sulla copertina scura del quaderno.

«Mi parlavi di te, del bambino, del dialogo che avveniva tra voi…» Mi puntò ancora una volta i suoi occhi addosso e fu allora che un forte mal di testa mi indusse a toccarmi la fronte mentre le sue parole fluttuavano disordinate nel mio cervello.

«Come ben sai, la caratteristica principale di questa patologia è la presenza di due o più personalità che non sempre si manifestano in forma esplicita, ma anche attraverso una discontinuità del senso di sé.»

Questo discorso l'avevo sentito e risentito fino a tre anni prima, ma lo avevo rimosso per vivere la normalità che mi ero creato.

Il dottor Lively fece una pausa, sondando attentamente il mio viso, forse per accertarsi che lo stessi ascoltando, poi continuò: «I soggetti come te, affetti da questo disturbo, possono sentirsi depersonalizzati. Osservano se stessi dal di fuori, compiono azioni anomale e si relazionano ai propri cari come se fossero sconosciuti o non reali. Talvolta possono avvertire il loro corpo diverso, come se fosse quello di un bambino, oppure sentire conversazioni interiori tra gli stati di personalità. Delle volte, quando il paziente non è a conoscenza di questo tipo di disturbo o non accetta di esserne affetto, le voci delle altre identità possono rivolgersi a lui o commentarne il comportamento».

Un brivido freddo mi percorse la spina dorsale perché era proprio ciò che spesso succedeva a me.

E quando accadeva era così intenso da farmi… paura.

«Questo disturbo comporta anche insonnia, momenti di panico, impulsi eccessivi, disfunzione sessuale di tipo psicologico.»

Mi guardò e io strinsi le dita a pugno, cercando di respirare.

«Nel tuo caso, l'eiaculazione ritardata, che è solo situazionale. In una delle nostre ultime sedute, mi hai detto che si è manifestata in alcuni rapporti sessuali, soprattutto quando ricerchi il piacere da donne che ti ricordano Kim e che quindi inducono la tua mente a rivivere il trauma. È ancora così?» Incrociò le dita delle mani e mi guardò comprensivo, in attesa che io rispondessi.

Sì, cazzo, sì che era ancora così.

Non a caso i miei rapporti si protraevano per lungo tempo e le spinte coitali risultavano particolarmente energiche, perché intraprendevo una corsa violenta e nervosa verso l'orgasmo. Paradossalmente per ogni uomo il picco erotico era sinonimo di perdita di controllo, per me, invece, era una guerra contro me stesso perché la mia psiche mi condizionava e mi impediva di godere appieno con le donne.

«Cosa c'entra tutto questo con gli enigmi?» Cercai di arrivare al nocciolo della questione, perché tutto quel discorso era diventato un cubo di Rubik del quale non riuscivo a trovare le combinazioni adatte.

«Il DID comporta anche un'*amnesia* dissociativa. I soggetti possono ritrovarsi in posti diversi da quelli ricordati, possono scoprire oggetti o...» Si fermò, aumentando la mia agitazione; iniziai a muovere la gamba e a serrare la mano per evitare che la mia vita scivolasse via, come una pallina da tennis ormai inafferrabile. «Possono scoprire appunti o scritti che non riconoscono come propri o che non riescono a giustificare. Possono non ricordare di aver fatto alcune cose...»

Un silenzio agghiacciante calò tra quelle quattro mura bianche, e non perché avallassi la tesi del mio psichiatra, ma perché iniziavo seriamente a pensare che i segni di squilibrio li stesse dando lui e *non* io.

«Non ho mai avuto problemi di amnesia. Cosa cazzo sta dicendo?» dissi con impeto, scattando in piedi dato che la poltrona sulla quale ero seduto all'improvviso mi parve una distesa di lame affilate.

Il dottor Lively mi guardò quasi impietosito, poi si alzò in piedi con eleganza, infilando le mani nel suo camice.

«Quel bastardo mi ha chiamato utilizzando un numero anonimo. Ho sentito la sua voce alterata, mi ha minacciato e ha provocato un incidente quasi mortale a mio fratello. Ha idea della gravità di quello che sta dicendo?» Alzai la voce e mi sembrò inconcepibile che l'uomo che credevo mi conoscesse più di chiunque altro, l'uomo che aveva seguito gli sviluppi della mia mente sin da quando avevo dieci anni, stesse insinuando che fossi uno psicopatico del genere.

«Da ragazzino hai utilizzato un doppio telefono per simulare una chiamata di Kim. Hai detto che era stata lei a telefonarti, che ci avevi parlato, ma Kim era in un centro psichiatrico a Orangeburg, lontana dal mondo, sedata come un vegetale perché pericolosa per se stessa e per gli altri. Eppure tu continuavi a sostenere che lei ti chiamasse e, quando ho scoperto che erano solo menzogne, ti sei giustificato dicendomi che era *il bambino* a voler giocare, che era stato lui a ideare tutto. Questo lo ricordi, Neil?» Aggirò la scrivania e io feci un passo indietro, turbato dalle sue parole.

No, non lo ricordavo affatto.

Il dottor Lively mi guardò afflitto, con le spalle chine, le mani infilate nelle tasche del camice e le labbra chiuse in una linea amara.

Forse mi stava mentendo, forse voleva solo convincermi a tornare da lui, perciò cercava di mettermi al corrente della serietà dei miei problemi per incitarmi ad accettare di riprendere la terapia.

Era uno psichiatra pertanto sapeva come gestire la mia mente.

Feci ancora qualche passo indietro, aumentando la distanza tra noi, fino a urtare di schiena contro la maniglia della porta.

«Mi dispiace, Neil. La mente umana è un cosmo talmente grande da indurre gli uomini più fragili a smarrirsi con molta facilità», disse e mi guardò angustiato, prima che io aprissi la porta e uscissi fuori dal suo studio, con la fretta di un ladro che aveva appena scassinato una cassaforte.

Raggiunsi Chloe in sala d'attesa e le feci segno di andare. Mia sorella balzò in piedi e mi affiancò, cercando di stare al mio passo.

«Che succede?» sussurrò preoccupata e con il fiatone, e d'istinto le posai un braccio sulle spalle per non spaventarla. Le feci uno dei miei sorrisi sicuri e strafottenti e la condussi verso la mia macchina.

«Nulla. Il dottor Lively mi trova in ottima forma», commentai atono, aprendo l'auto. «Ti va di mangiare un bel gelato prima di rientrare?» proposi con un finto tono gioviale.

La mia mente era un cosmo complesso e anche confusionario, mi sarei imposto, però, di trovare la strada giusta per dimostrare al dottor Lively che si sbagliava.

Anche se sapevo che le manifestazioni più inspiegabili dei miei comportamenti avrebbero continuato a passarmi accanto, fischiettando disinvolte, certe di *non* essere notate…

40
Selene

Io mi tenevo stretta la mia ragione,
lui si teneva stretto la sua follia.
KIRA SHELL

HALLOWEEN.

Era arrivato Halloween, la ricorrenza tanto attesa da tutti.

I bambini si aggiravano mascherati per le case recitando la fatidica formula: «Dolcetto o scherzetto?» e le zucche con intagliata una faccia sorridente, il più delle volte spaventosa, erano illuminate al loro interno da candele o lucine artificiali.

Non avevo voglia di andare alla festa di Bill O'Brien, ma Alyssa aveva insistito affinché l'accompagnassi altrimenti non ci sarebbe andata neanche lei, e così avevo ceduto.

Il simbolismo di Halloween prevedeva morte, mostri, magia nera, occulto e male, ma con indosso l'abito scelto da Alyssa per me non ero certa di evocare esattamente queste cose. Lei, invece, aveva optato per un look decisamente più adatto all'occasione.

«Stai benissimo», dissi, fissandola dall'alto verso il basso.

Io e Alyssa eravamo in camera mia e stavo osservando il suo vestito da strega, semplice ma sexy.

Il corpetto in poliestere nero le stringeva i seni sodi, la gonna in tulle, più corta sul davanti e più lunga sul retro, era ricoperta da un tessuto di raso, sormontato a sua volta da uno strato di seducente pizzo. I collant neri a rete e il cappello a punta completavano l'outfit stravagante mentre il trucco marcato, sui colori del nero e del viola, le donava un aspetto aggressivo e sensuale.

«Be', anche tu non sei per niente male.» Fece scorrere lo sguardo lungo tutto il mio corpo e un moto di imbarazzo mi fece vacillare sui tacchi alti. Non ero per niente *spaventosa*, tutt'altro.

Una maschera veneziana dorata di pizzo, seducente e misteriosa, adornava i miei occhi lasciando ben visibile metà viso; sulle labbra Alyssa mi aveva applicato un rossetto rosso ciliegia che mi evidenziava il contorno della bocca.

I capelli ramati ricadevano in onde definite fino alla base della schiena; Alyssa ci aveva impiegato circa due ore per modellarli con la piastra, dato che erano cresciuti così tanto che avrei dovuto tagliarli, prima o poi.

Indosso avevo un corsetto retto con due spalline, strettissimo, progettato per modellarsi alle forme di una donna. Nero, con dei ricami dorati e impreziositi da gemme del medesimo colore, mi conferiva un look elegante e decisamente attraente. La gonna nera e piuttosto corta, in raso, presentava degli sfarzosi ricami in pizzo e dorati, perfettamente abbinati alla parte superiore.

I tacchi alti invece slanciavano la mia figura ed esponevano le gambe coperte solo da un paio di collant neri e velati.

«Ma non sono una strega, né un mostro, né qualsiasi cosa possa rappresentare Halloween», dichiarai, osservando scettica la mia figura riflessa nello specchio. Alyssa mi si avvicinò e mi posò le mani sulle spalle, facendomi un sorrisetto furbo da cui intuii che la sua scelta d'abito era stata mirata proprio a *non* rendermi simile a niente di tutto ciò.

«Sei bellissima e a quella festa ci sarà anche il tuo caro *amante*. È bene che lui veda cosa si perde quando ti ignora come uno stronzo», replicò, indossando il cappotto nero per coprirsi dal freddo che ci avrebbe investite lì fuori.

Non sapevo se ci sarebbe stato anche Neil alla festa di stasera ma supponevo di sì, considerando che Alyssa aveva sentito vociferare all'università che ci sarebbero stati tutti, compresi i Krew.

Visto che già sapeva tutto di noi, le avevo anche raccontato della notte in piscina e soprattutto dell'indifferenza che Neil mi aveva riservato dopo. Le avevo omesso però alcuni dettagli, come il disegno sul fianco della conchiglia con dentro la perla.

Tuttavia, era stata un'emozione unica sentirlo così coinvolto, privo di barriere fisiche ed emotive, perché in tal modo avevo capito che con la bionda della dépendance non aveva provato le stesse cose che aveva provato con me.

Quando finimmo di prepararci, dopo ore chiuse nella mia stanza, scendemmo al piano inferiore, dove Logan ci attendeva disteso sul divano, con la gamba che ancora portava i segni del suo incidente.

Stava guardando qualcosa alla tv, ma subito i suoi occhi si spostarono sulla sua ragazza, percorrendola con bramosia e forse un pizzico di gelosia.

«Mi raccomando, state alla larga dai coglioni.» Fece una smorfia preoccupata e Alyssa si piegò a stampargli un bacio casto e rassicurante sulle labbra; poi Logan dirottò gli occhi su di me, sollevando le sopracciglia sorpreso.

«Wow, Selene sei...» Si interruppe. «Cioè... non sembri neanche tu», commentò sbalordito. Arrossii e mormorai un «grazie» timido, guadagnandomi un'occhiata soddisfatta di Alyssa, l'artefice di tutto.

«Noi andiamo, non aspettarci sveglio.» Alyssa si avviò verso la porta d'ingresso e io la seguii con il cappotto sul braccio, pronta a raggiungere la villa del *party da brividi* con la sua auto.

Incontrammo i nostri amici proprio fuori dall'enorme cancello dell'abitazione regale che, dall'esterno, sembrava più una di quelle ville abbandonate in pieno stile horror-investigativo, con tanto di zucche illuminate lungo il viale che conduceva al portone principale.

Non ero del tutto tranquilla, percepivo dentro di me una sensazione strana, qualcosa che mi induceva a essere rigida e a non rilassarmi come invece avrei voluto, nonostante non sapessi neanch'io il perché. Sarebbe stata solo una semplice festa di Halloween, nulla di preoccupante, anche se la villa era così macabra da suggestionarmi.

Posai gli occhi sulla marea di persone che mi attorniava. Il party era stato molto atteso durante la settimana e in più vi era stata una grande pubblicità in merito.

Funzionava sempre così.

Il ricco giocatore di basket, che affittava una villa spaventosa e abbastanza grande da accogliere una folla oceanica, invitava i suoi amici, che a loro volta invitavano altri amici, che invitavano altri amici e così via. Era tutta una rete di messaggi, locandine su Instagram e chat di gruppo che rendevano l'evento uno dei più in voga dell'intero campus; se qualcuno non riusciva a partecipare, veniva declassato a «sfigato» di turno.

«Da cosa sei vestita, Selene? Sei abbagliante come una stella, pupa.» Prima di entrare Cory mi rivolse tutta la sua attenzione soffermandosi sulle mie gambe scoperte dalla gonna eccessivamente corta. Mi sentivo a disagio e percepivo già su di me le occhiate dei ragazzi mascherati che euforici si avviavano verso la festa.

«Non lo so neanche io.» Mi strinsi nelle spalle e abbozzai un sorriso timido, osservando invece i loro costumi.

Julie aveva optato per un abito da vampiro, lungo fino alle caviglie con un gioco di colori tra il nero e il rosso; Jake si era mascherato da pirata lasciando intravedere parte dei suoi tatuaggi sulle braccia, mentre Adam aveva scelto un sofisticato mantello lungo di velluto abbinato a una maschera bianca di V per Vendetta, e Cory invece… be' Cory era…

«Ti sei mascherato da spaventapasseri?» Inclinai la testa di lato e osservai il suo look: un cappello, una tunica e pantaloni patchwork con dettagli in paglia, fazzoletti per caviglie e polsi…

Sì, tutto mi faceva presupporre che fosse proprio uno spaventapasseri.

«Esatto, anche se stasera mi calerò più nei panni di *acchiappapassere*.» Alla sua battuta risero ovviamente solo i ragazzi, mentre io, Alyssa e Julie ci scambiammo un'occhiata rassegnata. Sembrava che i nostri amici avessero in mente una sola cosa: sesso, sesso e ancora sesso.

Era il loro chiodo fisso.

«Oddio, non cominciate. Andiamo!» brontolò Julie, facendoci strada verso l'ingresso. Percorsi il viale lastricato del giardino, tentando di non inciampare mentre Alyssa si reggeva a me, perché i suoi tacchi erano decisamente più vertiginosi dei miei.

Una volta entrati nella lussuosa villa, addobbata per l'occasione a tema Halloween, rimasi esterrefatta dalla sua maestosità. Le mura, che sembravano essere antichissime, erano illuminate da suggestivi giochi di luce viranti al rosso fuoco, che davano vita agli affreschi sul soffitto alto, tanto da dover reclinare tutto il collo per ammirarlo. In sottofondo, si sentiva la musica del mixer del dj.

Ad accoglierci c'era una ragazza con un costume da coniglietta sexy o qualcosa del genere, che ci chiese di consegnarle i nostri cappotti ed effetti personali, che avrebbe riposto in ordine all'interno della stanza alle sue spalle.

«Cazzo, quanta gente.» Cory si incamminò euforico verso la folla; Julie invece intrecciò la mano a quella di Adam e Jake si guardò attorno nell'attesa di adescare la preda della serata.

Alyssa, invece, mi prese per mano e mi condusse con sé a ispezionare l'enorme sala principale, dove una lunga scalinata conduceva al piano superiore.

«Wow, questa villa è grandiosa», mi sussurrò all'orecchio per sovrastare la musica alta che riecheggiava tra le pareti imponenti. Ci fermammo dinanzi a un buffet ricolmo di cibo e osservammo la minuziosa attenzione che era stata rivolta ai dettagli. Tutto era davvero mostruoso: uova di Halloween ripiene, toast a forma di lapide, scope della strega a grissino, tartine a forma di teschio, mummie di pasta sfoglia, zucche fritte. In mezzo ai dolcetti e nei cubetti di ghiaccio per i drink erano persino nascosti dei ragni e degli insetti finti.

Nell'angolo alcolici, invece, tutti i tumbler da cocktail erano ricolmi di liquidi che variavano dal rosso fuoco al blu o al nero, rendendo disgustosa l'idea di ingurgitarli.

«Bleah», replicai declinando l'invito di Alyssa di assaggiarne uno; lei invece afferrò un bicchiere tra le dita affusolate e lo buttò giù tutto in un sorso, lasciando sul fondo il cubetto di ghiaccio con dentro uno… scarafaggio.

«Buono.» Si leccò le labbra e io scossi la testa divertita. Era decisamente più coraggiosa di me.

Poco dopo ci raggiunsero Adam, Julie e gli altri, e ognuno di loro riuscì a bere quella roba, eccetto me, che immaginavo già quei ragnetti finti camminarmi sulle braccia nude.

«Benvenuti alla mega festa di Halloween, ragazzi.» La voce del dj, posizionato su un soppalco addobbato da ragnatele e impronte insanguinate adesive, attirò i nostri sguardi su di lui.

Si trattava di un tizio mascherato da scheletro che con una mano reggeva il microfono, mentre muoveva velocemente l'altra sul mixer. Gli invitati gli si avvicinarono, esultando e acclamando la scelta della musica che creava un'atmosfera terrificante a tutto tondo, capace di suscitare davvero paura e terrore. Dopo che le note macabre iniziarono a diffondersi nell'ambiente ampio, tutti cominciarono a ballare: mostri, fantasmi, creature spaventose, animali di qualche foresta tenebrosa, maschere in vinile dannatamente realistiche e costumi dei protagonisti usciti dai peggiori film horror del secolo.

«Forza! Andiamo a ballare!» Cory si gettò letteralmente nella mischia, seguito da Jake e Adam, che non lasciava Julie da sola neanche per un secondo. D'un tratto, Alyssa, al mio fianco, iniziò a tirarmi forti gomitate al costato mentre fissavo un gruppetto di gente mascherata da pazienti psichiatrici, con camici sporchi di sangue, che sembravano usciti da qualche manicomio abbandonato. Vedendo loro, mi resi conto che il mio look era decisamente *stonato* rispetto alla festa in cui mi trovavo, e mi mossi a disagio.

«Smettila di tormentarti. Stai benissimo e tra poco ti noterà anche lui.» La voce di Alyssa mi fece dirottare lo sguardo sul *lui* in questione. Lo individuai all'istante in mezzo alla folla di corpi indistinti.

I Krew stavano occupando spazio, passo dopo passo, con la loro bellezza e imponenza.

Nessuno di loro indossava un costume banale o simile a quello degli altri.

Xavier e Luke, disposti ai lati di Neil, indossavano due tute sportive con delle maschere bianche di plastica adornate da un'illuminazione a led fissa, rossa per il primo e gialla per il secondo.

Incutevano paura, nonostante non rappresentassero alcuna creatura mostruosa in particolare, perché loro stessi erano capaci di essere dei mostri, e non solo la notte di Halloween.

Jennifer, accanto Xavier, era vestita da Harley Quinn; portava i suoi odiosi capelli biondi in due codini, uno blu e uno rosa, mentre il fisico snello era messo in risalto da una maglietta corta con la scritta DADDY'S LIL MONSTER, con sopra un giubbottino di pelle blu e rosso, dalle calze a rete, dai pantaloncini rossi e blu, dalle scarpe sportive alte e dai bracciali borchiati.

In una mano teneva una mazza da baseball vera, e inorridii al pensiero che con quella potesse colpire chiunque si avvicinasse all'oggetto dei suoi desideri.

Alexia, o avrei dovuto dire l'unicorno azzurro, aveva scelto il look da clown, forte e cattivo, con una gonnellina a pois azzurra e nera, un corsetto del medesimo colore, delle autoreggenti e scarpe alte colorate; si era coperta il viso di cerone, gli occhi erano enfatizzati da un trucco *smokey eyes* intenso e rigorosamente nero, sulle guance delle linee blu collegavano gli occhi alle labbra e si era applicata degli strass luminosi simili a delle lacrime.

Era bella e spaventosa al punto giusto, tanto quanto gli altri membri dei Krew, ma colui che più di tutti spiccava in quella sala paurosa era Neil.

Non indossava niente di eccentrico o sfarzoso, solo un completo elegante rigorosamente nero fasciava il suo corpo atletico e aitante. I capelli castani erano disposti in ordine dietro la nuca e una maschera nera con un disegno intricato di linee argentate, gli copriva metà volto, precisamente il lato sinistro e un pezzo del sopracciglio destro, lasciando scoperto tutto il resto, compresa la parte inferiore.

La sua sembrava proprio la maschera del *Fantasma dell'Opera*, che sprigionava mistero e seduzione al contempo.

Al passaggio della banda, i ragazzi creavano un varco, perché sapevano tutti chi erano, sapevano tutti che sarebbe stato meglio non intralciare il loro cammino; mentre Neil attraversava la sala con falcate decise e il portamento virile, erano, però, soprattutto le ragazze ad ammirarlo come se fosse un angelo nero o un demone attraente da trascinare con sé in qualche stanza segreta di quell'immensa villa.

«Be' sì, in effetti è sexy. Ti capisco, amica mia, non è facile resistergli.» Il commento di Alyssa non mi fu per niente di aiuto. Uno strano calore intenso si propagò dal centro del petto fino alle guance; nonostante la mia maschera, ero certa che il rossore sarebbe stato visibile a chiunque. Mi sentii improvvisamente nervosa e perfino incapace di reggermi sulle mie stesse gambe.

Neil non mi aveva ancora notata, ma sapevo che nell'istante in cui fosse successo sarei morta.

Pregai mentalmente un Dio lassù affinché Mr. Incasinato non si avvicinasse all'angolo degli alcolici, perché a qualche metro di distanza c'eravamo noi, o meglio c'ero *io*, che ammiravo imbambolata i muscoli scolpiti sui quali la camicia nera sembrava essere troppo stretta.

Il corpo statuario e il suo metro e novanta di virilità non passavano per niente inosservati, e mi irritai al pensiero che, a breve, Jennifer o qualche altra creatura mostruosa gli avrebbero sicuramente offerto la *loro zucca* su un vassoio d'argento.

«Devi farti notare. Vieni!» Alyssa mi afferrò per un polso, e come un cane che non voleva seguire in casa il proprio padrone, puntai i tacchi sul pavimento e mi costrinsi a non cederle.

Oddio! Io non volevo che Neil mi notasse, stavo bene lì, nel mio angolino anonimo nel quale nessuno mi avrebbe mai infastidita.

«Non fare la bambina. Muoviti!» Mi afferrò anche con l'altra mano e i miei tacchi strofinarono di poco sul pavimento, ma continuavo a opporre resistenza.

«Ho detto no!» sbottai, irritata.

«Selene, ti avrei fatto indossare un costume da sposa cadavere se avessi voluto che lui non ti notasse, invece io voglio che lui ti noti e che muoia di desiderio nel vedere le gambe da sogno che ti ritrovi», proseguì, attirandomi a sé con più forza fino a farmi cedere.

Mi arresi e la seguii verso la folla scatenata a ballare. Non ero assolutamente a mio agio; mi sentivo soffocare dai corpi che si strusciavano erroneamente sul mio; qualcuno mi accarezzò perfino i capelli, ma non ne fui certa perché c'era così tanta gente da sentirmi frastornata.

Mi appiccicai il più possibile ad Alyssa per evitare che uno dei tizi, dai quali eravamo circondate, mi toccasse il sedere.

Cercai di guardarmi attorno per individuare Neil, ma di lui non c'era traccia. All'improvviso avvertii le mani di Alyssa stringermi i fianchi, così dirottai gli occhi su di lei e mi accorsi che si stava letteralmente strusciando su di me.

«Ma che stai facendo?» Tentai di divincolarmi, ma si avvicinò al mio orecchio per rendermi partecipe del suo piano.

«Cerca di mostrarti coinvolta. Gli uomini adorano questo genere di cose.» Con una mano mi accarezzò la nuca e io continuai a fissarla attraverso la maschera, seguendo poi con incertezza i suoi stessi movimenti. «Devi muovere le anche in modo seducente», mi suggerì e così provai a ondeggiare con naturalezza, nel tentativo di risultare fluida e sicura di me. Sentivo le punte dei capelli battere sulla base della schiena e la gonna sollevarsi di poco mentre il corsetto mi stringeva tanto da assottigliare il mio punto vita, che Alyssa riuscì persino a circondare con un solo braccio. Ci esibimmo così in un balletto sexy, durante il quale i nostri corpi finsero di cercarsi come se fossero quelli di due amanti.

«Brava, continua così», sussurrò a un soffio dalle mie labbra e io sorrisi divertita. Evidentemente avevo tanto da imparare dalla mia amica.

Alyssa era più esperta di me, aveva frequentato qualche ragazzo prima di Logan e sapeva sicuramente quali tattiche adottare per farli cadere ai suoi piedi. Neil però non era come gli altri ragazzi e…

«È un uomo, Selene, soltanto un uomo, i suoi punti deboli sono gli stessi di tutto il genere maschile.» Mi lesse nella mente lei e continuò a strusciarsi su di me in modo più audace. Sollevai le braccia in alto e piegai leggermente i gomiti, agitando le anche con più decisione. Non era poi così difficile: bastava lasciarsi trascinare dalla musica, dalle risate divertite della propria amica, e tutto assumeva un gusto diverso. Ballare era come completare un puzzle: una serie di piccoli movimenti che insieme creavano qualcosa di meraviglioso. Presi sicurezza e mi concentrai sul movimento della parte del mio corpo in grado di attirare maggiormente gli occhi di Neil, ovvero il sedere, che lui toccava sempre quando mi era accanto, facendomi intuire che gli piacesse molto.

Alyssa abbozzò un sorriso malizioso e lentamente indietreggiò protraendo le braccia verso di me per aumentare la nostra distanza. Corrugai la fronte perché non capii come mai si stesse allontanando, ma nell'esatto istante in cui il suo sorriso si allargò vittorioso, due mani mi strinsero con possesso i fianchi, bloccando ogni mio movimento.

Oh, merda.

«Fammi vedere come muovi questo culetto...» La voce baritonale del mio incasinato mi arrivò come un sussurro melodioso all'orecchio, sovrastando perfino la musica e gli schiamazzi di chi ci circondava. Rimasi immobile, rigida e imbarazzata più che mai; proprio ora che lo squalo aveva abboccato, io ero incapace di ondeggiare in modo sexy come avevo fatto per tutto il tempo. Rabbrividii quando il suo petto aderì alla mia schiena e qualcosa mi punse un po' sopra i glutei.

Trattenni il respiro. Sì, quella era decisamente un'erezione potente ed esposta senza alcuna vergogna.

Le sue dita si mossero verso l'alto seguendo i ricami del corsetto e poi ridiscesero lentamente sui fianchi, attirandomi a sé con più vigore.

«Allora, hai perso la capacità di muoverti, Trilli?» sussurrò sensuale e il respiro caldo mi colpì sul collo, lì dove si posarono poco dopo le sue labbra.

Erano trascorse soltanto ventiquattro ore da quando ci eravamo toccati l'ultima volta eppure a me sembrava un'eternità. Chiusi gli occhi e reclinai il capo sul suo petto, quando con la lingua mi tracciò una scia umida fino alla piccola conchiglia dell'orecchio, lì dove svettava un brillantino dorato intonato al mio vestito. Mordicchiò il lobo e un fiotto caldo e inaspettato colò sulle mutandine di cotone che indossavo; anche sotto un costume sexy, io ero sempre me stessa.

«Da cosa sei vestita? Da principessa o da fata?» parlò ancora e mi stordì con la voce profonda e bassa. Mi riscossi dalle sensazioni devastanti grazie alle quali il mio corpo era già illanguidito e mi voltai verso Neil, perdendomi nelle iridi dorate, parzialmente celate dalla maschera.

«Piacere di vederti, Erik.» Mi stupii della mia capacità di parlare e soprattutto di essermi ricordata il nome del fantasma dell'Opera, anche se le sue mani grandi, che mi si mossero sui fianchi per stringermi ancora una volta a sé, furono un motivo sufficiente a distrarmi di nuovo.

In quel momento, mi sentivo proprio come Christine, la giovane che Erik aveva ammaliato nel romanzo, e lì, dinanzi a me, c'era il mio affascinante fantasma in tutta la sua avvenente bellezza.

«Piacere mio, fata», rispose flautato, decidendo così che non ero una principessa e avvicinandosi poi al mio orecchio. «Ho capito il vostro giochetto, sai?» aggiunse con un pizzico di divertimento. Probabilmente si riferiva al piano di Alyssa di rendermi irresistibile per lui. La mia amica non sapeva quanto Neil fosse furbo, sveglio, incredibilmente calcolatore e sfacciato.

Deglutii a vuoto e mi avvicinai a lui, premendogli i seni contro il torace.

«E ti è piaciuto il nostro giochetto?» Gli appoggiai le mani sui fianchi, per poi spostarle verso la base della schiena. La camicia nera era così stretta da permettermi di sentire tutte le linee dei suoi muscoli sotto i polpastrelli; le asole aperte sulle clavicole invece attiravano i miei occhi che avrebbero voluto guardare meglio cosa ci fosse sotto il tessuto.

Non che non lo sapessi, tutt'altro, ma ogni volta godere del suo corpo risultava un'esperienza unica e diversa dalla precedente.

D'un tratto, gli osservai la gola, sulla quale le mie labbra, senza alcun preavviso, si posarono per stampargli un bacio dolce. Neil strinse di riflesso i miei fianchi e schiuse appena la bocca carnosa che avrei voluto assaporare.

«Ops», sussurrai, fingendo di aver osato troppo, e qualcosa si accese nelle sue iridi dorate tanto da indurlo a piegarsi su di me per sfiorarmi il naso con il suo. Sentii il suo buon profumo ancora più forte del solito, cosa che aumentò la mia voglia di spogliarlo e di prendermi *tutto* di lui.

Tutto ciò di cui disponeva: corpo, mente e anima.

«Stai giocando con il fuoco, bimba», mi avvertì seducente, prima di schiantare le labbra sulle mie, stringendomi i glutei con le mani. Li palpò con possesso e, in quell'esatto momento, mi spinse la lingua in bocca, incitandomi a ricambiare il bacio urgente, passionale e dominante. La sua lingua energica, il suo sapore fresco, le sue labbra vellutate... tutto di lui mi induceva a fluttuare nell'aria e a desiderare con tutta me stessa che quel bacio non finisse mai.

Le mie mani passarono sul davanti e venerarono i suoi addominali tesi; un piccolo gemito mi sfuggì dalle labbra mentre lui mi divorava come se faticasse a trattenersi dal portarmi via da lì e scoparmi.

Poi mi circondò il viso con le mani e continuò imperterrito a muovere la lingua in modo famelico, confondendo i miei pensieri, i miei desideri, le mie paure, *tutto*. Il suo corpo irrigidito dall'eccitazione iniziò a strusciarsi contro il mio, in modo virile e deciso, e io mi dimenticai del mondo intero perché il centro del mio mondo divenne unicamente *lui*.

«Vieni con me», sussurrò impaziente quando, dopo aver posto fine al nostro bacio indecente, si allontanò permettendomi di incamerare aria. Mi prese per mano, senza neanche consentirmi di realizzare la situazione, e mi guidò tra la folla di ragazzi. Le mie dita intrecciate alle sue furono quasi una visione illusoria, ma sentire la scossa elettrica che la sua pelle trasmetteva alla mia e il calore del suo palmo rese *reale* tutto quello che stava succedendo.

Lo seguii senza controbattere.

Avrebbe anche potuto condurmi all'inferno e io avrei acconsentito ad andare con lui.

Strinsi la sua mano quando qualcuno mi spintonò, e Neil si voltò, lanciando un'occhiata di ammonimento a uno scheletro che si scusò subito, sollevando le braccia in aria.

«Tutto okay?» chiese infastidito, scrutando il tipo che si stava allontanando, e io annuii. L'ultima cosa che desideravo era provocare una rissa o vedere Neil alle prese con la difficoltà di gestire la sua rabbia.

Per fortuna riprese a camminare e sospirai, seguendolo su per le scale che conducevano al piano superiore; non sapevo dove stessimo andando di preciso, tutto ciò che potevo vedere erano le sue spalle ampie che sprigionavano una virilità marcata, facendomi sentire protetta, al sicuro.

Tuttavia, non ero così ingenua da non capire che avesse voglia di me e che la destinazione fosse solo una: qualche camera da letto libera.

E fu allora che la mia coscienza mi invitò a ragionare.

Cosa stavo per fare?

Dopo la notte in piscina, Neil mi aveva ignorata, fingendo addirittura che io non esistessi; mi aveva fatta sentire usata e poi gettata via.

Dovevo rassegnarmi ad accettare che a Neil piaceva il mio corpo, ma non gli piacevo *io*, ed era ben diverso da ciò che provavo io.

Invece a me piaceva *lui*, con tutti i suoi casini, ed era esattamente per questo che sarei tornata a Detroit, a meno che non mi avesse chiesto di restare per costruire qualcosa insieme, per provare a conoscerci sul serio. Solo in quel caso sarei rimasta.

«Vuoi usarmi di nuovo», gli dissi, utilizzando il termine con il quale lui stesso definiva quello che condividevamo.

Ormai parlavo come lui.

Neil si fermò con le dita ancora intrecciate alle mie, e si voltò a guardarmi.

Ancora una volta pensai a quanto fosse bello, il mistero e l'oscurità lo rendevano un uomo dal fascino inconsueto, inspiegabile.

Eppure, il mio Fantasma dell'Opera sarebbe davvero diventato solo un fantasma nei miei ricordi, non appena fossi tornata a Detroit.

«Voglio solo che tu capisca», replicò ambiguo, e un velo di tristezza quasi impercettibile gli calò sul viso, coperto per metà dalla maschera. Aprì una porta, della quale non avevo neanche notato la presenza, e la spinse in avanti, poi mi invitò a entrare nella stanza con un cenno della mano. Alternai gli occhi dalle sue dita lunghe alla porta, incerta se varcare la soglia o meno.

Dopo qualche attimo di titubanza, le mie gambe si mossero da sole ed entrai, ammirando l'arredamento interno.

Il soffitto era altissimo e adornato da un affresco settecentesco sul quale i miei occhi indugiarono.

Sembrava che fosse la stanza da letto di una regina.

I toni vellutati dell'avorio del letto a baldacchino e delle due poltrone disposte accanto a un'enorme finestra, conferivano all'ambiente un'atmosfera intima e accogliente.

Delle piccole zucche con dentro delle candele accese erano posate sui comodini ai lati del letto, altre sulla scrivania in stile antico, altre ancora tutte attorno al perimetro della stanza.

Non sarebbe stato necessario cercare l'interruttore della luce, l'ambiente era già ampiamente illuminato seppur in modo soffuso. Le nostre ombre si diramavano sulle pareti, le stesse sulle quali si proiettavano le fiammelle delle candele.

«Finalmente. Ti aspettavo.»

Sobbalzai quando udii una voce femminile.

Mi voltai e mi apparve dinanzi Harley Quinn, appoggiata con una spalla allo stipite di un'altra porta che probabilmente conduceva al bagno comunicante.

«Credevi che saresti stata sola con lui, principessa?» Jennifer mi derise, poi appoggiò la mazza da baseball, che ancora stringeva in mano, alla parete e avanzò verso di me. Guardai Neil, che nel mentre non aveva detto una sola parola; era fermo a poca distanza da noi, con la solita postura fiera, il corpo rigido e imponente, e lo sguardo serio e austero.

«Che sta succedendo?» sussurrai appena, così scossa che non solo non sapevo cosa dire, ma neanche cosa pensare. Neil non rispose, ma agganciò la sua cintura di pelle con entrambe le mani, aprì la fibbia metallica e la sfilò dai passanti dei pantaloni eleganti.

Jennifer lo guardava, mordendosi il labbro inferiore; io invece percepivo i suoi movimenti come freddi, distaccati, dominanti, tipici di un uomo che non avrebbe ammesso nessuna obiezione a quello che voleva fare.

Era impazzito per caso?

«Credevi che avrebbe scopato con te, vero?» Jennifer mi superò, spargendo il suo fastidioso profumo dolce, e si avvicinò a Neil per toglierli la cintura dalla mano. La posò su un mobile lì accanto e poi tornò a concentrarsi sul suo corpo.

Lo stava mangiando con gli occhi e presto lo avrebbe fatto anche con le labbra da vipera e le mani da infida seduttrice.

«È un gioco», disse Neil in tono assente, e la bionda sorrise entusiasta, prima di voltarsi verso di me e ancheggiare verso il letto.

«Il gioco è semplice: chi riuscirà a sedurlo, lo avrà. Di solito ce lo contendiamo io e Alexia. Non capisco perché adesso abbia scelto te», spiegò Jennifer, poi si sedette sul copriletto rosso e picchiettò un palmo della mano sullo spazio accanto a lei. Io continuavo a guardarla come se fossi dinanzi alla scena di un film horror.

Perché Neil mi aveva teso una trappola simile?

Cosa voleva fare?

E perché con me?

«Raggiungimi qui, principessa, sempre se hai il coraggio di giocare», mi provocò Jennifer, con un sorrisetto malefico che da troppo tempo non facevo altro che odiare.

«Lui non è un oggetto, non è un premio in palio alla fine di una stupida partita senza senso», sbottai, voltandomi verso Neil, perché era con lui che volevo comunicare. Anche se tremavo, mi avvicinai a passo svelto e lo guardai negli occhi, quegli occhi che in quel momento non comunicavano nulla. «Perché ti stai comportando in questo modo?» chiesi. Mi sembrava di trovarmi in un incubo; non poteva trattarmi così, come una qualunque con cui giocare insieme alla sua bambola bionda.

«Se non giocherai, vorrà dire che avrai perso in partenza e che lui trascorrerà la notte con me.» La voce di Jennifer mi colpì come una frusta dietro la schiena. Il pensiero che un'altra potesse toccarlo, godere di lui, baciarlo e *usarlo* come se fosse un manichino, mi fece venire un senso di nausea insopportabile.

Non ero solita partecipare a giochi di quel tipo e, quando guardai Neil, capii che anche lui ne era consapevole; in fin dei conti, mi conosceva. Fui quasi certa di leggere nei suoi occhi la certezza che avrei rifiutato, mi parve quasi che lo volesse. In tal caso, però, non capivo perché avesse creato tutta quell'assurda situazione.

«Accetto di giocare», dichiarai, senza smettere di fissare Neil, e non mi sfuggì la scintilla di stupore che attraversò le sue iridi, adesso destabilizzate.

Qual era il vero fine di Neil? Che lo guardassi con un'altra? Che capissi che per lui non contavo nulla? Che avessi un ulteriore motivo per andarmene e tornare a Detroit?

Lo fissai con sdegno e rabbia, poi mi voltai e mi diressi al letto, dove ad aspettarmi con un sorrisetto infido c'era la regina delle stronze, colei che odiavo più di ogni altra persona al mondo, colei contro la quale presto avrei messo in atto la mia rivincita.

«Che vinca la migliore», mi sfidò beffarda, distendendosi sui gomiti per mettersi comoda. In attesa di sapere in cosa consistesse quello stupido gioco, mi sedetti sul bordo del letto, chiudendo le gambe e tirando verso il basso la gonna.

La posizione in cui eravamo io e Jennifer denotava la grande differenza che c'era tra noi: io me ne stavo immobile a tremare come un pulcino indifeso, lei, invece, se ne stava semisdraiata ad attendere febbricitante di aprire le gambe, come una gatta in calore.

I miei pensieri vennero interrotti da Neil, che prese ad avvicinarsi a passo lento e misurato, come un felino che aveva adocchiato le sue prede. I suoi occhi splendenti incrociarono i miei quando sollevai il mento per supplicarlo di cacciare via Jennifer o di venire via insieme a me, perché qualsiasi cosa stesse per succedere mi avrebbe sicuramente ferita.

Tuttavia, lui finse di non rendersi conto della mia tacita richiesta e si limitò ad afferrarmi per la nuca, piegandosi su di me.

Qualcosa mi turbò nel profondo quando mi baciò, e capii quanto sarebbe stato difficile sottrarmi al suo fascino.

Mio malgrado, infatti, schiusi le labbra e seguii i movimenti decisi della sua lingua; poi, con la forza del suo corpo, Neil mi incitò a distendermi. Scivolò su di me in modo lento ed elegante, senza interrompere il nostro bacio che diventava sempre più bramoso, tanto da rendere la tensione tra noi insopportabile e indurmi a mugolare.

Gli strinsi il bacino tra le ginocchia e lui inarcò la schiena, facendomi percepire l'erezione massiccia sull'inguine. Il suo corpo era un ammasso di rilievi che stordivano il mio cervello, e il suo profumo forte, di muschio e pulito, mi ammaliava.

Lasciai scorrere le dita sul tessuto liscio della camicia, poi gli toccai la schiena e scesi fino ai glutei, sentendo il suo respiro farsi più profondo; tuttavia, proprio quando ero riuscita a dimenticarmi della presenza di Jennifer accanto a noi, le labbra di Neil si allontanarono. La bionda l'aveva afferrato per il braccio e si era avventata su di lui, dirottando le sue attenzioni su se stessa.

Neil la baciò esattamente come aveva fatto con me un secondo prima e con lentezza si spostò al centro del letto, interponendosi tra noi. Si resse sulle ginocchia e sugli avambracci senza distendersi accanto a nessuna, perché voleva rimanere lì, distante, impersonale, dominante, a decidere lui con chi finire la serata.

Nonostante fossi eccitata, la visione di lui e Jennifer intenti a baciarsi con ardore mi serrò lo stomaco tanto da provocarmi conati di vomito dovuti alla gelosia che, come il morso di un serpente, stava avvelenando le mie membra.

All'improvviso, non seppi più cosa fare; l'istinto mi suggeriva di alzarmi e scappare via, la ragione però, insieme al desiderio di rivalsa su Jennifer, mi induceva a rimanere lì, per dimostrare a Neil che era *me* che voleva, era con *me* che aveva fatto l'amore senza preservativo, era con *me* che si era lasciato andare, vivendo un orgasmo così totalizzante da non tirarsi indietro quando invece avrebbe dovuto.

Erano quelli i motivi che mi inducevano a *restare* e a *resistere*.

Jennifer iniziò a mugolare forte, forse nel tentativo di eccitare Neil maggiormente; con una mano lo toccò tra le gambe e con l'altra si scoprì un seno. Lui si accorse di quel gesto sfrontato e con le labbra scese a baciarle il collo, poi la clavicola e infine il capezzolo. Lo strinse tra le labbra e lo succhiò facendola gemere, mentre io guardavo tutto come se avessi perso la capacità di muovermi.

Avrei dovuto giocare, attirarlo a me, usarlo come un oggetto e vincere contro la bionda, ma per me qualsiasi cosa ci fosse tra me e lui *non* era un gioco, Neil *non* era un oggetto e per di più *non* mi importava di vincere contro nessuna.

La mia coscienza fece capolino e approvò la prima proposta del mio istinto: quella di scappare.

Sollevai il busto, ma Neil non mi degnò di alcuna attenzione perché aveva scelto sin dall'inizio di proseguire con lei, anche qualora io avessi fatto di tutto per sedurlo.

Se c'era una cosa della quale ero assolutamente certa, era che il mio incasinato non permetteva alle donne di scegliere, era lui che sceglieva.

In quel momento aveva volutamente preferito Jennifer, per farmi assistere di nuovo a uno dei suoi teatrini osceni.

Quando la bionda gli aprì il bottone dei pantaloni e gli abbassò la zip, toccandolo al di sopra dei boxer neri, mi alzai di fretta dal letto per andare via, prima che lui le entrasse dentro, prima che lei iniziasse a urlare e prima che io rischiassi seriamente di avere un malore. I miei tacchi che incedevano nella stanza erano sicuramente giunti alle orecchie di entrambi, ma lui non mi fermò, non *tentò* neanche di fermarmi, così aprii la porta, uscii e la richiusi sbattendola con impeto.

Non mi importava di averli distratti.

Lo odiavo, lo odiavo con tutta me stessa.

Corsi per il corridoio dando sfogo alle lacrime di rabbia che presero a scendere copiose dagli angoli degli occhi. Non stavo piangendo per lui, ma per quello che *io* gli permettevo di farmi.

Non sarei mai stata in grado di entrare a far parte del suo mondo, di condividerlo con altre, di accettare la perversione che regnava dentro di lui e alla quale non riuscivo proprio a dare una spiegazione.

Non riuscivo più a sopportare il potere che esercitava su di me, la vulnerabilità che mi suscitava dentro.

Non riuscivo più a tollerare la gelosia che provavo verso l'universo femminile per via della paura che chiunque avrebbe potuto portarmelo via, perché lui non era mio, non mi apparteneva, lui non *voleva* appartenermi.

«Selene.»

Mi fermai quando erroneamente sbattei contro un corpo sodo che bloccò i miei passi.

Sollevai il mento e incontrai gli occhi azzurri di Luke, privo di maschera. I tratti delicati erano corrucciati in un'espressione perplessa, una tuta nera gli copriva il corpo atletico e slanciato, ma meno imponente di quello di Neil.

Mi maledissi perché ancora una volta avevo paragonato un altro a lui. Ogni volta era sempre la stessa storia: non riuscivo a considerare nessuno alla sua altezza, non ritenevo nessuno in grado di eguagliarlo.

«Che succede?» chiese con un cipiglio serio, stringendomi le mani sulle braccia nude. Avrei voluto rispondergli che non succedeva niente ed era tutto okay, ma il viso provato, le lacrime che mi solcavano le guance arrivando al mento, le spalle che fremevano a causa dei singulti, gli avrebbero fatto comprendere subito che mentivo.

«C'entra Neil?» Intuì come se fosse a conoscenza dei suoi modi di agire o delle sue abitudini. «Vieni, usciamo a prendere un po' d'aria», propose poi.

Dopo aver recuperato il mio cappotto per ripararmi dall'aria frizzante della notte, lo seguii verso l'uscita, anche se non sapevo se fidarmi di lui, dato che era un membro dei Krew e se li frequentava era probabilmente molto simile a loro; tuttavia il suo atteggiamento sembrava tutt'altro che pericoloso.

Ci sedemmo in giardino su una panchina di legno, addobbata anch'essa con delle finte ragnatele, mentre alcuni ragazzi fumavano e chiacchieravano in gruppo. Il fatto che non fossimo in un posto isolato o appartato mi rendeva tranquilla.

«Ti va di parlarmi di quello che è successo?» Luke portò alle labbra una sigaretta e tastò le tasche della felpa in cerca dell'accendino. Ne approfittai per guardarlo meglio e mi resi conto che non era così male; anzi avrei dovuto dire che era un bel ragazzo esattamente come quel viscido di Xavier, con la differenza che quest'ultimo era appunto... *viscido*.

Notai che Luke aveva un viso virile ma molto angelico, gli occhi azzurri erano luminosi anche in quella notte buia e mostruosa, i capelli biondi erano arruffati e più lunghi sulla fronte, il naso era dritto e proporzionato; il suo fisico invece era asciutto come quello di un fotomodello.

«Il tuo amico è un depravato, senza sentimenti né rispetto», sbottai d'istinto e lui scoppiò a ridere. Meno male che almeno lui si divertiva.

«Cos'ha fatto?» Rigettò il fumo nell'aria senza neanche chiedermi di chi stessi parlando, perché Luke conosceva bene Neil, probabilmente meglio di me.

Non sapevo se mi stessi fidando della persona giusta, tuttavia ero certa che le porcate del suo amico non sarebbero state una novità per lui.

«Ha portato me e Jennifer nella stessa camera da letto.» Mi strinsi nel cappotto e serrai le gambe a causa del freddo. Notai per un istante fugace gli occhi di Luke scivolarmi sulle cosce, prima di tornare in fretta sul mio viso.

«Ti ha proposto qualche giochino erotico?» chiese sorridente; forse lui trovava spassosa quella situazione, invece io ne ero disgustata, oltre che delusa.

«Voleva che io e Jennifer giocassimo, chi fosse stata più brava a sedurlo avrebbe...»

«Scopato con lui», concluse per me, facendo un altro tiro dalla sua sigaretta. Lo guardai di nuovo e, mano a mano che i miei occhi analizzavano il suo aspetto, lo consideravo sempre *meno* come un amico di Neil o un membro dei Krew, e sempre *più* come un ragazzo normale e carino.

«Credo che lui volesse solo mostrarti quanto siete diversi», spiegò, fissando i ragazzi che camminavano sul viale principale intenti a raggiungere la festa. Per me, invece, la festa era già finita prima ancora che incominciasse.

«Luke, mi ha baciata e qualche giorno fa noi…» Mi fermai perché non ero del tutto a mio agio a parlargli di me, come invece facevo solitamente con Alyssa. Mi morsi il labbro e fermai il flusso delle mie parole, sperando che intuisse tutto da solo.

«Sicuramente gli piaci, questo è assodato, ma credo che ti consideri più una donna da proteggere che non una da condurre nella sua vita.» Fece un ultimo tiro, poi gettò il mozzicone lontano, spostando lo sguardo su di me. Corrugai la fronte per tentare di capire il suo ragionamento e mi resi conto che forse aveva proprio ragione.

A Neil piacevo, ma mi considerava una *bimba* troppo ingenua e inesperta per stargli accanto. Sospirai e, mentre fissavo la nube di aria condensata che mi usciva dalle labbra a causa del freddo, pensai a cosa stesse facendo Neil in quella stanza. Se avesse già finito o se avesse appena iniziato, se gli fosse piaciuto *quanto* gli era piaciuto con me e se quella stronza di Jennifer fosse contenta di averlo ottenuto così come voleva.

«Dovresti smetterla di pensare che uno come lui possa cambiare. Quelli come noi non cambiano», dichiarò con decisione, guardandomi prima gli occhi poi le labbra. Sentii una scossa al suono delle sue parole forti, sincere ma soprattutto *vere*.

Luke attese probabilmente che io controbattessi all'evidenza, ma abbassai il mento e accettai dentro di me quella scomoda verità.

«Ma tu, Selene…» Mi sollevò il mento con un indice e il suo tono si fece dolce e comprensivo. «Sei così bella e intelligente, sai quanti uomini migliori di lui potresti incontrare?»

Apprezzai il suo tentativo di consolarmi, ma riuscire a mettere un punto al capitolo di Neil, il ragazzo incasinato che con il solo potere della voce toccava luoghi dentro di me ancora sconosciuti, non era facile; sarebbe stato un processo emotivo difficile e lungo, che avrebbe richiesto il tempo necessario affinché io metabolizzassi la cosa. A ogni modo, sorrisi a Luke e lui si alzò in piedi, toccandosi la nuca e guardandosi attorno preoccupato. Non capii il motivo del suo improvviso cambiamento, tuttavia non gli feci alcuna domanda.

«Tu non sembri come loro», constatai, guardandolo dal basso. Luke inchiodò i suoi occhi nei miei e corrugò la fronte.

«Intendi come i Krew?» chiese.

«Esatto.» Annuii e mi strinsi ancora nel cappotto. Luke lo notò e sorrise. Stavo tremando a causa del freddo.

«Cosa te lo fa pensare?» insisté, incuriosito dalla nostra conversazione.

«Non saprei, è una sensazione.» Una sensazione altalenante, perché a volte Luke assumeva atteggiamenti che mi facevano pensare tutt'altro, mentre altre volte sembrava un ragazzo innocuo con cui poter parlare.

«Sensazione sbagliata», replicò con un'espressione beffarda. Continuava a starsene in piedi per mantenere una certa distanza tra noi. Sembrava agitato. Non faceva altro che guardarsi attorno per accertarsi probabilmente che nessuno lo vedesse lì con me.

Se ne vergognava?

«Hai paura che Xavier ti derida perché sei in mia compagnia?» Mi rifiutavo di pensare che al mondo ancora esistesse una rigida gerarchia dei rapporti, ma ero abbastanza realista da sapere che l'università era un ambiente difficile e pieno di restrizioni sociali.

«Ti sembro così stupido? Non me ne fotte nulla di quello che potrebbe dire Xavier.» Si passò una mano tra i capelli biondi e sollevò una gamba sulla panchina, piantando un piede a poca distanza da me. «Ma non voglio avere problemi con Neil…»

Quasi mi venne da ridergli in faccia.

Diceva sul serio?

«In questo momento sarà impegnato a fare ben altro. Credimi, non gli importa nulla di me.» Una risatina isterica mi gorgogliò dal fondo della gola. Non doveva preoccuparsi di Neil, non avrebbe mai reagito se un altro si fosse avvicinato a me, anche se…

«Ti ricordo che, dopo che mi hai baciato in dépendance, lui ti ha cacciata via», disse, incrociando le braccia sul petto. Assunse una posizione spavalda che contrastava con il viso decisamente angelico; io sperai di non essere arrossita al ricordo del nostro bacio, un gesto istintivo e infantile.

«E allora? Pensi che potrebbe arrabbiarsi con te se ci vedesse qui a parlare?» Era assurdo soltanto pensarlo. Avrei preso a schiaffi Mr. Incasinato se si fosse permesso di fare una cosa del genere, dopo ciò che era successo con Jennifer. Non ne aveva alcun diritto.

Luke scosse la testa e sorrise, reputando ovvia la risposta.

«Ha sempre condiviso tutte le sue donne con noi, eccetto te», puntualizzò, analizzandomi a fondo per capirne forse il motivo.

«Voleva condividermi con Jennifer però.» La nausea mi strinse lo stomaco al pensiero di quell'idea folle. Più ci pensavo, più avrei voluto disintossicarmi da Neil e dalle sensazioni che era in grado di farmi provare.

«Voleva che tu condividessi lui con Jennifer, il che è ben diverso.» Mi guardò tutta, soffermandosi sulle mie gambe. Mi schiarii la gola e fissai un gruppetto di studenti che stava passando, oltre le sue spalle. Le ragazze lo salutarono civettando, i ragazzi invece lo guardarono intimiditi, evitando di prolungare troppo il contatto visivo. In quell'istante mi resi conto di provare la stessa sensazione di soggezione che avvertivo quando mi trovavo con Neil in un luogo pubblico.

Sembrava proprio che tutti sapessero chi era Luke e che ne avessero paura.

«A quanto pare, hai la stessa fama dei tuoi amici.» Rimarcai il concetto con un cenno verso i ragazzi di passaggio, stringendo le cosce e coprendole con il mio cappotto. Luke ostentò un sorriso intrigante e riportò gli occhi sul mio viso.

«Non ho mai detto di essere diverso, infatti», replicò, con una scrollatina di spalle.

Mi alzai dalla panchina e mi guardai attorno cercando di non far caso all'aria fredda che mi sferzava la pelle.

Mi sentivo vulnerabile, con il cuore accartocciato, e la vicinanza di un altro ragazzo avrebbe potuto farmi commettere qualche errore. Invece volevo dimostrare di non essere come Neil, di non riuscire a usare gli altri per un tornaconto personale.

«Non voglio discutere con Neil, ma…» Luke riprese a parlare e io gli concessi tutta la mia attenzione. Si avvicinò di qualche passo, sovrastandomi con la sua altezza e mi guardò il viso, seguendone ogni linea. «Gli ho chiaramente detto che, se tu volessi qualsiasi cosa da me, non mi tirerei indietro», concluse, con un sorrisetto provocante.

Diceva davvero?

Arrossii violentemente e questa volta fui certa di avere le guance completamente in fiamme. Non disdegnavo uno come Luke e, forse, se fossi stata una persona diversa, avrei anche colto l'occasione che mi si stava presentando davanti. Mi era piaciuto il nostro bacio, non era stato devastante come quelli di Neil, ma non era stato neanche male, tutt'altro.

«Io non… non sono quel tipo di ragazza, non riuscirei a…»

«Ho capito come sei, non devi giustificarti. Chi non l'ha capito credo sia proprio Neil.» Mi fissò negli occhi per un istante, poi proseguì. «Adesso credo proprio che sia meglio che io ritorni nella villa. Sei qui con qualcuno?» mi chiese premuroso e io annuii.

Avrei cercato Alyssa e sarei andata via subito.

Dopo aver salutato Luke, scovai Alyssa, decisa a tornare a casa.

Raccontai tutto alla mia amica, scendendo perfino nei dettagli, e lei non risparmiò a Neil appellativi come «stronzo», «pervertito» e «bastardo». Tutti insulti, quelli, che presa dalla rabbia avevo pensato anch'io, ma che non gli avrei mai riservato in modo così aggressivo e indelicato.

Purtroppo, c'era qualcosa dentro di me che mi impediva di odiarlo come invece avrei voluto.

Rientrai a casa alle due del mattino e ringraziai Alyssa per il passaggio; intenzionata a non fare alcun rumore, sfilai perfino i tacchi per non svegliare nessuno, ma quando entrai in salotto, trovai Logan seduto sul divano, con lo sguardo smarrito e puntato su un pacco davanti al caminetto acceso.

«Logan…» mormorai preoccupata, lasciando cadere le scarpe accanto all'ingresso e correndo verso di lui scalza. Non avevo bisogno di sentirlo parlare per capire quanto fosse afflitto.

«L'ho trovato sul portico, dietro la porta…»

Un pacco di Player 2511.

Il quarto enigma.

Eccolo che ricominciava.

Da capo.

Tutto da capo…

41
Selene

Quanto terribile è il pericolo che giace nascosto.
PUBLILIO SIRO

OSSERVAI Logan che fissava pietrificato il biglietto tra le sue mani.

Un altro enigma, un altro avviso, un altro incubo.

La serata si era già rivelata un totale disastro e a completare il tutto ci mancava solo lui, il maledetto sconosciuto.

Le mie mani non smettevano di tremare, le dita strette attorno alla maschera che avevo sfilato non facevano altro che tentare di restare aggrappate a quella realtà destabilizzante.

Ripassai mentalmente il contenuto dell'enigma che avevo letto con Logan poco prima:

Cavallo Bianco
Due
Tre
«follia» è il ripetere continuamente la stessa azione
e aspettarsi un risultato diverso
Trova la soluzione
Player 2511

D'un tratto, la porta si aprì.

Neil, privo di maschera, avanzò a passo lento, lanciando le chiavi sul mobiletto d'ingresso; la solita sensazione alla bocca dello stomaco tornò prepotente a farsi beffa di me.

Lo guardai meglio: indossava ancora il completo nero ed elegante di prima, ma aveva i capelli scombinati, la camicia sgualcita ed era senza cintura, probabilmente perché l'aveva dimenticata nella stanza da letto della villa; in effetti, aveva proprio l'aspetto di chi si era intrattenuto per tutto il tempo con Jennifer per fare quello a cui erano più avvezzi.

Per un attimo, Neil ci guardò vacuo, come se non si aspettasse di vederci lì, nel cuore della notte, seduti sul divano, ma quando si incamminò verso di noi e notò il biglietto che suo fratello stringeva tra le dita, capì tutto.

Si fermò a poca distanza da me e il mio battito cardiaco, traditore, iniziò ad accelerare; la tensione salì e, non appena avvertii il suo profumo, rabbrividii come se fossi stata appena colpita da una ventata d'aria gelida.

Sapeva ancora di muschio, ma addosso aveva anche l'essenza femminile di Jennifer, la riconobbi forte e chiara, a tal punto da arricciare il naso per il fastidio.

«Ancora lui?» Prese il biglietto dalle mani di Logan per leggerlo.

Non sarebbe stato facile decifrarlo, dato che ogni enigma risultava comprensibile soltanto dopo molte ricerche e ragionamenti complessi.

L'atteggiamento di Neil però questa volta fu diverso.

Dopo averlo letto, piegò il biglietto e se lo infilò nella tasca posteriore dei pantaloni, facendo guizzare i muscoli delle braccia. Logan aggrottò la fronte e io rimasi in silenzio.

«Ho un forte mal di testa adesso. Domattina ci incontreremo nella biblioteca di Matt e lo decifreremo», stabilì, autoritario e imperscrutabile.

Suo fratello guardò me in cerca forse di una spiegazione al comportamento di Neil, ma io non riuscivo a capirlo, e forse mai ci sarei riuscita.

«Stai… stai bene?» chiese titubante Logan, cercando di vederci più chiaro.

«Ho solo bisogno di una lunga doccia…» affermò il fratello come se non avessimo appena ricevuto un enigma da un pericoloso squilibrato, come se non fosse successo nulla.

Si voltò e si passò una mano tra i capelli, poi salì lentamente le scale, stanco e disilluso, arreso a un destino che ormai lo teneva prigioniero da chissà quanto tempo.

Quella notte, non chiusi occhio. I pensieri mi avevano invaso la testa e non mi avevano concesso un momento di pace. L'aria fresca del mattino mi accarezzò il viso e il nuovo giorno mi sorprese sul balcone con i gomiti appoggiati sul parapetto e l'espressione di chi era stata sconfitta, sconfitta da Neil e dal male che lo circondava.

A breve avrei dovuto recarmi nella biblioteca di Matt per capire cosa volesse dire quel maledetto enigma e il pensiero di vedere Mr. Incasinato, di condividere con lui del tempo, mi creava angoscia e agitazione; lo capivo dallo stomaco che pulsava, dalla lingua che sembrava impastata e dal vuoto che avvertivo dentro. Eppure, una parte di me non voleva partire.

Mancavano solo ventiquattro ore al mio volo, ma erano successe così tante cose che avrebbero potuto farmi cambiare idea.

Potevo davvero andarmene e lasciare Neil a combattere da solo contro se stesso e contro uno psicopatico in cerca di vendetta?

Con un sospiro, mi recai nella biblioteca privata di Matt, notando subito la presenza di Logan, accomodato su una delle eleganti poltrone; Neil arrivò un attimo dopo di me, avvolto in una tuta sportiva che evidenziava perfettamente le forme marcate del suo corpo muscoloso. Cercai di non soffermarmi troppo a guardarlo. Non meritava più alcuna mia attenzione.

«Buongiorno», disse Logan, puntando gli occhi nocciola su di me; ricambiai il saluto con un sorriso debole e mi sedetti sulla poltrona adiacente alla sua, nella speranza di evitare lo sguardo di Neil.

Percepivo addosso i suoi occhi color miele, ma poteva semplicemente trattarsi di un'illusione del mio cervello che ancora tentava di convincermi che forse un po' a me ci tenesse.

Quel ragazzo era capace di vedere nel profondo della mia anima, pertanto mi costrinsi a celare qualsiasi emozione o stato d'animo.

Era stato con un'altra la notte precedente, dopo aver baciato me, dopo aver condiviso *qualcosa* con me sul lettino in piscina, e per me era inconcepibile perdonare un affronto simile.

Aveva ragione Luke.

Quelli come loro *non* potevano cambiare.

«Allora...» Logan alternò lo sguardo da me al fratello che nel mentre si era appoggiato al davanzale della finestra a braccia conserte, distante da noi. I riflessi del sole filtravano dalle ampie vetrate illuminandolo come se fosse un angelo caduto. Cercai di non distrarmi e di concentrarmi su Logan, quando ripercorse tutti gli indizi di Player 2511.

«Ricapitoliamo la situazione. Abbiamo ricevuto quattro pacchi diversi: il primo conteneva il corvo morto e indicava una vendetta; il secondo conteneva l'Angelo del Carillon collegato alla leggenda della bambina, e alludeva a una punizione. Il terzo pacco, invece, conteneva le foto di ognuno di noi con la scritta CHI SARÀ IL PRIMO? e in più l'enigma che celava un acrostico con il mio nome.» Si guardò la gamba ferita e sospirò. «Adesso però è importante decifrare anche l'ultimo biglietto», tornò a parlare con vigore, scacciando dalla mente qualsiasi pensiero negativo perché era importante che rimanessimo concentrati e lucidi, senza lasciarci prendere dall'emozione.

«Cosa proponi di fare?» Neil si allontanò dalla finestra, conquistando spazio con i suoi passi decisi e virili.

Non volevo, ma, maledizione, cedetti alla tentazione di guardarlo e me ne pentii subito.

Lo osservai da capo a piedi, dalla felpa bianca che contrastava perfettamente con la pelle d'ambra, ai pantaloni sportivi che seguivano i movimenti delle gambe lunghe e forti.

I capelli scombinati contornavano il viso perfetto, la barba lieve e curata adornava la mascella definita, e le labbra carnose erano rossastre e umide.

Inutile negare che fosse bello e attraente come pochi; il suo fascino misterioso, e al contempo selvaggio, vanificava il mio tentativo di odiarlo.

Tra l'altro, Neil usava la sua bellezza come una pozione magica capace di stregare le donne, la usava per piegarci alle sue voglie e per ricordarci che nessuno sarebbe mai stato come lui.

Quel ragazzo era un satiro pericoloso, agile manipolatore e incantatore fatale che usava la sua maledetta voce baritonale per stordire le sue muse. Una vampata di calore mi fece arrossire e dovetti sistemarmi nervosamente sulla poltrona per scacciare via l'eccitazione.

«Dovete cercare tutto ciò che possa essere collegato a un cavallo bianco», disse Logan riportando la mia attenzione sul suo discorso. «Qui dovreste trovare molto materiale. Tutto può esserci utile.» Indicò i libri posizionati sul tavolino dinanzi a sé e allungò un braccio per prenderne uno.

«Non possiamo usare semplicemente Google?» propose Neil, guardando scettico i libri che attendevano solo di essere sfogliati da noi.

La sua voce mi fece fremere e mi vergognai perché stavo diventando ridicola.

«Neil, chiunque ci sia dietro questo enigma è una persona che di certo non escogita le sue strategie attraverso Google. Sarebbe troppo facile, altrimenti. Perciò, datti da fare», lo redarguì Logan guadagnandosi uno sbuffo annoiato di suo fratello, che alla fine decise di prendere un libro e di sfogliarlo.

«Bene, iniziamo a cercare», ordinò Logan.

Non sarebbe stato semplice decifrare l'ultimo enigma, ma era importante almeno tentare.

Iniziai anch'io le ricerche; appena aprii il mio volume, starnutii a causa della polvere, poi, come se i miei occhi fossero stati calamitati da qualcosa, sollevai lo sguardo e incontrai le iridi dorate di Neil.

Perché mi stava fissando in quel modo?

Ogni volta il suo sguardo aveva il potere di mescolare la mia anima alla sua, di trascendere le parole, di trascinarmi nella sua follia; con tutto il coraggio possibile, interruppi il nostro contatto visivo e tornai a osservare le pagine.

«Trovato niente?» chiese Logan e, proprio quando pensavo che la mia risposta sarebbe stata negativa, scorsi qualcosa che forse poteva interessarci.

«Qui c'è qualcosa, ma non so se siamo sulla giusta strada», dissi, con un'occhiata dubbiosa.

«Avanti, leggi», intervenne Neil, rivolgendomi la parola per la prima volta dalla sera prima.

Mi schiarii la gola e abbassai il mento sui fogli.

«Il cavallo bianco indica la bellezza e la purezza. Nel corso dei secoli la sua accezione si è ampliata sempre di più fino a essere considerato un animale divino, la cui energia gli attribuisce la capacità di svincolarsi dalla terra e dalla realtà materiale...» Sollevai lo sguardo su entrambi che, nel mentre, mi stavano fissando con un cipiglio serio sul viso.

Li avrei considerati buffi, se non ci fossimo trovati in quell'assurda situazione.

«Credo che non sia ciò che vuole comunicarci.» Logan scosse la testa e si passò una mano sul viso. «Continuiamo a cercare, ma, Selene…» richiamò la mia attenzione e mi sorrise. «Ottimo lavoro, sorella.» Mi fece l'occhiolino poi riprese anche lui a cercare, questa volta abbandonando il libro precedente per dedicarsi a un altro.

La sua forza di volontà e determinazione erano ammirevoli; stava lavorando tanto per Neil, per aiutarlo e sostenerlo nel combattere una battaglia mentale contro un degno avversario che potevamo definire un vero stratega.

Era incredibile che nessuno di noi sapesse chi fosse Player 2511, ma che al tempo stesso ognuno di noi ne percepisse la presenza, come se fosse un demone del quale sarebbe stato difficile liberarsi.

«Ehm... ragazzi, credo di aver trovato qualcosa di molto interessante», disse Logan, con gli occhi fissi su un'illustrazione.

«Cosa?» domandò Neil, che lanciò il suo libro sul tavolino di legno e si sedette sul bracciolo della poltrona di Logan. Allungò un braccio sullo schienale e sporse il viso, assumendo involontariamente un'espressione curiosa, come quella di un bambino.

«Guardate qui.» Indicò la pagina sulla quale si era soffermato, perciò dovetti necessariamente avvicinarmi a loro, fino a sfiorare con le gambe un ginocchio di Neil. Sussultai per quel contatto debole, mentre lui rimase impassibile a fissare il dipinto riprodotto sul volume.

«È un quadro di Gustave Doré. Sentite...» Logan indicò la didascalia al di sotto dell'immagine e rimanemmo in silenzio in attesa che proseguisse. «L'opera di Gustave Doré, intitolata *La morte sul cavallo bianco*, rappresenta la morte personificata, incarnata da uno scheletro che brandisce una falce, con addosso spesso una tunica o un mantello nero munito di cappuccio.» Sollevò lo sguardo e osservò dapprima Neil e poi me, deglutendo a vuoto.

«Cazzo, siamo sulla strada giusta. Continua», lo incitò Neil e lui riprese la sua lettura.

«La personificazione della morte ha il compito di accompagnare le anime dal regno dei vivi, simboleggiato dal cavallo bianco, a quello dei morti, rappresentato dallo scheletro. È una contrapposizione tra vita e morte; si parla del passaggio dell'anima da un mondo all'altro», concluse con un tono agghiacciato, facendo calare un silenzio meditativo attorno a noi.

«Quindi il significato di questo messaggio è...» mormorai con un filo di voce.

«La morte.» Neil continuò per me, alzandosi di colpo dal bracciolo.

«Player ha già tentato di uccidere me. Forse vuole farci capire che ha in mente di colpire ancora?» chiese Logan, mordendosi un labbro nervosamente.

«Non dimenticate che ci sono ancora i numeri da decifrare», aggiunsi, attirando la loro attenzione sul biglietto che disponeva di un enigma ancora più complesso da capire.

«Hai ragione, non possiamo saltare a conclusioni affrettate.» Logan indicò a Neil un quaderno e una penna, posati sulla scrivania di Matt, e lo esortò a iniziare a creare dei possibili collegamenti tra parole e numeri.

Neil seguì le indicazioni di suo fratello e si appoggiò di schiena al bordo della scrivania per cercare di trovare un nesso.

Dopotutto, era stato lui a risolvere l'enigma che indicava il nome di Logan in ospedale, quindi doveva essere molto abile con gli indovinelli, oltre ad avere una mente fuori dal comune.

Mentre il fratello si impegnava nella ricerca, Logan chinò le spalle in avanti rassegnato; il brillio di determinazione che gli aveva illuminato gli occhi fino a poco prima si era spento, lasciando il posto alla consapevolezza che forse quel bastardo di Player ci stava soltanto prendendo in giro e stava giocando con le nostre menti, conscio del fatto che avrebbe comunque vinto.

Scacciai dalla testa quei pensieri tristi e spostai lo sguardo su Neil che nel frattempo stava reggendo il tappo della penna tra i denti e stava scrivendo qualcosa.

«Tre, due...» mormorò a voce bassa Logan riflettendo su qualcosa. «Follia è ripetere continuamente la stessa azione e aspettarsi un risultato diverso. È una frase di Einstein», disse poi, guardando il fratello che annuì soltanto.

«Cosa c'entra una citazione di Einstein con i numeri dell'enigma?» chiesi scettica, ma proprio in quell'istante Neil balzò dalla scrivania con uno scatto felino e si avvicinò a noi, senza smettere di fissare il quaderno che aveva in mano.

«Forse ho la soluzione.» Lo appoggiò sul tavolino di fronte a noi e sia io che Logan sporgemmo il capo per vedere meglio.

«Questa è una moltiplicazione.» Guardò Logan, il quale inclinò la testa confuso sugli scarabocchi del fratello.

«Una moltiplicazione?» domandò vacuo.

«Sì. Moltiplicando il due per il tre otteniamo il sei.» Alternò lo sguardo da me a Logan, e inspirò a fondo. «Follia è ripetere continuamente la stessa azione e aspettarsi un risultato diverso.» Abbassò lo sguardo sul foglio e indicò il sei con l'indice.

«Cosa accade se ripeto il sei più volte?» Afferrò la penna e iniziò a scrivere la combinazione. «6... 6... 6...» Sollevò lo sguardo e lanciò la penna sul tavolino. «La follia è una metafora: il termine 'risultato' indica un calcolo e il termine 'ripetizione' l'azione di ripetere quel medesimo risultato più volte», concluse con fermezza, passandosi una mano sul viso, mentre io e Logan ci guardammo turbati.

«666 è il numero del diavolo», disse tutto d'un fiato Logan.

«Sì», confermò Neil. «Dobbiamo capirne di più.» Prese altri due libri dalla scrivania e poi tornò da noi.

Ne porse uno a Logan e l'altro lo tenne per sé, sfogliandolo di fretta. Io invece non ci stavo capendo nulla, non avevo realizzato nemmeno come facesse Neil a sapere quali fossero effettivamente i volumi utili a procurarci le risposte che cercavamo.

Dovettero trascorrere altri trenta minuti di ricerca estenuante, prima che Logan facesse un'ulteriore scoperta sconvolgente.

«Sentite questo verso dell'Apocalisse di Giovanni, riferito alla visione della venuta dell'anticristo. 'Chi ha intelligenza calcoli il numero della bestia, esso è rappresentato dalla cifra 666'», disse Logan, poi mi guardò e rabbrividii al pensiero che quel maledetto Player 2511 fosse anche una sorta di satanista.

«Continua», ordinò Neil, in piedi a osservarci dall'alto; la sua agitazione era palpabile, lo intuivo dal timbro della voce oltre che dalla rigidità dei suoi muscoli.

«Contrariamente all'opinione comune il numero 666 non identifica il capo dei demoni, ossia Lucifero, ma una persona a lui molto vicina», proseguì Logan, leggendo ancora. «Il significato di tale numero comprende nozioni numeriche e cabalistiche molto complesse. Per farvela breve, ragazzi, nella Bibbia, il sette, in particolare, indica la completezza e, dato che il 6 gli si avvicina senza però raggiungerlo, simboleggia l'imperfezione. Ripetuto tre volte, il 6 assume il significato di arroganza, malvagità umana e morte.» Deglutì e chiuse il libro, fissando turbato un punto imprecisato della copertina vecchia e malconcia.

«Santo cielo», sussurrai scossa da brividi incessanti; non c'erano parole per spiegare quanto fosse destabilizzante quella situazione.

Una sensazione di paura corrosiva si irradiò dal ventre e si diffuse come una serie di scosse potenti in ogni angolo del mio corpo. Fissai il vuoto come se fossi ipnotizzata, paralizzata dalle parole che avevo appena sentito.

«Con questo Player cosa vorrebbe dirci? Che è un satanista? L'avevamo capito», sbottò Neil con una risata affatto divertita e carica di disprezzo; poi iniziò a camminare freneticamente

«No», dissentì Logan. «Fate attenzione. Secondo me, lui si ritiene perfetto, ovvero un 7, quindi il 6 indica una persona molto vicina a lui.» Deglutì poi serrò la mascella in un guizzo nervoso. «Questo vuol dire che le persone che ci attaccano sono più di una.»

«Cioè mi stai dicendo che quello stronzo ha uno o più complici?» ribatté Neil, fermandosi a guardarlo come se stesse dicendo un'assurdità.

«Esatto. Secondo me non agisce da solo», gli rispose il fratello, con la voce velata dalla preoccupazione.

«Cazzo, temo che tu abbia ragione. Adesso vorrei capire chi siano per prenderli a calci nel culo e fargliela pagare!» Neil si infilò una mano tra i capelli ed emise un verso basso e frustrato che mi fece sobbalzare.

«Cosa facciamo?» chiese Logan incerto mentre il mio cuore batteva così forte che temevo che uno di loro potesse sentirlo rimbombare.

«Dobbiamo aspettarci un suo attacco.» Fu la risposta di Neil.

Aveva ragione: Player 2511 non avrebbe atteso molto.

E ci avrebbe colpiti.

Di nuovo.

Chi sarebbe stato il prossimo?

Il resto della giornata non proseguì nel migliore dei modi. Di sicuro non avrei custodito ricordi lieti delle mie ultime ore nella lussuosa villa di mio padre. Quando lo informai che sarei rientrata a Detroit il mattino dopo, l'espressione di Matt, dapprima sbigottita, si fece incredula e poi triste, perché non avevamo risolto un bel niente tra noi.

Il lavoro continuava a occupare la maggior parte del suo tempo e io non avevo smesso di essere diffidente e schiva ogni volta che tentava di comunicare con me, percependo sempre più distante quel sentimento che molti anni prima mi legava a lui.

Dopo l'incontro con mio padre, sistemai le ultime cose all'università e trascorsi l'intero pomeriggio a preparare la valigia.

Mi sembrava di essere arrivata soltanto il giorno precedente e invece era già giunto il momento di andare via.

La mia decisione drastica, però, era abbastanza comprensibile: non potevo continuare a vivere sotto lo stesso tetto di Neil, sbagliando ogni giorno, inciampando nei miei stessi errori per poi ricommetterli, calpestando la mia dignità.

Potevo capire che Neil volesse essere libero da qualsiasi tipo di costrizione o dovere, che l'amore, i sentimenti, una relazione stabile lo terrorizzassero a tal punto da fargli commettere gesti estremi come alla festa di Halloween, ma non potevo accettare che un uomo mi trattasse come aveva fatto lui, che mi obbligasse a competere con altre donne per la sua attenzione.

Avevo riflettuto a lungo su quell'episodio con Jennifer e l'unica conclusione alla quale ero giunta era stata che Neil volesse allontanarmi da lui e convincermi di andare via perché non sarebbe mai stato *mio*.

Era questo il suo linguaggio muto, un linguaggio che celava tante parole dietro i suoi gesti apparentemente perversi e meschini.

Una volta pronti i bagagli, mi misi a letto, ma non chiusi occhio. Guardai la sveglia: era notte fonda e mancavano sei ore e quarantasette minuti al mio volo. Sì, stavo contando perfino i secondi alla partenza.

Con indosso il mio solito pigiama infantile con le stampe delle tigri e i capelli scarmigliati, scesi in cucina e mi sedetti su uno sgabello a mangiare i cereali di Logan e a bere un bicchiere di latte caldo. La stanza era rischiarata dalla luce tenue della luna che filtrava dalla grande portafinestra poco distante, e l'intera abitazione era immersa nel silenzio assoluto; solo i miei rumori flebili riecheggiavano tra le pareti, mentre dondolavo le caviglie coperte dai calzettoni colorati.

Pensai e ripensai alla mia decisione di partire, confermando sempre di più a me stessa che fosse la più giusta.

Dovevo finalmente smetterla di leggere romanzi nei quali era sufficiente che una donna tentasse di salvare l'uomo bello e dannato per vivere una favola d'amore. Le favole non esistevano e tantomeno gli uomini che permettevano alle donne di salvarli con così tanta facilità.

C'erano crepe profonde, ferite sanguinanti che non potevano essere cancellate con l'amore, che era solo *uno* degli ingredienti utili a redimere un'anima profondamente danneggiata.

«Ero certo di aver sentito dei rumori provenire proprio da qui.»

Sobbalzai quando la voce di Neil sferzò il silenzio e l'oscurità opalescente nella quale stavo conversando beatamente con la mia solitudine.

Ingurgitai a fatica il boccone di cereali, mi voltai e lo vidi, appoggiato con una spalla allo stipite della porta; indossava dei jeans e un maglione nero a collo alto che gli copriva interamente il torace muscoloso.

Cercai di darmi un contegno e di non mostrargli quanto ancora mi facesse effetto la sua bellezza letale; per distrarmi pensai che forse era appena tornato dalla dépendance o da qualche suo appuntamento *romantico* con una delle sue amanti.

«Che ci fai qui?» Ripresi a sorseggiare il mio latte caldo, afferrando il bicchiere con le dita tremanti, intimorita ed eccitata al tempo stesso.

Neil abbozzò un sorriso enigmatico, poi si avvicinò a passo lento, posò entrambi i gomiti sulla penisola e allungò pericolosamente il busto verso di me.

Tentai ancora una volta di non lasciarmi ammaliare, nemmeno quando un'ondata di profumo fresco mi colpì dritto in faccia, risvegliando in me la voglia di toccarlo, baciarlo e percorrere con cupidigia il suo corpo da adone e la sua pelle bollente.

«Sai perché mi piace la notte, Trilli?» sussurrò con un timbro vellutato, come se non mi avesse mancato di rispetto alla festa di Halloween. Non risposi ed evitai di guardarlo, fingendomi indifferente al suo fascino. «Perché a ogni notte segue una nuova alba, e io cerco sempre di svegliarmi prima del *destino* per anticipare i suoi malefici piani», continuò, senza che l'avessi incoraggiato. Tuttavia, non potei fingere di non essere colpita dalle sue parole, perché Neil era davvero un ragazzo strano, intrigante e *diverso* da chiunque altro.

«Eri fuori in giardino?» Posai il bicchiere sulla penisola, fissandone il bordo soltanto per non incrociare i suoi occhi dorati.

«Sì», confermò, restando immobile nella sua posizione. Sollevai lo sguardo per osservarlo da sotto le ciglia e lo sorpresi a guardarmi con meticolosa attenzione. Non dovevo essere un granché con i capelli sfatti e il viso stanco, ma lui mi osservava come se fossi... *bella*.

«Con questo freddo?» Ebbi il coraggio di puntare lo sguardo nelle sue iridi, ma lui sembrava concentrato ad analizzarmi le labbra, memorizzandone le linee.

D'istinto le leccai, raccogliendo i residui dei cereali, e pensai che probabilmente mi stava guardando per quel motivo; Neil deglutì a vuoto e si mordicchiò lentamente l'angolo del labbro inferiore, risultando più attraente del solito.

«Preferisco il gelo al tepore dei ricordi», rispose atono, dirottando i suoi occhi nei miei.

«Sei davvero strano», sussurrai. La nostra conversazione non aveva proprio senso.

«Definiresti strana l'oscurità che cammina mano nella mano con la luna?» domandò, poi aggirò la penisola per avvicinarsi a me.

Mi irrigidii quando, passo dopo passo, invase con prepotenza il mio spazio, girando lo sgabello verso di sé.

Mi ritrovai così con il viso allineato al suo addome, il campo visivo coperto dal suo torace ampio e le ginocchia flesse a sfiorargli le gambe.

«Io… non ti capisco», ammisi quando sollevai il mento per guardargli il volto concentrato in un'espressione seria e impenetrabile. Mi accarezzò una guancia e sussultai a causa delle nocche fredde che irradiavano l'inverno sulla mia pelle calda.

Stava gelando.

«Non c'è bisogno che tu mi capisca.» Percepii la sua sofferenza.

«E Jennifer? Lei ti capisce?» mormorai con un tono indagatore, ma volutamente astioso, inducendolo a smettere di toccarmi. Inspirò a fondo e poi espirò lentamente, pronto a controbattere.

«No e non cerca nemmeno di farlo, per questo preferisco lei a te», confessò schietto, incurante di ferirmi con le sue parole. Il mio cuore si infranse in mille pezzi sul pavimento; tentai di alzarmi dallo sgabello, ma Neil mi afferrò per i fianchi, sbattendomi di schiena contro la penisola.

Non voleva che interrompessi il nostro discorso, voleva che restassi lì a soffrire.

E all'improvviso intuii il motivo del suo strano comportamento.

«Ora ho capito! Hai cercato di mandarmi via da New York! Per questo volevi che ti vedessi mentre la scopavi, per questo hai scelto proprio la ragazza che mi ha picchiata per propormi un triangolo perverso, per questo cerchi i suoi servizi e quelli delle altre anche dopo essere venuto a letto con me, per questo…» Ma la sua voce irritata si sovrappose alla mia, interrompendomi.

«Per *questo* e per molto *altro*, io non sono adatto a te, cazzo!» chiarì con impeto, stringendomi le dita attorno ai fianchi. Il suo tocco era fuoco e dolore, passione e pericolo.

Trattenni il respiro e mi toccai il petto, come se mi avesse appena pugnalato.

Mi sentii una farfalla su uno stelo d'erba che Neil calpestava continuamente, impedendomi di volare, uccidendomi lentamente.

«Grazie mille. È tutto chiaro, tra poche ore ti libererai di me.» Lo spintonai con una forza che non credevo di possedere, poi lo superai intenzionata ad andarmene, ma la sua mano mi artigliò il polso, bloccando i miei passi. «Lasciami», gli intimai sottovoce, quando mi voltai a guardarlo con una rabbia che in tutta la vita avevo riservato solo a mio padre.

Neil si addolcì e abbassò gli occhi sul mio pigiama, per poi riportarli sul mio viso con un sorriso debole che sollevò gli angoli delle sue labbra carnose.

«Non pensare che non mi sia piaciuto quello che abbiamo condiviso», mormorò impietosito.

Per quale diavolo di motivo mi guardava in quel modo? Non volevo impietosire nessuno, tantomeno lui, anche se avevo gli occhi velati di lacrime e il cuore spezzato.

Emozioni traditrici, perché dovevano remarmi contro quando cercavo di contrastarle?

«Certo, solo perché mi hai usata come fai con tutte», lo offesi.

In quell'istante, le gambe tremarono e il polso bruciò a causa della sua presa ferrea e decisa, che creava un marchio a fuoco che avrei portato con me per sempre.

«Non intendevo quello...» ribatté con un tono visibilmente infastidito, forse sentendosi sminuito per via della mia accusa. E io? Io come avrei dovuto sentirmi?

«E a cosa ti stavi riferendo, Neil?» lo incalzai. «D'altronde tu sei sempre stato chiaro su questo punto. 'Mi piace usarti Selene, usami anche tu'», lo canzonai, ripetendo le sue stesse parole.

Oh, non le avevo dimenticate, non avrei mai potuto dimenticarle.

«Smettila», sibilò minaccioso, stringendo la presa sul polso; tuttavia, non me ne importava nulla che si stesse alterando, tanto che iniziai a vomitare parole su parole, senza neanche rendermene conto.

«Selene, è solo sesso. Selene, niente storia d'amore. Selene, non sai né baciare né scopare, Selene, tu...» Ma lo strattone potente con il quale mi avvicinò bruscamente a sé mi fece tacere seduta stante.

Il suo viso arrivò a pochi centimetri dal mio e dalla sua espressione truce capii che aveva perso la pazienza.

«Sono questi i ricordi che porterai con te a Detroit?» sussurrò a un soffio dalle mie labbra con l'evidente intento di intimorirmi.

Nei suoi occhi non c'erano né lussuria né desiderio, ma qualcosa di oscuro e pericoloso che tentava faticosamente di tenere a bada.

«Sì», mentii; non gli avrei mai detto che avrei ricordato anche altro di lui, di me e di quello che avevamo condiviso insieme.

«Allora non hai capito proprio un cazzo.» Mi lasciò andare malamente e fece qualche passo indietro, ostentando un sorrisetto diabolico che mi fece vacillare sul posto. Si allontanò e posò i palmi delle mani sulla penisola, chinando le spalle in avanti, come se un peso gravasse su di lui.

«Forse perché non mi hai concesso niente di te, se non le tue grandi abilità a letto», sbottai provocatoria e lui si voltò a guardarmi come se non fossi stata io a parlare. Percorse tutto il mio corpo attentamente, dai calzini colorati al pigiama di almeno due taglie in più; poi abbozzò di nuovo un sorriso intrigante che avrebbe fatto commettere follie a chiunque.

«Da quando una bimba come te è così sfrontata?» Qualcosa nel tono basso e baritonale mi fece intuire che la mia patetica imitazione delle sue amanti gli era piaciuta, anche se era ovvio a entrambi che appartenessi a un mondo completamente diverso.

«Da quando ho conosciuto un pervertito come te», risposi a tono.

«Fidati, sono stato il più romantico possibile con te, Trilli.» Mi lanciò un'occhiata beffarda.

«Cosa avresti fatto se invece ti fossi comportato come con le altre?»

Neil rifletté qualche istante sulla mia domanda, corrugando la fronte in un'espressione concentrata che gli conferì un fascino fatale.

Dopodiché, fece una risata sardonica e si incamminò verso di me facendomi tremare. Sapevo che avrei dovuto andar via, allontanarmi subito da lui, ma qualcosa mi indusse a restare inchiodata lì, alla sua mercé.

«Ti avrei presa...» Mi afferrò per i capelli e mi reclinò la testa affinché potessimo guardarci negli occhi; la sua stretta, potenziata dal tono burbero con il quale mi parlò, mi suscitò un solo effetto: paura. «E ti avrei ordinato di inginocchiarti», sussurrò lentamente senza smettere di soppesarmi con le iridi dorate, nelle quali un'esplosione di emozioni evidenziava quanto la sua anima fosse instabile e pericolosa. «Avrei invaso queste...» Fece saettare gli occhi sulle mie labbra e gli vidi impressi sul viso tutti i suoi desideri. «E ti avrei costretta a ingoiare tutto. Mi sarei prosciugato nella tua bocca fino a farti implorare di fermarmi.» Serrò la mascella e mi lasciò andare di colpo.

Dovetti reggermi al bancone della cucina per non rovinare al suolo, mentre il cuore batteva così forte da temere che potesse scavare un buco al centro del mio petto.

«Stai tremando come una foglia.» Neil mi guardò dall'alto verso il basso, studiando le reazioni del mio corpo. «Per questo con te ho sempre cercato di reprimere il *vero* me», concluse, facendo un passo indietro, poi un altro, fino a voltarsi per andare via, lasciandomi sola a metabolizzare le sue parole, in preda a una totale inquietudine.

In quell'istante, fui davvero certa che Neil era come un demone, avvolto nelle dissonanze del nero e del dorato, che camuffavano il suo vero essere e confondevano i miei pensieri.

Si dice che nella vita sia necessario compiere scelte giuste ma che non sempre si abbia la capacità di riconoscerle. Chi stabilisce cosa sia giusto o sbagliato? Davvero ciò che è giusto ci rende felici?

Davvero tornare a Detroit sarebbe stata la decisione giusta?

Quella che mi avrebbe resa felice?

I primi raggi del sole penetrarono dalla finestra di camera mia, dove mi ero trascinata dopo lo scontro con Neil, trasformando in oro tutto ciò su cui si posavano, ma il silenzio e la pace del momento non furono sufficienti a placare la malinconia.

Guardai la mia immagine riflessa nello specchio e tutto ciò che vidi fu una ragazza sofferente, sola, delusa da tutto, ma soprattutto da se stessa.

Sapevo sin dall'inizio a cosa sarei andata incontro con uno come Neil; sapevo sin dall'inizio che, prima o poi, avrei pagato le conseguenze delle mie azioni, ma avevo comunque deciso di seguire il cuore.

«Segui sempre il tuo cuore», diceva mia madre, ma adesso la sua massima mi sembrava una cazzata enorme: il cuore spesso provocava danni irreversibili che la ragione non poteva riparare.

Mi resi conto che quella che provavo era una sensazione strana: avevo perseverato nell'errore, eppure non ero pentita di nulla, tanto che, se avessi avuto una macchina del tempo, avrei rifatto esattamente le stesse cose.

Con lui.

Aprii le ante dell'armadio e afferrai gli ultimi vestiti per riporli in valigia. Ero ancora turbata e scossa per via di quello che era successo ad Halloween, di quell'enigma che avevamo ricevuto, eppure cosa stavo facendo? Stavo scappando come una vigliacca.

Ancora non riuscivo a crederci.

«Selene.» Alyssa richiamò la mia attenzione, ma non le risposi. Era seduta sul bordo del letto e mi osservava preoccupata da circa un'ora, però non volevo rivelarle perché fossi così afflitta, altrimenti mi avrebbe rimproverata, mi avrebbe detto di avermi avvisata, che avrei dovuto stare alla larga da un tipo come Neil, che lui era complesso, problematico e chissà cos'altro.

«Alyssa, devo sbrigarmi», dissi semplicemente, guardandomi attorno soltanto per non incrociare il suo sguardo e non mostrarle quanto fossi provata da quella partenza.

Guardai la mia stanza e vidi incidersi sulle pareti tutte le speranze, le aspettative, i buoni propositi ormai affievoliti.

Avevo fallito nel mio tentativo di salvare Neil, ma aveva fallito anche lui perché non aveva avuto il coraggio di lasciarsi salvare.

«Selene, il tuo silenzio mi preoccupa davvero», dichiarò Alyssa, mettendosi in piedi. Chiusi la valigia e la tirai giù dal letto per posarla sul pavimento.

«Sono solo un po' pensierosa.» Abbozzai un sorriso debole e infilai un trench chiaro, lasciando i capelli morbidi oltre le spalle.

«Ancora non ci credo che tu stia andando via.» La voce della mia amica si incrinò e mi rattristai nel sentirla così giù di morale.

«Alyssa, potrai venire da me quando vorrai.» Mi avvicinai e le posai le mani sulle spalle. «Ci sentiremo sempre. Che saranno mai due ore di distanza da qui?» Sorrisi per sdrammatizzare, ma non feci altro che peggiorare le cose dato che Alyssa arrivò sull'orlo delle lacrime. L'abbracciai e la tenni stretta a me per un tempo lunghissimo, poi mi allontanai e afferrai la valigia perché era giunto il momento di andare.

«Pronta?» Quando scesi in salotto, Logan era in piedi sulle stampelle. Mi fece un sorriso rattristato e Alyssa lo raggiunse subito per aiutarlo a sostenersi.

«Diciamo di sì.» Trascinai con me la valigia e salutai la governante Anna che mi stava aspettando con la mia borsa tra le mani. Me la porse e io la ringraziai.

«Noi saremo sempre a sua disposizione, signorina Selene. È stato un piacere conoscerla.»

Mi stampò un bacio sulla guancia, con un calore materno che mi fece arrossire, poi la superai e posai lo sguardo sulle facce malinconiche di Matt e Mia.

«Sei una ragazza fantastica. Torna presto. Io ti aspetterò.» Mia mi attirò a sé in un abbraccio struggente che non avevo previsto. Mi sentii quasi soffocare nella sua stretta, ma al tempo stesso mi resi conto di quanto la sua gentilezza fosse stata sempre sincera. Le allacciai un braccio attorno alla vita e le concessi tutto il tempo di cui aveva bisogno per scendere a patti con la mia decisione repentina di partire.

«Selene, non hai idea di quanto mi dispiaccia.» Anche Chloe manifestò un calore inaspettato: mi abbracciò e io le sorrisi, raccomandandomi con lei di stare attenta ai ragazzi e di mantenere buoni voti a scuola.

«Sei sicura di voler prendere un taxi? Potrei accompagnarti io all'aeroporto e…» Mio padre tentò di convincermi per l'ennesima volta, ma scossi subito la testa confermando quello che gli avevo già comunicato.

«No, tranquillo», ribattei risoluta; poi, nello stesso istante in cui fece un passo verso di me per abbracciarmi, io ne feci uno indietro per sottrarmi a qualsiasi contatto con lui.

I suoi occhi non nascosero la tristezza devastante che stava provando in quel momento, mentre i miei invece rimasero freddi e distaccati di fronte al sentimento straziante.

Mi avviai verso la porta d'ingresso e la aprii per uscire sul portico, seguita da Logan e Alyssa.

Non mi aspettavo che Neil venisse a salutarmi, perciò avvertii un batticuore improvviso quando una Maserati nera varcò l'enorme cancello principale per avanzare lungo il viale della villa.

Tutto in me si accese, come se la mia anima si fosse improvvisamente risvegliata; mi tremarono le ginocchia e una sensazione di turbamento intenso mi fece vacillare.

Alyssa e Logan si scambiarono un'occhiata complice poi guardarono me.

«Forse è meglio se...» iniziò Logan.

«Vi lasciamo soli», concluse Alyssa.

«Chiamaci quando arrivi a destinazione», aggiunse abbracciandomi un'ultima volta, seguita poi da Logan.

«Ti verremo a trovare», disse quest'ultimo, convinto.

«Ci conto.» Sciolsi il nostro abbraccio e gli feci un sorriso sincero, cercando di celare il mio malessere.

A volte, alcune persone speciali avevano il potere di entrarci dentro con un sorriso, un abbraccio o un gesto gentile. Logan e Alyssa rientravano in quella categoria e li avrei portati nel mio cuore per sempre.

«Selene.» La voce baritonale di Neil mi fece trasalire e fece vibrare ogni cellula del mio corpo. Lo guardai da capo a piedi: dal cappotto grigio che gli copriva le spalle larghe, al maglione scuro che avvolgeva il torace ampio fino ai jeans neri che evidenziavano le gambe definite.

I raggi del sole rendevano ancora più sfavillanti i capelli ribelli e gli occhi dorati che adesso puntavano proprio me.

Tuttavia, avvolsi in fretta le dita attorno al manico della valigia e ripresi a camminare, ignorando la sua presenza.

«Mi hai già detto ciò che dovevi dirmi questa notte. Devo andare, Neil.» Mi affrettai a superarlo, conscia che quello sarebbe stato il momento più difficile per me.

Non l'avrei più visto. Non mi sarebbe più capitato di ammirarlo appena sveglio, con gli occhi ancora assonnati e le labbra gonfie, da baciare.

Non mi sarebbe più capitato di vederlo addentare le sue barrette proteiche, di percepire il suo profumo di bagnoschiuma o la sua presenza costante accanto a me.

Non sarebbe più capitato di litigare con lui a causa delle sue amanti per poi dimenticare tutto a suon di baci.

Non mi sarebbe più capitato di condividere con lui gli stessi spazi, gli stessi amici, la stessa famiglia... *la stessa vita*.

«Aspetta.» Neil mi raggiunse e mi prese per il polso.

Mi voltai a guardarlo e lui schiuse appena le labbra come se fosse sul punto di dirmi qualcosa; poi, però, le richiuse e si morse l'interno guancia nervosamente. Ci fissammo per qualche secondo, che sembrò durare un'infinità. Se avessi potuto fermare il tempo, avrei voluto stare lì, così, inchiodata davanti a lui, a perdermi nei suoi occhi dorati.

Avrei voluto cancellare gli enigmi, il suo passato, i suoi casini per vivere appieno quello che il destino poteva scrivere per noi. Anche se sapevo che lì fuori c'era il mondo ad aspettarmi, mi sentivo come una fata posata sul palmo della mano di Neil, incapace di librarsi in volo.

Mi resi conto che era lui la mia Isola che non c'è.

«Vorrei solo salutarti...» Si avvicinò fino a invadermi con il suo profumo e io chiusi gli occhi per assorbirlo tutto. Sperai in cuor mio che mi dicesse qualcosa per convincermi a restare, ma non accadde. Neil si limitò a posarmi le labbra calde sulla fronte, dandomi un bacio casto e dolce, poi si allontanò e sorrise debolmente. Lanciò un'occhiata al maglione con la stampa di Trilli che indossavo, esattamente come al nostro primo incontro, e i suoi occhi brillarono di una luce intensa e indecifrabile. «Buon viaggio, Trilli.» La sua voce toccò per l'ultima volta i recessi della mia anima, poi, quando sopraggiunse il mio taxi, fece un passo indietro.

Aprii il bagagliaio e ci infilai dentro la valigia, richiudendolo subito.

Mi avvicinai alla portiera e rivolsi un'occhiata a Mr. Incasinato, mentre lui continuava a fissarmi in totale silenzio.

«Abbi cura di te, Neil», fu tutto ciò che dissi prima di entrare in macchina.

Lo guardai dal finestrino un'ultima volta e incontrai ancora i suoi occhi che continuavano a fissare i miei senza però che lui mi chiedesse di restare.

«Possiamo andare?» chiese l'autista, lanciandomi un'occhiata dallo specchietto retrovisore.

Mi girai ancora verso Neil e avvertii il cuore martellare nel petto; un senso di calore invase ogni centimetro della mia pelle, gli occhi pizzicarono, ma non volevo cedere alle lacrime.

Non di nuovo.

«Sì», confermai con un filo di voce.

L'autista accese il motore e partì lentamente; mi voltai verso Mr. Incasinato e lo fissai fino a quando non svanì dal mio campo visivo.

Il labbro iniziò a tremarmi forte, appoggiai la testa sul finestrino e non riuscii più a tenere a freno le lacrime.

Cosa ne sarebbe stato di noi, adesso?

Forse non esisteva più un noi o forse non era mai esistito.

Chiusi gli occhi e vidi un paradiso tetro davanti a me; il volto di Neil mi apparve nitido nella mente, percepii la sua anima che mi ossessionava.

Purtroppo, non esisteva rimedio alla memoria.

Non esisteva rimedio ai ricordi.

Non esisteva una liberazione.

Mi sembrava di sentire la sua mano che mi accarezzava, le sue labbra che mi baciavano, le sue mani che mi percorrevano il corpo.

Percepivo ancora la sua presenza in maniera viva su di me, come se fosse un sogno incantevole, ma al tempo stesso una tortura struggente.

Dovevo smetterla di pensare a lui.

Sospirai e infilai una mano nel cappotto per estrarre il cellulare e avvertire mia madre che tra poche ore sarei tornata a casa; tuttavia, quando le mie dita sfiorarono *qualcosa* che, per forma e dimensione, non era di certo il mio cellulare, corrugai la fronte.

Presi l'oggetto che, chissà come, era finito nella mia tasca e lo analizzai attentamente: era un cubo di vetro trasparente, con dentro una perla.

«Ma che cos'è?» mormorai, fissando il modo in cui brillava con i riflessi del sole.

Quell'oggetto non era mio e non capivo come potesse essere capitato nel mio cappotto, a meno che…

«*Vorrei soltanto salutarti…*» Neil si era avvicinato a me per darmi un bacio sulla fronte e forse in quel momento lui… lui…

Sorrisi come una bambina e avvicinai il piccolo cubo iridescente al petto.

Insieme a tante altre cose di lui, avrei portato anche quello con me a Detroit.

Ma nessuno sapeva che non sarei mai arrivata nella mia città, che non sarei mai arrivata a quell'aeroporto, che non avrei mai preso quel volo, che non avrei mai proseguito quel viaggio.

«Signorina!» L'autista richiamò la mia attenzione e nella sua voce fu palpabile la preoccupazione. Mi sporsi verso di lui e cercai di parlargli.

«Che succede?» chiesi, ancora scossa per la sorpresa di Neil, mentre l'uomo continuava a lanciare occhiate allo specchietto retrovisore.

«C'è un'auto, una Jeep nera che ci sta seguendo da circa venti minuti, ma adesso è pericolosamente vicina!» esclamò, stringendo saldamente le mani sul volante.

Mi girai verso l'auto in questione e sgranai gli occhi non appena notai una figura con il volto coperto da una maschera bianca. Sollevò una mano, avvolta da un guanto nero, e mi salutò con sarcasmo.

«Acceleri!» urlai all'autista che pigiò sull'acceleratore, facendo salire vertiginosamente il contachilometri, ma la Jeep continuava ugualmente a starci addosso.

Era lui.

Player 2511.

Come faceva a essere a conoscenza della mia partenza?

Strinsi le mani sul sedile e guardai fuori dal lunotto posteriore. La Jeep ci raggiunse in poco tempo e iniziò a far lampeggiare i fari.

«La prego! Acceleri ancora!» Alternai lo sguardo dall'autista alla Jeep, che con una manovra brusca sterzò contro il taxi, facendoci sbandare.

E fu un attimo.

Accadde tutto in un secondo.

Il mondo intero si fermò.

Sentii le urla dell'autista.

Vidi la curva troppo stretta.

Non ebbi il tempo di realizzare nulla, l'auto uscì fuori strada e si schiantò contro il guardrail.

Urtai violentemente la testa contro il vetro e un dolore sordo mi si diffuse nel corpo.

Strinsi nella mano il cubo di vetro e chiusi gli occhi.

D'un tratto, mi parve di sentire le dita di Neil scivolarmi tra i capelli, i suoi occhi dorati scaldarmi come i raggi del sole e le sue labbra incurvarsi in un sorriso amorevole.

«Definiresti strana l'oscurità che cammina mano nella mano con la luna?» Mi aveva chiesto e mi resi conto che, se avessi avuto una seconda possibilità, gli avrei risposto:«Sì, la definirei strana, tanto quanto chiamare una donna Trilli, paragonarla all'Isola che non c'è, e infilarle in tasca una perla rinchiusa in un cubo di vetro. Con te è tutto strano, mio incasinato, ma continua a fare in modo che l'oscurità cammini mano nella mano con la luna, perché… le stelle sembrano essere d'accordo con te».

42
Player 2511

Tutto il mondo è un teatro e tutti gli uomini e le donne non sono che attori: essi hanno le loro uscite e le loro entrate; e una stessa persona, nella sua vita, rappresenta diverse parti.

WILLIAM SHAKESPEARE

SFILAI il cellulare dalla tasca e composi di nuovo il suo numero, sperando che questa volta fosse quella buona.

Dopo circa due squilli, rispose.

«Finalmente! Ho cercato di chiamarti sei fottute volte!» sbottai furente di rabbia.

«Sì, scusa», sospirò. «È andato tutto come previsto», mi informò.

«Lei è viva?» chiesi, avvicinando la sigaretta alle labbra.

«Credo proprio di no», rispose in tono incerto, aumentando la mia rabbia.

«Che cazzo vuol dire che credi di no? Spera per te che sia così! Hai già fallito con suo fratello, non lo dimenticare!» Digrignai i denti e strinsi il cellulare nella mano come se volessi frantumarlo.

Non avevo un buon rapporto con i miei impulsi.

«Lo so. Lo ripeti continuamente», mi ammonì e non era affatto nella posizione di farlo.

«Fai il tuo dovere o giuro che mi libero anche di te!» Riagganciai, senza attendere una sua risposta, e schiacciai il mozzicone consumato nel posacenere, fissando sulla parete il quadro dell'unico Dio in cui credevo.

Lo stesso che aveva condotto ogni uomo al suo stato originario.

Lo stesso che si prefiggeva l'evoluzione dell'uomo fino al suo stato di divinità.

Sì, perché eravamo noi uomini la vera divinità.

Non si viveva contro Saytan ma per Saytan.

Senza condizionamenti.

Con una fede cieca per la realtà materiale.
Lui era il giudice unico in grado di accusare l'imputato delle sue colpe.
Non era un avversario.
Non era un accusatore.
Ero lo spirito guida.
L'uomo era libero di fare.
Libero di scegliere.
Mentre Dio, il famoso Yahweh, cercava di prevaricare la mente dell'uomo.
Cercava di osteggiare il progresso spirituale.
Ostacolava la crescita interiore.
Ostacolava il raggiungimento della saggezza cosmica.
Ostacolava il superamento di se stessi.
Favoriva l'ignoranza, intesa come mancanza di conoscenza.
Ed era l'ignoranza il vero peccato.
Non la perversione.
Non il regno del proibito.
Non ciò che era illegale.
Non il mondo delle tenebre.
Non… noi.
Guardai la stella rovesciata a cinque punte, con le due principali rivolte verso l'alto, e ne osservai i dettagli.
L'energia oscura discendeva dall'alto e potenziava l'anima dell'uomo.
Era quella l'energia nella quale credevo.
Era quella l'energia che avrebbe realizzato la mia vendetta.
Fissai il pentacolo e sorrisi.

Ringraziamenti

SIAMO giunti al termine del primo volume della serie e ringrazio tutti coloro che hanno affrontato questo viaggio insieme alla dolce Selene e all'incasinato Neil.

Come avrete notato, molte domande sono rimaste prive di risposta, il mistero aleggia ancora attorno alle vite dei nostri protagonisti e un pericoloso antagonista farà di tutto pur di attuare la sua vendetta. Non è stato facile affrontare tematiche così delicate e spero di esserne stata all'altezza. Mi auguro che Selene abbia toccato il cuore di ognuno di voi e che Neil vi abbia fatto per un istante volare nella sua Isola che non c'è, un po' folle e problematica.

Ringrazio i miei lettori che sin dall'esordio di questa storia, ben tre anni fa, hanno sempre creduto in me, e ringrazio la mia famiglia per avermi supportata in ogni decisione.

Spero che possiate continuare a seguirmi e che siate curiosi di scoprire ancora tutto quello che ci riserveranno i nostri due incasinati…

Ognuno di voi, per me, è importante. Siete la mia forza.

Grazie di cuore.

Sempre vostra
Kira Shell

Se hai amato

KISS ME LIKE YOU LOVE ME

non perderti il primo volume della nuova, irresistibile serie di Kira Shell

In libreria e su tutti gli store online

Della stessa autrice

Kiss me like you love me
volume 2

Kiss me like you love me
volume 3

Kiss me like you love me
volumi 4+5

Meet Efrem Krugher - Dark Desires

Sperling & Kupfer usa carta certificata PEFC
che garantisce la gestione sostenibile delle risorse forestali

Finito di stampare presso Grafica Veneta
Via Malcanton, 2 – Trebaseleghe (PD)